NORA ELIAS
Villa Conrad

Lesen erleben

Informationen zu Nora Elias sowie zu weiteren Titeln der Autorin finden Sie am Ende des Buches.

Nora Elias
Villa Conrad

Das Schicksal einer Familie

Roman

GOLDMANN

Sollte diese Publikation Links auf Webseiten Dritter enthalten, so übernehmen wir für deren Inhalte keine Haftung, da wir uns diese nicht zu eigen machen, sondern lediglich auf deren Stand zum Zeitpunkt der Erstveröffentlichung verweisen.

Dieses Buch ist auch als E-Book erhältlich.

Verlagsgruppe Random House FSC® N001967

1. Auflage
Originalausgabe Januar 2020
Copyright © 2020 by Wilhelm Goldmann Verlag, München,
in der Verlagsgruppe Random House GmbH,
Neumarkter Str. 28, 81673 München
Dieses Werk wurde vermittelt durch die Literarische Agentur
Thomas Schlück GmbH, 30161 Hannover
Umschlaggestaltung: UNO Werbeagentur München
Umschlagfoto: © Lee Avison / Arcangel
FinePic®, München
Redaktion: Regine Weisbrod
BH · Herstellung: kw
Satz: Uhl + Massopust, Aalen
Druck und Bindung: GGP Media GmbH, Pößneck
Printed in Germany
ISBN: 978-3-442-48999-2
www.goldmann-verlag.de

Besuchen Sie den Goldmann Verlag im Netz

PERSONEN

Familie Conrad
Günther, Industrieller in der Stahlindustrie
Lydia, seine Ehefrau
Raiko, sein Erbe
Clara (spätere Jungbluth), seine älteste Tochter
Ludwig, jüngerer Sohn
Sophia, Ludwigs Zwillingsschwester
Emilia, Raikos Ehefrau

Sonstige
Vincent Rubik, Schauspieler
Rosa Roth, Sophias Freundin
Paul Roth, Rosas Bruder
Oskar und Margot Roth, Rosas Eltern
Anna Roth (geb. Altenburg), Pauls Ehefrau
Dorothea von Delft, Tochter aus dem Adel
Eduard Jungbluth, Industrieller, Freund der Familie Conrad
Theodor Galinsky, Anwalt
Arthur Soboll, Anwalt
Helga Heinemann, Emilias Freundin

Annelie Behrend, Helgas Freundin
Gerrit Behrend, Annelies Cousin
Rudi Gerson, Vincents Freund und Mitbewohner
Lena, Vincents Geliebte
Valentin Rubik, Vincents Cousin
Jacob Rubik, Vincents Cousin

TEIL 1

1928-1930

DEZEMBER 1928

Sophia erwischte ihre Schwester Clara hinter den Ställen in inniger Umarmung mit dem schnöseligen Eduard Jungbluth. Rasch bückte sie sich, hob Schnee auf, formte ihn zu einem festen Ball, zielte und warf ihn gegen Eduards Kopf, als dieser sich gerade in einem innigen Kuss über den Claras gesenkt hatte. Beide fuhren auseinander, und Sophia duckte sich rasch hinter die Stallungen, aber Clara hatte sie bereits gesehen und kam auf sie zugelaufen.

»Giftige kleine Kröte«, schimpfte sie und packte Sophias Arm.

»Ausgerechnet der.« Sophia verzog das Gesicht. »Wie kannst du nur?«

»Was verstehst du schon davon? Du bist doch noch ein Kind.«

Dass Clara sich als erwachsen aufspielte, obwohl sie mit ihren achtzehn Jahren knapp zwei Jahre älter war, war

Sophia nur ein spöttisches Lächeln wert. »Weiß Papa, dass ihr Heimlichkeiten habt?«

»Untersteh dich!«

Sophia befreite den Arm aus dem Griff ihrer Schwester. »Ich erzähle nichts.«

»Das will ich dir auch geraten haben.« Clara warf einen Blick über die Schulter, als wollte sie sich vergewissern, dass ihr Liebster während des Streites nicht das Weite gesucht hatte. Er stand jedoch noch dort, wirkte gar gelangweilt, und nach einem letzten warnenden Blick eilte Clara zu ihm zurück, nahm ihn bei der Hand und zog ihn aus Sophias Blickfeld.

Annegret Wagner hatte ihr erzählt, wie man küsst, nachdem sie es auf einer Feier mit Matthias von Lerchfeld im Wintergarten ausprobiert hatte. »Na ja«, hatte sie gesagt und dabei ihr Erwachsenen-Gesicht gemacht, »viel ist nicht dabei. Er drückt seinen Mund auf deinen und schiebt dir die Zunge hinein.«

Bei der Vorstellung von Eduards Zunge in ihrem Mund schüttelte es Sophia auf dem Weg über den verschneiten Hof. Sie wusste, dass viele Mädchen für ihn schwärmten, aber ihr war er zu glatt, zu arrogant, und vermutlich war Clara nicht die Erste, die seine Zunge kostete. Wieder schüttelte es Sophia.

Ein Schneeball traf sie an der Schulter, und als sie herumfuhr, blickte sie in das schalkhafte Gesicht ihres Zwillingsbruders Ludwig. »Na warte.« Noch während sie sich bückte, traf sie der nächste Schneeball. Kurz darauf waren ihr Alter und jeder Drang nach dem Erwachsenwerden vergessen, als sie sich im Schnee balgten wie junge Hunde.

»Albernes Volk«, rief ihr ältester Bruder Raiko, der gerade sein Pferd über den Hof führte. »Was ist das überhaupt für ein Benehmen, Sophia? Sofort stehst du auf!«

Langsam erhob sie sich, strich sich das nasse Haar aus der Stirn und rückte die Pelzkappe gerade. In der Hand hinter dem Rücken hielt sie einen Batzen Schnee, und nun verschwand auch die andere Hand aus Raikos Sichtfeld, als sie diese hinter den Rücken legte, um den Schnee zu formen. Für ihn musste es wirken, als stünde sie artig vor ihm, ganz und gar in Schulmädchenmanier vor dem Oberlehrer. Dann holte sie aus, zielte und verfehlte ihn knapp. Dafür traf sie ihre Mutter, die gerade aus der Tür trat.

Der empörte Schrei mischte sich mit Ludwigs Lachen und Raikos missbilligendem Schnalzen. Allerdings sah er wohl seinen Erziehungsauftrag hiermit als erledigt an, saß auf und ritt rasch vom Hof, als Lydia Conrads schrilles »Sophia« ertönte.

Mit stoischer Miene ließ Sophia die unweigerlich folgende Standpauke über sich ergehen, in der viel von gutem Benehmen und Erwachsensein die Rede war, und ging hernach auf ihr Zimmer. Abends würden sie eine Gesellschaft geben, und sie fragte sich, wie sie Eduard Jungbluth dort begegnen sollte.

Der Kamin im Zimmer war angeheizt, und da sie in den nassen Sachen nun doch sehr fror, zog sie sich rasch aus und schlüpfte in einen wattierten Morgenmantel, um sich im angrenzenden Badezimmer ein Bad einzulassen. Sie verbrachten den Winter stets in ihrem Haus im Taunus, was den Vorteil bot, dass Sophia hier über ein eigenes Badezimmer verfügte sowie über ein deutlich größeres Zimmer als in der Frankfurter Stadtvilla. Allerdings war es für ihr Empfinden ein wenig zu weit abgelegen von dem trubeligen Leben in der Stadt, und sie vermisste ihre Freundinnen, allen voran Rosa, mit der es sich so vortrefflich lachen ließ. Was sie wohl von Clara und Eduard halten würde?

Sophia hatte den Boiler eingeschaltet und saß nun auf dem Wannenrand, drehte nach einer Weile den Wasserhahn auf, prüfte, ob das Wasser schon heiß genug war, und ließ es schließlich ein, nachdem sie den Stöpsel in den Abguss gesteckt hatte. Sie fügte ein wenig von der duftenden Badeessenz hinzu, die sie von ihrer letzten Reise aus Paris mitgebracht hatte. Herrlich war es dort gewesen, das mondäne Flair, die Kaufhäuser, das Nachtleben.

Sophia ließ den Morgenmantel von den Schultern gleiten und stieg ins Wasser, das sie seidig weich umhüllte. Voller Wohlbehagen schloss sie die Augen, lehnte den Kopf zurück und dachte ans Küssen. Nicht mit Eduard und gewiss nicht auf die Art, die Annegret beschrieben hatte, sondern so, wie ihr romantischer Geist es sich ausmalte. Vor ihr tauchte ein Gesicht auf, dunkles Haar, dunkle Augen, eine Stimme wie Samt, ein Lächeln, das die Knie weich werden ließ.

Im nächsten Moment traf ein Schwall kalten Wassers sie auf der Brust, und mit einem Kreischen fuhr sie hoch. Neben ihr stand Clara, eine Kanne in der Hand, schadenfroh grinsend. Sophias rasendes Herz trieb ihr den Atem rascher über die Lippen, ließ jedes Schimpfwort darauf ersterben. Stattdessen griff sie nach ihrem tropfnassen

Schwamm und warf ihn nach ihrer Schwester, die sich umdrehte und floh. Der Schwamm klatschte gegen die Tür und fiel zu Boden.

Clara war als Erste für den Abend eingekleidet und stand am Salonfenster, den Blick in den verschneiten Garten gerichtet. Die Finsternis ließ sie frösteln, sie hatte immer schon Angst vor der Dunkelheit gehabt.

In einer halben Stunde kamen die Gäste, und der Salon war aufs Prächtigste geschmückt. Zudem hatte man die Verbindungstür zum angrenzenden Speisezimmer geöffnet und somit eine Art Festsaal geschaffen. Der lange Esstisch war beiseitegeschoben worden, um darauf das Büfett aufzubauen. Livrierte Kellner, für diesen Abend gemietet, würden dort stehen und sich um das leibliche Wohl der Gäste kümmern, während andere mit Tabletts umhergingen. Ihre Mutter hatte alles detailliert geplant, so, wie sie das stets tat, und Clara hoffte, dass ihr das später ebenso gut gelang, wenn sie ihren eigenen Haushalt führte.

Sie musste an Eduard denken, und unwillkürlich stieg ihr Wärme in die Wangen. Es war nicht das erste Mal, dass er sie geküsst hatte, aber es war das erste Mal, dass er dabei von seinen Gefühlen gesprochen hatte, von Liebe und Wahrhaftigkeit. Er werde sich ihren Eltern erklären, hatte er gesagt, noch in diesem Winter. Jetzt war nur zu hoffen, dass die kleine Kröte den Mund hielt und den großen Moment nicht zerstörte, indem sie etwas Großes als schäbige kleine Knutscherei vor ihrem Vater darstellte.

Clara wandte sich ab vom Fenster und ging zu der hohen, verspiegelten Wand zu ihrer Linken, drehte sich, um das silbrig schimmernde Kleid von allen Seiten zu betrachten. Als sie Schritte hörte, wandte sie sich um und sah Sophia den Salon betreten, gekleidet in zartgrüne Seide, die mit ihren Augen harmonierte und in dem Stirnband ein weiteres Mal aufgegriffen wurde. Grün war Sophias Farbe, und Clara wünschte, sie hätte auch eine Farbe, die ganz und gar die ihre war. Obwohl sie als die Hübschere der beiden galt – ihre Großmutter wurde nicht müde, diesen Umstand zu betonen –, hätte sie für Sophias goldblonde Locken einen Mord begangen. Ihr eigenes Haar war zwar ebenfalls blond, doch es war so schwer und glatt, dass nicht einmal eine Wasserwelle darin hielt. Und so trug sie stets einen kinnlangen Bob, die einzige Frisur, die ihr wirklich gut stand.

Sie warf ihrer Schwester einen bedeutungsschwangeren Blick zu und hob den Finger an die Lippen. Mehr konnte sie nicht tun, denn in diesem Moment traten ihre Eltern ein nebst Raiko und dessen Ehefrau Emilia, die so schön war, dass man nicht anders konnte, als sie zu hassen. Clara fand es regelrecht unanständig von ihrem Bruder, eine solche Frau zu heiraten. Man hatte doch darauf zu achten, dass die eigene Ehefrau den Schwestern nicht bei jeder Feier den Rang ablief. Und mochte es um Claras Selbstbewusstsein auch noch so gut bestellt sein, man kam sich neben der zierlichen, dunkelhaarigen Emilia unweigerlich wie ein bleicher Riese vor.

»Wo ist Ludwig?«, fragte Günther Conrad streng und ließ den Blick durch den Saal schweifen, als bestünde die Möglichkeit, sein Sohn könne jeden Moment wie ein Schachtelteufel aus einer der Schubladen springen.

»In seinem Zimmer?«, mutmaßte Sophia.

»Nein, da war er nicht«, kam es von Raiko.

»Ich habe ihn nicht mehr gesehen, seit er mit Sophia im Hof war.« Ihre Mutter drehte sich zur Tür, warf einen Blick in die Halle. »Wir haben keine Zeit, ihn jetzt lange zu suchen.«

Clara trat zu ihnen, nicht ohne Sophia erneut einen Blick zuzuwerfen. Im Nachhinein tat ihr der kindische Scherz mit dem kalten Wasser leid, aber sie hatte einfach nicht widerstehen können. Wer wusste schon, wozu sich Sophia nun im Gegenzug hinreißen lassen würde.

»Jeden Moment kommen die ersten Gäste. Wo, um alles in der Welt, ist Ludwig?«, schimpfte ihre Mutter.

»Hoffentlich hebt er keine Frauenröcke«, murmelte Raiko und erntete dafür einen bösen Blick ihres Vaters.

Ludwig hob in der Tat Frauenröcke, jedoch nicht auf die Art, wie sein Bruder es vermutete. Vielmehr hatte er sich ein abgelegtes Kleid seiner Schwester aus der Kiste für den Wohltätigkeitsbasar genommen und sich angezogen. Nun stand er auf dem Dachboden zwischen alten Möbeln und Kisten, in denen der Krempel von Generationen verwahrt wurde, und hob die Röcke, um einigermaßen ausschreiten zu können.

»Anette, jetzt kommt dein Text«, sagte er, aber das Stubenmädchen hatte sich auf einen alten Sessel fallen lassen, dass der Staub aufstob, und hielt sich den Bauch vor Lachen. »Etwas mehr Ernst, bitte«, mahnte Ludwig streng.

»Verzeihung, gnädiger Herr, aber es sieht einfach zu komisch aus.«

»In diesem Moment bin ich nicht der gnädige Herr, sondern Lady Violett. Und wenn dein Vorsprechen klappen soll, dann musst du etwas mehr Beherrschung zeigen.«

Anette erhob sich, raffte den Saum des Abendkleids – ebenfalls aus der Kiste für den Basar – und trat zu ihm, wobei sie sich um den Ausdruck einer reuigen Sünderin bemühte, der schon fast karikaturartige Züge hatte. »Verzeiht mir, Lady Violett, aber ich ...« Der Rest ging unter in einem glucksenden Lachanfall.

Ludwig seufzte. »Du musst das Theater ernst nehmen, Ann, sonst wird es nicht funktionieren. Wir sind hier nicht Ludwig Conrad und Anette, sondern Lady Violett und ihre gefallene Nichte. Du musst die Rolle leben, nicht nur einfach spielen.«

»Ja, das fällt mir aber gewiss leichter, wenn alles seine Ordnung hat. Im Theater tragen die Männer ja auch keine Frauenkleider.«

Wieder seufzte Ludwig. »Hast du eine Ahnung vom Theater ... Früher haben nur Männer gespielt, und zwar auch die Rollen der Damen. Und da hat das Publikum trotzdem mitgefiebert und nicht lachend im Gestühl gesessen. Das hier«, er zupfte an dem Kleid, »ist doch nur Fassade, die uns die Mode diktiert. Es gibt Kulturen, da laufen Männer in solch aufwendig bestickten, kleidartigen Gewändern herum. Sieh nach Indien, nach Persien ...« Erneut seufzte er, indes Anette ihn gebannt anstarrte. Er nickte. »So, das ist schon besser. Siehst du, du kannst es, auch ohne Albernheiten. Und jetzt auf ein Neues.«

Anette straffte die Schultern, bemühte sich, reuig auszusehen. »Ich habe gesündigt, Lady Violett. Vergebt mir.«

»Das ist schon besser. Aber du musst es so sagen, als hättest du wirklich gesündigt. Du hast dich einem Mann hingegeben, du bist tief gefallen, sprich auch so, als wärest du es.«

»Wie sollte ich das denn, wenn ich nicht weiß, wie es sich anfühlt?«

»Benutze deine Phantasie. Du kannst nicht alles, was du spielst, vorher erlebt haben. Was, wenn man dir die Rolle einer Mörderin gibt?«

Jetzt grinste sie, schloss kurz die Augen und öffnete sie wieder. »Gesündigt«, sagte sie, und ihre Lider flatterten, indes sie rot wurde, als stelle sie sich den Sündenfall sehr explizit vor.

Ludwig lächelte. »Genau so.«

Sie spielten die Szene bis zum Ende durch und wiederholten sie dann noch einmal. Gänzlich zufrieden war Ludwig nicht, aber das war nicht schlecht gewesen.

»Möchten Sie gerne selbst ans Theater?«, fragte Anette, als sie wieder auf dem Sofa saß und sich Luft zufächelte. Auch Ludwig war ins Schwitzen gekommen und tupfte sich die Stirn mit einem Tuch.

»Würde ich, aber vermutlich wird mein Vater sich dem in den Weg stellen.«

»Stellen Sie sich nur vor, wir würden gemeinsam spielen.«

»Dann hätten wir zumindest schon einmal Übung.«

»Und wenn wir ein Liebespaar spielen sollen?«, fragte Anette mit keckem Grinsen.

Er hob die Brauen. »Möchtest du das auch vorab üben?«

Wieder wurde sie rot. »Natürlich nicht, aber es wäre doch pikant, nicht wahr?«

»In der Tat.« Ludwig lächelte. Er tat gerne etwas erfahrener, als er eigentlich war. Tatsächlich hatte er einige Male Mädchen geküsst, und mit einem Dienstmädchen aus der Frankfurter Villa war er auch einmal etwas weiter gegangen und hatte ihr Kleid aufgeschnürt, allerdings hatte da das Auftauchen seines Bruders weitere Höhenflüge vereitelt. Immerhin hatte Raiko ihrem Vater nichts erzählt – wohl aus gutem Grund, immerhin war er in dieser Hinsicht ja auch kein unbeschriebenes Blatt.

»Wann fängt eigentlich die Gesellschaft an?«

Er wollte auf seine Uhr sehen, aber die lag in seinem Zimmer. »Um acht, ich schmuggle mich gleich dazu, die werden gar nicht merken, dass ich zu spät bin.«

»Ich muss gleich in die Küche, mein Dienst beginnt, und ich darf mich heute nicht verspäten.« Anette zupfte an dem Kleid. »Das ist so hübsch, ich wünschte, ich könnte es behalten.«

»Behalte es nur, ich schenke es dir.«

»Das geht nicht, die Leute werden denken, ich hätte es gestohlen.«

Ludwig winkte ab. Er ließ sich auf dem Boden nieder, lehnte mit dem Rücken an das Sofa, auf dem Anette saß, und zog eine Zigarette hervor. »Auch eine?«

»Gerne.«

Er gab erst ihr Feuer, dann sich selbst, und einträchtig rauchend saßen sie beieinander. Fast fühlte es sich an, als säßen sie tatsächlich im Theater, dort, wo die alten Requisiten aufbewahrt wurden. Die Stille nach dem Stück. Oder die Ruhe vor dem Sturm, der sich in Form von raschen Schritten die Stiege hoch andeutete.

Anette drückte noch rasch ihre Zigarette aus, Ludwig sprang auf, aber ihnen blieb nicht die Zeit, sich zu verstecken, da steckte auch schon die Haushälterin, Frau Mager – angesichts ihres Körperumfangs ein Gegenstand beständiger Belustigung – den Kopf durch die aufgeklappte Bodenluke.

»Um des lieben Himmels willen! Herr Ludwig!« Sie schob den Rest ihres Körpers in den Raum. »Und Anette! Ich...« Ihr versagte die Stimme.

»Das Kleid habe ich ihr geschenkt«, erklärte Ludwig. »Sie hat es nicht gestohlen.«

Frau Mager indes starrte ihn an, der Mund stand ihr auf, und sie wirkte, als wollte sie jeden Moment in Ohnmacht fallen. »Ich habe Sie auf den Knien gehalten, da waren Sie ein kleiner Bub!«

Sie betonte das Wort »Bub«, als wollte sie ihm versichern, dass in dieser Hinsicht nie ein Zweifel bestanden hatte.

»Oh, das hier ist nur eine Kostümierung.« Da das Kleid im Rücken offen stand und dennoch an den Schultern zu eng war, kostete es Ludwig einige Mühe, den Oberkörper herauszuschälen. »Ich wollte mich ohnehin gerade umziehen.«

»Was ist denn hier los?« Eine Männerstimme, und Ludwig sank der Mut.

»Jetzt halt schon still.« Sophia tauchte das Tuch in warmes Wasser und wrang es hernach aus. Ihr Vater war Ludwig suchen gegangen, nachdem dieser bei der Begrüßung der Gäste gefehlt hatte. Und später war er mit hochrotem Kopf zurückgekehrt.

Sophia nutzte einen unbeobachteten Moment, um die Feier zu verlassen, fand Ludwig in seinem Zimmer vor, und er erzählte ihr die ganze Geschichte. Obwohl Sophia sich viel Mühe gegeben hatte, ernst zu bleiben, hatte sie lachen müssen bei der Vorstellung, welches Bild sich ihrem Vater geboten hatte. Dann hatte Ludwig ihr seine Hände gezeigt, die geschwollenen roten Striemen, einer gar aufgeplatzt, und ihr war das Lachen im Hals erstickt.

»Nun ja«, sagte Sophia, als sie mit dem weichen Tuch erneut seine Handflächen abtupfte. »Es war ja klar, dass er das nicht ungesühnt lässt.«

»So ein Pech, dass einer der Dienstboten uns oben gehört und es gleich Frau Mager und Vater weitergetratscht hat. Ich habe nicht erwartet, dass er mich sucht, das macht er doch sonst nicht.«

»Eben, und heute war das Maß wohl voll.«

»Ich hoffe, Anette hat keine gar zu großen Schwierigkeiten bekommen.«

»Na ja, im Grunde hat sie nichts Unanständiges getan. *Sie* darf ja wohl ein Kleid tragen.«

»Wie auch immer.« Er verzog das Gesicht, als Sophia den blutigen Striemen auf seinem Handballen berührte. »Das brennt.«

»Morgen wird es gewiss höllisch wehtun.«

»Vermutlich.« Er öffnete und schloss die Hände versuchsweise. Die linke Hand hatte es schlimmer erwischt, vermutlich hatte sein Vater verhindern wollten, dass er mit der rechten Hand keinen Stift halten konnte, denn lernen musste er auch in den Ferien. Ludwig bekam in der Schule ohnehin ständig Prügel, weil er sich nicht fügen wollte und aufwieglerisches Gedankengut teilte. »Kommunistisch und bolschewistisch« nannte ihr Vater es voller Verachtung. Auch dass Ludwig so oft im Theater war, um dort hinter den Kulissen zuzuschauen, fand nur wenig Gegenliebe bei ihrem Vater, wenngleich dieser das Theater durchaus schätzte, jedoch als Zuschauer und nicht als Freund des »halbseidenen Gesindels«.

»Geh lieber zurück«, riet Ludwig. »Ehe er auf dich auch noch wütend wird.«

Sophia legte das Tuch in die Schüssel, blieb jedoch auf den Knien sitzen. »Hast du eine Zigarette für mich?«

»Seit wann rauchst du?«

»Seit ich mir eine Zigarette mit Rosa geteilt habe.«

»Rosa raucht?«

»Heimlich natürlich. Also, hast du eine?«

»In der Kommode.«

Sophia erhob sich, nahm zwei Zigaretten, zündete erst eine für ihren Bruder an, die sie ihm zwischen die Lippen steckte, dann eine für sich selbst. »Übrigens habe ich Clara mit Eduard erwischt. Sie haben sich geküsst.«

Ludwig schien wenig beeindruckt. »Sie starrt ihn doch schon lange mit diesem schafsdämlichen Blick an.«

Mit geöffneten Lippen atmete Sophia Rauchkringel in die Luft. Diesen lasziven Blick hatte sie oft vor dem Spiegel geübt. Ludwig wirkte belustigt, und um seine Mundwinkel zuckte es. »Ich sollte dich wohl im Auge behalten, ja?«

»Tu das, solange du im richtigen Moment wegschaust.«

* * *

Emilia lag auf dem Rücken, die Augen geschlossen, während Raiko wieder und wieder in sic stieß, sich keuchend bemühte, endlich den ersehnten Keim zu legen, der den Fortbestand des Hauses Conrad sicherte. Sie fragte sich, was wäre, wenn es ein Mädchen würde. Und hernach noch eines. Würde er so lange weitermachen, bis sie endlich einen Jungen bekäme? Und überhaupt – es gab ja noch Ludwig, der war schließlich auch ein Mann und konnte den Namen weitergeben. Als Raiko sich endlich aus ihr zurückzog, seufzte Emilia auf, hielt die Augen geschlossen, lauschte seinen schnellen Atemzügen. Es hatte sie niemand gezwungen, ihn zu heiraten, er war eine gute Partie gewesen, bot die Möglichkeit, endlich ihrer gefühlskalten Familie zu entfliehen. Und da er attraktiv und ihr seinerzeit als durchaus angenehmer Mensch erschienen war, hatte Emilia eingewilligt – ganz die gehorsame Tochter, die sie stets gewesen war. Inzwischen fragte sie sich jedoch immer öfter, ob sie nicht lieber ihre eigene Familie noch ein wenig länger ertragen hätte.

Seit ihrer Hochzeit im Sommer des letzten Jahres galt jeder erste Blick Emilias Bauch, aber bisher blieb eine verräterische Wölbung aus, was gewiss nicht daran lag, dass Raiko diesem Vorhaben nicht höchste Priorität in seiner Abendplanung einräumte. Die Blicke waren ihr anfangs befremdlich erschienen, ja, sogar peinlich gewesen. Mittlerweile waren sie ihr vor allem lästig und lösten oftmals eine diffuse Wut aus. Ihre Mutter legte ihr bei jedem ihrer sehr seltenen Besuche die Hand auf den Arm, sah ihr tief in die Augen und fragte: »Und?«

Inzwischen hatten Raikos Bemühungen schon etwas

Verbissenes. Es hatte Emilia nie besonders gut gefallen, schon von Anfang an nicht, und sie fragte sich, was beständig für ein Gewese darum gemacht wurde. Sie hob die Hüften an, da ihr eine Freundin gesagt hatte, auf diese Art sei es sicherer, auch zu empfangen. Emilia hatte es allerdings überhaupt nicht eilig damit und war im Grunde genommen um jeden Monat Aufschub froh, allerdings sah Raiko mittlerweile in jedem Tropfen Blut, der nach vier Wochen aus ihr rann, das Zeichen ihres gemeinsamen Scheiterns. Da floss er dahin, der Lebenssaft, der seinen Erben nähren sollte. Emilia befürchtete, dass es wohl nicht mehr lange dauern würde, bis aus ihrem gemeinsamen Scheitern ihres, Emilias, wurde. Einige Bemerkungen seiner Mutter deuteten bereits die Richtung an, in die die Reise diesbezüglich gehen würde. Also tat Emilia, was sie konnte, um schwanger zu werden.

Raikos Atem ging wieder ruhiger, er lag auf dem Rücken, wandte nun den Kopf und sah sie an, schien ihre Gefühle ausloten zu wollen. Emilia ließ ein verträumt wirkendes Lächeln sehen, das ihn in dem Glauben wiegen sollte, sie könne sich nichts Schöneres vorstellen, als von ihm beschlafen zu werden. Wenn er den Eindruck bekam, dass sie nicht im Geringsten darauf erpicht war und lieber zwei Nächte hintereinander einfach geschlafen hätte, würde er womöglich ihr Widerstreben als Grund anführen, warum es nicht klappte mit dem Kinderkriegen. Sie überlegte, ob es tatsächlich daran liegen könnte. Wurde man nur schwanger, wenn man sich voller liebender Hingabe öffnete? Aber das war Unsinn, es wurden schließlich auch Frauen schwanger, denen sich Männer mit Gewalt aufzwangen.

Gleich würde er erneut ihren Körper in Besitz nehmen, dieses Mal würde es länger dauern, beim zweiten Mal war er meist ausdauernder und nahm sich mehr Zeit für den Genuss. Danach könnte sie endlich schlafen. Sie war so furchtbar müde. Jeden Tag Soireen und familiäre Unternehmungen, da kam sie ohnehin immer erst so spät ins Bett. Diese Nacht hatte sie die Hoffnung gehabt, Raiko würde sie nicht aufsuchen, aber als sie schon fast eingeschlafen war, hatte er den Raum betreten, sich zu ihr ins Bett gelegt und begonnen, sie zu streicheln, und war dann recht schnell zur Sache gekommen.

»Wie lange wird dein Vater Ludwig eigentlich auf seinem Zimmer einsperren?« Immerhin war die Feier schon vier Tage her, und Ludwig hatte seither seine Räumlichkeiten nicht verlassen dürfen.

»Bis er sich zu benehmen weiß.«

»Er ist noch jung.«

»Er hat Frauenkleider getragen, und das vor dem Personal.«

»Er war immer schon begeistert vom Theater.«

»Theater spielen mit Juden und Zigeunern«, antwortete Raiko verächtlich. »Mein Vater wird das zu unterbinden wissen.«

»Die beste Freundin deiner Schwester ist Jüdin.«

»Das ist etwas anderes, die Roths sind Bankiers und kein lichtscheues Gesindel.«

Emilia beunruhigte es, wenn er so daherredete. Sie wusste, dass er mit dieser fragwürdigen Partei liebäugelte, die bei den letzten Reichstagswahlen glücklicherweise schlecht abgeschnitten hatte. Da war viel von Geldjuden die Rede gewesen, was gerade auf Männer wie Oskar Roth abzielte. In letzter Zeit war diese Art der Rhetorik zurückgefahren worden, allerdings munkelte man, dies geschähe nur, weil man befürchtete, die Bevölkerung durch die judenfeindliche Propaganda abzuschrecken. Emilia hatte sich schon als Halbwüchsige für Politik interessiert, und obwohl sie aus einem sehr konservativen Elternhaus kam, war sie insgeheim eine Anhängerin der Sozialdemokraten. Und sie war hier wohl nicht die Einzige, die in aller Heimlichkeit politisch abtrünnig war. Einmal hatte sie Ludwig mit einem Propagandablatt der Kommunisten erwischt. Allerdings hatte sie darüber nie etwas seinen Eltern gegenüber verlautbaren lassen, denn sie konnte sich lebhaft vorstellen, wie sein Vater darauf reagieren würde.

Raiko war des Redens inzwischen offenbar wieder überdrüssig und richtete sich auf, drückte sie in das Kissen zurück und war im nächsten Moment über ihr. Ohne sich lange mit Liebkosungen aufzuhalten, drang er in ihren Körper, bewegte sich darin, die Augen geschlossen, während sein Atem immer schneller ging. Emilia drehte den Kopf zur Seite, ihr Blick glitt über den Vorhang, fand einen Spalt darin und verlor sich im nächtlichen Blau.

Sophia zitterte am ganzen Körper, während sie mit Ludwig auf dem Dach der Remise saß und rauchte. Diesen Ort konnte er von seinem Fenster aus ungesehen erreichen, indem er über zwei Bäume kletterte.

»Ich wusste schon, warum ich nicht zum Garten raus schlafen möchte«, sagte er, ebenfalls zitternd.

Obwohl sie einen Mantel trug, fror Sophia erbärmlich,

vermutlich, weil sie darunter nur in ein Nachthemd gekleidet war. Für sie war es viel schwieriger, ungesehen ins Zimmer zu gelangen, denn ihres lag zum Garten hin, und da war der Weg durch ein Fenster unmöglich. Sie hatte die Verandatür offen gelassen und einen Stein davorgeschoben, damit sich kein verräterischer Spalt auftat. Wenn man sie allerdings erwischte, wie sie nachts durchs Haus stromerte, wäre sie in arger Erklärungsnot.

Raikos Zimmer lag ebenfalls zum Hof hin, eine Etage über Ludwigs, und als Sophia den Kopf hob, bemerkte sie, dass dort immer noch ein schwacher Lichtschimmer brannte. Sie hob die Zigarette an den Mund, zog daran und atmete den Rauch in die Luft. »Wenn Raiko aus dem Fenster schaut, war's das«, bemerkte sie.

»Der treibt es gerade mit Emilia.«

Sophia spürte, wie sie rot anlief. »Woher weißt du das?«

»Weil sie schon früh auf ihr Zimmer ist und schlafen wollte. Nun brennt dort Licht. Warum wohl?«

»Vielleicht unterhalten sie sich.«

»Mitten in der Nacht? Und was sollte so dringend sein, dass er sie dafür wecken muss? Außerdem kann ich mir beim besten Willen nicht vorstellen, dass Raiko mit Emilia nachts tiefschürfende Gespräche führt, das bekommt er doch schon tagsüber nicht hin.«

Sophia drückte die Zigarette im Schnee aus. »Papa sagte, wir feiern Silvester hier«, sagte sie übergangslos, da ihr das Thema Raiko und Emilia peinlich war.

»Das war ja zu erwarten.«

»Weihnachten darfst du gewiss das Zimmer wieder verlassen.«

»Bis dahin ist es noch eine Woche. Und das heißt nicht, dass er mich bis Januar nicht wieder einsperrt.«

Nachdenklich schnippte Sophia den Zigarettenstummel vom Dach aus in den Schnee im Hof. »Ich wüsste zu gerne, wie sie im Theater Silvester feiern.«

»Sag lieber, du wüsstest gerne, wie Vincent Silvester feiert. Ich könnte es dir sagen, aber ich will deine zarten Gefühle für ihn nicht mit der harten Realität in Konflikt bringen.«

Unwillkürlich stellte Sophia sich vor, wie dieser Mann, von dem sie so erschreckend sinnliche Träume hatte, das neue Jahr mit einer anderen Frau im Arm begrüßte, sie gar küsste. Sophia hingegen sah er stets mit jener Beiläufigkeit an, mit der man ein Kind wahrnahm.

»Schwärm ruhig weiterhin von ihm«, sagte Ludwig ein wenig gönnerhaft, »aber such dir für alles Weitere einen anständigen Kerl.«

»Er ist doch anständig.«

»Er ist ein begnadeter Schauspieler, aber anständig? Na, ich weiß nicht.«

»Für mich wird er sich ändern.«

Ludwig schnippte seinen Zigarettenstummel ebenfalls in den Schnee. »Aber klar doch.« Er lachte in leisem Spott.

Sophia hatte die Knie an die Brust gezogen, umschlang sie mit den Armen und legte die Wange darauf. Es war lausig kalt, und jetzt setzte auch wieder Schneefall ein. Dank ihrer dicken Fellstiefel waren wenigstens die Füße warm.

»Ich gehe ins Bett«, sagte sie schließlich.

»Sehen wir uns morgen Abend wieder?«

»Klar, dann bringe ich etwas Heißes zu trinken mit.«
»Wieder hier?«
»Nein, das ist mir zu kalt, lass uns in die Remise gehen, zwischen den Autos ist es nicht ganz so schlimm.«

Ludwig nickte, stand auf und streckte sich, um nach dem Ast des nächststehenden Baumes zu greifen und sich daran hochzuziehen, dann reichte er Sophia die Hand und zog sie zu sich. Während sie den Baum hernach hinabkletterte, hörte sie, wie ihr Bruder sich oben im Geäst bewegte.

Sie schniefte, wischte sich undamenhaft mit dem Ärmel über die Nase und eilte um das Haus herum in den Garten und von dort aus in den Salon. Die Wärme kribbelte in ihren Wangen, und ihr Gesicht wurde ganz heiß. Sie zog die Stiefel aus, um keine Spuren auf dem Parkett zu hinterlassen, und durchquerte den Raum. In der Eingangshalle streifte sie den Mantel ab, hängte ihn in die Garderobe, stellte die Stiefel in den Schuhschrank und ging die Treppe hoch.

Dabei begleitete sie jenes von Ludwig beschworene Bild dunkler Augen. Vincent Rubik. Das erste Mal war sie ihm begegnet, als sie mit Ludwig im Theater gewesen war. Keines jener Theater, wo sich die höhere Gesellschaft im Licht teurer Kristalllüster versammelte und der Geldadel in den Logen Platz nahm. Es war ein kleines, privates Theater am Liebfrauenberg, wo es wie ein nachträglicher Einfall zwischen die Häuser gezwängt stand. Ludwig hatte über einen Freund den Kontakt zu einem Schauspieler herstellen können, der ihnen wiederum ermöglich hatte, bei den Proben zuzusehen. Ihren Bruder zog es seit jeher zum Theater, obwohl er – in Sophias Augen – eigentlich für die Bühne nicht taugte. Als Regisseur hätte sie ihn sich vorstellen können, aber niemals als Schauspieler. Dafür war ihm die Kunst der Verstellung einfach zu fremd.

An jenem ersten Nachmittag im Theater hatte Sophia Vincent Rubik zum ersten Mal gesehen. Er hatte sich nach den Proben umgedreht, von der Bühne über die Stuhlreihen hinweg zu ihnen gesehen, und einen Moment waren sich ihre Blicke begegnet. Ein kurzes Innehalten, ehe er sich abwandte – nach Sophias Dafürhalten jedoch überaus bedeutsam. In der Nacht darauf hatte sie wachgelegen, sich immer wieder diesen kurzen Blick in die dunklen Augen ins Gedächtnis gerufen, hatte ihm ihre eigenen Wahrheiten und Deutungen gegeben. Nur um bei der nächsten Begegnung festzustellen, dass das Scheinwerferlicht so auf die Bühne ausgerichtet war, dass er sie gar nicht hatte wahrnehmen können. Und es auch danach nicht tat.

MÄRZ 1929

Rosa Roth verdankte ihren Namen einer Überspanntheit ihrer Mutter, und Sophia wunderte sich nach wie vor, wie deren pragmatischer Vater dem hatte nachgeben können. Als Kind hatte Rosa das noch ganz lustig gefunden, wenn die Leute sie und Sophia Schneeweißchen und Rosenrot nannten, aber je älter sie wurde, umso mehr gingen ihr die belustigten Blicke bei der Nennung ihres Namens auf die Nerven. Das wäre nach ihrem Dafürhalten der einzige Grund zu heiraten.

»Na ja«, hatte Ludwig einmal zu ihr gesagt, »wenn er dann Stern heißt, hast du auch nicht viel gewonnen.«

Rosa hatte am selben Tag Geburtstag wie Sophia und Ludwig, und sie kannten sich von klein auf. Ihre Mütter hatten sich bei einem Spaziergang im Park kennengelernt und waren ins Gespräch gekommen. Hernach war man sich auf Feiern und in Galerien über den Weg gelaufen und dann wieder, als die Töchter gleichzeitig eingeschult wurden. Rosa war Sophias beste Freundin, und damit wurde Ludwig so etwas wie ein gleichaltriger Bruder. Wenngleich das eigentlich auch wieder nicht stimmte, denn Rosa hatte ihn einmal geküsst, als sie in der Villa Conrad unter einem Mistelzweig gestanden hatten. Das wiederum hatte Rosa absichtlich herbeigeführt, weil sie unbedingt hatte wissen wollen, wie sich der erste Kuss anfühlte, und sie nicht auf die einzig wahre Liebe zu warten gewillt war. Sie hatten das in der Abgeschiedenheit des Wintergartens wiederholt, etwas inniger und länger, aber dabei war es geblieben.

Nun standen sie hier in diesem kleinen Theater und froren in der noch winterlichen Kälte, die wie konserviert zwischen den Mauern hing. Das Theater war von einem Liebhaber der schönen Künste errichtet worden. Vermutlich jemand wie Ludwig, der selbst kein Schauspieler war und sich im Gegensatz zu jenem aber damit abgefunden hatte und nun anderen eine Bühne bot. Ludwig stand vorne und sprach einen Text, was er gar nicht so schlecht machte, aber er verstand es einfach nicht, seine Stimme zum Tragen zu bringen.

Allein Vincent Rubiks Freundlichkeit war es wohl zu verdanken, dass er in den Spielpausen hier ein bisschen üben und so tun konnte, als bestünde für ihn ernsthaft die Möglichkeit, jemals ein Schauspieler zu werden. Sophia sah wie gebannt auf die Bühne, wobei ihr Blick nicht an Ludwig hing, sondern an dem Mann neben ihm. Vincent Rubik. Zu Sophias Bedauern nahm dieser jedoch nach wie vor keine Notiz von ihr, was angesichts des Altersunterschieds wohl auch kein Wunder war, immerhin war er mit seinen fünfundzwanzig Jahren nahezu neun Jahr älter als sie.

Rosa schob die Hände in ihren Muff und ließ sich in einem der bequemen Theatersessel nieder. Ebenso wie Sophia ging sie gerne ins Theater, allerdings zu den regulären Vorstellungen, wenn geheizt wurde. Sophia blieb stehen, leicht vorgebeugt, da sie sich so der Bühne näher wähnte und keine Regung in Vincents Miene verpassen wollte.

»Du kippst gleich vornüber«, bemerkte Rosa. »Wenn er herübersieht, wäre es vielleicht ganz gut, du würdest nicht den Eindruck erwecken, ihn jeden Moment über die Stuhlreihen anzuspringen.«

Sophia stieß einen langen Seufzer aus, verharrte einen Moment und ließ sich dann in den Sitz neben Rosa fallen. »Er sieht sowieso nicht her.«

Frierend zog Rosa die Schultern hoch. Sie blieben sitzen, bis Ludwigs Szene beendet war, dann verließen sie das Theater durch den Seiteneingang und standen schließlich im hinteren, von einer Mauer eingefassten Hof und rauchten. Rosa hatte ihrem Vater zwei Zigaretten stibitzt, und Sophia hatte Zündhölzer dabei.

»Du willst wirklich weiter zur Schule gehen?«, fragte Sophia. Sie selbst hatte die Schule im Sommer nach der zehnten Klasse verlassen. Ihr Vater war der Meinung, ein Mädchen brauche kein Abitur.

Rosa nickte. »Ja, es bleibt dabei.« Und danach würde sie Medizin studieren. Ihre Mutter war nicht ganz so angetan von ihren Plänen, bei ihrem Vater jedoch rannte sie offene Türen ein, und er würde ihr helfen, einen Platz an der Universität zu bekommen.

»Wenigstens hast du schon einen Plan davon, was du einmal tun möchtest«, sagte Sophia und hustete. »Ich habe keine Ahnung davon, was aus mir mal wird.« Sie wischte sich die Tränen weg, die der Husten ihr in die Augen getrieben hatte.

»Ich dachte, du willst Schriftstellerin werden.«

»Na ja, schon, ach, ich weiß nicht...« Erneut hustete sie.

»Seid ihr nicht noch ein bisschen zu jung für dieses Laster?«, fragte eine Männerstimme. Vincent Rubik war unbemerkt ins Freie getreten.

Sophia atmete den Rauch aus und bemühte sich um ein keckes Lächeln, was angesichts des erneuten Hustens verrutschte. »Ich bin beinahe siebzehn.«

Er nickte in gespielter Anerkennung. Selbst rauchte er nicht, Ludwig hatte erzählt, dass er um seine Stimme fürchtete. Und offenbar hatte er auch Ludwig diesbezüglich ins Gewissen geredet, denn seit einigen Tagen rührte dieser keine Zigarette mehr an.

Sophia war rot angelaufen, wobei ihr selbst nicht klar war, ob das dem Hustenanfall oder Vincent Rubiks Auftauchen geschuldet war. Er blieb indes nicht länger bei ihnen stehen, sondern nickte ihnen nur zu, schob die Hände in die Taschen seines Mantels und ging davon. Kurz darauf trat Ludwig heraus.

»Meinetwegen können wir jetzt los«, sagte er. In seiner Stimme lag etwas Verzagtes, Sehnsuchtsvolles, wie stets, wenn er das Theater verließ. Ihm konnte unmöglich entgehen, dass es für einen Schauspieler nie im Leben reichen würde. Nicht nur, weil sein Vater es nicht zuließ, sondern schlicht, weil es ihm an Talent mangelte.

Sophias Blick hing noch einen Moment lang an Vincents Rücken, dann nickte sie seufzend.

Für Günther Conrad ließ sich das Jahr hervorragend an. Nicht nur hatte der erfolgreiche Unternehmer Eduard Jungbluth um die Hand seiner Tochter Clara angehalten, sondern Günther hatte überdies einen weiteren Kredit bewilligt bekommen, um erneut Aktien zu kaufen. Seit 1923 verzeichnete er enorme Gewinne, man sprach in der Börsenwelt gar von einer *eternal prosperity*, dem ewigen Wohlstand. Angesichts der Entwicklung hatte er sich entschieden, aufs Ganze zu gehen, und sein Barvermögen in Aktien investiert. Dasselbe würde er nun mit dem Geld aus dem Kredit tun. Es lief so hervorragend, dass der Bank allein der Umstand, Aktien zu besitzen, vielfach als Sicherheit reichte, wenngleich nicht für die Höhe eines Kredits wie der, den Günther aufgenommen hatte. Der Gedanke an das Vermögen, das er machen würde, trieb seinen Herzschlag an.

Er hatte mit Eduard Jungbluth darüber gesprochen, doch der hielt sich mit dem Kauf von Aktien zurück. Das war der einzige Aspekt, der ihm an seinem künftigen Schwiegersohn nicht gefiel, dieser mangelnde Instinkt fürs Geschäft. Eduard hatte seine Aktien abgestoßen – gegen viel Geld, das ja, aber das hatte er hernach nicht wieder investiert. Nach Günthers Dafürhalten zeugte das von mangelnder Risikobereitschaft, die einen guten Geschäftsmann doch ausmachte. Vor allem, wenn es sich, wie in diesem Fall, um ein kalkulierbares Risiko handelte. Aber nun gut, Eduard war noch jung und würde es lernen. Zudem musste man bedenken, dass er bereits ein ganzes Unternehmen leiten musste, seit sein Vater vor vier Jahren gestorben war. Seine Mutter hatte die Spanische Grippe kurz nach Kriegsende dahingerafft. Günther würde ihn unter seine Fittiche nehmen.

Wenigstens hatte Eduard Biss, etwas, das Günthers Sohn Ludwig komplett abging. Der trieb sich lieber mit dem Zigeunergelump im Theater herum, anstatt für die Schule zu büffeln. Günther argwöhnte darüber hinaus, dass er auch Sophia mit zu diesem halbseidenen Gesocks nahm. Er würde noch einmal mit seinem Sohn darüber sprechen müssen, wenn nötig, mit mehr Nachdruck als bisher. Seit einem Jahr lungerte Ludwig am Theater herum, und die Krone hatte er dem Ganzen aufgesetzt, als er in Frauenkleidern auf dem Speicher gesessen hatte. Günther schwoll der Hals, wenn er nur daran dachte. Aber er würde schon dafür sorgen, dass Ludwig ihm keine Schande bereitete, mit aller Härte, wenn es sein Sohn denn darauf anlegte.

Der Reichtum der Familie Conrad lag seit der Jahrhundertwende in der Stahlindustrie begründet. Im Großen Krieg hatten sie die Gunst der Stunde genutzt und die Rüstungsindustrie beliefert, was zu weiterem Wohlstand geführt hatte. Das Unternehmen Jungbluth fertigte unter anderem Bauteile für den Schienenverkehr an, vorwiegend für Güterwaggons. Kurzum – es war eine vielversprechende Verbindung.

Anstatt ins Werk ging Günther noch ein wenig spazieren, genoss trotz der noch winterlich anmutenden Kälte den Atem des Frühlings in der Luft. Die Stadt Frankfurt hatte eine Erhabenheit, die ihn stets aufs Neue beeindruckte – diese Aura von Geld und Macht. Dies war der wichtigste Finanzplatz im Deutschen Reich, wo mächtige Bankiers ihren Sitz hatten. Die Hände hinter dem Rücken verschränkt hielt Günther inne, sah sich um, zufrieden mit sich und der Welt.

»Guten Tag, Conrad«, hörte er eine Männerstimme sagen und drehte sich um. »Wie ich gehört habe, darf man zur Verlobung der Ältesten gratulieren?«

Günther lächelte. »Vielen Dank.«

»Ich habe gerade unsere Mädchen getroffen«, erzählte Oskar Roth. »Die charmanten Damen waren so freundlich, mir Gesellschaft beim Mittagessen zu leisten, ehe sie gleich weitergezogen sind, unser Geld unter die Leute zu bringen.«

»War Ludwig bei ihnen?«

»Nein.«

Günther bemerkte die Vorsicht durchaus, die sich in Oskar Roths Blick geschlichen hatte. Offenbar witterte er in der Frage Ärger für den Jungen. Na, da würde er ihn sich wohl selbst noch einmal vorknöpfen müssen. Er nickte Oskar Roth zu, wünschte diesem noch einen schönen Tag und setzte seinen Weg fort.

Da war es wieder, dieses Unwohlsein, das den Gedanken an Ludwig stets begleitete. Und das nagte jetzt so stark an ihm, dass er nicht, wie ursprünglich beabsichtigt, ins Werk ging, sondern nach Hause, um das Zimmer seines Sohnes genauer in Augenschein zu nehmen. Wenn er dort etwas fand, was darauf schließen ließ, dass Ludwig die Schule zugunsten des Theaters vernachlässigte, würde es sehr unerfreulich für ihn werden. Seine Noten zumindest besagten, dass Ludwig die Zeit, die er eigentlich zum Lernen aufwenden sollte, anderweitig nutzte. Dem würde Günther nun auf den Grund gehen. Die gute Laune war dahin, die Euphorie, Geld gewinnbringend investiert zu haben. Auch das war Ludwig anzulasten.

»Irgendwann nehme ich seinen Rohrstock und prügle ihm die Seele aus dem Leib.«

Sophia sah ihren Bruder erschrocken an. »Sag doch so etwas nicht!«

Diesmal war der Stein des Anstoßes nicht das Theater gewesen, sondern ein kommunistisches Flugblatt, das ihr Vater in Ludwigs Besitz gefunden hatte.

»Kommunismus!«, hatte er gebrüllt. »Mein Sohn ein Bolschewik, oder was?« Erschwerend kam hinzu, dass das Flugblatt zwischen den Schulsachen gesteckt hatte und auf diese Weise auch eine schlechte Note in Mathematik zutage gefördert wurde, die Ludwig bisher wohlweislich verschwiegen hatte. Ihr Vater hatte ihn in sein Arbeitszimmer befohlen, was bedeutete, dass der Rohrstock zum Einsatz kam.

Nun lag Ludwig auf dem Bett, starrte an die Decke, die Hände hinter dem Kopf verschränkt. »Sobald ich die Schule beendet habe, gehe ich fort.«

»Rede keinen Unsinn, wovon willst du denn leben?«

»Ich komm schon klar.«

Sophia saß auf dem Boden und lehnte mit dem Rücken am Bett. »Bei allem Zorn, aber damit bestrafst du dich doch selbst. Lass Papa dein Studium bezahlen, danach bist du unabhängig.«

»Vater will, dass ich Jurist werde.« Ludwig sagte das in einem Ton, als schließe der Wunsch allein dessen Erfüllung bereits aus.

Raiko würde das Unternehmen erben, und Ludwig würde ihm als Jurist zur Seite stehen – so stellte ihr Vater sich die Zukunft seiner Söhne vor. Dass Ludwig sich lieber der Kunst widmen und ans Theater wollte, stand außerhalb jeder Diskussion, und solange ihr Bruder nicht volljährig war, würde er tun müssen, was sein Vater verlangte.

»Du weißt ja auch gar nicht«, entgegnete Sophia, »ob das mit dem Theater so klappt, wie du dir das vorstellst. Wenn nicht, hast du wenigstens einen Beruf, der dich ernährt. Stell dir vor, du scheiterst am Theater und stehst auf der Straße. Welche Genugtuung das für Vater wäre.«

»Ich arbeite gewiss nicht für Raiko.«

»Das musst du ja auch nicht.«

Ludwig schwieg, und Sophia drehte sich zu ihm um, wartete auf eine Antwort. Als er schwieg, stand sie auf. »Kommst du nachher zum Abendessen?«

Kopfschütteln. Sie verließ das Zimmer und zog leise die Tür hinter sich zu. Bis zum Abendessen war es noch eine gute Stunde, und da sie keine Lust hatte, sich mit ihren Eltern in den Salon zu setzen, ließ sie sich in der Küche eine heiße Schokolade zubereiten und ging damit in die Bibliothek, einen Raum, den sie nicht nur aufgrund ihrer Leidenschaft fürs Lesen liebte, sondern auch, weil sie hier wie in keinem anderen das Gefühl hatte, er beflügle ihre Gedanken. Inmitten von Büchern zu stehen, den Geruch nach Leder und altem Papier zu atmen – schon in ihrer Kindheit war ihr dies der liebste Rückzugsort gewesen.

Sie setzte sich auf die breite Fensterbank, umfasste den Kakaobecher mit beiden Händen und sah hinaus in den Garten, über den sich langsam die Dämmerung senkte. Eine schlanke Gestalt trat von der Veranda, stand da, als sei sie vollkommen gedankenverloren. Emilia. Obwohl sich Sophia wie eine Voyeurin vorkam, als sie ihre Schwägerin beobachtete, die sich gänzlich allein wähnte, so konnte sie den Blick doch nicht von ihr abwenden. Es hatte etwas Anrührendes, wie sie dastand, die Arme um den Oberkörper geschlungen, als könne das ihr, die nur ein Kleid trug, Schutz vor der abendlichen Kälte bieten. Still stand die junge Frau da, während sich die langen Schatten langsam zu Dunkelheit verdichteten. Der Wind spielte in ihrem Haar, und sie senkte den Kopf. Erst dachte Sophia, sie täte dies, um das Gesicht vor dem Wind zu schützen, dann jedoch bemerkte sie das leichte Beben der Schultern und begriff, dass Emilia weinte.

* * *

Das Licht hinter den Fenstern wich einem bleiernen Grau, jenem seltsam farblosen Zustand, der zwischen dem flammenden Rot des Sonnenunterganges und dem tiefen Blau der Nacht lag. Vincent Rubik lag im Bett und beobachtete, wie die Dunkelheit langsam fortschritt und die Dachfirste zu Scherenschnitten wurden.

»Woran denkst du?«, fragte Lena.

Vincent drehte sich zu ihr um, sah sie an, wie sie neben ihm lag, den Kopf auf dem angewinkelten Arm, das goldbraune Haar ausgebreitet auf dem Kissen. Lena war Tänzerin und je nach Engagement immer mal wieder arbeitslos – was bedeutete, sie konnte die Miete nicht zahlen und kam bei ihm unter.

»An nichts Besonderes«, beantwortete er ihre Frage und wollte sich erneut über sie beugen, als die Türklingel anschlug, ein schriller Ton, der ihn hochfahren ließ.

Lena sank auf das Kissen. »Mach nicht auf.«

»Ich komme gleich wieder.«

Sie schlang die Arme um ihn, und er versuchte, sie von sich zu schieben, aber es war wie bei Spinnweben, in denen man sich immer weiter verfing, je mehr man sich zu befreien versuchte. Als die Klingel erneut schellte, richtete er sich entschieden auf, erhob sich vom Bett und griff im Vorbeigehen nach seiner Hose, die er im Gehen schloss.

Die Klingel wurde in jenem Moment, als er die Tür öffnete, ein drittes Mal betätigt. »Es könnte natürlich sein«, sagte er, »dass ich gerade anderweitig beschäftigt bin, wenn ich nicht sofort zur Tür gehe. Oder womöglich gar nicht daheim bin.«

»Bei dir brennt Licht«, antwortete Rudi, als sei das Erklärung genug, und schob sich an ihm vorbei in die Wohnung.

»Klar, komm ruhig rein.« Vincent schloss die Tür und folgte Rudi in die kleine Wohnstube.

Die magere Gestalt des jungen Mannes sank in einen Sessel, und während er in angespannter Haltung dasaß, wippten seine Beine beständig. Vincent hatte ihn kennengelernt, als Rudi ein kurzes Engagement als Bühnenbauer am Theater gehabt hatte. Seine Ruhelosigkeit vertrug sich jedoch nicht mit der Sorgfalt bei der Ausarbeitung von Kulissen, so dass er die Arbeit bald darauf wieder verlor. Hernach hatte Vincent ihn für kurze Zeit beherbergt, da er ohne Einkommen auch seine Wohnung verloren hatte. Seither wurde er ihn nicht mehr los. Rudi war wie ein streunender Kater, den man ermutigte, sich draußen durchzuschlagen, der aber doch stetig dahin zurückkehrte, wo die Futtertröge waren.

»Ich hab die Miete nicht bezahlen können«, sagte er. »Kann ich für ein paar Tage bei dir unterkommen? Nur, bis ich was Neues hab.«

»Das Bett ist aber schon belegt«, kam es von der Tür her, wo Lena stand, in eines von Vincents Hemden gekleidet, das ihr bis zur Mitte der Oberschenkel reichte.

Rudis Ohren wurden rot. »Da wollt ich eh nicht schlafen.«

»Was du nicht sagst«, kam es trocken von Vincent, und Rudis Ohren wurden noch roter.

Lena ließ sich auf dem Sessel dem jungen Mann gegenüber nieder und streckte die langen Beine aus. In den meisten Frauen weckte Rudi einen Beschützerinstinkt, Lena hingegen brachte ihn gerne in Verlegenheit. Sie sah ihn an, lächelte keck und griff nach den Zigaretten.

»Du wirst hier gewiss nicht rauchen«, erklärte Vincent.

Erstaunt hob sie die Brauen. »Na, seit wann das denn?«

»Das galt schon immer, ich war lediglich nachsichtig.«

»Und jetzt bist du es nicht mehr?«

»Nachdem du mir beim letzten Mal fast den Teppich in Brand gesteckt hast, kannst du dir die Frage selbst beantworten.«

»Ach, das sieht man doch gar nicht, seit der Sessel auf dem Loch steht.«

Rudi hatte den Nerv zu grinsen.

»Keine Zigarette, oder du kannst direkt gehen.«

Lena schien zu überlegen, ob sie provozieren sollte, wie ernst es ihm war, unterließ es dann jedoch. Besser so für sie. »Rudi, du kannst auf dem Sofa übernachten, aber sieh zu, dass du schnell etwas Neues findest.«

»Danke, du bist ein wahrer Freund.«

Lena reckte sich auf dem Sofa, und das Hemd rutschte noch ein wenig höher. Es war offensichtlich, dass Rudi nicht wusste, wo er hinsehen sollte.

»Gehen wir wieder ins Bett?«, fragte Lena und sah Vincent an.

»Jetzt nicht.« Die Stimmung war dahin.

»Ich bringe dich schon wieder in Fahrt. Das dauert ja nie sehr lange.« Als sie bemerkte, dass Rudi vor Verlegenheit zu Boden blickte, die Wangen hochrot, grinste sie.

Schon in seiner Kindheit war Vincent ein Einzelgänger gewesen, und diese räumliche Enge mit zwei weiteren Personen löste bereits jetzt Unbehagen in ihm aus. Er ließ sich auf der Armlehne ihres Sessels nieder und betrachtete Lena, die sich nach wie vor lasziv räkelte.

»Wo hast du dein Gepäck?«, fragte er Rudi.

»Hab ja nicht viel, das ist in einem Schließfach im Bahnhof. Ich hole es morgen früh.«

»Heißt das, du bleibst länger, oder was?«, fragte Lena.

»Ist das ein Problem?« Vincent sah sie an, aber sie zuckte nur mit den Schultern.

Irgendwann wurde es ihr offenbar langweilig. Sie

wünschte schnippisch eine gute Nacht und ging zurück ins Zimmer. Vincent wartete, bis sie die Tür geschlossen hatte, und ließ sich Rudi gegenüber auf dem Sofa nieder.

»Bist du politisch wieder jemandem auf die Füße getreten?«

»Nein, mein Vorgesetzter war ein Sozi, dem kann es nicht rot genug sein.«

»Sie haben dich also praktisch grundlos entlassen?«

»Hm, na ja, was heißt grundlos. Also, ich hab nichts verbrochen oder so, ich dachte mir nur, die Arbeiter im Werk könnten sich endlich organisieren.«

»Und das hat dein Vorgesetzter nicht so gerne gesehen?«

»Aufwiegelung nannte er es.«

»Verstehe.«

»Ich meine, er vertritt eine Politik, die sich offiziell für das Volk einsetzen will. Sein Unternehmen führt er aber wie eine Diktatur, das passt doch nicht zusammen.« Rudi hob die schmalen Schultern. »Na ja, jetzt sitze ich halt wieder auf der Straße, das habe ich jetzt davon. Einer der Arbeiter hat mich angeschwärzt.«

»Du kannst bleiben, bis du etwas Neues findest.«

Vincent hörte Lärm von der Straße her, das aggressive Grölen von Männern, die offensichtlich zu viel getrunken hatten. Er öffnete das Fenster und sah hinab. Eisige Luft schlug ihm entgegen, und auf seinem bloßen Oberkörper bildete sich eine Gänsehaut. Der Männertrupp war vermutlich eine dieser selbsternannten Bürgerwehren, denen man besser aus dem Weg ging. Vincent ließ den Blick über die Straße gleiten, die leer dalag, was wohl ein Grund für den Unmut war. Man hatte getrunken, sich womöglich mit Parolen gegenseitig angeheizt, und nun war weit und breit niemand, dem man hätte eine Lektion erteilen können. Vincent zog sich zurück und schloss das Fenster.

»Wer war das?«, fragte Rudi.

»Irgendwelche Schläger der Sturmabteilung.«

Rudi rieb sich die Augen. »Ich bin froh, wenn die endlich wieder weg sind. Der Spuk dauert schon viel zu lange.«

Ein Jahr Verlobungszeit erschien Clara grausam lang. Es war sogar über ein Jahr, denn sie würde wohl mitnichten im tiefsten Winter heiraten. Ihr schwebte eine Feier im Frühjahr vor, wenn das Grün spross, Blüten die Bäume zierten, die Blumen ihren ersten Duft verströmten – und in all dieser Pracht Clara in ihrem weißen Kleid, Gesicht und Haar verborgen unter einem spinnwebfeinen Schleier, den Eduard anheben würde, um sie zu küssen... Sie würden im Garten heiraten, der Weg zur Trauung sollte durch das Rosenspalier führen. Getanzt werden würde im Salon, dessen Türen zum Garten hin weit offen standen, so dass man nach Belieben ein und aus gehen konnte.

»Eine Hochzeit vorbereiten dauert«, hatte ihre Mutter erklärt. »Zudem sollt ihr euch eurer Gefühle gewiss sein.«

Clara war sich gewiss, so gewiss, wie man nur sein konnte. Dennoch beharrte ihre Mutter darauf, und ihr Vater stand ihr dabei bestärkend zur Seite. Allerdings – und dem konnte Clara nicht widersprechen – war es tatsächlich praktisch unmöglich, in kurzer Zeit eine Hochzeit zu planen und in dem Maße aufzuziehen, wie sie sich das wünschte. Alles würde wirken wie in aller Eile geplant –

das konnte doch wahrhaftig nicht das sein, was Clara sich wünschte. Natürlich könnte man den Spätsommer in Erwägung ziehen, aber in der Hitze heiraten? Wenn einem die Schminke zerlief und man in seinem schönen Kleid fortwährend transpirierte? Es blieb also auch aus rein praktischen Erwägungen nichts anderes übrig, als bis zum Frühjahr 1930 zu warten.

Eduard sah die Sache pragmatisch. Ja, natürlich wäre es schön, früh heiraten zu können, aber auch die Verlobungszeit hatte ihren Reiz, wenn alles noch so wundervoll und neu war. Sie würden sich gut kennen, wenn sie heirateten, und das wäre nicht das Schlechteste. Überhaupt war er nach Claras Dafürhalten in jeder Hinsicht perfekt. Er war reich, gebildet und sah mit seinem dunkelbraunen Haar und den graublauen Augen auch noch blendend aus. Geradezu aristokratisch. Sie würden so hübsche Kinder bekommen.

An diesem Abend war er zum Essen eingeladen, und Clara befand sich schon den ganzen Nachmittag in einem Zustand vibrierender Vorfreude. In den letzten Tagen war er geschäftlich stark eingespannt gewesen, und sie hatten sich nur selten gesehen. Ihrem Vater gefiel diese Strebsamkeit außerordentlich gut, und Clara wusste, dass er ihre Wahl vortrefflich fand.

Sie hatte sich für ein pastellblaues Kleid entschieden, das nach der neuesten Mode geschnitten war und schon fast skandalös viel Bein zeigte. Die Familie fand sich stets kurz vor dem Abendessen im Salon ein, wobei es dieses Mal ein recht kleiner Kreis war, der nur aus ihren Eltern, Raiko und Sophia bestand.

»Wo ist Emilia?«, fragte sie, obwohl sie ihre Schwägerin herzlich wenig vermisste.

»Ihr ist nicht wohl«, entgegnete Raiko, woraufhin ihn Sophia einen Moment lang aufmerksam taxierte, sich jedoch abwandte, als er sie seinerseits ansah.

»Und Ludwig?«, fragte ihr Vater streng, doch Sophia zuckte nur mit den Schultern.

Sein Gesicht verdunkelte sich. Verspätungen und unentschuldigtes Fernbleiben von den Mahlzeiten waren ihm ein Graus. Ehe er jedoch dazu kam, seinen Ärger zu artikulieren, wurde der Türgong angeschlagen, und am liebsten wollte Clara selbst loslaufen und Eduard einlassen, aber sie wusste, was sich gehörte, und übte sich in vornehmer Zurückhaltung. Ihre Mutter sah sie mit milder Belustigung an, während ihr Vater mit gerunzelten Brauen dastand und offenbar immer noch an Ludwig dachte. Besorgt sah Clara ihn an. Nicht, dass er so finster dreinschaute, wenn Eduard eintrat, und er dies auf sich bezog. Ihre Mutter bemerkte die Sorgen und berührte den Arm ihres Vaters. Dessen Stirn glättete sich, und er schaffte es sogar zu lächeln, als Eduard den Raum betrat.

Formvollendet begrüßte er zuerst seine künftigen Schwiegereltern, ehe er seiner Braut einen keuschen Kuss auf die Wange gab. Mit Raiko verstand er sich gut, Sophia hingegen machte keinen Hehl daraus, dass sie ihn nicht ausstehen konnte. »Gelackter Affe« hatte sie ihn genannt, einen Langweiler und noch allerlei anderes. Ihre Mutter hatte ihr schließlich verboten, sich so abfällig zu äußern.

»Dann denke ich mir künftig eben meinen Teil«, hatte die kleine Kröte geantwortet.

Bei Tisch wurde Eduard der Platz neben Clara zugewiesen. Nun galt es, die überzähligen Gedecke abtragen zu lassen.

»Was ist mit Ludwig?«, fragte Raiko, der nun Clara gegenüber Platz nahm, während sich Sophia mit Grabesmiene Eduard gegenüber hinsetzte.

»Wenn er nicht pünktlich ist, braucht er heute nichts mehr zu essen«, beschied ihn ihr Vater.

Clara hatte von der schlechten Note gehört und dem Kommunistengeschreibsel. Nicht auszudenken, wenn Eduard davon erfuhr. Nachdem ihr Blick einige Male besorgt zur Tür gehuscht war, entspannte sie sich. Ludwig schien es ernst damit zu sein, dem Abendessen fernzubleiben, eine Szene war nicht zu befürchten.

Das Essen verlief in entspannter Plauderei, ein wenig Gesellschaftstratsch, ein wenig Politik. Zudem war Sophia angenehm schweigsam, während Raiko sich mit Eduard unterhielt, mit dem er in vielen politischen Fragen einer Meinung war. Da Raiko der Haupterbe des väterlichen Betriebs war und eine engere Zusammenarbeit zwischen den Unternehmen Jungbluth und Conrad angestrebt wurde, war es umso besser, dass sich die beiden Männer verstanden.

Nach dem Essen gingen sie in den kleinen Salon, der der Familie und ihren engsten Freunden vorbehalten war. Obwohl Clara am liebsten mit Eduard allein gewesen wäre, wusste sie, wie wichtig es war, dass er in die familiären Rituale eingebunden wurde. Sophia bat man, sich ans Klavier zu setzen und zu spielen, was diese erstaunlich fügsam tat. Ihr Vater unterhielt sich mit Raiko und Eduard, und dieses Mal ging es ums Geschäft, um Aktienkäufe und allerlei anderen langweiligen Kram. Clara hörte schon bald nicht mehr hin.

»So ein angenehmer Mensch«, sagte ihre Mutter zu ihr und lächelte zufrieden. »Wenn wir jetzt noch jemanden von diesem Kaliber für unsere Sophia finden, können wir glücklich sein.«

Clara sah zu ihrer Schwester und nickte. »Vielleicht können wir sie in der nächsten Wintersaison mit einigen jungen Männern aus Eduards Freundeskreis bekannt machen. Da wird sich gewiss jemand Vielversprechendes finden. Außerdem ist unter Raikos Freunden doch auch der ein oder andere, der etwas taugt.«

Ihre Mutter nickte und sah nun ebenfalls zu Sophia, die die Blicke zu bemerken schien, denn sie sah auf und kam aus dem Takt. Der Missklang ließ das Gespräch der Männer verstummen, und irritierte Blicke flogen zum Klavier. Sophias Finger fanden den Takt wieder, und unter den harmonischen Klängen wandten die Männer sich ihrer Unterhaltung zu.

MAI 1929

Da Rosa nicht ohne Sophia und Sophia nicht ohne Rosa ihren Geburtstag feiern wollte, war man übereingekommen, dass immer abwechselnd mal im Hause Conrad und mal im Hause Roth gefeiert wurde. Dieses Jahr war die Villa Roth an der Reihe, und Sophia befand sich bereits seit dem frühen Vormittag bei Rosa. Sie hatten sich umgezogen, gegenseitig frisiert, es sogar gewagt, sich etwas zu schminken, was an diesem Tag beide Eltern mit einem nachsichtigen Blick gestatteten. Ludwig kam später ebenfalls dazu und wartete im Garten auf sie. Das blonde Haar war wellig zurückgekämmt, wobei ihm trotz aller Mühen eine Locke in die Stirn fiel.

Als Ludwig sie sah, hob er sein Glas. »Ich weiß nicht, wer von euch beiden die Schönere ist.«

»Das sei dir vergeben«, sagte Sophia und gab ihm einen Kuss auf die eine Wange und Rosa – nachdem sie sich rasch umgeschaut hatte – auf die andere. Sie hakten sich zu beiden Seiten bei ihm ein und spazierten durch den großen Garten. Das Wetter war wunderbar, ein Frühlingstag, wie man ihn sich schöner nicht wünschen konnte. Ein großer Tisch war hinausgestellt worden, und da zu viele Gäste erwartet wurden, als dass alle darum herum Platz gefunden hätten, wurde dort das Büfett aufgebaut. Gegessen wurde auf Picknickdecken.

Der Garten fiel sanft ab und endete an einem großen, gepflegten Teich, in den Sophia als Fünfjährige schon einmal gefallen war. Glücklicherweise war Rosas um acht Jahre älterer Bruder Paul in der Nähe gewesen und hatte sie herausgezogen. Danach war das Kindermädchen der Roths entlassen worden, das in die Küche gegangen war, um Limonade zu holen, und einen Moment zu lange mit der Köchin geplaudert hatte.

Während sie durch den Garten ging, den Duft von Blüten und sonnenwarmem Gras atmete, war Sophia von einem Gefühl überwältigenden Glücks erfüllt, das ihr die Brust weit machte. In solchen Momenten erschien ihr das Leben so wunderbar, so voller Verheißungen, dass nicht einmal der Gedanke an Vincent und ihre verschmähten Gefühle etwas daran ändern konnte. Hier war sie mit den beiden Menschen, ohne die sie nicht leben wollte. Ludwig war ihre andere Hälfte, in Rosa jedoch spiegelte sie sich, die Freundin war eine waghalsigere, zielstrebigere Version ihrer selbst, wohingegen Rosa in ihr wohl den verträumten, phantasiebegabten Gegenpart sah.

Clara, Raiko und Emilia trafen eine Stunde vor den Gästen ein, und leider hatte kein Weg darum herumgeführt, auch Eduard einzuladen, denn als Claras Verlobter gehörte er zur Familie. Aber da Sophia beschlossen hatte, sich den Tag durch nichts verderben zu lassen, ignorierte sie ihn einfach. Eduard hatte ohnehin kein Interesse daran, mit ihr zu sprechen. Natürlich kannte er die Roths, schließlich gehörten sie nicht nur zur höheren Gesellschaft Frankfurts, sondern wohnten – ebenso wie die Conrads und Eduard – im Westend. Sie hatten etliche gemeinsame Freunde und Bekannte, so dass Eduard schon kurz nach seinem Eintreffen und der Pflichtkür – Glückwünsche und das Überreichen der Geschenke – in Gespräche mit einigen jungen Männern vertieft war.

Eduard war bereits in Sophias Kindheit ein gelegentlicher Gast in der Villa Conrad gewesen, denn ihre Väter kannten sich, und er war im selben Alter wie Raiko. Schon als Junge war er von einer blasierten Arroganz gewesen, aber das allein hätte Sophia wohl nicht so stark gegen ihn eingenommen. Unverzeihlich in ihren Augen war, dass er seinerzeit durch eine geschickte Lüge Ludwig die wohl bisher unbarmherzigsten Prügel seines Lebens eingebracht hatte. Dabei hatte Eduard Claras Sparschwein zerbrochen und das Geld dafür verwendet, verbotenerweise Zuckerwerk zu kaufen. Der Junge war in dieser Hinsicht von seinen Eltern stets kurzgehalten worden. Im Grunde genommen wäre das alles keine große Sache gewesen, ein Dummejungenstreich. Allerdings hatte Eduard die Schuld damals sehr geschickt auf Ludwig geschoben, aus Sorge vor Bestrafung durch seinen Vater, der bei Diebstahl keine Nachsicht gezeigt hätte. In Ludwigs Taschen war Geld gefunden worden. Raiko hatte die Sache später erklärt, hatte erzählt, Ludwig etwas von seinem Taschengeld abgegeben zu haben, weil dieser dafür im Gegenzug das Spielzimmer allein aufräumte.

Irgendwie klärte sich so alles auf, und Eduard dürfte an dem Abend nicht viel zu lachen gehabt haben. Ihren Vater hatte sichtlich das schlechte Gewissen geplagt, und er hatte Ludwig eine neue Eisenbahn mitsamt Zügen gekauft, die sogar alleine fuhren. Der damals erst siebenjährige Ludwig war damit schließlich versöhnt gewesen, nicht so Sophia, die Eduard seither nicht ausstehen konnte. Und daran würde sich wohl auch nichts ändern.

»Ich frage mich wirklich, wie Clara ihn küssen kann«, sagte sie zu Rosa, als sie bemerkte, wie ihre Schwester sich zu ihrem Verlobten gesellte.

»Na ja, sie liebt ihn. Und Küssen ist schon schön.«

Nachdem Ludwig Rosa geküsst hatte, hatte Sophia insgeheim gehofft, daraus könnte mehr werden. »Ich befürchte, ich werde das erst wissen, wenn Vincent mich endlich bemerkt.«

Rosa lächelte. Sie war entzückend in dem weißen Kleid mit dem untergründigen roséfarbenen Schimmer, das so wunderbar mit ihren dunklen Augen und dem schwarzen Haar kontrastierte. »Bisher bist du ihm schlicht zu jung, vermute ich. Aber das ist ja ein Umstand, dem die Zeit abhelfen wird.«

Darauf hoffte Sophia. Sie hatte Ludwig gefragt, ob er Vincent nicht auch einladen könne, aber ihr Bruder hatte nur gelacht. »Na, der wird sich bedanken, unter lauter Halbwüchsigen.«

»Es sind ja auch erwachsene Männer hier.«

»Ja, und kannst du dir vorstellen, wie er dasteht und mit Raiko oder Eduard plaudert?«

»Was ist mit Paul?«

»Was das Theater und den Umgang mit diesen Leuten angeht, ist Paul durchaus auch ein klein wenig elitär.«

Vermutlich hatte Ludwig recht, so richtig vorstellen konnte sich Sophia Vincent nicht inmitten dieser Gesellschaft. Sie sah zu Rosas Bruder, der sich mit einem Mann unterhielt, den Sophia nur vom Sehen her kannte. Mit seinem hellbraunen Haar kam Paul eher nach seiner Mutter als seinem Vater, dem Rosa nachschlug. Er war Anwalt und betrieb eine florierende Kanzlei im Zentrum von Frankfurt. Mit dreizehn hatte Sophia ein klein wenig für ihn geschwärmt.

Elisabeth Weinberg, eine gemeinsame Freundin von Sophia und Rosa, trat aus dem Salon in den Garten. »Dein Vater hat eine Gruppe von Musikern bestellt.« Ihre Wangen waren rot vor Aufregung, denn sie liebte nichts mehr als Musik und Tanz. »Sie spielen im Salon auf.«

Rosas Augen weiteten sich. »Das muss die Überraschung sein, von der er gesprochen hat.«

Die jungen Leute strömten auf den Salon zu, und Ludwig umfasste im Vorbeigehen Rosas Hand. »Der erste Tanz mit der schönsten Frau, die nicht meine leibliche Schwester ist, gehört mir.«

Lachend folgten sie ihm, und Sophia kribbelte es beim Klang der Musik bereits in den Füßen. Der großzügige Salon der Roths war ganz in Weiß und Gold gehalten. Man hatte die beiden Verbindungstüren zum angrenzenden kleineren Salon geöffnet und dadurch einen Raum geschaffen, in dem es sich wunderbar tanzen ließ. Sophia sah Rosa und Ludwig nach, summte leise im Takt der Musik vor sich hin.

»Gibst du mir die Ehre?«

Rosas Bruder Paul stand vor ihr und lächelte auf eine Art, die Sophia noch vor einigen Jahren kleine Schauer durch den Bauch gejagt hatte. Das geschah inzwischen zwar nicht mehr, aber eine gewisse Wirkung hatte es doch noch. Sophia erwiderte das Lächeln und ließ sich gerne auf die Tanzfläche führen.

Paul tanzte gut, und Sophia wusste die Blicke vieler junger Frauen auf sich ruhen. Besitzerstolz ergriff sie. Das hier war der Bruder ihrer besten Freundin, und somit gehörte er auch ein klein wenig ihr. Er war so alt wie Vincent, vielleicht konnte sie ja die Gelegenheit nutzen und ihre Wirkung auf Männer seines Alters ausloten.

»Paul, wenn ich dich bitten würde, mich zu küssen, würdest du das tun?«

Er war sichtlich erstaunt. »Ich würde dich natürlich nur ungern enttäuschen, allerdings würde ich befürchten, dass du zu viele Hoffnungen hineinlegst, die ich dann möglicherweise nicht zu erfüllen bereit wäre.« Sein Blick wurde aufmerksam. »Möchtest du denn, dass ich dich küsse?«

»Nein, natürlich nicht. Ich wollte nur wissen, ob du es tun würdest.«

»Ich glaube, es gibt nur wenige Männer, die es nicht tun würden.«

»Denkst du wirklich?«

»Aber gewiss doch.«

Sophia musste lächeln.

»Hattest du nicht gesagt, das Ganze sollte ein vorübergehender Zustand sein?«, fragte Vincent, als er nach der Abendvorstellung nach Hause kam und Rudi in der Wohnstube auf dem Sofa herumlümmelte.

»Lena wohnt doch auch noch hier«, antwortet dieser und zog den Kopf zwischen die Schultern, was ihm stets das Aussehen eines geprügelten Hundes verlieh. Nach allem, was Rudi über seine Kindheit erzählte, wenn der Alkohol ihm die Zunge gelockert hatte, war das wohl gar kein so unzutreffender Vergleich.

Lena. Das war auch so eine Sache. Im Grunde hatte Vincent sie längst über, aber auf die Straße setzen konnte er sie kaum, ebenso wenig wie Rudi. Und da der in der Wohnstube schlief, blieb Lena nur der Platz in seinem Bett.

»In der Eisenbahnersiedlung suchen sie Leute für die Wehre am Unterlauf der Nidda.«

Als Antwort sank Rudi tiefer in den Sessel. »Ich schau mich mal um«, nuschelte er.

Vincent seufzte und ging in die winzige Küche, um aus seinen geplünderten Vorräten ein Abendessen zu bereiten. Der Türgong schlug an, und Vincent hörte am Knarren der Sesselfedern, dass Rudi sich erhob, um zu öffnen.

»Du bist ja immer noch da.« Lena.

»Du doch auch.«

»Von mir hat er wenigstens was.«

»So ruhig, wie es bei euch die letzten Nächte war, darf das wohl bezweifelt werden.«

»Bist du ein Schmutzfink, der an Schlafzimmertüren lauscht, oder was?«

»Um dich zu hören, muss man nicht bis zur Schlafzimmertür, da reicht es, unten am Haus vorbeizugehen.«

»Hast du wohl bei noch keiner Frau geschafft.«

Vincent schloss einen Moment lang die Augen. Dann fuhr er fort, seine Brotscheiben mit dünn geschnittener Wurst zu belegen, und ging mit dem Teller in die Wohnstube. Lena streckte bereits die Hand aus, um ihm die Wurst von dem Brot zu klauen, als sein finsterer Blick sie innehalten ließ.

»Hast du noch etwas zu essen?«

»Noch, ja. Ich verdiene allerdings nicht genug, um neben der Miete noch zwei weitere Personen durchzufüttern.«

Lena schürzte beleidigt die Lippen. Dann hob sie ihren Rock bis zu den Hüften und zog Geld aus ihrem Strumpf, das sie vor Vincent auf den Tisch knallte. »Reicht das?«

»Man kann dich kaufen?«, fragte Rudi interessiert.

»Na, du sicher nicht«, fauchte sie ihn an.

Vincent hob die Brauen.

»Ich hab Wäsche gewaschen für die alte Schachtel die Straße runter.« Sie wedelte unbestimmt zur Tür, dann zeigte sie ihm ihre Handflächen, deren Haut rot und rissig war.

»Du brauchst keinen Beweis anzutreten, womit du dein Geld verdienst«, erklärte Vincent. »Ich bin weder dein Vater noch dein Bruder.«

Da ihm so offenkundig jeder Anflug von Eifersucht abging, wandte Lena sich abrupt ab. »Ich nehme an, das Abendessen ist bezahlt, ja?« Sie ging zur Küche, und kurz darauf war das Geklapper von Besteck zu hören. Rudi erhob sich und folgte ihr.

»Ich hab nur für einen bezahlt, verstanden?«, hörte Vincent sie.

»Das hier ist nicht deine Küche.«

»Deine auch nicht, also verzieh dich und warte, bis ich fertig bin.«

Vincent fragte sich, ob er die beiden nicht doch einfach vor die Tür setzen sollte. Immerhin war es mittlerweile tagsüber schon fast sommerlich warm. In der Küche ging ein Teller zu Bruch.

»Verdammt noch mal!«, rief Rudi. »Die wirft mit Tellern nach mir.«

»Verlogener Mistkerl!«, schrie Lena.

Vincent aß auf und erhob sich. Grußlos verließ er die Wohnung und überlegte, ob er die Nacht im Theater verbringen sollte. In seiner Garderobe stand ein bequemes Sofa, und diese Aussicht erschien ihm weitaus erquicklicher, als daheim zu nächtigen.

Draußen atmete er die inzwischen recht kühle Luft tief ein, dann spazierte er langsam durch die spätabendlichen Straßen, die nur vom gelblichen Licht der Straßenlaternen erhellt wurden. Seine Wohnung lag im Ostend, das durch die Nähe zur Großmarkthalle und dem Osthafen als Arbeiterviertel galt. Den Reiz der Wohngegend machte für Vincent allerdings nicht nur die erschwingliche Miete aus, sondern auch der Umstand, dass um den Ostpark viele Künstler wohnten. Der Osten des Viertels war jüdisch geprägt mit einer Synagoge, einem jüdischen Waisen- und einem Krankenhaus.

Sein ganzes Leben lang lebte Vincent bereits hier, war mit den Buben des Viertels aufgewachsen und zur Schule gegangen. Anfangs hatte er sich als Frankfurter Junge begriffen, hatte nie einen Unterschied zwischen sich und den anderen Kindern ausmachen können, außer dem, dass seine Mutter mit seinem Vater nicht verheiratet gewesen war. Daheim sprach seine Mutter Romanes mit ihm, obwohl sie Deutsch konnte – ihre Familie war alteingesessen in Frankfurt. Seine Großeltern hatten eine Wohnung in Alt-Sachsenhausen, besaßen jedoch auch einen Wohnwagen, mit dem sie Handel betrieben. Im Winter wurde dieser in der Nähe der Stadt untergestellt, und als Kind hatte Vincent es spannend gefunden, seinen Großvater zu begleiten, wenn dieser damit durch die Gegend fuhr, um mit Stoffen zu handeln. Als er ins Schulalter kam, verbot die Mutter dies jedoch, und so blieben diese Ausflüge für ihn auf die Ferien beschränkt.

In der Schule hörte er es denn auch zum ersten Mal, jenes Wort, das ihn als anders stigmatisierte. *Zigeuner.* Herumziehendes Gesindel seien sie. Rastlos. Analphabeten – ungeachtet der Tatsache, dass Vincent, seine Cousinen und Cousins sowie die anderen Kinder aus dem Umkreis seiner Mutter der Schulpflicht folgten. Dass sein Vater ein Frankfurter Geschäftsmann war, führte wiederum dazu, dass Vincent unter den Sinti auch nicht so richtig dazugehörte. Seine Mutter bezeichnete ihn als *Wanderer zwischen den Welten.* Das klang netter als Zigeuner oder Bastard.

Als Vincent ein kleiner Junge gewesen war, hatte sein Vater immer mal wieder die Nacht bei ihnen verbracht. Allerdings bekam Vincent ihn da nur selten zu Gesicht, gelegentlich sah sein Vater ihn kritisch an, dann strich er ihm über den Kopf, fragte, was die Schule mache, und schickte ihn hernach zum Spielen. Wenn er übernachtete, war er morgens fort, ehe Vincent aufgestanden war. Irgendwann kam er nicht mehr, unterstützte seine Mutter jedoch weiterhin mit Geld. Als auch das ausblieb, nahm seine Mutter neben ihrer Arbeit als Schneiderin noch eine weitere Stelle als Zugehfrau bei einer Industriellenfamilie im Westend an. Seit dem Tod ihres Vaters wohnte sie bei ihrer Mutter, arbeitete immer noch als Schneiderin, und Vincent unterstützte sie monatlich, was seine ohnehin nicht gerade üppigen Mittel noch weiter einschränkte.

Und genau aus diesem Grund konnte er Lena und Rudi nicht endlos durchfüttern. Es musste eine Lösung her, und so sehr es ihm auch widerstrebte, die beiden auf die Straße zu setzen, so blieb ihm möglicherweise nichts anderes übrig. Während ihm derlei düstere Gedanken durch den Kopf gingen, schloss Vincent die Tür des Seiteneingangs zum Theater auf. Er konnte jederzeit zum Proben kommen, was er gerne tat, denn er mochte die Stimmung bei Nacht, das Aroma aus Wachs und altem Holz, in das sich der leicht metallische Geruch nach Staub und vergilbtem Papier mischte. Während vor dem Krieg private Theater – Volkstheater – meist Possen und Komödien aufführten, waren die klassischen Stücke den Hoftheatern vorbehalten gewesen. Das hatte sich geändert, die privaten Theater öffneten sich stärker dem Bürgertum und erweiterten ihr Repertoire um klassische Stücke.

Vincent liebte sowohl das klassische als auch das gesellschaftskritische Theater, er mochte den Gedanken, politische Stücke zu inszenieren, die die Menschen im Publikum zum Umdenken bewegten – wenngleich ihm klar war, dass man nie alle erreichte, aber selbst wenn einer nach der Aufführung das Theater verließ und seine Gedanken offen waren für neue Blickwinkel, war das durchaus ein Erfolg. Das Theater hatte seine eigenen Mittel zu kämpfen, zu provozieren, zu kritisieren. Schon als Schüler war er begeistert vom Schauspiel gewesen und hatte an Schulaufführungen teilgenommen, wenngleich sich seine Familie einen etwas bodenständigeren Beruf für ihn gewünscht hätte.

Vincents Ziel war es, nach Berlin zu gehen, dem kulturellen Zentrum des Reiches mit den Theatern, die neue Wege beschritten. Und vom Theater aus wollte er zum Film, denn das faszinierte ihn mehr als alles andere. In diesem Jahr war erstmals ein Filmpreis verliehen worden, der »Oscar« für Emil Jannings und Janet Gaynor. Vincent trat auf die Bühne, blickte über die leeren Stuhlreihen, ließ seine Stimme tragen und träumte von den großen Bühnen der Welt und den UFA-Studios in Berlin.

* * *

»Man kann mir ja so manches nachsagen«, empörte sich Raiko. »Aber Geiz?«

»Dann kannst du auch Geld für diese Kinder bezahlen«, beharrte Emilia.

»Kinder von Huren und lichtscheuem Gesindel. Na, besten Dank auch.«

»Die Kinder können nichts für ihre Herkunft, und es wäre eine Möglichkeit, ihnen auf einen Weg zu helfen, der nicht in dasselbe Milieu zurückführt, dem sie entstammen.« Emilia hatte von dem Findelhaus über eine Bekannte gehört. Es war privat geführt und holte Kinder von der Straße, Babys, die heimlich geboren werden mussten und deren Mütter nicht einmal für sich selbst sorgen konnten. Aber es fehlte an Geld für das Nötigste. Die Frau, die das Haus leitete, hatte private Mittel aus einer Erbschaft, war unverheiratet und musste für niemanden aufkommen, aber auch das reichte nicht für die mittlerweile sechzehn Kinder, die in dem Haus lebten.

»Der Nachbarschaft ist das inzwischen auch ein Dorn im Auge«, wusste Raiko zu erzählen. »All der Lärm und das Geschmeiß, das dort ein und aus geht.«

»Du kannst den Müttern ja nicht verbieten, ihre Kinder zu besuchen, es kommt selten genug vor. Einige bringen überdies Geld.«

»Ihren Hurenlohn oder Ergaunertes?«

»Von irgendetwas müssen sie ja leben, wenn Menschen wie du zu geizig sind.«

Dass sie ihn erneut mit diesem Wort belegte, machte ihn sichtlich wütend, aber er beherrschte sich. »Ich habe es dir vor einigen Monaten gesagt, und ich sage es dir erneut – ich will nicht, dass du dich mit diesen Leuten abgibst. Wenn du Gutes tun willst, dann wende dich an die Kirche, die sucht immer wieder Frauen, die in Suppenküchen helfen oder Armenbesuche machen.«

»Ich helfe dort, wo ich es für richtig halte.«

»Falsch, du hilfst dort, wo ich es für angemessen halte.«

»Dann binde mich doch fest.«

»Das muss ich gar nicht, ich verbiete es dir schlicht und ergreifend.«

Emilia warf den Kopf zurück, während ihr Tränen in die Augen stiegen. Dieses Mal würde sie nicht klein beigeben, nicht einen Streit beenden, indem sie sich abwandte und floh, um hernach draußen allein für sich zu weinen. Sie sah ihm in die Augen, ihr Blick verschwamm, und sie blinzelte, spürte die Nässe in den Wimpern, indes sie wieder klar sehen konnte. »Du wirst mich fesseln müssen, denn ich werde gewiss wieder hingehen.«

Raiko lief rot an. »Du wirst unserem Namen keine Schande machen.«

»Es sind Kinder. Welche Schande könnte ich dir da schon bereiten?«

Der Disput war ihm lästig, daraus machte Raiko keinen Hehl, allerdings war er, was Diskussionen anging, auch nicht besonders ausdauernd. Außer seiner Prinzipienreiterei konnte er im Grunde nichts dagegen vorbringen. Dass Emilia in diesem Haus verkehrte, würde niemand anders deuten, als dass sie bestrebt war zu helfen.

»Gibst du mir Geld?«

»Wenn du gegen meinen ausdrücklichen Willen hingehen willst, dann tu es«, sagte er. »Aber Geld werde ich in diesen Unfug gewiss nicht stecken.«

»Dann frage ich eben Oskar Roth.«

»Untersteh dich! Was wird er denken, wenn meine Frau ihn um Geld bittet?«

»Dass mein Ehemann offenbar zu geizig ist, um armen Kindern zu helfen.«

Das Rot in Raikos Gesicht vertiefte sich, und herausfordernd hob Emilia das Kinn. Schließlich nickte er knapp und wandte sich ab, als sei damit alles gesagt.

Der Gedanke ans Schreiben war zögerlich in ihr gereift, und Sophia kam er geradezu vermessen vor. Wer war sie denn, sich mit den Literaten dieser Welt messen zu wollen? Bisher hatte sie kleine Geschichten und Anekdoten in ihren Tagebüchern festgehalten, und der Wunsch, diese auszuschmücken, neue hinzuzudichten, eine Welt auferstehen zu lassen, die nur in ihren Gedanken existierte, wurde immer beherrschender. Ob es das war, wohin das Leben sie führte? Während Rosa Ärztin werden würde und Ludwig Anwalt – ob er wollte oder nicht –, würde sie Geschichten entstehen lassen. Werke, die es womöglich ans Theater schafften. Prompt sah sie Vincent vor sich, wie er dastand, die Menschen gefangennahm mit seiner Bühnenpräsenz und dabei die Worte sprach, die sie geschrieben hatte.

Mit dem Kopf voller Ideen setzte sich Sophia in den Garten, lehnte sich mit dem Rücken an den dicken Stamm eines Apfelbaums, schlug ihre Kladde auf und nahm den Stift zur Hand. Sonnenlicht tropfte durch das dichte Geäst ins Gras, ein sanfter Wind strich über die Halme, die Vögel zwitscherten. Alles um sie herum atmete poetische Inspiration. Und doch schien sich jede Idee in dem Moment zu verflüchtigen, in dem Sophia im Begriff war, sie aufzuschreiben. Szenen, die sie lebendig geradezu vor sich gesehen hatte, kamen ungelenk und hölzern zu Papier, wirkten, als versuchte man, einer Statue Leben einzuhauchen.

Nach einer Stunde gab sie es frustriert auf, warf Kladde und Stift vor sich ins Gras und lehnte den Kopf zurück, um in den Baumwipfel zu starren. Sie knabberte an ihrer

Unterlippe, versuchte, die Geschichten, die in ihr waren, wieder in Worte zu formen, was ihr gedanklich problemlos gelang. Sie wurden erst starr, wenn sie versuchte, sie aufzuschreiben. Erneut griff sie nach der Kladde, betrachtete das, was sie dort fabriziert hatte. Sophia riss die beschriebenen Seiten heraus und knüllte sie zusammen, um sie in der Küche in den Ofen zu stecken. Dann hob sie den Stift auf und ging zurück zum Haus.

Ludwig war noch in der Schule, Rosa ebenfalls, und Sophia wusste nichts Rechtes mit sich anzufangen. Ob sie ins Theater gehen sollte? Der Gedanke ließ ihr Herz schneller schlagen, gleichzeitig genierte sie sich ein wenig bei dem Gedanken daran, wie sie ganz allein dort saß und Vincent Rubik zusah. Das würde ihm gar zu offensichtlich zeigen, wie es um ihre Gefühle stand. Und solange er sie als Kind abtat und nicht beachtete, wollte sie sich diese Blöße nicht geben.

»Hast du in der Sonne gesessen?«, hörte sie die Stimme ihrer Mutter. »Dein Gesicht ist ganz rot.« Sie trat zu ihr, umfasste Sophias Kinn und drehte den Kopf zum Licht hin. »Du hast schon wieder die ganze Nase voller Sommersprossen. Geh in die Küche und frag Käthe nach Buttermilch und Zitrone, das sollte helfen. Trag es auf, bevor wir nachher ausgehen, und dann noch einmal abends vor dem Schlafengehen.«

Sophia seufzte.

»Sieh dir Clara an, sie hat einen Teint wie Porzellan.«

Wieder seufzte Sophia. Anstatt literarische Höhenflüge hinzulegen, würde sie nun mit einem Buttermilchwickel auf der Nase auf dem Bett liegen.

AUGUST 1929

»Ich kann mit dir nicht arbeiten!« Stella von Lohe – nach Vincents Dafürhalten hätte sie sich einen Namen aussuchen sollen, der wenigstens so klang, als sei er echt – stampfte in kindlicher Manier mit dem Fuß auf und funkelte ihn zornig an. Sie glaubte, es sei etwas Persönliches, dabei hielt Vincent sie schlicht für eine miserable Schauspielerin. Vermutlich hätte sie die Rolle nicht bekommen, hätte sie nicht mit dem Intendanten geschlafen.

»Was wird das?«, rief der Regisseur, Max Groß, von seinem Sitz im Parkett. »Stella!«

Die Angesprochene zog einen Flunsch, stemmte die Hände in die Hüften und machte keine Anstalten, die Szene fortzusetzen.

»Verdammt noch mal!« Max Groß erhob sich. »Wir stehen so dicht vor der Premiere«, er hielt Daumen und Zeigefinger der rechten Hand wenige Zentimeter auseinander, »und keine einzige Szene funktioniert fehlerfrei.«

»Sag *ihm* das.« Stella deutete auf Vincent.

»Er ist nicht schuld daran, dass du agierst wie eine hölzerne Puppe. Also reiß dich zusammen und versuch es ein weiteres Mal.«

Stella stieß einen Wutschrei aus, riss sich den Haarschmuck vom Kopf, warf ihn in einer theatralischen Geste – diese Fähigkeit hätte Vincent sich während der Proben gewünscht – zu Boden, wandte sich ab und rauschte hinaus.

»Ja, ist denn das die Möglichkeit!«, schrie Max Groß nun.

Vincent strich sich das Haar zurück und seufzte, während die übrigen Schauspieler ratlos herumstanden. »Und jetzt?«

»Macht mit der nächsten Szene weiter«, befahl Max Groß. »Und wer gerade nicht auf der Bühne stehen muss, geht jetzt und bringt Stella wieder auf Kurs.«

»Geh doch mit ihr ins Bett, Vincent«, schlug Andreas Kröger wenig hilfreich vor. »Vielleicht wird sie dann zahmer.«

Vincent ersparte sich eine Antwort darauf, und kurz darauf wurden die Proben wieder aufgenommen. Ohne Stella klappte es hervorragend, bedauerlich, dass man ihre Szenen nicht einfach aus dem Stück streichen konnte. Eine Stunde lang probten sie, Stella blieb verschwunden. Hoffnung keimte in Vincent auf, dass man nun guten Gewissens die Zweitbesetzung ins Boot holen könnte, wenngleich es mit den Proben bis zur Aufführung knapp werden würde.

Er ging in seine Garderobe, nahm vor den Spiegel Platz

und wischte sich die Theaterschminke aus dem Gesicht. Er mochte die expressionistischen Stücke mit Inhalten, die geradezu revolutionär anmuteten. Im Theater hatte die Revolution nach dem Krieg ihre Spuren hinterlassen, wenn in Stücken von Massenelend und Hunger gesprochen wurde. Es wurde Sozialkritik geübt, der Pazifismus thematisiert, Stücke von Bertold Brecht und Ernst Toller aufgeführt.

»Sie ist gegangen«, hörte er Hannah Schönhausen rufen, und Max Groß bekam einen weiteren Wutanfall.

Wenn Stella fort war, konnten sie die Proben für den Tag wohl als beendet ansehen. Vincent kleidete sich um und beschloss, seiner Mutter einen Besuch abzustatten. Sie war unruhig in letzter Zeit, machte sich große Sorgen. Bereits Anfang des Jahres war davon die Rede gewesen, alle Sinti auf einem Platz zu konzentrieren, und seine Mutter trieb die Angst um, aus ihrer Wohnung vertrieben zu werden. Vincent hatte ihr erklärt, dass dafür jede rechtliche Handhabe fehlte, denn sie zahlte ihre Miete und war in all den Jahren nie mit ihrem Vermieter aneinandergeraten. Die Sinti jedoch, die mit ihren Wohnwagen im Stadtgebiet verteilt lebten, sollten auf einen Wohnwagenstandplatz an der Friedberger Landstraße verlegt werden, denn man wollte keine Wohnwagen im sichtbaren Bereich der Stadt, da dies, so die Begründung, zu Unmut unter der Bevölkerung führe. »Niemand will Zigeuner in der Nachbarschaft«, hieß es.

Vincent verließ das Theater und genoss es, einen Moment lang im Sonnenschein zu stehen und den Geräuschen der Stadt zu lauschen. Lastkarren wurden über die Straße geschoben, Radfahrer fuhren zwischen den Passanten und Automobilen hindurch, Damen flanierten mit jenen topfartigen Hüten, die seit einiger Zeit in Mode waren, einige in Eile, andere müßig und miteinander plaudernd oder am Arm eines Mannes in sommerlichem Anzug.

Das Theater lag am Liebfrauenberg, im Zentrum der Altstadt. Dominiert wurde der Platz von der gotischen Liebfrauenkirche und dem ihr gegenüberliegenden barocken Haus zum Paradies. Für Vincent war das hier das Herz der Stadt, pulsierend und lebendig. Die Strecke bis zur Löhergasse ging er zu Fuß, was eine gute halbe Stunde dauerte. Auf dem Weg begegnete er Ludwig Conrad, der mit finsterer Miene einen Stein vor sich her kickte. Das Gesicht des Jungen hellte sich auf, als er Vincent bemerkte.

»Wie geht es dir?«, fragte er. »Du warst lange nicht mehr im Theater.«

»Ich würde gerne wieder hingehen, aber nach der letzten schlechten Note hat mein Vater mich so verdroschen, dass ich nicht bestrebt bin, das zu wiederholen.«

»Wann machst du das Abitur?«

»In zwei Jahren.« Ludwig stieß einen tiefen Seufzer aus, dieser Zeitraum schien in seinem jungen Alter noch unüberwindlich.

»Wenn du wieder proben möchtest, komm nur, ich bin fast jeden Tag im Theater.«

Ludwig lächelte. »Das will ich gewiss so bald wie möglich tun.« Er nickte Vincent zum Abschied zu und setzte seinen Weg fort.

Vincents Mutter empfing ihn mit Tee, doch auch ihre

offensichtliche Freude, ihn zu sehen, konnte nicht über ihre Besorgnis hinwegtäuschen, die feine Linien in ihr Gesicht zeichnete. Neunzehn Jahre war sie gewesen, als sie ihn geboren hatte, und mit Mitte vierzig war sie noch immer eine schöne Frau. Ihr ganzes Leben opferte sie sich auf, für die Familie und vor allem für ihr einziges Kind. Sie hätte es verdient, glücklich zu sein, einem ruhigen Lebensabend entgegenzusehen. Es war schwer genug für sie gewesen, ein uneheliches Kind großzuziehen, die Schande zu tragen, wenngleich ihre Eltern sie nicht verstoßen hatten. Ihre Mutter, Anfang siebzig und von zänkischer Natur, lebte ebenfalls hier, und Vincent vermutete, dass dies nicht immer leicht war. Aber seine Mutter sah es als ihre Pflicht, seine Großmutter im Alter nicht allein hier wohnen zu lassen.

»Du musst dir nicht so viele Sorgen machen«, sagte er auf Romanes, als sie in dem winzigen Wohnzimmer ihren Tee tranken.

»Es heißt nun doch, alle müssten dorthin umsiedeln«, antwortete seine Mutter.

»Ich habe gehört, man wolle die Wohnwagen aus dem Stadtgebiet haben.« Dass deren Anzahl so sprunghaft gestiegen war, hatte die Stadt ja nun selbst zu verantworten. Wenn die Menschen keine Wohnungen mehr hatten, zogen sie eben mit ihren Wohnwagen ganzjährig ins Stadtgebiet. Durch die Wohnungsraumzwangswirtschaft hatten viele Sinti ihre Wohnungen verloren, denn es wurde nicht geduldet, dass Wohnraum den Sommer über leer stand, während die Sinti mit ihren Wohnwagen auf Handelsreisen waren.

»Aber meine Geschwister, deine Cousinen und Cousins...« Die Stimme seiner Mutter erstarb, und Vincent beugte sich vor, legte seine Hand auf ihre.

»Die Plätze sind gemietet, und solange die Miete pünktlich entrichtet wird, kann man sie nicht einfach fortschicken. Die Idee ist ohnehin vollkommen unausgegoren, das wird den Leuten schon noch klar werden. Am Ende der Friedberger Landstraße – das ist doch viel zu weit weg, die Kinder müssen ja auch weiterhin zur Schule.«

Seine Mutter nickte verzagt. Sie stand auf und brachte ihm noch ein Stück Kuchen. »Jakob Michaelis' Tochter Gisa war gestern hier. So ein hübsches Mädchen.«

Mit einem nachsichtigen Lächeln ließ Vincent den Kuppelversuch seiner Mutter über sich ergehen.

»Es gibt doch keine Frau in deinem Leben, oder?«, fragte sie, kurz in ihrem Redefluss innehaltend.

Er dachte an Lena. »Nein.«

Seine Mutter lächelte. »Na, das ist doch bestens.«

Sie fuhren mit dem Taxi, Ludwig vorne neben dem Fahrer, die drei jungen Frauen hinten. Rosa sah aus wie ein Flapper mit dem kinnlangen schwarzen Haar und dem silbrig grauen, gerade geschnittenen Kleid. Ihre Augen waren dunkel geschminkt, und Sophia fragte sich, ob ihre Freundin sich ihrer aufregenden Ausstrahlung bewusst war. Sie selbst trug ein taubenblaues Kleid, hatte das Haar mit einer Brennschere in Form gebracht, trug ein Band in der Farbe des Kleides um den Kopf, das seitlich von einer Spange gehalten wurde. Elisabeths blondes Haar schimmerte in einem warmen Goldton. Sie war sofort damit einverstanden gewesen auszugehen, als sie erfuhr, dass Ludwig dabei war, und Sophia argwöhnte, dass sie ein klein wenig verliebt in ihn war. In diesem Fall war ihr ein gebrochenes Herz gewiss, denn Ludwig interessierte sich überhaupt nicht für sie.

Sie hielten vor einer Tanzbar, und Ludwig stieg aus, um den jungen Frauen der Reihe nach aus dem Taxi zu helfen. »Verrucht genug für die Damen?«, fragte er augenzwinkernd.

Rosa hakte sich bei ihm ein. »Das wissen wir erst, wenn wir drin sind, nicht wahr?«

Sophia folgte den beiden zusammen mit Elisabeth, deren Blick auf Rosa und Ludwig geheftet war. Hoffentlich würde sie sich nicht eifersüchtig gebärden, danach stand Sophia an einem Tanzabend überhaupt nicht der Sinn. Beeindruckt betrat sie die schicke Bar, die mit ihren Lüstern, die gedämpftes Licht verbreiteten, dem polierten Tanzparkett, den Säulen und lauschigen Ecken etwas Elegantes und gleichzeitig Verruchtes ausstrahlte. Elisabeth empfand es offenbar ähnlich, wenn Sophia den Laut des Entzückens richtig deutete.

Ludwig drehte sich zu ihnen um. »Zufrieden, die Damen?«

»Ganz und gar.« Rosa steuerte auf einen Tisch für vier Personen zu. Sophia rutschte neben sie auf die Bank, während Ludwig gegenüber von Sophia Platz nahm und Elisabeth auf dem Stuhl neben ihm.

»Woher kennst du das hier?«, fragte Sophia.

»Oh, ich gehe ja auch mal so ab und zu aus.«

»Es wirkt so erwachsen... Haben dich ältere Freunde

mitgehen lassen?« Rosa grinste, und er wurde sogar ein wenig rot.

»Du würdest dich wundern«, antwortete er.

»Ich bin nur zu begierig, mehr zu erfahren«, sagte Sophia. »Du kannst es mir heute Nacht erzählen, und lass keine Einzelheiten aus.«

Sie gaben ihre Bestellung auf, und während Sophia Elisabeth großzügig ihren Bruder überließ, wandte sie sich Rosa zu und unterhielt sich mit ihr, wobei sie mit halbem Ohr hörte, dass zwischen ihrem Bruder und ihrer Freundin nur Belanglosigkeiten ausgetauscht wurden. Während Rosa ihr von einem pikanten Gerücht über eine Mitschülerin und den Lateinlehrer erzählte, fiel ihr Blick über die Schulter der Freundin zur Bar, und sie musste zweimal hinsehen, ehe sie es wagte, aus der hoffnungsvollen Vermutung Gewissheit werden zu lassen.

»Du hörst ja gar nicht mehr zu«, beschwerte sich Rosa, drehte sich um und folgte Sophias Blick. »Ach, na dann ist ja alles klar«, spöttelte sie.

Auch Ludwig war aufmerksam geworden. »Das ist ja Vincent.« Er richtete sich auf, wartete, bis Vincent Rubik den Kopf wandte, und winkte ihm zu.

Sophia starrte zur Bar, wo Vincent Rubik noch einige Worte mit einem Mann wechselte, diesem auf die Schulter klopfte und dann auf ihren Tisch zusteuerte.

»Seid ihr vier gerade auf Abwegen?«, fragte er Ludwig.

Rosa grinste, und Elisabeth hob die Brauen. Sophia barg ihre zittrigen Hände unter dem Tisch in ihrem Rock, schaffte es, ein Lächeln auf die Lippen zu zaubern, als Vincent an ihrem Tisch angelangt war.

»Ja«, antwortete Ludwig in gespielt verschwörerischem Ton, »aber verrat es keinem.«

»Dann soll es mir nicht einfallen, euch den Spaß zu verderben.«

Es drohte eine peinliche Stille, da er wohl wusste, dass er vor Fremden nichts vom Theater erzählen durfte, und sonst gab es offenbar keine gemeinsamen Themen.

Rosa wandte den Kopf. »Für uns moderne Frauen ist doch stets Damenwahl, nicht wahr?«, fragte sie, lächelte keck und ging auf einen jungen Mann zu, der einen Tisch weiter saß und sie bereits seit einiger Zeit immer wieder ansah.

»Dem schließe ich mich an«, antwortete Elisabeth, die Gunst der Stunde nutzend, stand auf und zog Ludwig hoch.

Sophia saß allein am Tisch, sah ihrem Bruder nach und wieder zu Vincent, der sie nun musterte. Er lächelte und erlöste sie aus ihrer Notlage, was von Rosa zweifelsfrei so gedacht gewesen war.

»Darf ich Sie auffordern, oder halten Sie es wie Ihre Freundinnen?«

Dass er sie siezte und nicht mehr ansprach wie ein Kind, weckte eine diffuse Hoffnung in ihr. Mit heftig pochendem Herzen stand Sophia auf. »Sie dürfen.«

Er bot ihr den Arm und führte sie auf die Tanzfläche. Sophia tanzte für ihr Leben gern, und nachdem sie die anfängliche Angst, vor Befangenheit steif und ungelenk zu wirken, zurückgedrängt hatte, passte sie sich seinen Schritten an und genoss es. Vincent Rubik tanzte famos, und Sophia wollte zu gerne tiefer gehendes Interesse in sein Lächeln deuten, hoffte darauf, dass er diesem Tanz einen weiteren folgen ließ, sie hernach an die Bar einlud... Er jedoch bot ihr nach dem Tanz den Arm und führte sie galant zurück an ihren Tisch, wo er den Kopf neigte, sich bedankte und verabschiedete. Mit verträumtem Lächeln sah Sophia ihm nach, bis Rosa, Elisabeth und Ludwig zurückkehrten.

»Bist du jetzt von ihm geheilt?« Ludwig ließ sich auf den Stuhl fallen und strich sich das widerspenstige Haar aus der Stirn.

Rosa zündete sich eine Zigarette an und atmete den Rauch aus. »Wirkt sie, als sei sie es?«

Elisabeth sah neugierig zur Tanzfläche. »Ist der nicht ein wenig zu alt für dich?«

»Meine Rede«, entgegnete Ludwig, und Elisabeth lächelte ihn entzückt an.

Rosa seufzte, und nun war es an Sophia zu grinsen. Sie konnte geradezu sehen, welcher Gedanke ihrer Freundin jetzt durch den Kopf ging. *Muss sich denn hier jeder närrisch aufführen wegen eines Mannes?*

Sophia suchte mit den Augen nach Vincent und entdeckte ihn in offenbar angeregter Unterhaltung mit einer Gruppe Männer und Frauen. Wie weltgewandt sie wirkten – dagegen war sie für ihn vermutlich ein kleines Kind. Die Frau neben ihm legte ihm gerade die Hand auf den Arm, sagte etwas, das ihn erst lächeln, dann auflachen ließ. Sophias Hochgefühl, das der kurze Tanz in ihr ausgelöst hatte, fiel in sich zusammen.

»Jetzt zieh nicht so ein Gesicht.« Rosa zündete eine Zigarette an ihrer an und reichte sie ihr. »Wir suchen dir für heute Abend einen vielversprechenden Galan, und dann genießt du die Zeit.«

Ludwig hob die Brauen. »Im Rahmen dessen, was sich gehört, selbstverständlich.«

Sophia blies ihm den Rauch ins Gesicht.

* * *

Emilia hatte Anna Altenburg auf einem Wohltätigkeitsbasar kennengelernt, und sie hatten sich gleich gut verstanden. Annas Vater war Rechtsanwalt, ihre Mutter Tochter eines jüdischen Warenhausbesitzers aus Zürich. Über ihren Vater hatte Anna kürzlich Paul Roth kennengelernt, und offenbar hatte sie auf ihn ebenso viel Eindruck gemacht wie er auf sie, denn als die beiden jungen Frauen sich nachmittags auf dem Weg zum Kinderheim trafen, erzählte sie, dass sie am Wochenende abends mit ihm essen gegangen war.

Ein wenig beneidete Emilia sie um dieses Gefühl des Frischverliebtseins, das sie in dieser Art nie erlebt hatte. Aber nun war es müßig, sich darüber Gedanken zu machen, ändern konnte sie es ohnehin nicht. Vor allem jetzt, da es den Anschein hatte, Raikos nächtliche Bemühungen könnten zu der gewünschten Leibesfrucht geführt haben. Schon ehe ihr Monat ausgeblieben war, hatte Emilia ein stetes Ziehen im Bauch verspürt, begleitet von einer morgendlichen leichten Übelkeit.

»Deine Familie ist mit seiner gut befreundet, ja?«, fragte Anna nun, als sie die Straße entlanggingen.

»Meine Schwägerin ist mit der Tochter des Hauses sehr eng befreundet.«

»Dann laufen wir uns gewiss auch gesellschaftlich öfter über den Weg – vorausgesetzt, das mit Paul Roth wird etwas Ernstes.« Annas Lächeln indes ließ nur wenig Zweifel daran, dass sie sich dessen gewiss war.

Das privat geführte Kinderheim lag im Musikantenweg. Die Gründerzeitvilla war von der Leiterin eigens zum Zweck erworben worden, heimatlose Kinder von der Straße zu holen. An diesem herrlichen Sommernachmittag waren viele Menschen unterwegs, und auch Emilia stand nicht der Sinn danach, den Nachmittag in der Stube zu verbringen. Sie würde die älteren Kinder auf einen Spaziergang mitnehmen und den Tag im Freien genießen.

Als Emilia und Anna das Haus betraten, kamen ihnen schon die vier Kleinsten entgegengelaufen, drei Mädchen im Alter von knapp vier bis fünfeinhalb und ein sechsjähriger Junge.

»Habt ihr uns was mitgebracht?« Die Jüngste schmiegte sich an Emilia, schob die Hand in ihre, und Emilia machte ein warmes, fast schon schmerzhaftes Gefühl die Brust eng. Sie ging in die Hocke, sah in die blauen Augen des Kindes, den offenen, vertrauensvollen Blick, und wollte nichts mehr als diesem kleinen Geschöpf ein ganzes Leben umhüllt in Liebe und Sicherheit bieten. Dabei sah für die Kleinsten die Zukunft etwas rosiger aus als für die Großen, denn gerade so niedliche kleine Mädchen fanden schnell Adoptiveltern. Die Größeren wollte nur selten jemand haben.

»Ich habe Bonbons mitgebracht«, sagte sie, und die Kinder jubelten. »Aber die gebe ich gleich Fräulein Heinemann, damit sie die aufteilt.«

Die Kleinste zog einen Flunsch, doch Emilia lachte nur und strich ihr übers Haar, als sie sich wieder erhob. Es war schwer, bei diesem Blick nicht schwach zu werden.

Anna zog aus ihrem Korb eine Tüte Krapfen, fettglänzend und zuckrig. Begeisterungsrufe ertönten, und nun kamen weitere Kinder hinzu. Insgesamt lebten hier sechzehn Kinder, zehn Mädchen und sechs Jungen, von denen nun elf Kinder Anna belagerten, die generös die Krapfen verteilte.

»So, das war's, jeder bekommt einen. Die anderen wollen auch noch etwas.«

Jemand klatschte vernehmlich in die Hände, und die Kinder drehten sich um. Helga Heinemann, die mit dreißig Jahren dieses Haus gekauft hatte und es gemeinsam mit ihrer langjährigen Freundin Annelie Behrend führte, erschien in der Tür des ehemaligen Salons, der zum Aufenthaltsraum geworden war. »Wie wäre es, wenn wir unsere Besucher erst einmal eintreten lassen, ehe wir sie hier belagern?«

Die Kinder zogen sich zurück, kauend und mit fettglänzenden Mündern. Nachsichtig sah Helga ihnen nach. »Gegessen wird auch weiterhin im Esszimmer.«

»Das war wohl meine Schuld.« Anna lächelte entschuldigend.

»Die Kinder kennen die Regeln.« Helga nahm Anna den Korb ab und begleitete die beiden Frauen in den Salon, der an diesem schönen Sommernachmittag leer dalag, dafür waren Kinderstimmen aus dem Garten zu höre. »Es gab schon wieder Ärger mit den Nachbarn. Angeblich wären die Kinder zu laut, dabei achten wir wirklich darauf. Aber ich kann ihnen doch nicht das Lachen verbieten, und einsperren kann ich sie bei dem herrlichen Wetter auch nicht.«

In Wahrheit wollte man sich nicht damit abfinden, dass eine Frau, die als »sitzengebliebenes Mädchen« galt, ihr Vermögen in die Kinder fragwürdiger Herkunft steckte und mit einer Freundin zusammenwohnte, so dass man befürchten musste, es stecke mehr dahinter – und all das in der unmittelbaren Nachbarschaft.

»Sie finden immer etwas«, sagte Helga. »Der Phantasie sind da keine Grenzen gesetzt.«

Emilia gab ihr die Bonbons, damit sie diese für die Kinder verwahrte. »Ich nehme die Großen mit in den Park«, sagte sie.

Kurz darauf war Emilia mit drei Jungen und vier Mädchen zwischen acht und zwölf Jahren auf dem Weg zum Bethmannpark, der nur wenige Gehminuten vom Kinderheim entfernt lag. Die überaus schöne Anlage war eingebettet in das Dreieck zwischen Mauerweg, Berger Straße und Friedberger Landstraße. Der außerhalb der Wallanlagen gelegene Park befand sich im Besitz der Bankiersfamilie Bethmann und war ursprünglich als privater Garten angelegt worden, ebenso wie der Günthersburgpark der Familie Rothschild und der Holzhausenpark der Patrizierfamilie Holzhausen. Letzterer war erst vor gut sechzehn Jahren der Öffentlichkeit zugänglich gemacht worden.

Die elfjährige Katharina, die Emilia besonders ans Herz gewachsen war, ging neben ihr her und erzählte ihr, dass sie Schneiderin werden wollte.

»Dann schneidere ich so herrliche Kleider, wie Sie sie

tragen«, sagte sie. »Und hübsche Kinderkleider mit dazu passenden Puppenkleidern.«

»Das sind ja schon sehr konkrete Pläne.«

»Fräulein Helga sagte auch, dass sie es gut findet, wenn ich jetzt schon plane. Ich soll aber die Volksschule noch fertig machen.«

»Das musst du unbedingt.«

»Ich gehe nicht gerne in die Schule.«

»Aber trotzdem ist die Schule wichtig, das wirst du später noch merken, wenn du vielleicht deine eigene Schneiderei hast und Rechnungen ausstellst, Stoffe bestellst, planen musst und alles, was dazugehört.«

Katharina seufzte tief.

Sie waren im Park eingetroffen, und die Kinder liefen voran, während Katharina neben Emilia blieb. Sie war schüchtern und zog sich immer ein wenig von den anderen zurück. Einer der Jungen hatte sie mal als nicht ganz gescheit bezeichnet und dafür zwei Tage Stubenarrest bekommen, denn was Benehmen anging, verstand Helga keinen Spaß.

Emilia setzte sich auf eine Bank und wies die Kinder an, auf ihren Erkundungswegen in Sichtweite zu bleiben. Katharina schloss sich nach einigem Zögern an, und Emilia sah den Kindern lächelnd zu. Einmal musste sie den Kopf recken, da zwei Jungen aus ihrem Sichtfeld verschwunden waren, aber dann erspähte sie sie.

Eine halbe Stunde saß sie da, genoss den Sonnenschein und den sanften Wind, als sie aufmerksam wurde, weil einer der Jungen gerade von einer älteren Frau gescholten wurde. Katharina kam zu ihr gelaufen.

»Frau Conrad, diese Frau sagt, Willy hätte gestohlen.«

»Wie bitte?« Emilia sprang auf und beeilte sich, zu dem Jungen zu gelangen.

»Ist das die Aufpasserin von euch?«, schimpfte die ältere Frau.

»Ich betreue die Kinder«, antwortete Emilia ruhig. »Was ist denn passiert?«

»Der Bengel hat meine Geldbörse gestohlen.«

Emilia sah den Jungen an. »Stimmt das?«

Willy war rot geworden. »Nein.«

»Sie war gerade noch da, dann hat sich der Junge hinter der Bank herumgedrückt, und nun ist sie fort.«

»Willy?«

»Wir haben Verstecken gespielt.«

»Das sind bestimmt die Kinder aus dem Haus im Musikantenweg, das diese beiden moralisch wenig integren Frauen führen«, mischte sich nun ein Mann ein. »Kein Wunder, dass die Kinder stehlen, bei dem Vorbild, das ihnen vorgelebt wird.«

»Wollen Sie Fräulein Heinemann und Fräulein Behrend als Diebinnen bezeichnen?«, fragte Emilia.

»Was die sind, kommt einem anständigen Menschen nicht über die Lippen«, rief eine andere Frau. Mittlerweile hatten sich etliche Schaulustige um sie versammelt.

»Schicken Sie die Kinder hier zum Stehlen raus?« Die ältere Frau wirkte, als wollte sie auf Emilia losgehen.

»Ich muss doch sehr bitten!«

»Das ist Emilia Conrad«, war nun die Stimme einer jungen Frau zu vernehmen.

»Wer soll das sein?«, keifte die ältere.

»Die Ehefrau von Raiko Conrad, dem Erben des Stahlwerks.«

»Weiß Ihr Gemahl, was Sie hier treiben?«, fragte der Mann. »Der Junge soll die Taschen leeren.«

Willy hatte sich hinter Emilia versteckt, die schützend vor ihm stehen blieb. »Das wird er nicht.«

Sie würde in Ruhe mit ihm sprechen, denn sie konnte nicht ausschließen, dass er eine Dummheit begangen hatte. Das wollte sie dann lieber unter vier Augen klären, nicht hier vor allen Leuten. Nicht auszudenken, was passierte, wenn die Geldbörse tatsächlich bei ihm gefunden wurde. Der Mann schien den Jungen jedoch auch ohne ihre Einwilligung durchsuchen zu wollen, und Emilia legte schützend den Arm um das Kind.

»Das war todlangweilig«, beschwerte Ludwig sich. Er hatte ein Spionagedrama im Kino sehen wollen, war jedoch überstimmt worden von Sophia und Rosa, die lieber in *Die wunderbare Lüge der Nina Petrowna* gehen wollten. »Nächstes Mal suche ich den Film aus.«

»Hier gab es doch auch Intrigen«, antwortete Sophia ungerührt. Ihr hatte der Film gefallen, sie mochte Brigitte Helm, hatte sogar ein Bild von ihr an der Wand ihres Zimmers hängen. Letztes Jahr hatten sie und Rosa den Film *Alraune* gesehen, heimlich natürlich, denn ihre Mütter waren entschieden dagegen gewesen.

»Blöder Weiberkram«, tat Ludwig ihre Antwort ab und erntete von beiden Seiten einen Stoß in die Rippen, der ihn aufkeuchen ließ.

»Ich finde es lustig, dass der Preis in Amerika so heißt

wie mein Vater.« Rosa kicherte. »Bei dem Wort Oscarverleihung musste ich mir kleine Statuen vorstellen, die so aussehen wie er.«

»Ich fände es ja schön, wenn ein Filmpreis so heißen würde wie ich«, sagte Ludwig.

»Na ja, Ludwigverleihung klingt jetzt auch irgendwie seltsam«, antwortete Rosa.

»Janet Gaynor ist aber auch zu entzückend.« Sophia seufzte. »Ich fand sie hinreißend in *Das Glück in der Mansarde*.«

»Wenn Mutter wüsste, dass du *den* gesehen hast.« Ludwig wich einem Kind aus, das einen hölzernen Reifen mit einem Stock vor sich hertrieb.

»Sie wird es nicht erfahren, wenn du es ihr nicht erzählst.«

»Mein Mund ist versiegelt, so wie stets.«

Ein Lächeln spielte um Rosas Lippen. »Mit Charles Farrell würde ich auch mein Glück in einer Mansarde suchen.«

»Rosa, ich bin entsetzt.« Ludwigs Stimme klang gespielt schockiert.

»Charles Farrell ist doch schon alt«, sagte Sophia.

»Drei Jahre älter als dein Vincent.«

»Immerhin.«

»Er ist noch keine dreißig.«

»Und du bist noch keine zwanzig.«

Ludwig seufzte hörbar.

Sie spazierten durch die Eschenheimer Anlage, die ihren Beginn am Eschenheimer Turm nahm und sich bis zum Friedberger Tor im Osten erstreckte. Rosa hatte eine

Schwäche für das Maurische Haus, Sophia hingegen für den barocken Garten, der hinter dem Philipp-Reis-Denkmal lag, mit dem der Physiker für seine bahnbrechende Erfindung geehrt wurde – das Telefon. Die Statue zeigte zwei nackte Jünglinge, die miteinander telefonierten, während das Telefon von der Büste des Erfinders gekrönt war.

»Man fragt sich natürlich, warum die jungen Männer nackt sein müssen«, sagte Ludwig beim Vorbeigehen.

Rosa hob die Brauen. »Willst du mir ernsthaft sagen, du ziehst dich nicht jedes Mal aus, wenn du telefonierst?«

»Nur, wenn ich mit dir telefoniere.«

»Ihr seid nicht allein, ja?«, bemerkte Sophia, die gerne auch so souverän schlüpfrige Witzchen gemacht hätte, aber nicht verhindern konnte, dass ihre Wangen und Ohren heiß glühten.

»Ludwig und ich haben beschlossen, dass wir heiraten, wenn wir bis dreißig nicht die große Liebe gefunden haben.«

»Wenn ihr euch vorstellen könnt zu heiraten, dann könntet ihr das doch auch schon früher tun?«

»Und dabei riskieren, die große Liebe zu verpassen?« Ludwig pflückte im Vorbeigehen eine Blume und reichte sie Rosa, die sie wiederum Sophia gab.

Sophia ihrerseits zupfte die Blätter ab, ließ sie zu Boden fallen und lächelte.

»Und? Was kam heraus?«, fragte Rosa. »Liebt er dich?«

Wieder wurde Sophia rot. »Hm, ja.«

Erneut seufzte Ludwig laut und vernehmlich.

Da sie noch Zeit hatten, ehe sie zu Hause erwartet wurden, beschlossen sie, ins Café Milano im Bethmannpark zu gehen. Rosa und Sophia plauderten wieder über den Film.

»Ich hätte mich auch für Kornett Michael entschieden«, sagte Sophia.

»Weil Franz Lederer Ähnlichkeit mit Vincent hat.«

»Findest du auch, ja? Wobei ich ja meine, Fred Louis Lerch sieht ihm noch ähnlicher.«

Ludwig seufzte so laut, dass er sich erneut einen Stoß in die Rippen einfing.

»Ich weiß nicht, ob ich so selbstlos gehandelt hätte wie Nina.« Sophia hielt immer noch den Stiel der Blume in der Hand und drehte ihn zwischen den Fingern. »Ich meine, dann ist man doch lebenslang gebunden an diesen Offizier.«

Rosa krauste die Stirn. »Na ja, kommt darauf an, nicht wahr? Welche andere Möglichkeit hätte sie denn gehabt?«

Sie diskutierten die Frage, bis sie am Park ankamen.

»Ist das nicht Emilia?« Ludwig deutete auf die zierliche, dunkelhaarige Frau, die mit einigen Kindern vor einer Gruppe aufgebrachter Menschen stand, den Arm um einen Jungen gelegt. »Komm, wir schauen mal, was da los ist.«

Emilia wirkte vollkommen aufgelöst und bemerkte die drei erst, als Sophia sie am Arm berührte. Sie fuhr herum, und der mit Sorge gepaarte Ärger in ihren Augen wich Erleichterung.

»Was ist denn passiert?«

»Diese Brut hat mich bestohlen!«, rief eine Frau. »Sag

ich ja schon länger, dass die hier nichts zu suchen haben, Kinder von leichten Frauen und Verbrechern, die sich unter anständige Leute mischen.«

»Anständige Leute reden nicht so«, rief eines der Mädchen, Sophia schätzte sie auf zehn.

»Ganz recht«, unterstützte Ludwig das Kind. »Haben Sie denn Beweise für diese Unterstellung?«

»Dieser Junge«, die aufgebrachte Frau zeigte auf einen etwa Achtjährigen, der mit betretenem Gesicht neben Emilia stand, »war als Einziger in der Nähe. Vorher hatte ich die Geldbörse noch.«

»Und warum beschimpfen Sie dann alle Kinder?«, fragte Rosa. »Wenn es doch nur einer war?«

Ludwig nahm den Jungen zur Seite, beugte sich zu ihm hinunter und sprach leise mit ihm, während die Frau Rosa fragte, was sie sich da einzumischen habe.

»Wo haben Sie gesessen?«, fragte Ludwig und richtete sich wieder auf.

Die Frau deutete auf eine Bank, ohne ihm weiter Beachtung zu schenken. Sophia beobachtete ihren Bruder und hörte dem Disput nur noch mit halbem Ohr zu. Ludwig kniete hinter der Bank, schob die Zweige des Gebüsches auseinander, kurz darauf hielt er einen Gegenstand in der Hand.

»Ist es diese Geldbörse hier?«

Die Frau sah ihn an, runzelte die Stirn. »Da habe ich nachgesehen, dort war sie nicht.«

Gelassen schlenderte Ludwig zu ihnen. »Allein wird sie dort wohl nicht hingelaufen sein.«

Die Frau schnaubte. »Das ist doch wohl das Letzte. Wie

sich hier Herrschaften aus offensichtlich guter Familie dafür hergeben, kleine Diebe zu decken.«

Die Stimmung der Umstehenden war jedoch umgeschlagen. Es lag kein Diebstahl vor, vielmehr schien die ganze Aufregung umsonst gewesen zu sein.

»Das sind die Conrad-Kinder«, sagte jemand. »Die stecken gewiss nicht mit Diebesgesindel unter einer Decke.«

Ludwig lächelte nonchalant, reichte der Frau mit einer übertriebenen kleinen Verbeugung die Geldbörse. Die öffnete sie und machte sich ans Geldzählen.

Emilia indes versammelte ihre Schützlinge um sich und nickte den dreien zu, sie zu begleiten.

»Hatte er die Geldbörse?«, fragte sie Ludwig.

Der schwieg.

»Ach, jetzt sag schon. Das können wir ihm nicht durchgehen lassen.«

Ludwig jedoch zuckte nur mit den Schultern, und obwohl es Emilia nicht gefiel, musste sie sich damit wohl oder übel zufriedengeben.

OKTOBER 1929

Günther Conrad schwitzte. Im Monat zuvor hatte Roger Babson vor der Wirtschafskammer in den USA einen Börsencrash vorhergesagt, was Günther jedoch wie alle anderen als Schwarzmalerei abgetan hatte. Und dies schien sich auch zu bewahrheiten, denn andere Wirtschaftsvertreter hatten noch im Oktober bestätigt, dass der Aufstieg unaufhaltsam voranschritt. Doch dann stagnierten die Kurse – auf hohem Niveau zwar, aber sie stagnierten. Ein Hochplateau sei erreicht, hatte er sagen hören. Es folgte ein erster Einbruch, und die Banken und Investoren begannen mit Stützungskäufen. In diesem Moment wurde ihm das erste Mal vage bewusst, dass er vielleicht etwas zu hoch gepokert hatte.

Lydia gegenüber versuchte er, sich nichts anmerken zu lassen, gelassen zu bleiben, nicht zu zeigen, wie es in ihm aussah, dass er gelähmt war vor Entsetzen. Wie gebannt verfolgte er seit Tagen die Nachrichten, las, dass das Handelsvolumen zunahm, während der Kapitalfluss weniger wurde. Das konnte nicht gut gehen. Nie und nimmer ging das gut.

»Und wenn wir verkaufen?«, fragte Raiko.

»Wir machen riesige Verluste, wenn wir das jetzt tun.« Günther saß mit seinem Sohn im Arbeitszimmer, die Handelsbilanzen vor sich auf dem Tisch. Nervös zwirbelte er an seinem Schnurrbart. »Der Kurs wird steigen, gewiss ist das nur ein kurzzeitiger Einbruch.«

»Der Dow Jones hat fünfzehn Prozent verloren, es wird weiter bergab gehen, das sagen alle.«

Günther wollte sich diese schlimmste aller Möglichkeiten nicht eingestehen, wenngleich er durchaus die Hektik und Angst seiner Freunde, Bekannten und Geschäftspartner spürte. Wie er hatten sie viel investiert und drohten alles zu verlieren. »Wir warten noch ein paar Tage«, sagte er schließlich. »Wenn die Lage nicht besser wird, verkaufen wir.«

»Wenn es dann nur nicht zu spät ist«, murmelte Raiko, und Günther wollte ihn schütteln für diesen Pessimismus. Wenn die ganze Welt so wäre wie sein schwarzmalerischer Sohn, wäre es um so manchen Fortschritt wahrhaftig übel bestellt. Risiken zahlten sich oftmals aus, und es wäre nicht das erste Mal, dass das Ruder doch noch kurz vor der Katastrophe herumgerissen wurde. Allein, dass er nichts tun konnte, als untätig zu warten, machte ihm zu schaffen.

Abrupt erhob er sich. »Wir warten ab.« Sein Ton machte deutlich, dass jede Widerrede vergebens wäre.

Als er das Arbeitszimmer verließ, lockerte er seine Krawatte, als könne ihm dies das Atmen erleichtern, aber sein Hals war immer noch wie zugeschnürt. Er hatte mit seinem Finanzberater gesprochen, an diesem Morgen noch, und der hatte ihn beruhigt. Selbst wenn der Markt in Amerika zusammenbrach, musste das nicht zwangsläufig bedeuten, dass dies in Europa ebenfalls geschah. Dann investierten die amerikanischen Kreditgeber eben nicht mehr in die Wall Street, sondern verliehen ihr Geld wieder an Europa, das war ein durchaus positiver Effekt. Und doch – Günther mochte es drehen und wenden, wie er wollte, die Angst nagte mit scharfen Zähnen in ihm.

Das entging Lydia nicht. »Du verheimlichst doch etwas«, sagte sie, als sie die Treppe herunterkam und ihn in der Halle stehen sah. Sophia, die ihr gefolgt war, sah ihn aus geweiteten Augen an. Gerade vor ihr und Clara wollte er nichts sagen – seine Töchter mussten wahrhaftig nicht wissen, wie schlimm es möglicherweise um sie bestellt war.

Er räusperte sich. »Es ist, hm, etwas Geschäftliches.«

»Ach was?« Lydias Brauen zuckten nach oben.

»Ja, ganz recht. Wenn es dich so dringend interessiert, können wir uns später darüber unterhalten.« Diesen Wink verstand sie ja wohl hoffentlich.

Sie schwieg, neigte den Kopf, und er eilte an ihr vorbei, durchquerte die Halle und verließ das Haus. Draußen atmete er tief durch, ließ die frische Herbstluft seine Lunge füllen. Ein langer Spaziergang, dachte er, und er würde vielleicht mit klarem Kopf und ohne die beständig lauernde Angst über alles nachdenken können.

»Ich weiß nicht, warum ihr ein so großes Geheimnis aus allem macht. Dass etwas passiert ist, merken wir ohnehin.« Sophia hatte ihren älteren Bruder abgefangen, als dieser ebenfalls das Haus verlassen wollte. »In der Zeitung stand etwas von einer wirtschaftlichen Krise. Hat das auch mit uns zu tun?«

Raiko, der sonst so penibel auf ein gepflegtes Erscheinungsbild achtete, wirkte, als hätte er in seinem Anzug geschlafen, indes ihm das sonst so sorgsam frisierte dunkelblonde Haar zu allen Seiten abstand. »Es ist nichts. Zumindest nichts, was du verstehen könntest.«

»Wie wäre es, wenn du es einfach probierst. Dann werden wir ja merken, was ich verstehe.«

»Danach steht mir nun wahrhaftig nicht der Sinn. Es ist nichts, wozu dein bisschen Mädchenschulrechnen reicht.«

Sophia trieb die Wut über seine Herablassung das Blut in die Wangen. »Dann frage ich eben Paul, wenn du mir nichts erzählen willst.«

»Ja, geh und frag den Juden. Die haben uns den Ärger doch eingebrockt.«

Sie starrte ihn an.

»Es ist…«, stammelte er. »Tut mir leid, ich bin nur… Kümmere dich um deinen eigenen Kram, ja? Geh nähen, Kuchen backen oder was auch immer.« Er drehte sich um und verließ das Haus. Krachend fiel die Tür hinter ihm ins Schloss, und Sophia starrte ihm wie versteinert hinterher.

Emilia wusste ebenfalls nichts. »Mich hat er genauso abgebügelt. Sagte, ich solle mich nicht sorgen, in meinem Zustand. Als täten diese Ungewissheit und das Lauern einer

Katastrophe im Hintergrund meinem *Zustand* irgendwie gut.«

Als Ludwig am späten Nachmittag nach Hause kam, bestürmte Sophia ihn mit Fragen, aber er wusste auch nichts Näheres – natürlich nicht, für ihren Vater war er ein Schulbub, den er selbstverständlich nicht in die Geschäftsunterlagen schauen ließ. »Vater hat in Aktien investiert, und damit hat es wohl zu tun«, wusste er immerhin zu sagen.

Die Villa Roth lag am Grüneburgweg direkt am Park und war zu Fuß nur wenige Minuten von der Villa Conrad in der Fürstenbergerstraße entfernt. Sophia und Ludwig hofften, dass Paul ihnen erklären konnte, was da gerade vor sich ging und inwieweit es sie möglicherweise betraf.

»Paul ist nicht da«, erklärte Rosa, die sich erfreut zeigte über den unerwarteten Besuch. »Aber Papa weiß da gewiss ohnehin besser Bescheid.«

Und das wusste er in der Tat. »Der Aktienindex, der Dow Jones, lag vor gut sechs Jahren bei hundert, dann gab es einen Anstieg auf über dreihundertdreißig Punkte. Die Leute kauften Aktien und gingen davon aus, riesige Gewinne zu machen. Die Vorausschauenden verkauften sie rechtzeitig, die weniger Vorausschauenden setzten ihr gesamtes Vermögen. Und dann gab es die, die auf volles Risiko setzten und Kredite aufnahmen, um noch mehr Aktien zu kaufen.«

»Zu Letzteren gehört unser Vater.« Um Ludwigs Mund zuckte es verächtlich. »Jetzt fällt der Index, und er kann nur schreckensstarr dasitzen und hoffen, dass die Kurse wieder steigen.«

»Und wenn sie das nicht tun?«, fragte Sophia.

»Dann wird es zappenduster, nehme ich an.«

»Du vermutest richtig«, antwortete Oskar Roth. »Man nennt es eine Spekulationsblase. Stell es dir wie einen Ballon vor, den man so lange aufbläst, bis er platzt. Ihr solltet mit eurem Vater allerdings nicht zu hart ins Gericht gehen, er ist beileibe nicht der Einzige, der dieser verheerenden Fehleinschätzung eines anhaltenden Wohlstands gefolgt ist. Es gab so viele Wirtschaftswissenschaftler, die dem Ganzen eine sehr positive Prognose erteilt haben.«

»Sie auch?«

»Ich bin keine Spielernatur.«

Sophia knabberte nachdenklich an ihrer Unterlippe. »Heißt das, wir sind möglicherweise ... arm?« Sie vermochte es kaum auszusprechen.

»Bettelarm, falls es richtig schlecht läuft«, kam es von Ludwig, »und wenn wir uns Raiko so ansehen, dann dürfte das der Fall sein. Ich weiß nicht, wie hoch die Kredite sind, die Vater aufgenommen hat, aber sie dürften immens sein.«

»Vielleicht kommt es ja nicht gar so schlimm.« Oskar Roth lächelte aufmunternd. »Wir werden sehen, wie sich die kommenden Tage entwickeln. Bisher ist Europa ja gar nicht betroffen, möglicherweise schafft es der Zusammenbruch gar nicht bis zu uns. Bisher stützen die US-Banken den Markt, vielleicht gelingt es ihnen ja, das Schlimmste abzufangen.«

Clara kehrte am frühen Abend heim, verstört über das, was ihr Eduard erzählt hatte. Auch ihr war nicht entgangen, dass eine gedrückte Stimmung über dem Haus hing, sie hatte jedoch nicht in Erfahrung bringen können, was los war. Eine geschäftliche Angelegenheit, hatte ihre Mutter sie beschieden, und damit hatte Clara sich zunächst zufriedengegeben. Fürs Geschäft interessierte sie sich nicht, sie verstand ohnehin nichts davon.

Nachmittags hatte sie Eduard in der Altstadt am Römerberg in einem Café getroffen. Er kam gerade aus seinem Bureau, wirkte vital und entspannt, obwohl er den ganzen Tag gearbeitet hatte. Galant begrüßte er sie mit einem Handkuss und führte sie an einen Tisch am Fenster, so dass sie das Treiben auf dem Platz beobachten konnten. Clara bemerkte die Blicke, die einige junge Frauen Eduard zuwarfen, und konnte den Stolz darüber, dass er zu ihr gehörte, kaum verhehlen.

»Ich bin ganz froh, eine Weile nicht zu Hause sein zu müssen«, sagte sie, nachdem der Kellner ihre Bestellung entgegengenommen hatte. »Es herrscht eine furchtbare Stimmung daheim.«

»Das ist angesichts der Umstände wohl nicht so ungewöhnlich.«

Erstaunt hob Clara die Brauen. »Du bist über Vaters Geschäftsdinge auf dem Laufenden?«

»Über sein Geschäft im Detail gewiss nicht, aber die derzeitige Problematik dürfte wohl niemandem entgangen sein, und dein Vater gehört zu jenen, die sich in großem Stil am Aktienmarkt beteiligt haben.«

Verständnislos sah sie ihn an.

»Du hast keine Ahnung?« Jetzt war es an ihm, erstaunt zu wirken. »Angesichts dessen, dass die Folgen euch alle treffen, wundert mich das ein wenig. Allerdings kann es sein, dass dein Vater noch auf ein Wunder hofft.«

»Ein Wunder?« Clara verstand kein Wort.

Eduard trommelte mit den Fingern auf den Tisch. »Weißt du, was Aktienhandel ist?«

Sie hatte nur mit dem Kopf schütteln können und war sich angesichts seines Blickes ein wenig dumm vorgekommen. Aber was erwartete er? Woher sollte sie dergleichen wissen? Ihm war ihr Befremden wohl aufgefallen, denn der Ausdruck auf seinem Gesicht war milder geworden, nachsichtiger. Und dann hatte er zu erzählen begonnen.

Claras Entsetzen ließ sich kaum in Worte fassen, und so stammelte sie nur, als sie in den Salon stürzte, wo die Familie offenbar versuchte, so etwas wie Normalität zu leben. Sophia hatte sich am Klavier niedergelassen, Ludwig mit einem Buch in einem Sessel am Fenster, ihre Eltern hatten auf einem Sofa Platz genommen, wobei die Starre in ihren Schultern sehr offensichtlich machte, wie schwer es ihnen fiel, Haltung zu bewahren. Raiko und Emilia waren nicht da.

»Warum stürmst du so undamenhaft in den Raum, Clara?«, fragte ihre Mutter ein wenig angestrengt. »Ist ausgerechnet dir das Benehmen abhandengekommen?«

»Stimmt es?«, platzte es aus ihr heraus. »Stimmt es, dass wir nun arm sind? Arm und hoch verschuldet?«

Ihr Vater starrte sie an, und auch Ludwig hob interessiert den Kopf. Sophia hatte aufgehört zu spielen und hielt den Blick regungslos auf die Noten gerichtet.

»Wer sagt das?«, brachte ihr Vater heiser hervor.

»Eduard. Er hat mir alles erklärt. Sind wir arm?«

»Nein, wir haben ausreichend Geld, und wir haben das Stahlwerk, das riesige Gewinne abwirft. Es kann nur sein, dass meine Aktien Verluste einfahren, aber der Kurs erholt sich gewiss wieder.«

Clara beruhigte das nicht. »Eduard geht davon aus, in eine reiche Industriellenfamilie einzuheiraten. Was wird denn jetzt aus meiner Ehe, wenn wir praktisch mittellos sind und einen Berg an Schulden haben?«

»Damit wäre wohl das größte Problem bei der ganzen Sache benannt«, ätzte Ludwig.

»Sei still!«, fuhr Clara ihn an. »Dir kann es ja gleich sein, du bist ein halbes Kind, aber ich bin verlobt, und mir liegt viel daran, dass diese Ehe zustande kommt.«

»Das wird sie auch.« Ihr Vater kämpfte so offensichtlich um Zuversicht in der Stimme, dass Clara ganz schlecht wurde vor Angst.

»Und wenn nicht? Was dann?«

»Dann stirbt diese wahrhaft große Liebe, weil der steinreiche Liebste nicht die Mitgift bekommt, die er sich erhofft hat«, spottete Sophia.

Clara wollte sich auf sie stürzen, ihr die Fingernägel ins Gesicht schlagen, und sie hielt nur mühsam an sich. »Geh doch einfach in dein Zimmer und überlass die Erwachsenengespräche uns, ja?«

Ihr Vater dreht sich zu Sophia um. »Mäßige dich. Und vielleicht zieht ihr beide euch tatsächlich besser zurück, wir haben hier einiges zu besprechen.«

»Wir wissen bereits, wie es um unsere finanzielle Situation steht«, entgegnete Ludwig.

»Ich hatte Raiko eigentlich zum Stillschweigen angehalten.«

»Wir haben es anderweitig erfahren«, sagte Sophia. »Und ich verstehe auch nicht, warum du uns außen vor lassen willst. Wenn wir verarmt sind, geht uns das schließlich auch an, denn entgegen dem, was ihr alle offenbar annehmt, sind wir keine Kinder mehr.«

Verarmt. Clara strich sich mit zittrigen Fingern eine Haarsträhne aus dem Gesicht, die sich in ihrem Mundwinkel verfangen hatte. »Was passiert denn jetzt?« Ihre Stimme klang selbst in ihren eigenen Ohren schrill. »Verlieren wir nun alles? Müssen wir in eine Wohnung in einem Armenviertel ziehen? Was bedeutet das für uns?«

Ihr Vater schwieg, seufzte tief. »Ich ... Natürlich ziehen wir in kein Armenviertel. Es wird schon noch werden, warte es einfach ab.«

* * *

Er war ruiniert, da gab es nichts mehr schönzureden. In ganz Europa waren die Aktienmärkte zusammengebrochen, wo man hinging, kannten die Menschen nur noch ein Thema. Einer seiner Freunde hatte sich das Leben genommen, als ihm an diesem Dienstag, dem neunundzwanzigsten Oktober vollumfänglich bewusst wurde, dass er bankrott und hoch verschuldet war. Die Möglichkeit, einfach aus dem obersten Stockwerk seiner Firma zu springen, erschien tatsächlich auch Günther einen Moment lang verlockend. Aber wollte er, dass man seiner gedachte als rückgratlosen Feigling, der seine Familie in all dem Elend im Stich ließ?

Am vorangegangenen Donnerstag und Freitag hatte es kurzzeitig so ausgesehen, als werde es in Europa nicht gar so schlimm, nun war an diesem Dienstag jedoch der Markt endgültig zusammengebrochen. Auch bei Günther hatte sich die Bank bereits gemeldet und forderte ihr Geld zurück. Das Handelsvolumen stieg stetig, Aktien wurden abgestoßen, gleich zu welchem Preis, der Dow Jones lag mittlerweile bei zweihundertsechzig Punkten. Es war eine rasante Talfahrt, und Günther wollte nichts mehr, als endlich aus diesem Albtraum erwachen. Um nahezu hundert Prozent waren die Aktienwerte gefallen.

Er hätte nur die Aktien als Sicherheit hinterlegen sollen, das hätte die Bank akzeptiert, aber das hatte ihm ja nicht gereicht, er war aufs Ganze gegangen, hatte Firmenanteile als Sicherheit gesetzt in der trügerischen Gewissheit, kein echtes Risiko einzugehen, hatte sich als gewiefter Geschäftsmann gewähnt. Welch ein Hohn.

An seinem Schreibtisch im Werk sitzend – wer wusste, wie lange noch – barg Günther das Gesicht in den Händen. Er würde alles verlieren, und selbst wenn er bei der Bank eine Schonfrist herausschlagen konnte, so wuchsen die Zinsen für den Kredit doch stetig weiter, und eine Tilgung der Schulden war nicht absehbar. Nächtelang hatte er seine Möglichkeiten abgewogen, hatte durchgerechnet, was er einsparte, wenn er große Teile der Belegschaft entließ, billigere Kräfte einstellte und die Produktion trotz allem erhöhte. Das war natürlich absurd und nicht durchführbar, wie er direkt erkannte. Es war ein dummer, aus der Verzweiflung geborener Plan.

Das Klopfen an der Tür ließ ihn auffahren. »Ja?« Seine

Stimme war so heiser, dass er die Antwort noch zweimal wiederholen musste.

Eduard trat ein, auf dem Gesicht unter der Maske besorgten Mitgefühls einen Ausdruck von geradezu überlegener Arroganz. War das immer schon so gewesen? »Wie geht es dir?«, fragte er, zog sich einen der Besucherstühle heran und setzte sich, entspannt ein Bein über das andere geschlagen.

»Den Umständen entsprechend, wie du dir gewiss denken kannst.«

Schimmerte da gar ein Anflug von Schadenfreude hinter dem mitfühlenden Lächeln? »Ich habe die Hoffnung gehegt, dass das Unglück euch verschont.«

Günther erinnerte sich nur zu gut daran, wie er Eduard unter seine Fittiche hatte nehmen wollen, wie er ihm zum Aktienkauf zugeredet hatte, ihm zu mehr Risiko geraten hatte, nachsichtig erklärt hatte, dass diese Vorsicht seiner Jugend und mangelnden Erfahrung geschuldet sei. Bei dem Gedanken daran wurden ihm Wangen und Ohren heiß. Eduard erinnerte sich ebenfalls. Und wie er sich erinnerte, das sprach aus jedem Zoll seiner überlegenen Haltung. »Tja, und nun bist du hier und möchtest dich vergewissern, dass dein künftiger Schwiegervater in der Tat bankrott ist?«

»Davon bin ich überzeugt, da hätte es keines Besuchs bedurft. Ich denke vielmehr an die Zukunft, immerhin bin ich mit deiner Tochter verlobt, und wir hatten uns auf eine recht großzügige Mitgift geeinigt.«

Ah, nun kam er zum Kern der Sache. Er würde die Verlobung lösen. Der letzte Stoß, dessen es einen Fußbreit vor dem Abgrund noch bedurft hatte. Arme Clara.

»Ich bin hier, um meine Hilfe anzubieten«, fuhr Eduard fort.

Argwohn erwachte in Günther. Eduards Miene war nicht die eines Mannes, der im aufrichtigen Wunsch nach Hilfe hierhergekommen war. »Du willst mir einen Kredit geben?«

»Nein, denn das würde dir mitnichten helfen, nicht wahr? Dann müsstest du mich Monat für Monat mit horrenden Summen auszahlen, die du niemals einnehmen wirst. So ein Kredit wächst durch die Zinsen ja auch. Nein, ich denke, du wirst nicht darum herumkommen, dein Unternehmen zu setzen, um die Bank auszuzahlen.«

»Und was willst du dann von mir?«

»Ich möchte dir ein Angebot machen.«

Es dauerte einen Moment, ehe Günther verstand. »Du willst mein Unternehmen kaufen? Bist du von Sinnen?«

»Auf diese Weise bleibt es in der Familie, nicht wahr? Besser, als dass ein Fremder es erhält.«

»Ich möchte es überhaupt nicht verkaufen, nicht an dich und an niemand anderen.«

»Dir wird kaum etwas anderes übrigbleiben, denkst du nicht?«

Er hatte recht, mochte Günther es sich selbst gegenüber auch noch so vehement leugnen. Mit bebenden Fingern massierte er sich die Augen. »Ich muss darüber nachdenken, so eine weitreichende Entscheidung kann ich nicht übers Knie brechen.«

Eduard nickte verständnisvoll. »Natürlich. Mein Angebot steht auch morgen noch.«

In Günthers rechtem Ohr setzte ein Summen ein, und

er hob die Hand, um leicht dagegenzudrücken. »Ich... Gib mir drei Tage, ja?«

Nonchalant zuckte Eduard die Schultern. »Gewiss. Aber dann solltest du dich entscheiden, denn die Bank wird weniger geduldig sein als ich.«

Das Summen im Ohr wurde schlimmer. »Ich gebe dir Bescheid.«

»Du musst dir keine Sorgen um deine Familie machen, selbstverständlich bleibt intern alles, wie es ist. Du leitest das Werk und wirst überaus großzügig dafür honoriert. Außerdem hast du ja noch eine Tochter, die du gewinnbringend verheiraten kannst. Ich wüsste sogar jemanden, der eine günstige geschäftliche Verbindung darstellen würde.«

»Sophia ist erst siebzehn.«

»Es muss ja nicht sofort sein. Warten wir zwei oder drei Jahre.«

Günther vermochte kaum mehr zu tun, als zu nicken.

»Gut.« Eduard erhob sich. »Wir sehen uns in drei Tagen. Ich hoffe, du lässt bei der Entscheidung deinen Stolz außen vor. Denk nur, wie schlimm es wäre, vollkommen mittellos zu sein. Und dann mit zwei unverheirateten Töchtern anstatt nur mit einer. Clara würde es das Herz brechen.«

Günther schluckte mühsam und nickte nur.

Sophia hatte sich nie viele Gedanken um Geld gemacht, um Reichtum und Wohlstand. Er war eben da, war es immer gewesen. Natürlich wusste sie, dass sie sehr privilegiert aufwuchs, aber das war nichts, was sie zu hinterfragen gelernt hatte. Man gab auf Wohltätigkeitsbasaren den Armen etwas ab, spendete in der Kirche. Aber der Gedanke, dass dieses Geld eine flüchtige Masse sein konnte, die einem wie Wasser durch die Finger rann, war ihr nie gekommen.

»Papa sagt, wir sind am Ende«, erzählte sie Rosa, als sie beide in deren Zimmer auf der Fensterbank saßen.

»Gibt es keine Möglichkeit, das Ruder herumzureißen?«

»Das weiß ich nicht, mir erzählt ja niemand etwas.« Sophia sah hinunter in den herbstlichen Garten, dachte an all die alltäglichen Dinge, die sie wie selbstverständlich hinnahm. Das Personal, die modernen Kleider, das Essen ... Grundgütiger, würden sie gar darben müssen?

»Natürlich nicht!«, antwortete Rosa, als Sophia die Befürchtung laut aussprach. »Für dich und Ludwig ist hier immer ein Platz, das weißt du doch. Und auch deine Eltern und Geschwister könnten vorübergehend in unsere Gästezimmer. Clara heiratet ja ohnehin bald Eduard.«

»Das hoffe ich.«

»Na ja, dauerhaft mit ihr unter einem Dach wäre schon nicht ganz einfach.«

»Das sagst du mir?«

Rosa grinste. »Für dich und Ludwig bringe ich jedes Opfer.«

»Du bist ja auch die Beste.« Bei dem Gedanken an die künftige Heimatlosigkeit kamen Sophia trotz allem die Tränen, und sie blinzelte sie tapfer weg. Dann stellte sie sich vor, wie sie und Ludwig hier leben würden. Eigentlich war das gar keine so üble Vorstellung. Ihre Eltern konnten sich ja eine Wohnung nehmen, das käme sie dann auch gleich viel billiger. Und Raiko würde mit Emilia in eine Wohnung ziehen. Da war es doch in der Tat die beste Lösung, wenn sie bei Rosa blieben.

»Wir hätten so viel Spaß«, sprach Rosa diesen Gedanken laut aus.

»Den hätten wir gewiss.« Die Welt sah mit einem Mal wieder freundlicher aus, und je länger sie sich eine Zukunft in der Villa Roth zusammenspannen, umso verlockender wurde dieser Gedanke. Auf einmal wünschte Sophia sich beinahe, dass sie das Haus verkaufen mussten.

Als es schließlich Zeit wurde, nach Hause zu gehen, war Sophia wieder deutlich besser gelaunt. Sie musste unbedingt mit Ludwig über ihre Pläne sprechen. Ihr Bruder war jedoch nicht da, wie Sophia kurze Zeit später feststellte. Dafür war ein Streit aus dem Salon zu hören.

»Dass du darüber überhaupt noch nachdenken musst«, hörte sie ihre Mutter sagen.

»So eine weitreichende Entscheidung kann ich doch nicht übers Knie brechen!«

»Übers Knie brechen?« Clara. »Du hast selbst gesagt, dass es im Grunde genommen keinen Ausweg gibt. Wie kannst du dann dieses Angebot ablehnen?«

Sophia stieß langsam die Tür auf, und erwartungsgemäß verstummte das Gespräch. »Tut euch keinen Zwang an. Ich gehöre zur Familie, und das alles geht auch mich etwas an.«

Clara bedachte sie nur mit einem flüchtigen Blick, dann wandte sie sich wieder ihrem Vater zu. »Du kannst nicht meine Zukunft aufs Spiel setzen, weil dein Stolz dir im Weg steht.«

»Deine Zukunft?«, fragte Sophia. »Ich dachte, hier ginge es um uns alle.«

»Das tut es auch, aber es geht auch noch einmal explizit um mich. Eduard hat angeboten, Vaters Unternehmen zu kaufen. Immerhin bliebe es dann in der Familie. Aber Vater sagt, er müsse darüber nachdenken, obwohl Eduard mich ansonsten vielleicht nicht einmal heiraten wird.«

»Klingt nach der wahrhaftigen und großen Liebe«, war alles, was Sophia dazu einfiel.

Augenblicklich fuhr Clara die Krallen aus. »Was verstehst du schon davon? Wir haben ihm eine großzügige Mitgift in Aussicht gestellt und sind nun praktisch wortbrüchig.«

»Da er ja so bedürftig ist und seine Liebste ohne diese Mitgift nicht ernähren kann, nicht wahr?«

»Sophia, das reicht jetzt«, mischte sich ihr Vater ein. »Eine Ehe ist auch ein Geschäft, das zu beiderseitigem Vorteil geschlossen wird.«

Ein verächtliches Schnauben war Sophias einzige Antwort. »Und was wirst du nun tun? Sein Angebot annehmen, damit wir künftig von seinen Gnaden leben?«

»Von wessen Gnaden?« Ludwig betrat den Salon.

»Eduard will Vaters Unternehmen kaufen.«

Um Ludwigs Lippen zuckte es spöttisch.

»Wo bist du gewesen?«, fragte ihr Vater.

»Bei Rudolf Eisener.«

Sein Vater nickte in gespielter Bedächtigkeit. »Und wieso hat man dich am Theater herumlungern sehen?«

Ludwig schwieg, der Zorn ihres Vaters hingegen schien endlich ein Ventil gefunden zu haben.

»Habe ich dir nicht gesagt, dass du dich von diesen Leuten fernhalten sollst?« Seine Stimme ließ die Frauen zusammenfahren, und selbst Ludwig zuckte zurück. »Uns steht das Wasser bis zum Hals, und anstatt, dass aus meinem Sohn etwas Anständiges wird, treibt er sich mit zwielichtigem Theatergesindel herum!«

Rote Flecken erschienen auf Ludwigs Wangen. »Wer ist denn schuld daran, dass uns *das Wasser bis zum Hals* steht? War ich es, der ein Vermögen in diese Aktien gepulvert hat? Der den Hals nicht voll genug bekommen konnte? Wir alle erinnern uns wohl noch bestens daran, wie du bei Tisch gönnerhaft über Eduard gesprochen hast, den jungen Burschen, der noch so viel über Risiken im Geschäft lernen muss.« Ludwig stieß ein höhnisches Lachen hervor.

»Komm mit in mein Arbeitszimmer, augenblicklich!«

Sie alle wussten, was das hieß, und Sophia wurde ganz elend, wie immer, wenn ihr Vater Ludwig bestrafte und sie seine erstickten Schreie bis in die Halle hören konnte. Ludwig wurde blass, blieb jedoch stehen.

»Nein.«

»Wie war das?«

»Nein, ich komme nicht mit. Du kannst ja gerne versuchen, mich gegen meinen Willen mitzuzerren.«

Ihr Vater schnaufte, das Gesicht hochrot, dann wandte er sich abrupt ab und verließ den Salon.

»Vielleicht wärest du besser mit ihm gegangen«, sagte ihre Mutter. »Jetzt ist er noch wütender, und für dich wird es noch schlimmer.«

Sophia stellte sich an Ludwigs Seite, als könnte sie ihn vor dem väterlichen Zorn beschützen.

Kurz darauf tauchte ihr Vater mit dem Rohrstock auf.
»Dann eben hier, vor allen anderen, wenn du diese Demütigung unbedingt willst. Dreh dich um.«

Ludwig ballte die Fäuste, blieb stehen.

Ihr Vater holte mit dem Rohrstock aus und ließ ihn auf Ludwigs Oberarm niederfahren. Mit einem Keuchen zuckte Ludwig zurück, dann umfasste er den Stock und entriss ihn seinem Vater, der nun seinerseits einen erschrockenen Laut ausstieß. Ludwig wich zurück.

»Du wirst mich niemals wieder schlagen, hast du das verstanden?«, sagte er sehr ruhig. »Denn wenn du das jemals wieder tust, schwöre ich dir, dass ich zurückschlagen werde.«

»Ich bin dein Vater! Erweise mir gefälligst Respekt!«

»Du denkst, auf diese Art zolle ich dir Respekt? Seit meiner Kindheit habe ich Angst vor dir. Du denkst, es sei Respekt, wenn ich dir nicht widerspreche, wenn ich mich füge, obwohl ich in Wahrheit schlicht und ergreifend Angst vor einer weiteren Bestrafung hatte. Seit ich denken kann, gibt es Dresche für jede Kleinigkeit, die ich in deinen Augen falsch mache. Aber damit ist nun Schluss. Du wirst mich als erwachsenen Mann behandeln und nicht als kleinen Buben, der sich nicht wehren kann, wenn du ihn so schlimm verprügelst, dass er die ganze Nacht weinend im Bett liegt.«

Sein Vater stieß die Luft mit einem Schnauben aus, aber seine gespannte Haltung war erlahmt, die Schultern sackten hinab. Ludwig brach den Rohrstock durch und warf ihn ihm vor die Füße. Dann drehte er sich um und ging.

JANUAR 1930

Sie stießen auf das neue Jahr an, Männer in dunklen Anzügen, Frauen in eleganten Kleidern. Das melodische Klingen der Kristallgläser mischte sich mit dem Lachen und den Wünschen für ein gutes Jahr, Triumphgesang auf den Beginn eines Jahrzehnts. Sophia stand am Rand der Gesellschaft, beobachtete die Feiernden und fragte sich, wie viele von ihnen wohl nur noch das besaßen, was sie am Leib trugen, und ob sogar der Schmuck in Wahrheit schon verpfändet war und nur in einer Geste des trotzigen Widerstands getragen wurde.

»Auf den schönen Schein«, spottete Ludwig, der unbemerkt zu ihr getreten war, und prostete der Gesellschaft mit seinem Glas zu.

Dass sie im Dezember wieder in das Haus im Taunus gefahren waren, als sei nichts gewesen, war für Sophia kaum zu fassen. Ihr Vater hatte alles verloren, und die Taunus-Villa würde als Mitgift an Eduard gehen, der sie nicht einmal brauchte, weil er bereits ein Haus hier besaß. »Wie kommt es, dass andere Großindustrielle die Sache zwar gerupft, aber immer noch im Besitz ihrer Unternehmen überstanden haben, wir jedoch nicht?«

»Weil Papa zwar ein Industrieller war, aber kein *Groß*industrieller«, erklärte Ludwig. »Er hatte ein gut laufendes Unternehmen und ein ansehnliches Vermögen, aber nicht annähernd genug, um ein so hohes Risiko zu tragen.«

»Woher weißt du das alles auf einmal?«

»Von Raiko. Ich habe ihn gebeten, es mir zu erklären, und das hat er getan, schließlich hofft er seit längerem, ich würde mich endlich fürs Geschäft interessieren.« Ludwig trank sein Glas leer und stellte es ab. »Jetzt ist Vater ein leitender Angestellter, während sich Eduard mit Fug und Recht als Großindustrieller bezeichnen darf.«

»Ich kann ihn nicht ausstehen.«

»Ich auch nicht, aber er hat es schon sehr geschickt angefangen, das muss man ihm lassen. Hat die Aktien mit Gewinn abgestoßen, als sie im Steilflug nach oben gegangen waren, hat lächelnd dagestanden, wenn ihn andere davon überzeugen wollten, sich diese einmalige Gelegenheit nicht entgehen zu lassen. Und jetzt hat er ein Stahlwerk, das hervorragend mit seinem Werk für Eisenbahnwaggons harmoniert, heiratet und bekommt ein schönes Haus obendrein.«

»Vater sagt, wir werden hier trotz allem jedes Jahr hinreisen dürfen.«

Ludwig hob in einer knappen Geste die Schultern. »Mag sein, mir liegt nichts daran. Sobald ich mein Studium beendet habe, will ich mit all dem nichts mehr zu tun haben.«

»Du gehst aber nicht weg aus Frankfurt, oder?«
»Das wird sich zeigen.«
»Du kannst mich doch nicht allein lassen!«
»Bis dahin bist du bestimmt bereits verheiratet.«
Vincent Rubik. Ein kleines Lächeln trat auf Sophias Lippen, und Ludwig verdrehte die Augen.
»Na, *der* gewiss nicht.«
»Du wirst schon sehen.«
Ein Walzer wurde gespielt, und der junge Fabrikant Frank Roloff, den ihr Vater ihr vor einigen Tagen vorgestellt hatte, forderte sie auf. Die Familie besaß ein gut laufendes Unternehmen, hatte ihr Vater der Vorstellung hinzugefügt, als habe Sophia Interesse daran bekundet, wie dieser Mann sein Geld verdiente. Aber er tanzte gut und war charmant genug, um sich in seiner Gesellschaft auf angenehme Art unterhalten zu fühlen.
»Der erste Tanz im neuen Jahrzehnt«, sagte Frank Roloff. »Das ist ja schon beinahe bedeutsam, nicht wahr?«
Das wiederum gefiel Sophia weniger, denn es deutete etwas hinein, das sie nicht empfand. Ihr Lächeln wurde zurückhaltend, und sie hoffte, er bemerkte, wie sie auf Distanz ging. Nach dem Tanz bedankte sie sich und machte damit deutlich, dass er auf einen weiteren direkt im Anschluss nicht zu hoffen brauchte. Er nahm das mit einem souveränen Lächeln hin und begleitete sie zurück zu ihrem Bruder.
»Na, hat der Feuer gefangen, oder was?«
Sophia verdrehte die Augen und nahm ein Glas vom Tablett eines vorbeigehenden Kellners. »Frag nicht.«
Ludwig nickte zum Büfett hin, wo eine junge Frau gerade ein Glas an die Lippen hob. »Kennst du sie?«

»Hm, vom Sehen her.«

»Amelia Groth, die Witwe des Erben von Herrenmoden Groth.«

»Geht das Unternehmen jetzt nicht an den Cousin ihres Mannes? Rosa hat so etwas erzählt.«

»Nur treuhänderisch, bis ihr Sohn erwachsen ist.«

Sophia sah die Frau erneut an, die nun zu ihnen herüberblickte und Ludwig ein keckes Zwinkern schenkte. »Was soll das denn jetzt?«, fragte sie.

»Sie ist hübsch, nicht wahr?«

Mit leicht verengten Augen taxierte Sophia ihn. »Worauf willst du hinaus? Bist du verliebt?«

»Verliebt? Nein. Aber sie hat mir ihr Interesse an einigen, hm, vergnüglichen Stunden sehr plastisch vor Augen geführt.«

»Wie bitte?« Sophia fiel beinahe das Glas aus der Hand.

Ludwig schenkte ihr ein überlegenes Lächeln.

»Das ist doch wohl nicht dein Ernst! Du willst mit ihr ...«, sie senkte die Stimme, »ins Bett?«

»Sie weiß wenigstens, wie es geht.«

Sophia schlug ihm so kräftig vor die Brust, dass er aufstöhnte. »Das wirst du schön unterlassen, ja?«

»Was geht dich das an?«

»Würdest du es richtig finden, wenn ich mir *irgendwen* hier aussuche, nur damit der mir zeigt, wie es geht?«

»Das ist ja wohl etwas anderes.«

»Klar.« Sie schnaubte verächtlich.

Er sah die Frau an, lächelte ihr zu, was sie kokett erwiderte.

Sophia wusste selbst nicht, was in sie gefahren war, als

sie auf die Frau zuging und ihr den Inhalt des Glases ins Gesicht schüttete. »Suchen Sie sich ein anderes Spielzeug für heute Nacht«, sagte sie, drehte sich um und ging, noch ehe die Frau dazu kam, mehr zu tun als einen Schreckenslaut auszustoßen.

Emilia war nicht zum Feiern zumute. Sie waren praktisch mittellos – geschenkt. Dass ihr Mann nun für Eduard Jungbluth arbeitete, damit konnte sie sich ebenfalls arrangieren. Was ihr sehr viel mehr Sorgen bereitete, war die derzeitige wirtschaftliche und politische Situation. Als im September im Reichstagsgebäude ein Bombenanschlag verübt worden war, hatte man das abgetan, hatte die Hintergründe nicht sehen wollen, die Existenzängste. Und nun, nach diesem verheerenden Börsenabsturz, waren diese schlimmer denn je, denn das Land war ohnehin hoch verschuldet durch den letzten Krieg. Mochte ein Günther Conrad sich gerettet haben und weiterhin hochherrschaftlich logieren, aber für viele andere galt das nicht. Die Landvolkbewegung setzte die Regierung unter Druck, verübte Anschläge mit Sprengstoff, forderte die Staatsmacht heraus. Das Landtagswahlergebnis in Baden hatte Emilia entsetzt, als die NSDAP dort sechs Mandate gewonnen hatten. Sie hatte versucht, mit Raiko über ihre Besorgnis zu sprechen, aber der hatte das abgetan. Und dann im November die Berliner Stadtverordnetenwahlen, wo die NSDAP dreizehn von zweihundertfünfundzwanzig Mandaten gewann und nun in die Stadtverordnetenversammlung einzog.

»Was erwartest du denn?«, so Raikos Worte. »Die Menschen haben Sorgen und Ängste. Seit dem Krieg werden wir geschröpft, müssen Reparationszahlungen leisten, sind praktisch versklavt von den Siegermächten. Irgendwann muss damit doch mal Schluss sein.«

Emilia sah das anders, wusste jedoch aus Erfahrung, dass ein Disput zu diesem Thema sinnlos war.

»Es wäre schön«, hatte Raiko abschließend gesagt, »wenn du deinen hübschen Kopf für das einsetzt, wofür er da ist. Die künftige Mutterschaft sollte dir ausreichend zu tun geben. Und wenn du unterbeschäftigt bist, schließ dich einem Damenzirkel an, mache Handarbeiten, es gibt genug zu tun.«

Emilia wollte vor Zorn die Wände hochgehen, wenn sie daran dachte. Dass das Volksbegehren, das auch er unterstützt hatte – »Gesetz gegen die Versklavung des deutschen Volkes« –, vom Reichstag mit großer Mehrheit abgelehnt worden war, gab ihr immerhin ein Gefühl der Genugtuung. Der Nachteil bei der Sache war, dass diese Ablehnung der NSDAP weiteren Zulauf zu verschaffen schien. Noch vor einem Jahr hatte Emilia es für unmöglich gehalten, dass diese Partei, deren tumbe Schläger in den Städten randalierten, jemals Erfolge verzeichnen könnte. Diese Entwicklung machte ihr Angst.

»Was ist denn da los?« Raiko merkte auf, als ein Raunen zu hören war. Kurz darauf schrie eine Frau wütend auf, und Sophia lief fluchtartig aus dem Saal.

»Ist das Amelia Groth?«

Raiko antwortete nicht, sondern ging zu der Frau, um die sich nun einige Damen versammelt hatten, um ihr Servietten zu reichen, mit denen sie Gesicht und Kleid abtupfte. Da es nun offenbar galt, Schadensbegrenzung zu betreiben, und Emilia verhindern wollte, dass dieser Vorfall ihren Schwiegereltern zugetragen wurde, trat sie neben Raiko.

»War das meine Schwester?«, fragte dieser gerade.

»Ja. Kam hierher und gebärdete sich wie eine Furie.«

»Na, die kann sich auf etwas gefasst machen.«

»Möchten Sie ins Bad, sich frisch machen?«, lenkte Emilia das Thema in praktische Bahnen.

»Das wäre sehr freundlich, vielen Dank.«

»Dann folgen Sie mir bitte.« Sie wandte sich an Raiko. »Ich spreche mit Sophia.«

»Das übernehme ich lieber selbst.« Ehe sie ihn daran hindern konnte, verließ er den Saal.

* * *

Pünktlich im neuen Jahr stand Rudi wieder vor Vincents Wohnungstür, verfroren und womöglich noch dünner als zuvor. Kommentarlos trat Vincent zurück und ließ seinen Freund ein.

»Ich war einer der Ersten, die sie wieder entlassen haben«, erklärte Rudi, wobei er fortwährend schniefte. Er hatte versucht, sich auf eigene Faust durchzuschlagen, und in Hauseingängen genächtigt. Einmal war er morgens nicht schnell genug wieder fort gewesen, und der Hausbesitzer hatte ihn mit dem kräftigen Schlag eines Besens in die Rippen geweckt.

»Warum bist du denn nicht direkt gekommen?« Vincent besah sich den Bluterguss, der sich über Rudis hervorstehende Rippen ausgebreitet hatte. Das tat ja schon beim Hinsehen weh. »Gebrochen scheint aber nichts.«

Rudi konnte nicht gerade gehen und sagte, das Atmen bereite ihm Schmerzen. »Du warst so wütend auf uns.«

»Das heißt aber nicht, dass du auf der Straße schlafen und dich verprügeln lassen musst.«

»Ist Lena auch hier?«

»Gottlob, nein. Setz dich erst einmal. Wo sind deine Sachen?«

»War alles in einem Beutel, den haben sie mir schon in der ersten Nacht geklaut.«

Vincent seufzte. »Ich sehe mal, ob ich noch was dahabe, was dir passen könnte. Jetzt bekommst du erst einmal einen Tee und wärmst dich auf.« Später käme dann noch zwingend ein Bad hinzu, aber das konnte warten.

Rudi hatte ein winziges Zimmer in der Arbeitersiedlung Riederwald bewohnt. Der Osthafen, das Industriegebiet an der Hanauer Landstraße und die vor weniger als zwei Jahren fertiggestellte Großmarkthalle hatten Frankfurt zur Industriestadt gemacht. An die industrielle Erschließung des Ostends war die Hoffnung auf Arbeitsplätze geknüpft gewesen, eine Hoffnung, die sich für Rudi zunächst erfüllt zu haben schien. Dass es zum Spätherbst hin so rapide bergab ging, hatte niemand vorhergesehen.

»Du kannst erst einmal bleiben«, sagte Vincent. »Aber sieh zu, dass du zumindest irgendwo als Tagelöhner unterkommst, ich kann uns nicht beide durchbringen.«

Rudi nickte unglücklich und dankbar zugleich, nahm den Tee entgegen, den Vincent ihm reichte, und verzog das Gesicht. »Kamille?«

»Ist der Herr wählerisch?«

»Nein, ich musste das als Kind immer trinken, daran habe ich gerade gedacht.« Und diese Erinnerungen waren nun wahrhaftig bar jeder verklärenden Nostalgie. Wie zum Beweis, dass er nicht undankbar war, nahm Rudi einen Schluck, verbrannte sich prompt die Oberlippe und sog diese zwischen die Zähne.

Vincent lehnte rücklings an der Fensterbank und stützte die Hände darauf. Es herrschte Unruhe auf den Straßen, die Menschen sahen sich ihrer Existenz beraubt. Währenddessen plagten Vincent weniger finanzielle Sorgen – wenngleich er gerade so über die Runden kam –, sondern er hatte Angst um seine Familie. Obwohl keine gesetzliche Handhabe bestand, die Sinti in dem ihnen zugewiesenen Lager in der Friedberger Landstraße zu konzentrieren, herrschte große Besorgnis. Das Siedlungsgebiet lag an der Stadtgrenze zum Volksstaat Hessen, und Vincent hatte gehört, dass von dieser Seite aus bereits geargwöhnt wurde, die Stadt Frankfurt plane, alle Roma – von denen die Sinti hier immerhin den größten Teil ausmachten – nach Hessen abzuschieben. Die Einwohner in Vilbel wiederum waren mit dieser neuen Nachbarschaft nicht einverstanden.

»Sie wollen uns aus der Stadt haben«, hatte Vincents Cousin Jacob gesagt. »Darum geht es doch. Sie machen es uns so schwer wie möglich, damit wir wegziehen, in der Hoffnung, anderswo werde es leichter sein.« Jacob lebte mit seiner Frau und den beiden Kindern auf einem gemieteten Grundstück in der Innenstadt und war nicht gewillt, diesen Platz aufzugeben. Er hatte schon seine Wohnung verloren, er wollte nicht auch noch aus der Stadt vertrieben werden.

Vincent würde seine Mutter zu sich holen, dann würden sie die Räume wieder so einteilen, dass seine Mutter das Schlafzimmer bekam und er sein Lager im Wohnzimmer aufschlug. Allerdings wollte seine Großmutter nicht aus ihrer Wohnung, daher war dieser Plan zu ihren Lebzeiten nicht umzusetzen. Jacob und seine Familie konnten später dann in die Wohnung in Sachsenhausen ziehen.

»Du bekommst das alles ja nicht so richtig mit«, hatte ihm Jacob vorgeworfen. »Du lebst im Ostend in deiner Wohnung, arbeitest als Schauspieler am Theater und bist darüber hinaus mit deinem deutschen Vater ohnehin nicht wirklich einer von uns.«

Das wiederum fand Vincent so ungerecht, dass es zu einem handfesten Streit gekommen war, in den schließlich seine Mutter und seine Tante schlichtend eingriffen.

»Unrecht hat er allerdings nicht«, sagte seine Tante. »Du bist außen vor, bekommst nur mit, was wir dir erzählen.«

Vincent war selbst hinausgefahren, hatte sich das Lager angesehen. Nicht nur war der Platz morastig und unzureichend an die Wasserversorgung angeschlossen – was zu problematischen hygienischen und gesundheitlichen Bedingungen führte –, sie hatten es auch sehr weit, um Dinge des alltäglichen Lebens zu kaufen. Darüber hinaus war für die dort lebenden schulpflichtigen Kinder ein Schulbesuch nicht möglich. Außerdem hatte er gehört, dass die Nachbarn sich über vermehrte Diebstähle beklagten, die angeblich von den »Zigeunern« in der Nachbarschaft verübt worden seien. Nachgewiesen werden konnte dergleichen jedoch nicht.

Die *Frankfurter Nachrichten* indes stellten den Platz dar, als sei er eine Jahrmarktsattraktion, erzählten von Kartenspielen und Handlesen. Der Artikel trug den Titel »Lustig ist's Zigeunerleben«, und Jacob hatte die Beherrschung verloren und getobt. »Das sind wir für sie. Bestenfalls eine Attraktion.« Und das war noch vor Zusammenbruch der Börse gewesen, ehe der Wohlstand vieler Menschen im Auflösen begriffen war. Jetzt schien sich die Abneigung in regelrechten Hass verwandelt zu haben, als seien sie es, die Schuld an allem trugen. Sie, die Exoten, die nie wirklich dazugehörten und mit der eingesessenen Bevölkerung um Arbeit und Geld konkurrierten.

Müde rieb sich Vincent die Augen und sah zur Uhr. »Ich habe heute einen Auftritt und will vorher noch einmal proben. Du weißt ja, wo alles ist.«

»Kann ich mir etwas zu essen nehmen? Nur heute«, fügte Rudi rasch, wie einen vergessenen Einfall, hinzu.

»Ja, bedien dich. Aber lass etwas übrig.«

»Natürlich. Wofür hältst du mich?« Rudi wirkte so aufrichtig entrüstet, dass Vincent schmunzeln musste.

»Bis später.« Vincent ging in den kleinen Flur, zog sich Mantel und Schal an, setzte einen Hut auf, streifte Handschuhe über und verließ das Haus.

»Du könntest langsam mal aufhören zu schmollen. Immerhin hat Vater mir zwei Wochen Hausarrest aufgebrummt.« Sophia hatte ihren Bruder in der Bibliothek aufgesucht, wohin er sich zum Lernen zurückgezogen hatte.

»Ich schmolle nicht.«

Sie ließ sich auf dem Sessel neben ihm nieder, streifte die Schuhe ab und zog die Füße unter. »Natürlich tust du das. Du bist wütend auf mich, weil du nicht zum Zug gekommen bist.«

»Das war ja wohl auch eine unfassbar kindische Vorstellung, die du hingelegt hast.«

»Immerhin hat diese Frau daraufhin die Finger von dir gelassen.«

»Denkst du, sie war eingeschüchtert von dir? Das war sie keineswegs, das allein hätte sie wohl nicht zurückgehalten. Auf mich war sie wütend, hat mich indiskret genannt, fragte, was ich mir einbilde herumzuerzählen, sie hätte Interesse an mir. Ich solle erst einmal erwachsen werden und die Verschwiegenheit eines Ehrenmanns lernen. So ein Zeug halt.« Ludwigs Ohren färbten sich rot.

»Das tut mir sehr leid.« Sophia hoffte, dass das aufrichtig klang. »Aber immerhin hast du etwas für die Zukunft gelernt.«

»Ja, und zwar, dass ich dir so etwas nicht noch einmal erzähle.«

»Du hast doch gar nichts erzählt, sondern nur Andeutungen gemacht, den Rest habe ich mir selbst zusammengereimt. Daran waren ihre lasziven Blicke übrigens nicht unschuldig. Das hättest du ihr sagen können.«

Er senkte den Blick wieder auf sein Buch.

»Rosa hat gesagt...«

»Du hast das Rosa erzählt?«

Verständnislos sah Sophia ihn an. »Natürlich.«

Er stöhnte auf.

»Warum? Darf sie nicht wissen, dass du dich nicht für sie aufsparst?«

»Rede keinen Unsinn.«

Sophia schnappte sich sein Buch, schlug es mit einem Knall zu und legte es hinter sich.

»Hey!« Ludwig wollte danach greifen, aber Sophia schob es davon.

»Genug gelernt. Lass uns ins Theater gehen. Ich habe nachgeschaut, heute Abend gibt es ein neues Stück.«

»Nachdem du mir meine erste Eroberung verdorben hast, gehe ich gewiss nicht mit dir ins Theater, damit du Vincent anhimmeln kannst.«

»Hast du Sorge, dass ich noch vor dir zum Zug komme?«

»Der soll es nur wagen, dich anzurühren.«

»Siehst du? Du bist kein Deut besser als ich.«

»Warum? Weil ich dich vor diesem Frauenhelden beschütze?«

»Weil meine Gefühle für ihn wahrhaftig sind, während deine für diese Frau wollüstig waren.«

Ludwig lachte spöttisch. »Was denkst du, welchen Gefühlen Vincent folgen würde?«

»Er würde sich gewiss bei mir nicht aus so niederen Instinkten hinreißen lassen.«

»Du lieber Himmel!« Ludwig erhob sich. »Zur Strafe sollte ich wirklich mit dir ins Theater. Angeblich hat er unter den Schauspielerinnen eine Geliebte. Ist vielleicht ganz heilsam, wenn du sie gemeinsam heimgehen siehst.«

Sophia schwieg verstimmt, während Ludwig sein Buch aufhob. Er ging zum Fenster und sah in den verschneiten

Garten. »Sieh dir die zwei an. Die große Liebe«, mokierte er sich.

Obwohl sie ihm immer noch ein wenig grollte, stand Sophia auf und stellte sich zu ihm, betrachtete ihre Schwester, die sich in Eduards enger Umarmung befand, während sie sich küssten. »An Claras Stelle hätte ich ihn hingeschickt, wo der Pfeffer wächst. Der hat doch wahrlich gezeigt, was von seinen Gefühlen für sie zu halten ist.«

»Irgendwie hat sie es geschafft, es zu seinen Gunsten auszulegen.«

Sophia lehnte mit der Schulter am Fenster und betrachtete das Paar. Raben flatterten in den Baumwipfeln auf, und Sophias Blick folgte ihnen, wurde jedoch abgelenkt, als Eduard auf einmal zurückfuhr und die Hand zum Kopf hob, darauf herumtastete, seine Finger betrachtete und von Clara ein Taschentuch gereicht bekam. Neben Sophia lachte Ludwig auf.

Er konnte es nicht lassen und öffnete das Fenster, als Eduard gerade mit dem Taschentuch sein Haar abtupfte. »Volltreffer?«, fragte er feixend.

Eduard drehte sich zu ihnen um, und während Clara rief, sie sollten sich gefälligst um ihren eigenen Kram kümmern, sah er sie nur schweigend an, erst Ludwig und dann – länger – Sophia. Die überlief es kalt, und unwillkürlich schloss sie das Fenster. Manche Menschen, so ging es ihr in diesem Moment auf, hatte man lieber nicht zum Feind.

TEIL 2

1932–1933

JULI 1932

»Du heulst doch wohl nicht?«, fragte Rosa.

Sophia presste sich ein Taschentuch an die Augen. »Ich kann nichts dafür, bei Hochzeiten heule ich immer. Ich stelle mir den Moment vor, wie die beiden als kleine Kinder gespielt haben, ohne voneinander zu wissen, wie sie die Höhen und Tiefen ...«

»Oh, Grundgütiger«, fiel Ludwig ihr ins Wort.

»Du bist ein unsensibler Klotz«, beschied ihn Rosa.

»Da klang Dorothea von Delft letztens aber anders.« Ludwig hatte ein reichlich selbstgefälliges Grinsen auf den Lippen, und Sophia vergaß für einen Moment die rührseligen Erinnerungen.

»Du scherzt doch wohl hoffentlich?«

»Du hast es ihr nicht erzählt?«, kam es von Rosa.

»Woher weißt *du* das denn?«, fragte Ludwig irritiert.

»Psst«, zischte es aus der Stuhlreihe hinter ihnen.

Sophia wandte sich wieder dem Geschehen zu, war aber

nun abgelenkt, weil sie an ihren Bruder und Dorothea denken musste. Was mochte er an ihr finden? Die war doch schon zu Schulzeiten eine selten dumme Gans gewesen.

Paul schob Anna einen Ring auf den rechten Zeigefinger. »Durch diesen Ring seiest du mir angelobt...«

Sophias Gedanken schweiften ab, kreisten um ihren Bruder und die dumme Gans. Wie konnte er nur?

»Woher weißt du davon?« fragte sie Rosa leise. Die antwortete nicht sofort, sah wie gebannt ihren Bruder an, und nun schimmerte es auch in ihren Augen.

»Lenchen hat es mir erzählt«, entgegnete sie schließlich. »Die ist doch so eng mit Dorothea.«

»Haben sie...«

»Ja, offenbar schon.«

Sophia stieß Ludwig den Ellbogen so heftig in die Seite, dass er aufstöhnte.

»Junge Dame!«, sagte ein Herr hinter ihr. »Was für ein Benehmen, ich muss doch sehr bitten.«

Sie saßen im Garten der Roths, der in seiner wild blühenden Pracht eine romantische Kulisse für die Trauung bildete, der Sophia nun wieder aufmerksamer folgte. Sie umfasste Rosas Hand, während der Ehevertrag auf Aramäisch verlesen wurde.

Nach der Zeremonie erhoben sich die Gäste und begaben sich zu Tisch. Ein Weinglas wurde zertreten. Danach wurde das Festmahl serviert und später – zunehmend ausgelassen – gefeiert. Weder beim Essen noch danach ergab sich die Gelegenheit, Ludwig einen Moment allein zu erwischen, und da Sophia gerne tanzte, schob sie den Gedanken an Dorothea von Delft beiseite und genoss die Feier.

»Was für eine absurde Zurschaustellung von Reichtum«, lästerte Clara, die sich zu Sophia gesellt hatte, als diese nach dem Tanz einen Moment lang nach Atem schöpfte.

»Deine Hochzeit mit Eduard war kaum bescheidener.«

»Das ist doch wohl etwas anderes. Gerade in den jetzigen Zeiten sollten sich Leute wie die Roths ein wenig zurücknehmen, stattdessen zelebrieren sie ihr Leben geradezu und schleudern mit ihrem Geld herum.«

Sophia starrte ihre Schwester an. »Was ist denn in dich gefahren?«

»Ich lese eben die Zeitung und informiere mich.«

»Ah ja. Und in der Zeitung steht, dass die Roths von ihrem Geld keine Hochzeit mehr ausrichten dürfen, oder was?«

Clara sog die Lippen ein. »Du solltest anfangen, dich politisch zu bilden.«

»Wir befinden uns hier auf einer Hochzeit von langjährigen Freunden, und dir fällt nichts Besseres ein, als dich über die Kosten, die dich nichts angehen, aufzuregen und von Politik zu schwätzen? Die Ehe mit Eduard scheint dir noch schlechter zu bekommen, als ich dachte.«

Rote Flecken tanzten auf Claras Wangen, und sie kniff die Lippen zusammen, wandte sich ab. Seit ihrer Hochzeit war sie sehr bestrebt, jedem ein Loblied auf ihr häusliches Glück zu singen. Sie war schwanger aus den Flitterwochen zurückgekehrt, gab sich seither furchtbar erfahren und hatte kein anderes Thema als Eduard, die Schwangerschaft und das Eheleben. Später löste ihr Kind das Thema Schwangerschaft ab, das ein halbes Jahr später wieder aktuell geworden war. Inzwischen waren es zwei Kinder, und schon wieder betonte Clara bereits vielsagend, ihr sei morgens so übel.

»Da hat Eduard ja einen echten Glücksgriff getan«, hatte Ludwig geätzt. »Wer träumt nicht davon zu heiraten und seine Frau entweder dick oder kotzend zu erleben.« Clara hatte danach zwei Wochen lang kein Wort mehr mit ihm geredet, was Ludwig lediglich mit einem Schulterzucken quittiert hatte.

Sophia ging zum Büfett, nahm sich eine Süßspeise und schlenderte zur Tanzfläche, wo Rosa mit Daniel Rosenthal tanzte. Der junge Arzt war seit Jahren in sie verliebt und hatte seine Bemühungen um sie bisher nicht aufgegeben. Nun, da Rosa Medizin studierte, trafen sie sich immer mal wieder, weil er ihr beim Lernen half. Rosa hatte gesagt, sie empfinde nur Freundschaft für ihn.

»Tanzt du mit mir, Schwesterchen?«, fragte Ludwig.

Sie streifte ihn mit einem kurzen Blick. »Hat keine der anderen Frauen sich erbarmt?«

»Ich wollte dich nur aus deinem Mauerblümchendasein erlösen.«

Sophia stellte die leere Schale ab und nahm seinen Arm. »Heute Abend erzählst du mir alles«, sagte sie. »Und lass keine Einzelheiten aus.«

»Ich bin verschwiegen wie ein Grab.«

»Und so überaus diskret, dass dir ihr Name nie über die Lippen käme«, spöttelte Sophia. »Wetten, dass *sie* die pikanten Details längst mitgeteilt hat?«

Sie waren erst weit nach Mitternacht heimgekehrt, und Emilia drehte sich ein wenig der Kopf. Hoffentlich war sie nicht wieder schwanger, das letzte Mal war es das Grauen gewesen. Keinesfalls wollte sie das noch einmal durchmachen. Allerdings schien Raiko sehr bestrebt, es nicht bei diesem einen Kind zu belassen, denn es war doch das Mindeste, dass sie einen Erben in die Welt setzte. Jedes Mal, wenn er das sagte, fügte er rasch hinzu, dass er die kleine Martha liebte, als müsse er sich das fortwährend selbst bestätigen. Und sie liebte doch Kinder, sagte er stets, das beweise ihre Tätigkeit im Kinderheim.

Ja, Emilia liebte Kinder, daher fragte sie sich, ob es nötig war, beständig neue in die Welt zu setzen, wenn es so viele gab, die niemand wollte und die so dringend ein liebendes Zuhause benötigten. Konnte man nicht erst einmal die vorhandenen aufteilen und dann über die Zeugung weiterer nachdenken? Als sie Raiko gegenüber das Thema angesprochen hatte, hatte der sie nur verständnislos angeglotzt.

Während sie vor dem Spiegel saß und sich Lotion ins Gesicht rieb, kleidete Raiko sich hinter ihr um. Unauffällig drückte Emilia mit den Fingerspitzen gegen ihre Brüste. Bei der letzten Schwangerschaft waren sie druckempfindlich gewesen, das war jetzt nicht der Fall. Ob das hieß, sie hatte nicht empfangen? Sie schickte ein stummes Stoßgebet zum Himmel.

»Dass Hermann Altenburg diese Verbindung zugelassen hat, wundert mich nun doch ein wenig«, hörte sie Raiko sagen. »Anna ist Halbjüdin, ich hätte sie an seiner Stelle an einen Deutschen verheiratet.«

»Die Roths sind Deutsche.«

»Du weißt, was ich meine.«

Emilia drehte sich zu ihm um. »Warum wirst du nicht konkret, so ganz ohne kryptische Andeutungen?«

»Du hörst doch selbst, was momentan so erzählt wird.«

»Über die Roths?« Sie sah ihn an, hob die Brauen, wollte, dass er aussprach, was er sich noch auszusprechen scheute.

»Stellst du dich absichtlich dumm? Natürlich nicht über die Roths an sich, eher über Leute wie sie.«

»Bankiers und Anwälte?«

Raiko presste einen Moment lang die Lippen zusammen, dann spuckte er es aus. »Juden. Und ehe du jetzt wieder damit anfängst, nein, ich habe nichts gegen die Roths, sie sind Freunde der Familie seit über zwanzig Jahren. Aber man muss eben auch daran denken, was derzeit das Beste ist, welche Bündnisse man eingeht. Mit Menschen wie ihnen befreundet zu sein ist eben etwas anderes als familiär verbunden.«

»Und was, wenn Ludwig sich in Rosa verliebt? Sie und die Zwillinge sind doch schon seit der Kindheit unzertrennlich.«

»Das wird mein Vater niemals erlauben.« Raiko warf sein Hemd achtlos auf den Boden und schob es mit dem Fuß beiseite. Sollte das Stubenmädchen sich am folgenden Tag darum kümmern.

»Wenn Ludwig erwachsen ist, wird ihn das nicht kümmern.«

»Das wird sich zeigen.«

Emilia kleidete sich aus, bemerkte Raikos Blick, der auf ihr ruhte, über sie glitt, auf ihrer Brust verharrte, ihrem

Bauch. Sie drehte sich von ihm weg und zog ihr Nachthemd über. Das Haar flocht sie in einen kurzen Zopf. Die Feier war schön gewesen, aber Emilias gute Stimmung nun dahin. Raiko wusste, dass sie es hasste, wenn er so sprach, aber in dieser Hinsicht legte er keinerlei Scheu an den Tag. Er liebäugelte so offensichtlich mit dieser Partei, dass Emilia sich hinsichtlich seiner Präferenz bei den Wahlen keine Illusionen machte. Ohne ihn anzusehen, verließ sie das Zimmer, um sich aus der Küche etwas zu trinken zu holen. Auf dem Korridor traf sie auf Sophia, die im Nachthemd und mit einer Kladde im Arm aus dem Zimmer huschte. Emilia sah sie fragend an.

»Ich möchte in den Garten und dort schreiben, ich bin gerade so inspiriert.«

»Bist du gar nicht müde?«

»War ich vorhin, aber jetzt bin ich hellwach.«

Emilia sah ihr lächelnd nach. Noch einmal in diesem Alter sein, dachte sie, und so manchen Fehler nicht wiederholen.

Es war nicht einfach gewesen, sich nach der Hochzeit noch einmal davonzustehlen. Noch schwieriger würde es werden, in die Villa von Delft zu gelangen. Allerdings hatte Dorothea versprochen, das in eine hohe Mauer eingelassene Gartentor aufzuschließen. In Dorotheas Schlafzimmerfenster brannte ein Licht, was bedeutete, sie war noch wach und wartete auf ihn. Er warf ein Steinchen gegen ihr Fenster, dann ein weiteres. Als er gerade im Begriff gewesen war, ein drittes zu werfen, wurde das Fenster unter Dorotheas geöffnet, und ihre ältere Schwester streckte den Kopf hinaus, spähte in die Dunkelheit, und Ludwig kauerte sich rasch hinter einen Busch. Schließlich wurde das Fenster wieder geschlossen.

Ludwig überlegte, ob er noch ein Steinchen werfen sollte, aber wenn ihre Schwester ihn wieder hörte, käme er womöglich nicht mehr so glimpflich davon. Andererseits wollte er Dorothea unbedingt sehen. Nach jenem missglückten Versuch, seine Unschuld zu verlieren, damals zu Silvester, hatte es über ein Jahr gedauert, bis sich die Gelegenheit erneut ergab. Es war ein Dienstmädchen im Haus eines seiner Freunde gewesen, mit dem er es zum ersten Mal versuchen durfte, und die erbärmliche Vorstellung, die er dort geliefert hatte, trieb ihm jetzt noch das Blut ins Gesicht. Mit Dorothea hingegen war es schön gewesen, auch wenn er noch nicht so genau wusste, worauf das hinauslief. Eine von Delft nahm man sich eigentlich nicht für ein kurzes Vergnügen.

Schritte waren zu hören, leises Knirschen auf dem kiesbestreuten Weg, den man von der Veranda aus unweigerlich überqueren musste, wenn man in den Garten gelangen wollte. Ludwig fuhr zusammen, machte sich bereits auf die Entdeckung und die darauf folgende Erklärungsnot gefasst, als er Dorotheas unverwechselbares leises Lachen hörte. Es hatte einen Klang, als gluckse es aus ihr heraus, wie das Lachen eines Kindes.

»Als Wilma das Fenster geöffnet hat, dachte ich, mich trifft der Schlag«, sagte Dorothea und umarmte ihn zur Begrüßung. »Du kommst gerade noch zur rechten Zeit, ich war schon im Begriff, das Licht zu löschen und zu schlafen.«

»Die Hochzeit hat lange gedauert.«

»War es schön?«

»Ja, die Roths verstehen zu feiern.«

»Ich wäre gern dabei gewesen.«

»Paul hat seine Familie und engste Freunde mit deren Angehörigen eingeladen. Ich musste daher leider auch Eduard ertragen.«

Dorothea hob das Gesicht, und er kam der stummen Einladung nach und küsste sie. »Ich bin mir sicher, ich kann dich ausreichend für die Momente mit deinem ungeliebten Schwager entschädigen.«

Er hob sie hoch. »Wieder ins Gartenhaus?«

»Hmhm.« Sie umfasste seinen Kopf und küsste ihn.

Sie von ihrem Morgenmantel und dem Nachthemd zu befreien ging schneller, als sich aus dem eleganten Anzug zu schälen, und lachend kam sie ihm zu Hilfe. Ihr Lachen wurde atemloser, indes Ludwig das Blut in den Ohren rauschte. Es war wunderbar, wie jedes Mal, und in jenem Moment, als die Lust tief in ihm zersprang, war die Welt auf diesen Augenblick geschrumpft. Danach lagen sie eng umschlungen da, schweigend, als sei das, was zwischen ihnen geschehen war, zu groß, um Worte dazwischen zuzulassen.

»Du hast es Helene erzählt?«, fragte er, als seine Stimme wieder ausreichend Platz in ihm hatte.

»Woher weißt du das?«

»Von Rosa.«

Dorothea seufzte. »War ja klar, dass sie es ihr erzählt. Aber mit Rosa bleibt es ja immerhin bei dir in der Familie.«

»Hast du keine Angst, es könnte jetzt die Runde machen?«

»Nein. Entsprechende Andeutungen würde ich mir empört verbitten. Helene ist gut befreundet mit Rosa, sie konnte wohl nicht widerstehen. Allerdings habe ich nur Andeutungen gemacht, sie muss es sich selbst zusammengereimt haben.«

Ludwig richtete sich auf einen Ellbogen auf, fuhr die Konturen von Dorotheas Mund nach, den er in der Dunkelheit nicht sehen, sondern nur erspüren konnte. Sie war von jener klassischen Schönheit, die nur wenige Frauen besaßen. Goldbraunes Haar, blaue Augen, feine Gesichtszüge, ein voller, sinnlicher Mund. Er beugte sich vor, um sie zu küssen.

»Nur einmal noch, ja?«, sagte sie. »Ich muss im Haus sein, ehe das Personal mit der Arbeit beginnt.«

So stand sie danach denn auch auf, noch während Ludwig um Atem rang, und kleidete sich rasch wieder an. Außer dem Wispern, mit dem ihr seidenes Nachthemd an ihrem Körper entlangglitt, und ihrem immer noch schnell gehenden Atem war nichts zu hören. »Also ich würde an deiner Stelle aus dem Garten verschwinden, ehe es hell wird«, sagte sie, und seufzend erhob Ludwig sich.

Er hatte das Gefühl für Zeit verloren, aber die Finsternis ging langsam in bläuliche Helligkeit über, als er auf der Straße stand. Als er seine Uhr hervorholen wollte, stellte er fest, dass sie nicht da war. Er musste sie in der Gartenlaube verloren haben. Kurz wog er die Konsequenzen ab und kam zu dem Schluss, dass der Verlust der Uhr weniger schlimm wog als die Gefahr, beim erneuten Betreten des Gartens erwischt zu werden. Denn eine Ausrede konnte er nur schwerlich bieten. Er würde

Dorothea anrufen und sie darum bitten, die Uhr aus dem Gartenhaus zu holen.

Auf dem Weg nach Hause pfiff er leise vor sich hin. Die Stadt befand sich in jenem Schwebezustand, der dem Erwachen voranging, wenn die nächtliche Dunkelheit blasser wurde und langsam aus den Straßen in die Ecken und Winkel der Häuser getrieben wurde, wo sie in schattigen Nischen darauf wartete, am Abend hervorzukriechen. Gleich würden die ersten Zeitungen verkauft werden, Dienstmädchen würden die Fenster der Häuser öffnen, um die noch kühle Morgenluft in die Räume zu lassen, die ersten Arbeiter würden sich auf den Weg machen, die Öfen in den Backstuben angeheizt. Es war ein Moment innezuhalten, zu spüren, wie der lebendige Puls der Stadt in einen überging, wie das Leben von den Straßen in die eigenen Adern strömte. Ludwig blieb stehen, legte den Kopf zurück und breitete die Arme aus.

»Man könnte glatt glauben, der Bengel ist närrisch geworden«, hörte er jemanden sagen und musste lachen.

* * *

»Weißt du, genau das ist der Grund, warum Frauen in der Politik im Grunde genommen nichts verloren haben.« Eduard bedachte sie mit jenem Blick, unter dem Clara sich stets klein und dumm fühlte.

»Ich habe nichts weiter getan, als mich über diese maßlose Verschwendung zu ärgern.«

»Warum sollen die Roths nicht maßlos verschwenderisch sein dürfen?«

Clara starrte ihn an. »Du siehst doch, wie es den Menschen auf der Straße geht.«

»Seit wann interessieren dich die Menschen auf der Straße? Das Kleid, das du gerade trägst, hat das Monatsgehalt eines Arbeiters gekostet – mindestens.«

»Aber du hältst doch selbst so viel von den Reden der NSDAP.«

»Falsch, meine Liebe. Ich halte diese Leute für absolute Idioten. Aber wenn ihre Zeit kommt, dann stehe ich eben auf der richtigen Seite, der Seite, die für mich profitabel ist, nicht mehr und nicht weniger. Wenn es die Nationalsozialisten sind, dann werde ich eben einer. Kommen die Kommunisten an die Macht – Gott bewahre! –, werde ich Kommunist. Mir wäre es tatsächlich lieber, wenn die Regierung so bliebe, wie sie derzeit ist. Also halte dich in Zukunft bitte etwas zurück.«

Clara biss sich auf die Unterlippe. Längst bereute sie, ihm von ihrem kleinen Disput mit Sophia erzählt zu haben. Sie hatte beim Frühstück die Zeitung auf dem Tisch gesehen, hatte von der Notverordnung des Reichspräsidenten am Vortag gelesen und war daraufhin auf die Hochzeit zu sprechen gekommen. Sie verstand nicht viel von all dem, aber die Idee eines neuen Deutschlands gefiel ihr gut.

»Ohne Menschen wie die Roths wäre es vielleicht gar nicht zu all dem Elend gekommen«, versuchte sie es erneut.

»Ganz recht, mein Liebling, Oskar Roth ist schuld an dem Elend deines Vaters und nicht etwa er selbst, weil er leichtsinnig seine gesamte Existenz verspekuliert hat.«

Eduard trank seinen Kaffee aus und erhob sich. »Kümmere dich um Dinge, von denen du etwas verstehst, und vermeide Diskussionen über Wirtschaft und Politik, dabei gerätst du hoffnungslos ins Hintertreffen.«

»Hör auf, so herablassend mit mir zu sprechen!«

»Dann unterlasse es bitte, mich mit deiner kruden Auslegung der Situation zu behelligen und dich mit sonderbaren Diskussionen zu blamieren. Ich möchte nicht, dass jemand denkt, ich hätte dir diesen Unsinn eingeredet.« Er verließ das Esszimmer, um ins Werk zu fahren, und Clara sah ihm nach, schweigend und den Tränen nahe.

»Das kann doch alles nicht wahr sein.« Emilia war nach dem Frühstück mit ihrer zweijährigen Tochter Martha zu Helga geflüchtet, aufgewühlt von der morgendlichen Zeitungslektüre. Dass sie überall auf die Wahlplakate der NSDAP stieß, machte die Sache nur noch schlimmer, verlieh all dem eine bedrohliche Nähe. Wie sie dieses Gesicht mit dem albernen Chaplin-Bart inzwischen hasste. Auf dem Plakat, das dem Kinderheim praktisch gegenüberhing, glotzte einem sein Konterfei entgegen vor rauchenden Industrieanlagen. Dazu der Spruch *Hitler wird Reichspräsident – Wir nehmen das Schicksal der Nation in die Hände.* Überall diese Parolen. *Stoßt auf das Tor zur Freiheit. Arbeit und Brot.*

»Meine Mutter sagte immer, es wird nichts so heiß gegessen, wie es gekocht wird.« Helga stellt eine Tasse Tee vor ihr ab. Sie rief eines der älteren Mädchen herbei, damit dieses sich um die kleine Martha kümmerte. Raiko sah es nicht gerne, wenn Emilia ihre Tochter mit hierhernahm, was für sie ein Grund war, es auf jeden Fall zu tun. Martha sollte von klein auf lernen, dass das Leben auch andere Seiten hatte als jene heile Welt, die ihr das heimische Kinderzimmer vorgaukelte.

»Ich kann da nicht mehr so zuversichtlich sein.« Emilia hob die Teetasse an die Lippen. Am Vortag, dem zwanzigsten Juli, hatte Paul von Hindenburg die wesentliche Regierungsbeteiligung der Sozialdemokraten beendet. »Das war ein Staatsstreich. Wie kannst du da so ruhig bleiben? Wer weiß, auf was wir da zusteuern.« Per Notverordnung war die preußische Regierung unter Otto Braun abgesetzt worden.

»Irgendwie mussten sie doch auf die blutigen Ausschreitungen in Altona reagieren.«

»Ach Helga, ist das dein Ernst?«

In Altona war es drei Tage zuvor zu einer Schießerei zwischen Nationalsozialisten, Kommunisten und der Polizei gekommen. Den Reichstagswahlkampf hatte ohnehin schon eine Welle der Gewalt begleitet, die darin nun ihren Höhepunkt fand. Damit war die Anzahl der Toten durch politische Auseinandersetzung seit Juni auf über achtzig gestiegen.

Die SA war im April nach einer Welle von Terror und Gewalt verboten worden, das hatte Reichskanzler Heinrich Brüning angeordnet, sein Nachfolger von Papen hatte das Verbot jedoch sofort nach seiner Wahl aufgehoben. »Es war ein Fehler, das Verbot der Sturmabteilung zurückzunehmen. Seitdem kommt es ständig zu gewaltsamen Auseinandersetzungen.«

»Woran aber auch die Kommunisten nicht ganz unschuldig sind.«

»Du redest wie Raiko.«

Nun wirkte Helga beleidigt. »Ich bin nicht aufseiten der Nationalsozialisten, gewiss nicht. Aber ich denke, es ist weniger schlimm, als du es dir ständig ausmalst. Und ich weiß wirklich nicht, ob mir die Kommunisten lieber sind.« Die Sonntage verliefen besonders blutig, da diese Tage arbeitsfrei waren und sich die Sturmabteilung und die Mitglieder des Roten Frontkämpferbundes in ihren Stammlokalen trafen. »Die meisten Toten in Altona waren unbeteiligte Zivilisten«, fügte Helga hinzu.

»Das weiß ich, ich sage ja auch nicht, dass ich das alles richtig fand. Aber politische Aufmärsche waren in Altona verboten, warum hat man die der NSDAP geduldet?«

»Weil es als Werbeaufmarsch für die Partei galt. Die Kommunisten haben zuerst zu den Waffen gegriffen. Erst danach hat die Polizei geschossen. Die preußische Regierung war eben nicht imstande, für Ordnung zu sorgen, daher musste Hindenburg handeln. Es ging ja auch darum, staatsfeindliche Akte der KPD zu verhindern.«

»Und von Papen hat die Gunst der Stunde genutzt.« Er hatte die Notverordnung des Reichspräsidenten umgesetzt und sich selbst zum Reichskommissar ernennen lassen. »Ich meine, wenn man sich das mal so überlegt, dann ist doch klar, warum Hindenburg gerade ihn ernennt. Reaktionär, alter Adel.«

»Intellektuell eher schlicht«, ergänzte Helga.

»Dafür sehr ehrgeizig.«

»Die Sozialdemokraten hatten doch ohnehin keine parlamentarische Mehrheit mehr.« Helga stellte ihre Tasse auf den Servierwagen. »Es ändert sich also zunächst nichts.«

Emilia konnte nicht ruhig bleiben. Schon als sie am Vortag im Rundfunk gehört hatte, wie Franz Bracht mit der Amtsenthebung des Ministerpräsidenten den militärischen Ausnahmezustand verkündete, wäre sie vor Wut am liebsten die Wände hochgegangen. Carl Severing hätte sich dem entgegensetzen müssen, dachte sie, aber der hatte sich in aller Seelenruhe ersetzen lassen. Jetzt konnte Emilia nur noch darauf hoffen, dass Otto Braun nicht passiv bleiben würde – doch so sah es nicht aus. Raiko gefiel das alles natürlich, er hatte beim Zuhören fortwährend zustimmend genickt, ebenso wie sein Vater. Lydia hatte nichts gesagt, und die Zwillinge wirkten ohnehin ständig so, als ginge sie das alles nichts an.

»Du solltest nicht immer so besorgt sein, die NSDAP, das ist ein Haufen Spinner mit Schlägertrupps. Die kann doch keiner ernst nehmen.«

»Der Kopf dieser Spinner ist bei der Reichspräsidentenwahl im April immerhin auf knapp siebenunddreißig Prozent gekommen.«

»Hindenburg auf dreiundfünfzig Prozent.«

»Und das findest du nicht beunruhigend?«

»Da müssten sie schon ziemlich viel aufholen. Wie sollen sie das bewerkstelligen, so ohne echtes Konzept?«

»Sieh dir mal ihre Zahlen noch vor vier Jahren an, dann hast du die Antwort.« Emilia griff nach der Zeitung, die auf dem Beistelltischchen lag. *Die Kämpferin, Zeitung für die werktätige Frau*, ein der KPD nahestehendes Blatt. »Ich dachte, du magst keine Kommunisten.«

»Annelie bringt das Blatt immer mit. Da stehen ein paar interessante Dinge drin, auch zum Thema Abtreibung.«

Irrte Emilia sich, oder warf Helga ihr einen vielsagenden Blick zu? Sie schlug den entsprechenden Artikel auf. »Bereits im Mutterleib hungert der kleine Proletarier«, las sie.

»Wie lange bleibt Anna eigentlich auf Hochzeitsreise?«, wechselte Helga das Thema.

»Bis Mitte Juli.«

»Nahezu sechs Wochen. Wenn, dann machen sie es richtig, ja?« Helga schmunzelte. »Hier wird sie auf jeden Fall fehlen, gerade die Mädchen hängen sehr an ihr.«

»Sie kommt ja wieder.«

»Hoffentlich.«

Emilia trank den letzten Schluck des mittlerweile kalten Tees. »Wie kommt ihr in letzter Zeit zurecht?«

»Die Arztrechnungen waren nicht ohne, aber das können wir uns leisten. Schlimmer sind die Nachbarn, die tun so, als sei das Haus ein Brutherd für Seuchen. Als käme Keuchhusten nur bei unseren Kindern vor. Wir haben die drei ja sofort isoliert, und sonst gab es keine Fälle.«

»Ich hätte Martha nicht mitgebracht, wenn ich annehmen müsste, dass es anders wäre. Vielleicht nimmt ihnen das den Wind aus den Segeln.«

»Die sind erst still, wenn das Haus hier kinderfrei ist. Abgesehen von jenen natürlich, die ich brav mit einem Angetrauten zeuge.« Helga räumte das restliche Teegeschirr auf den Servierwagen. »Hier war letztens ein Freund von Annelie, der hat ein paar Tage hier gewohnt, weil er ein Bewerbungsgespräch in der Stadt hatte. Du lieber Himmel, haben die Leute eine blühende Phantasie, was wir hier zu dritt getrieben haben könnten. Vielleicht sollte ich demnächst rote Kerzen ins Fenster stellen und ein paar anregende Scherenschnitte durch die Vorhänge präsentieren.«

NOVEMBER 1932

Seit Ludwig durch sein Studium so sehr eingebunden wurde, dass er kaum mehr Zeit hatte für das Theater, ging auch Sophia nur noch selten hin. Wenn, dann zahlte sie Eintritt. Lange schon hatte sie keine Proben mehr beobachtet. Ihre Schriftstellerambitionen hatte sie nicht aufgegeben, vielmehr verbrachte sie viel Zeit damit, die Zeitungen zu lesen, Menschen zu beobachten, hin und wieder sozialkritische Stücke anzusehen und ihre Eindrücke festzuhalten. Mit den Ergebnissen war sie zufriedener als mit ihren ersten Versuchen, als ihr alles, was sie geschrieben hatte, so furchtbar trivial erschienen war.

Sophia, die sich früher nie für Politik oder gar Wirtschaft interessiert hatte, beobachtete all dies nun womöglich genauer als Ludwig und sogar Raiko, dessen Interessen anders gelagert waren als ihre. Ihr war es gleich, wo das ehemalige väterliche Unternehmen stand, das war für sie ohnehin verloren, und im Vergleich zu anderen standen sie noch sehr gut da, mochte ihr Vater auch beständig jammern und klagen. Anderen ging es da weitaus schlechter, denn der Verlust des Unternehmens traf nicht nur die Unternehmer selbst, sondern vor allem die Mitarbeiter. Von einem Moment auf den anderen herrschte eine hohe Arbeitslosigkeit, die Wohnungsmiete konnte nicht mehr aufgebracht werden, was zu Obdachlosigkeit führte, Geschäfte mussten aufgegeben werden, selbst Bauern konnten ihre Höfe nicht mehr halten. Dafür war ein rasanter Anstieg der Kriminalität zu beobachten. Darüber regte sich vor allem Sophias Vater auf.

»Das Pack soll arbeiten gehen.«

Ludwig hatte daraufhin gefragt, ob er überhaupt noch etwas mitbekomme, was zu einem heftigen Streit bei Tisch geführt hatte. In Sophias Text fand auch dies seinen Platz – um den engstirnigen Ignoranten zu beobachten, musste sie nicht auf die Straße gehen. Sophia ging auf politische Kundgebungen, weil sie die Wirkung von Reden auf Menschen beobachten wollte. Meist kehrte sie danach nicht direkt nach Hause zurück, sondern setzte sich auf eine Bank und schrieb ihre Eindrücke auf.

Wieso sie sich an diesem Tag aufmachte, ins Theater am Liebfrauenberg zu gehen und bei den Proben zuzuschauen, wusste sie selbst nicht so recht. Vielleicht war es der Umstand, dass sie in der letzten Zeit so viel allein gewesen war, denn weder Rosa noch Ludwig hatten Zeit für sie. Beide saßen bis in den späten Nachmittag hinein in Vorlesungen und Seminaren. Zudem verspürte sie eine diffuse Sehnsucht nach dem kleinen Theater, nach jenen Tagen, die sie mit Ludwig und oft auch mit Rosa dort verbracht hatte.

Sie packte ihr Notizbuch und einen Stift in ihre Tasche, schob sich den Riemen über die Schulter und warf einen Blick in den Standspiegel ihres Ankleidezimmers. Das Haar wirkte, wenn sie es offen trug, durch die Locken nur knapp schulterlang, reichte ihr aber mittlerweile, wenn es nass war, bis über die Schulterblätter, und sie überlegte, ob sie es nicht doch wieder kurz schneiden sollte. An diesem Tag hatte sie es aufgesteckt, damit es ihr beim Schreiben nicht ständig ins Gesicht fiel, und sie hatte um der Wirkung willen einige Strähnen seitlich aus der Frisur gezupft, damit sie nicht gar zu streng aussah.

Der Himmel war bewölkt, aber wenigstens regnete es nicht. Kalt war ihr dennoch, und Sophia bedauerte, keinen Schal umgebunden zu haben. Das feine Seidentuch sah zwar hübsch aus, hielt den kühlen Wind aber nicht ab, und Sophia knöpfte den Mantel bis zum Hals zu und stellte den Kragen auf. Die Hände in die Taschen geschoben, ging sie die Straße entlang, überlegte kurz, die Bahn zu nehmen, und entschied sich dann dagegen, weil ihr dicht gedrängte Menschen ein Gräuel waren. Da fror sie lieber.

Als sie die Tür zum Theater aufzog, trieb ihr die Wärme das Blut in die Wangen. Meist war nicht besonders gut geheizt, während geprobt wurde, und sie hatte dort schon oft genug gefroren, aber im Vergleich zu draußen erschien es ihr nun beinahe zu warm. Sie knöpfte den Mantel auf und hoffte, dass niemand sie hinauswarf, denn natürlich konnte nicht jeder nach Belieben den Proben zuschauen. Der Intendant bemerkte sie, als sie in den Vorführsaal huschte, nickte ihr aber nur kurz zu und wandte sich ab. Ludwig war nach wie vor mit einigen Schauspielern befreundet, und wenn man schon nicht miteinander spielte, so zog man doch hin und wieder gemeinsam um die Häuser.

Sophia ließ sich in einer der mittleren Stuhlreihen nieder, packte ihr Notizbuch aus, nahm den Stift zur Hand und sah zur Bühne. Es half ihr, sich Szenen, die sie schreiben wollte, als Theaterstück vorzustellen. Die Proben hatten da noch mal einen anderen Reiz, hier ging es nicht um das perfekte Endprodukt, sondern um den Weg dorthin.

Den Schauspieler auf der Bühne kannte sie nicht, fand jedoch, dass der Mann sehr steif agierte. Sie betrachtete die Szene, tippte dabei leise mit dem Stift auf ihr Notizbuch. Es war ein interessantes Stück, aber die Darstellung krankte an dem Schauspieler, was auch aus der Regie fortwährend bemängelt wurde. Das Szenenbild wandelte sich, und Vincent Rubik betrat die Bühne. Obwohl sie in den letzten Jahren nicht mehr in dieser pathetisch anmutenden Hingabe für ihn schwärmte, ja, eigentlich kaum noch an ihn dachte, setzte das Herzklopfen doch zuverlässig in diesem Moment wieder ein. Als Vincent eine Schauspielerin an sich zog, erwachte sogar jener überwunden geglaubte Wunsch, den Platz der Schauspielerin einnehmen zu dürfen.

Ach, wie närrisch sie war. Und so wunderbar fand sie Küssen auch nicht, sie hatte den ersten Kuss entgegen ihren Backfischträumen nicht für Vincent aufgespart, sondern hatte sich im sommerlichen Garten von Elisabeths älterem Bruder Andreas küssen lassen. Das war ganz nett gewesen, war aber weder begleitet von heftigem Herzklopfen – sah man von dem ab, das der Angst geschuldet war, entdeckt zu werden – noch von tiefen Gefühlen. Er empfand es wohl ähnlich, denn es war bei diesem einen Versuch geblieben.

Verärgert über sich selbst senkte sie den Blick auf ihr Notizbuch und begann zu schreiben, wobei sie die Frau in ihren Notizen recht gehässig als verliebte Närrin auftreten ließ, eine Frau, die nie dem Backfischalter zu entfliehen verstand. Der Aufführung lauschte sie nur noch mit halbem Ohr, während ihr Stift über die Seiten glitt.

Als sie den Blick wieder hob, bemerkte sie, dass die Schauspieler sich bereits zur Pause zurückzogen, plaudernd, miteinander scherzend. Der Regisseur erhob sich, und Vincent Rubik hielt inne, spähte in das Gestühl und kam dann die Treppe von der Bühne herunter. Erst dachte Sophia, er wollte auf diesem Weg den Vorführraum verlassen, er jedoch ging durch die Stuhlreihen direkt auf sie zu. Und wieder fing ihr verräterisches Herz an, heftig zu pochen.

»Fräulein Conrad?« Er lächelte, wirkte gar überrascht, als verwundere es ihn, dass sie nach all den Jahren nicht mehr das halbe Kind war, das ihn hier seinerzeit angeschmachtet hatte. »Ist Ihr Bruder auch hier?«

»Nein.« Sophia schlug das Notizbuch zu und legte die gefalteten Hände darauf.

»Sind Sie in den Journalismus gegangen?«

»Journalismus?« Sie krauste die Stirn. »Ach, Sie denken, ich schreibe über das Theater? Nein, da muss ich Sie enttäuschen. Es sind eher meine eigenen Gedanken, die ich aufschreibe. Das hier dient nur meiner Inspiration.« Sie redete ja wie ein Wasserfall.

Vincent Rubik wirkte jedoch nicht gelangweilt, vielmehr sah er sie auf eine Art an, wie Männer Frauen ansahen, interessiert, Reaktionen auslotend. »Wie geht es Ludwig?«

»Gut, er lernt nur sehr viel im Moment, daher hat er auch keine Zeit mehr fürs Theater.«

»Der Weg in die Unabhängigkeit kann zuweilen sehr hart gepflastert sein.«

Damit sie nicht die ganze Zeit mit in den Nacken gelegten Kopf zu ihm aufblicken musste, erhob Sophia sich. »Ich möchte Sie nicht von der Pause abhalten.«

Jetzt lachte er. »Eine charmante Art, mir zu sagen, dass ich Sie allein lassen soll.«

Ihre Wangen brannten. »Ich meinte nur, ich ...« Sie schwieg, beendete das unwürdige Herumgestammele, hob das Kinn. »Gehen Sie mit mir einen Kaffee trinken?«

Er hatte eine interessante Art zu lächeln, wenn er überrascht war, ein Mundwinkel etwas höher gezogen als der andere. »Befürchten Sie nicht, kompromittiert zu werden?«

Gegen das Erröten konnte sie einfach nichts tun, dabei würde sie sich so gerne abgeklärter und erfahrener geben. »Ich bin erwachsen, und wir haben die Jahrhundertwende lange hinter uns gelassen, nicht wahr? Außerdem stelle ich Ihnen derzeit nur einen Kaffee in Aussicht.«

»Derzeit?« Er wirkte amüsiert. Zielgenau hatte er diese beiläufige Formulierung aufgegriffen und seine eigene Deutung hineingelegt.

Um ihre Verlegenheit zu überspielen, versuchte Sophia sich an einem hintergründigen Lächeln.

»Dachten Sie an eine bestimmte Lokalität?«, fragte er, als sie das Theater verließen.

Konnten drei Jahre einen solchen Unterschied in der Wahrnehmung machen? Hatte sie sich so grundlegend verändert? Ihr lag bereits eine Antwort auf der Zunge, dann jedoch dachte sie, dass es interessanter war zu erfahren, was er vorschlagen würde. »Ich überlasse mich ganz und gar Ihrer Führung.«

Das Café, in das er sie führte, war fast ein wenig zu brav für ihren Geschmack. Dass er sie für ein leichtes Mädchen oder gar frivol halten könnte, hatte sie ohnehin nicht vermutet, aber hier war es regelrecht spießig. Hierhin ging man mit seiner Mutter und nicht mit einer Frau, auf die man sich Hoffnungen machte. Entschieden rief Sophia sich zur Ordnung. Ihre Gedanken galoppierten schon wieder schneller davon, als die Vernunft zu folgen imstande war. Sie war Ludwigs Schwester und wurde jedes Mal rot, wenn Vincent sie ansprach. Wohin sollte er schon mit ihr gehen wollen?

»Sie schreiben also?«, fragte er, nachdem er ein Kännchen Kaffee für sie beide bestellt hatte. »Belletristisch?«

»Ich versuche es jedenfalls.« Ob sie ein Stück Kuchen bestellen sollte? Der sah verlockend aus, allerdings wollte sie nicht essend vor ihm sitzen. Womöglich stellte er ihr eine Frage, während sie sich gerade ein Stück in den Mund schob.

»Tun Sie sich keinen Zwang an.«

»Wie bitte?«

»Der Kuchen. Sie sehen hin, als wollten Sie jeden Moment in die Auslagen springen.«

Wieder wurde Sophia rot, was bei Vincent einen Ausdruck echter Erheiterung hervorrief. »Essen Sie auch etwas?«

»Ein voller Bauch probt nicht gerne.«

»Dann werde ich mich auch in Zurückhaltung üben. Kuchen essen vor einem Herrn. Meine Mutter wäre entsetzt.«

»Ihre Mutter wäre vermutlich allein schon von dem Umstand entsetzt, dass Sie hier mit mir sitzen.«

»Das wäre sie gewiss, aber ich denke, man muss sich noch steigern können.«

Jetzt lachte er. »Mögen Sie mir ein wenig davon erzählen, was Sie schreiben?«

Ihre Finger spielten mit den angeschlagenen Ecken der Kaffeekarte. »Hm, es soll etwas Gesellschaftskritisches werden.«

Sein Interesse war nicht gespielt. »In der Tat? Politisch?«

»Ja, das auch. Die Auswirkungen der letzten Jahre auf die Menschen – und nach Möglichkeit nicht nur in den Kreisen, die ich kenne.«

Er nickte, schien das keineswegs lächerlich oder belustigend zu finden. »Sind Sie politisch interessiert?«

»Eigentlich nicht. Aber da uns die Krise vor einigen Jahren ja auch getroffen hat, habe ich angefangen, mich damit zu beschäftigen, wie sie auf Menschen wirkt, die es weniger gut haben als wir. Also der gemeine Arbeiter auf der Straße. Mein Vater jammert zwar, als könne man es kaum schlimmer treffen als er seinerzeit, und er hätte doch alles verloren, aber das ist lächerlich. Haben Sie mal die Villa gesehen, in der wir leben?« Wieder wurden Sophias Wangen heiß, dieses Mal jedoch, weil der Gedanke an die Jammertiraden ihres Vaters sie wütend machten.

Vincents Blick veränderte sich um winzige Nuancen, das Interesse schien auf einmal anders geartet zu sein, wurde nicht weniger aufrichtig, aber es hatte sich etwas hineingeschlichen. Wäre er ein Jagdhund, hätte sie gesagt, er würde Witterung aufnehmen.

»Der Kaffee, die Herrschaften.«

Vincent wandte sich ab, sah den Kellner an, während Sophia den Moment nutzte und die Hand auf ihr wild schlagendes Herz presste, als könnte sie es damit zur Ruhe bringen.

»Und Sie?«, fragte sie, als er sich wieder zu ihr drehte. Der Kellner hatte ihnen eingeschenkt, und sie hob die Tasse an die Lippen, froh darum, etwas zu tun zu haben. »Wohin zieht es Sie?«

»Wie kommen Sie darauf, es würde mich von hier fortziehen?«

»Sie stehen auf einer Bühne, die viel zu klein für Sie zu sein scheint.«

»Bemerkenswert beobachtet. Irgendwann möchte ich tatsächlich woanders hin, das hier ist mein Sprungbrett nach Berlin.«

»Berlin?«

»Zum Film.«

Sophias erster Gedanke war, ihn sich als Willy I in *Ein blonder Traum* vorzustellen. Der zweite, dass Berlin elend weit weg wäre.

»Raiko, wenn du es wagst, dann werde ich offene Kommunistin!« Emilia stemmte die Hände in die Hüften, während sie in der Miene ihres Mannes auszuloten versuchte, ob die Drohung auf fruchtbaren Boden fiel.

»Du weißt, dass ich dir das verbieten kann. Ich kann dir auch verbieten zu arbeiten und dich weiterhin um die Kinder in diesem moralisch degenerierten Haushalt zu kümmern.«

»Das kannst du gerne versuchen, aber beklag dich dann nicht über die Konsequenzen. Du machst dir keine Vorstellung davon, wie ich dir das Leben zur Hölle machen kann.«

Raiko rang sichtlich um eine entsprechende Replik, ohne dass seinem aufschnappenden Mund auch nur ein Wort entwich.

»Es bleibt bei dem, was ich gesagt habe. Wenn du es wagst, Mitglied der NSDAP zu werden, dann werde ich Kommunistin. Du kannst es dir aussuchen.«

»Du kannst nicht verhindern, dass ich wähle, wen ich für richtig halte.«

»Das stimmt, aber ich werde nicht akzeptieren, dass der Vater meiner Kinder sich diesen Leuten anschließt.«

»Die sind die Zukunft, es wird Zeit, dass dir das auch endlich bewusst wird. Denkst du, die Sozialdemokraten haben in Zukunft noch etwas zu sagen? Die hatten ihre Chance. Und die Kommunisten? Was tun die schon, außer sich Straßenschlachten zu liefern?«

»Sie stellen sich der SA entgegen. Es wäre gut, wenn das mehr täten.«

Er schüttelte den Kopf, so unverhohlen fassungslos, dass

es schon beinahe zum Lachen war.« »Die Gewalt geht von den Kommunisten aus. Oder sind dir die gewaltsamen Zusammenstöße mit der Polizei nicht in Erinnerung?«

»Es ist die SA, die sich gewaltsam gegen jeden politischen Gegner stellt, nicht nur gegen den Roten Frontkämpferbund, sie liefern sich Saal- und Straßenschlachten mit den Sozialdemokraten. Außerdem haben sie schon mehrfach Juden auf den Straßen angegriffen.«

»Da gab es immer einen konkreten Anlass.«

»Aber natürlich«, spottete Emilia. »Und was ist mit den Schlachten, die sie sich mit dem Reichsbanner geliefert haben? Das immerhin die Funktion hat, die demokratische Republik zu schützen?«

»Eine Aufgabe, die es wirklich mit Bravour meistert«, höhnte Raiko.

Emilia ging es schon lange nicht mehr darum, Raiko davon zu überzeugen, die NSDAP nicht zu wählen, sondern nur noch um Schadensbegrenzung. Vor der Reichstagswahl im Juli hatte es bürgerkriegsähnliche Zustände gegeben, dreihundert Tote und über tausend Verletzte. Beteiligt war maßgeblich die SA.

»Es bleibt bei dem, was ich gesagt habe.« Emilia taxierte Raiko so lange, bis er die Lider senkte und sich abwandte. Insgeheim spielte sie tatsächlich die Möglichkeiten durch, sich der KPD zuzuwenden, aber deren Positionen teilte sie nur in geringem Maße, zudem schlug ihr Herz nun einmal für die Sozialdemokraten, und sie sah derzeit auch keine Möglichkeit für die KPD, den Siegeszug der NSDAP aufzuhalten. Die Reichstagswahlen Ende Juli waren eine Katastrophe gewesen. Natürlich hatte Otto Braun nach dem Staatsstreich nichts mehr ausrichten können, obwohl das Vorgehen Hindenburgs eindeutig nicht verfassungskonform gewesen war.

Bei der Reichstagswahl am sechsten November hatte die NSDAP immerhin enorme Einbußen erlitten, doch Emilia wagte es noch nicht, tatsächlich daran zu glauben, dass die Bewegung gestoppt wurde. Schon im Juli hatte keine parlamentarische Regierung gebildet werden können, weil die NSDAP die stärkste Fraktion im Reichstag gestellt hatte. Es hatte Koalitionsverhandlungen mit der Zentrumspartei gegeben, aber diese waren gescheitert. Der Wahlkampf hatte gefruchtet – trotz der gewaltsamen Übergriffe der SA noch am Wahltag. »Arbeit und Brot« war die Parole gewesen, und die Menschen waren ihr gefolgt. Mit dem Flugzeug war Hitler von einer Veranstaltung zur nächsten gereist, hatte zwei Kampfideologien vereint – Nationaler Sozialismus. Und auch nach diesen Wahlen stellten NSDAP und KPD die absolute Mehrheit.

»Im Grunde genommen verstehe ich nicht, warum du dich so vehement sträubst«, sagte Raiko schließlich. »Die Bewegung Hitlers ist modern, sie ist leidenschaftlich und nicht so vernagelt wie die derzeitigen Konservativen. Die Menschen haben keine Perspektive, und jetzt kommt endlich jemand und gibt sie ihnen.«

»Und das ausgerechnet aus deinem Mund.« Dass jemand wie Raiko, der ein gutes Maß an Bildung genossen hatte, sich trotz dieser intellektuellen Dürftigkeit der gesamten NSDAP-Ideologie so mitreißen ließ, blieb Emilia unverständlich. Und in einer Existenzkrise befand er sich ja nun wahrhaftig nicht.

»Du wirst keine Kommunistin«, sagte Raiko, wobei seine Stimme nun schon etwas zögerlicher klang.

Emilia neigte den Kopf. »Lass es nur darauf ankommen.«

In seinem Gesicht zuckte es. »Clara steht hinter Eduard, in allem, was er tut. Auch er ist dieser Partei zugeneigt.«

»Was Eduard tut, ist mir gleich, ich bin nicht mit ihm verheiratet, sondern mit dir. Und du wusstest von Anfang an, dass ich nicht so fügsam bin wie deine Schwester.«

Raiko musterte sie, und sie erwiderte seinen Blick so lange, bis er seinen abwandte. Ohne ein weiteres Wort zu sagen, drehte er sich um und verließ das Zimmer.

»Und worüber habt ihr gesprochen?« Rosa saß Sophia gegenüber auf der Fensterbank in ihrem Zimmer, zwischen ihnen ein Teller mit süßem Gebäck.

»Über das Theater und über mein Schreiben.« Sophia biss in ein Gebäckstück und fing mit der Hand die Krümel auf. »Er war sehr aufmerksam und schien sich wirklich für das zu interessieren, was ich erzählt habe.«

»Oder aber er interessiert sich für dich.«

Sophia hob die Schultern und sah hinaus in den Garten. Ein leichter Nieselregen hatte eingesetzt, hüllte das fahle Grün in einen Schleier. »Ich weiß es nicht, und ich möchte keine falschen Hoffnungen hegen.«

»Wirst du wieder hingehen?«

»Vorläufig nicht, sonst denkt er, ich laufe ihm hinterher.«

Rosa stand auf, goss frischen Tee in die mittlerweile leeren Tassen, stellte die Teekanne wieder ab und setzte sich zurück ans Fenster. Momente wie diese waren selten geworden, seit sie studierte, und dafür umso kostbarer.

»Du siehst traurig aus«, sagte Rosa. »Sind doch mehr Gefühle im Spiel, als du zugeben möchtest?«

»Nein, zumindest hoffe ich das nicht. Ich wäre gerne ein wenig mehr wie du, abgeklärter und stärker auf ein Ziel ausgerichtet. Ich dachte, ich wäre es, und dann wirft mich ein Treffen mit meiner Jugendliebe so aus der Bahn.«

Rosa lächelte. »Ich will gar nicht, dass du so bist wie ich, ich könnte niemals mit jemandem befreundet sein, der ist wie ich. Du bleibst meine wunderbare, allerliebste Sophia.«

»Deine wunderbare Sophia, die ziellos durchs Leben treibt.«

»Du hast doch ein Ziel, du willst Schriftstellerin werden.«

»Ja, aber manchmal denke ich, ich bin nicht gut genug. Und es ist nicht dasselbe wie Menschenleben retten, was du tun möchtest, oder Menschen beistehen, die in Not sind, so, wie Ludwig es tun wird.«

»Du hältst Dinge für die Nachwelt fest, das ist nicht weniger wichtig.«

»Man wird sich auch ohne mich an die Wirtschaftskrise erinnern.«

»Aber ohne dich wird man vielleicht in vielen Jahren nicht mehr wissen, wer Vincent ist, oder dass es ein kleines Theater gab, in dem er aufgetreten ist. Man wird sich nicht mehr an mich erinnern oder an Ludwig. Du bist praktisch das Gedächtnis der Zeit.«

Sophia musste lachen. »Du bist ja noch pathetischer als ich.«

»Immerhin lachst du jetzt.«

»Wie ist es jetzt eigentlich mit Anna im Haus?«, wechselte Sophia das Thema. »Klappt es immer noch gut?«

»Ja, sie ist toll. Versucht nicht, sich als große Schwester anzubiedern, sondern ist einfach ganz normal und freundlich. Mama kommt auch gut mit ihr aus, wobei es natürlich hilft, dass sie und Paul ihren eigenen kleinen Wohnbereich haben.«

»Bei uns ist momentan ständig schlechte Stimmung.« Sophia zupfte eine Fluse von ihrem Kleid. »Raiko und Emilia streiten fast nur noch. Meist geht es um Politik.«

»Sie und Anna teilen dieselben Positionen, Anna macht sich viele Sorgen derzeit.«

Sophia sah ihre Freundin aufmerksam an. »Und du? Was ist mit dir?«

Zögernd hob Rosa die Schultern. »Ich weiß nicht, einerseits bereitet es mir schon Sorge, wenn ich sehe, wie Menschen auf der Straße verprügelt oder die Scheiben jüdischer Geschäfte eingeschlagen werden. Aber dann denke ich mir, das ist doch nur eine Horde von Schlägern, was sollen die schon machen? Politik macht man so doch nicht, und selbst wenn die NSDAP an die Macht kommt, kann sie ja kaum marodierend durchs Land ziehen, diese Art von Politik würde keiner akzeptieren. Was wird also schlimmstenfalls passieren? Wir sind deutsche Staatsbürger, uns kann man nicht einfach aus dem Land befördern, wie Bismarck das früher mit den russischen Juden getan hat.« Rosa stand auf. »Aber ich habe, ehrlich gesagt, auch keine Lust, darüber zu sprechen. Mein Kopf ist so voll von Dingen, die ich fürs Studium lernen muss, da möchte ich nicht während meiner knappen Zeit mit dir auch noch über Politik reden.«

»Wir könnten mal wieder tanzen gehen.«

»Oder ins Theater«, entgegnete Rosa gespielt unschuldig.

»Da gehe ich – wenn überhaupt – lieber allein hin.«

»Lass das nicht Ludwig hören, der wittert dann gleich die liebe Unschuld in Gefahr.«

»Nach der Sache mit Dorothea von Delft sollte er sich lieber zurückhalten.«

»Was ist eigentlich jetzt mit den beiden? Etwas Ernstes?«

»Kann ich mir nicht vorstellen. Ludwig war aber kaum mehr zu entlocken, als dass es Spaß macht.«

»Nach der Sache damals mit dieser Witwe Groth hat er wohl Diskretion gelernt.« Rosa ging zum Spiegel und schob sich die Spangen wieder ordentlich ins Haar. »Irgendwas müssen wir heute auf jeden Fall machen. Ich hocke so schon ständig daheim und lerne.«

»Ich bin immer noch fürs Tanzen.«

»Gehen wir allein?«

»Elisabeth können wir ja nicht mehr fragen, die ist irgendwie komisch geworden.«

»Sie spricht ihrem seltsamen Verlobten zunehmend nach dem Mund, dabei war sie doch immer so auf Eigenständigkeit bedacht.«

»Das ist meist nur Geschwätz, weil es sich irgendwie gut anhört. Ich vermute, sie dachte, damit beeindruckt sie Ludwig.« Sophia stellte sich neben Rosa vor den Spiegel. »Ich muss nur vorher nach Hause und mich umziehen.«

»Ach was, du kriegst ein Kleid von mir, und deine Eltern rufen wir einfach an.«

»Fahren wir mit deinem Wagen, oder soll ich mir den von meinem Vater borgen?«

»Wir fahren stilsicher im weißen Benz vor.« Rosa klimperte übertrieben lasziv mit den Wimpern. »Und dann machen wir eine Reihe von Eroberungen.«

* * *

Auch nach dem Tod seiner Großmutter wollte Vincents Mutter in der Wohnung in Sachsenhausen bleiben, wenngleich kaum Platz war, seit sein Vetter Jacob mit Familie dort eingezogen war.

»Mit dieser Wohnung verbinde ich Zeiten mit der Familie, mit der deinen dagegen die an eine verzweifelte Liebe«, erklärte sie. Immer, wenn sie von seinem Vater sprach – und das geschah nur noch selten –, schwang viel Bitterkeit darin. Sie hatte bis zum Schluss gehofft, er werde sich zu ihr bekennen.

Ihre Versuche, ihn mit einer jungen Frau zu verkuppeln, gab sie indes nicht auf, und so musste Vincent regelmäßig bei ihr zum Tee erscheinen, wo sie ihm gespielt beiläufig jemanden vorstellte. Anfangs hatte ihn das amüsiert, aber zunehmend wurde es ihm lästig, zumal es den jungen Frauen gewiss auch unangenehm war, ihm mit eindeutigen Hoffnungen vorgeführt und von ihm nur mit distanzierter Aufmerksamkeit bedacht zu werden.

Die Wohnverhältnisse waren sehr beengt, seine Mutter schlief in einem Zimmer, das kaum mehr als eine Kammer war, Jacob mit seiner Frau in dem kleinen Schlafzimmer, die Kinder im Wohnzimmer. Nach wie vor bezahlte Vincent einen Teil der Miete, immerhin etwas weniger als zuvor, weil nun sein Vetter auch einen Anteil übernahm. Da seine Mutter schon immer gerne ein volles Haus gehabt hatte, machten ihr die beengten Wohnverhältnisse nichts aus, und Jacobs Familie hatte bereits auf weitaus weniger Platz gelebt. Die Kinder spielten ohnehin den ganzen Tag draußen. Vincent allerdings hatte sich an seinen Freiraum gewöhnt und war nie sehr gesellig gewesen, was man ihm durchgehen ließ, denn er sei – wie man stets betonte – ja ohnehin nicht wirklich einer von ihnen.

Jacob war gelernter Schreiner und hatte seinen Wohnwagen in einer alten Remise untergestellt. Von dort aus verkaufte er seine Waren, vorwiegend hübsches Kinderspielzeug aus Holz und in liebevoller Kleinarbeit bemalt von seiner Frau, aber auch Dinge des täglichen Bedarfs. Die Schale, in der seine Mutter das Obst vor Vincent abstellte, war ebenfalls von Jacob. Glattes Holz, sorgsam gefertigt, dunkel gebeizt und mit Wachs glänzend poliert.

»Diese Frau ist nicht die Richtige für dich«, erklärte seine Mutter nun, und er fragte sich irritiert einen Moment lang, woher sie von seinem kurzen Treffen mit Sophia wusste. Ludwig ahnte gewiss etwas, so aufmerksam, wie der ihn bei seinem nachmittäglichen Besuch im Theater taxiert hatte.

»Rosina«, fuhr sie auf seinen fragenden Blick hin fort. »Sie wurde mit dem Freund ihres älteren Bruders erwischt, als sie, hm, na ja, du weißt schon.«

Dafür, dass seine Mutter selbst jahrelang einen Liebhaber gehabt hatte, dem sie ihr einziges Kind verdankte, war sie ziemlich prüde, was das Liebesleben anderer Menschen anging. Vermutlich wollte sie auch gerne glauben, dass Vincent auf die richtige Braut wartete – die sie selbstredend aussuchen würde – und sich in zölibatärer Enthaltsamkeit übte. Ein braves Lämmchen in einer Herde von Wölfen.

»Sie hätte ohnehin nicht zu mir gepasst«, antwortete er auf ihren besorgten Blick hin, als habe sie gerade eine Hoffnung zerschlagen.

Ein Lächeln breitete sich auf ihrem Gesicht aus. »Da bin ich froh. Die Nächste wähle ich sorgsamer aus.«

Vincent griff nach einem Apfel, um nicht antworten zu müssen. Als die Kinder polternd mit roten Wangen in die Wohnung zurückkehrten, nutzte er den Moment zum Aufbruch.

Zu Hause saß Rudi auf dem Sofa und las die Stellenanzeigen. Dass er keine Arbeit fand, frustrierte ihn zunehmend, und immer wieder schimpfte er auf die Politik.

»Du rennst jetzt aber nicht auch noch den Rechten nach, oder?«, hatte Vincent gefragt.

Daraufhin hatte Rudi ausgespuckt. »Die stecken doch mit denen da oben unter einer Decke. Alles Großkopferte, da wird einer wie ich vielleicht der Stiefelknecht, aber mehr auch nicht. Ich bleibe bei den Kommunisten, so, wie immer schon.«

Jetzt war Vincent auch nicht gerade ein Freund der Kommunisten, aber damit konnte er leben. Immerhin war die KPD die einzige Partei gewesen, die sich gegen das »Gesetz zur Bekämpfung des Zigeunerwesens« gestellt hatte, das von allen anderen Parteien befürwortet worden war. Die SS hatte im letzten Jahr angefangen, Roma zu erfassen, und Vincent fragte sich, was mit all den Namen geschah, die sie verzeichneten, wofür das gut sein sollte. Wollte man sie letzten Endes doch zwingen, sich in dieses eingezäunte Lager zu begeben? Und wurde dann auch von den Menschen, die hier seit Jahren in Wohnungen lebten, gefordert, diese aufzugeben?

»Was sollen sie denn machen?«, meinte Rudi dazu. »Du zahlst deine Miete, die können dich nicht einfach irgendwohin verfrachten.«

Vielleicht hatte Rudi recht, und er machte sich derzeit zu viele Sorgen. Mochte er ihm auch oft auf die Nerven gehen, so war ihm Vincent doch gelegentlich für seine schlichte Sicht auf die Dinge dankbar. Da er weniger Geld an seine Mutter bezahlen musste und er nach wie vor am Theater besetzt wurde, kam er mit seinem Geld über die Runden, so dass Rudi zunächst bleiben konnte. Den plagte fortwährend das schlechte Gewissen, und er betonte stets, dass er sich revanchieren werde.

Es war eine von vielen Auseinandersetzungen mit seinem Vater, in denen es darauf hinauslief, dass Ludwig nichts war, nichts konnte und im Grunde genommen zu nicht viel taugte. Ein guter Jurist könne aus ihm nicht werden, so wenig Lerneifer, wie er an den Tag lege – was nun wahrhaftig nicht der Wahrheit entsprach –, und Günther Conrad sah bereits all das Geld, das er in das Studium seines Sohnes investierte, so sinnlos verpulvert, als habe man es in der Toilette hinuntergespült.

Vorausgegangen war dem Streit der Umstand, dass Ludwig den Nachmittag im Theater verbracht hatte, anstatt zu lernen. Es war eine spontane Entscheidung gewesen, weil es ihm gar zu sehr fehlte. Leider hatte Raiko gesehen, wie er es über den Bühnenausgang verlassen hatte, in Gespräche mit einigen Schauspielern verwickelt. Raiko hatte sogleich seinem Vater zugetragen, dass sich Ludwig offenbar wieder dem Theaterspiel widmete. Noch dazu in einem Theater, das für seine nahezu skandalös anmutende Direktheit bei politischen Themen bekannt war.

»Kommunistenpack«, bellte sein Vater.

»Keines der Theaterstücke ist kommunistisch.« Ludwig wusste, dass es im Grunde genommen sinnlos war, aber er widersprach trotzdem. »Gesellschaftskritisch, das ja.«

»Du wirst dich von diesen Leuten fernhalten, ist das klar? Ich will nicht, dass man meinen Sohn auf der Bühne stehen sieht, wie er aufrührerisches Gedankengut teilt.«

»So gut, es auf die Bühne zu schaffen, bin ich bei weitem nicht. Leider. Ich sehe zu, mehr geht derzeit nicht.«

»Ludwig, ich warne dich!« Günther Conrad hielt ihm den Zeigefinger unter die Nase.

»Was willst du tun? Den Rohrstock holen und mich verprügeln?«

»Es gibt andere Möglichkeiten. Ich kann dir den Geldhahn zudrehen, mal sehen, wie weit du dann kommst.«

Ludwig zuckte mit den Schultern. Es war ein schöner Nachmittag gewesen im Theater, und vielleicht hätte er den Abend mit Dorothea ausklingen lassen, hätte es Raiko nicht gefallen, sich ausgerechnet zu der Zeit in der Altstadt herumzutreiben, zu der Ludwig das Theater verlassen hatte. Schon als er durch den Bühneneingang getreten war, die Luft geatmet hatte, hatte er das Gefühl gehabt, dass das hier seine richtige Welt war. Es fiel ihm ohnehin schon schwer, sich seinem Studium zu widmen, der drögen Welt der Juristerei, aber das hätte er aushalten können, wenn er dafür diesen Ausgleich gehabt hätte.

»Ich erwarte Ernsthaftigkeit von dir, mach wenigstens einen Abschluss, wenngleich ich meine Erwartungen da nicht allzu hoch ansetze.«

Das war so ungerecht, dass Ludwig es keiner Antwort für wert hielt. Er schrieb gute Noten, hatte bisher nicht eine Prüfung wiederholen müssen. Aber es war sinnlos, sein Vater fand immer jemanden, der in genau dieser Prüfung besser abgeschnitten hatte. Da jeder weitere Disput müßig war, nickte Ludwig nur knapp und wandte sich ab.

»Ich weiß nicht, wie lange ich es hier noch aushalte«, sagte er, als er mit Sophia in der Gartenlaube saß, die von einer Kerze in einer nostalgisch anmutenden Laterne erhellt war.

»Du machst deinen Abschluss, und dann gehen wir zusammen fort.«

»Wir?« Er schmunzelte. »Falls du bis dahin nicht schon verheiratet bist.«

Sophia zuckte nur vage die Schultern. Sie hatte ihm erzählt, dass sie mit Vincent im Café gewesen war, aber das war nicht von jenem schwärmerischen Glanz in den Augen begleitet gewesen, den sein Name sonst stets ausgelöst hatte. Trotzdem würde Ludwig die Sache sicherheitshalber beobachten.

»Bist du immer noch mit Dorothea, hm, zusammen?«

»Ja.«

»Ist es doch etwas Ernstes?«

Ludwig schwieg eine Zeit lang. »Bisher ging es uns hauptsächlich ums Vergnügen«, antwortete er schließlich zögernd.

»Warst du ihr Erster?«

»Ja, ich denke schon, zumindest sagt sie das. Es hätte aber keine Rolle gespielt.«

»Magst du sie?«

»Ja, das schon.«

»Ich mochte sie schon zu Schulzeiten nicht besonders.«

»Das weiß ich, daher habe ich mich auch zurückgehalten und dir nichts erzählt.«

Sie sah ihn prüfend aus leicht verengten Augen an. »Das ist der Grund?«

»Ja. Ich wollte es mir nicht madig reden lassen.«

Sophia lehnte sich zurück, sah ihn noch einen Moment lang an, dann nickte sie nur knapp. »Du bist ja erwachsen, nicht wahr?«

Er lachte. »Das war ich seinerzeit zu Silvester auch.«

»Du warst noch keine achtzehn, also bitte. Die Witwe Groth hätte dich mit Haut und Haaren verschlungen.«

»Keine gänzlich unangenehme Vorstellung.« Ludwig lächelte ein wenig verträumt, was Sophia nur ein Schnauben entlockte. »Ich gehe wieder ins Theater«, sagte er übergangslos.

»Hmhm«, antwortete sie. »Ich auch.«

MÄRZ 1933

Manchmal hatte Sophia Angst vor ihrer eigenen Courage, dann saß sie im Theater und verschwand wieder, sobald sie sich Vincents Aufmerksamkeit gewiss war. An anderen Tagen wartete sie mit klopfendem Herzen, bis er bei ihr war und sie fragte, ob sie noch ein wenig Zeit habe. Dann ging er mit ihr ins Café, ganz anständig und distanziert. Wobei seine Art, sie anzusehen, durchaus auf ein Interesse schließen ließ, das nicht so recht zu dem Ambiente, in das er sie führte, passen wollte. Aber warum lud er sie dann nicht in eine Bar ein? Oder zum Tanz? War es wegen Ludwig?

»Warum fragst du ihn nicht einfach?«, hatte Rosa vorgeschlagen.

»Das kann ich doch nicht machen.«

»Warum? Mehr als nein sagen kann er nicht, und dann hast du die Gewissheit.«

»Vielleicht hält er mich für frivol.«

Rosa hatte gelacht und sie auf die Wange geküsst. »Meine Liebe, gänzlich unterschätzen musst du die Männer nun auch nicht. Und nun komm, gib dir einen Ruck. Wir haben ja nicht mehr das Jahr 1900.«

Mehrmals war Sophia ins Theater gegangen mit dem Vorsatz, ihn dieses Mal zu fragen, aber dann saß sie nur da, schwieg oder ging rasch, ehe er sie bemerkte. Als sie an diesem Nachmittag nach den Proben wieder das Theater allein verlassen hatte, schalt sie sich eine Närrin. Vielleicht dachte er, sie wolle Spielchen mit ihm treiben. Oder aber er bemerkte, wie sie mit sich rang, und amüsierte sich königlich. Also ging sie einfach zur Bank gegenüber dem Bühnenausgang und setzte sich, holte ihr Notizbuch heraus und gab sich den Anschein emsiger Geschäftigkeit.

Feiner Nieselregen setzte ein, und schon bald war das Papier feucht und wellte sich. Sophia steckte das Notizbuch ein, während der Regen ihr in den Nacken rann, von der Hutkrempe tropfte und ihren Schal durchnässte. Sie erhob sich in dem Moment, in dem Vincent das Theater verließ. Er bemerkte sie sofort und wirkte erstaunt.

»Warten Sie auf mich?«

Das Herz schlug ihr bis zum Hals, und sie hatte Mühe, Worte zu artikulieren. »Gehen Sie mit mir tanzen?«

Wieder dieses schiefe Lächeln, bei dem er nur einen Mundwinkel hob. »Jetzt?« Er spannte einen Schirm auf und hielt ihn über sie beide, wobei er ihr so nahe kam, dass sich ihre Arme berührten. »Ich würde sagen«, kam er einer Antwort zuvor, »ich bringe Sie ins Trockene, und dann überlegen wir in Ruhe, was wir mit dem restlichen Tag anfangen, ja?«

Er führte sie zurück ins Theater, und in der klammen Luft des Eingangsbereichs zitterte Sophia ein wenig. Zwei junge Männer kamen ihnen entgegen, sahen Sophia an, einer zwinkerte Vincent vielsagend zu, dann waren sie vorbei. Stimmen waren zu hören, Frauen, die über irgendetwas diskutierten. Vincent öffnete eine Tür, und Sophia ahnte, dass sie in seiner Garderobe stand.

Sophia ging zu dem Frisiertisch und warf einen Blick in den hohen Spiegel. Grundgütiger! Die Frisur hatte sich im Regen aufgelöst, und ihr Hut thronte auf platt angeklatschten Locken. Sophia nahm ihn ab und versuchte mit den Fingern, das feuchte Haar zu entwirren und ein wenig zu glätten. Sie zog die Spangen raus, steckte sie neu fest, ohne mit dem Ergebnis zufrieden zu sein.

»Darf ich Ihnen den Mantel abnehmen?«

Sie drehte sich zu Vincent um, der sie abwartend ansah. Rasch knöpfte sie den Mantel auf und reichte ihn ihm, sah ihm zu, wie er ihn auf einen Bügel und dann an die Garderobe hängte.

»Möchten Sie einen Tee zum Aufwärmen?«

Sie nickte. »Sehr gerne. Und Sie müssen auch nicht so förmlich sein, immerhin sind Sie mit meinem Bruder ja schon lange bekannt. Sie dürfen mich Sophia nennen.«

Ein Lächeln umschattete seinen Mund. »Sehr gerne. Legen wir also die Förmlichkeit ab.«

Sie fragte sich, ob er sie verspottete oder gerade ein wenig anzüglich wurde. Er verließ die Garderobe, und Sophia blieb allein zurück. Sie setzte sich vor den Spiegel, konzentrierte sich darauf, ihr Aussehen wieder einigermaßen herzurichten. Das Haar bekam sie nicht wieder hin, das sah auch mit Spangen nicht gut aus, und so zog sie diese einfach heraus und ließ es offen auf die Schultern fallen. Sie sah sich im Raum um, den Paravent, den Ständer mit Kostümen, dann wieder den Spiegel, in dessen Rahmen einige sepiafarbene Fotografien hingen, zwei zeigten Vincent auf der Bühne, eines ihn und eine ältere Frau, weitere verschiedene Schauspieler und eines das Bühnenensemble, offenbar nach einer Premiere.

Die Tür ging auf, und Vincent balancierte ein Tablett mit zwei Tassen und einer Kanne in den Raum. Rasch erhob sich Sophia und nahm es ihm ab, pflichtschuldigst erzogene junge Frau, die sie war. »Wo kann ich es abstellen?«

»Auf dem Tisch dort.« Er deutete auf einen niedrigen Tisch

»Ich hoffe, Sie ... du trinkst ohne Sahne. Es war keine mehr da.«

»Ein wenig Zucker genügt.«

Sie schenkte sich und ihm ein, süßte ihren Tee, während er ihn ohne Zucker trank. Dann saßen sie auf den beiden Stühlen und schwiegen. Ihre Gespräche waren bisher meist allgemein geblieben, sie hatten über das Theater gesprochen, über Bücher, die ihnen beiden gefielen, über seine Ambitionen und – deutlich zurückhaltender – über ihre.

»Wie geht das Schreiben voran?«

»So einigermaßen. Ich bin noch nicht zufrieden.«

»Das ist wohl normal.«

Sophia nickte. Ebenso wie Ludwig hoffte sie, dass das Schreiben ihr Weg in die Unabhängigkeit war, aber längst hatte sich gezeigt, dass das nicht so leicht war wie geplant.

In ihren Träumen feierte man sie als neue Entdeckung auf dem Literaturmarkt, aber die Wahrheit war weit davon entfernt. Bisher schien es nicht einmal so, als würde sie jemals ein Buch beenden. Sophia strich sich eine widerspenstige Locke zurück und trank ihren Tee, der so heiß war, dass sie sich die Oberlippe verbrannte. Die Hitze tat trotzdem gut, und langsam wurde ihr wieder warm.

»Hast du für unseren abendlichen Ausflug eine bestimmte Tanzbar im Sinn?«, fragte Vincent unvermittelt.

Sophia sah von der Teetasse auf. »Nein, eigentlich nicht. Es gibt einige, die ganz schön sind.«

»Soll ich etwas aussuchen?«

»Gerne. Und es darf ruhig ein wenig verrucht sein.«

Er grinste. »Ein wenig?«

»Na ja, nicht in dem Maße, dass ich in Erklärungsnot bin, wenn mich dort jemand sieht und es meinen Eltern zuträgt.«

»Da wird sich gewiss das Richtige finden lassen.«

»Kannst du eigentlich über irgendetwas anderes sprechen als über Politik? Das ist wirklich in höchstem Maße langweilig.«

Emilia setzte ihre Kaffeetasse ab und sah ihr Gegenüber an, Alma Hinrichs, eine Bekannte, mit der sie in losem Kontakt stand. Ab und zu ließ sie sich dazu hinreißen, ihren Einladungen zum geselligen Beisammensein zu folgen, was zunehmend ermüdender wurde. »Es geht immerhin um unsere Zukunft, das kann dir doch nicht egal sein.«

»Ist es auch nicht. Also die Zukunft, meine ich. Aber

Politik – das ist Männersache. Und Claus sagt, so schlimm sind die gar nicht. Er wählt sie zwar nicht, aber er meint, dass sie ihm immer noch die liebste Alternative zu den Konservativen sind. Bloß keine Kommunisten oder Sozialdemokraten.«

»Und du? Was denkst du?«

Alma lachte. »Ich wähle das, was Claus wählt, die Zentrumspartei. Aber wie gesagt, Politik interessiert mich nicht.«

In drei Tagen war Reichstagswahl, und Emilia ertrug diese Gleichgültigkeit kaum. Als Hindenburg von Papen fallen gelassen und im Dezember Kurt von Schleicher das Amt des Reichskanzlers übergeben hatte, hatte sie noch nicht recht gewusst, was sie davon halten sollte. Dann jedoch hatte er verfassungswidrig Blomberg zum Reichswehrminister ernannt, danach war das Kabinett Hitler gegründet worden, und seither nahm das Unheil seinen Lauf. Nur schien das niemand zu bemerken, und Emilia fühlte sich wie Kassandra aus der Sage um Troja. Hitler war als Reichskanzler vereidigt worden, was ihm erlaubt hatte, den Reichstag aufzulösen und Neuwahlen zu veranlassen.

Gerade, weil Emilia das Gefühl hatte, dass es an allen Ecken des Reiches brannte – und da war der tatsächliche Reichstagsbrand ja nun mehr als nur symbolisch –, konnte sie nicht verstehen, wie man derzeit nicht ausschließlich über Politik sprechen konnte. Sie hatte keine Ruhe, um sich mit häuslichen Belangen zu beschäftigen, gesellschaftlichen Verpflichtungen nachzugehen, gar zu feiern und Soireen zu besuchen. Jeder dieser Pflichtbesuche – und mehr war es mittlerweile nicht mehr – war so unsagbar ermüdend. Sie konnte stundenlang mit Helga und Anna diskutieren, ohne dass es ihr über wurde, aber dieses ganze Getratsche darüber, wer mit wem gesehen wurde, wer heiratete, wer das nächste Kind erwartete – Emilia gottlob nicht –, das hatte sie über.

»Außerdem sind vor allem Kinder unsere Zukunft, das ist es, wofür wir Frauen sorgen können. Und in dieser Hinsicht tue ich wohl nicht gerade wenig«, fügte Alma hinzu.

Je nachdem, in welchem Geist die Kinder erzogen wurden. Für Emilia war klar, dass sie vorläufig keine weiteren Kinder wollte, am liebsten wäre es ihr sogar, gar keines mehr zu bekommen. Sie hatte Martha, der ihre ganze Liebe gehört. Wie viel lieber würde sie einem elternlosen Kind ein liebevolles Zuhause schenken, aber darüber ließ Raiko nach wie vor nicht mit sich reden. Also machte Emilia Essigspülungen nach jedem Verkehr mit ihm.

Nachdem sie pflichtschuldigst ihren Kaffee getrunken und ein weiteres Stück Kuchen gegessen hatte, verabschiedete sie sich. Eine Stunde, das war für einen Nachmittagsbesuch zur Kaffeestunde ausreichend, um nicht als unhöflich zu gelten. Als sie das Haus verließ, hatte zwar ein leichter Nieselregen eingesetzt, aber sie entschied, dennoch ein wenig spazieren zu gehen. Alles war besser, als in die Tristesse ihres Zuhauses zurückzukehren.

Sie schlenderte durch die Altstadt, über den Römer mit seinen prachtvollen Neubauten auf der Nord- und den alten Fachwerkhäusern auf der Ostseite, die vielfach noch aus der Renaissance stammten. Hier vereinte sich Altes und Neues, fügte sich so wunderbar zusammen, dass es für sie nahezu ein Sinnbild dafür war, wie das Leben sein könnte. Sie ging bis in die nördlichste Altstadt zum Liebfrauenberg. Als sie an dem barocken Brunnen mitten auf dem Platz angelangt war, bemerkte sie Sophia. Sie stand mit einem Mann unter einem Schirm, beide sahen einander an, er sagte etwas, woraufhin sie ihm ein zartes Lächeln schenkte. Dann wandten sie sich ab und gingen zum Theater, er öffnete die Tür, ließ ihr den Vortritt, klappte den Schirm zusammen und folgte ihr. Emilia tat mehrere tiefe Atemzüge, versuchte, das hässliche Gefühl von Neid zu verdrängen, das sich in klebrigen Schlieren durch sie zog.

Sophia hatte sich von ihrer Mutter mit den Worten verabschiedet, tanzen gehen zu wollen, und diese war wohl selbstverständlich davon ausgegangen, dass sie mit Rosa ging, und hatte keine Fragen gestellt. Ludwig war selbst ausgegangen, daher kam sie nicht in die Verlegenheit, ihm erklären zu müssen, mit wem sie an diesem Abend unterwegs war. Da Vincent sie nicht zu Hause abholen konnte, hatten sie vereinbart, sich vor dem Theater zu treffen, und so nahm Sophia ein Taxi dorthin.

Nachmittags war sie vom Theater aus direkt zu Rosa gegangen, um ihrer Freundin alles detailliert zu erzählen.

»Du warst mit ihm allein in seiner Garderobe?« Rosa hatte die Brauen gehoben. »Und kein Kuss?«

»Nein.«

»Wärst du für ihn nur eine kleine Eroberung, hätte er

die Situation bestimmt für eine Annäherung genutzt, statt einfach nur Tee zu trinken.«

»Na ja, ein klein wenig enttäuscht war ich schon. Ich hatte auf einen Kuss gehofft und hatte gleichzeitig Angst davor, dass Vincent es tut.«

»Wenn ihr euch öfter trefft, wird es früher oder später dazu kommen.«

Als Sophia vor dem Theater aus dem Taxi stieg, war sie nicht mehr ganz so gelassen und souverän wie noch beim Aufbruch. Sie war fest entschlossen gewesen, sich geheimnisvoll und ein wenig unnahbar zu geben. Nun jedoch schlug ihr das Herz bis zum Hals, und sogar ihre Hände zitterten leicht. Das war doch zu ärgerlich, sie war schließlich kein Backfisch mehr!

Vincent wartete bereits auf sie, gekleidet in einen Sakkoanzug, geschnitten in jener lässigen Eleganz, die derzeit Mode war. Er lächelte sie an, und ihr ohnehin schon wild schlagendes Herz machte einen kleinen Hüpfer. Wie albern sie war, als wäre sie kein bisschen erwachsener als mit siebzehn. Sophia bemühte sich um ein geheimnisvolles Lächeln und ging auf ihn zu.

»Und?« Der Ton gespannten Übermuts ging ihr gut über die Lippen, immerhin. »Wohin führen Sie ... führst du mich aus?«

»Ich dachte an das Café Schumann.« Eines der Tanzcafés, in denen Swing gespielt wurde, angeschlossen an das Schumanntheater am Bahnhofsvorplatz.

»Das klingt wunderbar.«

Er reichte ihr galant den Arm. »Bis wann erwarten deine Eltern dich daheim?«

»Sie haben keine Uhrzeit genannt, aber in der Regel sehen sie es nicht gerne, wenn ich weit nach Mitternacht heimkomme.«

»Dann sollten wir keine Zeit verlieren, nicht wahr?«

Da es schon am frühen Abend aufgehört hatte zu regnen und beide die spätabendliche Stadt mochten, gingen sie zu Fuß. Sophia war schon mehrmals im Schumanntheater gewesen, ein Varietétheater mit einem großen Kuppelsaal, wo internationale Artisten und Unterhaltungskünstler auftraten. Es gab Revuen und Operettengastspiele. Mit Rosa und Ludwig war sie einige Male in einer Revue gewesen, was ihre Eltern gewiss nicht ganz so gerne sähen, so sie denn davon wüssten.

Vom Liebfrauenberg aus war es über die Neue Kräme nur gute fünf Minuten zu Fuß bis zum Schumanntheater, und Sophia warf im Vorbeigehen einen Blick auf das Schaufenster des Modehauses König, das ihr im milchigen Schein der Straßenlaterne ihr blasses Spiegelbild zurückgab. Mit ein klein wenig Gefälligkeit dachte sie, dass sie in ihrem eleganten Mantel an Vincents Seite eine gute Figur machte. Man könnte sie beide wahrhaftig für ein Paar halten. Der Schauspieler und die Industriellentochter. Nein, korrigierte sie sich, der Schauspieler und die angehende Schriftstellerin. Das klang gleich viel besser.

»Wenn wir gefragt werden, bin ich einundzwanzig, ja? Dauert ja ohnehin nicht mehr lange bis dahin.«

Vincent wirkte belustigt. »Wie hast du das denn früher gemacht? Ich kann mich erinnern, dass wir uns schon vor einigen Jahren in einer Tanzbar begegnet sind.«

»Als Schauspieler weißt du doch, wie überzeugend Schminke eingesetzt werden kann.«

Sie betraten das Café und suchten einen Tisch für zwei Personen. Eine Band spielte, und Sophia hätte am liebsten sofort getanzt. Wie herrlich das war.

»Möchtest du erst etwas trinken oder erst tanzen?«, fragte Vincent.

Tanzen, unbedingt tanzen. Sophia hatte ja schon einen ersten Eindruck davon bekommen, wie gut er tanzte, und das bestätigte sich an diesem Abend ein weiteres Mal. Umso wunderbarer, dass seine Aufmerksamkeit allein ihr gehörte. Sie tanzten, kehrten nur lange genug an den Tisch zurück, um etwas zu trinken, und tanzten weiter. Es war traumhaft, nicht an irgendwelche Konventionen gebunden zu sein, nicht darauf zu achten, nur ja nicht mit demselben Mann zu oft zu tanzen, um kein Gerede zu erzeugen. Sie tanzte, bis sich ihr der Kopf drehte. Dann gingen sie zu ihrem Tisch zurück, bestellten Getränke und redeten über das Theater, über neue Stücke, die geplant waren, über Sophias Buch – wobei sie zu diesem Thema nur sehr zurückhaltend antwortete, da sie zu große Zweifel an der Qualität ihres Textes hegte.

»Zeig es mir doch mal«, bat Vincent, aber das brachte sie noch nicht über sich. Er sollte sie lieber für eine aufstrebende Literatin in den Anfängen ihrer Karriere halten als für eine Stümperin.

Der Moment des Aufbruchs kam viel zu bald, und Sophia mochte es nicht glauben, als die Uhr bereits Mitternacht schlug. Sie hätte zu gerne weitergetanzt und das Gefühl neu aufkeimender Verliebtheit ausgekostet, aber sie wusste auch, dass sie keinen Anlass zu Spekulationen geben durfte, wenn sie solche Abende wiederholen wollte.

»Hätte ich dich nicht gefragt, wärest du dann mit mir tanzen gegangen?«, fragte Sophia, als sie den Weg in Richtung Westend einschlugen.

»Irgendwann, möglicherweise.«

»Was hat dich abgehalten?«

»Der Umstand, dass ich weiß, wer du bist und woher du kommst.«

Sophia schenkte ihm ein keckes Lächeln. »Und wovon hält dieses Wissen dich sonst noch ab?«

»Versuchst du gerade zu provozieren, wie weit ich gehen würde?«

»Wie weit wäre das?«

»Auf offener Straße höchstens so weit, dich in einem verschwiegenen Winkel zu küssen.«

Sie lachte, nahm seine Hand, zog ihn in den Schatten eines Hauseingangs. »Verschwiegen genug?«

»Wo ist die anständige Zurückhaltung deiner Generation geblieben?«, fragte Vincent mit gespielter Strenge. Dann legte er ihr den Arm um die Taille, zog sie an sich und küsste sie.

Sophia schlang ihm die Arme um den Hals, hielt ihn fest, öffnete die Lippen, damit er den Kuss vertiefte. »Weißt du«, sagte sie an seinem Mund, als er sich von ihr löste, »dass ich darauf seit fünf Jahren warte?«

»Fünf Jahre?« Er klang so ungläubig, dass Sophia den Kopf zurückbog und ihn ansah.

»Hast du das nicht bemerkt?«

»Ehrlich gesagt, nein.«

»Ich wollte meinen ersten Kuss für dich aufsparen.«

»Deiner Formulierung entnehme ich, dass du das nicht getan hast?«

»Nein, da du unsensibler Klotz meine Gefühle ja nicht einmal bemerkt hast, habe ich dieses Privileg einem anderen geschenkt.«

»Ich bin untröstlich.«

»Du hast es gerade sehr überzeugend wiedergutgemacht.«

Er lachte leise, dann senkte er erneut den Kopf und küsste sie. Neben ihnen wurde die Tür aufgerissen, und sie fuhren auseinander. Ein älterer Mann stand vor ihnen, kerzengerade, die Haltung eines alten Offiziers.

»Na, also wirklich!«, rief er entrüstet.

»Verzeihung.« Vincent nahm Sophias Hand, und sie folgte ihm lachend auf die Straße, spürte seinen Kuss immer noch auf den Lippen. Ein Abend trunkener Glückseligkeit. So, dachte Sophia, durfte es gerne ein Leben lang weitergehen.

* * *

Vincent fragte sich, ob wohl jeder Mann sich unter den tadelnden Blicken der Mutter fühlte wie ein kleiner Bub. Er hatte wirklich in die Kirche kommen wollen, aber die Nacht war lang geworden. Nachdem er Sophia so weit begleitet hatte, wie er es wagen durfte, ohne sie ins Gerede zu bringen, war er heimgekehrt und hatte Lena vor seiner Tür sitzen sehen. Nur für ein paar Nächte, hatte sie beteuert, sie habe ein Zimmer in Aussicht, aber die derzeitige Mieterin wohne noch dort, gleichzeitig sei die befristete Miete für Lenas vorheriges Zimmer bereits beendet ...

»Ich kann sonst auch im Hausflur schlafen«, sagte sie verzagt.

Sie schlief nicht im Hausflur und auch nicht auf dem Sofa, das immer noch von Rudi belegt war. Und das tat sie auch in den folgenden Nächten nicht. Wenn seine Mutter wüsste, warum er morgens nicht aus dem Bett gekommen war und den Kirchgang verschlafen hatte ...

»Du bist noch nicht zu alt, um ein paar hinter die Löffel zu kriegen«, schimpfte sie, diese Mal auf Deutsch, was sie nur tat, wenn sie besonders wütend war und danach bestrebt, dass ihm das auch nicht entging. »Wie ich dastand. Warte auf meinen Sohn, und der kommt einfach nicht.«

»Es tut mir leid.«

Sie sah ihn einen Moment lang an, dann wandte sie sich ab, um in die Küche zu gehen. Hinter dem Sofa hörte er ein Kieksen und Kichern.

»Onkel Vincent bekommt was hinter die Löffel«, quietschte eine helle Kinderstimme, und eine weitere kicherte erneut.

»Hier bekommt gleich noch jemand etwas hinter die Löffel, wenn eure Großtante erfährt, dass ihr euch hinter den Möbeln herumdrückt.«

Die Kinder kamen hervorgekrochen, sahen ihn an und stoben lachend aus dem Raum. Er sah zum Fenster, hinter dem ein strahlend blauer Himmel einen herrlichen Tag versprach. Was ihm gerade weitaus mehr zu schaffen machte als die Standpauke seiner Mutter, war ein sehr unwillkommenes schlechtes Gewissen Sophia gegenüber.

Lena hatte an jenem Abend ihr Parfum an seiner Kleidung gerochen, den zarten Duft, den er sogar in Sophias Haar wahrgenommen hatte.

»Den Appetit holt man draußen, den Hunger stillt man daheim«, hatte Lena angesichts seiner Ungeduld gespottet.

Heute würde sie ausziehen. Wenn er nach Hause kam, wäre sie nicht mehr da. Aber auf Dauer musste sich natürlich etwas ändern, was ihre Beziehung anging. Mit Sophia ausgehen, sie küssen und gleichzeitig mit Lena ins Bett gehen – er war gewiss kein Kind von Traurigkeit, aber das ging nun wirklich nicht.

»Barbara müsste gleich hier sein.« Seine Mutter stellte das Tablett mit drei Gedecken auf den Tisch.

Er sah sie fragend an. »Barbara?«

Dieses Mal verpasste sie ihm doch einen derben Klaps gegen den Hinterkopf. »Hörst du mir überhaupt zu?«

»Verzeihung.«

»Sie hat diese hübsche Tochter, von der ich dir erzählt habe. Aber ehe sie sie dir vorstellt, will sie dich erst einmal kennenlernen. Ich habe ihr gesagt, dass du ein anständiger Bursche bist.«

Die letzte Nacht kam ihm in den Sinn, und er wurde unter dem prüfenden Blick seiner Mutter doch tatsächlich rot. War das zu fassen? Er wandte sich ab und sah hinaus in den klaren Tag. Eigentlich hätte er die Zeit bis zur nachmittäglichen Theatervorstellung lieber mit einigen Mußestunden verbracht. Der Kirchgang war seiner Mutter wichtig, das wusste er, ebenso, dass er daran teilnahm. Seine Familie war orthodox, ging aber in die katholische

Kirche und feierte den Kindern zuliebe Weihnachten im Dezember und nicht im Januar. Er vergab sich nichts, seiner Mutter diesen Wunsch zu erfüllen, und eigentlich ging er sogar ganz gerne in den sonntäglichen Gottesdienst, die einzige Konstante in seinem Leben.

»Beim nächsten Mal kommt Sophia dann mit.«

»Wie bitte?« Woher wusste sie …

»Sophia«, wiederholte seine Mutter langsam, als sei er begriffsstutzig. »Barbaras Tochter.«

Vincent stieß in einem langen Zug den Atem aus. Da winkte das Schicksal nicht mit dem Zaunpfahl, sondern gleich mit einem ganzen Weidenzaun. Er hob seine Kaffeetasse.

»Auf die schöne Sophia«, sagte er und tat, als wollte er seiner Mutter zuprosten.

Diese witterte Spott. »Du fängst dir gleich noch mal eine.«

Die Gruppe junger Männer wirkte, als wartete sie nur auf Ärger. Stolz trugen sie ihre SA-Uniformen, standen da, beobachteten die Menschen, und vermutlich reichte ein schräger Blick, um sie gegen sich aufzubringen. Immerhin waren sie jetzt wer. Emilia eilte an ihnen vorbei, immer noch aufgewühlt, seit das Radio am Vorabend die Ergebnisse der Reichstagswahl verkündet hatte.

Mit über fünf Millionen Stimmengewinn und einem deutlichen Vorsprung vor SPD und KPD lag die NSDAP nun weit vorne, zwar knapp an der absoluten Mehrheit vorbei, aber das Wahlbündnis aus DNVP und Stahlhelm – Kampffront Schwarz-Weiß-Rot – unter Papen sorgte mit seinen acht Prozent für die parlamentarische Mehrheit. Großer Verlierer war die KPD, was angesichts des vorangegangenen Straßenterrors wohl niemanden ernsthaft verwundern konnte. Emilia war enttäuscht von den Sozialdemokraten. Jetzt war eingetroffen, was sie die ganze Zeit befürchtet hatte.

Sich der taxierenden Blicke der Männer bewusst, eilte sie vorbei. Sie erkannte einen früheren Schulkameraden von Ludwig, Emil Walther, den sie immer als recht nett, aber unscheinbar wahrgenommen hatte. Jetzt stand er hier in Uniform, die Arme vor der Brust verschränkt, hoch aufgerichtet, als wollte er aus seiner Größe herausholen, was herauszuholen war.

»Na, Conrad«, rief er, und einen irritierenden Moment lang glaubte Emilia, er spreche sie an und wollte ihm ob dieser Respektlosigkeit gerade die Meinung sagen, als sie Ludwig bemerkte, der mit einigen jungen Männern auf der anderen Straßenseite stand. »Lust, auf die Gewinnerseite zu wechseln?« Emil Walther grinste.

»Genießt es, solange ihr noch könnt«, rief Ludwig ihm zu.

Emilia blieb stehen. Ihr war, als flimmerte unter dieser geballten männlichen Aggression die Luft. Ludwig stemmte die Hände in die Seiten, hob herausfordernd das Kinn. Ein paar Jahre älter, dachte Emilia, und sie hätte sich für ihn entschieden. Wie konnten zwei Brüder nur so grundverschieden sein? Da die Dinge nun einmal aber so waren, wie sie waren, würde sie nicht später in seinen Armen diese explosive Leidenschaft genießen dürfen, sondern musste als ältere Schwägerin handeln, die dort vernünftig sein musste, wo es dieser Heißsporn derzeit nicht war.

»Was willst du damit sagen?« Emil Walther ahmte die Pose nach. »Bist du ein Umstürzler, oder was? Ein Roter, hm?«

»Und wenn?«

»Dann wirst du schon bald merken, wo der Platz für dich und deinesgleichen ist.«

Emilia ging über die Straße zu Ludwig. Der sah sie an, krauste die Stirn. Jetzt galt es, einen Abgang zu finden, der ihn nicht vor seinen Freunden und seinen Gegnern in seinem männlichen Stolz verletzte.

»Ach, Ludwig«, rief sie, »wie gut, dass ich dich gerade sehe. Mir ist nicht gut. Bringst du mich nach Hause?«

Ludwig spannte die Kiefermuskeln, schien etwas sagen zu wollen, wirkte gar wie ein Raubtier, das zum Sprung ansetzte, um seinem Gegner die Klauen in die Brust zu schlagen. Im Zweikampf hätte Emil Walther ihm wohl nur wenig entgegenzusetzen gehabt. Dann jedoch nickte er ihr zu.

»Natürlich.« Er begleitete sie die Straße hinunter in Richtung der elterlichen Villa.

»Das ist der falsche Weg«, sagte sie, als sie außer Hörweite waren.

Er schien einen Moment lang irritiert, dann jedoch verstand er. Schweigend gingen sie weiter. Er widersprach ihr nicht, stimmte ihr aber auch nicht zu. Immerhin sagte er ihr nicht, sie solle sich um ihren eigenen Kram kümmern.

»Du kriegst ja ohnehin nichts mehr mit«, sagte Ludwig. »Bist wohl zu beschäftigt damit, dich mit Vincent knutschend in Hauseingängen herumzudrücken.«

»Ich hätte es dir überhaupt nicht erzählen sollen. Außerdem war das nur ein Mal.« Danach hatte Sophia ihn nicht wiedergesehen, schließlich sollte er nicht denken, sie liefe ihm nun hinterher. Aber der Verzicht fiel schwer.

Ludwig warf ihr einen finsteren Blick zu. »Der soll die Finger von dir lassen.«

»Ich habe den Anfang gemacht.«

»Und er hat sich mit Händen und Füßen gewehrt, oder was? Ist ja jetzt auch egal. Dein Liebesgeplänkel ist unwichtig im Vergleich zu dem, was hier gerade passiert.«

»Du kannst dich doch nicht wirklich mit den Kommunisten zusammentun!«

»Ja, was denn sonst? Die Sozialdemokraten reißen es doch jetzt auch nicht mehr raus.«

»Und dann nimmst du an Straßenschlachten teil, oder wie hast du dir das vorgestellt?«

»Macht mir nichts, ein paar von der SA zu verprügeln.«

Sophia verdrehte die Augen. »Noch wissen wir doch gar nicht, wie das alles ausgeht. Vielleicht ist es nur heiße Luft.«

»Ich habe die Reden von diesem Hitler gehört, diese Leute sind brandgefährlich.« Ludwig lehnte mit dem Rücken an der Fensterbank.

»Und was willst du nun tun?«

»Das überlege ich mir noch. Zunächst einmal Kontakte knüpfen, dann sehe ich weiter.«

»Die Roten sind doch letzten Endes auch nur auf Krawall aus.«

»Du kannst natürlich herumsitzen und darauf warten, dass sich die Sozialdemokraten bewegen. Die hatten beim Preußenschlag ihre letzte Chance und haben sie vertan. Auf die zähle ich nicht mehr.«

Damit, dass sie nichts mitbekam, tat Ludwig Sophia überdies unrecht. Ja, sie war keine Freundin der Kommunisten, und sie war gewiss auch nicht politisch so gebildet wie Emilia, die vermutlich selbst gerne in die Politik gegangen wäre, wäre ihr dies als Frau möglich. Aber das bedeutete nicht, dass die Entwicklung an ihr vorbeiging. Der KPD wurde der Reichstagsbrand Ende Februar angelastet, auch wenn dem aus Parteikreisen widersprochen wurde und der Täter angab, allein gehandelt zu haben.

»Wohin gehst du?«, fragte Ludwig, als Sophia sich abwandte.

»Ein wenig spazieren.«

»Ins Theater?«

»Nein. Und selbst wenn, ginge es dich nichts an. Ich stelle dich wegen Dorothea ja auch nicht zur Rede.«

Er zog die Brauen zusammen, dann drehte er sich zum Fenster, die Hände hinter dem Rücken verschränkt, und Sophia verließ den Raum. Sie zog einen Mantel an, legte sich einen Schal um den Hals und verließ das Haus, die Lederhandschuhe im Gehen überstreifend. Es war immer noch empfindlich kühl, wenngleich in der Luft bereits der Atem des Frühlings zu erahnen war.

Sophia wusste nicht, was das zwischen ihr und Vincent jetzt eigentlich war. Bedeutete sie ihm etwas? War er verliebt in sie? Wenn er mit ihr spielen wollte, wäre er vermutlich etwas draufgängerischer. Andererseits mochte seine Zurückhaltung auch Taktik sein. Aber hätte er dann nicht den Anfang gemacht, anstatt zu warten, dass Sophia dies tat?

Rosa vermutete, dass er so zögernd vorging, weil sie Ludwigs Schwester war.

»Wenn er eine Gespielin sucht«, so ihre Worte, »bieten sich doch Gelegenheiten genug.«

Während Sophia die Straße entlangging, schob sie diese Überlegungen zur Seite. Wohin all das führte, würde sich dann noch früh genug zeigen.

MAI 1933

Sophia starrte die Werbetafel an. Da war Ludwigs Gesicht, eingerahmt von seinen blonden Locken, den Blick ernst in die Ferne gerichtet, während im Hintergrund die dampfenden Schlote einer arbeitenden Fabrik zu sehen und vor ihm Stahlträger ins Bild eingefügt waren. Dass er wirkte wie Siegfried bei den Nibelungen, war vermutlich gewollt. Daneben ein vollmundiger Werbespruch.

Stahlwerk Conrad. Deutsche Qualität für Deutschland.

Ludwig würde durchdrehen. Rasch ging Sophia weiter. Was hatte sich ihr Vater denn bloß dabei gedacht? Wollte er die Diskrepanzen mit Ludwig noch verschlimmern? Der machte aus seiner politischen Gesinnung kaum mehr ein Geheimnis, und auch wenn er bislang nicht offen mit den Roten marschierte und nicht Mitglied in der KPD wurde, schien es doch nur eine Frage der Zeit zu sein. Ob ihr Vater das aus diesem Grund tat?

Sophia kam von einem Spaziergang im Park zurück, wo

sie lange gesessen und geschrieben hatte. Ihr Text war sehr politisch geworden, was schon fast komisch war, angesichts dessen, dass ihr jeder unterstellte, von Politik keine Ahnung zu haben. Sie hatte es immer noch niemandem zu lesen gegeben, wenngleich Vincent sich mehrfach als Leser angeboten hatte. Er wäre gewiss ein ehrlicher Kritiker, aber obwohl sie einerseits genau das wollte, fürchtete sie dies andererseits. Die Vorstellung, dass gerade er ihr Werk verriss, ihr zu verstehen gab, sie tauge doch nichts als Autorin... Vielleicht sollte sie es zuerst Rosa geben, allerdings befürchtete sie da wiederum, dass diese als ihre beste Freundin zu voreingenommen urteilte. Bei Ludwig war es ähnlich.

Als sie das Haus betrat, hörte sie bereits in der Eingangshalle, dass im Salon erbittert diskutiert wurde. Hatte Ludwig die Werbung schon gesehen? Sie legte ihren leichten Frühlingsmantel ab, nahm den seidenen Schal vom Hals und ging in den Salon. Dort waren jedoch nur ihre Eltern und Clara. Letztere trug unübersehbar stolz einen runden Bauch vor sich her. Nach einer Fehlgeburt im Herbst hatte sie keine Zeit verloren, die Leibesfrucht zu ersetzen.

»Guten Tag«, sagte Sophia, und die drei drehten sich zu ihr um.

»Da bist du ja«, antwortete ihre Mutter. »Wir sprechen gerade über euren Geburtstag.«

Sophia hob die Brauen. »Ach ja? Was gibt es da zu besprechen?«

»Es geht darum, wo er dieses Jahr stattfindet«, kam es von Clara.

»Haben die Roths abgesagt?« Hätte Rosa ihr das nicht erzählt?

»Nein«, entgegnete ihr Vater. »Aber Clara fragte, ob es nicht auch möglich wäre, die Feier bei uns stattfinden zu lassen.«

»Bei uns war sie letztes Jahr, dieses Mal ist Rosa dran.«

»Ich denke nur«, wandte Clara ein, »dass es vielleicht nicht ganz passend ist. Wir können nicht einerseits jüdische Geschäfte boykottieren und dann bei ihnen unsere Party feiern.«

Sophia starrte sie an, wollte etwas sagen, aber ihr fehlten schlicht die Worte. Natürlich wusste sie, dass am ersten April reichsweit zum Boykott gegen Juden aufgerufen worden war, aber das war irgendwie weit weg gewesen, ein Aufruf, dem gewiss niemand folgen würde, bedachte man, wie groß die jüdischen Gemeinden allein in Berlin und Frankfurt waren, letztere die größte im gesamten Reich. Noch am selben Abend hatte die NSDAP den Boykott abgebrochen und ihn nach drei Tagen offiziell für beendet erklärt, da es scharfe Kritik aus dem Ausland gab und sogar der Boykott deutscher Waren angedroht worden war. Zudem hatte die Bevölkerung nur verhalten auf diesen Aufruf reagiert, so dass die Politiker eine Beschädigung ihres Ansehens befürchtet hatten.

Man konnte ja auch nicht von jetzt auf gleich so tun, als gäbe es die jüdische Gemeinschaft in der Stadt nicht, seinen Arzt nicht mehr aufsuchen oder den Anwalt. Diese Leute waren angesehen in der Gesellschaft. Und nun stand ihre Schwester vor ihr und faselte etwas von einer Geburtstagsparty, die im Garten ihrer besten Freundin nicht mehr passend wäre.

»Aber sicher doch«, sagte sie schließlich, als sie ihre

Stimme wiederfand. »Sprich nur jeden einzelnen geladenen Gast im Voraus an und erzähl ihm von deinen Bedenken. Vielleicht sollten wir bei uns im Garten dann gleich zwei Bereiche anlegen, einen für die jüdischen Gäste und einen für uns. Wo gehört Anna denn hin? Zählt die deutsche Hälfte, oder macht die Ehe mit Paul sie zur Volljüdin?«

»Ich meinte...«, wollte Clara einwenden, aber Sophia ließ sie nicht zu Wort kommen.

»Und als Höhepunkt der Feier ziehen wir durch die Straßen und werfen bei Paul Roths Kanzlei die Fensterscheiben ein, das wird ein Spaß, nicht wahr?«

»Ich wollte nicht...«

Sophia drehte sich um und verließ den Salon, zog die Tür hinter sich lautstark ins Schloss. Ihr erster Impuls war, zu Rosa zu gehen, ihr von dieser Ungeheuerlichkeit zu erzählen, aber dann hielt sie inne. Nein, das durfte sie nicht, allein, dass in ihrer Familie darüber nachgedacht wurde, würde Rosa zutiefst verletzen.

Die Haustür wurde so heftig aufgestoßen, dass sie innen an die Wand knallte. Ludwigs Gesicht war rot vor Zorn, der sich ein weiteres Mal entlud, als er die Tür lautstark ins Schloss warf. Offenbar hatte er die Werbung gesehen. Na, das kam ja gerade recht.

»Sie sind im Salon«, erklärte Sophia. »Clara versucht gerade, unsere Eltern davon zu überzeugen, dass eine Geburtstagsfeier bei Juden nicht so recht passend ist.«

Er antwortete nicht, sondern lief an ihr vorbei, stieß die Tür zum Salon auf und warf sie so kräftig zu, dass es war, als zitterten die Wände.

Am dreizehnten März hatte man am Römer die Hakenkreuzfahne gehisst, der jüdische Oberbürgermeister Frankfurts, Ludwig Landmann, wurde von Friedrich Krebs abgelöst, einem Mitglied der NSDAP. Vincent hörte seine Kollegen im Theater – vielfach Juden – darüber diskutieren.

»Es gab so viel Bewegung in der Politik in letzter Zeit«, sagten einige, »die werden sich nicht lange halten können.«

Andere sahen das nicht ganz so gelassen, einer, mit dem Vincent immer gerne zusammengearbeitet hatte, Josef Strasburger, sprach gar davon, sich außerhalb von Deutschland nach einem Engagement umzusehen. Seine Familie mütterlicherseits kam aus Russland, dorthin würde er gehen, wenn die NSDAP sich hielt.

Vincents politisches Interesse hatte sich bislang auf Rollen in Theaterstücken beschränkt. Für Ränkeschmiede von Politikern hatte er sich nicht interessiert, hatte den Wahlkampf nur mit beiläufigem Interesse verfolgt und seine Stimme – wie stets – den Sozialdemokraten gegeben. Er war jedoch davon überzeugt, dass sich ohnehin nichts ändern würde, schon gar nicht zum Besseren.

Nachmittags war er bei seiner Mutter gewesen, wo er von den Kindern seines Cousins bestürmt wurde. Da er mit Kindern nicht viel anzufangen wusste, war er stets froh, wenn er diese Besuche hinter sich gebracht hatte. Es war nicht so, dass er sie nicht mochte, aber er war auch nicht darauf erpicht, viel Zeit mit ihnen zu verbringen oder gar zu spielen. Seine Mutter fragte ihn gelegentlich tadelnd, wie er sich das denn mit eigenen Kindern vorstellte, aber das war bisher nicht Teil seiner Lebensplanung – was er ihr tunlichst verschwieg.

Allerdings war auch eine dauerhafte Lebensgemeinschaft mit Rudi nicht Teil seiner Lebensplanung gewesen, und siehe da, es war anders gekommen als erwartet. Rudi wohnte nach wie vor bei ihm und hielt sich mit Gelegenheitsarbeiten über Wasser. Einen Monat lang war auch Lena wieder bei ihm eingezogen, hatte dann jedoch eine Anstellung in einer Schneiderei gefunden, über der sie ein Zimmer beziehen konnte. Mit ihr das Bett zu teilen – denn darauf lief es trotz aller anderslautender Vorsätze stets hinaus – hatte ihn zu der Frage gebracht, wie er nun zu Sophia stand.

Mehr als Küsse hatte es da bisher nicht gegeben, und natürlich war ihm klar, dass sie nicht die Art Frau war, die man sich als Geliebte nahm, während man sich mit anderen Gespielinnen vergnügte. Wenn er also zuließ, dass die Sache ernst wurde, musste er sich vorher sehr genau darüber im Klaren sein, wo das alles hinführen sollte. Allerdings war sie aufregend, umso mehr, da sie sich ihrer Wirkung auf Männer überhaupt nicht bewusst zu sein schien. Mit ihr zu schlafen wäre gewiss ein sehr sinnliches Vergnügen.

Als er sein Wohnhaus betrat und sie auf der Treppe sitzen sah, erschien ihm das angesichts seiner Gedanken zuvor schon beinahe unheimlich. Oder schicksalsweisend. Je nachdem, wie man es sehen wollte. Sie sah zu ihm auf, wirkte ein wenig verlegen, als sei sie unsicher, ob ihn ihr Besuch freute oder er sie einfach nur als aufdringlich empfand.

Er lächelte sie an. »Was für eine hinreißende Überraschung.«

Die Unsicherheit zerfiel unter ihrem zögerlichen Lächeln. »Ich wusste nicht, ob es dir recht ist. Im Theater hat man mir gesagt, wo du wohnst.«

Er reichte ihr die Hand, um ihr aufzuhelfen, und ging mit ihr zusammen die Treppe hoch in den dritten Stock. Sie sah sich im Treppenhaus um, und er fragte sich, ob sie insgeheim Vergleiche mit der heimischen Villa zog. Andererseits hatte sie von Anfang an gewusst, dass er nicht unter denselben Umständen lebte wie sie. Oder aber sie hatte es sich in einer Art romantischer Verklärung anders ausgemalt. Sie waren vor seiner Wohnung angelangt, und er schloss auf. Von dem winzigen Flur her kam man direkt ins Wohnzimmer, wo Rudi vom Sofa hochfuhr.

»Sophia, mein Freund und Mitbewohner Rudi Gerson. Rudi, Sophia Conrad.«

Rudis Augen wurden groß. »Stahlwerk Conrad?«

»Eben die«, antwortete Sophia, und das Lächeln zauberte ein Grübchen in ihre rechte Wange. Rudi starrte sie hingerissen an und gab ihr die Hand.

»Sehr erfreut«, stammelte er.

»Du wolltest gerade ein wenig spazieren gehen, oder?«, fragte Vincent.

»Nein, ich…« Rudi bemerkte seinen Blick und verstummte. »Hm, ja, genau. Ich war schon so gut wie aus dem Haus, als du gekommen bist.« Er nickte Sophia zu. »Einen schönen Tag noch, mein Fräulein. Hat mich gefreut.«

»Ganz meinerseits.« Wieder dieses zauberhafte Lächeln.

Vincent wartete, bis die Wohnungstür ins Schloss gefallen war, dann wandte er sich Sophia zu. »Tee oder Kaffee?«

»Heute gerne einen Kaffee.« Sie sah sich neugierig um, ging zum Fenster und blickte hinaus.

»Die Aussicht ist leider nicht ganz so spektakulär.«

»Mir gefällt es. Von uns aus sieht man entweder den Garten oder die Villen gegenüber. Keine Spur von dem pulsierenden Stadtleben.«

An das Wohnzimmer grenzte links die Küche, wobei diese eine Anrichte hatte, die mit einem Fenster versehen war, das sich aufschieben ließ, so dass man Essen in den winzigen Esszimmerbereich des Wohnzimmers geben konnte. Während Vincent den Kaffee kochte, hörte er Sophia langsam durch das Wohnzimmer gehen, das mit einer Anrichte, einem Bücherregal, einem gekachelten Heizofen, einem Esstisch nebst vier Stühlen sowie einem Sofa und einem Sessel mit niedrigem Tischchen eingerichtet war.

Als er mit dem Kaffee zurückkehrte, hatte sie auf dem Sofa Platz genommen, und er stellte das Tablett auf dem niedrigen Tisch ab, ehe er sich auf den Sessel setzte. Sie griff nach der Kaffeekanne, schenkte erst ihm, dann sich ein, goss für sich selbst Sahne nach, während er schwarz trank.

»Besuchst du mich, weil dir einfach gerade danach war, oder ist etwas passiert?«

Eine kleine Falte erschien zwischen ihren Brauen, und sie sah auf die Kaffeetasse zwischen ihren Händen. »Meine Schwester, die ist passiert. Du kennst doch meine beste Freundin Rosa.«

»Vom Sehen, ja.«

»Wir haben am selben Tag Geburtstag, und wir feiern abwechselnd jedes Jahr, einmal bei uns, einmal bei ihr. Und heute steht da meine Schwester, die nicht einmal mehr bei uns wohnt, weil sie diesen schnöseligen Eduard geheiratet hat, und erzählt, wir sollten besser bei uns feiern und nicht bei den Roths, die dieses Jahr dran sind. Denn immerhin sind die Juden, und da fürchtet meine werte Schwester um ihr Ansehen.« Rote Flecken waren auf Sophias Wangen erschienen. »Ich bin ja selten sprachlos, aber heute war es so weit.«

»Wie ist die Diskussion ausgegangen?«

»Natürlich wird es so etwas weder mit mir noch mit Ludwig geben. Der hat heute die Werbetafel meines Vaters gesehen, ich möchte gar nicht wissen, was jetzt gerade zu Hause los ist.«

»Die Werbetafel?«

Sie schüttelte den Kopf. »Frag nicht. Ich weiß nicht, was er sich dabei gedacht hat, ausgerechnet meinen Bruder als Werbebild zu nehmen. Na ja, wird dir gewiss in den nächsten Tagen auffallen, sie ist unübersehbar.«

Vincent stellte die Tasse ab und sah Sophia an, die in winzigen Schlucken trank. Schließlich bemerkte sie seinen Blick, stellte die Tasse nun ebenfalls ab und lehnte sich auf dem Sofa zurück.

»Dass ich hier bin, ist furchtbar unanständig, oder?«

»Schockierend unanständig«, bestätigte er ihr ernst.

»Und warum versuchst du dann nicht, mich zu küssen?«

Wieder zeigte er sein schiefes Lächeln, dann stand er

auf und setzte sich neben sie aufs Sofa. Sie drehte den Kopf zu ihm, er legte die Hand an ihre Wange und küsste sie, ein langer Kuss, aus dem er sie atemlos entließ. Er hob den Kopf gerade weit genug, um sie ansehen zu können, sah ihre blanken Augen, die geröteten Wangen, die Lippen, die leicht offen standen, glänzend und dunkel von seinem Kuss. Sein Blick wanderte über ihren Hals, und er öffnete die obersten drei Knöpfe ihrer Bluse, legte die kleine Kuhle zwischen ihren Schlüsselbeinen frei, sah das Pulsieren darin, senkte den Kopf, um seine Lippen auf genau diese Stelle zu legen.

Sophias Atem ging schneller, und unter seinen Fingern spürte er, wie auch der Puls in ihrem Hals rascher schlug. Er liebkoste mit den Lippen ihren Hals, wanderte hoch zu ihrem Mund und glitt mit der Hand zu den Knöpfen ihrer Bluse, war im Begriff, diese weiter zu öffnen, als er innehielt. Es kostete ihn viel Willensanstrengung, den Kuss zu beenden und der Verlockung, seine Hand ein kleines Stück tiefer gleiten zu lassen, nicht nachzugeben.

»Ich würde sagen«, er schloss die Knöpfe langsam wieder, »es ist besser, wir bleiben anständig.«

In ihren Augen spiegelten sich Verwunderung, Bestürzung, Enttäuschung in schneller Abfolge.

»Fürs Erste zumindest.«

Sie richtete sich auf, zog ihre Bluse zurecht und fuhr sich ordnend durch das Haar. »Ich... Das wird wohl in der Tat das Beste sein.«

»Möchtest du noch eine Tasse Kaffee?«, versuchte er, die Normalität wiederherzustellen.

Sie nickte nur. Vincent griff nach der Kaffeekanne,

schenkte ihr nach, und Sophia streckte die Hand nach der Tasse aus, ließ sie dann jedoch wie vergessen in der Luft, während sie ihn ansah. Im nächsten Moment hatte er die Arme wieder um sie geschlungen, und sie küssten sich.

* * *

Emilia fand die Spülungen mit dem scharfen Essig stets schmerzhaft, aber besser das, als wieder schwanger zu werden. Also biss sie die Zähne zusammen und ertrug die Prozedur. Danach tat ihr meist der Unterleib weh, doch das verging, so dass sie irgendwann einschlafen konnte. Nachdem Anna seinerzeit mit glänzenden Augen aus den Flitterwochen zurückgekehrt war, nun auch Trägerin dieses ehelichen Geheimnisses, hatte Emilia einen geradezu beschämenden Neid verspürt. Aber es brachte ja alles nichts, sie musste sich nun um Martha kümmern und dafür sorgen, dass diese nicht dieselben Fehler machte wie sie.

Am Vortag hatten sie und Raiko schon wieder gestritten, als er mit jenem Parteiemblem am Revers nach Hause kam, das auch sein Vater trug.

Während der Essig an ihren Beinen hinablief und sich auf dem Emailleboden der Badewanne sammelte, fragte sich Emilia, wie sie diese Ignoranz noch länger ertragen sollte. Sie schloss die Augen, wartete einen Moment lang, drehte dann den Hahn auf und spülte die Beine ab, beobachtete, wie das Wasser strudelnd in den Abfluss lief. Der Geruch von Essig brannte ihr in der Nase. Sie stieg aus der Wanne, trocknete sich ab und öffnete das Fenster.

Dann zog sie sich das Nachthemd über und kehrte zurück in ihr Zimmer.

Raiko war eingeschlafen, gottlob. Mittlerweile reichte ihm meist ein Mal, und Emilia wünschte, sie würden – wie es zu Zeiten ihrer Großeltern üblich gewesen war – in getrennten Zimmern schlafen, so dass sie sich einfach zurückziehen könnte, ohne befürchten zu müssen, dass er sie mitten in der Nacht weckte, weil er noch einmal nachlegen wollte. Ihr Unterleib brannte, als sie sich an den äußersten Rand des Bettes legte, sich in die Decke hüllte und mit offenen Augen dalag und mit ihrem Schicksal haderte.

Angesichts dessen, dass Ludwig nicht mehr mit seinem Vater sprach, wäre es ohnehin eine schlechte Idee gewesen, die Geburtstagsfeier in der Villa Conrad stattfinden zu lassen – hätte das denn je ernsthaft zur Debatte gestanden. Es war zu einer hässlichen Szene gekommen, und er war kurz davor gewesen, auf seinen Vater loszugehen. In dieser Hinsicht hatte er sich gerade noch zurückgehalten, dafür hatte er seinem Vater sehr deutlich gesagt, was er von ihm hielt. Dass Clara sich keine eingefangen hatte, war lediglich dem Umstand zu verdanken, dass seine Mutter sich schützend vor sie gestellt hatte.

Nach seinem Dafürhalten hätte seine ältere Schwester gar nicht zur Geburtstagsfeier zu kommen brauchen, aber sie erschien dennoch, zusammen mit Eduard. Überhaupt tauchten alle geladenen Gäste auf, niemand hatte eine Absage geschrieben, und die Feier war so gut besucht wie jedes Jahr. Es war ein schönes und ausgelassenes Fest.

Abends hatten sich die älteren Leute verabschiedet und der Jugend das Feld überlassen, so dass schließlich moderne Musik gespielt wurde und sie alle bis in die Morgenstunden getanzt hatten.

Freunde von Ludwig hatten sein Konterfei auf der Werbetafel natürlich gesehen, einige hatten sich darüber lustig gemacht, andere fragten, ob er plötzlich politisch auf die Linie seines Vaters gewechselt sei. Der stolzierte mittlerweile nämlich mit einem kleinen Anstecker auf dem Revers herum, auf dem ein schwarzes Hakenkreuz in einem weißen Kreis auf rotem Grund zu sehen war. Im Grunde genommen waren Ludwig die Kommunisten zu radikal, aber bedachte man, was sich hier anbahnte, so reagierten ihm die Sozialdemokraten deutlich zu zahm. Viele seiner Freunde konnten nicht nachvollziehen, warum es ihn gerade zu den Roten zog. Man konnte ja noch verstehen, wenn die Arbeiter mit den Kommunisten marschierten, denen gefiel der Gedanke eben, den Reichen ihr Vermögen zu nehmen und es unter dem Volk aufzuteilen – was letzten Endes doch nichts anderes war als Raub. Warum er als Akademiker mit diesen Leuten liebäugelte, das war doch wirklich unverständlich!

»Du bist Kommunist?« Dorothea schien es eher aufregend zu finden als schockierend. Eigentlich sprach er mit ihr nicht über Politik, zumal sie sich ohnehin nur selten länger unterhielten und die knapp bemessene Zeit meist anderweitig nutzten. Dorothea lag eng an ihn geschmiegt in einem schmalen Bett, das bei jeder Bewegung knarzte und quietschte. Da aus anderen Zimmern ähnliche Geräusche zu hören waren, vermutete Ludwig, dass sie nicht die Einzigen waren, die sich hier zum Zweck sinnlichen Genusses eingefunden hatten.

»Na ja, nicht direkt, aber wenn ich die politischen Positionen verschiedener Parteien vergleiche, erscheinen sie mir momentan am ehesten fähig, der jetzigen Regierung Einhalt zu gebieten.«

»Und warum sollten sie das tun?«

Ludwig setzte zu einer Erklärung an, um seine politische Position zu erläutern, als Dorotheas Hand mit sehr eindeutigem Ziel unter die Bettdecke glitt und ihm die Worte auf der Zunge erstarben. Sie richtete sich auf, und als ihre Lippen die seinen fanden, war jedes Reden unmöglich geworden. Sie wurde ihm einfach nicht über, obwohl es schon nahezu ein Jahr so ging. Aber die Heimlichkeit und das stete Versteckspiel sorgten wohl dafür, dass er nach wie vor so heftig auf sie reagierte.

Die Bettfedern quietschten so laut, dass Ludwig fürchtete, man könnte sie bis auf die Straße hören. Hinzu kam, dass auch Dorothea nicht gerade leise war. Aber er wäre nicht einmal imstande gewesen, jetzt aufzuhören, wenn das Bett unter ihm zusammenbrach. Als er sich schließlich erschöpft neben ihr niedersinken ließ, hörte er sie atemlos lachen.

»Himmel, ich dachte, jeden Moment liegen wir auf dem Boden«, stieß sie zwischen zwei Atemzügen aus.

»Ja, der Gedanke kam mir auch.«

»Wir könnten uns wieder nachts im Garten treffen. So kalt ist es ja nicht mehr.«

»Nachdem deine Schwester mich beim letzten Mal fast entdeckt hätte, weiß ich nicht, ob das so eine gute Idee ist.«

»Na, in einer solchen Bude ist es auch nicht gerade das Wahre. Stell dir das nur im Sommer vor, wenn hier dann auch noch die Luft steht.«

Er sträubte sich halbherzig, aber sie machte ihm recht anschaulich deutlich, was ihm alles entging, wenn er sich nicht darauf einließ, und so willigte er schließlich ein.

»Und wenn deine Schwester uns erwischt?«

»Wir passen auf.« Dorothea erhob sich, und er betrachtete sie, wie sie sich vor ihm anzog, extra langsam, als genieße sie seine Blicke, was in ihm den Wunsch erweckte, sie sofort wieder aufs Bett zu ziehen und halb bekleidet zu lieben. Dafür war jedoch keine Zeit mehr, denn sie hatten das Zimmer nur für eine bestimmte Zeitspanne gemietet.

Sie kniete sich zu ihm aufs Bett und schlang ihm die Arme um den Hals. »Auch, wenn du es hasst, aber ich finde ja das Werbeplakat mit dir gar nicht so übel.« Sie küsste ihn, als er protestieren wollte. »Dieser strenge Blick, diese Heldenausstrahlung, als wäre es Siegfried, der Drachentöter, der mich entjungfert hat.« Sie ließ ihn los und wich ihm lachend aus, als er nach ihr greifen wollte. »Ach, komm schon. Es hat was, oder? Möchtest du wissen, was ich mir alles vorstelle, wenn ich dieses Bild sehe?«

»Wenn du möchtest, dass wir hier pünktlich rauskommen, solltest du dich mit pikanten Details zurückhalten, bis wir die Gelegenheit bekommen, deine Phantasien umzusetzen.«

Sie kicherte, sagte jedoch nichts mehr, was ihm nur recht war, da in ihm Zorn beim Gedanken an das Plakat und Erregung bei der Vorstellung, was sie ihm so alles in Aussicht stellte, miteinander rangen. Der Zorn überwog schließlich, und die Entspannung war vollständig verflogen.

»Gehen wir«, sagte er, »ehe dieser Halsabschneider unten uns eine weitere Stunde in Rechnung stellt.«

»Oder das nächste Paar vor der Tür steht.«

»Angeblich wird zwischen den Besuchen hier sauber gemacht.«

»*Angeblich.*« Ein kleiner Schauder durchlief sie.

Sie verließen das Hotel, erst Dorothea, dann er, damit man sie nicht gemeinsam hinausgehen sah, auch wenn hier die Gefahr, erkannt zu werden, recht gering war. Da er es nicht eilig hatte, nach Hause zu gehen, nahm er nicht die Bahn, sondern ging zu Fuß. Es war ein Marsch von einer guten Stunde, ehe er sich in der Altstadt befand, wo um diese Zeit die Wahrscheinlichkeit hoch war, mit einigen Kommilitonen einkehren zu können.

Die Straßen waren voll, ungewöhnlich voll, und Ludwig hatte Mühe, sich einen Weg zu bahnen. Plötzlich riss ihn jemand am Arm, und er fuhr herum.

»Ludwig. Komm, es geht los.«

Es war Andreas, der Bruder von Elisabeth, der ehemaligen Freundin von Sophia und Rosa. Andreas war bereits einige Semester weiter als Ludwig, ebenfalls angehender Jurist.

»Wovon sprichst du?«

»Hast du es vergessen? Der zehnte Mai!« Andreas zog ihn mit sich, und in Ludwig dämmerte es. Er hatte es verdrängt, als Geschwätz abgetan, dem gewiss niemand folgte. Die Ausmerzung des undeutschen Geistes aus den öffentlichen Bibliotheken. Er ließ sich mitziehen, sah den von zwei Ochsen bespannten Wagen – normalerweise für den Transport von Stallmist bestimmt –, der mit Büchern beladen war. Die Presse hatte im Vorfeld darüber berichtet, dass die Säuberungen eingeleitet waren und bis zu diesem Tag beendet sein sollten. Ludwig sah den Wagen an und fragte sich, ob sie nun alle vollkommen den Verstand verloren hatten. Allein die Forderung, jüdische Autoren sollten nicht deutsch, sondern jüdisch schreiben, war doch schon dazu angetan, den Geisteszustand der Mitglieder des Nationalsozialistischen Deutschen Studentenbunds anzuzweifeln.

Eine SS-Kapelle spielte an der Spitze des Zuges Märsche, ihr folgten Dozenten und der NSDStB, uniformiert, Fahnen haltend, gefolgt von den Studentenverbindungen. Ludwig konnte nicht viel mehr tun, als Andreas sprachlos hinterherzugehen. Eine riesige Menschenmenge hatte sich auf dem Römerberg eingefunden, als nun der Trauermarsch von Chopin gespielt wurde. Ein Scheiterhaufen war aufgetürmt worden, und Ludwig, dem Erzählungen über Hexenverbrennungen als Kind schon solche Angst eingejagt hatten, dass er sogar als Erwachsener einen aufgetürmten Scheiterhaufen für das Osterfeuer nur schwer ertrug, spürte, wie Übelkeit in seinem Magen aufstieg. Sein Vater hatte ihm mal gesagt, dass man böse Kinder im Schlaf in solche Scheiterhaufen steckte, die würden dann wach, wenn es brannte, und niemand hörte ihre Schreie.

Der Wagen hielt neben dem Scheiterhaufen, und der Studentenseelsorger hielt eine Ansprache, in der es um die Verbannung des undeutschen Geistes ging und den Umstand, dass das deutsche Volk endlich wieder zu sich selber fände. Er schwafelte vom Bekenntnis zum deutschen Wesen und von der von Hitler geführten Revolution. »Heil auf das deutsche Vaterland und den Volkskanzler Adolf Hitler!«

Die Studenten stimmten die erste Strophe des Liedes »Burschen heraus!« an, das Andreas lauthals mitsang. Ludwig fühlte sich, als hätte er sich in das falsche Theaterstück verirrt, und stand nun da, ohne zu wissen, wie er agieren sollte.

Der nächste Schwätzer legte los. Georg Wilhelm Müller, der Hochschulgruppenführer, sprach von einem symbolischen Bekenntnis zum neuen Staat und zum neuen Geist. Als er die Namen der Autoren nannte, deren Bücher verbrannt wurden, krümmte Ludwig sich innerlich. Lion Feuchtwanger, Heinrich Mann, Stefan Zweig, Erich Maria Remarque, Clara Zetkin, Erich Kästner und so viele mehr, etliche davon Ludwigs Gefährten in der Zeit seiner Kindheit und als Heranwachsender. Neben ihm sang Andreas begeistert das von der Kapelle intonierte Horst-Wessel-Lied, in das die Menge einstimmte. Die Bücher waren auf den Scheiterhaufen geworfen worden, Benzingeruch breitete sich aus, dann schlugen die ersten Flammen hoch, begleitet von frenetischen »Sieg Heil«-Rufen. Ludwig wandte sich ab, drängte sich durch die Menge, taumelte auf die Straße, indes vor seinen Augen immer noch die Flammen am Scheiterhaufen leckten und er die Vorstellung nicht loswurde, dort nicht Bücher, sondern unzählige Menschen verbrennen zu sehen, allesamt beim Lesen auf so vielfältige Weise lebendig geworden. Sein Magen rebellierte, und Ludwig übergab sich auf den Bürgersteig.

AUGUST 1933

Es hätte sie skeptisch machen müssen, dass der Schlüssel nicht im Schloss steckte. Da jedoch stets eine gewisse Eile geboten war, hatte sie diesen Umstand ignoriert, und ohnehin kam Raiko nie ins Bad, wenn er sie darin wusste. Als er nun jedoch die Tür aufstieß, während sie gerade dastand, in würdeloser Pose vorgebeugt und im Begriff, sich den Essig zwischen die Beine zu spritzen, konnte sie nicht mehr tun, als ihn anzustarren. Sie richtete sich auf, und die Spritze fiel klappernd in die Wanne.

Langsam trat Raiko ein, die Augen verhangen vor Zorn. Er taxierte sie, wie sie nackt in der Badewanne stand, maß ihren Körper mit kritischer Distanz, wobei ihn ihr Anblick unübersehbar erregte.

Emilia räusperte sich.

»Darf ich den Grund für diese Unhöflichkeit erfahren?«, ging sie in Angriffsstellung.

»Den Grund möchtest du wissen?« Raiko ließ seinen

Blick tiefer wandern, dann wieder hoch zu ihrem Gesicht. »Dieser Gestank nach Essig im Bad seit Wochen – ich habe mir erst nicht viel dabei gedacht, dann kam mir der Gedanke, dass du womöglich krank bist und du den Essig daher benutzt. Ein befreundeter Arzt hat mich dann darüber aufgeklärt, wofür diese Essigspülungen gut sind, und dann wurde mir so einiges klar. Warum du immer sofort aus dem Bett verschwindest, warum du nicht schwanger wirst.«

Emilia hob das Kinn, bemühte sich um Festigkeit in der Stimme. »Ich ... Martha ist noch so klein, und ich bin noch nicht bereit für ein weiteres ...«

»Hör auf!«, fiel Raiko ihr ins Wort. »Als ob es dir darum ginge. Du willst keine weiteren Kinder, das hast du still und heimlich für dich beschlossen. Meine Liebe, du bist diese Ehe eingegangen und wusstest, dass auch Kinder dazugehören würden, und zwar mehr als eines.« Sein Blick fiel auf die Spritze.

Sie hatte nach Marthas Geburt mit Wasser gespült, war dennoch nach einigen Monaten schwanger geworden und hatte eine Fehlgeburt im zweiten Monat gehabt. Auf die Essigspülungen hatte sie Helga gebracht, der es wiederum eine Freundin, die als Krankenschwester arbeitete, geraten hatte. »Ich möchte den Zeitpunkt, ein Kind zu bekommen, selbst bestimmen«, antwortete sie. »Mehr nicht.«

»Mehr nicht?« Raiko lächelte auf eine Art, die sie bei ihm noch nie gesehen hätte. Es machte ihr Angst, und sie griff nach ihrem Morgenmantel, den sie auf einen Hocker neben der Wanne gelegt hatte. Diese Geste jedoch schien seinen Zorn erst recht anzufachen, und er war mit zwei

Schritten bei ihr, riss ihr den Mantel aus den Händen und warf ihn fort. »Was denn? Willst du mir dieses Recht etwa auch vorenthalten?«

»Raiko, ich ...«

Er ließ sie nicht zu Wort kommen, sondern packte ihren Arm und zerrte sie aus der Wanne, so dass sie sich das Schienbein anstieß und fast gefallen wäre. Stolpernd kam sie auf die Füße, aber er wartete nicht, bis sie wieder richtig stand, sondern hielt ihren Arm wie einen Schraubstock umfangen, während er sie hinter sich her ins Zimmer zerrte, wo er sie aufs Bett stieß.

»Na, wo ist nun deine immer so kalt hervorgebrachte Überlegenheit?« Er war über ihr, noch ehe sie sich aufrichten konnte.

»Hast du den Verstand verloren?« Emilia wand sich unter ihm hervor, schlug nach ihm, was er mit einer kräftigen Ohrfeige beantwortete. Benommen fiel sie zurück aufs Bett, dann wälzte sie sich erneut zur Seite, schaffte es fast, seinem Griff zu entkommen, als ein erneuter Schlag ihren Kopf gegen den Bettpfosten knallen ließ. Sie schrie auf, dann lag sie wieder rücklings auf dem Bett, und nun presste sich Raiko mit seinem ganzen Gewicht auf sie, zwängte sich trotz ihrer erbitterten Gegenwehr zwischen ihre Beine, stieß in sie, wieder und wieder. Emilias Hände umklammerten das Laken, zogen es von der Matratze, Halt suchend, als könnte das die Stöße lindern. Sie kniff die Augen zusammen und hörte nichts mehr außer Raikos keuchenden Atemzügen. Dann war es unvermittelt vorbei, und er zog sich aus ihr zurück.

Schluchzend wälzte Emilia sich auf die Seite, raffte die

Decke um sich, spürte warme Nässe über ihre Schenkel rinnen. Ihre Beine zitterten, während der Schmerz dazwischen pochte. Hinter ihr raschelte das Bettzeug, und sie hoffte, dass Raiko nicht erneut nach ihr griff, versteifte sich in Erwartung seiner Hände, aber er hatte sich abgewandt und verschwand nun im Bad. In einem tiefen Zug entwich der angehaltene Atem.

Als er zurückkam, löschte er das Licht, und das Bett knarrte leise, als er sich darauf niederließ. »Den Essig habe ich weggeschüttet. Untersteh dich, jemals wieder welchen zu holen.«

Emilia starrte stumm an die Wand.

»Schmoll ruhig noch ein wenig. Ich werde jetzt schlafen. Gute Nacht.« Das Bettzeug raschelte, und kurz darauf waren seine ruhigen Atemzüge zu hören.

Mordgedanken überkamen Emilia, so konkret, dass sie ihr Angst machten. Wenn sie in dieser Nacht empfangen hatte, wusste sie nicht, ob sie den Anblick des Kindes würde ertragen können. Allein die Aussicht, am kommenden Morgen wieder mit Raiko bei Tisch sitzen zu müssen, ließ erneut Mordgedanken aufkommen, dieses Mal jedoch gegen sich selbst. Sie schloss die Augen, spürte, wie Tränen zwischen den geschlossenen Lidern hervorquollen.

Als sie die Augen wieder öffnete, schimmerte das Frühlicht zwischen den Vorhangfalten hindurch. Für die Dauer eines Lidschlags schien es ein normaler Morgen zu sein, dann holte Emilia die letzte Nacht mit Wucht ein, zersplitterte in ihrem schmerzenden Kopf. Sie stöhnte leise, richtete sich auf, obwohl sie am liebsten für immer liegen geblieben wäre. Als sie sich umdrehte, bemerkte sie, dass der Platz neben ihr leer war. Ihr Morgenmantel lag noch im Bad, und das war belegt, so dass Emilia sich auf die Suche nach ihrem Nachthemd machte, um Raiko nicht so nackt und verletzlich zu begegnen. Sie hatte es gerade über den Körper gleiten lassen, als sie hörte, wie die Tür geöffnet wurde und Raiko ins Zimmer trat.

Bei ihrem Anblick weiteten sich seine Augen, und er wirkte erschrocken. »Ich... Das mit gestern tut mir leid. Ich wollte dich nicht schlagen.«

»Der Schlag tut dir leid? Nicht die Vergewaltigung?«

»Vergewaltigung? Du bist meine Frau. Von einer Vergewaltigung kann ja wohl nicht die Rede sein.«

»Du hast mich gewaltsam genommen.«

»Du hast dich gewehrt. Kein Richter der Welt würde von einer Vergewaltigung sprechen, wenn ein Mann mit seiner Ehefrau verkehrt.«

Emilia presste die Lippen zusammen und wollte an ihm vorbei ins Bad, als er die Hand ausstreckte und sie festhielt. Sie erstarrte.

»Es tut mir leid, ja? Auch, dass ich dich gewaltsam genommen habe.«

Sie schwieg, wartete, bis er ihren Arm losließ, und betrat das Bad. Beim Blick in den Spiegel zuckte sie zusammen. Ihre rechte Gesichtshälfte zierte ein länglicher, blauer Fleck, der von der Schläfe bis über das Jochbein reichte und um das Auge herum zerlief. Das war die Stelle, mit der sie gegen den Bettpfosten geprallt war. Daher wohl auch Raikos Erschrecken. Den Boiler hatte Raiko bereits angefacht, und so konnte Emilia direkt in die Badewanne steigen und das Wasser aufdrehen. Sie rieb mit ihrem

Schwamm über die Haut, hätte sich am liebsten auch innerlich geschrubbt, um dieses Gefühl, geschändet worden zu sein, abstreifen zu können.

Schließlich wickelte sie sich in ein Handtuch und rubbelte mit einem weiteren weichen Tuch das schulterlange Haar trocken. Sie zog sich erneut das Nachthemd an und kehrte zurück in das Zimmer, lief hindurch zum Ankleideraum. Ihr tat der Kopf weh, und jede Bewegung schickte neue tuckernde Schmerzwellen hindurch. Emilia griff nach dem erstbesten Tageskleid, zog sich an und ging dann zurück in ihr Zimmer, um die Morgentoilette vor dem Frisiertisch zu beenden. Bei einem flüchtigen Blick in den Spiegel bemerkte sie, dass Raiko sie beobachtete, aber sie ignorierte ihn und kümmerte sich um ihr Haar.

»Vielleicht kann man es überschminken«, sagte er.

Sie antwortete nicht, sondern frisierte sich in aller Ruhe, ehe sie ein wenig Puder auflegte und sich die Augen schminkte. Sie sah furchtbar aus, und der rote Lippenstift wirkte in dem geschundenen Gesicht geradezu grotesk.

»Was soll ich da überschminken?«, fragte sie schließlich. »Soll ich noch ein wenig Wangenrot darüberschmieren? Damit ich aussehe wie ein Clown?«

Raiko wurde rot. »Nun gut, uns fällt schon eine Ausrede ein.«

Sie schwieg und erhob sich, wartete nicht auf ihn, als sie auf den Flur trat und in Richtung Esszimmer ging. Normalerweise sah sie morgens als Erstes nach Martha, aber dafür, ihr so unter die Augen zu treten, fühlte sie sich noch nicht gewappnet. Sie atmete tief durch und ging rasch am

Zimmer des Kindes vorbei, hörte Raikos Schritte, die ihr folgten.

Im Esszimmer reagierte die Familie erwartungsgemäß schockiert. »Du lieber Himmel, was ist denn mit dir passiert?«, rief Lydia.

»Emilia ist gegen den Türrahmen gestoßen, als sie ins Bad wollte«, erklärte Raiko.

»Ja, wer kennt sie nicht, diese kleinen Unachtsamkeiten des Alltags«, kam es von Ludwig.

Schweigend ließ sich Emilia am Tisch nieder, aß nicht, trank dafür drei Tassen Kaffee. Neben ihr unterhielt sich Raiko mit seinem Vater, und seine Stimme klang ihr seltsam laut in den Ohren. Wie ein kleines Kind, das bei einer Untat erwischt worden war und mit lauter, schneller Stimme von anderen Dingen erzählte, um davon abzulenken. Einmal hob Emilia den Blick und traf den Ludwigs.

Mit wild klopfendem Herzen wartete sie darauf, dass Lydia sich endlich erhob und das Frühstück für beendet erklärte. Diese verließ schließlich den Raum, um ihr Tagewerk aufzunehmen, und Günther folgte ihr, nicht ohne Raiko über die Schulter zuzurufen, er solle sich beeilen, und Ludwig, er solle sein heutiges Seminar zur Rechtsgeschichte nicht vergessen. Sophia hatte die ganze Zeit über geschwiegen und stand nun an Ludwigs Seite, während Raiko etwas linkisch versuchte, sich von Emilia zu verabschieden, was diese mit einem kühlen Nicken zur Kenntnis nahm. Schließlich wandte auch er sich ab, um sich auf den Weg ins Werk zu machen.

Und dann, unvermittelt, war Ludwig hinter ihm, als er gerade im Begriff war, durch die Tür zu gehen. Er verpasste ihm einen so heftigen Stoß gegen die Schulter, dass Raikos Kopf gegen den Türrahmen schlug. Mit einem Aufschrei fuhr Raiko herum, die Hände gegen die rechte Gesichtshälfte gepresst. »Hast du den Verstand verloren?«

»Erstaunlich«, sagte Ludwig, »wie leicht es ist, ohne fremdes Zutun gegen einen Türrahmen zu laufen.« Frost glitzerte in seinem Lächeln. »Beim nächsten Mal bist du gewiss achtsamer, nicht wahr? Dann wirst du dafür Sorge tragen, dass man es als Außenstehender nicht sieht, wenn du wie ein betrunkener Hafenarbeiter deine Frau verdrischst.«

»Was mischst du dich da ein?«, fuhr Raiko auf.

Ludwig schenkte ihm ein weiteres mokantes Lächeln. »Da hat mein Studium ja doch sein Gutes. Ich kann nicht nur Kommunisten und Sozialisten vor dem Gefängnis bewahren, sondern künftig auch Frauen helfen, Kerle wie dich loszuwerden.« Er ging zu Emilia, umfasste ihr Gesicht, sah ihr fast schon zärtlich in die Augen, was ihr den Herzschlag in die Kehle trieb. Unvermittelt ließ er sie los, nickte ihr freundlich zu und verließ den Raum ohne ein weiteres Wort.

Sophia hatte schweigend danebengestanden, aber nun blickte sie Raiko direkt an, öffnete den Mund, schien etwas sagen zu wollen, schüttelte dann jedoch nur den Kopf, so offensichtlich fassungslos, dass Raiko einen Schritt auf sie zu tat, dann aber seinerseits sprachlos blieb. Schließlich verließ auch Sophia den Raum, den Blick gesenkt, eilig ausschreitend, als sei sie auf der Flucht. Nun sah Raiko Emilia an, und diese hob die Schultern in Erwartung eines neuerlichen Ausbruchs und wüster Vorwürfe, warum sie nichts gesagt, ihn nicht verteidigt habe, wo er doch ihr Mann sei und sie ihm Loyalität schulde.

»Du solltest nach Martha sehen. Sie wird sich schon wundern, wo du bleibst.« Damit wandte auch er sich ab, und Emilia war allein.

* * *

»Was sind wir eigentlich füreinander?«, fragte Sophia, als Vincent ihre Lippen lange genug freigab.

»Wie möchtest du es nennen?«

Da zog sich dieser Schuft natürlich sehr geschickt aus der Affäre, indem er es Sophia überließ, die richtigen Worte für ihre Beziehung zu finden. »Ein Liebespaar?«, wagte sie den Vorstoß in jene Richtung, die sie der Sache gerne geben wollte.

»Hmhm«, macht er, und seine Hand glitt in einer sehr kühnen Liebkosung über ihre Bluse, bahnte sich den Weg darunter bis zu ihrem Bauch, indes Sophia ein sehnsuchtsvolles Ziehen in der Brust verspürte. »Ja, das klingt gut. Nennen wir es so.« Vincent lächelte, küsste sie wieder, während sein Daumen um ihren Bauchnabel kreiste.

Sophia stieß einen zittrigen Seufzer aus. Die Vorstellung, dass er dies bei anderen Frauen tat, sie küsste, während er sie so beiläufig liebkoste, löste unvermittelt eine wilde Welle der Eifersucht aus, und am liebsten hätte sie ihn gefragt, ob er neben ihr noch seine Affären unterhielt. Andererseits hatte er gerade selbst gesagt, dass sie sich ein Liebespaar nennen konnten, und das sprach ja nun eher dagegen.

»Was macht das Schreiben?«, fragte Vincent, nachdem er sich von ihr gelöst hatte. »Du wolltest doch etwas an einen Verlag schicken?«

»Bisher kam noch keine Antwort.«

»Darf ich es denn jetzt lesen?«

»Nein, erst, wenn ich eine Zusage bekomme.«

Er seufzte. »Also gut, dann übe ich mich weiterhin in Geduld.«

»Gehen wir essen?«

»Erwartet deine Familie dich nicht mittags?«

»Doch, aber nachdem mein Vater stillschweigend darüber hinweggeht, dass mein Bruder seine Frau verprügelt, können sie mir daheim derzeit alle gestohlen bleiben.«

Vincent hob die Brauen. »Scheint ja wild herzugehen bei euch.«

»Frag nicht. Emilia sieht furchtbar aus, das halbe Gesicht ist blau.«

»Diese Art Männer kenne ich auch, einen davon habe ich in der entfernten Verwandtschaft. Der hat allerdings irgendwann Besuch von dem älteren Bruder der Frau bekommen, danach war Schluss damit.«

»Bei euch sind die Familienbande wohl stärker als bei uns. Ludwig würde das für mich auch tun, bei Raiko zweifle ich. Jetzt erst recht.«

Vincent zog sie an sich, küsste sie noch einmal lange, ehe sie die Garderobe verließen. »Was sind deine Pläne für den restlichen Tag?«

»Ich treffe Rosa, wir wollen uns Kleider ansehen.«

Er ließ ihr den Vortritt und schloss die Tür hinter ihr

ab. »Uns wurde ein Theaterstück untersagt, das der Regierung zu offen kommunistisch erscheint.«

»Und wie reagiert ihr?«

»Der Intendant tobt, aber letzten Endes muss er sich fügen. Er hat den Autor gebeten, eine entschärfte Version zu verfassen, in der Hoffnung, dass es dann aufgeführt werden darf. Allerdings wehrt der sich dagegen, weil dann der Geist des Stückes verloren ginge. Außerdem sei es ja gar nicht kommunistisch, also nicht in dem Sinne, dass die Botschaft dahinter kommunistisch sei. Es sei vielmehr eine klare Gesellschaftskritik, und die nehme auch das Versagen der Roten nicht aus.« Er seufzte. »Ich hatte mich auf die Rolle gefreut.«

»Ludwig liebäugelt sehr offen mit den Kommunisten.«

»Ich weiß.«

»Mir bereitet das Sorge. Ich möchte nicht, dass er in eines dieser neu errichteten Lager kommt.« Dachau. Den Namen hatte Sophia bereits des Öfteren gehört.

»Da wird er sich nicht dreinreden lassen.«

»Ich weiß, und gerade das bekümmert mich.«

Nach dem Mittagessen ging Vincent zurück zum Theater und Sophia zu dem Café, in dem sie mit Rosa verabredet war.

Ihre Freundin erwartete sie bereits. »Ich überlege gerade, ob ich lieber vor oder nach der Anprobe ein Stück Kuchen kaufe.«

Sophia ließ sich ihr gegenüber auf einen Stuhl fallen. »Ich würde es vorher tun, dann kannst du dir gewiss sein, dass es nicht aus den Nähten platzt, wenn du dich auf einer Soiree am Büfett bedienst.«

»Das stimmt natürlich auch wieder.« Rosa winkte den Kellner heran und gab die Bestellung auf. Da Sophia noch satt war, beließ sie es bei einer Tasse Kaffee.

»Und?«, fragte Rosa. »Wie war es mit Vincent?«

»Sehr schön.«

»Was sagt Ludwig eigentlich dazu?«

»Der ist wenig begeistert, aber das war ja zu erwarten.«

»Das wäre Paul auch.«

Während Sophia von ihren Stunden mit Vincent erzählte, wurde die Bestellung gebracht. Rosa schwärmte daraufhin von einem Kleid, das sie an diesem Nachmittag unbedingt anprobieren musste. Also stand nach dem Kaffee ein Besuch im Modehaus König in der Neuen Kräme an.

»Das Kleid hängt im Schaufenster, als sei es extra für mich dort hingehängt worden. Einfach famos.«

Als sie eine halbe Stunde später das Café verließen, bemerkte Sophia einige junge Männer in den Uniformen der SA, braun mit roter Binde um den Arm, auf der ein schwarzes Hakenkreuz auf einem weißen Kreis abgebildet war. Die Männer sahen sie an, einige zwinkerten ihnen gar frech zu. Sie wollten bereits mit erhobenem Kinn an ihnen vorbei, als einer von ihnen Rosa ziemlich dreist in den Weg trat.

»Na, du Hübsche, hast du heute Abend schon etwas vor?«

Sophia griff nach Rosas Arm und wollte sie mit sich ziehen, doch erneut verstellte ihnen der junge Mann den Weg. Die anderen sahen feixend zu.

»Warum wollt ihr denn weg? Ich frage doch nur.«

Sophia erkannte Stephan Grote, den Bruder einer ehemaligen Mitschülerin – ebenfalls in Uniform. Er trat näher und lächelte Sophia an.

»Na, wenn das nicht die kleine Sophia Conrad und ihre jüdische Freundin sind.«

Der aufdringliche Kerl trat zur Seite, sah Rosa an. »Kann ja keiner erkennen, dass die Schlampe eine Jüdin ist.«

Sophia umfasste Rosas Hand und zog sie mit sich.

»Soll das der neue Alltag sein, an den wir uns gewöhnen müssen?« Rosa presst sich die Hand auf die Brust.

»Gewiss nicht. Das sind Kerle wie Stephan Grote, die schon in der Schule nichts waren, ständig vor Leuten wie Raiko gebuckelt haben und sich jetzt ein wenig überlegen fühlen dürfen. Der Spuk ist bald vorbei, glaub mir.«

Rosa wagte einen kurzen Blick über die Schulter, und Sophia spürte, wie ein Schauder ihre Freundin durchlief. Sie antwortete nicht, während sie ihren Weg fortsetzten.

Letzten Endes hatte es gute zweieinhalb Monate gedauert, ehe sie sich im Gartenhaus trafen. Beim ersten Mal Anfang Juni hatte Ludwig in der Tat Dorotheas ältere Schwester geweckt und es mit Mühe und Not aus dem Garten geschafft, ohne entdeckt zu werden. Am kommenden Tag war das Gerücht umgegangen, in der Villa von Delft sei ein Einbruch vereitelt worden, was Dorotheas Mutter jedem in sensationsheischender Manier erzählte. Wie knapp sie möglicherweise alle mit dem Leben davongekommen seien! Dieses arbeitsscheue Gesindel auf den Straßen. Da müsse man als redlich lebender und arbeitender Mensch sogar im eigenen Haus in Angst leben.

Danach hatte Ludwig sich strikt geweigert, erneut auf ein Stelldichein im Garten zu erscheinen. Allerdings hatte Dorothea darauf mit Liebesentzug reagiert. Sie werde sich auf keinen Fall mehr in irgendeiner heruntergekommenen und verlausten Absteige nackt in ein Bett legen. Beim letzten Mal hätte es gewiss Flöhe im Bett gegeben, so, wie es sie am ganzen Körper gejuckt habe. Ludwig hatte nach anderen Möglichkeiten gesucht, letzten Endes aber nachgegeben, weil er nicht von ihr lassen konnte.

»Nimm dir doch eine Prostituierte«, hatte ihm ein Freund geraten, aber irgendwie erschien es Ludwig armselig, dafür bezahlen zu müssen, was doch ein beiderseitiges Vergnügen sein sollte. Er würde die ganze Zeit daran denken müssen, dass die Frau ihm für Geld Gefühle vorspielte.

Also lag er jetzt wieder hier, eng umschlungen mit Dorothea auf dem Boden des Gartenhauses, unfähig, auch nur einen klaren Gedanken zu fassen. Und so bemerkte er zwar am Rande, dass sich etwas veränderte, war aber schlechterdings gerade nicht imstande aufzuhören.

»Um des lieben Himmels willen!« Die Männerstimme drang durch das Rauschen in seinen Ohren, und Dorothea war aufgefahren, noch ehe er reagieren konnte. Während Dorothea hastig ihr Kleid um sich herum raffte, es sich vor die Brust presste, konnte sich Ludwig notdürftig nur mit dem Erstbesten, was er zur Hand hatte – ihr Hemdchen – bedecken.

Arno von Delft füllte den Türrahmen aus, eine schwarze Silhouette vor mondheller Nacht. »Anziehen!«, befahl er, trat zurück und warf die Tür zu.

Hastig stieg Ludwig in seine Hose. »Ich habe dir gesagt, es ist zu riskant.«

»Ach, ist das jetzt meine Schuld?«

»Wer hat denn darauf bestanden, dass wir uns hier treffen?«

»Du hättest ja nicht darauf eingehen müssen.«

»Du meinst, ich hätte mit dir brechen sollen?« Ludwig suchte sein Hemd und fand es schließlich unter einer Sitzbank, wo er es im Eifer des Gefechts hingeworfen hatte. Er zog es an, knöpfte es zu und zog sein dunkles Jackett darüber. Dorothea war gerade dabei, ihr Haar mit einem Band zusammenzubinden, damit sie nicht gar zu zerzaust aussah, obwohl die Lage, in der sie erwischt worden waren, nicht mehr viel Phantasie benötigte. Ludwig war selten etwas peinlich, aber nun reichte allein die Vorstellung daran, welches Bild sich Arno von Delft geboten hatte, damit ihm das Blut ins Gesicht stieg.

»Ich bin so weit«, sagte Dorothea und atmete tief durch.

Sie verließen das Gartenhaus, und im nächsten Moment streckte Ludwig ein Fausthieb nieder.

»Papa!«

»Ins Haus mit dir!«

Ludwig kam wieder auf die Beine, bewegte den schmerzenden Kiefer vorsichtig und hob abwehrend die Hand, als Dorothea zu ihm eilen wollte. »Schon gut, tu, was dein Vater sagt.«

»Ich...«

»Ins Haus!«, befahl Arno von Delft ein weiteres Mal.

»Es ist alles meine Schuld«, nahm Ludwig die Sache heldenhaft auf sich.

»Ach, hast du sie aus dem Zimmer geprügelt, oder was?«

Dorothea zögerte, dann wandte sie sich doch ab und ging. Gut. Es war nicht nötig, ihren Vater noch weiter aufzubringen.

»Du warst also der vermeintliche Einbrecher, nicht wahr? Mir war das schon klar, als ich diese hier gefunden habe.« Arno von Delft zog Ludwigs Uhr hervor und ließ sie vor seiner Nase baumeln. Dorothea hatte ihm seinerzeit gesagt, sie habe die Uhr nicht finden können. Die Uhr mit seinem eingravierten Namen.

»Woher...«

»Na, woher wohl? Der Gärtner hat sie morgens im Gartenhaus entdeckt und mir übergeben. Da ich wusste, dass du in unserem Garten noch nicht gewesen sein kannst, war mir klar, dass da offenbar etwas im Gange ist. Ich habe die Sache die ganze Zeit über beobachtet, dachte dann aber, es sei ein einmaliges kleines Rendezvous gewesen, hatte schon in meiner Wachsamkeit nachgelassen, bis Wilma mich alarmierte, weil angeblich ein Einbrecher im Garten sei. Seither bin ich wieder auf der Hut.«

Verwünscht sollte Dorotheas Insistieren sein, sich erneut hier zu treffen!

»Aber gut«, fuhr Arno von Delft fort. »Gehen wir also zu deinem Vater und erzählen ihm von den nächtlichen Umtrieben seines Sohnes. Dann wollen wir doch mal sehen, was er dazu zu sagen hat.«

Ludwig stieß langsam den Atem aus. Wenn ihr Vater doch so auf der Hut gewesen war, warum hatte er nicht eingegriffen? Er musste doch bemerkt haben, wie Dorothea das Haus verließ? Warum warten, bis er sie in dieser verfänglichen Situation erwischte? Damit die Peinlichkeit größer war? Eine Art Bestrafung? Um ganz sicher zu sein und ein Druckmittel gegen Ludwig zu haben, damit dieser sich einer Hochzeit mit der gefallenen Tochter nicht entziehen konnte? Wie auch immer, es war nun einmal geschehen, und Ludwig bereiteten die möglichen Konsequenzen mehr Sorge als die Reaktion seines Vaters, die ihm im Grunde genommen gleich war. Jemand, der an anderen Menschen so unethisch handelte wie er, brauchte ihm nicht mit seinem kleinlichen Verständnis von Moral zu kommen.

12

NOVEMBER 1933

Warum sie ausschließlich mit Helga über Raikos Übergriff reden konnte, wusste Emilia nicht. Vielleicht, weil diese stets so pragmatisch war und die nötige Distanz hatte. Drei Monate war es her, und das Gefühl von Schändung und Demütigung brannte ungemindert weiter in ihr. Sie hatte sich erst wieder ins Kinderheim getraut, als man keine Spuren mehr in ihrem Gesicht sah, hatte sich mit Unwohlsein und vielen häuslichen Pflichten herausgeredet. Anfangs hatte sie über die ganze Sache nicht sprechen wollen, aber nun musste sie es jemandem erzählen. Sie hatte gewartet, bis Annelie mit den Kindern in den Park gegangen war, um Zweige und Tannenzapfen zu sammeln, dann hatte sie Helga bei einer Tasse Tee ihr Herz ausgeschüttet.

»Dass er mich geschlagen hat, war nicht das Schlimmste, auch wenn ich mich fast einen Monat nicht auf die Straße getraut habe, aus Angst vor den Blicken der Leute. Aber der Moment, als er mich...« Sie vermochte nicht, es ein weiteres Mal auszusprechen.

»Hat er es danach wieder getan?«

»Mit mir geschlafen, ja, aber nicht mehr gewaltsam.«

Helga schnaubte leise. »Und mit dir geschlafen hat er natürlich, weil du es auch wolltest, und nicht, weil du es nur geduldet hast?«

»Zu Beginn unserer Ehe schien es ihm wichtig zu sein, dass es mir gefällt, aber das hat es eigentlich nie. Inzwischen scheint es nur noch darum zu gehen, sich in mir zu erleichtern.« Wie in einen Abort.

»Das Recht ist in diesem Fall immer aufseiten der Männer und nie bei uns Frauen. Ich habe das zu Hause erlebt, bei meinen Eltern. Das war der Grund, warum ich nie heiraten wollte.«

»Ich wünschte, ich hätte diese Entscheidung auch getroffen. Oder wenigstens nicht ihn, sondern jemand anderen. Aber damals erschien mir das alles passend, ich wollte ja heiraten, und ich dachte mir, er ist kultiviert, sieht gut aus, ist freundlich – was soll da schon schiefgehen? Die Liebe würde gewiss irgendwann kommen. Meine Eltern waren immer so gefühlskalt, sie haben keinen Hehl daraus gemacht, dass sie lieber einen weiteren Jungen gehabt hätten, ich war ihnen lästig. Doch nach der Hochzeit war mir schnell klar, dass ich einen Fehler gemacht habe. Er interessiert sich überhaupt nicht für das, was ich denke. Manchmal ist es, als würde er sich unterlegen fühlen und mich dann umso mehr spüren lassen, dass immer noch er hier den Ton angibt, einfach nur, weil es ihm seine Anatomie erlaubt.«

»Eine Scheidung kommt nicht in Frage, ja?«

Emilia schüttelte den Kopf. »Er würde Martha behalten, und das kann ich ihr nicht antun.« Sie rieb sich über die Augen, fühlte sich müde und angeschlagen. Aber wenigstens war sie nicht schwanger, sie führte die Spülungen weiter mit Wasser durch, in der Hoffnung, dass das zumindest eine allzu baldige Empfängnis verhinderte.

»Annelies Cousin wohnt momentan hier«, sagte Helga unvermittelt, und Emilia sah sie überrascht an.

»Tatsächlich?«

»Ja. Das wird uns künftig vielleicht weiteren Ärger mit den Nachbarn ersparen, obwohl die dann vermutlich denken, wir seien eine *Menage à trois*, garniert mit dem Skandal des Inzests.«

»Dich interessiert doch ohnehin nicht, was sie denken.«

Helga schmunzelte. »Der Mann ist Sozialist, der dürfte ganz nach deinem Geschmack sein.«

Politik. Das andere Thema, das Emilia Kopfschmerzen bereitete. Einen Tag vor Hindenburgs Tod im August hatte Hitler sich vom Kabinett zusichern lassen, dass in ihm die Ämter des Reichskanzlers und -präsidenten vereinigt würden. Allerdings hatte er den Titel des Reichspräsidenten dann doch nicht angenommen, da er diesen unzertrennlich verbunden mit Hindenburg sah. Stattdessen war nun die Bezeichnung »Führer« Teil seines staatlichen Titels. Für Emilia hatte das etwas Furchterregendes. Führer waren Menschen, die anderen den Weg wiesen. Der Titel suggerierte, allein und als Einziger zu wissen, wo es langging. Fremdenführer, Touristenführer, Bergführer –

einer hatte Ahnung, die Übrigen tappten vertrauensvoll hintendrein.

»Was wirst du jetzt tun?«, fragte Helga.

»Er will unbedingt einen Sohn. Vielleicht gibt er dann Ruhe.«

»Oh, gewiss will er den. Dir fühlt er sich nicht gewachsen, daher hat er auch vor Töchtern von dir Angst. Seine Männlichkeit ist bedroht, also muss er sie beweisen, indem er kleine Kopien von sich selbst in dich hineinpflanzt – ohne, dass du dich dagegen wehren kannst.«

Emilia barg das Gesicht in den Händen. »Ich weiß nicht, ob ich das noch lange aushalte.«

»Nimm dir einen Liebhaber.«

»Großartige Idee. Das Letzte, was ich jetzt brauche, ist ein zweiter Mann, der sich an mir befriedigt.«

»Vielleicht verliebst du dich ja.«

»Und das macht es besser? All die Heimlichkeit? Gewiss nicht, das wäre mir viel zu anstrengend.«

Helga lächelte. »Ach, wenn er es richtig anfasst…«

»Hör auf, ja? Ich löse mein Problem nicht, indem ich mir ein zweites aufhalse.«

»Du weißt, dass es Möglichkeiten gibt, eine Schwangerschaft zu beenden.«

»Das mag einmal gehen oder auch zweimal, aber das ist doch keine Lösung auf Dauer.« Emilia straffte sich, wollte nicht dasitzen wie ein jammerndes Elend. Einen Ausweg gab es derzeit nicht, aber es tat schon gut, darüber zu reden. Das musste erst einmal reichen.

Was für ein Schlamassel das alles war. Für Ludwig stellte sich bei all dem nur die Frage, ob er einfach mit einem Schulterzucken darüber hinwegging, wie es ihm als Mann nun einmal möglich war. Oder ob er als Ehrenmann an Dorothea handelte. Natürlich konnte man einfach so tun, als sei nichts passiert, denn schwanger war sie immerhin nicht. Aber leicht hatte sie es dennoch nicht. Ihr Vater hatte getobt, ihre Mutter sie eine Hure geschimpft. Nur Wilma hatte zu ihr gehalten, die kleine Schwester in einer Vehemenz verteidigt, die Sophia von Clara niemals erwarten konnte.

Dorothea hatte ihn an der Universität abgepasst, den Tränen nahe erzählt, wie schlimm es ihr derzeit daheim erging. Eigentlich ließ all das nur einen Ausweg zu, und Ludwig bekam das Gefühl, in eine sorgsam ausgelegte Falle getappt zu sein. Dass Dorothea ihm gegenüber stärkere Gefühle entwickelt hatte als er für sie, hatte er zwar durchaus gemerkt, dem aber keine Bedeutung beigemessen. Immerhin hatte er von Anfang an klargemacht, worum es ihm in dieser Beziehung ging. Er wollte seinen Spaß mit ihr, das war alles, und das schien auch für sie der alleinige Anreiz gewesen zu sein. Entweder hatten sich ihre Gefühle gewandelt, oder aber sie hatte diese zu Beginn sehr glaubhaft übertüncht. Allerdings ergab jetzt auch ihre Offenheit gegenüber Helene einen Sinn. Sie schien darauf zu setzen, dass es herauskam und Ludwig somit keine andere Wahl blieb, als die Sache offiziell zu machen. Und er hatte bereitwillig geholfen, hatte sich darauf eingelassen, sie in ihrem Garten zu treffen.

Immerhin waren die von Delfts wer, so sein Vater. Das

führte er nun einigermaßen wohlwollend an, da es um eine Ehe ging. Nachts, nachdem Arno von Delft ihn aus dem Bett geläutet hatte mit Ludwig an seiner Seite wie einen gescholtenen Schuljungen, hatte er es in gänzlich anders gefärbter Tonart vorgebracht. »Die von Delfts sind wer!«, hatte er gebrüllt.

Nun war er also verlobt, offiziell und vor aller Augen. Er konnte sich mit Dorothea überall sehen lassen, mit ihr ausgehen, und er hätte sie auch in verschwiegenen Winkeln küssen können. Selbst mit ihr schlafen hätte er wohl gekonnt, wenn er es darauf angelegt hätte, denn jetzt waren Heimlichkeiten leichter herbeizuführen. Aber er stellte fest, dass es ihn überhaupt nicht danach verlangte. Nicht mit ihr zumindest.

»Du bist doch selber schuld«, sagte Sophia, als er mit ihr darüber sprach.

»Danke, das war mir nicht bewusst, ehe du es ausgesprochen hast.«

»Was sagt ihr Vater eigentlich zu deinen kommunistischen Umtrieben?«

»Davon weiß er nichts.«

»Würde es Dorothea davon abhalten, dich zu heiraten?«

»Vermutlich nicht, aber ihr Vater könnte es verbieten. Das macht die Sache für sie aber nicht nennenswert besser. Dann wird sie eben von ihrer Familie verachtet, weil sie mit einem Kommunisten geschlafen hat. Arno von Delft ist stockkonservativ.«

Der einzige Lichtblick war, dass er sein Studium in einem halben Jahr beendet haben würde, und danach erst einmal die Zeit als Referendar folgte. Bis dahin würde er die Hochzeit aufschieben. Jeder hätte Verständnis für diese lange Verlobungszeit, denn immerhin war er noch Student ohne eigenes Einkommen. Und die von Delfts wollten ja auch das Gesicht wahren. Denn man würde sich fragen, warum Arno von Delft zuließ, dass seine Tochter einen Mann heiratete, der ihr nicht mal einen eigenen Haushalt bieten konnte. War da womöglich etwas vorgefallen? Musste man ihre Taille künftig im Auge behalten?

»Ganz ehrlich, Ludwig«, sagte Sophia, »das ist doch zu dumm. Wenn du sie nicht heiraten willst, dann heirate sie halt nicht. Sie wird es überleben. Du bist einundzwanzig. Stell dir mal vor, du wirst über achtzig, dann hast du noch dreimal so viel wie dein bisheriges Leben vor dir. Und das mit der falschen Frau.«

So gesehen klang es in der Tat noch schrecklicher, als es ohnehin schon war. »Und was ist mit ihr? Ich habe doch schon mein Wort gegeben.«

»Bleib ein wenig mit ihr verlobt, damit sie das Gesicht wahrt. Und später trennst du dich von ihr. Lass dich mit einer anderen erwischen oder so. Dann bist du der treulose Schuft, und sie kann froh sein, dich loszuwerden.«

Gänzlich überzeugt war Ludwig nicht von dieser Vorgehensweise, aber sie zeigte ihm immerhin einen Ausweg auf. Ein Jahr war so unglaublich lang, und Sophia hatte recht, die Vorstellung, womöglich noch über sechzig davon an Dorotheas Seite zu verbringen, ihr gar die Treue zu halten ... Nein, Ludwig wollte sich das nicht ausmalen.

Nachdem Sophia ihn verlassen hatte, setzte er sich an seinen Schreibtisch, zog die unter den Lehrbüchern versteckten Schriften Karl Liebknechts hervor und begann zu lesen. Er war nicht mit allem einverstanden, sah vieles kritisch, aber wenn er sich die Alternativen ansah, führte für ihn am Kommunismus mittlerweile kein Weg mehr vorbei. Die KPD sah sich als revolutionäre Alternative zur SPD, und Revolution war immer gut. Und sie war nun umso wichtiger, da ihre Anhänger von der derzeitigen Regierung verfolgt, ermordet, inhaftiert oder in den Untergrund gedrängt wurden. Ihr Vermögen war im Mai eingezogen worden. Und da hatte Ludwig es zum ersten Mal gehört. Dachau. Emsland.

Ludwig hatte keine Angst vor Gefängnissen, das war abstrakt, er befürchtete nicht, jemals in einem zu landen, und wenn, würde ihn ein gewiefter Anwalt schon herausholen. Aber ein Lager, das war etwas anderes. Da war man fort aus dem Umkreis dessen, was vertraut war. Irgendwo lagern bedeutete, man hatte zu bleiben. Da war kein Gerichtssaal, kein Anwalt, der einen herausholen konnte.

Natürlich hatte er den Propagandaartikel über das Arbeitslager Dachau gelesen, der in der *Münchner Illustrierten Presse* erschienen war, unter dem vollmundigen Titel »Frühappell im Erziehungslager«. Wie nett das alles ausgesehen hatte, als wäre das ein Ferienlager für schwer erziehbare Jugendliche. Ludwig fragte sich, ob diesen Unsinn überhaupt irgendjemand glaubte. Er war nicht so abgebrüht, wie er sich gerne gab, und es war auch nicht so, als hätte er keine Angst. Ihn schützten derzeit sein Name und der Umstand, dass er nicht offen als Kommunist in Erscheinung trat. Er traf sich mit gleichgesinnten Freunden, tauschte mit ihnen seine Gedanken aus. Aber wenn das so weiterging, würde er irgendwann vor der Frage stehen, ob er bereit war, sich in offenen Widerstand zu begeben, auch um den Preis, dafür mit dem Leben zu bezahlen.

* * *

Der Tag hatte miserabel begonnen mit dem Brief, der Sophias Manuskript beilag. Aufgeregt war sie in die Bibliothek gelaufen, hatte das große Kuvert geöffnet und ihm den Brief entnommen. Der enthielt nur einen kurzen Kommentar des Verlegers. »Konfuses Zeug.«

Sophia stieg das Blut heiß in den Kopf, und sie zerknüllte das Blatt, war in diesem Moment froh um den grauen, kalten Herbsttag, der ihr die Möglichkeit gab, das Manuskript mit dem nötigen Pathos in das brennende Kaminfeuer zu werfen. Gut, dass sie es Vincent nicht gezeigt hatte. Wie er über sie gelacht hätte. Sie taugte zu nichts, hatte kein einziges Talent vorzuweisen. Tränen nahmen ihr die Sicht, als sie den Brief dem Manuskript folgen ließ, zusah, wie sich die Flammen durch diese beschämenden Worte fraßen.

Während Sophia dastand, die Hände auf den Sims gestützt, mit sich selbst haderte, hörte sie, wie die Tür geöffnet wurde. Sie drehte sich nicht um, wollte niemanden sehen.

»Ist etwas passiert?« Ludwig.

Sie schwieg, und er kam näher.

»Was verbrennst du da?«

»Mein Manuskript«, antwortete sie, als sie ihrer Stimme wieder ausreichend traute.

»Warum?«

»Weil es nichts taugt.«

»Hast du endlich eine Antwort?«

Wieder schwieg sie.

»Ich hätte nicht gedacht, dass du so schnell die Flinte ins Korn wirfst.«

»Bringt es etwas, einer Totgeburt Leben einzuhauchen?« Sophia hielt den Blick stur auf die Flammen gerichtet.

»Du hättest weitere Meinungen einholen können.«

Sie schüttelte nur den Kopf.

»Also hat der Verleger im Grunde genommen einen Nerv getroffen? Du hast es geahnt, und er hat es bestätigt? Daher verbrennst du es auch sofort, weil es dich selbst nicht überzeugt hat.«

Sophia biss sich auf die Unterlippe, spürte, wie die Haut unter der Hitze spannte.

»Andernfalls hättest du es mir vermutlich gezeigt. Oder wenigstens Rosa. Aber du warst dir so sicher, dass es nichts taugt, dass du lieber das vernichtende Urteil eines Fremden in Kauf genommen hast, der dir hernach nie wieder begegnet, als das unsere. Wobei wir dich dann vermutlich davon abgehalten hätten, es loszuschicken, ehe es etwas taugt.«

»Das ist doch jetzt ohnehin müßig.«

»Beim nächsten Mal wird es besser klappen.«

Es würde kein nächstes Mal geben. Sophia lag die Antwort bereits auf der Zunge, als sich die Tür erneut öffnete. Dieses Mal waren es ihre Eltern.

»Wir müssen einen Moment mit Sophia sprechen«, sagte ihre Mutter.

Sophia trat neben ihren Bruder. »Was kann das denn so

Wichtiges sein, dass Ludwig es nicht hören darf? Ich erzähle es ihm doch ohnehin.«

Ihre Eltern zögerten, dann sah ihre Mutter sie an, lächelte. »Es geht um Frank Roloff. Er hat uns heute ernsthaftes Interesse an einer Verbindung mit dir angedeutet.«

»Ach ja? Sollte er das nicht eher mir gegenüber andeuten?«

»Die Roloffs sind eine hervorragende Familie«, sagte ihr Vater.

»Sie sind in der Rüstungsindustrie«, entgegnete Ludwig.

»Und sie verdienen nicht schlecht damit«, konterte Günther Conrad. »Eine wichtige und einkommensstarke Branche. Das hat der letzte Krieg gezeigt.«

Ludwig stieß höhnisch die Luft durch die Nase aus.

»Es geht hier auch nicht um dich«, mischte sich Lydia Conrad nun ein. »Und da wir geahnt haben, dass das Gespräch wieder darauf hinausläuft, wollten wir allein mit Sophia sprechen.«

Die zuckte nur die Schultern. »Ich bin nicht interessiert.«

Ihr Vater lief rot an. »Tatsächlich, ja? Und wie stellst du dir die Zukunft vor? Weiter sinn- und nutzlos in den Tag hinein leben?«

»Günther«, sagte Lydia Conrad beschwichtigend, aber der machte nur eine abwehrende Handbewegung.

»Nein, ich bin es leid. Mir reicht es, mit allen beiden. Keiner von ihnen taugt zu etwas, aber bei Sophia besteht zumindest noch die Hoffnung, dass sie durch den richtigen Ehemann auf ordentliche Gleise geführt wird und ihr Dasein endlich einen Zweck hat.«

»Günther!« Lydia Conrads Stimme hatte deutlich an Schärfe gewonnen.

»Du wirst nicht rundheraus ablehnen, das sage ich dir!« Ihr Vater sah sie an, die Augen schmal.

Sophia hob das Kinn, erwiderte den Blick. »Doch, genau das werde ich tun. Ich bin nicht interessiert.«

»Es gibt Mittel und Wege, dich dazu zu bringen, eine lohnenswerte Verbindung einzugehen.«

»Ach du lieber Himmel«, kam es von Ludwig. »Sogar ich mit meinem noch nicht beendeten Studium weiß, dass eine unter Zwang herbeigeführte Ehe keinen Bestand hat und annulliert werden kann.«

»Halt du dich da raus!«, fuhr ihn sein Vater an.

»Ich werde nicht heiraten«, entgegnete Sophia. »Jedenfalls nicht ihn.«

»Hast du einen anderen in Aussicht?«

Sie spürte, wie ihre Wangen warm wurden.

»Ach!«, brüllte ihr Vater. »Wandelst du auf ähnlichen Abwegen wie dieser Möchtegern-Juristen-Hallodri hier, ja? Wenn du es wagst, dann schwöre ich dir, ich prügle dich windelweich!«

»Das versuchst du auch nur ein Mal«, prophezeite Ludwig.

»Genug jetzt.« Lydia Conrad hob die Hände. »Das läuft nicht ganz so, wie ich mir das vorgestellt habe. Sophia, natürlich zwingt dich niemand. Er kommt heute Abend zum Essen, da könnte ihr ja erst einmal ganz zwanglos...«

»Auf gar keinen Fall.« Sophia drehte sich um und lief aus der Bibliothek.

»Sophia!« Die Stimme ihres Vaters schnappte fast über. »Da siehst du, was du angerichtet hast!«

»Ich?«, hörte sie Ludwig antworten, ehe sie die Tür mit einem Knall ins Schloss zog.

Sie musste hier raus, unbedingt, sonst würde sie ersticken. Rasch lief sie in die Garderobe, zog sich Stiefel, Schal und Mantel an, ehe sie das Haus durch den Nebenausgang verließ.

Zu Rosa konnte sie nicht, dort würden sie sie zuerst suchen. Ohnehin war es die Gesellschaft von jemand anderem, nach der es sie verlangte. Auf der Straße atmete sie die frische kalte Luft und hielt einen Moment inne. Ihre Eltern hatten sie auf dem gänzlich falschen Fuß erwischt, und wären ihre Nerven nicht ohnehin schon blank gelegen wegen dieses Briefes, hätte sie auf die Aussicht, mit Frank Roloff zu Abend zu essen, vielleicht auch weniger heftig reagiert. Aber jetzt reichte allein der Gedanke an einen solchen Verkupplungsversuch, dass der Zorn wieder in ihr hochkochte. *Sinn- und nutzlos in den Tag hinein leben.* Das Schlimme war, dass es stimmte. Sie gehörte offenbar zu den Frauen, deren Dasein einzig ein Ehemann einen Zweck gab. Wieder stiegen die Tränen auf bei dem Gedanken an ihr Manuskript, und sie wandte sich vom Haus ab, eilte die Straße hinunter und schlug den Weg zum Ostend ein.

Der erste Regentropfen klatschte vor ihr auf das Pflaster, kurz darauf der nächste, und bald schon ging der Regen in dichten Fäden nieder und fügte dem ganzen Elend noch etwas Physisches hinzu. Mit gesenktem Kopf eilte Sophia weiter und war nach einer halben Stunde Fußmarsch komplett durchnässt, als sie endlich vor Vincents Tür stand. Die schwere Haustür war nicht verschlossen, und Sophia trat frierend in den Hausflur, rieb sich über die kribbelnde Nase und nieste. Rasch und wenig damenhaft eilte sie die Treppe hoch zu Vincents Wohnung, wo sie auf den Klingelknopf drückte. »Bitte sei daheim«, murmelte sie. Es war früher Vormittag, meist probte er da bereits.

Die Tür wurde geöffnet, aber es war nicht Vincent, sondern Rudi, der sie verdutzt anstarrte. Er hatte etwas an sich, das ihren Beschützerinstinkt auslöste. Man wollte ihn umarmen und ihm beteuern, dass alles gut werden würde, selbst dann, wenn man tropfnass vor ihm stand und er den Weg ins warme Innere verstellte.

»Wer ist denn da?« Vincent.

»Äh, dieses Fräulein. Nicht Lena, die andere.« Unmittelbar darauf wurde er blutrot.

Jetzt drängte Vincent ihn recht unsanft beiseite. »Komm rein.« Ein strafender Blick traf seinen Mitbewohner.

»Lena?« Sophia nieste.

»Sie steht immer gerne mal unvermittelt vor der Tür, wenn sie gerade keine Bleibe hat.«

Mehr wollte Sophia gar nicht hören. Sie nahm den tropfnassen Hut vom Kopf, den Rudi ihr beflissen abnahm. Vincent half ihr aus dem Mantel, und Rudi hängte diesen auf.

»Hm, ich gehe dann mal raus, spazieren«, sagte er zögerlich.

»In den Regen? Das ist nicht nötig. Komm, Sophia.« Vincent nickte zu einer Tür zu seiner Linken am Ende des winzigen Flurs, in dem sie kaum zu dritt stehen konnten.

Es war das erste Mal, dass sie sein Schlafzimmer betrat, das nur halb so groß war wie sein Wohnzimmer und mit einem Bett, einem Kleiderschrank, einer Kommode und einem kleinen Schreibtisch schon vollgestellt wirkte.

Vincent nahm ein Handtuch aus dem Schrank und reichte es ihr. Ihr Rocksaum war nass, ansonsten hatte der Mantel den Regen gut abgehalten. Sophia ließ sich auf dem Bett nieder und streifte die Schuhe ab, hernach drückte sie mit dem Tuch das Wasser aus ihrem Haar.

»Was ist passiert?«, fragte Vincent.

Die Bewegungen, mit denen sie ihr Haar abtrocknete, wurden langsamer. »Ich habe eine Absage für mein Manuskript bekommen.«

»Und deshalb bist du so überstürzt hierhergekommen?«

»Direkt danach haben mir meine Eltern verkündet, dass sie mich mit Frank Roloff verheiraten wollen.«

»Roloff?«

»Ja. Kennst du ihn?«

»Sein Name ist hier wohl jedem ein Begriff.«

Sophia ließ das Handtuch sinken. »Wir haben uns gestritten, und ich bin fort. Und am liebsten möchte ich heute auch nicht mehr zurück.« Sie sah ihn an, zögerte. »Kann ich bei dir bleiben?«

»Mit ›bleiben‹ meinst du was genau?«

»Über Nacht?« Sie wurde rot. »Ich will nicht nach Hause.«

Er schwieg. »Ich kann Rudi nicht auf der Straße nächtigen lassen.«

»Na ja, ich wollte ja auch nicht zu Rudi auf das Sofa.«

Er nickte langsam, dann setzte er sich zu ihr, strich ihr

das Haar aus dem Gesicht, küsste sie. »Du weißt, dass du nicht die ganze Nacht bleiben kannst. Deine Eltern würden die Polizei benachrichtigen. Aber ein wenig«, er öffnete vier Knöpfe und glitt mit den Fingerspitzen in die Bluse, »kannst du natürlich bleiben.« Seine Finger bewegten sich so behutsam über ihre Haut, dass er sie kaum berührte. Eine Gänsehaut überlief Sophia.

Sie legte ihm den Arm um den Nacken, küsste ihn, drängte sich an ihn, wollte, dass er weitermachte und nicht wieder so unvermittelt aufhörte, so dass die kleinen Flammen, die er entzündete, stetig weiterloderten, wie ein Versprechen, das gemacht, aber nicht eingelöst wurde. Vorsichtig ließ sie sich in seine Kissen sinken, zog ihn mit sich.

Er hob den Kopf, während seine Finger sich in zögerlichem Forscherdrang über sie bewegten, betrachtete sie, als wollte er jede Regung in ihrem Gesicht ausloten. Seine Hand raffte ihren Rock, streichelte ihr Bein, ihre Hüfte, wagte sich weiter vor, und Sophia presste das Gesicht in seine Armbeuge, unfähig, mit den Empfindungen umzugehen, die seine trägen, qualvoll zurückhaltenden Zärtlichkeiten in ihr auslösten. Hitze stieg in ihrem Bauch auf, kleine Wellen, die ihr einen Moment lang den Atem stocken ließen, ihr gar kurz die Sinne verwirrten, ehe sie wieder abebbten. Sie blinzelte, sah Vincent an, bemerkte das kleine Lächeln, das seine Mundwinkel umspielte.

»Das war …«, versuchte sie ihre Gefühle in Worte zu fassen und war unfähig, welche zu finden, die dem angemessen waren, was da gerade passierte.

»Erst der Anfang«, ergänzte Vincent den Satz und senkte seinen Mund auf den ihren.

Natürlich wusste sie, dass sie der Sache jederzeit hätte Einhalt gebieten können, Vincent war zurückhaltend und geduldig, und er drängte sie zu nichts. Und dann hatte es sich zu wunderbar angefühlt, um damit aufzuhören. Als er in sie drang, war sie sich gewiss, dass dieser jähe Schmerz die Strafe für ihre Schamlosigkeit war. Dann aber hatte es aufgehört wehzutun, und sie hatte keinen klaren Gedanken mehr fassen können.

»Bereust du es?«, fragte Vincent, während sie an seiner Brust lag und er ihren Rücken streichelte.

»Das sollte ich, nicht wahr? Ich bin wohl furchtbar liederlich.«

»Nein, das bist du nicht.«

»Ich weiß ja nicht einmal, was wir eigentlich füreinander sind.«

»Dafür hatten wir doch schon ein Wort gefunden.«

»Wobei ich das Wort *Liebespaar* nicht in der Art definieren wollte, dass es Liebhaber und Geliebte umfasst.«

Er schwieg. »Verstehe«, sagte er schließlich. »Aber du hattest die Wahl, nicht wahr?«

Das war nicht die Antwort, die sie hören wollte, und das sanfte Nachglühen genossener Leidenschaft wurde zu einem leichten Unwohlsein. »Ja, die hatte ich«, antwortete sie nur. Vielleicht hatte irgendwo in ihrem Hinterkopf der Gedanke genistet, dass er ihr gewiss verfallen würde, wenn er einmal erlebt hatte, wie die körperliche Liebe mit ihr war. Was hatte sie sich überhaupt dabei gedacht? Überfiel ihn hier unerwartet, zerrte ihn praktisch mit sich ins Bett und kämpfte nun mit den Tränen, weil er nicht beteuerte, er wolle sie heiraten.

Er schien ihre Gedanken lesen zu können. »Es war wunderschön. Aber in meiner derzeitigen Lebensplanung kommt das Wort *Ehe* nicht vor.«

Sophia schloss die Augen, spürte Hitze hinter den Lidern. Das fehlte gerade noch, dass sie nun auch noch anfing zu flennen. Sie tat einige lange und tiefe Atemzüge, ehe sie es wagte, die Augen wieder zu öffnen, in der Hoffnung, dass es darin nicht verräterisch schimmerte. Sie wollte nicht zeigen, wie sehr sie das traf, was er sagte, wollte sich pragmatisch geben, eine Frau, die wusste, was sie wollte, und es bekam. Nicht eine, die an diesem Tag erfuhr, dass sie auf der ganzen Linie gescheitert war.

Sie schob sich hoch, küsste ihn, ehe er einen längeren Blick in ihre Augen tun konnte. Dann ließ sie sich auf den Rücken sinken, zog ihn mit sich, spürte sein aufkeimendes Verlangen und öffnete ihm ihren Körper ein weiteres Mal. Während sie beim ersten Mal voll und ganz auf ihre Kosten gekommen war, schien es dieses Mal ein einseitiges Vergnügen zu sein, denn so sehr sie es wollte, etwas in ihr schien eine Steigerung ihrer Lust zu verhindern, als stoße sie an eine Blockade in ihrem Innern. Als es vorbei war, löste sie sich von ihm, richtete sich auf und begann sich anzukleiden.

»Ich sollte heimgehen, ehe meine Eltern die Polizei benachrichtigen.« Ihre Stimme zitterte kaum merklich, und sie räusperte sich. »Wie viel Uhr ist es?«

Die Laken raschelten, als Vincent sich umdrehte, vermutlich, um auf seinen Wecker zu sehen. »Kurz vor drei.« Die Bettfedern quietschten leise, offenbar richtete er sich auf. »Ich bringe dich nach Hause.«

»Das musst du nicht.«

»Ich tue es trotzdem, ich muss ohnehin raus, ins Theater.«

»Das ist doch eine ganz andere Richtung. Ich nehme ein Taxi.«

»Denkst du, es ist eine gute Idee, hier in ein Taxi zu steigen und an eurer Villa wieder hinaus?«

Sie schwieg.

»Es tut mir leid, dass du mir böse bist«, sagte er.

»Das bin ich nicht.« Auf sich selbst war sie wütend, so wütend, dass sie schreien wollte. Aber sie knöpfte schweigend ihre Bluse zu und drehte sich zu ihm um, als sie sich sicher war, dass sie nicht jeden Moment in Tränen ausbrechen würde. »Soll der Taxifahrer doch denken, was er will.«

»Also gut. Aber ich begleite dich wenigstens bis auf die Straße.«

Sie nickte. »Kann ich noch ins Bad?«

»Sicher. Es ist draußen auf dem Flur, rechts runter, die letzte Tür. Du läufst direkt darauf zu.«

Mit einem Frösteln schlüpfte sie in die nassen Schuhe und verließ das Zimmer, huschte durch den winzigen Flur und öffnete die Wohnungstür, die sie nur angelehnt ließ, um nicht läuten zu müssen. Das Bad war sehr einfach mit einem winzigen Fenster, hatte aber wenigstens ein Wasserklosett und eine Badewanne. Auf deren Rand ließ sich Sophia nieder und erlaubte sich einen Moment lang, ihren Tränen freien Lauf zu lassen. Sie tat ein paar Schluchzer, die sie mit der Hand erstickte. Als sie wieder ruhiger atmen konnte, stand sie auf, sah sich im Spiegel an und wusch sich das Gesicht mit kaltem Wasser. Ihre Augen wirkten immer noch verquollen. Einfach großartig. Sie ging zur Toilette, um festzustellen, dass die Spülung klemmte und sie sie beim kräftigeren Ziehen fast aus der Verankerung riss.

Als sie in das Zimmer zurückkehrte, wartete Vincent bereits im Flur auf sie, half ihr in den Mantel, reichte ihr den Hut und rief Rudi einen Abschiedsgruß zu. Schweigend verließen sie das Haus, und Sophia fror in dem immer noch feuchten Mantel. Da sie nicht kindisch schmollend vor ihm stehen wollte, drehte sie sich zu Vincent um.

»Sehe ich dich wieder?«, fragte er.

Sie nickte nur, dann sah sie zur Straße. »Ich gehe wohl doch besser zu Fuß. Ehe hier ein Taxi vorbeikommt, bin ich vermutlich schon zu Hause. Es regnet ja auch nicht mehr.« Drei Sätze, ohne zu heulen. Vermutlich rührte der Rat, über das Wetter zu sprechen, wenn einem sonst nichts einfiel, aus Situationen wie dieser.

»Also gut.« Er lächelte, und sie schaffte es sogar, das zu erwidern, ehe sie sich auf den Heimweg machte.

Vollkommen durchfroren stand sie über eine halbe Stunde später vor der heimischen Villa und zog am Klingelstrang. Es war Ludwig, der ihr öffnete. Wortlos ging sie an ihm vorbei zur Treppe, hörte, wie er die Tür ins Schloss warf und ihr folgte.

»Du warst bei *ihm*, ja?«

Sie antwortete ihm nicht.

»Hätte ich gewusst, dass du gleich mit Vincent ins Bett gehst, nur, weil dir jemand einen Antrag macht, hätte ich dich begleitet.«

»Sagt der Mann, der es ein Jahr lang mit der Tochter eines angesehenen Mannes getrieben hat. Woher willst du außerdem wissen, dass ich mit ihm geschlafen habe?«

»Andernfalls hättest du vehement widersprochen.«

Sophia ging in ihr Zimmer, wollte mit niemandem sprechen, was Ludwig offenbar nicht begreifen wollte, denn er folgte ihr weiterhin. In Kürze würde Frank Roloff hier zum Essen erscheinen. Ob ihre Eltern mitbekommen hatten, dass sie heimgekehrt war? Dass ihre hochtrabenden Worte und ihr Zorn gerade dafür gereicht hatten, um sich in aller Schnelle zwischen Frühstück und Theater entjungfern zu lassen? Sie legte sich ins Bett und zog die Decke bis ans Kinn.

»War es nicht schön?«, fragte Ludwig schließlich und klang überhaupt nicht mehr angriffslustig. Er setzte sich zu ihr aufs Bett. »War er grob?«

»Nein, es war schön.«

»Warum dann diese Traurigkeit?«

»Weil ich so eine Närrin bin. Ich habe wirklich geglaubt, dass das zwischen uns besonders ist.«

Ludwig nickte nur, lehnte sich gegen das Kopfende ihres Bettes. »Frank Roloff kommt in einer guten Stunde.«

»Ich weiß.«

»Wirst du beim Essen dabei sein?«

Nein, dachte Sophia. »Ja.«

TEIL 3

1937–1939

DEZEMBER 1937

A ber wir wollten doch zu deiner Familie in den Taunus«, beklagte Dorothea sich.

»Nicht wir, sondern du.« Warum nur, dachte Ludwig, warum nur hatte er kein Schuft sein können, sich eine neue Geliebte nehmen und erwischen lassen? Aber nein, er hatte sich schafsdämlich zur Schlachtbank führen lassen, die da hieß *Traualtar*.

Da war diese Euphorie gewesen, der Abschluss – wenngleich diesem weltanschauliche Schulung und militärische Ausbildung im Referendarlager folgten und er zu dem Zeitpunkt am liebsten alles hingeworfen hätte. Aber wenn es keine Juristen gäbe, die ihrem Gewissen folgten, würde es künftig auch keinen Rechtsstaat mehr geben. Dann folgte die sofortige Stellenzusage, das großzügig bemessene Gehalt und – das Wichtigste von allem – die eigene Wohnung. Fort aus dem Dunstkreis seines Vaters. Und so hatte er sich hinreißen lassen, ein Ehrenmann zu sein.

Zudem war da wohl auch – leise und uneingestanden – der Wunsch nach einer intakten Familie, einer Familie, um die er Rosa stets beneidet hatte. Und es war anfangs gar nicht so schlecht wie erwartet, er und Dorothea waren nach der langen Abstinenz wieder so hungrig auf die körperliche Liebe, dass sie während der Flitterwochen kaum mehr gesehen hatten als das Hotelzimmer.

Daheim war es zwar etwas weniger geworden, weil Ludwig morgens früh rausmusste, aber auf ihre Kosten kamen sie dennoch. Weil er sich nun keine Zurückhaltung mehr auferlegen musste, war Dorothea recht schnell schwanger geworden. Das war zu der Zeit, als ihnen beiden langsam aufging, dass die Ehe doch keine ganz so gute Idee gewesen war. Allerdings verstanden sie sich im Großen und Ganzen gut, stritten nur selten und schliefen immer noch regelmäßig miteinander. Darüber hinaus gab es sonst nicht viel, was sie verband, und zu erzählen hatten sie sich erschreckend wenig.

Als die kleine Tochter geboren wurde, schien es erst einmal wieder besser zu werden. Dorothea stellte sich nicht gegen seine Namenswahl, auch wenn sie ihn fragte, warum er sein erstes Kind nach seiner jüdischen Jugendfreundin benennen wollte. Aber sie willigte ein, was sie vermutlich niemals getan hätte, wüsste sie, dass die Namenspatin eigentlich Rosa Luxemburg war. Danach waren sie bald wieder in den alltäglichen Trott gefallen.

»Dann fahre ich eben allein mit Rosa.«

»Das wirst du gewiss nicht tun.« Ludwig wusste, dass Dorothea das Haus im Taunus mochte, weil es etwas Hochherrschaftliches hatte, das ihrer Wohnung – so schön und groß sie auch war – abging. Dafür, dass sie in ihrer Ehe eigentlich nicht mehr tat, als zu gebären, während er ihren gesamten Lebensunterhalt finanzierte, stellte sie ziemlich hohe Ansprüche.

Dabei war Ludwig das Feiern gründlich vergangen. Nach seinem Dafürhalten durfte Weihnachten dieses Jahr auch zu Hause ruhig ausfallen, aber dann würde Dorothea ihm vermutlich ins Gesicht springen. Wie jeden Morgen hatte er auch an diesem Tag auf dem Weg zur Arbeit die Kanzleiräume von Paul Roth passiert. Auf die hohen Fenster hatte jemand mit weißer Farbe Davidsterne geschmiert, über denen »Drecksjude« stand. Einen Moment lang hatte Ludwig nur dagestanden, im wahrsten Sinne des Wortes wie erstarrt. Wut war mittlerweile sein ständiger Begleiter, meist auf kleiner Flamme köchelnd, bereit, wild aufzulodern. Und in diesem Moment war es wieder so weit gewesen. Die Flammen schlugen in ihm hoch, verzehrend, den Herzschlag in die Kehle treibend.

Er war zu spät zur Arbeit erschienen, weil er den Morgen bei Paul verbracht hatte, der ihm von den Plänen der Familie erzählte. Davon, dass es so nicht mehr weiterging.

»Wir hatten die Hoffnung, es sei nur vorübergehend«, hatte er gesagt.

Denn was, so seine Worte, sollte man ihnen noch zufügen? Vor zwei Jahren hatte man durch ein Gesetz zum Schutz des deutschen Blutes die Ehe zwischen Juden und deutschen Nichtjuden verboten. Jetzt, hatte Ludwig zu jenem Zeitpunkt gedacht, jetzt würde allen aufgehen, was da für Kräfte am Werk waren. Es würde allen die Augen öffnen. Aber weit gefehlt. Sein Vater hatte gar den Nerv, ihm vorzurechnen, was Geisteskranke das deutsche Volk kosteten – Menschen ohne jeden Sinn und Zweck. Und bei den Juden, so seine Ausführungen, sei doch nachgewiesen – von einem Arzt! –, dass sich bei ihnen die Geisteskrankheiten häuften. Natürlich nicht die Roths, das sei ja etwas vollkommen anderes. Niemals würde Ludwig erlauben, dass seine Tochter in das Umfeld dieses Mannes geriet. Sein Vater hatte getobt, weil sich Ludwig nicht als Hausjurist zur Verfügung stellte, aber das prallte an diesem ab. Er war in der Anwaltssozietät *Galinsky und Soboll* tätig, und er hatte den Eindruck, dass seine beiden Vorgesetzten trotz ihrer konservativen Ausstrahlung politisch auf seiner Linie waren.

»Es hört ja nicht auf.« Paul hatte vor ihm an seinem Schreibtisch gesessen, der leer gewesen war, weil es keine Arbeit mehr für ihn gab. »Hetzkampagnen kann man irgendwie noch zu ignorieren versuchen. Aber sie verfangen sich, und sie werden politisch umgesetzt.«

»Wo wollt ihr hin?«, hatte Ludwig gefragt, während er sich ein Leben vorzustellen versuchte, von dem Rosa kein Teil mehr war. Bei dem Gedanken daran hatte sich ein Kloß in seinem Hals gebildet, und er hatte sich mehrmals räuspern müssen.

»In die Schweiz. Annas Eltern unterstützen uns, damit die Ausreise funktioniert. Ich hoffe um meiner kleinen Lisbeth willen, dass wir nicht zu lange gewartet haben.«

Den gesamten Tag lang war Ludwig übel gelaunt gewesen, und da keine Termine anstanden, war er früh nach Hause gekommen, um danach lange im Kinderzimmer zu stehen und mit einem Ziehen in der Brust seine Tochter anzuschauen und sich zu fragen, was für eine Welt er ihr gerade bot.

Jetzt saß er beim Abendessen, drehte die glänzend polierte silberne Gabel zwischen den Fingern und überlegte, ob er noch zu Sophia fahren sollte, die allein in der Frankfurter Villa war. Sie würde für die Weihnachtstage in den Taunus fahren, das war der Kompromiss, auf den sie sich mit ihren Eltern geeinigt hatte, denn es hatte einen heftigen Streit gegeben, weil sie nicht hatte mitkommen wollen. Aber was sollten sie tun? Sophia war fünfundzwanzig, zwingen konnten sie sie nicht. Sie wusste es noch nicht. Rosa hatte es noch nicht über sich gebracht, es ihr zu erzählen. Sollte Ludwig das tun? Oder das Rosa überlassen? Verdammt noch mal. Seine Faust schloss sich um die Gabel, während sich in seinem Hals wieder dieser Kloß aufbaute.

»Die Wintersaison fängt an«, versuchte Dorothea es ein weiteres Mal. »All die Bälle, die in den Villen im Taunus stattfinden – wir haben so viele Einladungen bekommen. Ganz zu schweigen davon, dass gemunkelt wird, die Gräfin Pütz würde dieses Jahr mitsamt Familie aus Ostpreußen anreisen, und die Feiern sind legendär. Stell dir nur mal vor, was uns alles entgeht.«

Ludwig knallte die Gabel auf den Tisch. »Danke, dass du mich auf die wahrhaft drängenden Probleme aufmerksam machst.« Ruckartig erhob er sich, wobei er beinahe seinen Stuhl hintenüber warf, und verließ das Esszimmer.

Sophias Keuchen erfüllte den Raum, untermalt von dem leisen Quietschen des Bettes. Sie bog den Kopf zurück, während Vincents Arm sich um ihre Hüfte schob, ihren Körper enger an den seinen presste. Hinter Sophias geschlossenen Lidern tanzten Lichtblitze, als der Fluss, der sie schnell mit sich gerissen hatte, sie mit schwindelerregender Wucht ans Ufer spülte, kleine Wellen hinterherschickte, die langsam abebbten.

Da waren sie dahin, all die guten Vorsätze, so wie jedes Mal. Vermutlich war Ludwig der Einzige, der ahnte, warum sie nicht mit in den Taunus gefahren war. Mit einem Seufzer streckte Sophia sich, als Vincent neben ihr in die Kissen sank, während sich seine Brust in schnellen Atemzügen hob und senkte.

Sophia rollte sich auf die Seite, legte den Kopf auf ihren angewinkelten Arm und überließ sich dem trägen Nachklang genossener Leidenschaft. Nach dem ersten Mal mit ihm hatte sie alles beenden, ihn auf Distanz halten wollen. Bis nach Weihnachten hatte sie es geschafft, dann war sie wieder ins Theater gegangen. Erneut hatten sie voreinandergestanden, sich angesehen, er mit diesem schiefen Lächeln, sie um Worte ringend. Danach waren sie Kaffee trinken gegangen. Noch einmal alles von vorne beginnen und es dieses Mal richtig machen. So ging das zwei Wochen lang. Und geendet hatte es doch wieder in seinem Bett, so intensiv und wundervoll, dass es Sophia zutiefst bedeutsam erschienen war. Geheiratet hatte er sie hernach trotzdem nicht.

»Er ist eben vernünftiger als du«, war Ludwigs Meinung dazu, »und weiß, dass es nicht funktioniert. Schließlich weiß er, woher du kommst, und dass du auf das hier«, seine Armbewegung konnte sowohl ihr Zimmer als auch ihr ganzes Leben umfassen, »nicht ohne weiteres verzichten kannst.«

»Hältst du mich für so oberflächlich?«, war ihre aufbrausende Antwort gewesen.

»Das hat damit nichts zu tun. Aber du solltest dich nun einmal der Wirklichkeit stellen, und die sähe in dem Fall nicht so aus, dass er dich nach einer langen Nacht befriedigt in dein hübsches Zimmer mit dem Schrank voller Kleider entlässt. Du würdest in einer Wohnung leben, die vermutlich kleiner ist als unser Salon. Jahrelang dieselben Kleider tragen, immer wieder geändert, damit sie der Mode entsprechen. Kleider wohltätiger Damen auftragen. In der Badewanne liegen, während jemand anders ungeduldig an die Tür klopft. Möglicherweise im Winter nicht einmal fließendes heißes Wasser. Du müsstest *kochen*. Wäre ich Vincent, wäre allein das ein Grund, mich von einer Ehe mit dir abzubringen.«

Erneut war Sophia auf Distanz gegangen, um zu zeigen, dass sie nicht gar so leicht zu haben war. Dann war es doch wieder und wieder passiert. Und hier war sie nun. Sie schrieb für eine Frauenzeitschrift seichte Fortsetzungsgeschichten über blonde Mädchen, die sich in schmucke Burschen verliebten und diese nach langen Irrungen und Wirrungen bekamen. Sie hatte einen Liebhaber, dem sie rettungslos verfallen war und von dem sie nicht einmal wusste, ob er neben ihr noch weitere Geliebte hatte, weil sie – aus Angst vor der Antwort – nicht zu fragen wagte. Und selbst wenn er sie mittlerweile hätte heiraten wollen, so machten die herrschenden Gesetze dies nun unmöglich.

»Und dich wird gewiss niemand heute Nacht vermissen?«, fragte Vincent, der nun wieder ruhiger atmete.

»Nein, meine Eltern sind seit gestern fort, und das Personal hat seinen freien Tag.«

Er zog sie an sich. »Das heißt, wir frühstücken morgen zusammen.«

»Hmhm«, machte sie gedehnt und hatte einen Moment lang das Bedürfnis, sich wie eine Katze wohlig schnurrend zu strecken. »Zum ersten Mal.«

»Ich hoffe, du kannst Eier braten.«

Sie hob den Kopf, starrte ihn an, während sich Ludwigs Gesicht mit einer fragend erhobenen Braue hartnäckig vor Vincents ernsten Blick schob. »Du scherzt?«

»Was mein Frühstück angeht, mache ich keine Scherze.« Dann jedoch zuckte es um seine Mundwinkel, und er drehte sie auf den Rücken, küsste sie und liebkoste sie auf eine Art, die Schauer durch ihren Körper trieb, sie atemlos machte und für einen Moment keinen klaren Gedanken mehr zuließ. Es war einer jener Augenblicke, in denen Sophia sich gewiss war, dass es nur sie in seinem Leben gab, dass seine Gefühle für sie wahrhaftig waren.

Nachdem sie eine halbe Stunde schläfrig an Vincents Brust gelegen hatte, erhob sie sich, um zur Toilette zu gehen. Dass sie sich dafür immer erst komplett ankleiden und nicht nur einen Morgenmantel überwerfen musste, war in der Tat ein wenig störend. Sie huschte aus dem Zimmer, durchquerte fröstelnd den winzigen Flur und trat hinaus in den noch kälteren Hausflur. Das Bad war belegt, also kehrte sie zurück in die Wohnung, ging in die Küche, um etwas zu trinken, und begegnete Rudi, der sich an der Anrichte gerade einen Apfel aufschnitt. Er wurde rot, als er sie sah, und Sophia fragte sich – nicht zum ersten Mal –, wie viel man in der Küche eigentlich mitbekam.

»Äh, ich bin gerade erst hier reingegangen«, stammelte er.

Frage beantwortet.

Als sie kurz darauf wieder hinaustrat, war die Badezimmertür immer noch verschlossen, und auf dem Boden davor saß nun ein alter Mann, der gerade mit irgendetwas zwischen seinen Zähnen herumstocherte und das, was er hervorholte, interessiert betrachtete. Er sah auf, bemerkte Sophia.

»Hinten anstellen, Püppchen.«

Sie konnte Ludwigs spöttisches Lächeln geradezu vor sich sehen, während er sie fragte, ob die hehren, romantischen Phantasien dem standhielten. Kurz überlegte sie, wieder in die Wohnung zu gehen, da es irgendwie ein wenig peinlich war, vor dem Bad anzustehen und jedem damit die Dringlichkeit des Bedürfnisses zu zeigen. Andererseits was es eben genau das – dringlich. Und sie wollte nicht riskieren, dass der halbe Hausflur hier stand, ehe sie an der Reihe war. Also nahm sie seufzend Aufstellung vor der Tür.

»Kann ein bisschen dauern bei mir«, erklärte der Mann.

Sophia nickte höflich und spürte, wie ihr schon wieder das Blut ins Gesicht stieg.

»Ich würd Sie vorlassen, hübsch, wie Sie sind. Ich bin ja ein Dschentelmann. Aber die Blase macht nicht mehr so richtig mit. Früher, da stand ich noch so richtig im Saft, da konnt ich stundenlang... na, Sie wissen schon. Heute muss ich ständig Angst haben, dass es tropft.«

Auf diese Informationen hätte Sophia gut und gerne verzichten können. Als die Badezimmertür schließlich entriegelt wurde, wusste sie, dass er seit dem Tod seiner großen Liebe verwitwet war, fünf Kinder hatte, drei davon im Krieg gefallen, die übrigen jetzt *was Besseres*, die »nichts mehr von mir wissen wollen«. Kurzum, er ging ins Bad, und Sophia stand da und kämpfte mit den Tränen.

»Was ist passiert?«, fragte Vincent, als sie schlussendlich wieder bei ihm im Zimmer stand.

»Da waren zwei vor mir dran.«

»Das meinte ich nicht, ich möchte wissen, warum du geweint hast.« In seinen Blick hatte sich Vorsicht geschlichen, die Sorge, dass ihr in der Abgeschiedenheit des Bades wieder einmal das ganze Elend ihrer verlorenen Jungfernschaft und seines mangelnden Wunsches zu heiraten bewusst geworden war.

»Da war ein alter Mann, der mir so viel Trauriges erzählt hat.«

»Jochem?«

Sie zuckte mit den Schultern. »Keine Ahnung, wie er heißt.«

»Frau tot, Kinder tot, von der Familie verlassen?«

»Jetzt sag das doch nicht so gefühllos.« Wieder stiegen ihr die Tränen in die Augen. Das war ja furchtbar, dieses Geflenne.

»Rudi geht hin und wieder zu ihm und spielt Karten mit ihm, falls dich das tröstet.«

Sie schniefte und nickte, während Vincent bereits damit beschäftigt war, ihre Bluse zu öffnen. »Dir kann es auch nicht schnell genug gehen, ja?«

»Ich bin lediglich bestrebt, dich von deiner Traurigkeit abzulenken.«

Sophia ließ zu, dass er sie aufs Bett zog, und schloss die Augen, als er sie küsste.

Emilia saß auf dem Boden im Kinderzimmer und sah Martha und den Zwillingen, Greta und Charlotte, beim Spielen zu. Die Jüngsten waren vor eineinhalb Jahren geboren, und bei aller Verzweiflung über diese erneute Schwangerschaft – Emilia hatte ernsthaft einen Abbruch erwogen –, barg sie doch den Vorteil, dass Raiko sie seither nicht mehr angerührt hatte. Schon von Beginn an war es ihr sehr schlecht gegangen, sie hatte sich bis in den fünften Monat fortwährend übergeben, danach war ihr Bauch schnell gewachsen, und sie hatte heftige Rückenschmerzen gehabt. Am Ende hatte sie acht Wochen lang nur gelegen, und dann waren die Kinder doch einen Monat zu früh gekommen.

Der Schock, als die Hebamme beim Abhören zwei Herzschläge auszumachen glaubte, was sich durch Abtasten und den riesigen Bauch zu bestätigen schien. Die Geburt war das Schlimmste, was Emilia je in ihrem Leben erfahren hatte, und sie hatte die Hebamme und den hinzugerufenen Arzt angebrüllt, die Kinder aus ihrem Leib zu schneiden, weil sie lieber sterben wollte, als noch einen Moment länger so zu leiden.

Als die Kinder schließlich neben ihr in dem großen Bett gelegen hatten, hatte sie das Gefühl gehabt, dass ihr Unterleib regelrecht in Fetzen gerissen war, so furchtbar brannte und schmerzte es. Der Arzt hatte sie genäht, aber auch das bereitete wochenlang Beschwerden. Dann der Moment unfassbarer Erleichterung, als sich der Arzt an Raiko wandte. *Keine weitere Schwangerschaft mindestens für die nächsten zwei Jahre.*

Emilia beobachtete ihre Töchter. So klein, so vertrauensvoll, so arglos diese Welt betrachtend, die Frauen so wenig Schönes bot. Allein die Vorstellung, die drei könnten eines Tages auf eine Weise unter einem Mann liegen, wie Emilia das tat, und später schreiend dessen Kinder zur Welt bringen – da konnte sie verstehen, warum Mädchen damals den Weg ins Kloster wählten. Aber es gab ja auch andere Männer, Männer wie Ludwig oder Paul Roth.

Und da waren wieder diese Gedanken, die ein noch drängenderes Unbehagen auslöste als die an ihr Leben mit Raiko. Seine Ignoranz konnte einen verrückt machen. Die Bücherverbrennungen seinerzeit tat er ebenso ab wie den Umstand, dass ein Gesetz gegen die Neubildung von Parteien erlassen worden war. Was scherte es ihn, wenn ein paar Spinner Bücher verbrannten? Dass dahinter eine klare politische Botschaft stand, schien er nicht zu sehen. Und was die Neubildung von Parteien anging, so war es doch wohl nicht verkehrt, wenn man erst einmal im Land für Ordnung sorgte, ehe wieder alles den Bach runterging, weil unfähige Parteien an die Macht kamen. Dass der neue Bürgermeister verfügt hatte, Angestellte und Beamte jüdischer Herkunft aus Magistrat, Stadtverwaltung und städtischen Gesellschaften zu entlassen, war für ihn ebenfalls kein Grund zur Sorge.

Emilia hatte ihren Ohren nicht trauen wollen. Warum

nicht gleich die Kaiserzeit neu ausrufen? Und dabei die Demokratie ganz abschaffen? Aber ihr Sarkasmus prallte an ihm ab. Zur Kaiserzeit, so Raiko, sei es dem Reich wenigstens gut gegangen. Wie viele andere Juden hatten auch die Roths ihre Lebensgrundlage verloren. Oskar wurde die Stelle als finanzieller Berater gekündigt, für ihn wurde jemand mit gesetzeskonformem Stammbaum eingestellt. Emilia hatte auf Protest aus der Bevölkerung gewartet, auf Empörung, denn immerhin traf es gute Bekannte, Freunde, Mitarbeiter, den eigenen Arzt, den eigenen Anwalt – aber es kam nichts. Und das aus genau jenem Grund, den Eduard Jungbluth so lapidar dahingesagt hatte: »Wir profitieren enorm.«

Genauso war es. Warum protestieren, wenn doch diese Ausgrenzung so viele Möglichkeiten barg? Dass Aufträge nur noch an Firmen arischer Deutscher vergeben werden durften, bot Vorteile, und auf die wollte man ganz offensichtlich nicht verzichten. »Immerhin«, hatte Günther Conrad argumentiert, »sollte doch das eigene Volk an erster Stelle stehen.«

»Menschen wie die Roths sind seit Generationen hier beheimatet, sie haben in Kriegen mitgekämpft, sind deutsche Staatsangehörige. Wie viel mehr Teil des *eigenen Volkes* kann man denn sein?«

»Den Juden verdanken wir den Ausgang des letzten Krieges!«

Emilia wollte schreien angesichts von so viel Sturheit. Und dann hatte ihr Anna die Tabelle gezeigt, die seit den Nürnberger Gesetzen Menschen wie Zuchttiere klassifizierte.

»Ich befinde mich hier«, hatte Anna gesagt und auf die Spalte der Mischlinge ersten Grades gezeigt. »Geheiratet habe ich so«, der Finger wanderte zu der Spalte, die mit »Jude« übertitelt war. Der schwarze Kreis war Paul. Jude. Der unterteilte Kreis, unten weiß, oben schwarz – Mischling –, war Anna. »Das hier ist Lisbeth.« Der Finger wanderte zu dem Kreis, der zu drei Vierteln schwarz war. Jude. Daneben ein weißer Kreis. Deutschblütig. Darunter stand: Ehe verboten. Heiraten durfte Lisbeth auch keinen Vierteljuden. Emilia hatte die Tabelle beim Abendessen in die Mitte des Tisches geworfen. Lydia war blass geworden, Günther hatte nur mit den Schultern gezuckt, aber das Mahlen seiner Kiefer hatte Unbehagen ausgedrückt. Immerhin. Raiko hatte nicht reagiert, aber auch keinen Versuch gemacht, es schönzureden.

Emilia warf einen Blick auf die Uhr. Kaffeezeit. Sie erhob sich, verabschiedete sich von den Kindern, als Martha gerade einen Wutanfall bekam, weil sie eine Teeparty machen wollte, während die beiden Kleinen das Geschirr umherwarfen. Das Kindermädchen eilte herbei und versuchte zu schlichten. Raiko war zwar der Meinung, dass Emilia ihre Mutterpflichten in vollem Umfang selbst übernehmen sollte, aber diese hatte vehement auf einem Kindermädchen bestanden und ihm angedroht, andernfalls werde sie die Kinder in seinem Bureau abliefern.

Die Kaffeetafel war im Esszimmer bereits aufgebaut. Im Kamin flackerte ein Feuer, und alles strahlte behagliche Gemütlichkeit aus. Lydia und Günther standen vor dem Tisch und waren in ein Gespräch vertieft gewesen, als Emilia eintrat.

»Ist etwas vorgefallen?«, fragte diese angesichts der offensichtlichen Erregtheit der beiden.

»Ludwig hat gerade angerufen und für Weihnachten abgesagt«, antwortete Lydia. »Wir hatten uns schon so darauf gefreut, dass die Kleine ihr erstes Weihnachten hier feiert.«

»Etwas anderes als eine Enttäuschung ist doch von ihm nicht zu erwarten«, kam es von Günther. »Das solltest du mittlerweile gelernt haben. Er ist nichts und wird nie etwas.«

Emilia hatte es längst aufgegeben, diese Ungerechtigkeit zu kommentieren. »Bleibt es denn dabei, dass Sophia kommt, oder feiert sie mit Ludwig?« Dann wäre Emilia ganz allein mit ihrem Mann und den Schwiegereltern. Keine erbauliche Aussicht.

Denen war dieser Gedanke offensichtlich noch gar nicht gekommen. »Na, das wäre ja wohl die Höhe«, rief Günther jetzt.

Sophia war sein wunder Punkt. Während Clara gut verheiratet und stolze Mutter von mittlerweile vier Kindern war, drohte seine jüngste Tochter ein sitzen gebliebenes Mädchen zu werden. Dass sie diese schnulzigen Geschichten schrieb, war sowohl ihren Eltern als auch Raiko und Clara entsetzlich peinlich, und man schwieg tunlichst darüber, in steter Sorge, es könne eines Tages publik werden, dass Rosemarie Lieblich in Wahrheit Sophia Conrad hieß. Emilia fand die Geschichten auch grauenhaft kitschig, aber sie verkauften sich gut, und Sophia verdiente damit vermutlich mehr Geld, als ihre Eltern ahnten, wenngleich gewiss nicht genug für eine finanzielle Unabhängigkeit. Aber auch kleinschrittig kam man voran.

Raiko betrat den Raum, somit war die Kaffeerunde vollständig.

»Dein Bruder hat gerade telefonisch sein Kommen abgesagt«, begrüßte ihn seine Mutter.

»Warum? Ist Dorothea wieder guter Hoffnung?«

An dem überraschten Entzücken in den Gesichtern ihrer Schwiegereltern erkannte Emilia, dass ihnen diese Vorstellung überaus willkommen war. Raiko indes sah aus, als habe er in eine Zitrone gebissen. Dass Ludwig zuerst einen Sohn bekommen könnte, war eine Angst, die ihn stets umtrieb. Um Emilias Lippen zuckte es verächtlich. Einen anderen Grund als eine Schwangerschaft konnte Raiko sich offenbar nicht vorstellen, weshalb Ludwig Weihnachten nicht mit seinen Eltern verbringen wollte.

Sie ließ sich bei Tisch nieder, und die anderen taten es ihr gleich. Da sie trotz aller Abneigung ihre Erziehung nicht vergessen hatte, befreite Emilia die Kaffeekanne von ihrer wärmenden Hülle und schenkte allen der Reihe nach ein. Während die anderen sich an dem Kuchen bedienten, trank Emilia den Kaffee in kleinen Schlucken und ließ das Tischgespräch an sich vorbeirauschen. Tief in ihr tat sich wieder jener inzwischen so vertraute Schlund auf, wollte sie in die Tiefe ziehen, und es kostete Emilia viel Kraft, sich an den zunehmend zerfasernden Rändern festzuhalten. Sie schob die Bilder ihrer Kinder davor, in der Hoffnung, der Rand werde halten, werde ein gänzliches Abrutschen in die Schwärze verhindern.

* * *

»Du hast es gewusst?« Sophias Stimme war viel zu laut, viel zu schrill, das wusste sie selbst. Und doch gelang es ihr nicht, sich zu beherrschen.

»Paul hat es mir vor einigen Tagen erzählt.«

»Und warum hast du es mir nicht gesagt?«

»Na, an dem Abend warst du nicht daheim, ich hatte es ja versucht. Und dann habe ich Rosa am kommenden Tag getroffen, und sie hat mich gebeten, es ihr zu überlassen, mit dir zu sprechen.«

Sie standen in Ludwigs Salon, und Sophia ging zu einem der modernen Sessel, die ganz klar Dorotheas Wahl gewesen waren, und ließ sich darauf nieder. Als Rosa es ihr erzählt hatte, hatte sie diese nur entsetzt anstarren können, nun jedoch trübte sich ihr Blick, und trotzig wischte sie die Tränen weg. Was für eine entsetzliche Heulsuse sie geworden war. Ein Leben ohne Rosa, wie sollte sie das ertragen? Vincent hatte ihr das Herz gebrochen, mit einem gebrochenen Herzen konnte man jedoch leben. Aber mit einem halben?

»Die Schweiz ist doch nicht so weit weg, wir können sie besuchen.«

»Das ist nicht dasselbe.«

»Es geht hier aber nicht darum, dass es uns mit der Entscheidung gut geht. Was denkst du, wie schwer es für Rosa ist zu gehen? Oder Paul. Oder ihre Eltern. Sie haben ein Leben hier.«

»Das weiß ich doch.«

»Bisher sind sie geblieben, weil Oskar Roth dachte, es werde schon wieder gut. Weil das hier seine Heimat ist und er weiß, dass er fast sein gesamtes Vermögen verlieren wird, wenn er geht.«

Das wusste Sophia alles, sie verfolgte die Politik derzeit sehr genau, eben weil sie Angst hatte und sich mit Rosa oft darüber austauschte. Rosa durfte nicht weiterstudieren, nicht mehr ins Kino – eine Welt war zusammengebrochen. Es war nun eine Welt, in der Sophia alles durfte und sie nichts. Da war zum ersten Mal das Thema Auswandern zur Sprache gekommen. Pauls Kanzlei konnte sich finanziell nicht mehr tragen, und Rosa mochte privat den Lernstoff aufholen, aber das war ja kein adäquater Ersatz für ein Studium. Da Paul die Zulassung entzogen worden war, durfte er nur noch Rechtsberatung für Juden anbieten, aber die hatten derzeit selbst zunehmend Probleme zu bezahlen, weil sie nicht mehr arbeiten durften und ihre Reserven – so sie überhaupt welche hatten – langsam aufbrauchten.

»Paul hat recht, sie hätten früher gehen sollen. Bis vor vier Jahren hätten sie wenigstens noch fünfzehntausend Reichsmark mitnehmen dürfen, mittlerweile erlaubt man ihnen nur noch zehn Mark in Reisedevisen und überhaupt kein Bargeld mehr.«

»Und der Erlös aus dem Haus?«

»Na, was denkst du wohl?«

Sophia starrte auf den Teppich, edel und ausgesucht. Ebenfalls von Dorothea. »Und jetzt?«

»Wir unterstützen sie, so gut es geht.«

Ein Greinen war zu hören, und kurz darauf kam Dorothea mit der kleinen Rosa in den Salon. Die Kleine war ganz offensichtlich schlecht gelaunt, ebenso wie ihre Mutter. Die drückte das Kind Ludwig in die Arme.

»Hier, nimm du sie mal. Ich sehe nach der Milch.«

Sophia erhob sich. »Ich dachte, ihr habt eine Amme.«

»Ach, die hat nichts getaugt«, sagte Dorothea im Hinausgehen.

Ludwig verdrehte die Augen. Aber immerhin beruhigte sich die Kleine, als er sie in den Armen wiegte.

»Du machst dich gut als Vater.«

»Ich hatte ja auch ein gutes Vorbild vor Augen, wie man es tunlichst *nicht* macht.«

Sophia ging zu ihm und strich ihrer Nichte über die Wange. »Guten Tag, Klein-Röschen.«

»Klein-Röschen? Du kannst doch der künftigen Vorzeige-Kommunistin nicht so einen Schmonzetten-Namen geben.«

»Vorzeige-Kommunistin? Bist du närrisch?«

Ludwig öffnete den Mund, um eine Antwort zu geben, als Dorothea zurückkehrte, die Flasche in der Hand. Sie nahm Ludwig das Kind ab, ließ sich auf dem Sofa nieder und steckte der Kleinen den Sauger zwischen die Lippen.

»Hat dein Bruder dir schon erzählt, dass wir nicht in den Taunus fahren?«

Sophia starrte ihn an. »Wie? Du lässt mich da allein hinfahren?«

»Mir ist die Lust darauf gründlich vergangen.«

»Na, und mir erst. Aber ich muss ja trotzdem fahren.«

»Sei froh, dass sie dir die übrigen Tage erlassen haben.«

Sophia schnitt eine Grimasse.

»Was machst du hier eigentlich die ganze Zeit, so allein?«, fragte Dorothea.

Ludwig sah sie interessiert an. »Ja, genau, was machst du hier eigentlich die ganze Zeit?«

Dieser Schuft. Sophia ignorierte ihn und sah ihre Schwägerin an. »Schreiben. Ich bin ohnehin ein wenig in Verzug.«

»Sonst können sie zur Not ja einfach eine der alten Geschichten abdrucken«, antwortete Dorothea. »Merkt gewiss keiner.«

»Das war grob und gänzlich unnötig«, tadelte Ludwig.

Sophia wollte eine Antwort darauf geben, entschied dann jedoch, dass ihr das schlicht zu dumm war. Sie wusste ja selbst, dass sie das, was sie schrieb, niemals lesen würde. Aber sie verdiente eigenes Geld und hatte schon einiges gespart.

»Gehst du?«, fragte Ludwig.

»Ja, ich muss noch packen.«

Er brachte sie zur Tür. »Die Roths wollen im Januar, spätestens im Februar abreisen.«

»Ich komme direkt nach Weihnachten zurück, dann sehen wir weiter.« Sie gab ihm einen Kuss auf die Wange und ging.

Vincent dachte nicht zum ersten Mal darüber nach, die Stelle am Theater aufzugeben und sich ein neues Engagement zu suchen. Aber es war ja nicht so, als seien Stellen für Menschen wie ihn derzeit reich gesät. Man hatte bereits alle jüdischen Schauspieler entlassen müssen, womit ein Drittel der Belegschaft fehlte, die man durch arbeitslose Schauspieler zwar ersetzen konnte, allerdings litt durch das eilige Einstellungsverfahren auch die Qualität der Stücke. Wobei es bei dem weichgespülten Kram ohnehin nicht mehr darauf ankam, und genau das war der Grund, warum Vincent das Theater gründlich verleidet war. Man war auf eine Art politisch geworden, die Vincents Überzeugungen zutiefst widersprach. Aber das war an allen Theatern mittlerweile so, daher würde es ihm nichts nützen, es woanders zu versuchen. Da er mittlerweile nicht nur seine Mutter versorgen musste, sondern auch den Anteil an Miete, den sein Cousin inzwischen kaum mehr aufbringen konnte, wurde es zum Monatsende hin ohnehin eng.

Wenigstens zahlte ihm Rudi jetzt die Hälfte an Miete, was der Grund war, warum er das Arrangement beibehielt und Rudi weiterhin bei sich wohnen ließ. Im September 1933 hatte er Arbeit beim Bau der Reichsautobahn zwischen Niederrad und Darmstadt bekommen. Dort war er offenbar recht anstellig gewesen, denn er war direkt im Anschluss bei einer Baufirma eingestellt worden, für die er nach wie vor arbeitete. Einmal war Lena in den letzten vier Jahren für eine Nacht bei ihnen aufgeschlagen, da sie sich mit ihrer Mitbewohnerin wegen eines Mannes zerstritten hatte. Sein Bett hatte Vincent ihr allerdings nicht zur Verfügung gestellt. Rudi war da generöser, bot ihr sein Sofa an und nächtigte mit zwei Decken auf dem Boden. Falls er sich dafür etwas Freundlichkeit erwartet hatte, war er jedoch enttäuscht worden.

Dabei war das zu einer Zeit gewesen, als ihn Sophia mal wieder auf Distanz hielt und er nicht einmal sich selbst hatte überzeugen können, dass es ihn nicht danach verlangt hätte, mit Lena zu schlafen. Ganz im Gegenteil. Aber er tat es dennoch nicht, da es letzten Endes doch nur eine gab, die er wirklich wollte. Auch wenn er ihr nicht das bieten konnte, was sie sich von ihm wünschte. Es gab so viel, um das er sich kümmern musste, so viel Verantwortung, die zu übernehmen war, da passte keine Ehefrau hinein. Erst recht keine wie Sophia, der er mehr bieten wollte als eine Wohnung, die sie sich zu dritt teilen mussten, mit einem Bad auf dem Flur, das von sechs Mietparteien genutzt wurde. Abgesehen davon verbot das Blutschutzgesetz ohnehin eine Ehe mit ihr. Das sprach keiner von ihnen laut aus, aber beide wussten es.

Er galt als »Angehöriger rassefremden Volkstums«, ebenso wie die Juden, und war somit ein Reichsangehöriger mit eingeschränkten Rechten. Da sein Vater nie offiziell in Erscheinung getreten und nicht in der Geburtsurkunde eingetragen war, stand ihm nicht einmal der Status des Mischlings zu, wobei das ohnehin nichts geändert hätte, denn zur Reinerhaltung deutschen Blutes wurden auch Ehen mit Bastarden verboten. Sophia drohte eine Haftstrafe, wenn herauskäme, dass sie seine Geliebte war. Blutschande nannte man es. Auch das sprach keiner von ihnen beiden aus. Wenn er auch nur einen Funken Verantwortungsgefühl hätte, müsste er die Finger von ihr lassen.

Derzeit hatte er allerdings andere Sorgen. Sein Vetter Valentin, ein Bruder von Jacob, war von der Polizei aufgegriffen und inhaftiert worden, nachdem er mit einem Freund Lebensmittel hatte einkaufen wollen und nicht genug Geld bei sich hatte. Er beriet sich mit einem Freund, dass einer von ihnen rasch heimgehen und etwas holen solle, was noch nicht das Problem war, aber er hatte das auf Romanes getan, und die Ladeninhaberin hatte die Polizei gerufen. Als Valentin auf sie einsprach, gar die

Hand auf den Hörer legte, war sie vollends der Überzeugung, die beiden wollten sie ausrauben und Schlimmeres. Sie schrie geradezu hysterisch, stürzte hinaus, rief nach der Polizei. Die beiden jungen Männer bekamen Angst und flüchteten. Am Vorabend hatte man sie in ihren Wohnwagen ausfindig gemacht und verhaftet.

»So geht es doch in einem fort«, schimpfte Jacob, als Vincent ihn in seiner winzigen, im Wohnwagen untergebrachten Schreinerei besuchte. »Die wollen uns loswerden, so sieht es aus. Erst verweigern sie uns die Wandergewerbescheine, dann diese Versuche zur Umsiedlung. Die hoffen doch, dass wir gehen.«

Vermutlich stimmte das. Ohne Wandergewerbeschein war ein ambulanter Handel nicht mehr möglich, so dass viele Sinti ihren Lebensunterhalt nicht mehr auf eigene Kosten zu bestreiten vermochten. Die Stadtoberen hatte offensichtlich darauf gehofft, dass die Menschen weiterzogen und ihr Glück in einer anderen Stadt versuchten.

»Was passiert jetzt mit Valentin?«, fragte Vincent.

»Was weiß denn ich? Als wäre es nicht schon schlimm genug, wie sie uns bislang drangsaliert haben. Wenn wir uns zu dritt treffen, sind wir eine verbotene Versammlung. Romanes dürfen wir nicht öffentlich sprechen, weil uns dann Verschwörung unterstellt wird. Menschen wie Valentin können ihrem Gewerbe nicht mehr nachgehen und werden verhaftet, weil sie nicht ausreichend Geld in den Taschen haben.«

»Ich kenne einen Anwalt«, sagte Vincent. »Ich frage ihn, ob er ihm helfen kann.«

»Ein Anwalt? Und wer bezahlt den?«

»Das übernehme ich.«

Jacob grummelte vor sich hin. »Sie bezeichnen uns öffentlich als Schädlinge. Schädlinge! Ich hab immer ehrlich gearbeitet. Sie führen Razzien in den Wohnwagen durch, als wären die Menschen allesamt Verbrecher. Und als Nächstes nehmen sie sich die Wohnungen vor. Auch deine, Vincent, dann stehst du nicht mehr außen vor. Die erfassen uns genauso, wie sie 27 alle als Handelsreisende tätigen Sinti registriert haben.«

Vincent erinnerte sich an diese Aktion. Von seiner halben Familie waren die Fingerabdrücke genommen worden.

»Es müssen nicht einmal Verbrechen geschehen sein«, sagte Jacob. »Aber wenn die Menschen die ständigen Razzien sehen, glauben sie irgendwann, dass wir wirklich allesamt Verbrecher sind, die man ständig im Auge behalten und deren Heim man durchsuchen muss.« Jacob sah zu seinem Wohnwagen in der Remise. »Du hast es ja nie so gehabt mit der Familie. Aber wenn du was für Valentin tun könntest, wären wir dir sehr dankbar.«

Angesichts dessen, dass Vincent einen nicht unerheblichen Teil der Lebenshaltungskosten seiner Mutter und seines Cousins übernahm, fand er diese Behauptung ziemlich ungerecht. Andererseits war er seiner Familie tatsächlich nie sehr nahe gewesen, was daran lag, dass seine Mutter in der Zeit ihrer Liebschaft recht isoliert gewesen war. Vincents Vater war ein *Gadscho*, ein Fremder, ein Nicht-Roma, und Mischehen waren bei ihnen generell nicht gerne gesehen. In dieser Hinsicht war Vincents Familie immer noch sehr traditionell.

Seine Mutter hatte auf eine Ehe gehofft, ein Wunsch, der, wie Vincent längst klar war, absurd gewesen war. Ein Mann in der Position seines Vaters heiratete keine Sintiza, sondern eine Frau aus seinen Kreisen. Aber seine Mutter war jung und verliebt gewesen, hatte geglaubt, dass sie nun zu ihm gehörte, und dafür die Distanz zu ihrer Familie in Kauf genommen. Unwillkürlich musste Vincent an Sophia denken. Vielleicht hatte er ja mit seinem Vater mehr gemeinsam, als er bisher angenommen hatte.

JANUAR 1938

Die Möbel waren mit weißen Laken abgedeckt, und unten in der Halle standen fünf Koffer sowie ein kleines Köfferchen. Man war abreisebereit im Hause Roth. Unwillkürlich hatte Sophia sich beim Betreten des Hauses an frühere Reisen erinnert, wenn die Koffer – deutlich mehr an der Zahl als jetzt – und Hutschachteln in der Halle standen, das Personal alles für die Abreise vorbereitete und eine flirrende Vorfreude über allem lag. Jetzt standen die Koffer wie verloren in der leeren Halle, die in trostloser Stille dalag, als habe man mit den Koffern sämtliches Leben aus den Wänden gesaugt.

Langsam war Sophia die Treppe hinaufgestiegen, stetig in dem Bewusstsein, dies ein letztes Mal zu tun. Sie war in Rosas Zimmer gegangen, wo ihre Freundin gerade noch einmal Hand an die Frisur legte. Rosa war so bleich, dass ihre dunklen Augen unnatürlich groß wirkten. Und sie hatte unübersehbar geweint, etwas, das so untypisch für die stets so beherrschte Rosa war, dass Sophia nur mit viel Mühe die Tränen hinunterschlucken konnte. Und die lauerten schon seit Betreten des Hauses dicht unter der Oberfläche.

Während Rosa das Haar aufsteckte, ging Sophia zum Fenster, strich mit den Fingern über die breite Fensterbank, auf der sie so oft gesessen und geplaudert hatten. Von hier aus konnte man in den Garten sehen, wo es im Mai 1935 die letzte Geburtstagsfeier gegeben hatte. Viele geladene Gäste waren da schon nicht mehr erschienen, so dass sie im kommenden Jahr darauf verzichtet hatten.

»Aber zu uns kämen die Leute doch«, hatte ihr Vater dagegengehalten.

»Gewiss nicht, wenn die Einladung von uns und den Roths gemeinsam ist.«

»Dann ist sie eben nur von euch, und die Roths werden geladen wie andere Gäste.«

Ludwig war fast explodiert vor Wut, hatte gebrüllt, dass es das Personal bis in die Küche gehört haben musste. Er sei fertig mit ihm, hatte er geschrien, ein für alle Mal.

»Ich bin ja nicht aus der Welt«, hörte sie Rosas Stimme nun. »Wir können uns schreiben und telefonieren.«

Sophia zwang ein Lächeln auf die Lippen. »Ja, das werden wir so oft wie nur möglich tun.«

»Und du besuchst mich in der Schweiz.«

»Ja, gewiss.«

Aber es wäre nicht dasselbe, würde es nie wieder sein. Die Zeiten, wo es nur wenige Minuten waren von einem Haus zum anderen, waren vorbei. Unwiederbringlich. Sie hatten sich vorgestellt, wie ihre Kinder in den Häusern der Großeltern weilten und sich gegenseitig besuchten – zweifelsohne die engsten Freunde. Jetzt würden sie sich nur noch sehen, wenn sie dafür eine mehrstündige Reise auf sich nahmen.

»Vielleicht komme ich ja sogar zurück«, sagte Rosa. »Wenn ich mit meinem Studium fertig bin, ist hier gewiss wieder Normalität eingekehrt.«

Sophia nickte nur.

»Papa hat unseren Schmuck verkauft, aber wir dürfen ja ohnehin nichts mitnehmen. Kein Schmuck und kein Bargeld. Sie haben es streng reglementiert, alles, was nach 1933 gekauft wurde, gilt als neuwertig, muss angemeldet und darf nur unter hohen Abgaben ausgeführt werden.« Rosas Blick wurde unstet, wanderte zum Fenster und wieder zurück zu Sophia. »Ich verstehe das alles nicht. Warum wir? Mein Vater hat im Krieg für Deutschland gekämpft, mein Großvater mütterlicherseits war General, meine ganze Familie ist loyal, war es schon zu Zeiten des Kaisers.«

Sophia konnte nicht antworten, fand keine Worte. Ihr Leben ging unbehelligt weiter, ohne dass sie irgendetwas dafür hätte tun müssen, nur, weil sie laut irgendeinem verqueren Verständnis in die richtige Familie geboren worden war. Ihre eigenen Sorgen, ihr Liebeskummer wegen Vincent, das alles kam ihr banal und kleinlich vor. Unbedeutend. Vor allem angesichts dessen, dass es auch Vincents Familie derzeit nicht leicht hatte, wenngleich er kaum darüber sprach. Wie er überhaupt selten über seine Familie redete, als trenne er zwei Leben voneinander.

Rosa sah auf die Uhr. »Gleich ist es also so weit.«

Sophia nahm sie in die Arme, presste die Lider zusammen und konnte doch nicht verhindern, dass Tränen dazwischen hervorquollen. Sie hielten sich eng umschlungen, und Sophia spürte das leichte Zucken von Rosas Schultern, was sie endgültig an den Rand der Beherrschung brachte, und sie schluchzte auf.

Es klopfte leise, dann wurde die Tür geöffnet. Rosa löste sich aus Sophias Umarmung und drehte sich um, die Augen rot und glasig. Ludwig trat ein.

»Es geht los.« Er ging zu Rosa, nahm sie in die Arme, drückte sie fest an sich, dann umfasste er ihr Gesicht, und wieder einmal fragte sich Sophia, was das da zwischen ihrem Bruder und ihrer besten Freundin eigentlich war. Liebe? Eine Freundschaft, die sich nur inniger zeigte, als es üblich war? Oder eine Mischung aus beidem? Ludwig senkte den Kopf, küsste Rosa. Dann gab er ihr einen weiteren Kuss auf die Stirn und bot ihr den Arm. Sophia hakte sich auf ihrer anderen Seite ein, und sie gingen die Treppe hinunter.

Der Rest der Familie wartete unten, und nur die kleine Lisbeth war ganz aufgeregt ob der großen Reise zu den Großeltern. Oskar Roth stand wie verloren in der Halle, sah sich um.

»Und wenn ihr allein fahrt?«

»Vater, das hatten wir alles schon«, erklärte Paul.

»Aber es wird gewiss besser. Noch mehr können sie uns doch gar nicht antun. Und hier ist das Haus, unser ganzes Vermögen. Alles verloren, wenn wir nun gehen.«

»Ich sorge dafür, dass das Haus so gut verkauft wird wie nur möglich«, versicherte Ludwig.

»Aber was nützt uns das? Das ganze Geld landet auf einem Sperrmarkkonto, wenn wir es ins Ausland transferieren wollen, müssen wir sechsundneunzig Prozent Abgaben leisten. Was bleibt da übrig?«

»Vier Prozent«, antwortete Paul. »Und ein ganzes Leben.«

»Ich habe viele Jahre meines Lebens für dieses Geld gearbeitet.«

»Nein«, mischte sich Margot Roth nun ein. »Wir haben für unsere Kinder gearbeitet, und die nehmen wir mit.«

Oskar Roth schwieg, tat mehrere zittrige Atemzüge.

»Mein Schwager«, sagte Sophia, »hat mir bei meinem Aufenthalt im Taunus gesagt, dass ihr gehen solltet, solange ihr es noch könnt. Ich weiß nicht, was er damit meinte. Als ich nachfragte, blieb er vage, fügte nur hinzu, es werde noch sehr ungemütlich, und er rate jedem, besser heute als morgen zu gehen.«

Ludwigs Augen umwölkten sich, und vermutlich konnte Eduard froh sein, gerade nicht vor Ort zu sein.

»Wir hatten das besprochen«, wiederholte Paul. »Und wir fahren jetzt. Meine Schwiegereltern haben Platz genug für uns, ich arbeite und verdiene gewiss nicht schlecht. Für unseren Lebensunterhalt ist gesorgt, und Lisbeth hat eine Zukunft. Das ist mehr, als wir hier haben.«

Entschieden griff er nach zwei Koffern, Ludwig nahm zwei weitere, Sophia den fünften, und Anna das Köfferchen und Lisbeth an die andere Hand. Sie fuhren mit zwei Automobilen, Oskar, Margot und Paul nahmen bei Ludwig Platz, Rosa, Anna und Lisbeth bei Sophia, die Rosas eleganten, cremeweißen Benz fahren würde. Ein letztes Mal. Oskar Roth hatte es selbst übernommen, die Villa zu verschließen, und Ludwig den Schlüssel gegeben. Es durfte nur das absolut Notwendige mitgenommen werden, nicht einmal überzählige Leibwäsche war erlaubt. Ein ganzes Leben, verpackt in sechs Koffer.

Die Fahrt zum Bahnhof verlief schweigsam, niemand fand Worte, und Rosas Blick war auf die Straße geheftet, als wolle sie all das Vertraute noch ein letztes Mal in sich aufnehmen. Sophia parkte den Benz vor dem Bahnhof, und sie stiegen aus, holten die Koffer aus dem Gepäckraum. Ludwig kam kurz nach ihnen, stellte den Wagen neben Sophias ab. Sie begleiteten die Roths zum Bahnhof. Die Billetts waren gekauft, und doch standen sie angespannt am Gleis, als könnte die fluchtartig anmutende Ausreise noch irgendwie scheitern. All diese Regelungen – man kam sich fast vor, als täte man etwas Illegales, indem man das Land verließ.

Der Zug fuhr ein, und der Moment des Abschieds war gekommen. Dieses Mal weinte Sophia nicht, das alles hatte mit einem Mal etwas Unwirkliches, wie sie da am Bahnhof standen, sich verabschiedeten. Als sei es in der Tat nur eine Reise. Es war weniger greifbar als in dem Haus mit den abgedeckten Möbelstücken.

Ludwig half, die Koffer in das Abteil zu bringen, während Sophia draußen darauf wartete, dass sich Rosa und Anna am Fenster zeigten. Sophia hob den Arm, winkte, nahm kaum wahr, dass Ludwig auf einmal wieder neben ihr stand, hielt den Blick gebannt auf den Zug gerichtet, der nun anfuhr, ruckelnd, mit dem lauten Quietschen von Eisen auf Eisen. Rosas Gestalt wurde zur Silhouette, der Zug zu einem Punkt, der in der Ferne immer kleiner wurde und schließlich verschwand. Sophia senkte den Arm, starrte auf jenen Fleck, wo der Horizont den Zug geschluckt zu haben schien. Ludwig berührte ihren Arm.

»Komm, wir bringen Rosas Wagen zurück und fahren nach Hause.«

Emilia hatte sich schon einen Tag zuvor von Anna verabschiedet. Den letzten Tag wollte sie den Zwillingen überlassen, das war ihr Abschied, den mochte sie nicht stören. Stattdessen ließ sie ihre Kinder in der Obhut des Kindermädchens und ging zu Helga und Annelie ins Kinderheim. Während sie mit Annelie nie richtig warm geworden war, war sie mit Helga mittlerweile eng befreundet. Von Annelie wusste sie kaum etwas, nur, dass sie aus ähnlich gutbürgerlichen Verhältnissen stammte wie Helga und dass sie irgendwann einmal verlobt gewesen und der Mann im Krieg gefallen war.

Direkt nach dem Mittagessen war Emilia losgegangen, so dass sie ankam, als die Kinder gerade in den winterlichen Garten entlassen wurden. Ein Streitpunkt zwischen Helga und Annelie. Während Letztere der Meinung war, die Kleinen würden sich noch den Tod holen, argumentierte Helga, ihr sei noch keiner untergekommen, den frische Luft umgebracht hätte.

»Ich habe Kaffee aufgebrüht«, sagte Helga. »Du trinkst doch gewiss eine Tasse mit mir?«

»Sehr gerne.« Emilia ging in den kleinen Salon, der den Erwachsenen vorbehalten war. Ein Rückzugsort, wenn man sich in Ruhe unterhalten oder Besuch empfangen wollte.

Helga brachte ein Tablett, auf dem eine Kaffeekanne, Sahnekännchen und zwei Tassen standen. Sie stellte ihn auf dem zierlichen Tischchen ab, um das die Sessel gruppiert waren. Der Kaffee duftete wunderbar.

»Annelie hat mit den Kindern gebacken, wobei die größeren Jungs nicht mitmachen wollten, weil sie sagten, das sei Weiberkram. Dass sie dafür keinen Kuchen zum Nachtisch bekommen haben, hat ihnen natürlich nicht behagt. Wir haben dann vereinbart, dass sie dafür den Küchendienst für heute übernehmen.« Helga rührte ein wenig Sahne in ihren Kaffee. »Es ist immer so ein Kampf, wenn sie älter werden. Annelie hat vier Brüder, alle jünger als sie, sie kann damit ganz gut umgehen.« Helga lächelte, dann wurde sie ernst. »Ihr Cousin ist wieder da.«

»Tatsächlich?«

»Er hält sich verborgen, meinte, es sei besser, sich erst einmal bedeckt zu halten.« Helga trank einen kleinen Schluck. »Er hat sich ein paarmal zu oft mit den falschen Leuten getroffen.«

»Er ist Sozialist, ja?«

»Hm, ja, aber auch dem Kommunismus nicht abgeneigt, sagt, die Sozialisten bekommen es ohnehin nicht auf die Reihe.«

»Und was passiert jetzt?«

»Ich hoffe, dass sich die Situation schnell beruhigt.« Darauf hoffte Emilia auch, aber sie glaubte nicht daran. Vor allem angesichts dessen, dass das nach dem Versailler Vertrag entmilitarisierte Frankfurt vor zwei Jahren wieder zur Garnisonsstadt gemacht worden war, als wolle man sich für einen Krieg wappnen.

Helga atmete tief ein, stieß den Atem dann langsam aus. »Es gibt noch etwas, worüber ich mit dir sprechen will. Wir haben zwei jüdische Kinder. Ich möchte sie bei der nächsten Gelegenheit fortschicken.«

Emilia starrte sie an.

»Ach du lieber Himmel, das meinte ich doch nicht. Ich spreche davon, sie ins Ausland reisen zu lassen, wo sich Menschen um sie kümmern. Es gibt die Möglichkeit, die Kinder mit der Bahn zu schicken, daran dachte ich. Hilfst du mir? Dein Schwager ist doch Anwalt. Falls jemand Schwierigkeiten macht oder so.«

»Du hast die Vormundschaft über sie, oder?«

»Ja, das ist nicht das Problem. Sie dürfen nicht mit den anderen Kindern in die Schule, sind überall ausgegrenzt, und eigentlich dürften sie hier gar nicht mit den anderen Kindern zusammenleben. Noch sagt niemand etwas, aber es hängt schon geraume Zeit unausgesprochen in der Luft. Gerrit, Annelies Cousin, hat uns dazu geraten, die Kinder fortzuschicken. Er sagt, es würde noch schlimmer kommen, wo auch immer er das herhat. Aber offenbar stehen sie mit Leuten aus der NSDAP in Kontakt. Spitzel oder so.« Helgas Hand zitterte leicht, und als sie die Tasse absetzte, klirrte das Porzellan leise. »In was für Zeiten geraten wir da nur?«

Emilia lag auf der Zunge, dass sie genau das seit Jahren predigte, ohne dass ihr jemand zuhören wollte, aber was brachte das? »Der Mann meiner Schwägerin hat sich ähnlich geäußert. Er hat Sophia gesagt, er rate den Roths dringend, das Land zu verlassen.«

»Jungbluth, ja? Einer von den ganz wichtigen Industrieheinis. Mischt ziemlich weit oben mit, nicht wahr?«

»Er ist Mitglied in der NSDAP und hat sehr früh angefangen, wichtige Kontakte zu knüpfen.«

Helga stieß ein schnaubendes Lachen aus. »Ja, so sieht er aus. Hab ihn letztens in der Zeitung gesehen, wie er da auf irgendeiner Feier mit den Parteigrößen war.«

»Ich glaube nicht einmal, dass er voller Überzeugung dahintersteht. Ihn lockt der Profit.«

»Das sind die Schlimmsten. Wenn man ideologisch völlig verblendet ist, ist ein gewisses Handeln nachvollziehbar. Nicht weniger verwerflich, aber man weiß, wie es zustande kommt. Die Leute werden blind für all das Schlimme, das die Situation mit sich bringt, reden es sich schön, indem sie sagen, das sei nur ein vorübergehender Zustand auf dem Weg zu etwas Neuem, Großem.«

»Wie Raiko«, murmelte Emilia.

»Aber diese Profitgeier, die sehen ganz genau, was da passiert. Sie haben es analytisch im Blick. Ich garantiere dir, dass Eduard Jungbluth durchaus darüber nachdenkt, wie er aus der ganzen Sache elegant herauskommt, wenn die Bewegung irgendwann ihr Ende findet.«

Irgendwann. Noch herrschte ausreichend Euphorie unter den Anhängern, dass Emilia diesen Moment in weiter Ferne sah. Da machte sie sich keine Illusionen. »Was ist mit den Kindern, die ihr von der Straße holt? Die, von denen ihr keine Geburtsurkunden oder so habt?« Seit 1935 war man verpflichtet, seine arische Abstammung in einem Ahnenpass zu dokumentieren.

»Tja, das ist die Frage, nicht wahr?«

* * *

Den Blick in den von einer blassen Wintersonne erhellten Garten gerichtet, tippte Sophia sich mit dem Bleistift gegen die Zähne, während sie über eine Szene grübelte. Gar so leicht, wie viele unterstellten, ging das Schreiben solcher Texte eben doch nicht von der Hand. Es waren Fortsetzungsgeschichten, die stets drei Teile haben sollten, damit die Leserinnen die nächste Ausgabe kauften, aber nicht das Interesse verloren, weil sich die Fortsetzung gar zu lange hinzog. Sie wusste, dass es ihrer Familie peinlich war, dass sie diese Art von Geschichten schrieb, und ihr Vater hätte es ihr am liebsten untersagt. Erstaunlicherweise hatte ihr ausgerechnet Eduard zur Seite gestanden, als ihr Vater die Sache bei Tisch angesprochen hatte, zweifelsohne, damit Sophia, nun offen bloßgestellt, von dem närrischen Vorhaben abließ.

»Warum denn nicht?«, hatte Eduard mit ungeheucheltem Erstaunen gefragt. »Du beklagst dich doch ständig, dass sie nichts tut und nur in den Tag hinein lebt. Gibt es etwas Anständigeres, als harmlose Liebesgeschichten für ein Hausfrauenmagazin zu schreiben?«

»Da hat er eigentlich recht«, war es daraufhin von Raiko gekommen, der Eduard gerne nach dem Mund redete.

Dann hatte auch ihre Mutter gewagt, sich zustimmend zu äußern, so dass ihr Vater kaum mehr anders konnte, als nickend sein Einverständnis zu geben. Immerhin wäre sie dann beschäftigt und käme nicht auf dumme Gedanken. Womöglich projizierte er in ihre Geschichten auch vermeintliche Sehnsüchte Sophias nach einem tapferen Recken als Ehemann. Dass sie Frank Roloff abgelehnt hatte, nahm er ihr immer noch übel.

Rosa hatte das alles pragmatisch gesehen. »Wofür schämst du dich eigentlich? Du bereitest mit deinen Geschichten vielen Frauen ein paar schöne Stunden.«

»Aber ich möchte so gerne ernsthafte Dinge schreiben«, war Sophias Antwort darauf gewesen.

»Das kannst du doch immer noch. Und währenddessen verdienst du dein eigenes Geld.«

Sophia legte den Kopf zurück und schloss die Augen. Wie sollte sie den Alltag ohne Rosa ertragen? Ja, sie hatte Ludwig, aber das war etwas anderes, er war eben trotz aller Nähe der Bruder und nicht die beste Freundin. Rosas Sicht der Dinge half einem, alles wieder klar zu sehen. Als werfe sie ein Licht auf jene Seite, die bisher im Dunkeln gelegen hatte, und öffnete eine andere Perspektive. So war es auch gewesen, als Sophia ihr von Vincent erzählte.

»Es ist nun einmal passiert, da kannst du dich jetzt grämen, wie du willst.«

»Ich ärgere mich auch eher über mich selbst als über ihn.«

»Damit kannst du höchstens die Zukunft ändern, aber nicht die Vergangenheit.«

Dieser unwiderstehlichen Logik hatte Sophia sich schlussendlich fügen müssen.

»Na, siehst du«, hatte Rosa geantwortet. »So, und jetzt möchte ich die Einzelheiten wissen.«

Als Sophia ihr Wochen später gestanden hatte, dass es erneut passiert war, hatte Rosa nur eine Braue gehoben. Solche Dinge konnte man doch nicht am Telefon besprechen. Oder einem Brief anvertrauen. Sie blinzelte, spürte, wie ihr Nässe in den Wimpern hing, fuhr mit dem Handrücken darüber. Dann wandte sie sich wieder ihrem Text zu, blätterte zurück, um nachzusehen, ob die Heldin dieses Mal blaue oder grüne Augen hatte, und machte sich ans Schreiben einer blumigen Szene des ersten Kennenlernens. Entzauberte Liebe, der jedes Geheimnis fehlte.

Als die Tür zur Bibliothek geöffnet wurde, sah sie auf. »Was machst du denn um diese Zeit hier?«

Ludwig zuckte mit den Schultern. »Jemanden suchen, der sich mit mir gemeinsam ärgert. Man legt mir einen Haufen Steine in den Weg bei meinem Versuch, das Haus und das Inventar ordentlich zu verkaufen. Irgendjemand hat es offenbar darauf abgesehen, es möglichst billig zu bekommen. Und da diese Person mit irgendwem Wichtigem befreundet ist, hat man mir untersagt, Angebote auf dem freien Markt einzuholen.«

»Dürfen die das denn?«

»Dürfen? Die dürfen alles, Sophia. Gewöhn dich besser daran.« Er ließ sich ihr gegenüber nieder, schielte auf die Kladde, die sie auf den Tisch gelegt hatte, und sie schlug sie rasch zu.

»Das ist doch albern. Ich könnte mir die Zeitschrift auch kaufen.«

»Da ist es aber fertig und nicht mehr in Rohform. Außerdem sitze ich dir dann nicht gegenüber und muss dir zusehen, wie du mir zuliebe versuchst, ernst zu bleiben.«

Er zuckte erneut mit den Schultern, und die steile Falte erschien wieder zwischen den Brauen. »Was soll ich denn jetzt machen? Alles unter Wert hergeben?«

»Du wirst wohl keine andere Wahl haben.«

»Da bleibt doch am Ende nichts mehr übrig.«
»Wer sind diese Leute, die es haben wollen?«
»Ach, was weiß ich. Das ist mir auch egal.«

Sophia hatte den Gedanken daran, dass bald Fremde in der Villa Roth leben könnten, in den letzten Tagen stets beiseitegeschoben. Es war einfach nicht vorstellbar.

»Aber das sind ja nicht nur die Möbel. Das Tafelsilber, das Porzellan ... Das ist doch alles viel wert.«

»Das wird wohl in den Kaufpreis gerechnet. Aber natürlich wird der Preis nicht der sein, den wir anderweitig erzielt hätten.« Er rieb sich die Augen. »Kein Wunder, dass so viele nach wie vor zögern zu gehen. Das alles kommt einer Enteignung gleich, und wer von vornherein kein Geld hat, wird es nicht ins Ausland schaffen. Wie auch? Das ist Taktik, verstehst du? Man will, dass die Juden gehen, aber zum einen will man ihr Vermögen, zum anderen will man sie nur verarmt anderen Ländern überlassen, in der Hoffnung, dass dort die Stimmung gegen die Juden umschlägt, vor allem, wenn sie nicht nur ohne Geld, sondern auch ohne hinreichende Sprachkenntnisse sind und somit ohne jede Möglichkeit zu arbeiten ankommen.«

Sophia dachte an Rosa, wie sie dagestanden und die Welt nicht mehr verstanden hatte. Aus dem Theater kannte sie ein paar der jüdischen Schauspieler, flüchtig zumindest. Einige hatten sich den Kommunisten im Untergrund angeschlossen, andere beharrten darauf, dass es besser werden würde. Die übrigen versuchten, mit ihren kargen Mitteln ins Ausland zu gelangen. Die meisten Juden, die Sophia kannte, waren, wenn sie denn emigrierten, nach Frankreich, Polen oder in die Niederlande gegangen.

»Paul Roth hat schon seit 35 über eine Auswanderung nachgedacht, konkrete Pläne hat er im Jahr darauf geschmiedet, alles minutiös durchorganisiert mit seinem Schwiegervater. Daher war der auch in den letzten beiden Jahren so oft hier. Paul wollte vorbereitet sein.«

»Rosa hat nichts davon erzählt.«

»Weil sie es selbst erst erfahren hat, als ihr Vater nach über einem halben Jahr Überredungskunst endlich zugesagt hat.«

Erneut wurde die Tür geöffnet, dieses Mal war es Günther Conrad. »Ach, du bist hier?«

Ludwig erhob sich. »Wie du siehst. Hätte ich allerdings gewusst, dass du heute früher kommst, hätte ich meinen Besuch verschoben.«

In dem Gesicht ihres Vaters zuckte es, aber er sagte nichts dazu, was ungewöhnlich war. Vermutlich fehlte ihm schlicht die Zeit zu streiten. »Sophia, pack deinen Kram zusammen und geh in dein Zimmer. Ich möchte hier gleich Besuch empfangen«, bestätigte er ihre Vermutung.

Sie nahm ihre Kladde und erhob sich.

»Komm uns doch demnächst mal wieder besuchen«, sagte Ludwig zu ihr, als sie im Flur standen. »Du machst dich rar.«

»Das gebe ich gerne zurück.«

»Du weißt doch, dass ich ihn nicht ertrage.«

»Da geht es mir nicht anders, und doch muss ich es nun allein aushalten. Und Raiko noch obendrauf.«

Er gab ihr einen Kuss auf die Wange. »Am Wochenende kommen wir zum Mittagessen.«

Sophia brachte ihn zur Tür und ging in den Salon. Dort fand sie zu ihrem Erstaunen Clara vor, die gerade einen Stapel Briefe durchging, den sie fast fallen ließ, als Sophia eintrat.

»Lieber Himmel, hast du mich erschreckt«, rief sie, als sei dies ihr Zuhause und Sophia der unangemeldete Besucher.

»Was machst du mit unserer Post?«

»Ich suche einen Brief.«

»Bei uns?«

»Es gibt hin und wieder Leute, die noch die alte Adresse verwenden.« Sie legte die Briefe hin. »Und? Wie geht es dir? Die Roths sind fort, habe ich gehört?«

»Ja, dank Leuten wie deinem Mann.«

»Was kann Eduard denn dafür?«

»Frag doch nicht auch noch so dumm.«

Clara zuckte mit den Schultern und wirkte beleidigt. »Eine kultivierte Unterhaltung mit dir zu führen, scheint nach wie vor unmöglich zu sein.« Sie hob das Kinn und verließ den Salon. Froh, dieser Unterhaltung so schnell entkommen zu sein, setzte sich Sophia mit ihrer Kladde ans Fenster und begann wieder zu schreiben.

Natürlich hatte Ludwig kein Geld dafür genommen, als er sich darum gekümmert hatte, dass Vincents Cousin aus dem Gefängnis entlassen wurde. Für die Inhaftierung hatte es keinerlei rechtliche Grundlage gegeben. Weder hatte Valentin gestohlen noch eine Waffe bei sich getragen. Viele Bekannte hatten sich gewundert, dass Ludwig sich als Anwalt einer angesehenen Kanzlei und Sohn von Günther Conrad überhaupt dieses Falls angenommen hatte – gewiss nicht weniger als Valentin selbst. Tatsächlich war man davon ausgegangen, dass der Mann keine vernünftige anwaltliche Vertretung würde vorweisen können, und daher nicht darauf vorbereitet gewesen, Ludwigs Fragen entsprechend zu parieren. Die Anklage fußte auf so erbärmlich dünnen Annahmen – die Aussage einer hysterischen Frau und die der Nachbarn, die nicht einmal etwas gesehen hatten –, dass Ludwig auf keinen nennenswerten Widerstand stieß.

Es war Vincent nicht leichtgefallen, ihn um Hilfe zu bitten, was Ludwig durchaus angemessen fand. Dass er ungeachtet aller Konsequenzen weiterhin mit seiner Schwester ins Bett ging, nahm Ludwig ihm übel, und er hätte ihm gerne die Meinung gesagt, verkniff sich das jedoch, weil er wusste, dass das nichts ändern würde und Sophias einzige Reaktion wäre, ihm künftig nichts mehr anzuvertrauen. Blieb zu hoffen, dass ihr irgendwann die Augen aufgingen. Hoffentlich war es da dann nicht bereits zu spät. Er hatte mit ihr darüber diskutiert, hatte ihr die Folgen eindringlich erklärt. Ihr musste bewusst sein, welches Risiko sie einging. Geführt hatte es zu nichts, denn ihre Gefühle Vincent gegenüber waren stärker als ihre Angst vor der Strafe, die ihr drohte.

An der Hauswand ihm gegenüber hing ein Plakat. Ein blondes Mädchen lächelnd vor blauem Hintergrund. **Auch Du gehörst dem Führer.** Nur über meine Leiche, dachte Ludwig. Da blieb nur die Hoffnung, dass das alles vorbei war, ehe seine Tochter alt genug war für diese staatlich organisierte Indoktrination. Mit Worten wie Sport, Gemeinschaft und Abenteuer lockten sie die zehnjährigen Kinder in ihre Erziehungslager. Clara konnte es kaum abwarten, dass ihr Ältester endlich auch dort mitmischen durfte.

»Wie geht's, Conrad?«

Er drehte sich um, stand Elisabeth Weinbergs Bruder Andreas gegenüber, Anwalt wie er selbst. »Guten Tag. Lange nicht gesehen.«

»Viel zu tun, du kennst das ja.«

»Ich habe gehört, dein früherer Sozius hat die Kanzlei von Paul Roth übernommen?«

»Mitsamt den Mandanten, wobei er den Großteil schon vorher vertreten hat, seit Paul nicht mehr als Anwalt arbeiten konnte.«

»Woran es wohl lag, dass er das nicht mehr konnte.«

»Hör zu, ich weiß, dass die Roths Freunde von euch waren, Elisabeth war ja auch mit Rosa befreundet, aber gewisse Maßnahmen dienen letzten Endes doch nur dem Schutz der Bevölkerung.«

»Paul ist ein erfahrener Anwalt, und er hat seinerzeit mit Bestnoten abgeschnitten.«

»Aber stell dir mal vor, er vertritt einen Deutschen, der gegen einen Juden prozessiert. Wem gelten Pauls Sympathien da wohl?«

Ludwig stieß langsam den Atem aus, rang um Ruhe. »Mit Sympathien gewinnt man keinen Prozess, da zählen Fakten und Beweise. Paul hatte eine gut gehende Kanzlei, ich bezweifle, dass er jemals einen Mandanten halbherzig vertreten hat, weil er dessen Gegner sympathischer fand.«

Andreas zuckte mit den Schultern. »Ich habe keine Lust, mit dir darüber zu streiten.«

Seine Eltern hielten von der derzeitigen Regierung nicht viel, das wusste Ludwig. Andreas allerdings hielt sich eher an seinen Freund, Elisabeths Ehemann, der ganz auf Linie der NSDAP stand. Elisabeth sagte zwar, sie habe damit nichts zu tun, aber den Kontakt zu Rosa hatte sie trotzdem langsam auslaufen lassen.

»Ich habe gehört, du holst seit neuestem Zigeuner aus dem Gefängnis«, sagte Andreas.

»Ich habe den Cousin eines alten Bekannten vertreten. Woher weißt du davon?«

»Spricht sich herum, wenn ein Anwalt einer bedeutenden Kanzlei auf einmal auftaucht und einen Zigeuner vertritt. Was sagen deine Anwaltskollegen dazu?«

Sein Vater hatte drastische Worte gefunden. *Mein Sohn ist ein Zigeuneranwalt!* Ludwig verengte die Augen. »Was willst du hören?«

Beschwichtigend hob Andreas die Hände. »Es hat mich nur interessiert, weiter nichts.«

»Die Kanzlei, für die ich tätig bin, vertritt gelegentlich Pro-bono-Fälle. Also keine Sorge, ich lande deswegen nicht auf der Straße.«

»Ich habe dich offenbar auf dem falschen Fuß erwischt.« Ein etwas bemüht wirkendes Lächeln begleitete die Worte. »Warum kommst du mich nicht einmal mit deiner Frau besuchen, dann plaudern wir ein bisschen, so wie früher.«

»Aber gewiss doch.« Einen Teufel würde er tun.

»Dann auf bald.« Andreas klopfte ihm kurz auf die Schulter und ging seines Weges.

Die ganze Rechtsprechung war nur noch eine Farce. *Recht ist, was dem Volke nutzt.* Aber sicher doch, vor allem, wenn klar definiert war, wer nicht zum Volk gehörte. Der Führer als oberster Gerichtsherr des Reiches. Wo gab es denn so etwas? Justiz hatte unabhängig zu sein, aber den Weimarer Rechtsstaat hatte man außer Kraft gesetzt.

Während er Andreas nachsah, dachte Ludwig daran, wie Sophia ihm gestanden hatte, Elisabeths Bruder den ersten Kuss gewährt zu haben. Damals war freilich nicht absehbar gewesen, wie sich alles entwickelte. Das wiederum brachte ihn zu seiner Schwester und Vincent. Er dachte an all das, was Sophia drohte, wenn man sie erwischte, und wie beharrlich sie trotzdem an ihm festhielt. Vielleicht brauchte er nicht darauf zu warten, dass ihr die Augen aufgingen, weil dies bereits geschehen war und sie auf ihre Art in den Widerstand gegangen war. Und wer war er, ihr dies verbieten zu wollen?

JUNI 1938

Sophia wollte ihren Augen nicht trauen, als sie sah, was dort auf Vincents Esstisch lag. *Trautes Heim – Zeitschrift für die deutsche Hausfrau*, jene Frauenzeitschrift, in der ihre Geschichten veröffentlich wurden, die zu lesen sie Vincent streng untersagt hatte. Wenn er jemals etwas von ihr zu lesen bekam, dann etwas Gehaltvolles, etwas in der Art jener Texte, für die sie zwei weitere Absagen in den letzten Jahren bekommen hatte. Allerdings nicht ganz so vernichtend wie die erste, sondern schlicht, man sei nicht interessiert. Sie wollte, dass Vincent etwas von ihr las, das jenen literarischen Maßstäben entsprach, die sie so gerne erreichen wollte. Und nun lag hier diese Zeitschrift. Mit zitternden Fingern griff Sophia danach, schlug sie auf, in der unsinnigen Hoffnung, sie möge keine ihrer Geschichten erhalten.

Da war sie. *Rosemarie Lieblich, Ein vielversprechender Bräutigam.* Sophia stieg das Blut in die Wangen, und sie wollte, dass sich der Boden auftat und sie verschluckte. Stattdessen ging die Tür auf, und Vincent trat ein, das Haar noch feucht vom Bad. Sie war zu früh gewesen, Rudi hatte sie eingelassen und sich danach von ihr verabschiedet.

»Ah, du bist schon da?«

Sophia sah ihn an, die Zeitschrift in der Hand. »Wolltest du die noch vorher verstecken, ja?«

Er krauste kaum merklich die Stirn. »Warum sollte ich? Ich weiß ja nicht einmal, was das ist.«

»Ach, willst du mir erzählen, Rudi würde Hausfrauenzeitschriften lesen?«

»Na, ich gewiss nicht.«

»Du hast dich vermutlich prächtig amüsiert, nicht wahr? Habt ihr euch gegenseitig vorgelesen und gelacht?«

»Wenn ich wüsste, wovon du...«

»Spar es dir einfach, ja?« Sie warf die Zeitschrift nach ihm und verfehlte seinen Kopf nur knapp.

»Was...«

Sophia gab ihm keine Zeit zu antworten, sondern lief an ihm vorbei aus der Wohnung und zog die Tür mit einem Knall ins Schloss, ging durch den Flur zur Treppe. Ihre Schuhe klackerten laut auf den Stufen. Minutenlang streifte sie durch die Straßen, bis sie schließlich anhielt, stärker außer Atem, als es den Umständen angemessen war. Sie reagierte über. Einen Moment lang hielt sie inne, presste sich die Hand auf ihr wild schlagendes Herz, holte tief Luft.

»Geht es Ihnen nicht gut, junges Fräulein?«, hörte sie eine Frauenstimme sagen und hob den Blick.

»Alles bestens, ich hatte es wohl einfach zu eilig.« Sophia zwang ein Lächeln auf ihre Lippen, das die Frau nicht gänzlich zu überzeugen schien, denn der Ausdruck von Sorge blieb, aber sie ging ihres Weges.

Dabei war nicht alles bestens, ganz und gar nicht. Unter den Fingern, die ihr wild pochendes Herz beruhigen sollten, spürte sie das Ziehen, den Druckschmerz, der noch immer vorhanden war. Die Ängste der letzten Wochen lauerten unter der Oberfläche, die Verzweiflung, die sie nicht einmal Ludwig anvertrauen konnte. Drei Wochen hatte sie vergeblich auf die Blutung gewartet, nachdem diese im Monat davor nur sehr schwach und unregelmäßig gewesen war. Und dann, als sie gerade anfing, in Panik zu geraten, setzte sie ein, heftig und schmerzhaft. Der Arzt, den sie am anderen Ende Frankfurts aufgesucht hatte – den Ehering ihrer Großmutter, den sie aus dem Schmuckkästchen ihrer Mutter entliehen hatte, am Finger –, hatte ihr die Fehlgeburt bestätigt.

Im Grunde genommen war das zu erwarten gewesen. Vier Jahre. Ein Wunder, dass es nicht früher geschehen war. Und es war ja auch wieder vorbei, kein Grund mehr, sich Sorgen zu machen. Aber das schien in Sophias Bewusstsein noch nicht angekommen zu sein, die Ängste waren geblieben, die unterschwellige Verzweiflung. Sie ging weiter, ließ sich auf einer Bank mit Blick auf die Synagoge am Börneplatz nieder. Dieser Anblick erinnerte sie an Rosa, deren Familie, wenn sie denn mal in die Synagoge ging, hierhergegangen war oder in jene an der Friedberger Anlage und nicht in die orthodox geprägte des Westends. Ein Großteil der Juden Frankfurts lebte hier im jüdisch geprägten Ostend. Hatte hier gelebt, korrigierte sich Sophia im Stillen. Sie wusste nicht, wie viele von ihnen bereits emigriert waren wie die Roths und wie viele noch ausharrten in der Hoffnung, es würde wieder besser.

Sophia strich in konzentrierten Bewegungen ihren Rock glatt, ehe ihre Hand zu ihrem Bauch glitt. Über zwei Wochen hatte sie geblutet, und es hatte furchtbar wehgetan. Vielleicht hatte Emilia etwas bemerkt, sie hatte sie mehrmals forschend angesehen, als Sophia bleich und mit dunklen Ringen unter den Augen am Tisch gesessen hatte. Auch ihrer Mutter war das aufgefallen, aber da hatte Sophia sich mit monatlichem Unwohlsein herausreden können. Das reichte, damit Lydia Conrad nicht weiter nachfragte. Die Blutung war von Anfang an ein mit viel Scham und Schweigen behaftetes Thema gewesen. Als sie das erste Mal geblutet hatte, war sie weinend zu ihrer Mutter gelaufen, aber die hatte ihr nur Tücher in die Hand gedrückt, ihr erklärt, wie man diese zwischen die Beine band, und gemahnt, dass man über dieses Thema niemals und unter keinen Umständen reden dürfe. Vor allem nicht mit einem Mann.

Rosas Mutter hatte wenige Monate später ähnlich reagiert, allerdings war Rosa da schon vorbereitet gewesen, da Sophia ihr alles erzählt hatte. Das war ihr Geheimnis, das sie sogar vor Ludwig hüteten. Seltsamerweise kannte er es doch, denn als Sophia sich mit hochrotem Gesicht hatte herausreden wollen, warum sie nicht mit ins Schwimmbad kam, hatte er lapidar gefragt, ob Rosa auch gerade blute oder ob wenigstens sie mitkäme. Seither war es zumindest vor ihm kein Geheimnis mehr, und es reichte der Hinweis auf Indisponiertheit, damit er nicht weiter nachhakte. Dass Ludwig das alles nicht furchtbar beschämend fand, gab dem Ganzen einen Anstrich von Normalität.

Sophia sah auf ihre Hände, die nun wie zur Andacht gefaltet in ihrem Schoß lagen. Was für einen Auftritt sie vor Vincent hingelegt hatte. Im Grunde genommen war der kaum weniger peinlich als die Geschichte. Sie blickte die Straße entlang, halb befürchtend, halb hoffend, dass Vincent ihr folgen würde. Er tat es natürlich nicht. Vermutlich hatte er in der Tat keine Ahnung, wovon sie gesprochen hatte, sein Erstaunen war nicht gespielt gewesen. Sophia wusste selbst nicht, warum sie so wütend geworden war. Oder – doch, eigentlich wusste sie es schon. Sie hatte all die Wut an ihm ausgelassen, die sich in der letzten Zeit in ihr angestaut hatte. Die Angst, die sie allein hatte tragen müssen.

Müde erhob sie sich, strich erneut den Rock glatt. Vincent hatte an diesem Abend frei, daher hatten sie sich verabredet. Sie ging den Weg zurück zu seiner Wohnung, wobei sie nun deutlich langsamer ging, um die Begegnung noch ein wenig hinauszuzögern. Sie hasste Szenen ebenso wie Vincent, und nun hatte sie eine wahrhaft theatralische hingelegt. Sie drückte die schwere Haustür auf und betrat den Flur. Langsam ging sie die Treppe hoch und läutete. Mit diesem schrillen Geräusch konnte man jeden Ohnmächtigen zurück ins Leben holen.

Kurz darauf waren Schritte zu hören, und Vincent öffnete. Entweder war er nicht nachtragend, oder aber sie bot einen so erbarmungswürdigen Anblick, dass seine Wut dahinschmolz.

»Hast du dich beruhigt?«

Sie nickte nur. »Es tut mir leid.«

»Nicht schlimm.« Er schloss die Tür hinter ihr. »Setz dich, ich habe Tee aufgesetzt. Wobei du so aussiehst, als könntest du einen starken Kaffee gebrauchen.«

»Wenn es dir keine Umstände macht?«

»Ist schon in Arbeit.«

Sophia nahm im Wohnzimmer Platz und hörte kurz darauf das Geräusch der Handmühle, mit der Vincent den Kaffee mahlte. Sie mochte es, ihn in der Küche werkeln zu hören, mochte es, wenn der Duft von frisch aufgebrühtem Kaffee zu ihr zog. Es hatte etwas Anheimelndes, das sie von zu Hause nicht kannte. Sophia streifte die Schuhe ab und zog die Beine an, griff nach der Zeitschrift, die nun auf dem niedrigen Tisch lag, blätterte darin.

»Vermutlich hat diese Frau, die Rudi letztens besucht hat, sie hier vergessen«, sagte Vincent, als er mit einem Tablett in der Hand ins Wohnzimmer trat.

»Du hast nicht...«

»Nachdem du weg warst, habe ich darin geblättert, weil ich wissen wollte, was dich so wütend gemacht hat.«

Sophia spürte, wie ihr erneut das Blut in die Wangen stieg. »Hast du es gelesen?«

»Nein, nur den Namen und die Überschrift, da wurde es mir klar. Wessen Idee war das eigentlich? ›Rosemarie Lieblich‹.« Es fiel ihm schwer, ernst zu bleiben, das war ihm anzusehen.

»Die der Zeitschrift natürlich.«

Er schenkte ihr Kaffee ein, und sie trank ihn schwarz, was er mit einem leichten Heben der Brauen zur Kenntnis nahm. »Was ist wirklich mit dir los?«, fragt er, als er sich mit einer Tasse Tee neben sie aufs Sofa setzte.

»Gar nichts.« Sophia zwang sich ein Lächeln auf die Lippen. »Was soll denn sein?«

»Du hast dich rargemacht. Also noch rarer, als du dich sonst machst. Du warst nicht im Theater und hast dich nicht gemeldet. Ich dachte schon, du seiest krank.«

Sophia schüttelte nur den Kopf, hob die Tasse an den Mund und trank in kleinen Schlucken.

»Vertraust du mir nicht?«

Sie sah ihn an, wich im nächsten Moment seinem forschenden Blick aber wieder aus und trank erneut. »Doch, natürlich tue ich das.«

Er schwieg, wartete.

Sophia holte tief Luft, wollte sprechen und stieß den Atem dann doch nur in einem langen Seufzer aus. Sie schloss einen Moment lang die Augen, dann sah sie in ihre Tasse, in der noch ein kleiner Rest Kaffee war.

»Ich hatte eine Fehlgeburt.« Sie ließ die Worte in die Stille fallen wie Kiesel, die man ins Wasser warf. Nach wie vor sah sie Vincent nicht an. Als er jedoch schwieg, kochte wieder Wut in ihr hoch. »Falls du gerade überlegst, wie du die Frage formulieren sollst – es war auf jeden Fall von dir.«

Er beugte sich vor, schenkte ihr ungefragt noch einmal Kaffee ein, und Sophia spürte, wie das Porzellan sich unter ihren Händen erwärmte. »Ich habe das nicht in Zweifel gezogen«, sagte er dann. »Ich weiß nur schlicht nicht, was ich sagen soll.«

Nach wie vor sah Sophia ihn nicht an. »Vielleicht war es keine gute Idee, heute zu kommen.«

Seine Finger liebkosten ihren Nacken. »Weiß dein Bruder es?«

»Der hätte dir schon längst die Tür eingerannt.«

»Wie hast du es vor deiner Familie verbergen können?«

»Das war nicht so schwer, sie achten ohnehin kaum auf mich. Meine Schwägerin hat vermutlich geahnt, dass etwas nicht stimmt, aber sie hat nicht gefragt. Ich hätte es ihr sowieso nicht erzählt.«

»Warst du bei einem Arzt?«

»Ja, am anderen Ende der Stadt.«

»Und der hat keine Fragen gestellt?«

»Ich war unter falschem Namen da und habe mich als verheiratete Frau vorgestellt.«

»Verstehe.« Er streichelte fortwährend ihren Nacken. »War es schmerzhaft?«

Sie schwieg, nickte nur.

»Es tut mir leid.«

Sie antwortete mit einem kaum merklichen Schulterzucken.

»Wir sollten es beenden«, sagte er schließlich. Er musste bemerkt haben, dass ihre Haltung starr geworden war. »Zu deinem eigenen Besten.«

»Wenn ich etwas hasse, dann, wenn ein Mann eine Entscheidung trifft und der Frau erzählt, es sei zu ihrem Besten.« Da war sie wieder, die Wut. »Und dann? Sitze ich daheim und beweine mein gebrochenes Herz, während du dich hier im Bett mit anderen Frauen vergnügst?«

»Ich kann dir nicht die Sicherheit bieten, die du dir wünschst.«

»Dann ist das eben so.«

Vincents Hand lag immer noch auf ihrem Nacken, die Fingerspitzen an ihrem Haaransatz. Sophia drehte sich zu ihm, und seine Hand glitt auf ihre Schulter. Er zögerte, dann ließ er sie ihren Arm hinunterstreichen bis zu ihrer Hand, die er behutsam umschloss. Sophia erwiderte den Druck seiner Finger.

* * *

Vincent stand vor der Behausung seines Vetters Valentin, der ihn um etwas Geld gebeten hatte für Dinge des alltäglichen Bedarfs. Er war erst zwanzig und lebte mit seiner Mutter, dem ältesten Bruder und dessen Familie in einem Wohnwagen. Valentin arbeitete mit seinem Bruder, der jeden Sommer mit dem Wohnwagen loszog und Stoffe verkaufte, die seine Frau und seine Mutter den Winter über webten. Obwohl er nachweisen konnte, dass er schulpflichtige Kinder hatte, hatte man seinem Bruder dieses Jahr den Wandergewerbeschein verweigert, so dass die Familie nun von der Fürsorge abhängig war.

Valentin trat heraus, das Haar ein wenig zu lang, was ihm ein verwegenes Aussehen verlieh – ein Effekt, den er wohl beabsichtigt hatte. Er war ein hübscher Bursche, und die Frauen machten es ihm gewiss leicht. Er hätte etwas Besseres verdient als dieses Leben, das ihm beständig das Gefühl gab, nichts wert zu sein in einer Gesellschaft, zu der er so gern gehören wollte. Wie Vincent hatte er einen

Hang zum Alleinsein, und das war in einem Wohnwagen unter diesen beengten Verhältnissen schlicht nicht möglich. Die Wohnung hatten sie aufgeben müssen, da sie ansonsten den Handel nicht hätten weiterführen können. Doch nun hatten sie weder ihr Geschäft noch ein richtiges Zuhause. Vermutlich lag Jacob gar nicht falsch mit der Annahme, dass es allein darum ging, sie aus der Stadt zu vertreiben.

Sophia fragte hin und wieder nach seiner Familie, aber er erzählte nur wenig. Nicht, weil er sich dafür schämte, woher er kam, wahrhaftig nicht. Aber Sophia war sein Ufer an unruhiger See, an dem er zur Ruhe kam. Er wusste nicht, ob sie diese romantische Vorstellung hatte von dem, was viele als Vagabundenleben bezeichneten: Freiheit, Ungebundenheit und Folklore. In Wahrheit war es vor allem eng, wenn ganze Familien in einem Wohnwagen hausten, nie war es ruhig, stets war etwas in Bewegung, waren Geräusche zu hören, Atmen, Schnaufen, Kauen, bei Nacht das Schnarchen, das erstickte Stöhnen, wenn man sich liebte. Aus dem Grund war es für viele ein herber Schlag gewesen, ihre Wohnungen zu verlieren, diesen Ort, der im Winter mehr Platz versprach, der Türen hatte, die man schließen konnte. Und dann die Kälte, der die dünnen Wände nicht zu trotzen vermochten.

Seine Mutter hatte dem entkommen wollen, hatte davon geschwärmt, wie wunderbar die Villa ihres Liebhabers war, wie weich die Teppiche unter den bloßen Füßen. Im Winter hatte im Kamin ein Feuer geprasselt, Wärme war über Ofenrohre in die Zimmer geleitet worden. Ihr Liebster habe über ihr Erstaunen gelacht, habe sie in die Arme genommen und die Treppe hochgetragen. Wie oft sie sich vorgestellt hatte, hier die Hausherrin zu sein. Als er ihr die Wohnung im Ostend gemietet hatte, glaubte sie sich dem Ziel ein wenig näher. Das war ihr Reich, in das nur er kam. Ihre Familie machte ihr Vorwürfe, nannte sie hochfahrend. Aber das war ihr gleich. Dann kam Vincent. Und danach der Absturz. Vincent vermutete, dass sie deshalb mit Jacobs gesamter Familie in ihrer Wohnung blieb, weil sie die Enge zurückholen wollte, vor der sie geflohen war, als wollte sie sich mit aller Gewalt daran erinnern, wer sie war und woher sie kam.

»Dieser Anwalt, den du mir geschickt hast, war wirklich gut. Woher kennst du ihn?«

»Er hat sich früher einmal für das Theater interessiert.«
Und ich schlafe mit seiner Schwester.

»Gibt nicht mehr viele wie ihn.«

»Ich hoffe, du irrst dich darin, sonst wäre es schlimm um das Land bestellt. Man hört nur weniger von ihnen, weil die anderen lauter sind.« Er gab Valentin das Geld. »Sieh zu, dass du damit eine Weile hinkommst, mehr habe ich diesen Monat nicht.«

Vincent wollte sich zum Gehen wenden, als er die Polizeiwagen sah, die sich dem Platz näherten. Er bemerkte, dass sein Vetter angefangen hatte zu zittern, und umfasste beruhigend seinen Arm. Das Automobil hielt an, und Polizisten stiegen aus, sahen sich um, bemerkten Vincent, und einer von ihnen taxierte ihn einen Moment lang, dann gingen sie zu den Wohnwagen, rissen die Türen auf, brüllten etwas hinein, woraufhin Menschen eilig ins Freie stolperten. Einige Frauen zogen sich rasch etwas über, ein kleines Kind fing an zu weinen. Valentins Arm spannte sich unter Vincents, und er ahnte, dass sein Vetter die Flucht ergreifen wollte, aber er hielt ihn fest. Nur keine Aufmerksamkeit auf sich ziehen.

»Wenn du wegläufst«, zischte er ihm zu, »setzen sie dir nach. Sie sind wie Jagdhunde, bemerken das Wild, das sie aufscheuchen. Offenbar suchen sie jemanden.«

Einigen Männern wurden die Arme auf den Rücken gefesselt, und man stieß sie in Richtung Automobil. Die Polizisten gingen systematisch von Wagen zu Wagen.

»Ist außer dir jemand daheim?«, fragte Vincent.

Valentin schüttelte den Kopf.

»Name!«, bellte ein Polizist.

»Vincent Rubik.«

Der Mann blätterte in seinen Unterlagen, taxierte ihn. »Der ist hier nicht gemeldet.« Wie alle anderen Sinti war auch Vincent inzwischen in der »Rassenhygienischen Forschungsstelle« erfasst worden.

»Ich bin nur zu Besuch bei meinem Cousin.«

»Name!«

»Valentin Rubik«, kam es zittrig von diesem.

Der Polizist sah in seine Unterlagen, dann winkte er zwei Kollegen herbei, und noch ehe Vincent reagieren konnte, hatten sie Valentin gepackt und fesselten ihm die Arme auf den Rücken. Einer von ihnen fand das Geld in der Tasche.

»Wohl gerade auf Raubzug gewesen, ja?«

»Das Geld ist von mir«, sagte Vincent.

»Wofür hast du den jungen Kerl denn bezahlt?«, fragte der offensichtlich dienstälteste der drei Polizisten. Die beiden anderen feixten.

»Das Geld ist für meine Familie.« Es fiel Vincent überaus schwer, ruhig zu bleiben.

»Die lebt doch von der Fürsorge. Woher hat ein Kerl wie du denn Geld?«

»Ich arbeite.«

Der Polizist nickte nur und sah auf seine Unterlagen.

»Was werfen Sie meinem Cousin vor?«

»Erlass über die vorbeugende Verbrechensbekämpfung«, antwortete der Polizist. »Gemeinschädlinge, Verbrecher, das ganze asoziale Pack kommt weg.«

»Mein Cousin ist kein Verbrecher.«

Der Mann lächelte kalt. »Er wurde nicht erst kürzlich verhaftet, weil er mit seinem Freund versucht hat, eine anständige Frau in ihrem Geschäft zu überfallen?«

»Er wurde entlassen, die Anklage war haltlos.«

Der Polizist spuckte aus, knapp vor Vincents Füße. Offenbar wollte er provozieren, diesen auch festnehmen zu können. Vincent hörte einige Frauen weinen, hörte die Proteste der Männer, wollte auf den Polizisten losgehen, hielt sich mit Mühe zurück. Er sah seinen Cousin an und nickte ihm aufmunternd zu. *Hab keine Angst.* Er würde sich kümmern.

Die Männer wurden abgeführt und auf die Ladefläche des Kleinlasters gestoßen. Vincent sah ihnen nach, dann wandte er sich ab und ging, um Ludwig Conrad anzurufen und noch einmal um Hilfe zu bitten.

»Wann möchtet ihr denn nachlegen?«, fragte Clara, als sie beim Abendessen in der Villa Conrad saßen.

Dorothea sah sie über den Tisch hinweg an. »Ich finde,

ihr macht ausreichend Kinder, dass es für die gesamte Familie reicht.« Sie lächelte entzückend.

Clara schien den Spott zu überhören und streichelte ihren Bauch, dessen Wölbung bereits deutlich sichtbar war. »Ich finde es so wundervoll, was der Führer für uns Mütter tut«, sagte sie. Bei dem Thema kannte sie kein Halten. »Ein Tag nur zu unseren Ehren.«

Den Muttertag gab es schon länger, er war bisher nur unpolitisch gewesen. Mittlerweile war der Tag jedoch als öffentlicher Feiertag festgelegt worden und wurde am dritten Maisonntag begangen. Ludwig verweigerte sich dem strikt, hatte befürchtet, dass Dorothea darauf bestehen würde, aber auch die sagte, sie könne gut und gerne darauf verzichten. Ihr Vater war zwar konservativ, aber er konnte mit der neuen Regierung nicht viel anfangen. In dieser Hinsicht zog Dorothea mit ihm an einem Strang.

»Habt ihr mitbekommen, dass die Villa Roth neue Besitzer hat?«, fragte Clara nun. »Eine ganz reizende Familie. Eduard kennt sie über einen Parteifreund.«

»Ach, sag bloß«, antwortete Ludwig.

»Dein Bruder dürfte das alles wissen«, entgegnete Eduard. »Er hat das Haus ja für die Roths verkauft.«

Clara sah ihn an. »Ach, wirklich? Das ist ja sehr nett von dir.«

Ludwigs Faust krampfte sich um die Gabel, und er zählte innerlich langsam von zehn rückwärts.

»Ich habe gehört, dass sie endlich auch die letzten Zigeunerplätze räumen«, fuhr Clara fort. »Da wurde viel zu lange zugeschaut. Die Flächen können anderweitig genutzt werden, um mehr Nahrungsmittel anzubauen.«

»Du sprichst, als stünde ein Krieg bevor«, sagte Lydia Conrad.

»Diese Propaganda läuft doch schon lange«, entgegnete Ludwig. »Denk mal an die Luftschutz- und Verdunkelungsübungen vor zwei Jahren.«

»Das war nur eine Probe für den Ernstfall, das heißt doch nicht, dass es wirklich Krieg geben wird«, sagte seine Mutter.

»Es gibt durchaus Stimmen, die davon ausgehen, dass es zum Ernstfall kommen kann«, antwortete Clara. »An Heinrichs Schule wurden bereits Übungen mit Gasmasken durchgeführt.« Heinrich war ihr Ältester. »Und das ist ja nicht das erste Mal. Es gab ja schon vor vier Jahren eine Unterweisung in praktischem Luftschutz in der Mühlbergschule.«

»Gott steh uns bei«, kam es von Lydia.

»Und wo sind all die Menschen nun?«, kam Dorothea auf das ursprüngliche Thema zurück. »Freiwillig sind sie doch wohl nicht gegangen.«

»Es gibt Lager, wo die Leute mit ihren Wohnwagen hinkönnen«, sagte Clara. »Was für ein Theater das war, viele wollten nicht weg. Ich meine, wenn man weiß, dass man nicht erwünscht ist, dann geht man doch.«

»So wie die Roths?«, fragte Emilia freundlich, während Ludwig erneut die Gabel umklammerte und den Impuls niederkämpfte, damit auf seine Schwester loszugehen. Vincent hatte ihn angerufen, als er gerade das Bureau hatte verlassen wollen. Sein Vetter sei wieder verhaftet worden, und da Ludwig über das Vorgehen der Polizei im Bilde war, ahnte er, dass er dieses Mal nur wenig würde ausrichten können. Dennoch wollte er sehen, was er tun konnte.

»Die Roths sind doch freiwillig gegangen.« Clara sah Emilia an.

Ludwigs Faust umklammerte die Gabel so fest, dass seine Fingerknöchel weiß hervorschauten. Dorothea warf ihm einen raschen Blick zu, führte das Gespräch geschickt in die Richtung einer Abendgesellschaft, die in Kürze stattfinden würde, und kurz darauf entspann sich ein oberflächliches Geplauder über gemeinsame Bekannte, während sich Günther Conrad mit Raiko und Eduard über Geschäftliches unterhielt. Ludwig würde mit seinem Vorgesetzten über die Angelegenheit Valentin Rubik sprechen. Was sein Vater nicht ahnte, war, dass die Kanzlei Galinsky und Soboll, für die Ludwig tätig war, keineswegs so konservativ war, wie es den Anschein hatte. Theodor Galinsky und Arthur Soboll, zwei Ostpreußen, waren überzeugte Sozialdemokraten, wenngleich sie diese Gesinnung hinter preußischem Konservativismus verbargen.

Ludwig erhob sich. Die Sache ließ ihm keine Ruhe, er konnte hier nicht sitzen und über Belanglosigkeiten plaudern, vor allem konnte er seiner Schwester nicht länger gegenübersitzen. Gerade sprach sie darüber, die neuen Besitzer der Villa Roth demnächst einzuladen, und Ludwig wusste, wenn er jetzt nicht ging, würde er für nichts mehr garantieren können.

»Wo willst du hin?«, fragte sein Vater.

»Ich muss noch mal in die Kanzlei.«

»Was du nicht sagst. Einfach so, vom Esstisch weg?«

Ludwig fragte sich, wie sein Vater es machte, dass sich sein Schnurrbart stets sträubte, wenn er sich über etwas erregte. »Ja, tut mir leid. Aber ihr unterhaltet euch gewiss auch ohne mich bestens.«

Sophia warf ihm einen raschen Blick zu.

»Ah, du bist beleidigt und schiebst die Arbeit vor.«

»Vater, tut mir leid, aber auf diesen Disput lasse ich mich heute Abend nicht ein.« Ludwig nickte kurz in dir Runde und ging.

Er war noch nicht ganz an der Tür, als Sophia ihn rief. Sie war ihm in die Halle gefolgt.

»Wohin gehst du wirklich?«

»In die Kanzlei, wie ich gesagt habe.«

»Warum? Ist etwas passiert?«

Er sah zur Tür, konnte seine Ungeduld nur schwer verbergen. »Etwas Berufliches.«

»Und das fiel dir bei Tisch auf einmal ein?«

Er wollte sich abwenden, die Tür öffnen, aber sie umfasste seinen Arm. »Untersteh dich, mich hier einfach stehen zu lassen.«

»Seit wann interessiert dich meine Arbeit?«

»Seit wann schweigst du so vehement?«

»Kannst du dir vorstellen, dass ich genau dazu verpflichtet bin?«

Sophia musterte ihn aus leicht verengten Augen. »Ich kenne dich mein ganzes Leben, das solltest du nicht vergessen. Und ich merke, wenn du mir ausweichst.«

»Sie warten bei Tisch auf dich.«

»Du weißt genau, dass mich das nicht interessiert. Ich bin fertig mit ihnen, genau wie du.«

Er zögerte, dann öffnete er die Tür. »Also gut, komm mit.«

Sein Wagen parkte in der Auffahrt, und nachdem auch Sophia Platz genommen hatte, setzte er rückwärts auf die Straße und fuhr zur Kanzlei. »Es geht um Vincents Vetter Valentin. Er wurde wieder festgenommen.«

»Warum?«

»Das ist es ja gerade. Die ganze Sache ist so diffus, dass ich nicht weiß, wie ich ihn da herausholen soll. Vincent hat mich vorhin angerufen.«

Sie passierten eine Werbetafel, auf der stand: **Stahlwerk Conrad ist wieder arisch.** Dahinter rauchende Schlote, im Vordergrund rußbeschmierte blonde Männer bei der Arbeit. Ludwig sah wieder auf die Straße. Immerhin hatte sein Vater nicht wieder sein Bild genutzt, das wagte er wohl nicht mehr.

Ludwig parkte vor der Kanzlei. Gefolgt von Sophia ging er zum Eingang, schloss auf, ließ seiner Schwester den Vortritt und verschloss die Tür hinter ihnen wieder.

»Was genau willst du jetzt tun?«, fragte sie.

»Gesetzestexte durchgehen.«

»Es muss doch etwas geben, das man ihm vorwirft.« Sie setzte sich auf einen der Besucherstühle, während er selbst hinter seinem Schreibtisch Platz nahm.

»Das ist nicht so einfach. Es gab im Dezember den Grunderlass, dass eine Vorbeugehaft angeordnet werden kann, und zwar nicht nur gegen Verbrecher, sondern auch gegen Menschen, die man als Asoziale einordnet. Darunter fallen unter anderem Männer im Leitstellenbezirk, die vorbestraft sind oder als arbeitsscheu gelten.

Die Kriminalpolizei führt die Aktion seit dem dreizehnten Juni durch, und sie richtet sich auch gegen Bettler, Landstreicher und Menschen, die nach *Zigeunerart*, wie sie es nennen, umherziehen. Damit schließt man im Grunde genommen Sinti allein dadurch ein, dass sie mit dem Rassekriterium ›Zigeuner‹ belegt wurden.«

»Soll das heißen, sie können jetzt jeden von ihnen einfach abholen?« Sophia hatte sich erschrocken vorgelehnt.

»Prinzipiell könnten sie das, ja. Wobei sie sich bei dieser Aktion auf die Männer konzentrieren. Sie definieren ›asozial‹ unter anderem als arbeitsscheu, und da viele Sinti selbständig sind, werden sie sowohl rassisch als ›Zigeuner‹ gesehen als auch als arbeitsscheu, da man sie als Gelegenheitsarbeiter einordnet.«

»Wo kommen die Menschen hin? Ins Gefängnis?«

»Die Aktion wird reichsweit durchgeführt, man sagt, die Männer kommen in Lager nach Dachau, Buchenwald oder Sachsenhausen.« Das hatte Ludwig Vincent am Telefon nicht gesagt.

»Und wofür das alles?«

»Man munkelt, dass das alles der wirtschaftlichen Vorbereitung eines Krieges dient.«

»Das ist doch Unfug. Warum sollte es Krieg geben?«

»Es ist nur ein Gerücht. Wir kommen ja durchaus in Kontakt mit Männern wie Andreas – Elisabeths Bruder – und anderen Anwälten, die aktiv in der NSDAP sind. Da fällt gelegentlich die eine oder andere Mutmaßung.«

»Es gibt keinen Krieg. Der letzte hängt uns doch immer noch nach, selbst ich weiß, dass wir noch lange an den Kosten tragen werden.«

»Vielleicht gerade deshalb. Als Befreiungsschlag, um der Welt die Größe des Reiches vor Augen zu führen und um es den Siegermächten heimzuzahlen.«

»Hör auf damit.« Sie erhob sich. »Sieh einfach zu, dass du Vincents Cousin da morgen rausholst. Über Kriege möchte ich nichts hören. Das ist Wichtigtuerei dieser Leute, die in der Partei vermutlich nichts zu sagen haben und so tun wollen, als wüssten sie Dinge, die wir nicht wissen.«

Ludwig nahm einen Stift zur Hand und begann damit, sich Notizen zu machen, wenngleich er ahnte, dass er dieses Mal nicht viel würde ausrichten können.

AUGUST 1938

Sophia musste den Brief mehrmals lesen, ehe sie es glauben konnte. Sie hatte eine ihrer Geschichten anders gestaltet, hatte so etwas wie einen kleinen Kriminalfall eingebaut, in der Art, dass der Held die in Not geratene Liebste retten musste. Das hatte ihr erstaunlich viel Spaß bereitet. Und genau die Geschichte hatte nun jemand vom Verlag an einen Bekannten weitergeleitet, der die erste Szene in eine Art Bühnenfassung umgeschrieben hatte. Ob sie sich vorstellen könne, dass man daraus ein Theaterstück machte. Etwas kurzweilige Unterhaltung mit einer Liebesgeschichte.

Sophia setzte sich in der Bibliothek ans Fenster – hier verfasste sie stets ihre Geschichten, die sie dann an ihrem Schreibtisch in Reinform abschrieb –, las die erste Szene von *Ein verhinderter Halunke* durch und fand, dass es sich als Theaterstück tatsächlich gleich ganz anders las. Als könne daraus eine richtig spannende Geschichte werden.

Bezahlt wurde sie dafür auch. Und natürlich werde man ihren Namen nicht aufdecken, versicherte der Redakteur, denn immerhin umgebe sie etwas Geheimnisvolles, das dem Theaterstück nur zuträglich sei.

Ihr erster Impuls war, zu Rosa zu laufen und ihr den Brief zu zeigen, bis ihr im nächsten Moment wieder einfiel, dass das nicht mehr möglich war. Dank Menschen wie ihrem Vater, Raiko und Eduard. Ludwig war in der Kanzlei, da konnte sie nicht einfach aufschlagen. Sie sah auf die Uhr. Wenn sie sich beeilte, könnte sie Vincent noch vor der Mittagspause im Theater antreffen. Sie steckte den Brief ein, setzte einen Hut auf und verließ das Haus. Ihr Vater war nicht da, und ihre Mutter fragte schon lange nicht mehr, wohin sie ging. Immerhin war sie Mitte zwanzig, das bot gewisse Freiheiten, die nur dann aufhörten, wenn sie über Nacht wegblieb, ohne zu sagen, wo sie war.

Vincent war nicht im Theater, als sie durch den Bühneneingang eintrat. Eine junge Schauspielerin sagte ihr, dass er frei hatte, weil die Zweitbesetzung probte. Sophia bedankte sich und ging zu Vincents Wohnung. Zu ihrer Erleichterung öffnete er selbst die Tür.

»Na, so eine Überraschung.«

Sie trat ein, ließ ihm gerade noch Zeit, die Tür zuzustoßen, zog seinen Kopf zu sich hinunter und begrüßte ihn mit einem langen Kuss. »Du hast mir gefehlt.«

»Dem darfst du gerne noch einmal Ausdruck verleihen.«

Sie küsste ihn ein weiteres Mal, ehe sie in das Schlafzimmer gingen. Da Rudi das Wohnzimmer bewohnte, nutzte Vincent dort nur noch die kleine Ecke mit dem

Esstisch. »Welchem glücklichen Umstand verdanke ich diesen überraschenden Besuch?«

»Hier, sieh mal.«

Er nahm den Brief von ihr entgegen, holte die Bögen heraus und las. Ein kleines Lächeln grub sich in seine Mundwinkel, nicht amüsiert ob eines gar zu banalen Textes, sondern anerkennend. »Das ist wunderbar.«

»Ja, nicht wahr? Du bist der Erste, der es erfährt.«

»Ich fühle mich geehrt.« Er wirkte müde, die gute Laune angestrengt.

»Das darfst du auch ruhig.« Sie legte ihm die Arme um den Nacken. Im April hatte sie das letzte Mal mit ihm geschlafen, da war sie vermutlich schon schwanger gewesen, ohne es zu wissen. Seine Hände streichelten ihren Rücken, verharrten dort. Dann spürte sie, wie ihr Kleid Stück um Stück ihren Rücken freigab, als Vincent die Häkchen löste, die es zusammenhielten. Sie fuhr mit der Hand über seine Hemdbrust, öffnete langsam Knopf für Knopf. Mit einem leisen Rascheln fiel das Kleid zu Boden, und Vincent umschlang ihre Hüften, hob sie hoch, während sie ihn küsste, und trug sie zum Bett.

An diesem Tag hatte die Liebe mit ihm nichts Behutsames, er war fordernder als sonst, trieb den Akt geradezu egoistisch voran. Die ganze Welt schrumpfte auf den Moment zusammen, als er sich in Sophia bewegte, jedes Geräusch außerhalb dieser Welt wurde geschluckt von dem dröhnenden Rauschen in ihren Ohren. Sie bog den Hals durch, rang um Atem, den Vincent ihr aus der Kehle trank. Einen Moment lang war es, als balancierte ihr Dasein am Rande eines Abgrunds, den sie hernach mit schwindelerregender Wucht hinabstürzte. Sie spürte, wie Vincent in ihren Armen erschauerte, wie er sie danach enger an sich zog, als müsse sie ihn ebenso auffangen wie er sie zuvor.

Langsam drangen wieder Geräusche zu ihr durch, die Geräusche der Straße, der Wind, der die Vorhänge blähte, Vincents stoßweise gehender Atem, der eigene Herzschlag in der Kehle. Sophia bewegte sich in seinen Armen, schmiegte den Kopf in seine Halsbeuge.

»Lass mich bitte nie wieder so lange allein«, sagte er kaum hörbar in ihr Haar.

Sophia richtete sich auf, stützte sich auf einen Ellbogen, fuhr mit den Fingerspitzen seine Brauen nach, die Linie seines Gesichts, seiner Lippen. »Was sind wir füreinander?«, fragte sie.

»Wie möchtest du es nennen?«

»Ein Liebespaar?« Sie senkte den Kopf und küsste ihn.

Sein Arm lag um ihrer Taille, und er zog sie enger an sich, so dass sie halb auf ihm lag. »Dann nennen wir es so«, murmelte er an ihrem Mund.

Sophia schloss die Augen, kostete den Kuss aus, ehe sie sich daraus löste. Sie stand auf, um sich aus der Karaffe auf seinem Schreibtisch etwas zu trinken einzugießen, als ihr Blick auf ein Formular fiel. »Rassische Untersuchungs-Bescheinigung« stand darauf, darunter Vincents Name, Geburtstag, der Ort der Untersuchung und ein Stempel von der »Rassenhygienischen Forschungsstelle des Reichsgesundheitsamts«. Sophia hatte nicht einmal gewusst, dass es so etwas gab. Sie hielt ihr vergessenes Glas in der Hand, konnte nicht viel mehr tun, als auf das Papier zu starren, während eine diffuse Angst in ihr aufstieg. Vincent hatte offenbar bemerkt, dass etwas ihre Aufmerksamkeit gefangen hielt, denn er war neben sie getreten und folgte ihrem Blick.

»Was bedeutet das?«, fragte sie.

»Man hat irgendwann festgestellt, dass man uns Sinti, oder *Zigeuner*, wie sie es nennen, vielfach überhaupt nicht als solche erkennen konnte. Also hat man beschlossen, dass jeder von uns erfasst werden müsse. Mit den im Wohnwagen lebenden haben sie angefangen, und im Februar wurden auch die erfasst, die in Wohnungen wohnen.«

»Warum hast du mir davon nichts erzählt?«

Er schwieg.

In gewisser Weise war der Umgang mit den Sinti trotz ihrer Beziehung zu Vincent weit weg gewesen. Was mit den Juden geschah, war ihr näher, weil sie diese Auswüchse täglich zu Gesicht bekam, wenn die Scheiben jüdischer Geschäfte beschmiert waren, wenn sie auf Schilder stieß, die Juden den Zutritt verwehrten, wenn sie bemerkte, dass Menschen um sie herum weniger wurden. Auch ohne Rosa hätte ihr all das kaum verborgen bleiben können.

Dass man gegen Sinti vorging, bekam sie nur am Rande mit, weil Vincent nie darüber sprach. Was seinem Cousin widerfahren war, hatte sie überhaupt erst von Ludwig erfahren. Er hatte ihr erzählt, dass das Ermächtigungsgesetz ermöglichte, jeden zu verhaften, den man als Volksschädling ansah, das waren außer Juden auch Sinti, die willkürlich aus ihren Wohnungen heraus verhaftet wurden. Sophia bekam davon nur mit, was in der Presse zu lesen war und was Ludwig erzählte. Vor Vincent hatte sie einen

Begriff wie Sinto nicht einmal gekannt, hatte nur das gewusst, was man gemeinhin über *Zigeuner* erzählte.

»Du weißt alles über mich«, sagte sie, »aber von dir selbst erzählst du nichts.«

»Was willst du wissen? Soll ich dich meiner Familie vorstellen?« Der Spott zerbrach auf seiner Zunge.

»Du könntest einfach anfangen zu erzählen.«

Wieder schwieg er. Dann zog er sie an sich und küsste sie, woraufhin sie den Kopf zur Seite drehte.

»Das kann doch nicht deine Antwort auf alles sein.«

Er hob sie hoch und trug sie zum Bett. »Dann formulier die Frage anders.«

Annelies Cousin Gerrit sah Emilia auf jene Art an, in der Männer Frauen ansahen, die sie interessierten. Emilia fand ihn durchaus anziehend, und seine politische Gesinnung, die er in aller Heimlichkeit vorantrieb, passte zu der ihren, aber auf eine Affäre würde sie sich nicht einlassen. Und eine Scheidung kam für sie erst in Frage, wenn die Kinder erwachsen waren. Danach – das wusste sie mit aller Gewissheit – würde sie nie wieder heiraten. Diese Macht gab sie keinem Mann mehr über sich.

»Wenn du hier zu offen mit deiner Einstellung hausieren gehst«, sagte Annelie, die sich im Salon zu Helga, Emilia und Gerrit gesellt hatte, »dann musst du gehen. Ich setze die Kinder keiner Gefahr aus.«

»Das gesamte System ist eine Gefahr.«

Annelie sah ihn nur an, antwortete nicht. Das war ihre Art zu zeigen, dass das letzte Wort aus ihrer Sicht zu der Sache gesagt war.

»Wie sieht es in Berlin aus?«, fragte Emilia.

»Da bekommt man es noch näher mit als hier.«

»Ich wüsste gerne«, fragte Annelie, »ob es einen konkreten Grund gibt, dass du so überstürzt und unangemeldet kommst. Musstest du untertauchen?«

»Na ja, so würde ich es nicht unbedingt ausdrücken. Ich bin weg, ehe es so weit kommen konnte, dass ich ein Versteck brauche.«

»Dir ist schon klar, dass ich als deine Cousine in den Fokus der Suche rücke, wenn es denn so weit kommt?«

»In Zeiten wie diesen wird unsere Gesinnung eben oftmals auf die Probe gestellt.«

»Nicht auf Kosten der Kinder, für die ich Verantwortung trage.«

Helga hob beschwichtigend die Hände. »Er ist ja nun einmal hier, und noch steht die Gestapo nicht vor der Tür.«

»Ganz recht. Noch!« Annelie sah ihren Cousin an. »Gerrit, es ist mein voller Ernst.«

»Das Haus gehört Helga, nicht wahr?«, sagte er.

»Ach, so willst du mir jetzt kommen?« Annelie hatte sich leicht vorgelehnt, taxierte ihren Vetter, der den Blick gelassen erwiderte.

»Wir beruhigen uns jetzt alle«, sagte Helga. »Gerrit, es ist mein Haus, aber wir sind sozusagen eine geschäftliche Partnerschaft eingegangen, was bedeutet, wir bewirtschaften es gemeinsam. Auch Annelies Geld fließt mit in das Kinderheim, es ist unser gemeinsames Werk, und da drängt sich niemand – auch du nicht! – dazwischen. Nach meinem Dafürhalten darfst du bleiben.«

Annelie lehnte sich zurück, immer noch angespannt, wie auf dem Sprung. »Was, wenn die Gestapo hier wirklich vor der Tür steht?«

»Wir sind ein ehrbares Haus, bewirtschaftet von zwei alten Jungfern, von denen eine nur ein Ehegelöbnis davon entfernt ist, eine Kriegswitwe zu sein«, antwortete Helga. »Die werden uns schon in Ruhe lassen.«

»Lass Anton aus dem Spiel.«

Anton hieß er also, dachte Emilia. Und offenbar war er eine noch immer schmerzende Wunde. »Ich weiß, dass ich eigentlich nichts zu sagen habe«, mischte sie sich ein. »Aber wenn ich meine Meinung dazu doch abgeben darf, wäre ich auch dafür, dass Gerrit hier unterkommen darf.«

Annelie schnaubte und warf ihr einen Blick zu, als sei dies und nichts anderes zu erwarten gewesen. Ihr war sein Interesse an Emilia offenbar auch aufgefallen.

»Vielen Dank.« Gerrit neigte den Kopf.

»Es ist jetzt wichtiger als je zuvor, politisch Stellung zu beziehen«, sagte Emilia.

»Aber nicht auf Kosten der Kinder.« Annelie hatte nicht vor, klein beizugeben.

»Den Kindern passiert nichts«, versicherte Gerrit. »Selbst, wenn sie mich hier finden, werden sie kaum mehr tun, als mich zu verhaften. Für meine politischen Aktivitäten könnt ihr ja nichts.«

»Als ob das heutzutage jemanden interessiert.«

»Na ja«, sagte Helga, »gänzlich ohne Möglichkeiten sind wir nicht. Wir haben dank deines Erbes Geld.«

»Außerdem ist mein Schwager Anwalt«, sagte Emilia.

»Na, da bin ich ja überstimmt.« Annelie warf die Hände

in einer Art übertriebener Resignation hoch, erhob sich und wandte sich abrupt ab.

Helga sah ihr nach.

»Die beruhigt sich schon wieder«, sagte Gerrit. »Sie war als Kind schon so aufbrausend.«

»Ich möchte keinen Unfrieden, damit das klar ist«, sagte Helga. »Du kannst bleiben, weil du mit ihr verwandt bist und es auch um die Sache geht. Wenn ich aber zwischen euch entscheiden muss, dann bist gewiss nicht du derjenige, der bleiben wird.«

»Natürlich nicht.«

Helga erhob sich ebenfalls und verließ den Salon.

»Danke für deine Fürsprache«, sagte Gerrit noch einmal, und Emilia kam es vor, als würde er das nur tun, um überhaupt etwas zu sagen. Diese Art von Verlegenheit hatte zuletzt ein Mann ihr gegenüber gezeigt, als sie noch ein Backfisch gewesen war, und beinahe hätte sie gelächelt. Sie beließ es jedoch bei einem knappen »Gern geschehen« und ging ebenfalls.

Sophia blinzelte in das weiche Licht, das die beginnende Abenddämmerung ankündigte. Eine bleierne Erschöpfung ließ ihre Glieder träge werden, und ihr war gleich, welche Ausrede sie nutzen sollte, aber an diesem Abend würde sie gewiss nicht mehr nach Hause gehen. Sie hatte das Kissen umschlungen und sah zum Fenster, während sich ihr Körper anfühlte wie wundgerieben von der Liebe der letzten Stunden, deren Abglanz immer noch leise in ihr pochte. Obwohl es schön gewesen war, hatte die Art, wie er sie geliebt hatte, etwas Verzweifeltes, fast Aggressives gehabt. *Formulier die Frage anders.* »Ja, wie denn?«, murmelte Sophia.

In der Wohnung herrschte Stille. Vincent war gegangen, um etwas zu essen zu holen, und nach ihrem Dafürhalten schon viel zu lange weg. Vielleicht hatte sie auch jegliches Zeitgefühl verloren. Ihre Lider wurden schwer, und sie genoss die angenehme Schläfrigkeit. Als sie die Augen wieder öffnete, stellte Vincent gerade ein Tablett auf dem Nachtschränkchen ab. Mittlerweile hatte der Himmel jenen bleigrauen Ton angenommen, der stets wirkte, als sei der Tag mit der Dämmerung ausgeblutet. Vincent knipste die Lampe neben dem Bett an.

Träge richtete Sophia sich auf, strich sich das wirre Haar zurück, dann streckte sie sich und gähnte, wobei Vincent sie mit einem kleinen Lächeln beobachtete. Sie lehnte sich gegen das Kopfende des Bettes, stopfte die Decke um sich herum und griff nach einem der belegten Brote.

Vincent setzte sich neben sie, strich ihr das Haar zurück, ließ seine Fingerspitzen auf ihrem Nacken ruhen.

»Kaffee?« Sophia atmete den verführerischen Duft ein. »Um diese Zeit noch? Hast du Größeres vor?«

»Das überlasse ich deiner Phantasie.«

Sophia merkte jetzt erst, wie hungrig sie war. Seit dem Frühstück hatte sie nichts gegessen, und ihr Magen machte sich lautstark bemerkbar, als ginge es ihm nicht schnell genug, nun, da das Essen in greifbarer Nähe war. Als sie aufgegessen hatte, trank sie eine Tasse Kaffee, dann umschlang sie die Beine mit den Armen und legte die Wange auf ihre Knie.

»Wo wohnt deine Mutter?«, fragte sie übergangslos.

Zu ihrem Erstaunen antwortete er direkt. »In Sachsenhausen.«

»Und der Rest deiner Familie?«

»Verteilt über die Stadt, die meisten – so wie Valentins Familie – hier im Ostend auf einem privaten Platz, den sie gemietet haben. Etliche auch in anderen Städten.«

»Ist deine Familie groß?«

»Ja, kann man sagen. Viele Onkel, Tanten, Cousinen, Cousins.«

Sophia sah ihn an. »Ich habe schon so viele Gewerbetreibende in ihren Wohnwagen gesehen, aber ich war noch nie in einem.«

»Und ich noch nie in einem Haus wie dem euren.«

»Dann gibt es ja in beide Richtungen noch etwas zu entdecken.«

»Wenn die Regierung so weitermacht wie bisher, gibt es auf meiner Seite bald nicht mehr viel zu entdecken.«

Sophia richtete sich auf, drehte sich zu ihm um, so dass sie ihm nun gegenübersaß. »Sie können nicht ewig so weitermachen.«

»Natürlich können sie das.« Zorn bebte in seiner Stimme. »Wer sollte sie denn aufhalten?«

Darauf wusste Sophia keine Antwort, und so schwieg sie, lehnte sich seitlich an das Kopfende des Bettes, um Vincent weiterhin ansehen zu können, ohne sich den Hals zu verrenken. Sie wusste nicht, was sie sagen sollte.

»Ein Bekannter meiner Mutter war Angestellter bei der Post, ein Mann, der angesehen war bei Nachbarn und Freunden. Er wurde entlassen und abhängig von der Fürsorge, was ein schwerer Schlag war. Nachdem nun die

Wohnwagen von den öffentlichen Plätzen in das Lager in der Dieselstraße umgesiedelt wurden, holen sie auch Menschen wie ihn aus ihren Wohnungen. Mich hat es bis dahin nur deshalb noch nicht getroffen, weil meine Wohnung privat gemietet ist und nicht der Stadt gehört.«

Sophia ging das Herz in harten Schlägen, trieb ihr den Atem schneller über die Lippen, die nicht imstande waren, Worte zu formen, in die sie ihr Entsetzen kleiden konnte. Es war nahe gekommen, war nur noch so weit entfernt, wie der Abstand zwischen ihr und Vincent betrug. All das Schreckliche, dem sie hilflos gegenüberstanden, aber von dem sie hofften, es würde bald vorbei sein, war nun da. Das Monster lauerte hinter ihnen, den Schlund geöffnet.

Vincent sah sie an, wie sie dasaß, die Decke auf die Hüften gerutscht, das Haar in zerzausten Locken auf ihren Schultern. Er umfasste ihren Oberarm, zog sie an sich.

»Vincent, ich ...«

Sein Mund erstickte jedes weitere Wort auf ihren Lippen. Er drückte sie rücklings in die Kissen, hob den Kopf gerade weit genug, um sie anzusehen. »Ich will nicht mehr reden.« Die Worte wurden in mühsam beherrschtem Zorn hervorgestoßen, und einen irritierenden Moment lang war es gar, als sei er auch auf sie wütend, auf Sophia, weil sie Teil dieses zerstörerischen Molochs war. Dabei saß ihr der Schreck über das Erzählte doch selbst noch in den Gliedern, eine Furcht, die mit einem Mal greifbar war. Sie befreite sich von ihm, drehte den Kopf zur Seite, wand ihren Körper unter ihm hervor, so dass Vincent sich schließlich aufrichtete und sie freigab.

»Ich kann das jetzt nicht«, sagte sie.

»Warum?«

Sie stieß einen zittrigen Atemstoß aus, versuchte, sich zu sammeln, all das, was auf sie einstürmte, in eine Ordnung zu bringen, es zu überschauen. »Weil ich Angst habe.«

Einen Moment lang schwieg er, ehe er kaum hörbar antwortete. »Die habe ich auch.«

* * *

Ludwig schloss die Akte, stützte die Ellbogen auf den Schreibtisch und legte die Stirn auf die gefalteten Hände. Es brachte nichts zu versuchen, nach Recht und Gesetz vorzugehen, wenn Dinge geschahen, die sich jedem Recht entzogen. Das Reichskriminalpolizeiamt hatte im April das KZ Dachau als Deportationsziel für die in Frankfurt festgenommenen Vorbeugungshäftlinge festgelegt. Allerdings war nicht feststellbar, ob sich Valentin Rubik unter diesen Häftlingen befand, da man Sinti aus diesem Leitstellenbezirk auch in andere Konzentrationslager deportierte.

Was er in Erfahrung brachte, bot nur wenig Anlass zur Zuversicht. Die Träger des »schwarzen Winkel«, mit dem die ASR-Häftlinge – Arbeitsscheu Reich – gekennzeichnet wurden, waren in den KZ besonders schlimmen Bedingungen ausgesetzt. Zudem wurden die Häftlinge so zusammengestellt, dass sie keine Gruppenidentität bilden konnten, und so sahen sie sich der Willkür sowohl der SS als auch der Mitgefangenen ausgesetzt. Man steckte Juden und Sinti zusammen mit Zuhältern und Kleinkriminellen, was dazu führte, dass sie von den anderen Häftlingen ebenfalls als solche Kriminelle wahrgenommen wurden.

»Uns sind die Hände gebunden«, hatte Theodor Galinsky resigniert gesagt. Er hatte einen Sinto als Gärtner und diesem und seiner Frau mitsamt der drei Kinder das Gartenhaus angeboten, als absehbar war, dass diese ihren Stellplatz für den Wohnwagen verloren. Damit hatte er sie einer möglichen Internierung in die Dieselstraße zunächst entzogen. Die Frau hatte regelmäßig Näharbeiten für Galinskys erledigt, ihr Mann war ursprünglich Händler gewesen, aber da den Sinti das Recht auf freie Berufswahl, insbesondere den Handel, untersagt worden war, sollten sie zu körperlicher Arbeit angehalten werden. Verglichen damit kam Ludwig sein Tun sehr gering vor, was seine Unzufriedenheit noch steigerte.

Das Lager in der Dieselstraße wurde von Aufsehern bewacht, damit kein Missverständnis über die Natur der Sache möglich war. Es ging nicht darum, Plätze zuzuweisen, sondern den Aufsicht führenden Beamten oblag es, die Ruhe und Ordnung im Lager sowie in der unmittelbaren Umgebung sicherzustellen, was bedeutete, die Internierten durften das Lager nur mit polizeilicher Erlaubnis verlassen, und die Aufseher waren bewaffnet. Es wurde betont, dass ihre Aufgabe nichts mit einer fürsorgerischen Tätigkeit zu tun habe – absurd, bedachte man, dass das Fürsorgeamt verantwortlich für das Lager war und die Kosten dafür trug.

Das *Frankfurter Volksblatt* hatte die Zwangseinweisung der »Zigeuner« als »Beseitigung eines Übels« bezeichnet, man wusste also, woran man war. Das Blatt hatte sich zudem über das Aufenthaltsrecht der Zigeuner im Deutschen Reich ausgelassen, denn auch nach der Internierung hatten sie dieses ja nicht verlassen. Ludwig hatte einige Fälle auf dem Tisch, wo sich Sinti erkundigten, ob das Fürsorgeamt ihnen einfach so die Verträge für die stadteigenen Wohnungen kündigen konnte. Ja, natürlich konnten sie das, wer sollte sie daran hindern?

Ludwig ging in Galinskys Bureau, um mit ihm einen Fall durchzusprechen. Es ging um die Verteidigung eines Fabrikanten. Diese Art von Vertretungen brachte ihnen genug Geld ein, dass sie sich die Arbeit pro bono leisten konnten. Sein Vorgesetzter war nicht allein, sondern im Gespräch mit einem Mann, und die beiden fuhren wie ertappt auseinander, als Ludwig eintrat. Der wurde tatsächlich rot und entschuldigte sich, wollte rasch den Raum verlassen, als Theodor Galinsky ihn zurückrief.

»Nein, kommen Sie nur. Aber schließen Sie die Tür.«

Der Mann sah Ludwig an. »Hältst du das für klug?«

»Ihm kann man trauen, er ist einer von uns.«

Ludwig krauste die Stirn.

»Setzen Sie sich.« Theodor Galinsky beugte sich vor, kam ihm so nahe wie dem anderen Mann zuvor, als befürchte er, dass man ihn trotz der verschlossenen Tür hören konnte. »Sind Ihnen die Roten Kämpfer ein Begriff?«

»Wo bist du gewesen?«

Sophia hatte das Haus gerade erst betreten, als ihr Vater sie bereits in der Halle abfing. Es war später Nachmittag, sie hatte Vincent zu den Proben begleitet, mit ihm zu Mittag gegessen und war danach lange spazieren gegangen, um nachzudenken. Sie hatte nicht gut geschlafen, war immer wieder wach geworden, von schlechten Träumen geplagt. In den frühen Morgenstunden hatte Vincent sie in die Arme genommen, sie noch einmal geliebt, dieses Mal sanft und behutsam, woraufhin sie so tief geschlafen hatte, dass sie beim Rasseln des Weckers wie gerädert war. Inzwischen fühlte sie sich wacher, nach mehreren Tassen Kaffee und dem ausgedehnten Spaziergang. Und nun stand ihr Vater hier vor ihr und forderte Antworten, die sie nicht zu geben gewillt war.

»Spazieren.«

»Seit gestern Vormittag?«

»Muss ich minutiös Bericht erstatten?«

»Wo bist du gewesen?« Er betonte jedes Wort.

»Erst war ich spazieren, dann habe ich draußen zu Mittag gegessen, war abends noch aus, und weil es zu spät war, habe ich bei jemandem übernachtet.«

»Bei wem?«

»Einer Freundin.«

»Wer?«

»Das ist doch jetzt zu dumm, denkst du nicht? Ich bin sechsundzwanzig.«

»Und lebst in meinem Haus. Ich will jetzt sofort wissen, wo du gewesen bist.«

»Heute war ich noch im Theater und habe mir die Proben angesehen.«

»In diesem Kommunistentheater?«

»Sie wurden wie alle anderen Theater auf Linie gebracht, wie du gewiss weißt.«

»Warst du bei einem Mann?«

»Das reicht jetzt, lass mich in Ruhe. Ich bin erwachsen und kann gehen, wohin ich möchte.« Sie wollte an ihm vorbei, aber er hielt sie am Arm, drückte so fest, dass es wehtat.

»Sein Name?«

Sie schwieg, und unvermittelt holte er aus und verpasste ihr eine Ohrfeige, von der sie einen Moment lang Sterne sah.

»Sein Name?«

»Himmel, jetzt sag es ihm schon«, hörte sie Emilias Stimme. »Auch wenn er gewiss nicht gerne sieht, dass du die Nacht im Kinderheim verbracht hast, so ist das doch allemal besser als das hier.«

Sophia sah sie an, hob die Hand an die Wange, indes ihr anderer Arm immer noch im Schraubstockgriff ihres Vaters war. »Ich ...«

»Du warst bei diesen Leuten? Gar über Nacht?« Ihr Vater starrte sie an, stieß sie von sich und ließ sie so abrupt los, dass sie stolperte. »Was hast du mit diesen Frauen zu schaffen?«

»Wir haben Kinder mit Keuchhusten und zu wenige Helfer, da hat sich Sophia erboten«, sagte Emilia. »Ja, mir ist klar, dass dir das nicht recht gewesen wäre, und es zu verschweigen, war gewiss auch falsch, aber ...«

»Falsch?« Jetzt richtete sich sein ganzer Zorn auf seine Schwiegertochter. »Höchst verwerflich, nicht falsch! Während du daheim in deinem Bett lagst, hast du meine Tochter einer Infektion mit Keuchhusten ausgesetzt? Bist du noch gescheit?«

»Ich habe Kinder und kann nicht riskieren, sie anzustecken.«

»Ach, aber mein Kind kann man anstecken, ja?« Eine Ader schwoll an der Schläfe Günther Conrads an, und er wandte sich an Sophia. »Geh hoch, zieh dich um und steck die Kleidung am besten direkt in das Ofenrohr.«

»Waschen wird reichen«, antwortete Emilia.

»Du magst verzeihen, aber auf *deine* Urteilsfähigkeit verlasse ich mich da mitnichten!«

Sophia wartete, bis er gegangen war, dann wandte sie sich an Emilia. »Danke.«

Die zuckte mit den Schultern. »Du darfst dich gerne revanchieren. Es war nicht gelogen, als ich gesagt habe, dass uns Leute fehlen. Dann hast du auch gleich eine Ausrede, wenn du dich mal wieder über Nacht mit deinem Schauspieler triffst.«

Sophias Augen weiteten sich. »Woher weißt du...«

»Ich habe dich mit ihm vor dem Theater gesehen. Das ist schon länger her, aber ich vermute, es ist immer noch derselbe, wenn du darauf erpicht bist, deinen Vater nichts von ihm wissen zu lassen.«

»Ich denke dabei eher an seine Sicherheit als an meine. Wenn mein Vater davon erfährt, wird er mit seiner kruden Vorstellung von Blutschande dafür sorgen, dass er verhaftet wird, dessen bin ich mir gewiss.«

Emilia konnte ihr Erstaunen nicht verbergen. »Er ist Jude?«

»Sinto.«

»Verstehe.« Ihre Schwägerin sah sie an, als sehe sie sie zum ersten Mal. »Du liebe Güte, ich habe dich wirklich unterschätzt. Also, wie gesagt, hilf uns, dann helfen wir dir.«

Ein zögerliches Lächeln trat auf Sophias Lippen. »Abgemacht.«

»Dein Vater wird vermutlich nicht begeistert sein, aber da kannst du tatsächlich sogar Eduard ins Spiel bringen. So viel weibliche Aufopferung für die Ärmsten der Gesellschaft, und gar nicht erst zu sprechen von deiner natürlichen Rolle als Mutter, die bisher leider unerfüllt blieb.«

»Das nehmen sie mir doch nie ab.«

»Doch, das tun sie, glaub mir. Du bist für sie überhaupt nicht greifbar, das warst du ja sogar für mich nicht, und ich beobachte besser als die Männer. Du weißt selbst, dass sie dich für jemanden halten, der in den Tag hinein träumt und seine geheimen Sehnsüchte in Liebesgeschichten auslebt.«

Sophia nickte. »Also gut. Drücke ich also auf die Tränendrüse, wenn Eduard das nächste Mal zum Essen hier ist.«

»Bestens.« Emilia lächelte.

NOVEMBER 1938

Sophia saß auf der Fensterbank am offenen Fenster und rauchte. Sie trug einen Pullover von Vincent, Gänsehaut kroch ihr über die bloßen Beine.

»Du lässt dich die Zigarette ganz schön was kosten«, sagte Vincent vom Bett aus, die Decke gegen die Kälte bis über die Brust gezogen.

»Du erlaubst mir ja nicht, im Bett zu rauchen.«

»Aus gutem Grund. Dass du überhaupt in meiner Wohnung rauchen darfst, ist ein großes Zugeständnis, das darf nicht jeder.«

»All die unzähligen Frauen, die durch dein Bett gewandert sind, durften es nicht?«, stichelte Sophia.

»Ich war nicht ganz so umtriebig, wie du mir vermutlich unterstellst, aber nein, auch sie durften das nicht.«

Sophia atmete den Rauch nach draußen und lehnte den Kopf gegen den Fensterrahmen. Sie war in den letzten drei Monaten immer wieder mit Emilia zum Kinderheim gegangen und hatte geholfen, die Kinder zu betreuen, wobei man ihr die Älteren überließ, da man offenbar erkannte, dass sie von Kindern wenig Ahnung hatte und es ihr schwerfiel, irgendeinen Bezug zu ihnen zu finden. Sie konnte auch mit ihren Nichten und Neffen nicht viel anfangen, mit denen von Clara ohnehin nicht, aber auch nicht mit Raikos, wenngleich die Mädchen hoffentlich mehr von Emilia hatten als von ihm. Ludwigs Kleine mochte sie, aber sie war ein Baby, und damit konnte sie erst recht nichts anfangen. Allerdings hatte Emilias Taktik gefruchtet, sich als verhinderte Mutter zu präsentieren, die ihre Erfüllung im Kinderheim fand. Eduard war sofort darauf angesprungen, und daraufhin hatte ihr Vater nicht mehr gut ablehnen können.

»Dauert das noch lange?«, fragte Vincent.

Sophia drückte die Zigarette aus und schloss das Fenster. »Ich bin wieder ganz die deine.« Sie kroch zu ihm unter die Decke.

»Du hast kalte Füße«, beschwerte sich Vincent.

»Wenn du mir nicht erlaubst, sie an dir zu wärmen, behalte ich zur Strafe die ganze Nacht deinen Pullover an.« Er schien tatsächlich abzuwägen, woraufhin sie ihm einen Klaps mit dem Handrücken gegen die Brust versetzt. »Dass du darüber überhaupt nachdenken musst.«

Er lachte, dann zog er sie an sich und erlaubte ihr schaudernd, ihre Beine um die seinen zu schlingen. »Hat dich ja keiner gezwungen, am offenen Fenster zu rauchen.«

»Du erlaubst es anders nicht, also musst du mit den Konsequenzen leben.«

Sie lagen eng aneinandergeschmiegt da, Vincents Hand

unter dem Pullover in träger Liebkosung auf ihrem Rücken. Ein lautes Scheppern ließ sie auffahren.

»Was war das?«

»Klang, als ginge eine Fensterscheibe zu Bruch.«

Auf den Straßen waren Stimmen zu hören, Schreie, das Klirren von Glas. Vincent trat zum Fenster, beugte sich hinaus. »Irgendetwas passiert da draußen gerade, aber von hier aus lässt sich das nicht erkennen.«

»Kann man im Wohnzimmer mehr sehen?«

Vincent zog sich bereits an. »Das finden wir gleich heraus.«

»Klingt, als würde da jemand randalieren.«

»Nicht nur einer.«

Sophia ließ seinen Pullover an und zog sich lediglich rasch Rock und Strümpfe an. Dann folgte sie ihm ins Wohnzimmer, wo sie Rudi am offenen Fenster vorfanden.

»Was ist hier los?«, fragte Vincent.

»Hört ihr kein Radio?« Rudi taxierte sie, ungewohnt ernst. »Ein deutscher Diplomat wurde in Paris von einem polnischen Juden erschossen. Und jetzt scheint hier der Volkssturm zu toben.«

»Welcher Diplomat?«, fragte Sophia.

»Ernst Eduard vom Rath, war wohl Legationssekretär und Mitglied der NSDAP.«

»Nie gehört.«

»So, wie die meisten da draußen vermutlich«, antwortete Rudi. »Aber das ist nicht der Punkt, nicht wahr? Ein Mitglied der NSDAP wird von einem polnischen Juden erschossen, und das einen Monat, nachdem die polnischstämmigen Juden ohne jede Vorwarnung abgeschoben wurden. Für Leute wie Hitler kommt das gewiss gerade zur rechten Zeit.« Rudi wandte den Blick wieder nach draußen. Die Scheibe eines jüdischen Buchhändlers wurde eingeworfen, die Bücher auf die Straße geschleppt und angezündet. Menschen eilten herbei, versuchten, ihr Hab und Gut zu schützen, wurden niedergeknüppelt, und auf die am Boden Liegenden wurde hernach eingetreten. Sophia hatte die Hand an den Mund gehoben, starrte in sprachlosem Entsetzen auf die Szene.

»Wo ist denn die Polizei?«, stieß sie schließlich hervor. »Jemand muss sie rufen.«

»Polizei?«, fragte Rudi. »Du meinst, so wie die, die dort stehen?« Er deutete mit dem Finger auf zwei Polizisten, die in einigem Abstand vor einer Hauswand standen und zusahen.

Vincent schwieg, die Stirn gefurcht, der Mund eine schmale, harte Linie. Sophia stand so dicht bei ihm, dass sie die Spannung in seinem Körper spürte, um seine Gedanken zu wissen glaubte, das stumme Ringen hinunterzulaufen, um sich den Randalierern entgegenzustellen, und gleichzeitig um die Sinnlosigkeit ahnend.

»Die Synagoge«, rief Sophia und deutete auf den Feuerschein, das Flackern hinter den oberen Fenstern, die sie von hier aus sehen konnten. Sie umschlang ihren Oberkörper, begann heftig zu zittern. Tränen traten ihr in die Augen, trübten ihr den Blick, sie blinzelte, sah einen Moment klarer, ehe ihr die Sicht wieder verschwamm. Verdammt noch mal!

»Wo willst du hin?«, fragte Vincent, als sie sich abwandte.

»Nach Hause. Wer weiß, wie es später auf den Straßen aussieht.«

»Da gehst du jetzt nicht raus, bist du toll?«

»Vincent hat recht«, mischte sich Rudi ein, was ungewöhnlich für ihn war. »Da solltest du auf keinen Fall hinausgehen.«

Rosa, dachte Sophia, meine Rosa. Zum ersten Mal seit deren Abreise war sie glücklich, dass die Familie Roth fort war. Sie wischte sich die Nässe von den Wangen, lauschte auf die Schreie, das Klirren, bemerkte den flackernden Schein aus den Augenwinkeln und begann zu weinen.

Emilia stolperte, als eine Gruppe Männer an ihr vorbeilief, sie beiseitedrängte. Einer von ihnen hatte einen Pflasterstein in der Hand, den er in die Scheibe eines Geschäfts für Schreibwaren warf. Weitere eilten herbei, brachen die Tür mit einer Brechstange auf, stürmten hinein. Eine Frau verließ das Haus eilig durch den Seiteneingang, weinende Kinder an den Händen. Steine flogen, Papier wurde in Brand gesetzt, Rauchschwaden quollen hervor.

Überall auf den Straßen rannten Menschen durcheinander, eine Gruppe von Männern prügelte auf einen alten Mann ein, der immer wieder rief, er sei Offizier im Krieg gewesen. Einer trat ihm gegen den Mund, Blut schoss hervor. Emilia, die wie erstarrt dagestanden hatte, ging dazwischen.

»Aufhören!« Erst beim dritten Mal schienen die Männer sie zu hören, einer drehte sich um, taxierte sie, schenkte ihr ein lüsternes Grinsen. »Kommt deine Enkelin zu Hilfe, Alter?«

Der alte Mann konnte nicht antworten, hustete und spuckte einen abgebrochenen Zahn aus. Emilia wollte zu ihm, ihm aufhelfen, als einer der jungen Männer sie am Arm packte. »Hey, nicht so eilig, du Hure.«

»Ich bin Emilia Conrad, also untersteh dich, mich anzurühren.« Sie legte so viel Verachtung in die Worte, wie es ihr angesichts dessen, dass sie den Kopf in den Nacken legen musste, um dem Mann ins Gesicht sehen zu können, möglich war.

»Lass sie los«, sagte ein anderer. »Mein alter Herr arbeitet für Jungbluth.«

Der Mann ließ ihren Arm los, und Emilia ging vor dem alten Mann in die Hocke, half ihm auf.

Er stützte sich schwer auf sie, und Hilfe suchend sah sie sich um. Die Straßen waren erfüllt von Triumphgebrüll, wenn Scheiben zu Bruch gingen und Türen zersplitterten. Emilia hatte Angst, konnte nicht viel mehr, als ziellos durch die Menge stolpern mit dem alten Mann, der sich schwer auf sie stützte. Dann war da auf einmal eine Frau, die ihren Arm nahm.

»Komm«, rief sie, »schnell.« Sie ging auf die andere Seite des Mannes, so dass sie ihn gemeinsam stützten und schneller vorankamen.

»Wohin gehen wir?«, rief Emilia, obwohl ihr das in diesem Moment herzlich egal war. Nur weg wollte sie.

»Zu einem Freund.« Die Frau stieß einen Mann weg, der gegen sie torkelte, ob im Blutrausch oder betrunken, vermochte Emilia nicht zu unterscheiden.

Das war nicht der Pöbel, dachte sie, das waren gut gekleidete Zivilisten. In diesem Moment wurde ihr bewusst, dass die Stimmung umschlug und es nicht mehr um Ausgrenzung ging, jetzt ging es um Leben und Tod. Der Mord an dem Botschafter, den vermutlich kaum jemand hier mit Namen kannte, war das Ventil, durch das sich ein unbändiger Hass entlud.

Der alte Mann stolperte und wäre ihnen fast entglitten. Als sie anhielten, um ihn besser stützen zu können, weinte er.

»Die Synagoge«, brachte er stockend hervor.

Emilia und die Frau gingen weiter, und als Emilia schon glaubte, sie könne den Mann nicht einen Moment länger halten, stieß die Frau die Tür zu einem Haus auf und strebte auf die Treppe zu.

»Wir sind gleich da.« Sie führte sie im dritten Stock über einen Korridor und blieb vor einer Tür stehen, deren Klingel sie drückte.

Es herrschte eine fast schon atemlose Stille, dann waren Schritte zu hören, und die Tür wurde zögerlich einen Spaltbreit geöffnet. »Lena?« Der magere Mann, dessen Gesicht an der Tür aufgetaucht war, schien im Begriff, diese wieder zu schließen.

»Untersteh dich, uns hier stehen zu lassen«, zischte die Frau. »Wir haben einen Verletzten.«

Jetzt erst schien der Mann zu bemerken, dass die Frau nicht allein gekommen war, und trat zurück. »Komm rein.«

Er führte sie zum Sofa, auf das sie den alten Mann sinken ließen. Erst, als sie aufblickte, wurde Emilia bewusst, dass noch zwei weitere Personen im Raum waren, und ihre Augen weiteten sich. Sophia stand da in einem viel zu großen Pullover und starrte sie ungläubig an. Neben ihr ein Mann, dunkelhaarig und dunkeläugig, und in der Art, wie er schützend den Arm um sie gelegt hatte, unzweifelhaft der geheimnisvolle Liebhaber.

»Du?«, stieß Sophia jetzt hervor.

Emilia strich sich gelöste Haarsträhnen hinter das Ohr. »Ich war bei einer Freundin im Ostend, da habe ich es im Radio gehört. Als ich mich auf den Weg nach Hause machen wollte, tobte der Mob bereits auf der Straße, schlimmer, als ich erwartet hatte. Ich dachte, die Polizei gebietet der Sache schnell Einhalt.«

Sophia hatte die Arme um den Oberkörper geschlungen, zitternd vor dem offenen Fenster. »Wir haben es von hier aus gesehen.«

»Mein Sohn.« Der alte Mann schien erst jetzt so richtig zu sich zu kommen. »Mein Sohn. Er wollte unseren Laden schützen.« Er machte Anstalten, sich zu erheben, aber die Frau, die der andere Mann mit Lena angesprochen hatte, legte ihm die Hand auf die Schulter.

»Sie können jetzt nichts tun. Niemand von uns kann das.« Sie sah den Dunkelhaarigen an. »Vincent, du siehst aus, als wolltest du den Helden spielen. Lass es, das wird nichts. Du gehst höchstens selbst drauf.«

In der Tat schien der Mann im Begriff zu sein, den Raum zu verlassen. Sophias Hand war zu seiner geglitten und schloss sich darum.

»Ich kann doch nicht einfach zusehen.«

»Wenn du eine ernsthafte Chance hättest zu helfen, würde das auch keiner verlangen«, sagte Sophia.

»Meine Schwägerin hat recht«, sagte Emilia. »Mich

haben sie nur in Ruhe gelassen, weil einer von ihnen für meinen Schwager arbeitet.«

Der alte Mann wirkte noch immer wie unter Schock, hatte den Blick starr nach vorne gerichtet, während sich seine Lippen bewegten, als spreche er lautlos etwas vor sich hin. Die Frau – Lena – streichelte beruhigend seine Schulter.

»Ich habe mich noch nicht vorgestellt«, sagte der Magere. »Ich bin Rudi. Das da ist Vincent, und dass Sophia Ihre Schwägerin ist, haben wir ja mittlerweile erfahren.«

»Emilia«, antwortete diese.

»Lena. Aber das haben Sie ja schon gehört.« Die Frau sah Sophia an, taxierte sie auf eine Art, die darauf schließen ließ, dass sie und Vincent nicht nur Freunde gewesen waren.

»Was machen wir jetzt?«, fragte Emilia. »Wir können ja nicht alle hierbleiben.«

»An mir soll es nicht scheitern«, sagte Rudi.

Vincent zuckte nur mit den Schultern. Er wirkte sehr angespannt.

»Gibt es hier irgendwo ein Telefon?«, fragte Emilia.

»Die Hausmeisterin, Frau Arens im Erdgeschoss, hat eins«, antwortete Vincent. »Gegen eine Gebühr darf man es benutzen.«

»Sophia«, wandte sich Emilia nun an diese, »ruf Ludwig an, er soll uns mit dem Automobil abholen. Vielleicht können wir herausfinden, was mit Ihrem Sohn passiert ist, Herr ...« Sie sah den alten Mann fragend an.

Der brauchte mehrere Anläufe, ehe er eine Antwort

artikulieren konnte. »Johanson, Arthur Johanson.« Das Blut auf seinem Kinn war geronnen, das Haar hing ihm zerzaust in die Stirn, es war würdelos. Offenbar empfand Sophia das ebenso, denn sie verließ das Wohnzimmer und kehrte mit einem nassen Küchentuch zurück. Behutsam wischte sie dem Mann das Gesicht ab, während Lena ihm das Haar zurückstrich.

»Also gut«, sagte Sophia, »ich rufe Ludwig an. Aber ich bleibe hier.« Sie sah kurz zu Vincent und dann wieder zu Emilia.

»Wird er das zulassen?«

»Er kann mich gerne gewaltsam hier herauszerren.« Sophia erhob sich, verließ die Wohnung und kam wenige Minuten später zurück. »Er macht sich direkt auf den Weg.«

Ludwig steuerte den Wagen durch die Straßen, musste Umwege fahren, weil teilweise kein Durchkommen war. Mehrmals war er versucht, Randalierer, die über die Fahrbahn liefen, einfach zu überfahren. Aufs Gaspedal treten und draufhalten. Scherben knirschten unter den Reifen, und Ludwig bemerkte Polizisten, die die Szenerie nur beobachteten. Die Feuerwehr war angerückt, um zu verhindern, dass das Feuer von der Westend-Synagoge in der Freiherr-von-Stein-Straße auf andere Gebäude übergriff.

Ludwig las die Namen auf den Straßenschildern, als er im Ostend war. Grundgütiger, dachte er und bremste scharf, als zwei Männer auf die Straße taumelten, über die Schulter blickten und eilig weiterliefen. Als sich einige

Männer daranmachten, sie zu verfolgen, fuhr Ludwig an, hätte fast einen von ihnen mitgenommen, was die übrigen mit lautem Protestgebrüll beantworteten. Einer schlug gegen die Wagentür.

»Pass gefälligst auf!«

Ludwig wollte aussteigen und den Erstbesten von ihnen verprügeln, aber erkannte auch, dass seine Möglichkeiten, aus einem solchen Kampf siegreich hervorzugehen, begrenzt waren. Zögernd fuhr er wieder an, hielt den Blick starr geradeaus gerichtet, bog schließlich in die richtige Straße ein und suchte nach der Hausnummer. Schließlich hatte er das Haus gefunden, parkte den Wagen und stieg aus. Dritter Stock, zweite Tür links schräg gegenüber dem Treppenabsatz. Tief Luft holend drückte er auf den Klingelknopf.

Sophia selbst öffnete ihm, und er schlang den Arm um sie, drückte sie an sich. »Warst du draußen?«

Sie schüttelte den Kopf.

In der Wohnung waren Emilia, Vincent und drei andere Personen, die sich mit Rudi, Lena und Arthur Johanson vorstellten.

»Herr Johanson hat seinen Sohn in dem Gemenge verloren«, erklärte Emilia. »Ich bin eingeschritten, als ich gesehen habe, wie er von einer Gruppe junger Männer verprügelt wurde. Ob sein Sohn in der Nähe war, weiß ich nicht.«

Die zierliche Emilia war eingeschritten. Ludwig kam sich wie ein Feigling vor. Er ging vor dem alten Mann in die Hocke. »Wir suchen Ihren Sohn. Und wenn wir ihn nicht finden, werde ich mich morgen offiziell darum kümmern. Ich bin Anwalt, vielleicht kann ich etwas herausfinden.«

Die Augen des Mannes wirkten wie erloschen, und er nickte nur.

Ludwig richtete sich auf. »Dann lasst uns fahren.«

»Ich bleibe hier«, kam es von Sophia, und er drehte sich zu ihr um. Sie war tadellos gekleidet, und doch ahnte er, dass sie geradewegs aus Vincents Bett kam. Ihr Haar war im Nacken zusammengefasst, was wirkte, als sei es auf die Schnelle geschehen, während Vincents Haar wirkte, als habe er es mit den Händen zerwühlt. Aber sei's drum, das war in dieser Nacht nicht seine Sorge.

»Also gut, ich diskutiere das heute nicht mit dir.«

Emilia erhob sich und half dem alten Mann auf. Ludwig stützte ihn, und zu dritt verließen sie die Wohnung.

* * *

Sophia hatte die ganze Nacht kaum geschlafen. Als das Gebrüll auf den Straßen verstummt war, war eine geisterhafte Stille eingekehrt. Vom Fenster aus hatte sie die Glasscherben im Licht der Straßenlaternen glitzern sehen, indes die gelegten Brände noch flackernd die Nacht erhellten. Sie war mit Vincent zu Bett gegangen, während Lena bei Rudi im Wohnzimmer blieb. Es wäre verantwortungslos gewesen, sie fortzuschicken, vor allem angesichts dessen, dass sie Emilia geholfen hatte.

Im Bett hatte Vincent schweigend dagelegen, während Sophia die Arme um das Kissen geschlungen hatte und mit geschlossenen Augen den Schlaf suchte, der gewesen war wie ein Vogel, dem man sich näherte und der davonstob, wenn man glaubte, ihn greifen zu können. Sie hatte sich herumgewälzt, an Rosa gedacht, an all die Dinge, die um sie herum vor sich gingen und die sie nicht mehr verstand. Irgendwann war sie eingeschlafen, nur, um kurz darauf mit bleischweren Gliedern aufzustehen. Sie blinzelte in die Helligkeit und bemerkte, dass sie allein war. Rasch kleidete sie sich an, nahm ein kleines Handtuch und verließ das Zimmer, um ins Bad zu gehen, das glücklicherweise nicht belegt war. Allerdings funktionierte der Boiler nicht, und so wusch sie sich mit eiskaltem Wasser. Immerhin war sie danach richtig wach. Sie spülte den Mund aus, machte den Zipfel des Handtuchs nass, um sich notdürftig die Zähne zu putzen, und hatte den Eindruck, dass das Wasser an diesem Morgen leicht rostig schmeckte. Schließlich kämmte sie die Locken mit den Fingern aus, so gut es ging, band sie im Nacken zusammen und verließ das Bad.

Die Wohnungstür hatte sie nur angelehnt, um nicht klingeln zu müssen. Schon im Flur hörte sie Vincent mit Rudi sprechen, wobei auch einmal Lena antwortete. Angesichts der Umstände war es Sophia herzlich egal gewesen, dass sie ganz offensichtlich Vincents Geliebte gewesen war. Sie hatte Emilia und einem alten Mann geholfen, nur das zählte. Und wäre sie nicht Vincents Geliebte gewesen, hätte sie Emilia nicht zu ihm geführt, und wer möchte schon wissen, was dann passiert wäre? So schloss sich der Kreis also in gewisser Weise.

Als Sophia eintrat, verstummte das Gespräch kurz, und drei Augenpaare wandten sich ihr zu. Sie verzichtete darauf, allen einen guten Morgen zu wünschen. Ein guter

Morgen sah anders aus. Stattdessen nickte sie ihnen nur zu und ging zum Fenster, sah hinaus in die morgendliche Geschäftigkeit. Automobile fuhren, die Straßenbahn ebenso, Menschen eilten durch die Straßen, einige blieben stehen, sahen sich die des Nachts angerichtete Zerstörung an. Männer und Frauen kehrten Glasscherben auf und versuchten, die Fenster notdürftig zu vernageln.

»Möchtest du etwas essen?«, fragte Vincent, und sie schüttelte den Kopf. Der Appetit war ihr vergangen.

Er drückte ihr einen Becher Kaffee in die Hand, und sie spürte, wie die Hitze daraus in ihre kalten Finger kroch. Sanft strich Vincent ihr eine Strähne aus dem Gesicht, ließ die Hand über ihre Wange gleiten, liebkoste ihren Nacken. Es waren beiläufige Zärtlichkeiten, mit denen er stets wieder eine neue Vertrautheit schuf.

»Ich gehe jetzt nach Hause«, sagte sie. »Vermutlich haben sich Ludwig und Emilia eine Ausrede für mich ausgedacht, aber ich möchte es nicht ausreizen.«

»Soll ich dich begleiten?«, fragte Vincent.

»Nein, ich brauche einen Moment allein, um den Kopf freizubekommen.«

»Verstehe.« Er legte ihr den Arm um die Taille, und sie lehnte sich leicht an ihn, während sie den Kaffee trank.

»Ich gehe jetzt auch«, kam es von Lena. »Meine Mitbewohnerin macht sich bestimmt schon Sorgen.«

Vincent drehte sich zu ihr um. »Vielen Dank, Lena.«

»Werd jetzt bloß nicht pathetisch.« Sie schenkte ihm ein kleines Lächeln, dann sah sie Sophia an, neigte den Kopf und winkte Rudi zum Abschied zu, ehe sie die Wohnung verließ.

Sophia warf noch einen Blick auf die Morgenzeitung, wo der Mord an vom Rath der reißerische Aufmacher war, und verabschiedete sich ebenfalls von den beiden Männern. Draußen zündete sie sich eine Zigarette an, tat einen tiefen Zug, als müsse sie sich wappnen, dann ging sie los. Das Ausmaß der Verwüstung war unfassbar. Jüdische Geschäfte, zerstört, geplündert, die Türen eingetreten, die Fenster zerschlagen. Daniel Rosenthal stand vor seiner Praxis und fegte Scherben zusammen. Menschen gingen vorbei, eine Frau trug gar ein kleines Lächeln auf den Lippen, als betrachte sie eine Kuriosität, die sie sich nicht so recht erklären konnte. Daniel blickte auf, als Sophia stehen blieb.

»Wir hätten gehen sollen, als wir es noch konnten«, sagte er bitter. »Mein Vater wollte, aber meine Mutter war der Meinung, es werde gewiss wieder besser.«

»Was werdet ihr jetzt tun?« Unter Sophias Schuhen knirschten Scherben.

»Mein Vater will versuchen, meine Mutter umzustimmen. Ohne die beiden kann ich nicht gehen.«

»Wohin möchtest du?«

»Nach England, nach Frankreich, mir ist es gleich, nur weg. Wir haben fast kein Geld mehr, alles ist auf einem Sperrkonto, und wir bekommen monatlich nur einen bestimmten Betrag zugeteilt. Aber wir können ja ohnehin nichts mitnehmen. In England oder Frankreich darf ich mich zumindest wieder als Arzt bezeichnen.«

Ende September war den jüdischen Ärzten die Approbation entzogen worden, sie durften sich nur noch Krankenbehandler nennen und ausschließlich jüdische Patienten betreuen. Die Entrechtung der Ärzte hatte allerdings schon vor fünf Jahren begonnen, das hatte Sophia von Rosa erfahren.

»Sag Bescheid, wenn wir helfen können«, sagte Sophia und ärgerte sich, dass sie außer einem solchen Gemeinplatz nichts bieten konnte.

Daniel machte sich wieder daran, die Scherben zusammenzufegen. »Danke, Sophia.«

Raiko war mit ihm, Paul und Eduard zur Schule gegangen, und Sophia schämte sich zutiefst für ihren Bruder und dafür, mit Eduard verschwägert zu sein. Die Firma Jungbluth setzte mit Conrad Stahl nun auf die Rüstungsindustrie, das hatte ihr Vater bei Tisch erzählt, unverkennbar stolz. Sophia schüttelte den Gedanken an ihre Familie ab, legte Daniel die Hand auf den Arm und verabschiedete sich.

Daheim wartete man bereits auf sie. »Wir haben uns Sorgen gemacht«, sagte ihre Mutter. »Emilia sagt, du seiest im Kinderheim geblieben, weil es zu gefährlich war. Was für eine Nacht.«

»Das alles wäre nicht passiert, wenn die Juden den Botschafter nicht getötet hätten«, fügte ihr Vater hinzu.

»Mir war nicht bekannt, dass Daniel Rosenthal, dessen Praxis in Trümmern liegt, jemanden ermordet hätte«, antwortete Sophia mühsam beherrscht. »Oder all die anderen Menschen, deren Hab und Gut letzte Nacht zerstört wurde.«

»Willst du den Leuten den gerechten Zorn verwehren? Ja, der eine oder andere mag über die Stränge geschlagen haben«, kam es von ihrem Vater. »Aber die Juden haben es provoziert. Vermutlich, weil sie genau das wollten, dass sie sich nun öffentlich als Opfer darstellen können und die anderen Länder uns als Barbaren abtun.«

»Vater, ich denke, wir beenden das Gespräch, ehe ich mich vergesse.« Sophia ließ ihre Eltern stehen und ging die Treppe hinauf. Zuerst ein heißes Bad, dann würde sie weitersehen. Und noch während sie das dachte, wurde ihr bewusst, wie selbstverständlich sie diese Annehmlichkeiten hinnahm, die ihr Vater ihr bot. Sie badete nie bei Vincent, stets war in ihrem Hinterkopf der Gedanke, dass sie das daheim tun würde, wo es komfortabler war, wo sie keine Rücksicht auf Nachbarn nehmen musste, wo es fließendes heißes Wasser gab und der Boiler stets funktionierte. Als sie sich auf den Wannenrand setzte und das dampfende Wasser beobachtete, das langsam einlief, während sie duftendes Öl einträufelte, fragte sie sich, ob sie ihre Überzeugungen nicht gerade verriet, ob sie das nicht jedes Mal tat, wenn sie das alles hier in Anspruch nahm.

Ludwig hatte den alten Mann in dessen Wohnung begleitet. Seinen Sohn hatte man verhaftet, so die Ehefrau, die angstvoll zu Hause gewartet hatte. Man hatte ihn auf der Straße festgenommen, als er sich gegen die Randalierer zur Wehr setzte. Ludwig würde versuchen herauszufinden, wo er war.

»Das wird vermutlich genauso erfolgreich wie bei Valentin Rubik«, sagte er bitter, als er zurück in den Wagen kam.

Daheim hatte Raiko sie mit einer Besorgnis erwartet,

die Emilia ihm nicht zugetraut hatte. Gefolgt waren Vorwürfe, warum sie ihn nicht angerufen habe, damit er sie abholte.

»Hätte ich einen eigenen Wagen, hätte mich überhaupt niemand holen müssen«, antwortete sie und spielte damit auf seine Weigerung an, ihr einen zu kaufen.

Während Günther und Lydia die Ereignisse im Radio verfolgten und dazu schwiegen – wobei Emilia Lydias Schweigen als Betroffenheit deutete –, war Raiko auf eine nahezu verzweifelt wirkende Art aufgekratzt.

»Es ist ja oft so, dass aus Zerstörung etwas Großes erwächst«, sagte er. »Auch wenn uns das in den Momenten der Zerstörung zunächst furchtbar erscheint.«

Emilia fuhr ihn nicht an, schrie nicht und ging nicht die Wände hoch. Sie war erschöpft, und zu viele Dinge gingen ihr im Kopf herum. »Du bist mit Daniel Rosenthal zur Schule gegangen«, sagte sie. »Gewiss liegt auch seine Praxis in Trümmern. Praktizieren darf er ja mittlerweile ohnehin nicht mehr.«

Daraufhin hatte er geschwiegen. Möglicherweise ging ihm auf, was er mit seiner Wahl mitverursacht hatte. Aber Emilia mochte nicht mehr mit ihm darüber streiten, sie war es leid. Das Einzige, was sie jetzt noch tun konnte, war, die Kinder in ihrem Geist zu erziehen und sie so oft wie möglich aus dem familiären Umfeld zu holen. Und so nahm sie Martha stets mit ins Kinderheim. Ihre Tochter war im April acht Jahre alt geworden und sehr verständig. Allerdings galt es, Vorsicht walten zu lassen, denn in der Schule wurden die Kinder ebenfalls beeinflusst, und es kam durchaus vor, dass die Kleinen – oftmals ohne sich dessen bewusst zu sein – Spione im eigenen Haus wurden und arglos von der elterlichen Gesinnung erzählten.

Kurz nachdem Sophia heimgekommen war, verließ Emilia mit Martha das Haus. Es war ihr wichtig, dass die Kleine sah, was nachts geschehen war. Martha betrachtete die Zerstörung mit großen Augen, sah die ausgebrannte Synagoge, sah Menschen auf der Straße Scherben zusammenkehren. Auffällig war, dass Brandstiftung nur Häuser betraf, bei denen keine Gefahr bestanden hatte, dass das Feuer auf die Häuser nichtjüdischer Nachbarn übergriff.

Helga war blass, als sie Emilia die Tür öffnete. »Komm rein«, sagte sie und schickte Martha ins Spielzimmer. »Wir sitzen im Salon.«

Dort befand sich außer Annelie auch Gerrit. »Wir müssen sehen, was wir tun können«, sagte dieser.

»Mit deinen gedruckten Pamphleten kommen wir jedenfalls nicht weit«, kam es gallig von Annelie. »Damit bringst du uns höchstens alle in Schwierigkeiten.«

»Gedruckte Pamphlete?« Emilia nahm auf dem Sofa neben ihr Platz.

»Ganz recht.« Annelie streifte ihren Vetter mit einem kurzen Blick. »Er hat sie drucken lassen und vor einigen Tagen verteilt. Keine Ahnung, was das bringen soll.«

»Seine Stimme erheben – darauf kommt es an«, verteidigte sich Gerrit.

Emilia nickte. »Na ja, ganz unrecht hat er nicht. Man stimmt die überzeugten Anhänger damit zwar gewiss nicht um, aber man zeigt denen, die im Stillen dagegen sind, dass sie nicht allein sind.«

Annelie stieß ungeduldig den Atem aus. »Gut, aber das

bringt uns jetzt nicht weiter. Wir müssen sehen, was wir mit den beiden jüdischen Kindern machen. Man wird sie aus unserer Betreuung holen und einem jüdischen Waisenhaus überantworten, und spätestens seit gestern wissen wir, wie das möglicherweise enden wird.«

»Es kann auch sein, dass das gestern der Höhepunkt war, der den Menschen die Augen öffnet«, bemerkte Gerrit.

»Ja, die Empörung der Leute auf den Straßen war geradezu mit Händen zu greifen«, spottete Helga.

»Wir hatten ja schon darüber gesprochen. Es gibt Kindertransporte ins Ausland«, sagte Emilia. »Ich erkundige mich, was in Frage kommt, dann schicken wir die beiden fort.«

»Das klingt herzlos«, sagte Annelie.

»Aber sie hat recht, eine andere Möglichkeit gibt es nicht. Hier ist es nicht mehr sicher.« Helga sah Emilia an. »Dann tu das so bald wie möglich, wir wollen keine Zeit verlieren.«

Da sie die Kinder nicht zu lange sich selbst überlassen wollten, erhoben sich Helga und Annelie. »Du kannst deine Schwägerin demnächst mal wieder hierherschicken, wir können eine helfende Hand gebrauchen«, sagte Helga.

»Obwohl man merkt, dass sie mit Kindern nichts anfangen kann«, fügte Annelie hinzu.

Als die beiden den Raum verlassen hatten, stand Emilia auf und wollte ebenfalls zur Tür, aber Gerrit kam ihr zuvor, hielt sie auf. »Ich möchte Sie küssen«, sagte er unvermittelt.

Emilia erwiderte seinen Blick, fragte sich einen kurzen

Moment lang, wie es wäre, das zu erlauben, und entschied dann, dass ihr die Probleme, die sie derzeit hatte, reichten. Sie schüttelte den Kopf und wollte an ihm vorbei.

»Sie werden Ihre Meinung noch ändern.«

»Ich bin eine verheiratete Frau.«

»Ja, das eheliche Glück ist unübersehbar.«

Was erlaubte er sich eigentlich? Emilia hob das Kinn. »Gehen Sie zur Seite.«

Er tat es mit übertriebener Höflichkeit. »Ich kann warten.«

MÄRZ 1939

Es war ungewöhnlich, dass jemand aus seiner Familie ihn in seiner Wohnung aufsuchte, daher war Vincent alarmiert, als Jacob auf einmal vor seiner Tür stand. Dieser wollte sich jedoch nur erkundigen, ob Vincent etwas von Valentin gehört hatte.

»Laut Ludwig Conrad ist er im KZ Sachsenhausen«, sagte Vincent. »Mehr war bisher nicht zu erfahren.«

Jacob rieb sich mit Daumen und Zeigefinger über die Augen. »Meine Mutter wird verrückt, wenn sie nicht bald etwas über den Kleinen erfährt. Man hört schlimme Dinge von dem Lager.«

»Ich tue mein Bestes.« Dabei konnte Vincent tatsächlich nicht mehr tun, als Ludwig immer wieder zu fragen, ob er etwas in Erfahrung gebracht hatte.

»Otto und Mihaela mussten jetzt auch aus ihrer Wohnung in die Dieselstraße ziehen«, erzählte Jacob. »Mit den sechs Kindern. Aus der Fünfzimmerwohnung in einen umfunktionierten Möbelwagen. Keine sieben Meter lang und knappe zwei Meter breit. Keine Toilette, kein Wasser, kein Licht.« Otto war ein Cousin Jacobs mütterlicherseits, den Vincent nur flüchtig kannte. »Wir haben jetzt natürlich auch Angst.«

»Bisher trifft es nach wie vor nur die Menschen in städtischen Wohnungen, ja?«

»Bisher. Aber du siehst ja, wie schnell sich die Dinge ändern.«

Das schrille Läuten der Türklingel ließ sie beide auffahren.

»Ist das dein Mitbewohner?«

»Der hat einen Schlüssel.« Vincent ging zur Tür.

»Ich hatte gehofft, dass du daheim bist.« Sophia umarmte ihn und drückte ihm einen Kuss auf den Mund. Dann erst bemerkte sie, dass er nicht allein war und sie durch die offene Tür zum Wohnzimmer neugierig und ein wenig skeptisch beäugt wurde.

Vincent räusperte sich und legte ihr die Hand an den Rücken, als er sie ins Wohnzimmer begleitete. »Sophia, das ist mein Cousin Jacob Rubik.«

Sie reichte ihm die Hand und stellte sich vor, ehe Vincent dazu kam. »Sophia Conrad.« Ihr Lächeln zauberte das Grübchen in die rechte Wange, und mochte Jacob auch Vincents Lebenswandel wenig abgewinnen können – ihm ging nichts über seine Familie, und schon lange bemängelte er, dass Vincent sich einer Ehe strikt verweigerte –, so verfehlte sie ihre Wirkung auch auf ihn nicht. Man musste schon völlig verknöchert sein, um Sophia nicht hinreißend zu finden.

»Ich möchte gar nicht lange stören«, sagte sie.

»Du störst nicht.« Vincent holte eine weitere Tasse aus der Küche und schenkte ihr Kaffee ein.

Jacob musterte Sophia. »Sind Sie verwandt mit dem Anwalt?«

»Ludwig? Das ist mein Bruder.«

Der Blick, der Vincent nun traf, war überaus missbilligend. Die Hilfe eines Mannes in Anspruch nehmen und eine Liaison mit seiner Schwester haben – Jacobs geringe Meinung von Vincent schien sich zu bewahrheiten. Der indes ignorierte den stummen Vorwurf und setzte sich wieder. Sophia war an den Weihnachtstagen bei ihm gewesen, nachdem sie Heiligabend mit ihrem Bruder verbracht hatte. Sie waren lange im Schnee spazieren gegangen und hatten sich die Nächte hindurch geliebt. Die Angst vor dem Vergangenen und vor der Zukunft lag wie ein Schatten über ihnen und machte die Liebe zu einer fast rauschhaften Verzweiflung. Dass das Leben nach jener Nacht im November einfach weiterlief, war etwas, womit keiner von ihnen so recht umgehen konnte.

»Heute Abend ist die Premiere meines Theaterstücks«, sagte Sophia. »Ich wollte dich vorher noch kurz sehen.«

Er würde nicht kommen können, da er an diesem Abend selbst einen Auftritt hatte und seine Vertretung krank war. »Es wird gewiss schön.«

Ihre Finger fuhren am Rand der Tasse entlang, dann sah sie Jacob an. »Sie sind der erste Verwandte von Vincent, den ich kennenlerne.«

»Ja, er hält sich gerne bedeckt, was sein Leben angeht, auch in die andere Richtung.« Ein weiterer tadelnder Blick traf Vincent. »Zumindest ist nun klar, warum er sich jeder jungen Frau, die seine Mutter für ihn aussucht, so strikt verweigert.«

Sophia sah ihn an, eine Braue kaum merklich gehoben, ein winziges Lächeln in den Mundwinkeln. Ihr Blick wanderte zurück zu Jacob. »Da habe ich ja den richtigen Moment für meinen Besuch ausgewählt. Wohnen Sie auch hier im Ostend?«

»In Sachsenhausen. Vincents Mutter ist meine Tante, sie wohnt mit mir und meiner Familie zusammen.«

In Sophias Augen blitzte der Moment der Erkenntnis auf. »Ah, es ist Ihr Bruder, dem mein Bruder als Anwalt geholfen hat?«

»Ganz recht.«

Sie schwieg, wusste offenbar nicht, was sie sagen sollte und ob sie nicht schon zu viel gesagt hatte.

»Ich habe es ihr erzählt«, sagte Vincent.

Jacob zuckte nur mit den Schultern. Es war ihm gleich, für ihn zählte nur noch, dass Valentin zurückkam. »Mein Bruder ist kein Verbrecher. Er war im Gefängnis, weil man ihm etwas unterstellt hat.« Es schien ihm wichtig, das zu betonen. Auf Anstand und Integrität hatte er immer schon viel gegeben.

Sophia trank den Kaffee aus. »Ich lasse euch jetzt wieder allein, ich wollte dich nur vor der Premiere noch kurz sehen.«

Vincent begleitete sie in den Flur und schloss die Wohnzimmertür, so dass sie einen kurzen Moment beengter Intimität hatten. Er zog Sophia an sich, küsste sie. »Wir sehen uns morgen, ja?«

»Du bist mir nicht böse, weil ich hier einfach so reingeplatzt bin?«

»Wirke ich, als sei ich dir böse?«

»Du wirkst zumindest nicht, als würdest du dich freuen.«

Er küsste sie erneut, küsste ihre Wangen, ihre Augenlider. »Wenn du morgen kommst, werde ich dir meine Freude über dein Dasein in aller Ausgiebigkeit zeigen.«

Jetzt lächelte sie wieder. »Es hat mich gefreut, mal jemanden aus deiner Familie kennenzulernen.« Sie öffnete die Tür, gab ihm einen letzten Kuss und ging.

»Eine *Gadschi?* Sind dir unsere Mädchen nicht gut genug, oder was?«, fragte Jacob, als Vincent zurück ins Wohnzimmer ging. »Treibst es lieber mit einer Fabrikantentochter.«

»Für euch bin ich als Sohn eines *Gadscho* doch auch nur ein Bastard.«

Jacob ging nicht darauf ein. »Wie lange geht das schon, hm?«

»Seit etwas mehr als fünf Jahren.«

Jacobs Augen weiteten sich. »Etwas Ernstes?«

»Ja, so kann man es wohl nennen.«

»Weißt du, was mit ihr passiert, wenn man euch erwischt? Oder mit dir? Sie kommt ins Gefängnis, und dich interniert man, genau wie Valentin. Willst du das deiner Mutter antun?«

»Wir passen auf.«

»Sie geht hier ganz offensichtlich ein und aus, das bleibt doch niemandem verborgen.«

»Die Nachbarn sind hier alle für sich, mein Vermieter betont zwar, er dulde nichts Unmoralisches in seinem Haus, aber er ist fast nie hier, und vermutlich müsste er die Hälfte der Bewohner auf die Straße setzen, denn ich bin hier nicht der einzige alleinstehende Mann, und die übrigen leben nicht gerade wie die Mönche.«

Jacob schüttelte den Kopf in völligem Unverständnis. Eine solche Unvernunft, wie Vincent sie allem Anschein nach beging, war ihm fremd. »Weiß ihr Bruder es?«

»Ich denke, er ahnt es zumindest.«

»Und er lässt sie einfach so weitermachen?«

»Er kann sie ja nicht daheim anbinden.«

Wieder schüttelte Jacob den Kopf, dann schien ihm ein anderer Gedanke zu kommen. »Und wenn ihr Bruder sich genau aus dem Grund nicht richtig bemüht, etwas über Valentin zu erfahren? Weil du mit seiner Schwester schläfst und sie in Gefahr bringst?«

»So ist er nicht.«

»Von mir bekämst du mindestens eine gebrochene Nase.«

»Es gefällt ihm nicht, das ist offensichtlich, aber er ist integer. Einen Menschen seinem Schicksal zu überlassen, weil er einen anderen bestrafen will – das macht er nicht.«

Es war nicht ersichtlich, ob Jacob ihm glaubte oder nicht. »Ich hoffe, wir sehen Valentin wieder. Er wäre nicht der Erste, der auf einmal verschwindet. Von Marthas Sohn tauchte nur eine Urne mit Asche wieder auf mit dem Hinweis, der sei in Dachau an Typhus gestorben.« Erneut rieb Jacob sich die Augen. »Mutter wird verrückt, wenn das passiert. Valentin war immer ihr Liebling. Sie hat ohnehin die ganze Zeit Angst. Seit Aloys den Korbhandel nicht mehr weiterführen kann, befürchtet sie, dass sie die Nächsten sind, die in die Dieselstraße umgesiedelt werden.«

»Ich dachte, er hat den Wandergewerbeschein erhalten.«

»Das ja, aber das Pferd durfte er nicht behalten, und ohne das kann er den Wohnwagen nicht bewegen und seinen Korbhandel weiterbetreiben. Er gilt also als erwerbslos, folglich wird er sich beim Fürsorgeamt melden müssen. Otto bezahlt für diesen jämmerlichen, ausrangierten Möbelwagen, den er jetzt bewohnen muss, fünfundfünfzig Mark im Monat. Man mag es nicht glauben.« Jacob sah sich um. »Für dich ist das alles noch weit weg, gefeierter Bühnendarsteller in einer geräumigen Wohnung mit einem Fabrikantentöchterchen als Geliebte. Aber wenn sie anfangen, uns alle zu holen, werden sie auch bei dir keine Ausnahme machen, dann bist du einer von uns, ob du es willst oder nicht.«

Vincent entgegnete nichts darauf. Er war nun einmal, was er war, und dass er nicht in eine Familie geboren worden war wie Jacob, war nicht sein Vergehen. »Halt Sophia da heraus«, war das Einzige, was er dazu zu sagen hatte.

Jetzt, da sie in der Loge saß, war Sophia doch aufgeregt. Es war ein kleines Theater in der Innenstadt, privat geführt wie das, in dem Vincent spielte, wobei das hier etwas pompöser ausgestattet war und auf ein zahlungskräftigeres Publikum abzielte. Sophia schlug das Herz so heftig gegen die Rippen, dass es schmerzte. Ihre Worte auf der Bühne gesprochen – das war es, was sie sich wünschte, seit sie mit dem Schreiben begonnen hatte. Zwar hatte in ihren Träumen Vincent stets eine tragende Rolle in den Stücken gespielt, aber das war, ehe er ihr Liebhaber geworden war und sie noch gehofft hatte, ihm auf diese Art näherzukommen. Sie hätte ihn an diesem Abend gerne an ihrer Seite gehabt, aber da ließ sich nun einmal nichts ändern. Immerhin waren Ludwig, Emilia und sogar Dorothea erschienen.

Der Vorhang ging auf, und das Bühnenbild gefiel Sophia gut, sehr hübsch gemacht. Auch die Hauptdarstellerin mochte sie. Den Anfang hatte man nahezu wörtlich übernommen, und es war ein seltsames und erhebendes Gefühl, in der Loge zu sitzen und zu wissen, dass es die von ihr verfassten Worte waren, die dort gesprochen wurden und denen die Menschen in gespannter Stille lauschten.

Der Bösewicht hatte seinen ersten Auftritt, und Sophias Lächeln zerfiel. Der Zigeunerbursche, wie er genannt wurde, zog mit seinem Wagen umher, und wehe dem, in dessen Nähe er sich niederließ. Derjenige lief Gefahr, Hab und Gut zu verlieren, denn der Lump nahm mit, was nicht niet- und nagelfest war. Gab sich als reisender Händler aus und war doch nichts anderes als Diebespack. Jetzt hatte er es überdies auf die Heldin abgesehen, die so sanft, blond und lieblich war, wie eine Heldin nur sanft, blond und lieblich sein konnte. Die Sympathie im Publikum schlug um, das war offensichtlich. War man voller Entzücken der hübschen Maid gefolgt, so brachte man diesem Halunken nichts als Abneigung entgegen.

Sophia spürte, wie ihr das Blut ins Gesicht stieg, ahnte, dass Ludwig ihr einen Blick von der Seite her zuwarf, indes ihr die Wangen brannten. Wie gebannt starrte sie auf die Bühne, hoffte, dass all das sich als Missverständnis entpuppte. Der Bösewicht zog sich zurück, lauerte in seinem Versteck, harrte seiner Gelegenheit, die hübsche Maid zu rauben. Nun hatte der Held seinen Auftritt, ein junger Mann, der sich mit seinem Freund unterhielt, und hier erkannte Sophia auch ihren Text wieder. Im Krieg war der Vater gewesen, alles hatten sie verloren. Die Bank hatte seinem Vater übel mitgespielt, hatte ihn mit falschen Anlagen um all seine Ersparnisse gebracht, so dass der Held nun gezwungen war, sich durch niedere Arbeit hochzuarbeiten. Das wiederum entsprach nicht ganz dem, was Sophia geschrieben hatte, aber gut. Dann fragte der Freund den jungen Mann, wer den Vater um all das Geld gebracht habe. Das war der Eigentümer der Bank selbst, der all das Geld der hart arbeitenden Menschen nahm, um in Saus und Braus zu leben, während der aufrechte Deutsche darbte. Der Bankier, der Saujude.

Ein Ruck ging durch Sophias Körper, und sie erhob sich, drängte sich durch die Reihe, murmelte etwas davon, ihr sei schlecht, und verließ die Loge. Ohne innezuhalten, lief sie die Treppe hinunter, durchquerte die Halle und verließ das Theater. Sie hatte ihren Mantel vergessen, wollte aber nicht zurück an die Garderobe, um ihn zu holen, und so stand sie frierend auf der Straße, kämpfte mit den Tränen. Das war doch nicht ihre Geschichte. Man hatte aus ihrem Text eine politische Propaganda gemacht, die Menschen verleumdete wie Vincents und Rosas Familien. Sophias Zähne schlugen aufeinander, während der Schreck und die Scham umschlugen in Zorn.

Sie ballte die Fäuste, grub sich die Fingernägel in die Haut. Mittlerweile zog sie die Blicke vorbeigehender Passanten auf sich, wie sie frierend dastand. Sie drehte sich um, warf einen Blick durch das Fenster in das Foyer, sah Ludwig, der sich suchend nach ihr umsah. Auf gar keinen Fall wollte sie mit ihm sprechen, mit ihm nicht und auch mit sonst niemandem aus der Familie. Sie wartete, bis er wieder die Treppe hochging, dann eilte sie ins Foyer zurück, lief zur Garderobe, ließ sich Mantel, Handschuhe, Schal und Hut geben und war gerade zur Tür hinaus, als sie sah, wie Ludwig mit Dorothea und Emilia erneut die Treppe hinunterkam, offensichtlich im Begriff, das Theater zu verlassen.

Wohin nun? Vincent war nicht daheim, und da Ludwig inzwischen wusste, wo dieser wohnte, würde er womöglich dort nach ihr suchen. Aber was sollte er dann tun? Sie in einem lautstarken Streit auffordern, nach Hause zu kommen? Sophia wandte sich ab, ging die Straße hinunter, zunächst ohne Ziel. Je länger sie lief, umso wütender wurde sie. Das war ihre Geschichte gewesen, die man genutzt hatte, um perfide politische Botschaften zu verbreiten, geschickt eingeflochten in diese harmlose Liebesgeschichte mit dem vorhersehbaren Ende. Der Verleger hatte ihr gesagt, dass das Spannungselement noch etwas deutlicher herausgearbeitet würde. Sophia stieß ein kleines, höhnisches Lachen aus, woraufhin sich einige Passanten zu ihr umdrehten. Vermutlich hielt man sie für närrisch oder betrunken.

Sie blieb stehen, merkte, dass sie unbewusst den Weg zum Liebfrauenberg eingeschlagen hatte und nur noch wenige Schritte vom Theater entfernt war, wo Vincent an diesem Abend spielte. Sie ging zur Kasse und fragte, ob sie noch eine Karte für die Vorstellung erwerben könne.

»Die hat schon vor einer halben Stunde angefangen.«

»Das weiß ich.«

»Da kann ich Sie nicht mehr reinlassen.«

Sophia seufzte und steckte ihre Geldbörse zurück. Es war kalt, und sie hätte gerne im Foyer auf Vincent gewartet. Zu ihm in die Garderobe zu gehen, wagte sie nicht mehr, denn sie wusste nicht, wem von den neuen Schauspielern man trauen konnte. Bei ihren selten gewordenen Besuchen hier schob sie stets die Freundschaft zwischen ihm und ihrem Bruder in den Vordergrund, tat, als besuchte sie ihn als Freund der Familie. Das konnte sie jetzt angesichts der Uhrzeit nicht gut behaupten, und so stand sie eine halbe Stunde lang unschlüssig vor dem Theater, ehe sie entschied, die Zeit mit einem Spaziergang zu verbringen. Kurz überlegte sie, zu ihm nach Hause zu gehen, verwarf diesen Gedanken jedoch wieder. Sie wusste nicht, ob er sofort heimgehen würde, und die halbe Nacht allein in seinem Zimmer zu warten, danach stand ihr nicht der Sinn.

Sie ging über die Neue Kräme zum Römerberg, spazierte durch die engen Gassen und schließlich hinunter zum Mainkai, überquerte den Eisernen Steg zum Schaumaintor und setzte ihren Weg am Fluss entlang fort. Da sie nicht für einen längeren Spaziergang gekleidet war, fror sie anfangs sehr, ihr wurde jedoch wärmer, je länger sie ging. Am kommenden Tag wollte sie den Verlag anschreiben und die weitere Zusammenarbeit aufkündigen. Das Geld, das sie für die Aufführungsrechte bekommen hatte, würde sie verschenken. Wie erleichtert sie war, dass man ihren Namen nicht mit diesem Theaterstück in Verbindung brachte.

Als sie über eine Stunde später wieder vor dem Theater eintraf, war das Stück noch nicht vorbei, und so setzte sie sich auf die Bank, von der aus sie den Bühneneingang sehen konnte und auf der sie seinerzeit im Regen gewartet hatte, um Vincent zu fragen, ob er mit ihr tanzen gehe. Sie blickte zum Theater, beobachtete vorbeiflanierende Menschen, die unterwegs waren, um sich zu amüsieren. Der eine oder andere sah sie erstaunt an, da es in der Tat seltsam wirken musste, wie sie hier in ihrer eleganten Garderobe allein saß.

Irgendwann ließ sich ein Mann auf der Bank nieder, aufdringlich nahe. Sophia rutschte ein Stück beiseite, aber er rückte näher.

»So allein?«, fragte er schließlich, und Sophia verdrehte die Augen.

»Nein, ich warte auf jemanden.«

»Auf mich, Süße?«

Wieder verdrehte Sophia die Augen und ersparte sich eine Antwort. Der Mann legte den Arm auf die Rückenlehne, so dass seine Hand ihre Schulter berührte, und da Sophia nicht nach Disputen war, verzichtete sie darauf, ihn zurechtzuweisen, und erhob sich.

»Hey, warum so abweisend. Ich möchte dich doch nur kennenlernen.«

»Kein Bedarf, vielen Dank.«

Er umfasste ihren Arm. »Machst du es nur gegen Bezahlung?«

Sie versuchte, ihm den Arm zu entwinden, und sah ihm fest in die Augen. »Nehmen Sie Ihre Hände weg.«

»Ich möchte doch nur ...«

»War die Ablehnung der Dame undeutlich?« Vincent.

Der Mann drehte sich um, ließ ihren Arm los und hob abwehrend die Hände. »Sie war allein, da dachte ich ...«

Vincents Blick ließ ihn verstummen, eine knappe Kopfbewegung machte deutlich, dass er zu verschwinden hatte. Als der Mann fort war, sah Vincent sie an.

»Was ist passiert?«

»Dieser Mann dachte ...«

»Das meinte ich nicht. Warum bist du hier und nicht im Theater bei deiner Aufführung?«

»Kann ich heute bei dir bleiben?«

Er fragte nicht nach, und jetzt erst wurde Sophia bewusst, wie müde er aussah. Sie ergriff seine Hand, eine Vertrautheit, die sie sich im Schutz der Dunkelheit erlaubte. Niemand nahm Notiz von ihnen. Inzwischen fror Sophia wieder, während des Wartens war ihr die Kälte in die Füße gekrochen, in ihren Kragen, in die Ärmel. Sie zitterte leicht, als sie neben Vincent herging, und war froh, als sie das Wohnhaus erreichten.

Rudi war ausgegangen. »Er hat offenbar eine Frau kennengelernt«, sagte Vincent und nahm ihr den Mantel ab. Sie blies sich warmen Atem in die gewölbten Hände.

»Komm.« Er berührte ihre Schulter und ging mit ihr ins Schlafzimmer, wo er den gekachelten Ofen anfachte. »Und jetzt erzähl, was los ist.«

Sophia streifte die Schuhe ab und setzte sich mit angezogenen Beinen aufs Bett. Dann erzählte sie von dem

Theaterstück, davon, wie sie noch während der Vorstellung gegangen war. »So etwas habe ich nicht geschrieben«, beteuerte sie, als habe Vincent diese Vermutung in den Raum gestellt.

»Das habe ich auch nicht angenommen.«

»Sie haben aus dieser harmlosen Liebesgeschichte etwas Politisches gemacht. Das ist doch absurd.«

»Nein, genau so funktioniert es. So erreicht man die Massen.«

»Ach, hätte ich es doch nur selbst umgeschrieben.«

»Na ja, du konntest nicht wissen, was sie daraus machen.«

»Ich bin so wütend. Keinen Pfennig werde ich von dem Geld behalten.«

Vincent setzte sich zu ihr aufs Bett. »Was willst du damit tun?«

Sie zuckte mit den Schultern. »Es Notleidenden geben. Was auch immer.«

Er umfasste ihren Nacken und küsste sie. »Was ist mit deinem Bruder? Du warst doch nicht allein dort.«

»Ich bin einfach rausgelaufen, ich wollte mit niemandem sprechen, Mitleid oder gar Trostversuche hätte ich nicht ertragen.«

Er zog ihr die Nadeln aus dem hochgesteckten Haar, so dass es ihr offen auf die Schultern fiel. »Vielleicht hätten sie dich nicht bemitleidet, sondern wären genauso zornig gewesen wie du.«

»Es ist im Grunde erbärmlich. Da wird eine meiner Geschichten aufgeführt, und gleich, wie banal sie war, sie war von mir. Ich dachte, es könnte der Anfang einer neuen

Laufbahn sein, einer, die möglicherweise ernsthafter wird, vielleicht sogar politischer.« Sie lachte höhnisch. »Na ja, politisch war sie in der Tat.«

Vincent zog sie an sich, strich ihr das Haar aus dem Gesicht, küsste sie. Glücklicherweise ersparte er ihr Trostworte, die ohnehin nichts bewirkten. Sie fühlte sich nicht besser, wenn fortwährend betont wurde, dass sie nichts dafür konnte. Im Gegenteil, es zeigte ihr, wie nichtssagend ihre Arbeit eigentlich war, wie austauschbar. Jeder konnte seine Botschaften darin unterbringen, sie war als Schriftstellerin nicht wichtig genug, sie war ersetzbar. Es war ein so eklatanter Mangel an Respekt, dass es Sophia vor Zorn fast den Atem nahm.

Sie hob die Hand, fuhr sacht über die dunklen Schatten unter Vincents Augen. »Du siehst müde aus. Wenn ich hierbleiben darf, verspreche ich, dass ich dich diese Nacht schlafen lasse.«

»Aus deinem Mund klingt das wie eine Drohung.«

Nun musste sie doch lächeln. »Du bist wirklich unersättlich.«

»Du hältst mich an der sehr kurzen Leine, meine Liebste. Das letzte Mal ist gewiss schon fünf Wochen her.«

Sie krauste die Stirn, überlegte.

»Musst du gerade wirklich nachrechnen?«, fragte er, und jetzt stieg trotz allem ein kleines Lachen in ihr auf. Dabei war ihr wahrhaftig nicht danach. Was für ein furchtbarer Abend. Weder erzählte sie Vincent, dass sie geglaubt hatte, wieder schwanger gewesen zu sein, und deshalb auf Distanz gegangen war, noch, dass die nachfolgende Blutung viel zu spät eingesetzt und ein nächtliches Beisammensein unmöglich gemacht hatte. Stattdessen lächelte sie. »Wenn dir also nicht nach Schlaf ist, bin ich diese Nacht ganz und gar die deine.«

* * *

Hannah und Rudolf weinten, als Helga und Emilia mit ihnen den Bahnhof betraten, jede der beiden Frauen mit einem kleinen Köfferchen in der Hand. Während Hannah schluchzte, zeigte sich Rudolfs Weinen in einem beständigen Schniefen. Sie hatten es den Kindern erklärt, hatten ihnen gesagt, dass sie eine große Reise machten und bei netten Leuten lebten, aber was letzten Endes von all den Erklärungen blieb, war allein das Gefühl, abgeschoben zu werden. Wie sollte man es ihnen auch erklären? Dass die Nürnberger Rassegesetze sie aussonderten, dass sie nicht mehr als Deutsche galten und somit nicht weiter unter dem Schutz der Gesellschaft standen, da sie zu dieser nicht mehr gehörten? Sie waren zu Bürgern geworden, die man in Tabellen klassifizierte wie Vieh. Mochten sie auch selbst keinen Bezug zum Judentum haben, mochten sie Väter haben, die möglicherweise sogar im Krieg für das Deutsche Reich gekämpft hatten – sie gehörten nicht mehr dazu.

Kaum ein Land war bereit gewesen, eine größere Anzahl jüdischer Emigranten aufzunehmen. Nach jener Nacht im November, von den Zeitungen verharmlosend als »Reichskristallnacht« bezeichnet, reagierte Großbritannien nun jedoch und lockerte die Einreisebestimmungen. Die Niederlande, Frankreich, Belgien, die Schweiz und Schweden zogen nach. Wenigstens den Kindern wollte man einen

Ausweg bieten. Ludwig hatte über die Familie von Anna eine Möglichkeit gefunden, Aufnahmevisa für die Schweiz zu erhalten. Falls das nicht geklappt hätte, wäre England das Land der Wahl gewesen.

Sie waren nicht die Einzigen, am Bahnhof spielten sich herzzerreißende Szenen ab. Kinder trugen ihre Köfferchen, viele weinten bitterlich, wollten sich nicht von den Müttern trennen. Emilia dachte an Martha und die Zwillinge, dachte daran, wie lästig ihr die Mutterschaft oftmals war, und verspürte angesichts des Schmerzes um sie herum eine tiefe Scham. Sie hatte es so einfach, ihre Kinder spielten daheim in ihrem verschwenderisch ausgestatteten Zimmer, sie mussten nicht in die Fremde, ganz allein, während sie hier stand und ahnte, dass sie sie womöglich nicht mehr wiedersah. Grundgütiger, dachte Emilia und ging in die Hocke, zog die beiden Kinder eng an sich.

Rudolf wischte sich mit dem Ärmel über die Augen, und Emilia brach es fast das Herz, ihn da stehen zu sehen, seinen kleinen Koffer in der Hand und bemüht, tapfer zu sein, während Hannah leise vor sich hin weinte.

»Dürfen wir nicht bleiben, wenn wir uns ganz klein machen?«, fragte sie, immer wieder unterbrochen vom Schluckauf.

Helga beherrschte sich nur mit viel Mühe, das war ihr anzusehen, aber verhindern konnte sie doch nicht, dass ihre Augen glasig wurden. Sie räusperte sich. »Es ist wie lange Ferien«, sagte sie. »Die Schweiz ist wunderschön, es gibt Berge und Seen, niedliche Dörfer, ihr werdet gewiss viel Spaß haben.«

Hannah nickte schluchzend, während Rudolfs Blick

wie versteinert wirkte. Schließlich war es an der Zeit einzusteigen. Die Kinder wollten sich nicht von Emilia lösen, und es bedurfte einiger Überredung, damit sie endlich in den Zug stiegen. Emilia schlang sich die Arme um den Oberkörper, schwieg und sah zu, wie die Türen geschlossen wurden, hörte die schrille Pfeife des Schaffners, dann setzte sich der Zug in Bewegung.

»Was amüsiert dich so?«, fragte Eduard.

»Hast du es nicht gehört? Das mit Sophias Theaterstück? Jetzt wünschte ich doch, ich wäre gegangen. Ich mag Sophias Geschichten nicht, da wollte ich gewiss nicht meinen Abend damit verbringen, sie mir auch noch vorführen zu lassen.« Clara schnitt den Faden von dem Kleidchen ab, das sie für ihre Jüngste genäht hatte. »Wie bedauerlich im Nachhinein. Ich hätte ja zu gerne Sophias Gesicht gesehen. Sie soll die Vorstellung schon zu Beginn verlassen haben.«

»Sie ist deine Schwester. Warum so schadenfroh?«

»Weil sie sich ständig so aufspielt, als sei sie etwas Besseres. Sie interessiert sich nicht für meine Kinder, nicht für das, was ich tue, sie hat für alles nur Verachtung übrig, und daraus macht sie keinen Hehl.«

»Es wäre dennoch eine nette Geste gewesen, zu dem Theaterstück zu gehen. Dir ist doch so daran gelegen, dich familiär zu präsentieren.«

»Wenn du so erpicht darauf bist, hättest du ja selbst gehen können.«

»Das hätte ich sogar getan, aber ich war an jenem Abend mit einigen wichtigen Leuten verabredet.«

Clara faltete das Kleidchen zusammen. »Anstatt etwas Vernünftiges zu tun, verbringt sie ihre Zeit damit, seichte Geschichtchen zu schreiben.«

»Sie hilft im Kinderheim aus.«

»Es gibt genug ordentlich geführte Häuser, wo sie dies tun könnte, aber wen sucht sie sich aus? Diese fragwürdigen Frauen und ihre Horde Kinder, die sie von der Straße aufgelesen haben. Kinder von Trinkern und Prostituierten.«

Eduard antwortete nicht, er schien mit den Gedanken woanders zu sein. Sie betrachtete ihn, wie er da stand, elegant, ein Glas in der Hand, an dem er hin und wieder nippte, während er in den Garten hinaussah, in den der Frühling noch nicht Einzug gehalten hatte. Clara mochte den Winter nicht und freute sich stets auf die ersten Anzeichen, die zeigten, dass er endlich vorbei war.

Clara argwöhnte, dass ihre Schwester denselben verqueren Weg einschlug wie Ludwig, der sich der Verteidigung fragwürdiger Gestalten verschrieben hatte. Sie hatte kaum glauben können, dass er wirklich Zigeuner vertrat. Dachte er denn nicht daran, dass das alles womöglich auf die Familie zurückfiel? Sollte es am Ende heißen, sie seien Zigeunerfreunde? Judenfreunde waren sie ja schon vorher gewesen, wobei ihnen das mit Fortgang der Roths wohl auch nicht mehr anhing. Es war nicht so, dass Clara etwas gegen die Roths konkret hatte, aber so war es einfach besser. Jeder sollte dort leben, wo er gewollt war, und hier wollte man sie eben nicht mehr. Schlimm genug, dass man Frankfurt lange Zeit als »Jerusalem am Main« bezeichnet hatte. Inzwischen nannte die Stadt sich »Stadt des deutschen Handwerks«.

Nachdem sie das Kleidchen beiseitegelegt hatte, stand sie auf und legte sich die Hand an den Magen. Ihr war seit zwei Tagen unwohl, und Eduard bemerkte die Geste durchaus. Seine Augen verengten sich kaum merklich. Er machte kein Geheimnis daraus, dass sie nach seinem Dafürhalten genug Kinder hatten. Nun, dachte Clara, an ihr lag es nicht. Sollte er sich doch mehr zurückhalten und besser achtgeben. Aber sie war nicht schwanger, das wusste sie seit diesem Morgen, und obwohl sie gerne noch ein Kind gehabt hätte, war sie doch erleichtert gewesen. Die letzte Schwangerschaft hatte sie sehr angestrengt, und sie wollte zudem wieder mit Eduard auf Gesellschaften gehen, was mit dickem Bauch nicht gut möglich war.

Sie hatte sich in die neue Gesellschaft bestmöglich eingefügt, tat alles, um sie zu erhalten. Das würden Menschen wie Ludwig und Sophia nicht verstehen, Menschen, die so selbstverständlich die Privilegien dieses neuen, großen Deutschlands genossen, ohne etwas dafür zu tun. Clara empfand nichts als Verachtung für sie. Ludwigs Ehefrau war im Grunde genommen kein Deut besser als er, wenngleich Clara sich mit deren Schwester Wilma immer gut verstanden hatte. Aber die steuerte auch darauf zu, eine alte Jungfer zu werden, und tat beständig so, als sei dieser Zustand selbst gewählt. Wer wählte denn freiwillig aus, ein sitzen gebliebenes Mädchen zu sein?

Clara stellte den Nähkorb beiseite. Und wenn mehr dahintersteckte? Wenn Ludwig und Sophia, die sich ohnehin stets von der Familie absonderten und der neuen Ordnung mit so viel Verachtung entgegentraten, umstürzlerische Ideen hatten? Sie erinnerte sich daran, dass

Ludwig in jungen Jahren mit den Kommunisten geliebäugelt hatte. Und bei Sophia wusste man nun überhaupt nicht, woran man war. Clara ging zu Eduard, schenkte sich ebenfalls etwas zu trinken ein und nahm einen winzigen Schluck. Er tat stets so, als habe sie keine Ahnung, als sei Politik ihr gänzlich fremd. Aber dem war nicht so, wahrhaftig nicht. Sie beobachtete sehr genau. Und vielleicht war es an der Zeit, ihre Geschwister noch genauer im Auge zu behalten.

19

SEPTEMBER 1939

Ihr Verleger hatte versucht, sie dazu zu überreden, weitere Geschichten zu schreiben, aber Sophia war hart geblieben. Er könne nicht verstehen, was sie umtrieb, sagte er. Das Stück sei doch sehr erfolgreich gewesen, und die nächste Ausgabe der Zeitschrift sei besser gelaufen als die vorherige. Sophias Einwand, es seien zu massive Änderungen an ihrem Text vorgenommen worden, tat er damit ab, dass sie zugestimmt hatte, diesen spannender zu machen.

»Aber keine politischen Botschaften«, hatte sie dagegengehalten.

Er blieb uneinsichtig, berief sich auf den Zeitgeist und sagte schließlich, dann suche er sich eben eine andere Autorin, die den Namen bediente, denn merken würde den Unterschied bei dieser Art von Geschichten ohnehin niemand. Dass Sophia daraufhin nur die Schultern zuckte, hatte ihn so wütend gemacht, dass er sie kurzerhand aufforderte, sein Bureau umgehend zu verlassen.

Allerdings hatte Sophia erstaunt festgestellt, dass die neuen Geschichten nicht gar so gut ankamen und in einem Leserbrief gefragt wurde, was mit der Autorin los sei.

»Ich habe doch gesagt, du unterschätzt dich«, hatte Ludwig daraufhin gesagt. »Deine Geschichten sind vermutlich keineswegs so schlecht, wie du ständig behauptet hast.«

Doch das alles war nicht mehr wichtig, denn Sophia wollte sich endlich den Dingen widmen, die sie wirklich interessierten. Sie hatte sogar darüber nachgedacht, politische Texte zu schreiben, zu drucken und bei Nacht zu verteilen. Sie wollte ihrer Wut Ausdruck verleihen, ihrem Zorn über all das, was seit Monaten und Jahren geschah. Einer von Vincents Cousins war mit seiner Familie mittlerweile ebenfalls in das Lager in der Dieselstraße interniert worden, und zum ersten Mal war Sophia hingegangen und hatte es sich angeschaut, hatte Beklemmungen verspürt, als sie in dem Industriegebiet nahe der Hanauer Landstraße stand, wo das Lager war, nur durch die Gleise der Hafenbahn vom letzten Becken des Ostufers getrennt.

Umgeben war das Lager von gut einenhalb Meter hohem, mit einer Doppelreihe Stacheldraht bewehrtem Maschendrahtzaun. Zusätzlich sicherten es acht Reihen Spanndrähte. Die einzigen Zugänge waren ein hohes und breites Tor sowie eine kleine Tür. Darüber wehte eine Hakenkreuzfahne. In Frankfurt selbst bekam man von dem Lager nicht viel mit, selbst in Fechenheim und Riederwald konnte man es vermutlich einfach ignorieren. Ein Wachmann beäugte Sophia bereits argwöhnisch, und so drehte sie sich um und ging zur nächsten Bahn, um zurück in die Stadt zu fahren.

Danach saß sie in ihrer Bibliothek und wollte einen Text darüber verfassen, ohne zu wissen, in welcher Form sie das tun sollte. Als kurze Geschichte? Aber dafür musste sie mehr über die Menschen wissen, ihre Vorstellungskraft reichte nicht aus, um sich auszumalen, wie es sich anfühlte, in einem ausrangierten Möbelwagen zu leben und das Lager nur mit polizeilicher Erlaubnis verlassen zu dürfen, um zur Arbeit zu gehen oder Dinge des täglichen Bedarfs zu besorgen. Kinder waren noch weiter eingeschränkt, die durften das Lager nur verlassen, um zur Schule zu gehen.

Sie würde mit Vincent sprechen, jedoch durfte er nicht merken, worauf sie aus war. Wenn sie erwischt wurde, musste er glaubhaft versichern können, keine Ahnung gehabt zu haben. Er hatte ohnehin mehr als genug andere Sorgen, da er im Theater nicht mehr beschäftigt werden durfte. Das hatte ihn wie ein Schlag getroffen, und er war fassungslos.

»Was soll ich denn jetzt machen?«, fragte er, als sie nachmittags bei ihm saß. »Wenn ich nicht arbeite, kann ich weder meine Miete zahlen noch meine Mutter unterstützen.«

»Ich habe Geld gespart«, wandte Sophia ein. »Das kannst du...«

»Ach, denkst du, ich nehme jetzt Almosen, ja?«, fuhr er sie an, und mit aufgerissenen Augen verstummte sie. So hatte er noch nie mit ihr gesprochen, und Sophia erwartete, dass er sich für diesen rüden Ton entschuldigte, sie umarmte und sagte, sie würden gemeinsam gewiss eine Lösung finden. Das tat er jedoch nicht, er wandte sich von ihr ab, stützte die Hände auf die Fensterbank und sah hinaus.

Sophia saß auf seinem Bett, zupfte an dem Ärmelaufschlag ihres Kleides und betrachtete seinen Rücken. Sie schluckte, wollte etwas sagen, aber die Worte klumpten sich in ihrer Kehle zu einem Kloß. »Kannst du denn eine andere Arbeit finden?«, fragte sie schließlich scheu in das Schweigen hinein.

Er drehte sich um, die Augen schmal vor Zorn. »Gewiss. Mit meiner Hände Arbeit, wie es für unsereins vorgesehen ist. Ich kann mich in eine Fabrik stellen und zu einem Hungerlohn schuften, während sich die Regierung überlegt, wie sie uns weiter drangsaliert, damit auch dieser Weg mir danach verschlossen ist.«

»Für den Anfang wäre das wenigstens eine Möglichkeit.«

»Ja, ganz recht, Fräulein Fabrikantentochter in ihrer hochherrschaftlichen Villa. Für den Anfang wäre das etwas.«

Dieser Zorn galt nicht ihr, das wusste Sophia, sie war nur das Ventil, durch das Vincent ihn abließ, aber die Ungerechtigkeit seiner Vorwürfe traf sie doch zutiefst. Sie musste mehrmals tief Luft holen, um nicht auch noch vor ihm in Tränen auszubrechen. Nach einigen Atemzügen traute sie ihrer Stimme wieder ausreichend. »Wenn es derzeit aber nun einmal die einzige Möglichkeit ist«, versuchte sie sich an einer vernünftigen Lösung. »Wir können ja später sehen, wie wir ...«

»*Wir*, ganz recht«, höhnte er. »Willst du mir womöglich gleich noch anbieten, im Werk deines Schwagers nachzufragen, ob er mich am Band braucht?«

Sophia antwortete nicht, und Vincent stieß ein höhnisches Schnauben aus.

»Ich verstehe ja«, brachte sie schließlich hervor, »dass du...«

»*Du* verstehst?«, fiel er ihr ins Wort, und jetzt wirkte er wirklich zornig. Mit einer Handbewegung fegte er alles von seinem Schreibtisch, und erschrocken hob Sophia die Hände, als müsse sie sich schützen. »Wie willst du das denn verstehen? Deine einzige wirkliche Sorge war doch bisher, dass dein Geschreibe keiner veröffentlichen will. Das einzig Gewagte, das du jemals getan hast, war, dich mit mir im Bett zu vergnügen.«

Jetzt hatte er sie so weit, und Sophia gelang es nicht mehr, die Tränen zurückzuhalten. Abrupt stand sie auf, wandte sich ab und verließ das Zimmer. Im Flur kam ihr Rudi entgegen, der die Wohnungstür noch nicht hinter sich geschlossen hatte.

»Ihr müsst sofort das Radio anmachen, die Katastrophe ist... Hoppla.« Er stolperte, als Sophia sich an ihm vorbeidrängte und in den Hausflur stürzte. Ohne sich weiter um ihn zu kümmern, lief sie die Treppe hinunter und verließ das Haus. Dort rannte sie erneut fast in jemanden hinein, dieses Mal in einen Zeitungsjungen.

»Zeitung, die Dame?«

Sie sah den Jungen an, dann die Schlagzeile.

Im Grunde genommen musste Ludwig nicht viel tun, um die Männer im Widerstand zu unterstützen. Zunächst ging es allein um Geheimhaltung, man setzte ihn ins Bild und nahm ihm die Zusage ab, sich bereitzuhalten, wenn seine Hilfe benötigt werde. Und nun diese Nachrichten. Krieg. Oder, wie es die Regierung nannte, *erzwungener Krieg*. Ludwig hatte von seinen beiden ostpreußischen Vorgesetzten gehört, wie das vonstattengegangen war, ihre Familien hatten polnische Angestellte und Freunde, sie bekamen eher mit, was vor sich ging. Immer schon trafen Kriege an der Ostfront Ostpreußen zuerst, lagen direkt vor der Tür.

„In Wieluń wurde ein Krankenhaus dem Erdboden gleichgemacht«, erzählte Theodor Galinsky. »Es gab keine Kriegserklärung, die Geschwader haben ohne Vorwarnung angegriffen, und die Bevölkerung war vollkommen überrascht. Die Menschen wurden gezielt beschossen. Über tausend sind tot, der historische Kern der Stadt ist fast vollständig zerstört, und mehr als die Hälfte der Menschen haben ihre Häuser verloren. Von wegen erzwungener Krieg.«

Ludwig hatte in den Morgenstunden Hitlers Reichstagsrede im Rundfunk gehört. »*Polen hat heute Nacht zum ersten Mal auf unserem eigenen Territorium auch mit bereits regulären Soldaten geschossen. Seit fünf Uhr fünfundvierzig wird jetzt zurückgeschossen. Und von jetzt ab wird Bombe mit Bombe vergolten. Wer mit Gift kämpft, wird mit Giftgas bekämpft.*«

Das war es nun also. Jeder reagierte überrascht, und doch war es abzusehen gewesen. War nicht erst im November des letzten Jahres eine Liste veröffentlicht worden mit Kinos, Parks und Turnhallen, die im Falle von Luftangriffen als Flucht- und Sammlungsplatz dienen sollten? England und Frankreich hatten den Rückzug Deutschlands aus Polen gefordert, aber das würde ebenso wirkungslos verpuffen, wie die Kritik der ausländischen Medien an der deutschen Politik es bisher getan hatte. Hitler wollte die Ostgebiete, er akzeptierte die nach dem letzten Krieg gezogenen Grenzen nicht, und davon brachte ihn nichts ab. Daraus würde ein Flächenbrand werden. Nur das Ausmaß konnte Ludwig nicht abschätzen. Würde es werden wie im Großen Krieg, an den er nur vage Kindheitserinnerungen hatte?

Als er abends nach Hause kam, erwartete ihn eine blasse Dorothea. »Es gibt wirklich Krieg?«

»So sieht es aus.« Ludwig ging ins Kinderzimmer zu seiner Tochter, die ihn begeistert begrüßte und auf rundlichen Beinchen auf ihn zulief. Diesen Monat würde sie zwei Jahre alt werden. So ein kleiner Mensch, dachte er, als er sie hochhob und sie ihre Ärmchen um seinen Hals schlang. Er vergrub das Gesicht in ihren zarten, goldbraunen Locken, atmete den Kinderduft ein, ihren Geruch nach Babypuder und Seife. Ein Ziehen setzte in seiner Brust ein, eine unbändige Angst. Er setzte sie ab, versprach ihr, dass er an diesem Abend vorlesen werde, und ging ins Esszimmer, gefolgt von seiner Tochter. Ein Kindermädchen hatten sie nicht, Dorothea sagte, sie benötige keins.

»Die Zeit, in der man viel Personal braucht, sind vorbei, und ich arbeite ja ohnehin nicht.«

Ihm war es recht.

»Was passiert nun?«, fragte Dorothea, als sie beim Abendessen saßen.

»Das bleibt abzuwarten.«

Daraufhin schwieg sie, schwieg das ganze Essen hindurch und sprach erst wieder, als er die kleine Rosa ins Bett gebracht hatte und sie im Wohnzimmer saßen. »Wird man dich einziehen?«

»Man wird alle wehrfähigen Männer einziehen.«

»Aber doch nur jene, die den Wehrdienst abgeleistet haben, und das hast du nicht.« Der Dienst war erst in der Mitte dieses Jahrzehnts wieder eingeführt worden.

»Warten wir es ab.« Erpicht war er nicht darauf, aber wenn der Einberufungsbefehl kam, blieben ihm nicht viele Möglichkeiten.

Sie nickte. Nachdem sie erneut eine Zeit lang geschwiegen hatte, sagte sie: »Ich bin schwanger.«

Ludwig, der gerade halbherzig in einem Buch geblättert hatte, sah sie an. Er hatte doch aufgepasst, hatte die ganze Zeit tunlichst vermeiden wollen, dass genau das geschah. »Wie weit bist du?«

»Ich war bisher einmal überfällig.«

»Warst du beim Arzt?«

»Noch nicht, aber die Anzeichen sind wie bei Rosa, ich weiß bestimmt, dass ich ein Kind erwarte.«

Ludwig nickte, legte das Buch weg. »Lass es wegmachen. Ich suche einen Arzt, der diskret ist.«

Sie beugte sich leicht vor, erwiderte seinen Blick aus geweiteten Augen. »Wie bitte? Das ist doch wohl nicht dein Ernst?«

»Mein voller Ernst.«

»Ich mache keine Abtreibung.«

»Und ich setze kein Kind in diese Welt.«

»*Du*?« Sie lachte höhnisch. »Das wäre mir ja ganz neu.«

»Es herrscht Krieg. Was für ein Zeitpunkt, um schwanger zu werden.«

»Oh, du entschuldigst bitte, aber ich habe mich wohl kaum selbst geschwängert.«

Ludwig ging zum Servierwagen und nahm sich eine Zigarette. Er rauchte kaum noch, aber jetzt war der Drang zu stark. »Ich habe aufgepasst. Du wolltest die ganze Zeit ein weiteres Kind. Vermutlich hast du irgendwie getrickst, du wärst ja nicht die Erste.«

Dorothea lachte ungläubig. »Also, das ist doch...« Sie erhob sich. »Ich denke, wir beenden das Gespräch jetzt. Du darfst mich wieder ansprechen, wenn du zur Vernunft gekommen bist. So lange kannst du gerne im Gästezimmer nächtigen.«

»Warum? Schwangerer kannst du wohl kaum werden.«

Jetzt flammte jäher Zorn in ihren Augen auf, der sich so ungewohnt ausnahm, dass Ludwig um ein Haar nicht rechtzeitig ausgewichen wäre, als ihr Glas in seine Richtung flog und knapp an seinem Kopf vorbei an der Wand zerschellte.

»Ich melde mich freiwillig.«

Emilia, deren Gedanken ganz und gar davon gefangen gewesen waren, ob sie ausreichend Wasser in sich gespritzt hatte, um eine Empfängnis zu verhindern, brauchte einen Moment, um zu verstehen, wovon Raiko sprach. Normalerweise unterhielten sie sich nicht im Bett. Wenn er mit ihr geschlafen hatte – oder, wie Emilia es nannte, sich in ihr erleichterte –, schlief er meist recht schnell ein.

»Warum willst du freiwillig bei diesem Irrsinn mitmachen?«, fragte sie und verdrängte die Vorstellung von einem Leben, in das er nicht zurückkehrte.

»Weil ich meinen Beitrag für das Land leisten möchte.«

»Bist du so erpicht darauf, Menschen zu töten? Denn nichts anderes ist es doch.«

»Das ist im Krieg unvermeidlich, und es geht letzten Endes darum, das Sterben in unseren Reihen so gering wie möglich zu halten. Es werden Söhne und Ehemänner in den Krieg geschickt, und je mehr wir sind, umso besser sind unsere Möglichkeiten, sieg- und nicht allzu verlustreich zurückzukehren.«

Einen Moment lang erwog Emilia, dieser kruden Rechnung etwas entgegenzusetzen, entschied sich dann jedoch dagegen. Raiko drehte sich zu ihr, und sie spürte seine Hand auf ihrem Körper.

»Ich bin müde«, sagte sie.

»Nur noch ein Mal. Bitte, Emilia.«

Da sie wollte, dass er schnell zu einem Ende kam, gab sie nach und ließ zu, dass er ohne lange Umstände in sie drang, ertrug die Stöße mit geschlossenen Augen und war froh, als er sich wieder von ihr herunterrollte.

»Ich möchte einen Sohn«, sagte er.

»Das sind wohl kaum die richtigen Zeiten, um weitere Kinder in die Welt zu setzen.«

»Genau das sind sie. Es herrscht Krieg, viele Männer werden nicht zurückkehren, da muss etwas von ihnen bleiben.«

»Von dir bleiben drei Kinder.«

»Mädchen.«

Emilia krauste die Stirn.

»Ich liebe sie, wirklich. Aber es sind die Söhne, die den Namen weitertragen.«

Da Emilia dieser Disput nicht in gleichem Maße wichtig war, wie eine Empfängnis zu verhindern, widersprach sie nicht, sondern erhob sich, um ins Bad zu gehen. Sorgsam verschloss sie die Tür, holte die Spritze hervor, füllte sie mit Wasser und stieg in die Badewanne. Sollte er sich doch freiwillig melden, wenn er meinte, dass er diesen Irrsinn mitmachen musste. Ihr war es gleich.

* * *

»Du kannst doch nicht von ihr verlangen abzutreiben, wenn sie das nicht will«, sagte Sophia. »Mit welchem Recht?«

»Es ist immerhin mein Kind.«

»Ja, aber es wächst in ihrem Körper, nicht in deinem.«

»Ich möchte nicht...«

»Ja, natürlich«, unterbrach sie ihn. »Du möchtest nicht. So seid ihr Männer im Grunde genommen alle. Es geht immer nur darum, was ihr möchtet und was ihr euch so denkt.«

Ludwig musterte sie aufmerksam. »Geht es hier noch um mich?«

Sie saßen in ihrem Zimmer, da an diesem Abend eine Feier bei ihren Eltern anstand und Ludwig sich auf diese Art von Höflichkeiten nach wie vor einließ. Die kleine Rosa wurde von Emilias Kindermädchen betreut.

Sophia zuckte mit den Schultern. Vincents Worte hatten sie so tief getroffen, dass sie es nicht über sich brachte, sie zu wiederholen. *Deine einzige wirkliche Sorge war doch bisher, dass dein Geschreibe keiner veröffentlichen will. Das einzig Gewagte, das du jemals getan hast, war, dich mit mir im Bett zu vergnügen.* Sie krümmte sich innerlich, wenn sie nur daran dachte.

»Hast du dich mit Vincent gestritten?« Vor Ludwig konnte sie nie etwas verbergen, wenn er Witterung aufgenommen hatte.

»Ja, so kann man es wohl nennen.«

»Worum ging es?«

Wieder zuckte sie nur mit den Schultern.

»Wann?«

»Vor gut drei Wochen.«

»So ein langer Groll? Du bist doch sonst nicht nachtragend.«

»Ich bin auch nicht nachtragend.« Sie war verletzt, tief verletzt. Vincent hatte ihre wunden Punkte zielgenau ins Visier genommen und zugestoßen. Hatte ihr zu verstehen gegeben, dass ihre Wünsche, ihre große Liebe zu ihm, im Grunde genommen nichtig waren. Mit ihm zu schlafen war lediglich ein Wagnis, das die verwöhnte Industriellentochter einging, um der Langeweile ihres Zuhauses zu entkommen. Sie ging Risiken ein, weil sie ihn liebte, weil sie zu ihm stehen wollte, gleich, was es sie kostete. Und er tat das ab als Kleinigkeit. Natürlich, für ihn war das nichts Ungewöhnliches, er war mit vielen Frauen ins Bett gegangen, da machte eine mehr nicht viel aus.

»Vielleicht tut es ihm ja mittlerweile leid, und er wartet darauf, dass du ihm verzeihst.«

»Ja, vielleicht.« Das Problem war, dass es darum allein nicht ging. Auch wenn Sophia sich gewiss war, dass Vincent im Zorn gesprochen hatte und er seine rüden Worte im Nachhinein bedauerte, so nagte das Gesagte doch noch zu sehr an ihr.

»Es herrscht Krieg. Noch sind es Scharmützel und Propaganda, aber es wird schlimmer, die hören jetzt nicht einfach auf. Angesichts dessen sollte man sich überlegen, wie schwerwiegend die eigenen Probleme eigentlich sind.«

»Ich dachte, meine Beziehung zu ihm ist dir ohnehin nicht recht.«

»Dass er in dir nur seine Geliebte sieht, ist mir nicht recht, das stimmt. Andererseits ist eine anders geartete Beziehung derzeit ohnehin nicht mehr möglich, und dass dir die Trennung von ihm nahegeht, ist offensichtlich.«

Sophia schüttelte den Kopf. »Ich kann das jetzt nicht, Ludwig, sei mir nicht böse.«

»Schon gut.«

»Ich wünschte, ich könnte einfach in die Schweiz zu Rosa. Mir ist hier alles so zuwider.«

»Kannst du doch.«

»Und euch allein lassen?«

»Vielleicht ist es in der Tat das Beste. Geh eine Weile fort, gewinn Abstand.«

»Und wenn ich zurückkomme, und Vincent wurde interniert?«

»Daran kannst du auch nichts ändern, wenn du hier bist.«

Die Vorstellung, zu Rosa zu fahren, war verlockend. Aber sie konnte nicht. Jetzt einfach gehen? Unmöglich.

Sophia sah auf die Uhr. »Ich glaube, es ist Zeit, dass wir uns blicken lassen.« Sie warf einen prüfenden Blick in den Spiegel. Die Abendrobe in schimmerndem Grün war wunderschön und harmonierte mit dem Smaragdschmuck. *Ja, ganz recht, Fräulein Fabrikantentochter in ihrer hochherrschaftlichen Villa.* Sie schüttelte den Kopf und damit gleichsam die Erinnerung ab. Es war nicht ihre Schuld, dass sie in diese Familie geboren worden war.

»Geh nur«, sagte Ludwig. »Ich komme später nach.«

»Ist gut.« Sie verließ das Zimmer und ging die Treppe hinunter, kam unten an, als die ersten Gäste eintrafen. Der Salon füllte sich rasch, und Sophia trieb ziellos zwischen den Menschen umher. Dorothea wirkte angespannt, was angesichts von Ludwigs Forderung kein Wunder war. Sie hätte ihr gern etwas Tröstliches gesagt, aber das war nicht ihre Sache, sondern ging nur ihren Bruder und seine Frau etwas an.

Immer wieder hielt Sophia Ausschau nach Ludwig und begann, sich Sorgen zu machen. Warum kam er nicht? Ihre Eltern hatten sich mittlerweile im Salon eingefunden, standen in der Gästeschar mit dem unübersehbaren Stolz von Gastgebern, die sich über eine gelungene Feier freuten. Offenbar waren alle geladenen Gäste erschienen. Als Sophia eine halbe Stunde später immer noch keine Spur von ihrem Bruder entdeckte, beschloss sie, nach ihm zu sehen. Sie war gerade im Begriff, den Salon zu verlassen, als Ludwig auftauchte. Sophia hielt in der Bewegung inne, konnte nicht anders, als ihn anzustarren. Erst schien es, als sähe nur sie ihn, und sie hoffte beinahe, es wäre so, auch wenn das vermutlich auf beginnenden Irrsinn schließen ließ. Dann jedoch wurden auch andere Gäste aufmerksam, wirkten ebenso ungläubig wie Sophia.

Ludwig erschien in einem blauen Abendkleid, eine Flasche in der Hand, indes ihm das Haar lockig in die Stirn fiel. Es herrschte schlagartig Stille, und wäre die ganze Situation nicht so tragisch gewesen, wäre Sophia beim Anblick ihres Vaters, dem die Gesichtszüge entgleisten, in Lachen ausgebrochen. Das Lächeln rutschte ihm hinunter, seine Züge wirkten einen Moment lang fast schief, als sei er unfähig, sie wieder in Form zu bringen. Ihre Mutter starrte Ludwig nur an, blinzelte, als erwartete sie, aus einem Traum zu erwachen. Dorothea hatte den Mund zu einem stummen O geöffnet.

Ludwig raffte das Kleid, stieg auf einen Tisch, hob die Flasche hoch, und obwohl es auf jeden wirken musste, als wäre er volltrunken, erkannte Sophia, dass er stocknüchtern war. »Meine Damen und Herren, ich darf um Ihre Aufmerksamkeit bitten. Sind wir nicht eine großartige Nation? Wir sorgen dafür, dass Menschen, die sich wirtschaftlich und kulturell verdient gemacht haben, gehen, aber ihr Geld behalten wir gern. Wir zerschlagen bei Nacht Geschäfte und Gotteshäuser, weil irgendwo ein verwirrtes Kind einen der Unseren getötet hat. Hey, war das ein Spaß.« Er bücke sich, nahm ein Glas auf und warf es zu Boden, so dass es mit einem lauten Klirren zerbarst. »Wir sperren Menschen im Industriegebiet hinter Stacheldraht, damit unser schönes Stadtbild nicht mehr so widerlich durchrasst ist. Und jetzt der Krieg! Endlich darf jeder von uns zur Waffe greifen und töten. Welche Vergeltung für die vergangene Schmach! Die Frage ist nur, wie tief kann man fallen, wenn man ohnehin schon am Boden ist?«

Dann holte er tief Luft, warf sich in die Brust wie ein Tenor, stimmte eine Melodie an und begann zu singen: »Polen, England, Frankreich stehen in einer Front – neues Deutsches Reich, groß gewollt und nicht gekonnt.« Damit hob er die Flasche an den Mund, nahm einen langen Schluck und verbeugte sich schließlich übertrieben. Im nächsten Moment zerplatzte die Flasche auf dem Parkett, und Rotwein spritzte auf Anzüge und Kleider. Erschrocken wichen die Leute zurück. Ludwig stieg vom Tisch und tanzte aus dem Raum, die Arme erhoben wie ein Balletttänzer.

Es herrschte atemlose Stille, die Arno von Delft schließlich unterbrach. »Dorothea! Du ziehst wieder zu uns. Keinen Tag länger bleibst du unter einem Dach mit diesem Irren.«

Dorothea stand nur da, sah zur Tür, während in Sophia ein so unbändiger Lachreiz aufstieg, dass sie kaum wusste, wie sie ihn bändigen sollte. Ein Raunen war zu hören, Stimmen, die sich empörten, hier und da ein weibliches Kichern, das in Wellen durch die Stimmen schwappte. Rasch verließ Sophia den Raum und folgte ihrem Bruder. Kaum hatte sie den Salon verlassen, zerfiel der Lachreiz auf ihren Lippen, und an seine Stelle trat Angst. Angst, Ludwig könne sich etwas antun, habe einen letzten großen Auftritt hinlegen wollen. Sie lief die Treppe hoch in sein früheres Zimmer, wo sie ihn zu Recht vermutete. Er war gerade dabei, das Kleid aufzuhaken.

»Ah, gut, dass du da bist. Hilf mir bitte.« Er drehte ihr den Rücken zu, und sie hakte das Kleid auf.

Nachdem er es abgestreift hatte, begann er damit, seinen Smoking anzuziehen, langsam und in aller Ruhe.

»Warum hast du das getan?«, fragte sie und setzte sich auf sein Bett, während er sein Hemd zuknöpfte.

»Weil es mir so gefiel.«

»Mehr nicht?«

»Nein, mehr nicht. Vater wird das lange nachgehen, sein närrischer Sohn, der im Kleid auf dem Tisch steht und sich gegen die Regierung stellt.«

»Nicht nur ihm.« Wieder war da diese Angst, die mit kalten Fingern aus ihrem Bauch aufstieg und ihre Brust berührte.

Ludwig hatte die Fliege gebunden, zog sein Smokingjackett an und kämmte sich das Haar. Jetzt war er wieder ganz und gar der smarte Anwalt. Er schenkte Sophia ein Lächeln, reichte ihr den Arm.

»Begleitest du mich?«

Sie stand auf, hakte sich bei ihm ein und verließ an seiner Seite das Zimmer. Gemeinsam gingen sie die Treppe hinab und waren eben in der Halle angekommen, als der Hausdiener gerade die Tür öffnete. Zwei Männer standen davor, gekleidet in Uniformen und schwarze Mänteln. Sophia wusste, wer sie waren, und die kalten Finger hatten nun ihr Herz erreicht, schlossen sich darum.

Ludwig wirkte erstaunt, dann umschattete ein sardonisches Lächeln seine Mundwinkel. »Na, das ging ja schnell.«

TEIL 4

1940–1941

DEZEMBER 1940

Vincent fror. Seit über einer halben Stunde stand er hier und wartete auf einen Cousin mütterlicherseits, den Sohn einer Tante – seine Mutter hatte vier Brüder und zwei Schwestern –, der seit November in der Dieselstraße interniert war. Er wollte ihm mit etwas Geld aushelfen, das die Familie gesammelt hatte, und hoffte, dass es seinem Cousin beim Betreten des Lagers nicht abgenommen wurde. Damit die ganze Sache keinen konspirativen Charakter bekam, wartete Vincent außerhalb der Sichtweite der Lagerwachen. Er wusste, wo sein Cousin arbeitete und welchen Weg er nehmen musste, nicht aber, wann er in der Regel zurückkehrte ins Lager. Die Frau seines Cousins wurde zur Arbeit in einem Werk für Rüstungsgüter herangezogen und kam meist noch später heim als ihr Mann. Sklavenarbeit war das – oder wie wollte man es nennen, wenn man Arbeit unter Zwang verrichtete?

Vincent konnte hier überhaupt nur stehen, weil er sich

nach seinem Arbeitstag so beeilt hatte. Sein Cousin hatte einen längeren Weg zum Lager, daher standen die Möglichkeiten gut, ihn abfangen zu können. Langsam ging Vincent hin und her, zog die Schultern hoch gegen die Kälte, umschlang seinen Oberkörper, um die behandschuhten Hände unter die Arme zu schieben, in dem Versuch, ein wenig Wärme zu schöpfen. Er arbeitete mittlerweile in der Metall verarbeitenden Industrie und lebte nur noch von Tag zu Tag. Morgens graute ihm vor dem Arbeitstag, und wenn er vollkommen erschöpft nach Hause kam, blieb ihm kaum mehr, als todmüde ins Bett zu fallen. Ein Leben fand im Grunde genommen nicht mehr statt. Natürlich ging es ihm im Vergleich zu anderen noch gut, denn bisher hatte man ihn in seiner Wohnung nicht behelligt, und auch seine Mutter wohnte nach wie vor mit Jacob und dessen Familie in ihrem Zuhause. Aber schwer erträglich war es dennoch.

Vielleicht hätte er es besser ausgehalten, wenn Sophia an seiner Seite gewesen wäre, aber die hatte er seit September des letzten Jahres nicht mehr gesehen. Anfangs hatte Vincent gedacht, sie werde eines Tages gewiss wieder vor der Tür stehen, dann wollte er sich für seine Grobheit entschuldigen, sie ins Bett tragen und sich ausgiebig versöhnen. Sie kam jedoch nicht. Nicht im Monat darauf, nicht in den darauffolgenden, nicht im neuen Jahr. Er war grob gewesen, das wusste er, es war vollkommen unnötig gewesen, sie so anzugehen. Aber dass sie daraufhin gleich mit ihm brach? Oder hatte sie es vielmehr so gesehen, dass er mit ihr gebrochen hatte? *Deine einzige wirkliche Sorge war doch bisher, dass dein Geschreibe keiner veröffentlichen will.*

Das einzig Gewagte, das du jemals getan hast, war, dich mit mir im Bett zu vergnügen.

Nun, so konnte man es vermutlich verstehen. Aber kannte sie ihn nicht besser? Andererseits hatte er ihr deutlich zu verstehen gegeben, dass es kein *wir* gab, als sie ihre Hilfe angeboten hatte. Doch das war dem Zorn geschuldet gewesen, dieser ohnmächtigen Wut. In dem Moment hatte sich all der unterdrückte Groll Bahn gebrochen, auch auf seinen Vater, der ihm ein Leben wie das von Sophia und Ludwig hätte bieten können, dies aber nicht getan hatte. Eine Sintiza war ihm gut genug fürs Bett gewesen, aber seine ehelich geborenen Kinder wollte er nicht aus ihrem Leib, der war ihm offenbar nicht kostbar genug dafür, sondern diente nur als Gefäß für seine Lust.

Im März dieses Jahres hatte er es schließlich nicht mehr ausgehalten und Ludwig in der Kanzlei angerufen. Oder dies besser gesagt versucht, denn ihm war beschieden worden, dass Ludwig Conrad nicht da sei und vorläufig auch nicht zurückerwartet werde. Vincent wusste, dass der Jahrgang 1912 komplett eingezogen worden war, aber im Krieg war Ludwig nicht, das hatte ihm die Sekretärin gesagt, ohne damit herauszurücken, wo er war. Krank? Sie könne nicht mehr sagen, so ihre Worte, ehe sie auflegte. Dass Ludwig sich verleugnen ließ, erschien Vincent unwahrscheinlich, das war nicht seine Art, vielmehr würde er ihm wohl sehr deutlich die Meinung zum Umgang mit seiner Schwester sagen.

Schließlich war Vincent zum Kinderheim gegangen, in der Hoffnung, Sophia dort anzutreffen. Er wusste, wo es war, sie hatte es ihm erzählt. Man hatte ihn misstrauisch beäugt, aber dann hatte er immerhin mit Emilia Conrad sprechen können, die ihm erklärte, Sophia sei sehr krank gewesen und zur Rekonvaleszenz am Meer. Besorgt hatte er drei Monate später noch einmal angefragt, da hieß es, sie sei zur Genesung in der Schweiz. Was ihr fehlte, sagte ihm Emilia Conrad jedoch nicht. Und Ludwig? Daraufhin machte sie gänzlich dicht und beschied ihn, die beiden würden sich gewiss bei ihm melden, wenn es ihnen möglich sei und sie dies wünschten.

Nach wie vor fragte Vincent sich, was Sophia fehlte. War sie womöglich schwanger und fortgeschickt worden, um das Kind heimlich zu bekommen? Aber hätte sie ihn in dem Fall nicht doch aufgesucht? Oder wollte sie nicht, dass er es wusste, weil eine Ehe nicht möglich war und sie überdies glaubte, er wolle nichts mehr von ihr wissen, nachdem er ihr derart hässliche Dinge gesagt hatte? Und wenn sie doch schwer krank war? Diese Ungewissheit machte ihn fast verrückt. Und Ludwig konnte er nicht fragen, denn der war nach wie vor nicht zu erreichen.

»Vincent?« So vertieft war er in seine Gedanken gewesen, dass er seinen Cousin überhaupt nicht bemerkt hatte. »Wartest du auf mich?«

Johann war ein feinsinniger Mann, Geiger in einem Orchester, bis man ihn aus diesem entlassen und zur Arbeit in der Fabrik genötigt hatte. Er steckte diese Schinderei noch schlechter weg als Vincent, wirkte um Jahre gealtert.

»Wir haben Geld für dich gesammelt«, sagte Vincent.

Abwehrend hob Johann die Hände. »Ich habe Jacob doch gesagt…«

»Das ist richtig, aber wenn du selbst es schon nicht willst, dann denk an deine Kinder, die gewiss das eine oder andere brauchen.«

Johann stieß ein bitteres Lachen aus. »Die Kinder. Sind noch schlechter dran als wir. Nur zum Schulbesuch dürfen sie das Lager verlassen. Meinem Großen hat man jetzt immerhin erlaubt, dass er auch dann hinausdarf, wenn er Schafmist aufsammelt.«

»Schafmist?«

»Für den Hausmeister der Firma Leuna, der nutzt ihn als Gartendünger. Ohnehin ist fraglich, wie es mit der Schule weitergeht. Die Schule in Riederwald können sie nach den Schäden durch die Bomben nicht mehr nutzen, aber möglicherweise können sie in die Pestalozzischule, das wird sich zeigen. Ich hoffe es, sonst kommen sie gar nicht mehr raus. Ist ohnehin schon schlimm, dass sie von den übrigen Kindern getrennt sitzen müssen, wie Aussätzige. Aber immerhin sehen sie noch Kinder außerhalb des Lagers.« Er sah in Richtung Zaun. »Ich muss weiter, darf nicht zu spät sein.«

Erneut reichte Vincent ihm das Geld, und nun nahm er es doch, verstaute es sorgfältig in seiner Kleidung. Als Nichtinterniertem war es Vincent verwehrt, seine Verwandten im Lager zu besuchen, was es nahezu unmöglich machte, mit ihnen in Kontakt zu bleiben. Die Post wurde zensiert, demnach war ein Austausch auch auf diesem Weg nicht möglich. Johann verabschiedete sich, und Vincent sah ihm nach, wie er in leicht gebückter Haltung zum Lager zurückging. Dann machte er sich selbst auf den Weg nach Hause.

Die Kälte saß ihm tief in den Knochen, und der schneidende Wind ließ ihm die Augen tränen, der Schnee am Boden war hart gefroren mit harschigen Bruchrändern. Gut einen Kilometer, ehe er zu Hause war, begann es, wieder zu schneien, und er blinzelte fortwährend Schneeflocken aus den Wimpern.

Als er fast zu Hause war, fiel der Schnee so dicht, dass es war, als legte sich ein Schleier vor die Stadt. Eine schmale Gestalt kam aus der anderen Richtung, blieb vor seinem Wohnhaus stehen, sah ihm entgegen, zögerte, die Hand schon zum Türgriff ausgestreckt. Vincent verlangsamte seinen Schritt, hielt inne, wagte kaum zu blinzeln, als sei dies ein flüchtiger Traum, der sich auflöste, sobald er die Lider schloss. Das war doch verrückt.

»Sophia?«

»Mama, sie schießen doch nicht mehr, oder?« Martha stellte die Frage jeden Abend vor dem Schlafengehen. Die Angst war ihr ins Gesicht geschrieben. Zwar hatten die Zwillinge auch geschrien, als die Bomben niedergingen, aber eher aus Schreck denn aus wirklichem Verstehen. Martha jedoch begriff, dass sie beschossen wurden, begriff, dass Krieg war.

»Nein, in dieser Nacht gewiss nicht«, beruhigte sie Emilia, die auf der Bettkante saß, und streichelte die Hand ihrer Tochter. Seit einem Tag vor Heiligabend waren keine Luftangriffe auf die Stadt mehr geflogen worden, im Grunde genommen konnte es jedoch jeden Tag wieder losgehen. Aber was sollte sie der Kleinen sonst sagen?

Die Zwillinge schliefen bereits, nach ihnen hatte Emilia

kurz gesehen, als das Kindermädchen sie zu Bett brachte. Martha brauchte sie derzeit dringender, ihr setzte das alles zu, auch, dass ihr Vater in jenem Krieg kämpfte, der durch die Bomben so erschreckend nahe gekommen war. In der Schule hörte sie von Schützengräben und von Freundinnen, deren Väter nicht zurückkehren würden. Mochte Raiko auch kein aufmerksamer Ehemann sein, so war er den Kindern doch stets ein zugewandter Vater gewesen.

Mit Beginn des Krieges waren die Regeln für den Luftschutz in Kraft getreten. Da sich in Frankfurt viel kriegswichtige Industrie befand, galt für die Stadt die höchste Sicherheitsstufe, und im gesamten Stadtgebiet wurden Becken für Löschwasser angelegt. Es gab öffentliche Schutzräume, und jeder Haushalt wurde dazu angehalten, einen Luftschutzkeller herzurichten. In der Altstadt schuf man Durchbrüche zwischen den Kellern, um unterirdische Fluchtwege zu haben, falls es durch Brände unmöglich war, die Häuser zu verlassen.

Vor sechs Monaten war der erste Luftangriff erfolgt, und Emilia würde den Moment nie vergessen, als sie das erste Mal in ihrem Leben eine Sprengbombe hörte. Wegen einer Grippewelle war sie über Nacht im Kinderheim gewesen, als die Bomben über Griesheim, Nied und dem Gallusviertel abgeworfen wurden – dicht besiedelte Stadtgebiete. Außerdem war der Osthafen attackiert worden, wo sich Öllager befanden, die wohl Ziel der Angriffe gewesen waren.

Martha war an diesem Tag nicht bei ihr gewesen, damit sie sich nicht ansteckte, sondern in der Obhut ihres Kindermädchens. Als Emilia am kommenden Morgen nach

Hause gekommen war, hatte ihre Tochter unter dem Bett gelegen, die Hände auf den Ohren, und fortwährend geschrien. Nach und nach bekam Emilia aus ihr heraus, dass es nicht nur die Angst vor den Bomben gewesen war, sondern auch die Angst darum, dass ihre Mutter nun tot war. Seither klammerte sie, die nie ein anhängliches Kind gewesen war.

Als Martha endlich schlief, ging Emilia hinunter in den Salon, wo ihre Schwiegereltern saßen, Günther wie meist mit einem Buch auf dem Schoß, in das er blind starrte, Lydia mit einer Handarbeit, die sie verbissen bearbeitete. Sie sah auf, als Emilia eintrat.

»Hat Sophia dir gesagt, wann sie wiederkommt?«

»Nein.«

»Ich war ja dagegen, dass sie abends noch das Haus verlässt«, ließ sich Günther nun vernehmen. »Aber auf mich hat sie noch nie gehört. Hätte sie das damals getan, wäre sie nicht krank geworden.«

Dass sie sich im Kinderheim angesteckt hatte, war leider nicht von der Hand zu weisen. Aber Sophia hatte sich regelrecht in die Arbeit gestürzt, was Emilia auf die Sache mit Ludwig geschoben hatte. Als allerdings Vincent plötzlich vor der Tür gestanden und nach ihr gefragt hatte, war Emilia klar geworden, dass wohl mehr dahintersteckte. Er hatte ihr leidgetan, wie er so verzweifelt wissen wollte, was mit ihr war. Aber wenn Sophia es nicht erzählte, stand es Emilia ebenfalls nicht zu. Vor wenigen Tagen war sie aus der Schweiz zurückgekehrt, und Emilia hatte ihr von dem Besuch erzählt, was Sophia lediglich mit einem Nicken beantwortet hatte.

»Sie wird in fünf Monaten neunundzwanzig«, antwortete Emilia. »Es ist ja nun nicht so furchtbar ungewöhnlich, wenn sie ausgeht, ohne sich weiter dazu zu äußern, wohin sie geht und wann sie zurück sein wird.«

»Darauf, dass wir uns Sorgen machen, kommt sie offenbar nicht«, antwortete Günther gallig.

Offenbar nicht, dachte Emilia.

»Sieh mal.« Lydia hielt den kleinen Anzug in die Höhe. »Ist er nicht entzückend?«

Emilia machte ihr die Freude, dies zu bestätigen. Der kleine Philipp war im Mai geboren worden, am Geburtstag seines Vaters. »Einer geht, einer kommt«, hatte Günther diesen Umstand kommentiert, woraufhin Lydia in Tränen ausgebrochen war und ihm gesagt hatte, er solle nicht so furchtbare Dinge von sich geben. Auch Emilia hatte die Bemerkung außerordentlich geschmacklos gefunden.

»Wir würden seinen ersten Geburtstag so gerne hier im Garten feiern, wie in alten Zeiten«, sagte Lydia.

»Ich weiß nicht, ob das angesichts der Umstände das Richtige ist«, wandte Emilia ein.

»Das sage ich auch schon die ganze Zeit«, kam es von Günther.

Lydia faltete den Anzug zusammen. »Vielleicht ist der Krieg bis dahin vorbei.«

Und Ludwig? Zählte sein Schicksal nicht? Dass Dorothea überhaupt in Stimmung zum Feiern war, konnte sich Emilia beim besten Willen nicht vorstellen. Sie an ihrer Stelle wäre es gewiss nicht. Sie musste gestehen, dass sie von Dorothea anfangs nur wenig gehalten hatte, nun jedoch nötigte ihr die Art, wie sie allen die Stirn bot, Respekt ab. Sie war nicht in das Haus ihres Vaters gezogen, sondern in ihrer Wohnung geblieben. Arno von Delft hatte offenbar geahnt, dass ihr dies zum Verhängnis werden könnte, da es ihre Gesinnung in Frage stellte. So war es tatsächlich gekommen, man hatte sie abgeholt und intensiv befragt. Obwohl ihr die Anwälte der von Delfts zur Seite standen, hatte es mehrere Tage gedauert, ehe sie wieder nach Hause gehen durfte. Auch die Kanzlei Galinsky und Soboll war aufgesucht worden. Ludwigs Eltern hingegen blieben außen vor, vermutlich war das Eduard zu verdanken.

Emilia fragte sich, wer die Gestapo gerufen hatte, es musste unmittelbar nach Ludwigs Abgang passiert sein. Einer von den Gästen, zweifelsohne. Aber wer bediente in einem fremden Haushalt so ohne weiteres das Telefon? Und wusste darüber hinaus, wo es zu finden war? Sie hatte Raiko gefragt, ob er es gewesen sei, aber der hatte sie so entsetzt angesehen, dass klar war, er war es nicht.

»Bist du toll? Meinen eigenen Bruder ausliefern?« So weit ging die Überzeugung dann wohl doch nicht. Ohnehin hatte Emilia den Eindruck gewonnen, dass diese bröckelte, weshalb Raiko sich wohl auch freiwillig gemeldet hatte. Es war wie eine Flucht, als wollte er nicht mehr sehen, was hier vor sich ging. Das Vaterland zu verteidigen, das hatte etwas Heroisches. Während man das nicht gerade behaupten konnte, wenn man in jüdischen Geschäften randalierte und Synagogen anzündete.

»Der Krieg wird gewiss nicht bis Mai vorbei sein«, entgegnete Günther nun.

»Es würde mir viel bedeuten, diese Tradition wiederaufzunehmen.« Lydia zeigte sich ungewöhnlich stur. »Vielleicht ist es auch für Sophia schön, wenn es wieder einmal im Jahr eine Geburtstagsfeier gibt.«

Emilia starrte ihre Schwiegermutter an. War sie noch bei klarem Verstand?

»Sophia wird mitnichten ihren Geburtstag gemeinsam mit einem Wickelkind feiern.« Günther versuchte sich an Vernunft.

»Ich spreche mit Dorothea. Gewiss wird sie es schön finden, wenn wir uns kümmern.«

Ja, dachte Emilia, der Traum einer jeden Mutter, wenn sich die Schwiegereltern der Sache annahmen und alles nach ihren Wünschen ausrichteten. Sie hatte genug von der Gesellschaft der beiden und verließ den Salon mit der Bemerkung, schlafen gehen zu wollen. Im Grunde genommen war das keine schlechte Idee. Am kommenden Tag würde sie früh zu Helga und Annelie gehen. Gerrit, der aufgrund eines Hinkens, das er einer leicht schiefen Hüfte verdankte, als untauglich ausgemustert worden war, hatte einen administrativen Posten in den Jungbluth-Werken übernommen, den er vermutlich nutzte, um hinter die Kulissen zu schauen. Seiner sozialistischen Vergangenheit hatte er augenscheinlich abgeschworen, gab an, sich offiziell der Leitung des Kinderheims zu widmen – Annelie war ihm dafür fast ins Gesicht gesprungen –, und druckte im Keller eines Freundes Pamphlete gegen die Regierung, die er wiederum im Kinderheim lagerte.

»Du bringst uns alle in Teufels Küche!«, schimpfte Annelie.

»Er tut wenigstens etwas«, konterte Helga.

»Das tun wir auch. Wir erziehen diese Kinder zu mündigen, anständigen Menschen, die der Welt kritisch ins Gesicht sehen und sie hoffentlich jeder für sich ein kleines bisschen besser machen.«

»Dein Pathos in Ehren«, war Gerrits Antwort gewesen, »aber wenn es so weitergeht, bleibt womöglich nichts mehr übrig, das man besser machen kann.«

Er hatte recht, dachte Emilia, sie beide hatten recht. Ihr wäre es allerdings lieber gewesen, wenn er ginge, denn daraus, dass er nach wie vor an ihr interessiert war, machte er ihr gegenüber kein Geheimnis. Emilia ignorierte das. Und hatte doch schon das eine oder andere Mal geträumt, schwach zu werden.

Vincents Hand streichelte in einer trägen Liebkosung Sophias Hüfte, während sein anderer Arm sie eng umschlungen hielt und sie sich mit dem Rücken an seine Brust schmiegte. Als sie sich auf den Weg zu ihm gemacht hatte, war dies in der Erwartung einer vorsichtigen Annäherung gewesen. Er hatte sie wortlos ins Haus begleitet, die Wohnung geöffnet, wo sie ein kaltes, klammes Schlafzimmer erwartete. Immer noch wortlos hatte Vincent den Ofen befeuert, und schließlich hatten sie voreinander gestanden, schweigend, jeder auf der Suche nach den richtigen Worten. Und dann hatte ein Kuss die Vertrautheit neu erschaffen, hatte in einem jäh aufflammenden Verlangen gegipfelt. Ihre Körper erinnerten sich, ihnen war es gleich, wie viel unausgesprochen blieb, während ihre Münder all die vergangenen Monate in ihre eigene Sprache kleideten.

Das erste Mal war viel zu schnell vorbei gewesen, und

noch während sie nach Atem rangen, hatten sie das Liebesspiel fortgesetzt. Und nun lagen sie hier, erschöpft, immer noch sprachlos, während der Ofen leise vor sich hin bollerte. Sophia formte lautlos Worte mit der Zunge, befühlte sie, drehte sie hin und her auf der Suche nach dem richtigen Anfang.

Vincent fand ihn früher als sie. »Ich kann dir gar nicht sagen, wie sehr du mir gefehlt hast.« Er schwieg einen Moment lang. »Es tut mir so leid, all die hässlichen Dinge...«

»Nicht.« Sie drehte sich in seinen Armen zu ihm um, legte ihm die Fingerspitzen an den Mund. »Es ist schon gut, ich weiß, dass es dir leidtut. Ich war nicht so lange fort, weil ich dich bestrafen wollte. Zuerst war ich furchtbar verletzt, aber dann ist so viel passiert.« Sie schloss kurz die Augen, tat einen tiefen Atemzug. »Ludwig.«

Vincent wartete, strich mit den Fingerspitzen über ihren Rücken, die Wirbelsäule entlang. Und Sophia begann zu erzählen. Von jener Feier im September und den Konsequenzen. Davon, wie ihre Gedanken ganz und gar von Ludwigs Schicksal gefangen gewesen waren, so dass dort niemand, nicht einmal Vincent, Platz gefunden hatte. Über Weihnachten waren sie wieder im Taunus gewesen, auch Sophia, die es allein in dem großen Haus nicht ausgehalten und überdies eine hartnäckige Erkältung verschleppt hatte. Im Januar hatte sie geglaubt, wieder ausreichend auf den Beinen zu sein, um im Kinderheim zu helfen. Geradezu verbissen hatte sie sich in die Arbeit gestürzt, tagsüber im Kinderheim, nachts über Texten. Im Kinderheim war die Grippe umgegangen, und Sophia –

noch geschwächt von der Erkältung – hatte sich angesteckt. Der Grippe, die sie lange ans Bett gefesselt hatte, war eine Lungenentzündung gefolgt.

»Das wurde nicht besser, meine Lunge sei angegriffen, hat der Arzt gesagt und dringend eine Rekonvaleszenz am Meer empfohlen. In diesen Zeiten. Andere stehen an der Front, und ich erhole mich am Meer. Na ja, eine andere Wahl hatte ich nicht, ich bin gefahren. Und von dort aus dann direkt in ein Sanatorium in der Schweiz.« Dort hatte sie Rosa wiedergesehen, die sich in der Nähe einmietete. Sophias Genesung hatte rasch Fortschritte gemacht, sie hatte sich so unbändig gefreut, Rosa zu sehen, und war anstatt nach Hause vom Sanatorium aus mit ihr nach Zürich gefahren, wo ihre Familie bei Pauls Schwiegereltern in der großzügigen Villa lebten. Oskar Roth war trotz allem nicht glücklich, hatte Heimweh und konnte mit den Schweizern nicht viel anfangen. Seine Frau hatte sich besser mit allem arrangiert.

»Ich bin erst vor wenigen Tagen nach Hause gekommen. Meine Eltern scheinen mich wirklich vermisst zu haben, meine Mutter hatte wohl tatsächlich, während ich krank war, furchtbare Angst. Ich dachte immer, ich sei ihnen ziemlich egal. Na ja, und dann hat mir Emilia erzählt, dass du nach mir gefragt hast. Ich wusste ja nicht, ob du nach all der Zeit überhaupt noch etwas von mir wissen willst. Manchmal dachte ich mir, du hast das alles ernst gemeint und warst vielleicht froh, dass ich gegangen bin, auf diese Weise brauchtest du nicht mehr mit mir brechen. Aber dann wiederum dachte ich, das passt eigentlich nicht zu dir. Daher habe ich mich gefreut, als

Emilia von deinen hartnäckigen Versuchen erzählt hat.«
Sie lächelte und fuhr mit einer Fingerspitze seinen Mund nach.

»Ich habe mir Sorgen um dich gemacht.«

»Das tut mir leid.«

Er küsste sie, drückte sie so eng an sich, dass Sophia seinen hämmernden Herzschlag an ihrer Brust spürte. »Wenn ich vernünftig gewesen wäre«, sagte er dicht an ihrem Mund, »hätte ich dich gehen lassen.«

»Dann hoffe ich, dass du in deinem ganzen Leben nicht wieder vernünftig wirst.«

* * *

Natürlich hatte Clara wahrheitsgemäß geantwortet, als man sie seinerzeit befragt hatte. Ja, Ludwig hatte mit den Kommunisten geliebäugelt, sein Vater hatte ihn schon in jungen Jahren dafür gezüchtigt. Sie hatte durchaus ein wenig Furcht gehabt, als man sie zur Befragung einbestellte, obwohl sie nichts zu verbergen hatte. Mit gesenkten Augen hatte sie dagesessen, bescheiden und zurückhaltend, bestrebt, ihre Pflicht zu erfüllen. Dass sie so bereitwillig alles erzählte, würde wohl deutlich machen, dass sie nicht das Geringste von Ludwigs Umtrieben hielt. Natürlich hatte sie keine Ahnung gehabt, dass er weiterhin mit den falschen Ansichten liebäugelte, hatte es höchstens vermuten können, eine Vermutung, die sich ja dann bewahrheitet hatte. Was für ein Auftritt!

Eduard war ebenfalls befragt worden, aber sie ging davon aus, dass er das souverän gemeistert hatte. Immerhin war er wichtig für das Reich, und es war nie ernsthaft zu befürchten gewesen, dass Menschen wie er oder seine Angehörigen, die ganz auf Linie der Regierung standen, sich zu Ludwigs Verirrungen bekennen würden. Clara wusste, dass die Stimmen, die sich gegen die Regierung wandten, von Neid gespeist waren, weil sie es in diesem wunderbaren neuen Deutschland nicht so weit brachten, da sie nicht den Willen und die Kraft hatten, Teil von etwas Großem zu werden. Ihre Kinder würden da anders sein. Klaus, ihr Ältester, würde demnächst zehn Jahre alt werden und brannte darauf, endlich der Hitlerjugend beitreten zu dürfen. Etliche seiner Freunde waren bereits dabei, und ihre Erzählungen klangen nach Abenteuer und Gemeinschaft. Einmal im Jahr ging es ins Zeltlager, was bedeutete, man sammelte Holz und kochte auf offenem Feuer, es wurde marschiert, das Gelände erkundet und mit Luft- und Kleinkalibergewehren geschossen. Jetzt bereits rief Klaus die Parolen der Flaggenparade. »Wer auf die Fahne Deutschlands schwört, hat nichts mehr, was ihm selbst gehört.« Und antwortete sich selbst im nächsten Atemzug: »Deutschland, sieh uns, wir weihen dir den Tod als kleinste Tat.«

Die kleinen Geschwister sahen bewundernd zu ihm auf, und Clara war stolz auf ihn, bekam stets eine Gänsehaut, wenn sie sich vorstellte, wie er in schmucker Uniform antrat, das Vaterland zu beschützen. Für diesen Krieg war er leider noch zu klein, aber wenn der erst gewonnen war, galt es, das Land zu beschützen, denn der Feind würde nach wie vor lauern.

»Ich frage dich nicht«, hatte Eduard gesagt, als sie ihm

erzählt hatte, ihr sei der geschwisterliche Zusammenhalt ihrer Kinder wichtig, »ob du deinen Bruder verraten hast. Und ich tue so, als hätte ich nicht bemerkt, dass du nach seinem Abgang aus dem Salon gehuscht bist. Wenn ich es nämlich wüsste, würde mich bei deinem Anblick fortwährend ein solcher Widerwille erfassen, dass ein eheliches Leben nicht mehr möglich wäre.«

Clara hatte ihn verständnislos angesehen. »Ich war es ja auch nicht.«

»Lügner kann ich fast noch weniger leiden als Brudermörder, also schweig lieber.«

»Ich habe meinen Bruder nicht ermordet!«

»Solltest du ihn ausgeliefert haben, kommt das fast aufs selbe raus.«

»Du bist Mitglied der NSDAP, du dienst mit allem, was du tust, der Regierung, du stellst kriegswichtige Güter her. Wie kannst du so reden?«

Eduard hatte ihren Arm umfasst, ihr lange in die Augen gesehen.

»Ist dir Deutschland nicht heilig?«, hatte sie schließlich gefragt.

»Meine Familie ist mir heilig, sonst nichts.«

Damit hatte er sie losgelassen und wollte sich abwenden, als sie ihm hinterherrief: »Bist du womöglich in aller Heimlichkeit auch ein Widerständler?«

Daraufhin war er zu ihr zurückgekehrt, hatte ihren Arm so hart umfasst, dass sie vor Schmerz zusammenzuckte. »Dort, wo du dich gerade hinwagst, ist das Eis sehr dünn, meine Liebe.« Er hatte noch ein wenig fester zugedrückt und sie unvermittelt losgelassen.

Clara dachte nur ungern an diesen Vorfall, aber immerhin war die Sache nie wieder zur Sprache gekommen. Und dass er ehelich nicht mehr mit ihr verkehrte, davon konnte auch nicht die Rede sein, wenngleich es deutlich seltener geschah als früher. Das fand sie ein wenig bedauerlich, denn eigentlich machte es ihr Spaß, mit ihm zu schlafen. Aber ihre Freundinnen hatten ihr gesagt, das sei im Lauf einer Ehe ganz normal. Clara wollte allerdings gerne noch ein Kind. Wenn sie das hatte, würde sie sich mit Eduards mangelnder ehelicher Aufmerksamkeit schon arrangieren können.

Die Haltung ihrer Geschwister ärgerte sie, diese Ignoranz. Clara wusste, dass Sophia jede Einladung mit ihren Eltern in die Villa Hartberg ausschlug, dabei waren das reizende Leute. Anni Hartberg hatte sich so gefreut, die Villa in dieser Ausstattung zu erwerben, etwas, das sie sich damals niemals hätten leisten können. Da hatten Menschen wie die Roths auf ihrem Geld gesessen, während redlich arbeitende Leute wie Anni und ihr Mann das Nachsehen gehabt hatten. Jetzt machte ihr Ehemann als Jurist bei der NSDAP Karriere, und sie bewohnten mit ihren drei Kindern die Villa im Westend, in der vorher Oskar Roth residiert hatte. Die Roths lebten in der Schweiz, ihnen ging es gut, solche Leute fielen immer auf die Füße. Clara war es so leid, dass sich Ludwig und Sophia ständig in dieser vermeintlichen moralischen Überlegenheit über alle anderen erhoben. Als wäre das alles nichts wert, als sei dieser neue Wohlstand, der hart arbeitenden Menschen endlich zugutekam, zu Unrecht erworben. Sie war bestrebt, ihren Teil zum Erhalt dieser Nation beizutragen, gleich, welches Opfer es dazu brauchte. Andere kämpften im Krieg, sie tat dies daheim, indem sie auf Feinde achtete, die im Verborgenen lauerten.

Rudi war für den Dienst an der Front als untauglich ausgemustert worden und musste nun stattdessen in der Rüstungsindustrie arbeiten. Dort hatte er offenbar Zugang zu Widerstandsgruppen gefunden. Was er genau tat, wusste Vincent nicht, denn sein Mitbewohner hüllte sich in Schweigen. Vincents Widerstand erschöpfte sich derzeit im bloßen Überleben angesichts beständig im Hintergrund lauernder Angst. Fast die gesamte Familie seines Cousins Jacob war mittlerweile deportiert worden und lebte im Lager in der Dieselstraße. Der einzige Lichtblick – so man es denn so nennen konnte – war, dass Valentin wieder auftauchte. Er war aus dem KZ Sachsenhausen in das Lager in der Dieselstraße überstellt worden, abgemagert und entkräftet. Über das, was ihm widerfahren war, schwieg er, aber aus dem hübschen Kerl, der den Mädchen die Köpfe verdrehte, war ein junger Mann geworden, dessen Augen unruhig umherhuschten und der selbst vor seinem eigenen Schatten zusammenzuckte. Vincent hatte ihn zunächst gar nicht erkannt mit seinem kurzgeschorenen Haar und den dunkel umschatteten Augen.

»Er wird wieder«, sagte seine Mutter, aber Jacob hatte nur ausgespuckt.

»Im Leben nicht.«

Um ihn wieder auf die Beine zu bringen, hätte es vernünftiger Nahrung und Ruhe bedurft, Valentin jedoch wurde direkt zur Arbeit herangezogen. Die Menschen aus dem Lager arbeiteten vielfach in Industriebetrieben, von denen sich etliche im Bereich der Hanauer Landstraße befanden. Während Valentins älterer Bruder und dessen Frau in einem Werk für Starkstrom-Apparatebau eingesetzt wurden, schickte man Valentin zu den Gleisbauarbeiten der Reichsbahn. Das konnte sein Cousin nicht lange durchhalten, dessen war sich Vincent gewiss. Abends und an freien Tagen wurden die Internierten zudem zu Arbeiten im Lager herangezogen. Selbst Kranke und Kinder mussten sich an diesen Zwangsmaßnahmen beteiligen, zu Apellen antreten und schuften.

»Wie soll er denn gesund werden«, schimpfte Jacob, »wenn er sich überhaupt nicht erholen kann?« Die auf den Lebensmittelkarten zugeteilten Rationen reichten zudem nicht, Menschen, die so stark körperlich beansprucht wurden, zu Kräften kommen zu lassen.

Von der harten Arbeit abgesehen bestand ständig der Druck, sich keine Verfehlung zuschulden kommen zu lassen, denn wenn der Arbeitgeber der Polizei meldete, dass die Arbeit nicht vernünftig getan wurde, konnte Valentin nach Berlin gemeldet werden, und dann drohte eine erneute Deportation. Ob er von dort wieder zurückkehrte, war angesichts seiner Verfassung fraglich. Wenn man aus einem gesunden, agilen Mann innerhalb von zwei Jahren ein solches Wrack gemacht hatte, was würde dann in diesem Zustand aus ihm werden?

Vincent erzählte Sophia davon, schöpfte Zuversicht allein aus dem Umstand, dass sie da war. Obwohl er sich stets als Individualisten gesehen hatte, hatte ihn das Alleinsein zermürbt. Natürlich war da seine Familie, aber das war etwas anderes, im Grunde genommen hatte er nie wirklich dazugehört. An manchen Tagen konnte er kaum glauben, dass Sophia tatsächlich wieder bei ihm war. Unersättlich hatte sie ihn genannt, und in gewisser Weise war er das auch, als müsse er mit jedem seiner Sinne spüren, dass sie da war, dass sie ihm nicht als Traum entglitt, sobald er erwachte. Wenn sie in seinen Armen lag, er ihren Körper unter den Fingerspitzen fühlte, sie schmeckte, sie ansah, ihren stoßweise gehenden Atem hörte, eins wurde mit ihrem Körper – diese Momente waren in ihrer Intensität kaum zu ertragen und gipfelten in einen rauschhaften Zustand.

»Was wird aus uns?«, fragte Sophia, während er auf einem Ellbogen gestützt dalag und sie ansah.

»Wir gehen nach Berlin und werden ein berühmtes Künstlerehepaar.«

Sie lachte, wirkte unsicher. »Ich dachte, in deiner Lebensplanung käme das Wort Ehe nicht vor.«

Natürlich erinnerte Vincent sich an diesen Satz, gesprochen in einer Zeit, als Sophia für ihn lediglich eine entzückende Bettgespielin gewesen war. Dass ihm das nicht reichte, hatte er gemerkt, als sie auf Distanz zu ihm gegangen war. »In meiner Lebensplanung kam so manches nicht vor«, antwortete er nur. »Würdest du denn mit mir kommen?«

Sie lächelte kaum merklich, und einen Moment lang schien ihr Blick durch ihn hindurchzugehen, ihre Augen weiteten sich, als bereite etwas ihr Sorge, dann veränderte sich ihr Ausdruck, sie sah Vincent wieder. »Wenn wir das hier nur erst überstanden haben.«

Mai 1941

Am fünften Mai waren wieder Angriffe geflogen worden, Spreng- und Brandbomben, die jedoch erneut in den Außenbezirken runtergingen. Stets hieß es, dass die Angriffe nur geringen Schaden anrichteten, was jedoch den Menschen, die Angehörige oder ihr Heim verloren hatten, kaum Trost bieten dürfte. Zudem herrschten Angst und Nervosität, denn die Menschen befürchteten Großangriffe mit Gas. Über den letzten Winter waren Bunkeranlagen in der Stadt errichtet worden, achtunddreißig an der Zahl, woraus man schloss, dass sich die Bedrohungssituation in nächster Zeit kaum änderte. Und dennoch plante ihre Mutter eine Geburtstagsfeier, was Sophia geradezu grotesk erschien. Auch Dorothea hatte wenig begeistert reagiert.

»Du wirst entschuldigen«, hatte sie gesagt, als Lydia Conrad diesen Vorschlag bei einem gemeinsamen Mittagessen vorgebracht hatte, »aber mir ist wahrhaftig nicht danach.«

Durch ihren Aufenthalt am Meer und in der Schweiz war der Krieg bislang weitgehend an Sophia vorbeigegangen, allerdings hatte sie in der Schweiz wohl mehr darüber erfahren, als ihr das in Deutschland möglich gewesen wäre, so dass sie recht gut im Bilde war. Rosa war enttäuscht gewesen, als die französische Armee einen Waffenstillstand mit der Wehrmacht vereinbart hatte, im Juni des letzten Jahres.

»Ich hoffe, England gibt nicht klein bei«, sagte sie, und in der Tat schien das Vereinigte Königreich auch nach der Kapitulation Frankreichs entschlossen, gegen die Deutschen zu kämpfen. Sophia hatte sich neben deutschsprachigen Zeitungen auch französische besorgt und alles über den Krieg gelesen, was sie finden konnte.

»Ich habe doch gesagt, dass du unser Gedächtnis bist, wenn wir alle nicht mehr sind.« Rosa glaubte nach wie vor fest an die schriftstellerischen Talente ihrer besten Freundin.

Und dann hatten sie voller Angst die Nachrichten verfolgt, als die Wehrmacht im Sommer nach dem ausgehandelten Waffenstillstand mit Frankreich England zu bombardieren begann. Rosa hatte Familie und Freunde in London, die ganze Familie Roth war beständig in Angst. Sophia fragte sich, wie es Daniel Rosenthal wohl erging und ob er in England war. Das war sein Aufbruchsziel gewesen, aber seither hatte niemand mehr etwas von ihm und seiner Familie gehört.

Hier in Frankfurt waren die Möglichkeiten, sich zu informieren, deutlich eingeschränkter, Rundfunk und Presse gleichgeschaltet. Glaubte man denen, hatte Deutschland den Krieg schon so gut wie gewonnen. Rudi allerdings gelang es, andere Informationen zu beschaffen.

»Wie, das sage ich nicht«, beharrte er. »Ich will euch nicht in Gefahr bringen.«

Sophia hatte stets das Bedürfnis, ihm durch das Haar zu wuscheln, und dass er so besorgt um sie war, fand sie unwiderstehlich. Mit Informationen versorgte er sie bei aller Besorgnis aber doch.

»Damit ihr nicht der Propaganda auf den Leim geht«, erklärte er, als bestünde diese Gefahr überhaupt. »Die deutsche Wehrmacht hatte zwar zu Kriegsbeginn die weltweit stärkste Luftwaffe, aber im Grunde genommen fehlt ihnen die richtige Strategie – ein Glück für die Engländer.«

Seit Januar war Sophia, so oft es ging, bei Vincent, verbrachte die Nächte bei ihm, schuf sich ein zweites Leben neben dem angepassten in der Villa Conrad. Solange sie ihre gesellschaftlichen Pflichten erfüllten, ließen ihre Eltern ihr diese Freiheiten. Ein sitzen gebliebenes Mädchen, das weder Ehemann noch Kinder hatte und dieses ungestillte Bedürfnis nach Mutterschaft in einem Kinderheim auslebte – was konnte da schon passieren?

Kurz hatte Sophia überlegt, sich freiwillig als Krankenschwester zu melden, aber das scheiterte daran, dass sie den Anblick von Blut nur schwer aushielt. Sie war in dieser Hinsicht nicht wie Rosa und haderte nach wie vor damit, dass sie im Grunde genommen nichts tat, was von Bedeutung war.

»Du stehst zu einem Mann, obwohl dich diese Liebe ins Gefängnis bringen könnte«, hatte Emilia gesagt, als sie in einem Moment der Schwäche von ihrer Unzufriedenheit mit sich selbst erzählt hatte. »Das ist schon sehr viel.«

Aber Sophia wollte mehr tun, Rosas Worte im Ohr, gesprochen an einem jener Tage, als die Welt noch nicht aus den Fugen gewesen war. *Man wird sich nicht mehr an mich erinnern oder an Ludwig. Du bist praktisch das Gedächtnis der Zeit.* Und so setzte sie sich hin und schuf aus dem, was Vincent ihr aus dem Lager in der Dieselstraße erzählt hatte, eine kurze Erzählung, in der sie aus der Perspektive eines nicht namentlich benannten Mannes schrieb. Der Text war eine Seite lang, mehr durfte es nicht sein, damit es auf ein Flugblatt passte. Und so verfasste sie es als eine Art Fortsetzungsgeschichte, damit beginnend, wie ihm und seiner Familie das Heim genommen wurde und man sie in einem ausrangierten Möbelwagen einquartierte. Sie tippte alles mit der Schreibmaschine und ging im Kinderheim zu Gerrit, dessen Freund nach wie vor die Druckerei im Keller betrieb und nun auch für im Untergrund agierende Widerstandsgruppen Pamphlete druckte.

»Ich würde sie dann bei Nacht verteilen«, erklärte sie.

»Ausgeschlossen«, antwortete Gerrit. »Eine hübsche blonde Frau, die Zettel verteilt – daran erinnert man sich.«

»Ach, aber an einen hinkenden Mann nicht?«

Daraufhin hatte er gelacht. »Touché.«

Sophia sah ihn aufmerksam an, während er las.

»Das ist gut geschrieben«, sagte Gerrit. »Sehr politisch, eine eindringliche, klare Sprache. So habe ich bisher nur Männer schreiben sehen.«

»Ach was?«, antwortete Emilia aggressiv, woraufhin er grinste. Womöglich hatte Gerrit sie nur ärgern wollen.

Sophia jedoch freute sich über das Lob.

»Weiß dein Vincent, was du hier treibst?«, fragte Emilia, als sie allein waren.

»Nein. Es ist besser für ihn, wenn er es nicht weiß. Außerdem ist das hier meine Sache, in die lasse ich mir nicht reinreden, auch nicht von ihm.«

Annelie indes fand deutliche Worte. »Wenn du diese Flugblätter weiterhin hier lagerst, Gerrit, kannst du dir demnächst eine neue Behausung suchen.«

Sophia jedoch ließ sich von Gerrit überreden, das Verteilen der Blätter ihm zu überlassen. Fürs Erste zumindest.

Emilia hörte es, als sie den Salon betrat.

»Vorwärts! Vorwärts! Schmettern die hellen Fanfaren, Vorwärts! Vorwärts! Jugend kennt keine Gefahren.« Ihr Schwiegervater.

»Deutschland, du wirst leuchtend stehn, mögen wir auch untergehn.« Marthas helle Kinderstimme.

»Vorwärts! Vorwärts! Schmettern...«

»Schluss jetzt!« Emilias Stimme klang so schneidend scharf, dass Martha zusammenzuckte.

»Aber Mama, wir singen doch nur.«

»Dieses Lied möchte ich hier nie wieder hören.«

Martha sah sie bockig an, hob den rechten Arm und sang: »Unsre Fahne flattert uns voran. In die Zukunft...«

Eine Ohrfeige brachte sie zum Schweigen, und Emilia, die noch nie die Hand gegen ihr Kind erhoben hatte, wurde zu spät bewusst, was sie da gerade getan hatte.

»Liebling, entschuldige bitte.«

Martha war zurückgewichen, die linke Wange feuerrot. »Du bist gemein!«, schrie sie.

»Na, na«, kam es nun von Günther. »So spricht man nicht mit seiner Mutter.«

Dabei war das doch alles seine Schuld. »Woher kennst du dieses Lied überhaupt? Singen die Mädchen das auch?«

»Ich habe mit Klaus *Hitlerjunge Quex* gesehen, Onkel Eduard hat seit neuestem einen Raum für Filme eingerichtet.«

»Wann warst du denn bei Clara?«

»Ich habe sie gestern mitgenommen«, erklärte Günther. »Wir waren zum Kaffee eingeladen, und die Kinder haben zusammen gespielt.«

Emilia war im Kinderheim gewesen. Das kam davon, wenn sie die Kinder einen Nachmittag den Großeltern anvertraute. Das Kindermädchen war als Krankenschwester an die Front gegangen, und sie hatte es nicht ersetzt. Fehlende Dienstboten waren eine höchst frivole Sorge in Zeiten wie diesen. »Ich möchte dieses Lied nie wieder hören.«

Martha wischte sich die Tränen von den Wangen, und Emilia hatte ein erbärmlich schlechtes Gewissen. »Es tut mir leid, Liebes, ich wollte dich nicht schlagen.«

»Hat noch keinem Kind geschadet«, bemerkte Günther. »Im Gegenteil, wer zu nachsichtig ist, verdirbt es nur. Wäre ich bei Ludwig strenger gewesen, hätte die Sache nicht so geendet.«

Emilia atmete langsam aus, bemühte sich um Beherrschung. Natürlich nahm Martha das alles mit, in der Schule, in der Hitlerjugend, die zur Pflicht geworden war, bei Freunden. Und sie war noch zu klein, um das zu hinterfragen. »Ich möchte nicht, dass du singst, ein Soldat zu sein und in den Tod zu ziehen«, versuchte sie sich an einer Erklärung, die das Kind verstand. Wenn Martha Freunden gegenüber sagte, dass ihre Mutter entschieden gegen die Jugendbewegung unter Hitler war, würde das womöglich den falschen Leuten zugetragen.

»Ach, Mama.« Martha setzte einen nachsichtigen Blick auf von jener Art, die Elfjährige gerne gegenüber Erwachsenen zeigten. »Ich ziehe doch nicht in den Krieg. Tante Clara sagt, der Dienst der Frau ist die Mutterschaft, und wer keine Mutter werden will, begeht Fahnenflucht. Sie sagt, Tante Sophia sei eine Fahnenflüchtige. Stimmt das?«

»Nein, natürlich nicht. Deine Tante Sophia hilft im Kinderheim Kindern, die keine Eltern haben.« Emilia zwang sich zu einem Lächeln. »Und jetzt geh spielen, gleich ist Bettzeit.« Als Martha fort war, wandte Emilia sich an ihren Schwiegervater. »Du wirst sie nie wieder mit zu Clara nehmen.«

»Warum nicht? Weil dir nicht passt, dass sie die einzige Frau deiner Generation in dieser Familie ist, die etwas erreicht hat? Weil sie als Einzige von euch einen sinnvollen Beitrag leistet?«

Emilia ersparte sich eine Antwort darauf. »Es ist meine Entscheidung, welchen Umgang ich für meine Kindern dulde.«

»Die Kinder unterstehen dem Vater.«

»Der ist nicht da, wie dir unschwer entgangen sein dürfte.«

»Raiko hatte nie etwas dagegen, dass die Kinder mit ihren Cousinen und Cousins spielen.«

»Ich werde den Zwillingen auch nicht den Umgang mit der kleinen Rosa verweigern.«

Emilia war es so leid. Diese ständigen Diskussionen und dass sie nicht dagegen ankam, wenn ihren Kindern diese ganze Propaganda eingeimpft wurde, zunächst in der Schule und dann mit zehn Jahren im Jungvolk. Von da aus ging es in die Hitlerjugend. Dort sollten die Jungen und Mädchen gehorchen lernen, nicht den Erwachsenen, sondern den älteren Kindern. »Jugend soll von Jugend geführt werden«, hieß es vollmundig. Martha fieberte tatsächlich ihrem zwölften Geburtstag entgegen, wenn sie eines der Mädchen würde, die die Zehnjährigen über Äcker jagen, anbrüllen oder bei Liegestützen mit der Nase in den Sand drücken durften. Sie war mit Begeisterung dabei, sammelte Kleider und Geld für das Winterhilfswerk, stählte mit den anderen Mädchen ihren Körper – das einzig Gute an der Sache, denn Emilia hielt Sport für sehr wichtig –, wetteiferte mit ihnen und sprach gar davon, sich zum Landdienst verpflichten zu wollen.

»Clara ist Familie«, sagte Günther nun. »Auf sie und Eduard kann man wahrhaftig stolz sein, sie kann man auf Gesellschaften vorzeigen. Deine Martha ist auf dem richtigen Weg, und das kannst du«, er zeigte mit dem Finger auf sie, »gar nicht verhindern.«

Emilia ließ ihn stehen und ging auf ihr Zimmer. Was ihren Einfluss anging, hatte er zu ihrem Leidwesen nicht einmal unrecht. Es war die Jugend, die den Nationalsozialisten zur Macht verholfen hatte, der Jugend versprach man eine führende Rolle im Staat, darauf schwor man sie ein, von klein auf. Der Druck der Gesellschaft war groß, die Gemeinschaft der Gleichaltrigen bedeutsamer als der Wille der Eltern. Emilia wollte schreien, wenn sie sich vorstellte, dass sie schon bald auch ihre beiden Kleinen aus der Obhut entlassen und der staatlichen Erziehung überlassen musste. In der Schule wurde bereits der erste Keim in die fruchtbare Erde der Kinderseele gelegt. Emilia schüttelte diesen Gedanken ab, das Bild, wie ein schwarzer Baum verästelt in den beiden Mädchen heranwuchs, verkehrt herum, so dass die Wurzeln sich in die Köpfe gruben. Schauderhaft. Aber was sollte sie tun? Sie setzte sich an ihren Sekretär, blätterte halbherzig Fotos durch, die dort darauf warteten, in ein Album geklebt zu werden. Sie war nachlässig mit dieser Art, Ordnung in Erinnerungsstücke zu bringen. Ohnehin sah sie sich nur selten Fotos an, weil sie ungern zurückblickte und sich die Gegenwart vor dem verklärenden Blick der Vergangenheit oftmals weniger schön ausnahm. Die Zukunft war ihr wichtiger, und während sie sich das Hochzeitsbild von Anna und Paul ansah, die bei der Eheschließung unmöglich hatten ahnen können, was alles auf sie zukam, kam ihr eine Idee.

* * *

Wer mitmacht, der profitiert. Wie oft hatte er diesen Satz gehört? Zum ersten Mal im Referendarlager, wo er mit anderen jungen Rechtsgelehrten exerzieren musste. Linke Hand ins Koppel, rechter Arm in die Luft, Fingerspitzen in Höhe der Augen. Kopf nach links. »Heil Hitler!« Wobei er nur die Lippen bewegt hatte. Bemerkt worden war das nie. Gleichschaltung auf allen Ebenen, nicht nur im Kopf, sondern auch körperlich. Bewegungen im Gleichklang, zackig und exakt. *Wer mitmacht, der profitiert.* Körperlich hatte man ihn zwingen können, geistig jedoch nicht. Gerade, weil allzu kritische Richter und Staatsanwälte gegen willfährige Diener des Regimes ausgetauscht worden waren. Wer sollte denn das Recht verteidigen?

Es gab nichts, so damals das Ergebnis stundenlanger Befragungen in der Lindenstraße 27, das man zu seinen Gunsten anführen könnte.

»Nichts!« Dem Mann, der ihn vernommen hatte, war es offenbar wichtig, diesen Umstand zu betonen.

Ludwig war früher gelegentlich an dem Haus vorbeigekommen, als Damenstift errichtet, noch keine fünfzig Jahre alt. Eine schöne Villa mit parkähnlichem Garten, in der die Stiftsdamen aus alten Frankfurter Familien gelebt hatten. Die Gestapo hatte es unter Zwangsandrohung erworben und hier ihr Frankfurter Hauptquartier aufgeschlagen. Als man ihn zwei Wochen nach seiner Verhaftung hierherbrachte, hatte er sich bereits vergessen gewähnt. Aber vielleicht war das Taktik gewesen, um ihn mürbe zu machen. Die Befragung durch die Polizei in der Nacht seiner Verhaftung war vergleichsweise nachlässig gewesen, und das hatte ihn argwöhnisch gemacht. Er hatte in einem Zustand beständiger Anspannung gewartet und war nahezu erleichtert gewesen, als man ihn zur Befragung abholte und in die Lindenstraße 27 brachte.

Ludwig hatte mit den Konsequenzen gerechnet, aber er hatte es dennoch tun müssen, hatte es in eine theatergleiche Inszenierung gekleidet, weil er genau wusste, dass sie seinen Vater zutiefst treffen und seine Verachtung für das gesamte Regime deutlich machen würde. In einem Winkel seines Bewusstseins jedoch hatte sich die Angst einen Schutzraum geschaffen – wenn man dachte, er sei volltrunken, würde die Strafe gewiss geringer ausfallen. Ja, vielleicht, so das kleine Flüstern der Angst, würde nicht einmal jemand die Gestapo rufen. Das war natürlich äußerst unwahrscheinlich gewesen, und so wirklich hatte Ludwig auch nicht damit gerechnet. Er kannte die Gäste seines Vaters. Stolze Parteimitglieder, die hinter dem standen, was sie taten. Das Gesicht Frank Roloffs war fast zum Schreien komisch gewesen. Vielleicht hatte er insgeheim ein Dankesgebet ausgestoßen, weil Sophia ihn seinerzeit nicht hatte heiraten wollen.

Sie befragten ihn, und das taten sie weiß Gott gründlich. Zudem wurde sein Umfeld befragt, Dorothea war zeitweise in Haft gekommen, wie er erst später erfuhr. Er hatte die falschen Kontakte und vermieden, die richtigen zu knüpfen, wie sie ihn wissen ließen.

»Es gibt nichts, was zu Ihren Gunsten spricht. Nichts!«

Wenige Tage nach der letzten Befragung war er ins Emslandlager Aschendorfermoor überstellt worden. Hier war er nun und verrichtete mit anderen Lagerinsassen seitdem Zwangsarbeit im Moor. Torfstechen, Entwässerung des Geländes, Straßen- und Wegebau, bis zu zwölf Stunden am Tag. Die harte Arbeit konnte er ertragen, auch die schlechte Verpflegung steckte er weg. Schlimmer waren die Misshandlungen durch die Wachmannschaften, die die Aufsicht über das Lager führten, SA-Pionierstandarte 10. Insbesondere einer war darunter, SA-Mann Heinrich

Wolthaupt, der sich ein höllisches Vergnügen daraus machte, ihn zu schikanieren.

»Na, Fabrikantensöhnchen und Jurist? Jetzt sitzt du nicht mehr auf deinem hohen Ross und schaust auf meinesgleichen hinab, ja?«

Wann immer Ludwig nachts dalag und vor Erschöpfung nicht einschlafen konnte, versuchte er, den Gedanken nicht zuzulassen, dass er seinerzeit hätte anders handeln können. Er hatte getan, was er tun musste, und wäre er nicht hier, dann an der Front in einem Schützengraben oder bereits tot. Hier musste er zumindest niemanden erschießen. Wenn er die Augen schloss, zuckten Bilder durch die Finsternis. Dorothea und das Kind, dessen Existenz er hatte verhindern wollen. Sie hatte ihm einige Male geschrieben, kurze, oberflächliche Zeilen, mit denen sie ihn über die Kinder in Kenntnis setzte. Sie hatte den Kleinen nach ihrem verstorbenen Bruder benannt. Ihm war es recht, er nahm für sich nicht in Anspruch, mitreden zu dürfen, nicht, nachdem er das Kind nicht einmal hatte haben wollen. Ohnehin war das alles derzeit gleich. Für ihn galt nur, irgendwie zu überleben.

Überleben. Das Wort hämmerte in seinem Kopf, wenn er bis zu den Knien im kalten, brackigen Wasser stand, das schmatzend in seine Stiefel schwappte. Es galt, einen weiteren Entwässerungsgraben anzulegen, damit später der Torf gestochen werden konnte. Ludwig hatte Gerüchte gehört, dass die Zwangsarbeiter demnächst aus dem Moor und der Landwirtschaft abgezogen und in die Rüstungsindustrie gesteckt werden sollten, in seinem Fall wäre das Papenburg. Derzeit konnte Ludwig sich nicht vorstellen, dass irgendeine Arbeit schlimmer war als das, was er hier gerade tat.

Sein Rücken schmerzte, und die Muskeln in Armen und Schultern brannten. Mit einem unterdrückten Fluch auf den Lippen wuchtete Ludwig den nächsten Batzen in den Karren. Die SA-Männer beobachteten die Arbeiter, stolzierten umher wie Aufseher auf einer Sklavenplantage. Ludwig hasste Moorlandschaften, hatte sie immer gehasst. Sie waren ihm unheimlich in ihrer Lebensfeindlichkeit. Als Heranwachsender hatte er Geschichten gelesen über Hinrichtungen im Moor und danach Albträume bekommen, wo er über Boden lief, der weder flüssig noch fest war, wo man keinen Grund fand, um darauf zu stehen, aber auch nicht darin schwimmen konnte. Jetzt standen Ludwig täglich Bilder vor Augen, wie sich das Moor unter den Füßen auflöste, ihn packte und in die schwarze Tiefe sog.

Das alles war reine Schikane, das wusste jeder von ihnen. Hier standen sie mit vorsintflutlichen Werkzeugen wie Hacke und Schaufel, um Moore trockenzulegen, obwohl längst moderne Methoden zur Verfügung standen. Es ging darum, die Gefangenen zu zermürben, ihre Moral zu brechen. Nun, in seinem Fall konnten sie lange warten, er bereute nichts, im Gegenteil, mit jedem Spatenstich war er sich mehr gewiss, dass er das Richtige getan hatte, und sein Hass wurde täglich genährt.

Als sie an diesem Abend zurück ins Lager getrieben wurden, gab es schließlich den kleinen Funken, der den aufgestauten Hass detonieren ließ. Den ganzen Tag schon hatte ihn SA-Mann Wolthaupt drangsaliert, und Ludwig hatte es stoisch schweigend ertragen. Als der Mann ihm nun jedoch die Beine wegtrat, so dass er mit dem Gesicht voran in den Matsch fiel, konnte er sich nicht mehr beherrschen. Ein anderer Gefangener half ihm auf, und taumelnd kam er auf die Beine, durchgefroren, mit stinkendem Schlamm auf der Kleidung, der langsam zu einer bröckeligen Schicht trocknete, während das schlammige Wasser in seinen Stiefeln bei jedem Schritt schmatzte. Er wischte sich den Matsch aus den Augen und sah den Wachmann an.

»So unfreundlich? Und das, obwohl ich Sie letztens erst verteidigt habe?«

Der Mann glotzte ihn verständnislos an.

»Die Leute im Dorf sagten, Sie seien es nicht einmal wert, in den Löchern bei Ratten zu schlafen. Und ich sagte, Sie wären es.«

Die übrigen Wachmänner grölten vor Lachen, aber Heinrich Wolthaupt stürzte sich auf ihn, schlug blindlings auf ihn ein, so dass Ludwig – der ihm körperlich klar unterlegen war – schon bald jede Gegenwehr aufgab und nur noch die Arme hob, um den Kopf, so gut es ging, zu schützen. Es brauchte mehrere Männer, um Wolthaupt dazu zu bringen, von ihm abzulassen.

»Genug!«, schrie jemand, den Ludwig nicht erkennen konnte, denn seine Augen schwollen bereits so zu, dass er sie nur mehr einen Spaltbreit öffnen konnte. Aber der Stimme nach war es jemand mit ausreichend Autorität.

Ludwig wurde aufgeholfen, doch er vermochte kaum zu stehen. Sein Kopf schmerzte entsetzlich. Obwohl es ein recht milder Maitag war, zitterte er mittlerweile vor Kälte, die die Schmerzen noch verschlimmerte. In seinem ganzen Körper schien es keine Stelle zu geben, in die sie nicht strahlten. Das war es dann wohl, dachte er. Ein weiterer Toter durch schlechte Versorgung und Misshandlung. Der nächste in einer langen Reihe.

»Na, was mache ich jetzt mit dir, hm?«

AUGUST 1941

»Was tust du da?«

Sophia fuhr zusammen und schlug ihre Kladde zu. »Grundgütiger! Was schleichst du dich denn so an?«

Clara hob die Brauen. »Wer so schreckhaft ist, hat meist ein schlechtes Gewissen.« Für einen Moment klang jener vertraute schwesterliche Tonfall an, den sie eingeschlagen hatte, als sie noch Kinder gewesen waren. Damals hatten sie sich noch gut verstanden und oft miteinander gespielt, wobei Clara immer ein wenig außen vor geblieben war, da für Sophia stets Ludwig an erster Stelle kam. Raiko war sechs Jahre älter als Clara, so dass er sich als Spielgefährte für sie nicht eignete, da waren ihr die Zwillinge im Alter näher. Auch im gemeinsamen Spiel war Clara stets die Ausgeschlossene gewesen. Die Räuberin, die von zwei Gendarmen gejagt wurde. Oder der Drache, vor dem Ritter Ludwig die gefangene Sophia rettete.

Sophia sah ihre Schwester an. »Was gibt es?«

»Nichts. Ich war gerade zum Tee bei Mutter und habe mich gefragt, warum du dich nicht dazusetzt.«

Das letzte gemeinsame Teetrinken mit ihrer Mutter und zwei weiteren Freundinnen war so verlaufen, dass sie hatten vermeiden wollen, französische Wörter zu sagen, und es dann absichtlich immer wieder taten, wofür sie einander kichernd schalten, während sie Kleider für den nächsten Waisenbasar nähten. »Mir stand nicht der Sinn danach«, entgegnete Sophia.

Claras Blicke glitten zu der Kladde. »Schreibst du wieder Geschichten?«

»Ich versuche es zumindest.«

»Dann machst du ja immerhin etwas, nicht wahr?«

Sophia schwieg.

»Ich habe gehört, Frank Roloff hat sich verlobt?«

»Mag sein.« Glaubte Clara ernsthaft, das interessiere sie?

»Sie wollen heiraten, wenn er Urlaub von der Front bekommt. Das muss jetzt alles so schnell gehen.«

»Hmhm.«

Offensichtlich war Clara in Plauderstimmung, denn sie ließ sich nun Sophia gegenüber auf einem Sessel nieder. »Ich war letztens übrigens wieder eingeladen in der Villa Hartberg.«

Die für Sophia immer die Villa Roth bleiben würde. »Ah ja. Und?«

»Du solltest sie kennenlernen, es sind reizende Menschen.«

»Kein Bedarf, vielen Dank.«

»Weißt du, sie waren es nicht, die die Roths zum Auswandern bewegt haben. Das hat Oskar Roth schon noch selbst entschieden.«

»Ja, natürlich.«

Der Hohn schien Clara zu entgehen. »Du solltest aufhören, ständig überall Ungerechtigkeit zu sehen. Ein Haus wurde verkauft, mehr nicht. Die Besitzer sind ausgewandert, und neue Leute sind eingezogen.«

Sophia schwieg.

»Was schreibst du da überhaupt?«

»Seit wann interessiert dich das?«

»Mit den Liebesgeschichten hast du damals ja so plötzlich aufgehört.«

»Du weißt genau, warum.«

»Das Stück kam doch gut an.«

Genau das war das Problem. Am liebsten wäre es Sophia gewesen, die Leute hätten in Scharen das Theater verlassen und die Zeitungen das Stück verrissen. Stattdessen wurde sogar gelobt, wie kreativ und spannend die Vorlage umgesetzt worden sei. Sophia zeigte deutlich, dass sie kein Interesse daran hatte, dieses Gespräch fortzuführen.

Das schien Clara nicht weiter zu stören. »Ich denke, du solltest anfangen, etwas Richtiges zu tun. Eduard kann dir dabei helfen. Vater meint schon lange, dass es doch kein Zustand mehr ist, dieses Herumgetändel den ganzen Tag – bei einer Frau deines Alters! Mit fast dreißig.«

»Ich bin gerade erst neunundzwanzig geworden. Und ich tue doch etwas. Ich schreibe und helfe im Kinderheim.« Warum rechtfertigte sich Sophia eigentlich?

»Du schreibst seit Jahren nur noch vor dich hin, das ist ja wohl kaum ein Beitrag zur Gesellschaft.« Clara beugte sich leicht vor. »Du stehst nicht nur für dich, wir sind eine Familie, und was einer tut, fällt auf alle zurück. Wenn du schon keine Ehe anstrebst, dann vielleicht eine Mutterschaft?«

Sophia hob die Brauen. »Ach was? Rätst du mir ernsthaft zu einem Liebhaber?«

»Es fallen derzeit so viele Männer auf dem Feld – und mit ihnen im Grunde genommen auch die Kinder, die sie nie bekommen konnten. Mutterschaft ist die höchste sittliche Aufgabe einer Frau. Wir sind den Männern in dieser Hinsicht weit überlegen, in unseren Körpern wachsen Generationen heran.«

»Ich soll mich also unter irgendeinen Soldaten legen, der noch schnell ein Kind mit mir zeugt, ehe er an die Front muss? Bist du toll?«

Clara wurde rot. »Das ist kein Grund, gleich vulgär zu werden. Mich regt es auf, dass wir alle unseren Beitrag leisten, und du tust einfach *nichts*. Ruhst dich in dem Wohlstand aus, den andere für dich schaffen. Und währenddessen fallen auf dem Feld unsere besten Männer. Falls du den Makel einer unehelichen Mutter fürchtest, im *Völkischen Beobachter* schreibt Rudolf Heß ausdrücklich, dass die Mutter eines rassisch einwandfreien Kindes von einem an der Front kämpfenden Mannes für die Erhaltung unseres nationalen Gutes sorgt.«

Claras Augen glänzten, und Sophia fragte sich, ob ihre Schwester betrunken war. »Ich werde gewiss nicht als Zuchtstute für euren *Führer* herhalten, besten Dank auch.«

»Er ist auch *dein* Führer. Dann arbeite wenigstens«,

fauchte Clara. »Ich bin es leid, mir ständig von meinen Freundinnen Anspielungen über Ludwig anhören zu müssen, der uns so blamiert hat, dass man noch in zwanzig Jahren darüber reden wird. Ja, lächle ruhig, klar, dir hat das gefallen. In den kriegswichtigen Bereichen werden Frauen eingestellt, wir haben zu wenige Männer. Leiste wenigstens dort deinen Beitrag.«

»Verpflichtend ist der Dienst für ledige Frauen nur zwischen siebzehn und fünfundzwanzig. Bedaure, als Arbeitspferd stehe ich ebenfalls nicht zur Verfügung. Mir liegt weder an einer Verdienstmedaille etwas noch am Mutterkreuz.«

Clara taxierte sie lange, dann stand sie auf und verließ wortlos die Bibliothek. Immer noch krampften sich Sophias Finger um die Kladde, als könnte Clara zurückkehren und sie ihr entreißen.

»Sie wollte ernsthaft, dass ich mir ein Kind von einem Soldaten machen lasse.« Sophias Stimme schwankte zwischen Unglauben und höhnischer Belustigung. »Ansonsten könne ich mich in der kriegswichtigen Industrie verdingen.«

»Ignorier sie einfach«, riet Emilia. Sie war zwar grundsätzlich dafür, dass auch Frauen zur Arbeit herangezogen wurden, allerdings nicht auf die Art, wie das derzeit geschah. Erst entfernte man Frauen aus allen wichtigen Positionen, wollte sie nur noch auf Ehefrau und Mutterschaft beschränken, und wenn dann die Männer fehlten, versuchte man, Frauen per Zwang in die Industrie zu bekommen – natürlich nur die ledigen. Die »einfachen« Frauen setzte man in Ziegeleien, Keramik- und Rüstungsbetrieben ein, gleich, ob sie Mütter waren oder schwanger und ob der harten Arbeit ihre Kinder verloren. Die »hochwertigen« Frauen hingegen sollten nach wie vor zum Fortbestand des Volkes dienen. Zuchtstute traf es recht gut. Vor gut zwei Jahren waren fünf Entbindungsheime eingerichtet worden, Zuchtbordelle, wie man sie im Volksmund nannte.

»Sie sieht mich immer so seltsam an«, sagte Sophia. »Manchmal habe ich Sorge, sie durchschaut mich. Ich verstecke meine handschriftlichen Texte mittlerweile an immer neuen Orten.«

»Du solltest sie verbrennen. Gerrit hat dir doch gesagt, wie gefährlich Beweise sein können.«

»Aber ich möchte sie später als Buch herausbringen.«

Emilia schüttelte nur den Kopf. »Ich gehe gleich ins Kinderheim, wenn Martha zurück ist. Bist du heute hier oder gehst du aus?«

»Ich weiß es noch nicht.«

»Dann nehme ich Martha mit, auf keinen Fall lasse ich sie noch einmal in der Obhut deiner Eltern.« Und die Zwillinge würde sie dann auch mitnehmen müssen. Nachdem das Kindermädchen gegangen war, hatte sich das Stubenmädchen zum Dienst an der Heimatfront gemeldet, der Hausdiener war eingezogen worden, und so hatten sie nur noch die Köchin, der man neben all ihrer anderen Arbeit nicht auch noch die Aufsicht über die Kinder zumuten konnte. Wenn Emilia die Kinder nicht bei Sophia lassen konnte, musste sie sich eben selbst um sie kümmern. Dorothea kam ihr in den Sinn, aber die hatte mit ihren beiden vermutlich selbst genug zu tun und würde sich bedanken, noch drei weitere anvertraut zu bekommen. Emilia liebt ihre Kinder, aber ein klein wenig beneidete sie Sophia doch um ihre Unabhängigkeit.

Als sie nachmittags im Kinderheim war und die Kinder draußen spielten, sprach sie mit Helga wieder einmal über ihre Pläne, die Zwillinge betreffend.

»Du willst sie also wirklich in die Schweiz schicken?«

»Ja, Anna würde sie bei sich aufnehmen.«

Helga schwieg eine ganze Weile. »Weißt du, ich kann dich verstehen, wirklich. Ich sehe es hier auch bei unseren Kindern. Sie sind begeistert, treffen in der Hitlerjugend Gleichaltrige, haben Autorität gegenüber Jüngeren, es gibt keine Standesunterschiede, alle sind gleich. Natürlich gefällt ihnen das. Vor allem die Jungen schätzen die Kameradschaft, dort sind sie wer. Und wenn ein Baldur von Schirach sagt: ›Die Jugend hat keinen Respekt vor dem Wissen. Sie achtet nur den Kerl‹, dann findet das natürlich Anklang.«

»Meine Schwägerin wollte Sophia überreden, sich doch in den Dienst des Volkes zu stellen und Kinder zu bekommen.«

Helga stöhnte auf. »Das schon wieder. Ich bin so froh, dass von unseren Mädchen damals keines schwanger zurückgekommen ist.« Die älteren Mädchen aus dem Kinderheim waren mit dem BDM auf dem Reichsparteitag 1936 gewesen, von dem nahezu tausend Mädchen schwanger zurückgekehrt waren. »Sie hoffen natürlich auf eine Ehe, das wäre ihnen lieber, als zur Arbeit herangezogen zu werden.«

»Wenn man sich das alles anhört – ist es dann nicht verständlich, wenn ich wenigstens die Kleinen aus diesem Umfeld schaffen möchte?«

»Und wie willst du ihnen erklären, dass du Martha behältst und sie nicht?«

»Sie werden es verstehen, wenn sie älter sind.«

Helga schüttelte den Kopf. »Vielleicht. Aber erst einmal werden sie großen Kummer haben, weil ihre Mutter sie an einen fremden Ort bringt und dann einfach ohne sie geht. Sie sind noch so klein. Und Martha ist jung, natürlich macht sie bei all dem begeistert mit. Irgendwann wird sie älter und die Dinge hinterfragen, wie sie es bei dir sieht.«

Die Idee, die Zwillinge in die Schweiz zu schicken, war ihr so gut erschienen, ein Opfer zwar, aber eines, das es wert war. Sie hatte Anna geschrieben, hatte es unverfänglich formuliert, falls der Brief von den falschen Personen vorab gelesen wurde, hatte gesagt, sie würde es der Gesundheit ihrer Kleinen zuträglich erachten. Anna hatte verstanden – allerdings ebenso skeptisch reagiert wie Helga, wenngleich sie schrieb, sie würde die Kinder natürlich jederzeit nehmen. Martha konnte sie nicht ohne weiteres fortschicken, sie war schulpflichtig, war im Jungmädelbund, und man würde Fragen stellen.

»Wie gesagt, ich verstehe dich«, sagte Helga, »aber meine Meinung hat sich nicht geändert, seit du mir zum ersten Mal von dem Plan erzählt hast. Wir müssen den jungen Menschen hier den Blick auf ihre Umgebung ermöglichen und ihnen die Entscheidung überlassen, wer sie sein wollen. Dabei kannst du sie anleiten, du kannst sie aber nicht fortschicken, damit sie die werden, die du in ihnen sehen willst.«

Emilia schwieg.

»Möchtest du Kaffee?«, fragte Helga. »Wir sind zwar eingeschränkt in allem, aber noch darben wir nicht.«

»Kommt gewiss noch«, murmelte Emilia. Sie begleitete Helga in die geräumige Küche, sah ihr zu, wie sie den Kaffee mahlte. Martha war mit den größeren Mädchen zusammen, Kinderlachen war zu hören, zwei Jungen stritten um etwas, jemand rannte die Treppe hoch, worauf eine Zurechtweisung Annelies folgte, dass kein Grund bestehe, wie eine Herde Elefanten durch das Haus zu trampeln.

»Wie geht es deinem Schwager?«, fragte Helga. »Ich weiß ja immer noch nicht, ob ich das, was er getan hat, für vollkommen verrückt oder genial halten soll.«

»Es ist wohl von beidem etwas. Laut Dorothea ist er zumindest am Leben. Die Post wird zensiert, er wird also kaum schreiben können, wie es ihm wirklich geht.«

Helga nickte und brühte den Kaffee auf.

»Hast du davon gehört, dass jüdische Wohnungen beschlagnahmt werden sollen für deutsche Bombenopfer?«

»Diese unsägliche Anordnung des Gauleiters?« Helga verstellte ihre Stimme. »*Nutzbarmachung jüdischer Wohnungen für deutsche Volksgenossen*? War ja klar, dass die das ausnutzen, um noch die letzten hier Verbliebenen zu drangsalieren. Die, die jetzt schon nichts mehr haben. Eine Freundin von Annelie ist jüdische Ärztin, praktiziert seit langem nicht mehr und versucht, irgendwie ihre Kinder durchzubringen. Sie hat immer noch ein bisschen

Geld verdienen können, indem sie Räume untervermietet hat, das fällt jetzt auch weg. Sie muss aus der Wohnung raus.«

»Wohin geht sie?«

»In eines der Judenhäuser, ihr bleibt nichts anderes übrig. Sie bekommt kein Ausreisevisum, hat zu lange gewartet. Und wo soll sie auch hin? Nach Frankreich, Polen oder in die Niederlande? Da ist sie auch nicht mehr sicher. Es gibt keinen Ausweg, das ist ja das Niederträchtige.« Helga reichte ihr den Kaffee. »So, und jetzt komm, gehen wir in den Garten zu den Mädchen und tun wir etwas für ihre sittliche Bildung, damit wir den Irren da draußen das Feld nicht gänzlich überlassen.«

* * *

Hin und wieder gab es sie, die Tage, an denen sie einfach nur spazieren gingen und so taten, als sei alles um sie herum noch wie früher. Dann gingen sie zur Sachsenhäuser Warte, von wo aus man auf die Stadt hinabsehen konnte. Die Warte war eine durch eine hohe Mauer gesicherte Hofanlage, die man durch ein Tor an der Landstraße betreten konnte. Früher einmal war sie ein Verteidigungsbau gewesen, danach eine Zollstation. Es gab einen von einem achteckigen Zwinger mit Wehrgang umgebenen Wachtturm und ein barockes Geleitsgebäude. Hier, so Vincent, war seine Mutter oft mit ihm als Kind gewesen.

An anderen Tagen spazierten sie über die Promenaden. Am Untermainkai war seinerzeit die erste Flussbadeanstalt entstanden, in der später auch Schulkinder

Schwimmen lernten. Sophia erzählte Vincent, wie sie mit Rosa und Ludwig in die Badeanstalt Mosler gegangen war an der Untermainbrücke. Hier konnte man außerdem Rollschuhlaufen, was vor allem Rosa und Ludwig hervorragend hinbekommen hatten, während Sophia es irgendwann aufgegeben hatte.

»Es ist doch auch irgendwie seltsam, wenn einem die Füße unter dem Körper davonrollen«, sagte sie, und Vincent lachte. Aber hübsch war es doch gewesen mit den Palmen und dem Restaurant direkt am Wasser. Man konnte sich auf Pritschen sonnen, die auf Pontons schwammen. Die Promenade war noch recht neu und modern beleuchtet. Am Ufer entlang führten die Gleise der Hafenbahn.

Es war schön, die Stadt durch die Augen des jeweils anderen zu erkunden. »Bestimmt sind wir uns dann und wann mal über den Weg gelaufen, als ich noch ein Kind war.« Sie lachte. »Als du eins warst, war ich ja noch nicht geboren«, neckte sie ihn.

»Dafür verfüge ich nun über die Weisheit des Alters.«

Sie grinste, hätte sich am liebsten bei ihm eingehakt, ihn an sich gezogen und geküsst, wagte dies aber in der Öffentlichkeit nicht. Sie gingen nebeneinander her, konnten sowohl für ein Paar als auch für gute Bekannte gehalten werden, die sich zufällig getroffen und beschlossen hatten, einen Teil des Weges gemeinsam zurückzulegen.

»Kommst du noch mit zu mir?«, fragte Vincent.

»Willst du mich etwa auf Abwege führen?« Sie musterte ihn mit gespielter Strenge.

»Ich werde mir größte Mühe geben.«

»Das ist ein Wort.«

Sie tat einen tiefen Atemzug. Wie sehr sie wünschte, alles wäre wieder wie früher. Vom Krieg selbst bekam sie abgesehen von den gelegentlichen Luftangriffen, die bisher eher die Peripherie trafen, kaum etwas mit. Raiko ging es gut, und von ihren Bekannten war noch niemand gefallen. Manchmal kam sich Sophia geradezu frivol vor, wenn sie es wagte, in kurzen Momenten das Leben einfach nur zu genießen, an nichts Schlimmes zu denken. Dann lauerte im Hintergrund der in Furcht gekleidete Gedanke, dass dieser Zustand ohnehin nur allzu bald beendet sein würde.

Es war so schön hier, Kais, die eingefasst waren in einem Wald von Masten, das Ufer umsäumt von Gärten, Villen und hübschen Terrassen. Langsam schlenderten sie am Main entlang, beobachteten Schiffe und flanierende Menschen, friedvolle Augenblicke, in denen man vergessen konnte, dass nicht weit von hier erst vor kurzem wieder Flugangriffe gestartet worden waren. Bisher sprach man noch von marginalen Schäden. Sophia wollte den Gedanken an den Krieg abschütteln, aber jetzt, da sie ihn einmal gefasst hatte, blieb er beharrlich.

Filme, Hörfunk, Zeitungen – sie alle sprachen von Deutschlands Erfolgen. Sie hatte Bilder von Paris gesehen, das Hotel Le Meurice mit Hakenkreuzbeflaggung, die Straßen davor fast leer, abgesehen von Fahrradfahrern und Handlastwagen. Wehrmachtsoffiziere unbehelligt auf den Champs-Élysées. Allerdings erzählte Rudi, dass die Stimmung in Frankreich umschlug, dass seit dem Überfall auf die Sowjetunion von Seiten der französischen Kommunisten keine Rücksicht mehr genommen wurde. Deutsche Soldaten wurden von Untergrundkämpfern beschossen, woraufhin die Besatzer Geiseln exekutierten.

Sophia wollte diese Bilder verdrängen, wollte sich einen Augenblick friedvollen Innehaltens bewahren. Sie war beinahe erleichtert, als schließlich Vincents Wohnhaus in Sicht kam. In der Abgeschiedenheit seines Zimmers war es so viel leichter, die Welt davor zu vergessen.

Sie betraten das Haus, wagten es erst jetzt, ihre Finger tastend zueinander zu bewegen, sich fest umeinander zu schließen. Es war dieses leise Werben, das Vincent immer noch um sie anstimmte, obwohl sie beide wussten, worauf die Nacht hinauslaufen würde. Die kleinen Liebkosungen seiner Finger an ihrem Handgelenk, ein flüchtig in den Nacken gehauchter Kuss, eine ins Ohr geatmete Zärtlichkeit.

Er schloss die Tür auf und betrat mit ihr die Wohnung.

»Ah«, sagte Rudi. »Da bist du ja. Du hast Besuch.«

Sophias Lächeln zerfiel, die Wärme in ihrem Bauch wurde ein heißer Klumpen. Sie folgte Vincent in das Wohnzimmer und sah sich seinem Cousin gegenüber. Der neigte höflich den Kopf. »Meine Dame.«

Sie grüßte und blieb hernach unschlüssig stehen, während der Mann etwas zu Vincent sagte, das sie nicht verstand. Vincent schüttelte unwillig den Kopf.

»Das ist meine Entscheidung«, antwortete er auf Deutsch.

Jacob Rubik sprach weiter, nach wie vor in jener fremden Sprache. Vincent hörte schweigend zu.

»Ist gut«, antwortete er schließlich und wandte sich an Sophia. »Die Schwester meiner Mutter wurde samt

Familie interniert, sie haben sie aus ihrer Wohnung geholt. Meine Mutter ist völlig aufgelöst und hatte einen Schwächeanfall. Ich muss zu ihr.«

Sophia nickte. »Ist gut. Soll ich auf dich warten?«

»Nein, geh besser nach Hause, ich weiß nicht, wie spät es wird.«

Wieder nickte sie, wollte das Gefühl der Enttäuschung nicht zulassen. Hier ging es um mehr als um sie, um die entgangenen Stunden mit Vincent, an denen sie sich festklammern wollte, als gälte es sie zu sammeln, ehe man sie ihr gänzlich wegnahm. Sie wollte etwas Tröstliches sagen, doch ihr fehlten die Worte. »Dann auf bald«, sagte sie schließlich.

Das Lager Aschendorfermoor war umgeben von einem Stacheldrahtzaun. Während die Baracken der Gefangenen eng waren und katastrophale hygienische Zustände aufwiesen, war die Baracke der Wärter recht nett anzuschauen mit ihren Blumen vor den Fenstern und dem sorgsam gestutzten Rasen davor. Man wollte es schließlich hübsch haben, wenn man sich zu Besprechungen und geselligem Beisammensein traf. Es gab sogar einen Schießstand und eine Art Vergnügungspark für die SA-Männer, angelegt von Gefangenen.

Seit dem Zusammenstoß mit Wolthaupt war Ludwig in Einzelhaft gekommen, bei noch kargerer Nahrung. Danach setzte man ihn erneut zur Moorarbeit ein, und so stand er bis zu den Knien im stinkenden Wasser, dieses Mal nicht gepeinigt von der Kälte, sondern von schwüler Hitze, die den Schweiß am ganzen Körper jucken ließ, indes Stechmücken ihn umschwirrten. Er hatte gehört, dass sich Menschen in Esterwegen selbst verstümmelt hatten, indem sie sich Loren über den Fuß fahren ließen, die Augen mit Säure verätzten oder Gegenstände verschluckten, in der Hoffnung, vom Moordienst abgezogen und in den normalen Verzug in der Stammanstalt gesteckt zu werden.

Obwohl Ludwig schon so einiges gehört hatte, schockierten ihn die Brutalität und Willkür, mit der die SA-Männer die Menschen hier behandelten. So weit, sich zu verstümmeln, um dem zu entgehen, war er jedoch nicht. Er hoffte immer noch darauf, dass er auf andere Weise rauskam. Allerdings ahnte er, dass das nicht allzu bald sein würde, denn sein offizielles Urteil lautete »Strafantritt nach Kriegsende«. Ihm stand also wohl noch einiges bevor.

Einige seiner Mitgefangenen wurden in die Landwirtschaft verlegt, die in Kriegszeiten wichtiger denn je war und wegen des Ausfalls von Arbeitern, die an der Front kämpften, durch Zwangsarbeiter am Laufen gehalten wurde. In der Landwirtschaft wurde man besser verpflegt und musste weniger hart arbeiten als im Moordienst. Dass Ludwig sich diesbezüglich keine Hoffnungen machen durfte, war ihm spätestens seit seinem Zusammenstoß mit dem SA-Mann klar.

»Redest dich um Kopf und Kragen«, hatte ihn einer seiner Mitgefangenen beschieden.

Sie unterstanden der Willkür des Kommandanten, der die Länge der Arbeitszeit bestimmte sowie die Frage, ob auch an Sonn- und Feiertagen gearbeitet werden sollte.

Ludwig konnte sich nicht vorstellen, wie man das über Jahre hinweg aushalten konnte, ohne angesichts der mangelhaften Ernährung vor Entkräftung zusammenzubrechen. Letzten Endes spielte das aber wohl keine Rolle.

Nach langen Stunden der Schufterei erklang endlich das Horn – sie durften die Arbeit niederlegen. Ludwig richtete sich auf, arbeitete einen Moment lang gegen den Schmerz im Rücken und stemmte die Hände hinein, um sich nach hinten zu dehnen. Er genoss diesen Moment, wenn der Schmerz wich. Nur, um dann wieder einzusetzen, sobald Ludwig sich bückte, um die Gerätschaften einzusammeln.

Die Arbeiter stimmten das Moorsoldatenlied an, das im Börgermoor gedichtet worden war und seither von den Moorsoldaten aller Lager auf dem Marsch zum Arbeitsplatz und zurück gesungen wurde.

> *»Wohin auch das Auge blicket,*
> *Moor und Heide nur ringsum.*
> *Vogelsang uns nicht erquicket,*
> *Eichen stehen kahl und krumm.*
> *Wir sind die Moorsoldaten*
> *und ziehen mit dem Spaten*
> *ins Moor.«*

Wieder blieb Ludwig einen Moment lang stehen. Ihn schwindelte, und die Rückenschmerzen waren unerträglich. Erneut bog er den Rücken durch, schloss kurz die Augen, damit der Schwindel nachließ. Er ließ die Schultern kreisen, hoffte, dass sich die Verkrampfung etwas löste, die bis in seinen Nacken hochwanderte und sich wie eine Klammer um seinen Kopf legte.

*»Morgens ziehen die Kolonnen
in das Moor zur Arbeit hin.
Graben bei dem Brand der Sonne,
doch zur Heimat steht der Sinn.
Wir sind die Moorsoldaten
und ziehen mit dem Spaten
ins Moor.«*

»Hey!«, schrie jemand, und im nächsten Moment erhielt Ludwig mit dem hölzernen Stiel jener Bullenpeitsche, die er selbst das eine oder andere Mal geschmeckt hatte, einen Stoß in den Rücken. Der Schmerz ließ Sterne vor seinen Augen tanzen. »Träumst du, oder was?«

Träumen, dachte Ludwig, während die Sterne langsam im Schwarz verblassten. Das wäre etwas. Er spürte, wie die Beine unter ihm wegknickten, indes die Stimmen der Arbeiter noch einen Moment lang in ihm nachklangen.

*»Doch für uns gibt es kein Klagen,
ewig kann's nicht Winter sein.
Einmal werden froh wir sagen:
Heimat, du bist wieder mein.
Dann ziehn die Moorsoldaten
nicht mehr mit dem Spaten
ins Moor!«*

OKTOBER 1941

»Ich dachte, die Ärzte hätten dir nach der Lungenentzündung das Rauchen untersagt.«

»Ich rauche ja nur zwei oder drei am Tag.« Sophia atmete den Rauch zum Fenster hinaus und zog ihren Schal enger um die Schultern. Hoffentlich würde der kommende Winter nicht so lausig kalt wie der letzte.

Vincent hob vielsagend die Brauen und kommentierte das nicht weiter. Ohnehin war Sophia nicht zum Diskutieren zumute, erst recht nicht über so etwas Banales wie eine Zigarette. Sie war nachmittags an der Villa Roth – niemals würde sie für sie die Villa Hartberg werden – vorbeigekommen und hatte gesehen, wie die neue Besitzerin mit ihren Kindern gerade lachend durch den Vorgarten zur Eingangstür lief. Sophia war stehen geblieben, hatte sich die Szenerie angesehen, dann war sie eilig weitergegangen. Ihre Eltern waren zweimal bei der Familie eingeladen gewesen, aber Sophia weigerte sich mitzukommen.

»Das ist doch albern«, so ihre Mutter. »Hätten sie das Haus nicht gekauft, hätte es ein anderer getan.«

Als würde es das besser machen.

Zwei Straßen weiter hatte sie gesehen, wie eine Familie von der Gestapo abgeholt wurde. Sophia kannte sie vom Sehen, sie wohnten auch im Westend und waren mit den Roths gut bekannt gewesen, ein jüdischer Geschäftsmann mit Frau und drei Kindern. Ebenso wie andere Passanten war auch Sophia stehen geblieben, sie kam sich erbärmlich feige vor, nicht eingegriffen zu haben. Aber sie wusste schlicht nicht, was sie tun sollte. Als sie sich an eine Frau wandte und diese fragte, wohin man die Leute bringe, schüttelte diese nur den Kopf, die Lippen zu einem Strich gepresst, ehe sie sich abwandte. Ein Mann gab ihr die gewünschte Antwort.

»In eine Sammelstelle, irgendwo an der Hanauer Landstraße, habe ich von einem Bekannten bei der Polizei gehört. Ich glaube, an der Großmarkthalle, dort sollen sie über das Ladegleis mit einem Zug abtransportiert werden.«

»Wohin?«

Der Mann zuckte mit den Schultern.

Seither gingen Sophia die ängstlichen Gesichter der Kinder nicht aus dem Kopf, der Blick der Mutter, unruhig, Hilfe suchend, indes sie die Hand des Jüngsten umfasste.

Danach war Sophia zu Vincent gegangen.

»Du bist still heute«, stellte er fest.

»Mir geht viel im Kopf herum.«

Er schien darauf zu warten, dass sie etwas hinzufügte, insistierte jedoch nicht, als sie schwieg. Wie hätte sie das Gefühl beständiger Ohnmacht auch in Worte fassen sollen? Sie erhob sich von der Fensterbank und schloss das Fenster. Vincent saß auf dem Schreibtischstuhl, immer noch in seiner Arbeitskleidung. Er roch nach Metall, Öl, und als sie die Arme um ihn schlang und ihn küsste, schmeckte sie Salz. Sie fuhr ihm durchs dunkle Haar, umarmte seinen Kopf, drückte ihn leicht an ihre Brust, und Vincent legte die Arme um ihre Mitte, hielt sie ebenso fest wie sie ihn.

»Bleibst du über Nacht?«, fragte er.

»Ja.« Sie legte die Wange auf sein Haar, atmete feinen Staub darin. Das alles würde eines Tages vorbei sein, dessen war sie gewiss. Mochten in Rundfunkansprachen auch die großen Siege der Wehrmacht gepriesen werden, so ahnte Sophia längst, dass der Niedergang einsetzen würde. Rudi versorgte sie nach wie vor mit anderslautenden Informationen. Aber vielleicht war ja auch dies Propaganda für das jeweils eigene Volk.

Die Wohnungstür fiel ins Schloss, und eigentlich hätte Sophia dem keine Bedeutung beigemessen, hätte es nicht im nächsten Moment heftig an der Tür geklopft. »Vincent!« Die Tür flog auf, und Rudi kam in den Raum, indes Sophia und Vincent auffuhren. »Gottlob, ihr seid bekleidet. Sophia, du musst sofort weg, bevor sie kommen.«

»Wovon sprichst du?« Vincent war alarmiert. »Was hast du getan?«

»Wir haben uns getroffen, das Versteck war sicher, aber einer muss uns verraten haben.« Rudis Stimme verklang in einem Schluchzen. »Ich glaube, einen haben sie erschossen. Keine Ahnung, ob sie unsere Namen kennen, wissen, wo wir wohnen, oder ob sie ...«

Fäuste hämmerten gegen die Tür.

»Dir womöglich gefolgt sind?«, ergänzte Vincent den Satz, indes er aufsprang und Sophias Handgelenk umfasste

Rudis Blick irrte im Raum umher. »Ich... ich bin so schnell...«

»Verdammt noch mal, man achtet doch darauf, ob man verfolgt wird.« Vincent lief zum Fenster, sah hinaus. »Es ist zu hoch, selbst zum nächsten Sims. Was machen wir denn jetzt?«

Ein Krachen ertönte, dann das Bersten von Holz. »Polizei!«, rief eine Stimme.

Sophias Herz machte einen Holperer. Wenigstens war Vincent so geistesgegenwärtig, sie loszulassen. Je unverfänglicher die Situation, umso besser für sie alle. Männer stürzten in den Raum, Pistolen im Anschlag. Sophia, Vincent und Rudi hoben instinktiv die Hände, und Sophia fragte sich, ob sie die Einzige war, die sich hier jeden Moment vor Angst übergeben würde. Der Atem ging ihr in schnellen, kurzen Stößen, indes erst Rudi, dann Vincent und schließlich ihr die Arme rasch und unsanft auf den Rücken gedreht wurden.

»Namen!« Einer der Polizisten trat vor, taxierte sie kalt. Er war groß, das dunkle Haar akkurat gescheitelt, und seine gesamte Haltung strahlte Autorität aus.

»Rudolf Gerson.«

»Vincent Rubik.«

»Sophia Conrad.«

Der Polizist sah sie an. »Stahlwerk Conrad?«

Sie nickte zögernd.

»Na, da wird der Herr Papa aber begeistert sein. Sitzt der Bruder nicht ein als politischer Häftling?«

Wieder nickte sie.

»Da sollte der alte Conrad seine Frau mal fragen, ob sie ihm nicht zwei Kuckuckseier ins Nest gesetzt hat«, sagte der Polizist hinter Sophia keckernd, wofür er sich einen strafenden Blick seines Vorgesetzten einfing. Der ließ sich nun von einem anderen Polizisten die Papiere reichen, die dieser den dreien abgenommen hatte, sah sie durch und musterte schließlich Vincent. »Zigeuner, ja? Wirklich guter Umgang, Fräulein Conrad. Ist dies hier Ihr Schlafzimmer, Rubik?«

»Ja.«

»Da hat Ihr Kommunistenfreund Sie ja rechtzeitig gewarnt, sonst würden wir Sie hier wohl in deutlich verfänglicherer Situation antreffen.«

»Fräulein Conrads Bruder war mein Freund, mehr ist da nicht.«

Der Polizist hinter Vincent verdrehte ihm den Arm, und er stöhnte auf. »Nur reden, wenn du gefragt wirst.«

»Auf Waffen durchsuchen, dann nach unten bringen.« Der Polizist drehte sich mit einer zackigen Bewegung um und ging, begleitet von einem Kollegen. Die übrigen banden ihnen die Hände hinter dem Rücken zusammen und tasteten sie nach Waffen ab, wobei der hinter Sophia das mit intensiver Gründlichkeit tat. Seine Hände glitten langsam über ihre Brüste zu ihrem Bauch, und Sophia bemerkte, wie sich Vincents Kiefermuskeln anspannten. Sie bat ihn stumm, nichts Unüberlegtes zu tun, während der Polizist bei ihren Hüften war, die Hände über ihre Beine gleiten ließ, erst das rechte bis zum Knöchel, daran entlang hoch, bis sie seine Fingerspitzen auf ihrer Wäsche fühlte. Ein angewiderter Schauder durchlief sie, und die Hände machten mit dem linken Bein dasselbe.

»Hey, lass den Unsinn«, sagte einer der beiden anderen Polizisten, »wir müssen los.«

Rudi und Vincent wurden abgeführt, während der Polizist ihr linkes Bein hochfuhr und dieses Mal zupackte, als er oben angekommen war. Wieder durchfuhr Sophia ein Schauder.

»Das gefällt dir, ja? Frauen deiner Art – ihr seid alle gleich. Schaut auf unsereins herab, aber in Wahrheit wollt ihr es so dreckig, dass ihr es mit diesem Abschaum treibt.« Er drückte sie mit dem Oberkörper über das Fußende von Vincents Bett, so dass ihr der hohe hölzerne Rand schmerzhaft in den Magen drückte. Danach presste der Mann sich von hinten so fest an sie, dass ihr seine Erregung nicht entgehen konnte. »Wenn ich ausreichend Zeit hätte, würde ich dir diesen Zigeuner schon austreiben.«

Die Übelkeit wurde so heftig, dass sie befürchtete, sich jeden Moment auf das Bett zu übergeben. Tränen nahmen ihr die Sicht, und ihr Atem ging so rasch, dass Schwindel in ihr aufstieg.

»Hahnemann!« Die Stimme hatte die Schärfe eines Armeesäbels. Der Kommandant war zurückgekehrt, und der Mann richtete sich hastig auf.

»Ich habe sie nur durchsucht.«

»Nehmen Sie augenblicklich Haltung an und die Hände von ihr!« Der Kommandant ergriff Sophias Arm und half ihr, sich aufzurichten. »Das hat ein Nachspiel, verlassen Sie sich darauf. Ehrloses Verhalten dulde ich nicht.«

Sophias Atem ging nach wie vor so schnell, dass ihr das Herz in wilden Schlägen gegen die Rippen schlug und der Boden zu schwanken schien. Die Übelkeit hatte sich verstärkt, war eine Schlange, die sich in ihrem Bauch bewegte und sich von dort langsam hoch in ihre Kehle schob. Sie waren gerade an der Haustür angelangt, als Sophia taumelte und sich mit einem Schwall übergab. Der Kommandant fluchte und sprang zur Seite.

»Verdammt noch mal!«

Schluchzend stolperte Sophia weiter, würgte erneut. Sie bemerkte Jochem, der vor dem Bad stand und sie ansah.

»Ach, Mädchen«, sagte er traurig.

Günther hatte es sich mit einem Buch im Salon gemütlich gemacht, als der Türgong anschlug. »Lydia!«, rief er. Er wandte sich wieder seinem Buch zu, hatte gerade einen Satz gelesen, als der Gong erneut angeschlagen wurde. »Lydia!« Immer noch keine Reaktion, keine eiligen Schritte durch die Halle. Der Gong ertönte ein weiteres Mal. »Lydia! Himmel noch mal!« Günther erhob sich. Was waren das eigentlich für Zeiten, wo der Hausherr selbst zur Tür gehen musste? Und überhaupt, wer kam um diese Zeit unangemeldet zu Besuch? Das tat nicht einmal Clara, und die wäre die Einzige, der er dieses Recht zugestand.

Grimmig und einen Tadel auf den Lippen öffnete er die Tür. Die wütenden Worte erstarben ihm auf der Zunge, als er sich zwei Beamten der politischen Polizei gegenübersah. »Ja?« Ein kaum merkliches Zittern hatte sich in seine Stimme geschlichen, und er räusperte sich. Er hatte nichts zu verbergen.

»Günther Conrad?«

»Der bin ich.«

»Kommissar Ratinger, Gestapo.«

Günther starrte den Mann an, ließ ihn ein, während er sich anhörte, was dieser zu sagen hatte, und vermochte kaum ein Wort herauszubringen. Die Sprache fand er wieder, als er in das Speisezimmer ging, wo bereits für das Abendessen eingedeckt war und sich die Frauen eingefunden hatten. Dorothea war an diesem Abend bei ihnen, Lydia wollte nicht, dass sich der Kontakt zu ihr und somit den Kindern verlor.

»Ich wollte dich gerade holen«, sagte Lydia, dann verstummte sie, sah ihn mit gekrauster Stirn an. »Ist etwas passiert?«

»Die Gestapo war gerade hier«, krächzte Günther. »Sie haben unsere Tochter im Schlafzimmer eines Zigeuners aufgefunden, der mit einem Kommunisten zusammenwohnt.«

»Sophia?«

»Natürlich Sophia! Clara gewiss nicht.«

»Wo ist sie?«

»Im Gefängnis, wo sonst?«

Emilia sah ihn an, wirkte erschrocken, aber nicht auf die Art entsetzt wie Lydia. Die Nächte im Kinderheim, dachte Günther. Natürlich. Sie wusste es. »Wie lange geht das schon mit den beiden?«, wollte er von ihr wissen.

Sie hatte sich wieder gefangen. »Was fragst du mich das? Wir sind nicht so vertraut.«

Dorotheas Gesichtsausdruck war nichts als schockiertes Befremden. Vermutlich fragte sie sich ein weiteres Mal, in was für eine Familie sie da geheiratet hatte. Mit den von Delfts hatte man es sich wohl für alle Zeiten verdorben.

»Wir müssen sie dort herausholen«, sagte Lydia.

Günther starrte sie an, als habe sie den Verstand verloren. »Herausholen? Bist du jetzt vollkommen verrückt geworden?«

»Wir können sie doch nicht dort drinlassen.«

»Und da soll ich jetzt hingehen und mich für sie einsetzen, ihre Freilassung erwirken, als sei ich einverstanden mit dem, was sie getan hat?«

»Sie ist unsere Tochter!«

»Lydia hat recht«, mischte sich Emilia nun ein. »Ihr könnt sie nicht dortlassen.«

»Na, dein Zuspruch kommt mir ja gerade recht«, fauchte Günther.

»Aber es stimmt«, ließ sich nun auch Dorothea vernehmen. »Was genau werfen sie ihr denn vor, dass sie sie im Gefängnis behalten wollen? Sie hat doch keine Straftat begangen, nur, weil sie bei jemandem im Zimmer war.«

»Was denkst du denn, was eine Frau im Zimmer eines Mannes so tut, hm? Muss ich dir das als verheiratete Frau etwa erklären? Und nicht im Zimmer irgendeines Mannes, sondern eines Zigeuners!« Günther spürte, wie ihm das Blut ins Gesicht stieg. »Aber vielleicht werden wir ja noch überrascht, und sie hat nicht nur Blutschande begangen, sondern ist darüber hinaus auch eine Komplizin des Mitbewohners. Dann kommt demnächst vermutlich noch mal die Politische und durchkämmt das ganze Haus nach Schriften, wie sie es nach Ludwigs Verhaftung getan haben.«

»Was wirst du jetzt tun?«, fragte Lydia.

»Hinfahren muss ich auf jeden Fall. Und wenn ich ihr nur die Meinung sage. Es soll ja nicht so aussehen, als würde uns nicht scheren, was unser Fleisch und Blut so treibt.«

»Sollten wir nicht besser einen Anwalt benachrichtigen?«, fragte Emilia.

»Gewiss nicht. Nach meinem Dafürhalten kann sie dortbleiben!«

Lydia war anderer Meinung, das war ihr anzusehen, aber sie schwieg. Gut so. Er war nicht bereit, seinen Standpunkt hier länger zum Disput zu stellen. Schlimm genug, dass er nun zur Polizei musste. Diese Demütigung. Unwillkürlich fiel sein Blick auf die Fotos auf der Kommode. Die Kinder, als sie noch klein waren. Sophia war so entzückend gewesen mit den blonden Locken und den grünen Augen. Das Kind hatte er so sehr geliebt, die Frau war ihm eine Fremde geworden.

* * *

Emilia lauschte. Da war es erneut, das Geräusch einer zugeschobenen Schublade, rasche Schritte. Kurz zauderte sie, dann legte sie die Hand auf die Klinke und stieß die Tür mit einem Ruck auf. Clara fuhr herum, in der Hand einen Stapel Briefe, den sie offenbar aus dem oberen Fach von Sophias Sekretär genommen hatte.

»Was platzt du hier herein?«, fuhr sie Emilia an, nachdem sie sich von ihrem Schreck erholt hatte.

Emilia hob die Brauen. »Wäre die Frage nicht vielmehr, was du hier tust?«

Eilig blätterte Clara die Briefe durch, und Emilia durchmaß Sophias Zimmer mit schnellen Schritten, um ihrer Schwägerin die Briefe aus der Hand zu reißen.

»Untersteh dich!«, rief Clara.

»Noch einmal. Was hast du hier zu suchen?«

»Das hier ist mein Elternhaus, falls du das vergessen haben solltest.«

»Richtig, aber du wohnst hier nicht mehr, und in Sophias Zimmer hast du nichts verloren.«

Clara verschränkte die Arme vor der Brust, schob das Kinn vor. Diese Haltung erinnerte so sehr an Raiko, wenn er stur auf etwas beharrte, dass in Emilia der Drang aufstieg, ihr ins Gesicht zu schlagen. »Suchst du etwas Bestimmtes?«

»Meine Schwester ist im Gefängnis, hast du das mitbekommen?«

»Ja. Und?«

»Wenn es hier kommunistische Schriften gibt, sollten wir sie finden, ehe die Polizei danach sucht, denkst du nicht?«

Das einzig Verfängliche waren Sophias handschriftliche Texte gewesen. Die lagen mittlerweile zwischen altem Gerümpel versteckt auf dem Speicher. Das war eine elende Sucherei gewesen, aber wie man jetzt sah, hatte es sich gelohnt. Nicht auszudenken, dass sie Clara in die Hände gefallen wären, denn dass diese Gutes damit im Sinn hatte, glaubte Emilia keinen Moment lang. »Ich denke nicht, dass es hier kommunistische Schriften gibt. Wie du sicher weißt, wurde Sophia nicht wegen möglicher Verbindungen zum Kommunismus verhaftet.«

Für einen Moment verzog Clara angewidert das Gesicht. »Das wäre mir schon fast lieber als die Vorstellung, dass sie und ein Zigeuner... Man mag es nicht einmal aussprechen.«

»Er ist Theaterschauspieler, ein attraktiver und kultivierter Mann.«

»Oh bitte.« Clara lachte ungläubig. »Kultiviert? Meinst du das im Ernst? Hast du all die Zigeuner nicht gesehen, die mit ihren Ziegen und Hühnern zusammen im Wohnwagen leben?«

Emilia machte sich nicht die Mühe, darauf zu antworten. »Würdest du das Zimmer nun freundlicherweise verlassen?«

»Was geht dich das an?«

»Du hast nicht das Recht, in Sophias privaten Dingen herumzukramen.«

Clara schien widersprechen zu wollen, gab dann jedoch augenverdrehend nach. »Bitte, wie du willst. Aber wenn die Polizei etwas findet...«

»Das wird sie nicht. Und denk nur nicht, ich nehme dir auch nur einen Moment lang deine Besorgnis ab, was Sophia angeht. Ich bin mir sicher, dass du es warst, die Ludwig ausgeliefert hat.«

Clara schürzte einen Moment lang die Lippen. »Irgendwer hätte es doch ohnehin getan, nicht wahr?« Damit ließ sie Emilia stehen und verließ endlich das Zimmer.

Kurz sah Emilia ihr nach, dann legte sie die Briefe zurück und schloss den Sekretär sorgsam. Dass Günther seine Tochter im Gefängnis ließ, war schändlich, und Emilia hatte beschlossen, die Sache jetzt selbst in die

Hand zu nehmen. Helga war sprachlos gewesen angesichts dessen, dass niemand für Sophia einstand. Die Szene, die sich bei der Polizei abgespielt hatte, wollte Emilia sich gar nicht vorstellen. Vermutlich hatte Günther fortwährend gebuckelt, obrigkeitshörig, wie er war, während er seine Tochter beschied, sie könne zusehen, wie sie aus dieser Situation herauskäme. Die Zeitung hatte das Thema aufgegriffen, immerhin waren die Conrads und Jungbluths bekannt, und schon Ludwigs Verhaftung war aufsehenerregend gewesen. Irgendwer hatte denen gesteckt, dass Sophia Rosemarie Lieblich war, und eine Zeitung hatte das als Aufmacher gebracht. Darüber regte sich nun nicht nur die Hausfrauenzeitschrift auf, die die Geschichten nach wie vor publizierte, sondern auch die neue Rosemarie Lieblich, die sich diffamiert sah.

Emilia zog die Tür zu Sophias Zimmer hinter sich ins Schloss, überlegte sogar kurz, ob sie abschließen sollte, tat es dann aber doch nicht, denn das hätte gar zu konspirativ gewirkt. Sie ging die Treppe hinab, sah in den Salon und die Bibliothek, aber Clara schien das Haus umgehend verlassen zu haben.

Kurz darauf setzte Emilia mit Raikos Wagen aus der Remise und fuhr in die Stadt. Die Kanzlei Galinsky und Soboll befand sich in der Töpfergasse in der westlichen Innenstadt. Sie hatte keinen Termin und hoffte, wenigstens einer der Anwälte würde sie empfangen. Da sie nicht genau wusste, welches Haus es war, ging sie langsam an der Häuserfront entlang, bis sie das Schild entdeckte. *Galinsky & Soboll. Rechtsanwälte.* Sie drückte den Klingelknopf und wartete.

Ein Mann mittleren Alters öffnete die Tür, dunkles Haar, schmales, asketisches Gesicht. »Ja, bitte?«

»Mein Name ist Emilia Conrad, ich suche einen Anwalt für meine Schwägerin.«

Der Mann verengte die Augen kaum merklich, ließ sie aber eintreten. »Verwandt mit Ludwig Conrad?«

»Das ist mein Schwager. Es geht um seine Schwester Sophia Conrad.«

Er streckte ihr die Hand entgegen. »Arthur Soboll.« Der Mann hatte einen angenehm festen Händedruck. Er wies in das angrenzende Bureau zu ihrer Rechten. »Hier entlang, bitte. Wir sind durch den Krieg ziemlich dezimiert, momentan praktizieren nur noch ich, Herr Galinsky und ein weiterer Anwalt, die übrigen wurden eingezogen.«

»Ein Anwalt reicht mir vollkommen.«

Arthur Soboll lächelte. »Nehmen Sie bitte Platz.« Er deutete auf einen Besucherstuhl vor seinem Schreibtisch und setzte sich ebenfalls. »Womit kann ich Ihnen helfen?«

»Meine Schwägerin wurde verhaftet.«

»Verstehe. Was ist vorgefallen?«

»Sie wurde in der Wohnung eines Sinto verhaftet, weil dessen Mitbewohner sich mit Kommunisten getroffen und auf der Flucht die Polizei praktisch dorthin geführt hatte.«

Arthur Soboll hob kaum merklich eine Braue. »Lautet der Vorwurf auf Rassenschande oder auf politischen Widerstand?«

»Das weiß ich nicht. Ihr Vater war dort, hat aber klargemacht, dass er mit der Sache nichts zu tun haben möchte und ihr auch nicht hilft. Für ihn wiegt wohl der Umstand schwerer, dass ihr Liebhaber ein Sinto ist, einen deutschen Kommunisten hätte er ihr vermutlich eher nachgesehen.«

»Die Sache ist insofern heikel, da sie als deutsche Frau dem Gesetz nach zwar straflos gestellt ist und seit letztem Jahr auch nicht mehr wegen Begünstigung in Haft genommen werden darf, selbst dann nicht, wenn sie damit ihren Liebhaber schützen möchte. Jedoch kann man ihr Meineid und Beihilfe vorwerfen, und das könnte eine Schutzhaft nach sich ziehen.«

»Was bedeutet das konkret?«

»Dass sie ins Lager kommt. Schutzhaft heißt, man schützt die Gesellschaft vor ihr und sie vor sich selbst.« Arthur Soboll machte sich eine Notiz. »Können Sie mir etwas zu den beteiligten Männern sagen? Dann will ich sehen, was ich tun kann.«

Seine Entlassung traf Vincent so unerwartet, dass er nicht so recht wusste, wie ihm geschah. Nach fünf Tagen, in denen man ihn immer wieder verhört und ihm offensichtlich nicht geglaubt hatte, war er davon überzeugt gewesen, im Lager zu landen. Blutschande, Kommunismus – da fackelte man nicht lange. Daran hatten auch die Ermittler keinen Zweifel gelassen. Wobei der Umstand, eine erbgesunde, rassisch einwandfreie Frau für den Bestand des deutschen Volkes praktisch unbrauchbar gemacht zu haben, wohl am schwersten wog.

Vincent hatte fortwährend geleugnet, mit ihr verkehrt zu haben, gab an, sie sei zu ihm gekommen, weil sie ihn aus Theaterzeiten kenne und seine Meinung zu ihren Texten und Ideen haben wollte. Man habe aber keine handschriftlichen Notizen bei ihm gefunden, was habe sie denn an diesem Tag diskutieren wollen? Manchmal besprach sie auch nur Ideen, so Vincent. Ein süffisantes Lächeln war gefolgt. Es sei ja bekannt, dass sie als Rosemarie Lieblich Liebesgeschichten geschrieben habe. Ob sie sich denn bei ihm diesbezüglich habe inspirieren lassen. Nein, selbstverständlich nicht. Der Verleger, so der Ermittler, habe auf Nachfrage hin mitgeteilt, dass sie nach der Aufführung einer ihrer Geschichten aufgehört habe, für die Zeitschrift zu schreiben. Offenbar widerstrebte ihr die Darstellung der Juden und Zigeuner. Das werfe doch Fragen auf. Auf sein Schweigen hin erhielt er unvermittelt einen Schlag ins Gesicht, den er aufgrund seiner an den Stuhl gefesselten Hände nicht abwehren konnte.

Nachts brannte eine starke Lampe in seiner Zelle, und als er versuchte, seine Augen dagegen abzuschirmen, um ein wenig schlafen zu können, band ihm die Wache die Hände an die Seiten des Bettes fest.

»Das ist nur der Anfang«, hatte man ihm versprochen.

Und nun auf einmal die Entlassung. Vincent witterte eine Falle. Die ganze Zeit über blieb er auf der Hut, bis er dem Mann gegenüberstand, der auf ihn gewartet hatte, um ihn abzuholen. Er stand nur da, starrte ihn an, erkannte ihn sofort, obwohl er ihn so lange nicht gesehen hatte.

»Vincent.« Ernst Roloff neigte kaum merklich den Kopf.

»Was tust du hier?«

»Wonach sieht es denn aus? Komm, gehen wir.«

Irritiert folgte Vincent ihm auf die Straße, sah, wie

Ernst Roloff dem diensthabenden Polizisten am Eingang zunickte. Der Wagen, ein eleganter schwarzer Benz, parkte am Straßenrand, und ein Chauffeur stieg aus, öffnete ihnen diensteifrig die Tür. Vincent zögerte.

»Steig ein!«

Kurz widerstrebte es Vincent, dem herrisch hervorgestoßenen Befehl Folge zu leisten, tat es dann aber doch und ließ sich im luxuriösen Innern des Wagens nieder, in dem es nach Leder und einem Duft roch, der die Note von Sandelholz trug. Unwillkürlich fühlte sich Vincent in seine Kindheit zurückversetzt.

»Warum bist du hier?«, fragte er, nachdem der Chauffeur den Wagen gestartet hatte.

»Weil deine Mutter bei mir war und mich weinend angefleht hat.«

»Woher weiß meine Mutter davon?«

»Na, die Polizei war bei ihr und hat sie befragt. Was dachtest du denn, was die tun, wenn ein Sinto eine deutsche Industriellentochter als Geliebte hat und mit einem Kommunisten zusammenlebt.«

Sinto. Ernst Roloff sagte nicht Zigeuner, niemals. Das Einzige, was darauf hindeutete, dass er Vincents Mutter doch noch eine Spur von Respekt zollte.

»Hat sie meinen Sohn damals deshalb abgewiesen? Deinetwegen?«

Vincent schwieg einen Moment lang. »Im Grunde hat sie sich lediglich für den anderen der beiden entschieden.«

Sein Vater atmete in einem langen Zug aus. »Hör zu, ich habe gerade sozusagen öffentlich die Hosen heruntergelassen.«

»Danke für das verstörende Bild.«

»Das ist kein Witz, Vincent! Verdammt noch mal. Warum hältst du dich nicht zurück, du weißt doch, in was für Zeiten wir leben.«

»Zeiten, an denen du gut verdienst, möchte ich meinen.«

»Lass mich nicht bereuen, was ich gerade getan habe, ja?«

»Was hast du denn eigentlich getan? Wieso haben sie mich gehen lassen?«

»Ich habe offiziell erklärt, dass du mein Sohn bist.«

Eine Zeit lang blieb Vincent stumm. »Und das ändert tatsächlich etwas? Bisher hieß es doch immer, die Regeln gelten auch für Mischlinge.«

»Das ist richtig, aber ich bin nicht irgendwer, mein Rüstungsunternehmen ist wichtig, sehr wichtig. Und ich habe Geld, kann an die richtigen Stellen Zahlungen leisten. Darum geht es letzten Endes doch. Du persönlich bist ihnen nicht wichtig, nicht ausreichend wichtig jedenfalls, um mich auflaufen zu lassen. In diesem Fall zumindest nicht. Letzten Endes kann man dir nichts nachweisen. Die Conrad-Tochter wurde bei dir entdeckt, ja und? Vielleicht ist sie Kommunistin, vielleicht die Geliebte dieses anderen Kerls.«

»Was ist mit Sophia? Heißt das, sie kommt nicht frei, wenn ich freikomme?«

»Was weiß denn ich? Da soll sich ihr Vater drum kümmern, wenngleich der daran nur wenig Interesse zeigt, wie man hört.«

Vincent spannte die Kiefermuskeln an. »Ich kann sie dort nicht allein lassen.«

»Ach, und was willst du tun? Dich heroisch opfern, sagen, dass dich dasselbe Maß an Schuld trifft wie sie? Ich kann dir sagen, was dann passieren wird – du gehst ins Lager, und für sie machst du alles nur noch schlimmer.«

Insgeheim hatte er gehofft, man hätte Sophia bereits am ersten Abend wieder gehen lassen. Noch immer stand ihm vor Augen, wie dieser Polizist sie angefasst hatte, was er womöglich mit ihr gemacht hatte, als er mit ihr allein gewesen war. Dass ihr Vater ihr nicht half, das hatte Vincent nicht für möglich gehalten. In seiner Familie ging die Familie immer über alles. Die Affäre seiner Mutter mit Ernst Roloff hatten ihre Eltern nicht gerne gesehen, wahrhaftig nicht, und auch die Verwandtschaft hatte das stets betont. Aber wäre sie seinetwegen ins Gefängnis gegangen, und hätte es in der Macht ihres Vaters gelegen, sie dort herauszuholen, so hätte dieser keinen Moment gezögert.

»Du wohnst noch an derselben Adresse, oder?«, fragte Ernst Roloff nun reichlich verspätet.

»Ja.«

»Hör zu, verhalte dich künftig bitte unauffällig. Dieses Mal konnte ich dich vor weiteren Konsequenzen retten, das wird nicht immer funktionieren.«

»Ja, vielen Dank auch.«

»Spar dir den Sarkasmus, ja? Es ist nicht meine Schuld, dass du dort bist, wo du jetzt bist.«

Vincent behielt nur mit Mühe die Fassung. »Ach was? Lag es in meinem Ermessen zu entscheiden, in welche Verhältnisse ich geboren werde? Du hättest meine Mutter heiraten und mich als Sohn anerkennen können.«

»Du weißt recht gut, dass das einfach nicht ging. Ich war der Alleinerbe eines großen Industrieunternehmens, ich konnte unmöglich eine Sintiza heiraten!«

Vincent stieß ein freudloses, kleines Lachen aus. »Aber mit einer ins Bett gehen konntest du, ja?«

»Hast du jeder Frau, mit der du im Bett warst, die Ehe angeboten?«

»Ich habe jedenfalls kein Kind mit einer gezeugt und sie dabei beständig in dem Glauben gelassen, sie sei etwas Besonderes, nur, um sie danach fallen zu lassen, weil sie mir nicht gut genug war.«

»Die Gesellschaft ist nun einmal so, und ich füge mich, mehr nicht. Die Regeln habe nicht ich gemacht.«

»Nein, aber du setzt sie um. Dich empört im Grunde genommen doch auch, dass Sophia Conrad meine Geliebte ist, was nicht der Fall wäre, wäre sie eine Sintiza. Du machst Unterschiede in der Wertigkeit der Frauen, genau wie jeder andere.«

Sein Vater schwieg, biss die Zähne zusammen, so, wie Vincent es tat, wenn er wütend war. »Ich habe die Regeln nicht gemacht«, wiederholte er. »Wir sind doch alle Produkte unserer Erziehung und Prägung.«

Der Wagen hielt vor Vincents Wohnhaus, und der Chauffeur stieg aus, um Vincent die Wagentür zu öffnen. Der stieg ohne ein Abschiedswort aus. Offenbar erwartete sein Vater das auch nicht, denn er schwieg ebenfalls, und als Vincent auf die Haustür zuging, hörte er, wie der Wagen gestartet wurde und davonfuhr.

Sie war immer wieder befragt worden, von jenem Polizisten, der auch bei ihrer Verhaftung das Kommando übernommen hatte, Kommissar Volker Ratinger. Er war kühl, streng, distanziert, dann wieder freundlich, entgegenkommend, als wollte er ihr wirklich helfen, nur um dann die Zügel im nächsten Moment wieder fest anzuziehen. Es war zermürbend, und Sophia wusste nicht, wie lange sie das noch ertrug. Sie war kurz davor, einfach zu gestehen, dass Vincent ihr Liebhaber war, damit diese stundenlangen Verhöre endlich ein Ende hatten.

»Frauen wie Sie«, sagte Ratinger, »zersetzen den Volkskörper.«

Er machte unaufhörlich weiter, zeigte keinerlei Mitleid, wenn Sophia kurz vor einem Zusammenbruch stand, weil sie einfach nicht mehr konnte. Als sie an diesem Tag vor ihm saß, sah er sie auf eine Weise an, die sie augenblicklich auf der Hut sein ließ. Ein leiser Anflug von Triumph, als hätte er sie endlich.

»Ihr Liebster wurde gerade freigelassen.«

Sie krauste die Stirn.

»Ist einfach hier herausspaziert, ohne auch nur nach Ihnen zu fragen.«

Vincent frei? Konnte das sein? Und warum saß sie dann noch hier?

»Sein Vater hat ihn abgeholt.«

»Sein Vater?«

Ratinger sah sie an, als sei sie begriffsstutzig. »Ganz recht. Während sich Ihre Familie nicht für Sie interessiert, hat sein Vater dafür gesorgt, dass er das Gefängnis verlassen darf.«

»Sein Vater?«, wiederholte sie erneut.

»Ernst Roloff.«

»Ernst Roloff?« Sie zog die Brauen zusammen, starrte auf ihre Hände, die gefaltet auf dem Tisch lagen. »Ich sollte mich mit seinem Sohn verloben. Frank.« Sie wusste selbst nicht, warum sie das erzählte.

Ratinger lachte auf. »Ach was?«

Sie schwieg.

»Dass er der Vater Ihres Liebsten ist, wussten Sie nicht?«

Sie schüttelte den Kopf.

»Also ist er das?«

»Wie bitte?«

»Ihr Liebster. Sie haben gerade bestätigt, seinen Vater nicht zu kennen.«

»Nein, ich… Also ich wusste natürlich nicht, wer sein Vater ist, denn er ist nur ein Freund und hat mir nicht…«

»Verdammt noch mal!« Ratinger war nicht laut geworden, aber seine Stimme war so scharf, dass Sophia zusammenfuhr. »Wollen Sie wirklich hier sitzen und auf eine Anklage wegen kommunistischer Umtriebe warten, während Vincent Rubik draußen sein Leben weiterlebt?«

»Ich bin keine Kommunistin.«

»Dann reden Sie endlich!«

»Das tue ich doch.«

»Was halten Sie davon, wenn wir Sie in Schutzhaft stecken? Wissen Sie, wie es in den Lagern zugeht?«

Sophia schloss einen Moment lang die Augen, hörte Marthas helle Stimme, wie sie sang: »Herr, mach mich gut und mach mich fromm, damit ich nicht nach Dachau komm.« Eine Träne löste sich aus einem ihrer Augenwinkel, ein warmes, kitzelndes Rinnsal auf ihrer Wange.

»So weit muss es nicht kommen, wissen Sie? Der Führer gewährt deutschblütigen Frauen Straffreiheit. Leisten Sie keinen Meineid, keine Beihilfe, dann kommen Sie raus. Sofort, wenn ich mit Ihrer Aussage zufrieden bin. Kein Gefängnis, kein Lager.« Ratingers Stimme war jetzt sanft, freundlich. »Sie sind eine junge, hübsche Frau. Die Rassenschande wird man Ihnen vielleicht sogar nachsehen, wird Ihnen glauben, naiv und verführbar gewesen zu sein. Leisten Sie Ihren Beitrag an der Heimatfront, dann wird irgendwann womöglich niemand mehr über diese Verfehlung sprechen. Wir alle machen Fehler, nicht wahr?« Sein Lächeln war offen, freundlich.

Sophia schwieg.

Das Lächeln gefror zu Härte. »Also gut. Ich kann auch anders.« Er winkte den an der Tür stehenden Polizisten zu sich. »Abführen!«

24

NOVEMBER 1941

Es ist doch Frauen wie Sophia zu verdanken, wenn wir irgendwann ein so durchrasstes Volk sind wie die Amerikaner.« Mit Grauen dachte Clara an die Geschichten, die sie von der Rheinlandbesetzung gehört hatte, von Bastarden, die deutsche Frauen mit Negern gezeugt hatten. Sie hatte dabei stets das Bild von tumb dreinblickenden Männern mit wulstigen Lippen und Baströckchen vor Augen. Da wollte man sich doch schütteln vor Ekel.

»Ernst Roloff ist der Vater des Mannes, erzählt man sich«, kam es von Eduard. »Da ist doch eher er an der Durchrassung schuld und nicht Sophia, die nicht einmal ein Kind hat.«

»Dass du das verteidigen kannst, das ist doch widerlich!«

»Ich verteidige gar nichts, mir ist es nur gleich, mit wem Sophia ins Bett geht.«

»Das ist Irrsinn. Was sie tut, fällt auf uns zurück.«

»Tut es das? Ich kann bisher keine Nachteile für mich erkennen.«

»Die Leute reden.«

»Das ist mir gleich, wie gesagt. Keine finanziellen Nachteile – keine Brisanz.«

»Zum Glück sieht mein Vater das anders.«

»Dein Vater war nie ein vorausschauender Mann.«

Sie zog die Brauen zusammen. »Was soll das denn nun wieder heißen?«

»Das heißt, dass endlich die richtigen Leute geschmiert und Hebel gezogen werden müssen, damit deine Schwester entlassen wird. Das Ganze ist doch eine Farce, der vermeintliche Liebhaber ist längst auf freiem Fuß. Also werde ich mich nun darum kümmern.«

Sie lehnte sich vor, sah ihn aus geweiteten Augen an. »Du tust was? Bist du verrückt geworden?«

»Nein. Ich sichere mich zu allen Seiten ab, das ist alles.«

»Was meinst du damit?«

»Das bedeutet, dass ich auch nach einer Niederlage Deutschlands auf der richtigen Seite stehen werde.«

»Niederlage? Was redest du denn da? So etwas ist Feindpropaganda.«

Eduard lächelte mokant. »Tatsächlich, ja? Nun, ich vertraue auf gar nichts, weder auf die Propaganda des Feindes noch auf die des Führers.«

Clara sah besorgt zur Tür des Salons. Nicht vorzustellen, wenn dort eines der Kinder stehen und den Vater reden hören würde. Gelangte das Gehörte in die falschen Ohren, konnte es das ganz schnell gewesen sein. Dann blieb ihr nur die Hoffnung, dass man ihr glaubte, nichts mit diesem Gedankengut zu tun zu haben. Aber Eduard war vorsichtig, er sprach so nie, wenn eines der Kinder in der Nähe war. Als sei man in einem Netz kleiner Spione gefangen, dachte Clara unwillkürlich.

»Wir machen uns zum Gespött der ganzen Stadt«, sagte sie matt. Ihr stand das Bild vor Augen, das sie in einer Zeitung gesehen hatte, eine Frau mit einem Schild um den Hals auf der Straße stehend. *Ich bin am Ort das größte Schwein und lass mich nur mit Juden ein.* Unwillkürlich stellte sie sich Sophia so vor. Was für eine Schande das für die ganze Familie wäre. Aber das drohte ja glücklicherweise nicht. »Wenn ihr Geliebter entlassen wurde, warum sitzt sie dann überhaupt noch im Gefängnis? Sie müsste doch dann auch gehen können.«

»Vielleicht, weil sie ihn deckt. Vielleicht, weil man lieber ihn möchte als sie und darauf hofft, dass ihr Überlebenswille stärker ist. Immerhin läuft er draußen frei herum, während sie noch einsitzt. Sie wollen gar nicht Sophia, sie wollen den Zigeuner und den Kommunisten. Letzteren haben sie schon, aber offensichtlich hat Ernst Roloff die richtigen Fäden gezogen. Es gibt keinen Grund, deine Schwester länger festzuhalten. Vielleicht hat man den Zigeuner von oberster Stelle laufen lassen, und dem Ermittler passt das nicht, so dass er die Sache als Erfolg verbuchen möchte.«

Clara fühlte sich auf einmal müde, erschöpft. Warum konnte in ihrer Familie nie etwas glatt laufen? Ludwig war verheiratet mit einer von Delft, hatte zwei Kinder – sogar einen Stammhalter, der wohl erben würde, wenn Raiko nicht lieferte –, und anstatt, dass er dieses Glück genoss, blamierte er sie alle mit diesem unsäglichen Auftritt und saß nun im Lager. Gott allein wusste, ob er überhaupt je zurückkehrte. Wenigstens konnte niemand der Familie nachsagen, sie hätte hinter ihm gestanden bei dieser Narretei, dafür hatte Clara gesorgt.

Und nun Sophia. Wobei man ihr Verhalten vielleicht wirklich als Verwirrtheit abtun konnte. Unverheiratete Frauen taten bisweilen närrische Dinge, weil sie gegen ihre Natur lebten, und die brach sich nun doch Bahn, auf eine kranke, zerstörerische Weise. Dass der Mann ein halber Roloff war, tat nichts zur Sache, die Bastarde waren schlimmer als die reinrassigen Zigeuner, denn diese blieben wenigstens unter sich. Clara barg das Gesicht in den Händen. Niemals hätte sie geglaubt, sich mit dergleichen jemals befassen zu müssen. Wenn Sophia Kinder bekäme, wären die dann überhaupt erbgesund? Hieß es nicht, dass einmaliger Verkehr mit einem Juden oder Zigeuner das Blut einer Frau bereits vergiftete? Clara hörte, wie die Tür ins Schloss fiel, blickte auf und bemerkte, dass Eduard den Raum wortlos verlassen hatte.

Da Vincent bei seiner Verhaftung natürlich keinen Schlüssel mitgenommen hatte, musste er bei einem seiner Nachbarn ein Messer ausleihen und die Tür aufstemmen. Um diese Zeit war nur Jochem anzutreffen gewesen, der ihn neugierig gemustert hatte.

»Das war ja ein Abgang. Die Polizei war danach noch hier und hat die Nachbarn befragt. Ob jemand was Verdächtiges bemerkt habe und so. Na ja, und ob das junge Fräulein öfter mal hier gesehen wurde.«

»Und?«

»Was die anderen gesagt haben, weiß ich nicht, ich habe gesagt, hin und wieder hätt' ich sie gesehen, immer anständig gekleidet und zurückhaltend.«

Vincent hatte nur genickt und die Wohnung betreten, wo ihm der Gestank von Erbrochenem entgegengeschlagen war. Er hatte die getrocknete Lache auf dem Boden gerade noch rechtzeitig bemerkt, um einen Schritt darüber hinweg zu machen und im Wohnzimmer ein Fenster zu öffnen. Sophia. Es konnte nur Sophia gewesen sein, die sich dort übergeben hatte, und die Vorstellung, was sie dazu getrieben hatte, machte ihn rasend.

Seine Arbeit hatte er natürlich verloren, und auch Rudi kehrte nicht zurück. Vincent verbrachte die Tage allein in der Wohnung, besuchte nur einmal seine Mutter, die ihm zur Begrüßung eine Ohrfeige verpasste und ihn dann an sich drückte, dass ihm die Luft wegblieb. Danach ohrfeigte sie ihn ein weiteres Mal. Von Jacob hätte er sich fast auch noch eine eingefangen.

»Da bemüht man sich, nicht aufzufallen, sie nicht noch auf sich aufmerksam zu machen, und dann treibst du es mit einer Industriellentochter und beherbergst einen Kommunisten! Ich habe dir von Anfang an gesagt, du spielst mit dem Feuer, aber du konntest ja die Hände nicht von ihr lassen.«

Vincent würde sich um eine neue Arbeit kümmern müssen. Wenigstens war keine Kündigung von seinem Vermieter eingegangen. Aber der war ein Sozi und begrüßte vermutlich Vincents zivilen Ungehorsam. Vielleicht hatte er von der ganzen Sache auch schlicht und ergreifend nichts erfahren. Wie auch immer, wichtig war, dass er die Wohnung behielt, denn angesichts der Umstände bliebe ihm sonst am Ende doch nur das Lager. Niemand vermietete mehr an Sinti.

Er hatte gehofft, dass Sophia freigelassen wurde, wenn man ihn entließ. Was wollte man ihr denn jetzt noch vorwerfen? Vincent hatte ein erbärmlich schlechtes Gewissen, weil er frei war, während sie noch einsaß – nur, weil sie bei ihm gewesen war. Aber er sah nichts, was er tun konnte. Nicht einmal kontaktieren konnte er sie, denn es war ja mitnichten möglich, einfach bei ihr anzurufen und zu fragen, ob sie daheim wäre. Und dann fiel ihm doch etwas ein. Das Kinderheim. Natürlich. Dass er daran nicht früher gedacht hatte.

Er zog seinen Mantel an, band einen Schal um, setzte den Hut auf und verließ die Wohnung. Der Hausflur war kalt und klamm. Es hatte geschneit, und tief hängende verrußte Wolken kündigten weitere Schneefälle an. Vincent schlug den Kragen hoch und machte sich auf den Weg zum Kinderheim, in der Hoffnung, Emilia Conrad dort anzutreffen. Der Spaziergang tat gut und belebte seine Sinne, ließ die Lethargie von ihm abfallen, die ihn in den letzten Tagen ergriffen hatte. Wenn sie Sophia ins Lager steckten, würde er herausfinden, wo dieses war, und ihr nachreisen, um sie herauszuholen. Selbst, wenn das bedeutete, dass man ihn hernach internierte.

Die Hände in den Manteltaschen schritt Vincent zügig aus. Der Atem stand ihm vor dem Mund, und das leise Knirschen des Schnees unter seinen Schuhen begleitete seine Schritte. Autos fuhren vorbei, spritzten Schneematsch auf. Eine seiner liebsten Kindheitsphantasien – die ihn nach wie vor begleiteten – war, bei solchem Wetter mit einem Buch in einer Bibliothek vor einem Kamin zu sitzen, in dem ein Feuer brannte. Er hatte sich stets das Knistern vorgestellt, mit dem sich die Flammen durch das Holz fraßen, indes behagliche Wärme den Raum erfüllte und rötliche Schatten darin tanzten. Als er älter wurde, hatte er sich gewünscht, diese Phantasie für mögliche Kinder wahr werden zu lassen. Mittlerweile hoffte er einfach nur noch, in seiner Wohnung bleiben zu dürfen und Sophia in Freiheit zu wissen.

Vor dem Kinderheim blickte er an der Fassade hoch, als könnte ihm diese Aufschluss darüber geben, wer sich derzeit dahinter befand. Dann ging er zur Tür und läutete. Es dauerte einen Moment, ehe ein Mann öffnete. Hochgewachsen, hager, dunkles Haar, das sich an den Schläfen lichtete. »Ja, bitte?«

»Vincent Rubik. Ist Emilia Conrad zu sprechen?«

Der Mann taxierte ihn aus verengten Augen. »Die ist nicht hier. Worum geht es?«

Das wiederum konnte Vincent diesem Fremden mitnichten anvertrauen. Glücklicherweise wurde er aus seiner Notlage erlöst, als eine resolute Frauenstimme fragte: »Wer ist denn da?«

»Ein Kerl, der mit Emilia sprechen möchte.«

»Vincent Rubik«, rief Vincent in das Innere.

»Ach.« Die Frau kam näher. »Helga Heinemann. Kommen Sie doch bitte herein. Ich habe gehört, was passiert ist. Wie schön, dass Sie in Freiheit sind. Umso merkwürdiger, dass man Sophia immer noch nicht entlässt.«

»Das zu erfahren war der Grund, warum ich gekommen bin.«

»Emilia ist heute nicht hier, aber soweit ich weiß, hat sie einen Anwalt eingeschaltet. Der scheint bisher jedoch nicht viel erwirkt zu haben.«

»Ich verstehe nicht so recht, was man ihr vorwirft.«

»Vor allem verstehe ich nicht, warum man *Sie* freilässt, aber Sophia nicht. Also nicht, dass ich Ihnen nicht gönnen würde, wieder in Freiheit zu sein, aber gerecht ist das nicht.«

»Warum hat man sie inhaftiert?«, fragte der Mann.

Vincent zögerte, doch da die andere Frau so offen gesprochen hatte, galt es hier wohl nicht mehr, ein Geheimnis zu hüten. »Ich bin Sinto, und Fräulein Conrad wurde in meiner Wohnung angetroffen.«

»Verstehe. Wurden Sie verraten?«

»Mein Mitbewohner ist Kommunist und wurde verraten, als er sich mit seinen Mitstreitern getroffen hat. Er hat die Polizei damit ungewollt zu uns geführt.«

Der Mann bekam wieder ganz schmale Augen. »Rudi oder Hannes?«

»Sie kennen Rudi?«

»Ja, er ist einer von uns. Sitzt immer noch ein. Unsere Gruppe wurde verraten.« Der Mann streckte ihm die Hand entgegen. »Gerrit Behrend. Kommen Sie, unterhalten wir uns bei einer Tasse Zichorienkaffee. Etwas anderes gibt die Küche derzeit nicht her.«

Eine Frau war unbemerkt hinzugekommen, schlank, dunkelhaarig, auf eine interessante Art attraktiv. Sie musterte Vincent mit einem Blick, der nicht verlauten ließ, ob das Urteil zu seinen Gunsten ausfiel. »Was wird das hier?«, fragte sie schließlich. »Ist das jetzt der neue konspirative Treffpunkt?«

* * *

Sie hatte Angst. Da gab es nichts zu beschönigen oder kleinzureden. Sie hatte so große Angst, dass sie kurz davor war, alles zu erzählen, nur, um nicht ins Lager zu müssen. Aber dann würde man Vincent deportieren. Sophia drehte sich auf ihrer Pritsche um, barg das Gesicht in den Armen. Dieser Schuft hatte es ihr die ganze Zeit verschwiegen. Fragte noch so unschuldig, ob es Ernst Roloffs Sohn war, mit dem ihre Eltern sie hatten verloben wollen. Und nun war er draußen und sie noch hier drin, weil sogar ein Ernst Roloff seinen unehelichen Sohn, um den er sich bisher offensichtlich nicht geschert hatte, hier herausholte während ihr Vater sie einfach hier drinließ.

Sie hätte in der Schweiz bei Rosa bleiben sollen. Sophia schloss die Augen, stellte sich vor, wie selbstverständlich es gewesen war, sie in ihrer Nähe zu wissen, ihre Herzensschwester, die Dritte im Bunde. Wie sie ins Kino gegangen waren, über die Zeil spazierten, jene Einkaufsstraße, auf der sich Barock und Klassizismus vereinten, mit ihren Gasthöfen und ihren Palais. Wenn man hindurchschritt, erahnte man die Prachtstraße des achtzehnten Jahrhunderts, atmete ihre Größe. Da sie keinerlei Zerstreuung hatte, konnte Sophia nicht viel mehr tun, als den ganzen Tag entweder in Erinnerungen an die Vergangenheit zu schwelgen oder angstvoll an die Zukunft zu denken. Wäre nur Ludwig hier, er hätte gewiss einen Weg gefunden, ihr zu helfen. Was, wenn sie ihn niemals wiedersah?

Ob Rudi wohl noch in Haft war? Und wenn ja, wie würde er es durchstehen? An ihm war doch jetzt schon kaum etwas dran. Wenn er in ein Lager kam, wäre von ihm nach kurzer Zeit nichts mehr übrig. Aber vielleicht stellte er sich als zäher heraus als gedacht. Sophia hoffte es. Dass man ihn freiließ, darauf wagte sie kaum zu hoffen. Er hatte keine reiche Familie, niemanden, der sich für ihn einsetzte. Emilia hatte Arthur Soboll beauftragt, sich um Sophia zu kümmern, und einmal hatte er sie besuchen dürfen. Im Falle einer Schutzhaft, so Arthur Soboll, könne er ihr nicht helfen, denn diese war eine Zwangsmaßnahme ohne gerichtliche Überprüfung. So weit durfte es also nicht kommen.

Ratinger ließ sie tagelang schmoren, um sie dann wieder zu sich zu bestellen und die Daumenschrauben anzuziehen. Da war keine Milde mehr, keine Nachgiebigkeit, er war hart und rücksichtslos, fragte wieder und wieder dasselbe, stieß sofort zu, wenn sie bei einer Antwort zögerte. Da stand er vor ihr, in seiner schneidigen Uniform, ordentlich frisiert, während sie sich seit fast vier Wochen kaum richtig waschen konnte, das fettige Haar in einem unordentlichen Knoten, die Kleidung verschwitzt und zerknittert. Beim letzten Mal war er dann auf einmal wieder sanft gewesen, fragte sie, ob sie das alles nicht endlich beenden wolle. Warum nur schoss er sich so auf sie ein? Weil es ihm gegen den Strich ging, dass Vincent hier einfach herausspazierte? Oder weil er sie doch für eine Kommunistin hielt? Eine Staatsgefährderin wie ihr Bruder?

Sophia drehte sich um, sah zur Decke und stellte sich vor, wie sie mit Rosa und Ludwig durch die Stadt geschlendert war, wie sie über Kinofilme geplaudert hatten. Damals, als alles noch so vertraut und freundlich war, die Umgebung nicht beständig feindselig wirkte, als lauerte die Gefahr in den Schatten. Als man nicht aufpassen musste, was man sagte und wer es hören könnte. Als Vincent einfach ein Schauspieler und ihr Geliebter gewesen war und ihr einziger Kummer, dass er sie nicht heiraten wollte.

Die Tür wurde geöffnet, und Sophia richtete sich auf. Nicht schon wieder eine Befragung. Sie setzte sich hin, strich sich einige gelöste Strähnen aus dem Gesicht.

»Mitkommen!«

Sophia kam zittrig auf die Beine und folgte dem Polizeibeamten hinaus. Der führte sie jedoch nicht in den Verhörraum – den Weg hätte sie mittlerweile mit geschlossenen Augen gefunden –, sondern in den Empfangsbereich, wo zu Sophias Befremden Eduard stand.

»Was...« Sophia war verwirrt.

»Sie werden entlassen«, erklärte der Polizist. »Die Vorwürfe haben sich als nicht haltbar erwiesen, Anweisung von oben. Sie müssen nur noch dieses Dokument hier unterschreiben.« Er führte sie an einen Tisch, wo das vorbereitete Entlassungsformular lag.

Sophia vermochte es nicht zu glauben, und sie las das Formular zweimal durch, in der Angst, man könnte ihr ein Schuldeingeständnis unterschieben. Dann setzte sie ihren Namen darunter.

»Gehen wir«, sagte Eduard, nachdem die Formalitäten erledigt waren.

Wortlos folgte Sophia ihm, frierend, da sie keinen Mantel hatte. Er ging auf seinen Wagen zu, schloss auf, öffnete ihr die Beifahrertür und stieg hernach selbst ein. Erst jetzt fand Sophia die Sprache wieder. »Schickt mein Vater dich?«

»Nein.«

»Aber was ... Ich verstehe das nicht.«

»Man hat deinen Liebsten laufen lassen, das weißt du vermutlich. Er ist Ernst Roloffs Sohn, und da hat der alte Roloff wohl die richtigen Fäden gezogen. Ich verstehe nicht, warum sie dich dortbehalten haben, so wichtig ist dieser Kerl ja nun nicht, und immerhin bist du kein Niemand. Ich vermute, da dein Vater so offen gezeigt hat, dass er kein Interesse an deiner Freilassung hat, ging man davon aus, dass man mit dir verfahren kann, wie man möchte. Und der Ermittler hat sich festgebissen und wollte die Sache als persönlichen Erfolg für sich verbuchen. Dass man den Zigeuner laufen lässt, hat ihm wohl nicht gepasst.«

»Dass man mich laufen lässt, wird ihm auch nicht passen«, murmelte Sophia.

»Anzunehmen, aber das soll uns nicht kümmern.«

Schweigend sah Sophia aus dem Fenster. »Warum hast du das getan?«, fragte sie schließlich.

»Damit du dich hoffentlich im richtigen Moment daran erinnerst.«

»Du meinst damit, du wirst einen Gefallen einfordern?«

»Ganz recht. Sollte es jemals passieren, dass all das hier krachend scheitert, wirst du dich daran erinnern, wer dich aus dem Gefängnis geholt hat.«

»Scheitern?« Sie stieß ein kurzes, ungläubiges Lachen aus. »Damit rechnest du also?«

»Ich bin auf alles vorbereitet.«

»Du gehörst doch zu den Leuten, die denen überhaupt erst an die Macht geholfen haben.«

»Wenn du denkst, ich hätte sie gewählt, irrst du dich.«

Sie schüttelte ungläubig den Kopf.

»Ich profitiere von ihnen, das stimmt allerdings. In erster Linie bin ich immer noch Geschäftsmann.«

»In erster Linie Humanist wäre die ethischere Möglichkeit.«

»Ethik! Sieh mal bei Ludwig, wohin ihn seine Ethik gebracht hat. Ohne mich säßest du noch in Haft, vergiss das nicht.«

»Du verstehst es nicht, Eduard. Es konnte doch alles nur so weit kommen, weil es viele von deiner Sorte gibt. So viele andere Menschen haben durch euch alles verloren.«

»Ich werde die Roths entschädigen.«

»Es geht doch nicht nur um sie! Himmel, Eduard, es kann nicht sein, dass dir das Ausmaß nicht klar ist, wenn sogar *ich* Dinge höre, die mich schaudern lassen. Diese Lager – ich habe gehört, Menschen verschwinden einfach darin.«

»Kein Mensch verschwindet so einfach.« Eduard parkte in der Einfahrt der Villa Conrad.

»Wie nennst du es denn, wenn man nicht wieder auftaucht?« Er schwieg, und Sophia wollte auch gar keine Antworten und Ausflüchte hören. Sie stieß die Tür auf und stieg aus, bemerkte, dass er ihr folgte. »Du brauchst mich nicht zu begleiten. Danke für deine Hilfe, das war immerhin mehr, als mein Vater bereit zu tun war. Den Rest schaffe ich allein.«

Er ignorierte sie, und augenverdrehend ging sie zur Haustür, läutete, stand mit wild klopfendem Herz vor der Tür. Ihre Mutter öffnete, riss die Augen auf und schlug die Hand vor den Mund. »Sophia. Gott sei es gedankt!«, rief sie schließlich. Sie machte keinen Versuch, sie zu umarmen, wich gar ein wenig zurück, blähte leicht die Nasenflügel.

Sophia trat wortlos ein.

»Hast du sie da herausgeholt?«, wandte sich Lydia an Eduard, und Sophia überließ es ihm, die Sache zu erklären. Sie wollte nur in ihr Zimmer. Vorher ein Bad nehmen, schlafen und dann versuchen, irgendwie mit Vincent in Kontakt zu treten, denn zu ihm zu gehen wagte sie nicht. Vielleicht konnte Emilia helfen. Sie fühlte sich kraftlos, als sie die Treppe hochstieg, und musste in ihrem Zimmer einen Moment innehalten und durchatmen. Zu Hause. Endlich. Jetzt konnte sie Kraft schöpfen und sehen, wie es danach weiterging.

Die Tür flog so heftig auf, dass sie gegen die Wand knallte, und Sophia fuhr erschrocken herum. Ihr Vater stand da, starrte sie an.

»Hat Eduard dich also herausgeholt, ja?«

»Du hast es ja nicht für nötig erachtet.«

Er kam auf sie zu, und unvermittelt hob er die Hand und schlug ihr so kräftig ins Gesicht, dass sie das Gleichgewicht verlor und zu Boden ging. Sie wollte sich gerade aufrappeln, als er sie mit einem Tritt wieder zu Fall brachte. Sophia schrie auf.

»Zigeunerhure!« Er ergriff ihren Arm, riss sie auf die

Beine, um ihr einen erneuten Schlag zu versetzen, der sie hätte zu Boden stürzen lassen, hätte sein Griff das nicht verhindert.

»Hör auf!« Schützend hob sie die freie Hand vor den Kopf, woraufhin er sie rücklings gegen die Wand schleuderte.

Sophia hob beide Hände in Erwartung eines erneuten Schlags, als ihr Vater aufkeuchte und »Lass mich sofort los!« rief.

Eduard stand hinter ihm, hielt ihn fest. »Was ist denn in dich gefahren?«, brüllte er.

Nun erschien auch Sophias Mutter, starrte nur mit weit aufgerissenen Augen auf die Szenerie.

»Hure!«, schrie ihr Vater. »Sieh dich doch mal an, du siehst aus wie das, was du bist. Schlampig, verdreckt, riechst, als kämest du aus der Gosse. So was wie dich nimmt kein anständiger Mann mehr! Lässt sich von einem Zigeuner beschlafen!«

»Wir werden heiraten!«, schleuderte ihm Sophia entgegen. »Sobald uns das Gesetz nicht mehr daran hindert.«

Er wollte erneut auf sie losgehen, aber Eduard hielt ihn fest. »Wir beruhigen uns jetzt alle erst einmal.«

Ihr Vater starrte sie an, spuckte schließlich vor ihr auf den Boden und wandte sich ab. Eduard zögerte, folgte ihm hinaus, sprach auf dem Korridor auf ihn ein, während auch ihre Mutter wortlos das Zimmer verließ. Sophia glitt an der Wand zu Boden, barg das Gesicht in den Armen und bebte am ganzen Körper.

Irgendwann schaffte sie es aufzustehen. Sie nahm frische Wäsche aus der Kommode sowie ihren Morgenmantel, verließ ihr Zimmer, nachdem sie sich vergewissert hatte, dass niemand in Sichtweite war, und ging ins Bad. Dort heizte sie den Boiler an, wartete, bis das Wasser wenigstens lauwarm war, zog sich aus und wusch sich ausgiebig. Langsam atmete sie ruhiger. Der Tritt ihres Vaters hatte ihr einen blauen Fleck an der Hüfte beschert, und sie hatte bereits im Spiegel gesehen, dass sie einen Bluterguss auf dem linken Jochbein hatte.

Sie zog Wäsche und Morgenmantel an, rieb das Haar mit einem Handtuch trocken und kehrte in ihr Zimmer zurück, wo sie sich rasch ankleidete. Vor dem Frisierspiegel kämmte sie sich das Haar, steckte es mit einigen Haarnadeln auf und sah ihr Spiegelbild an, als könne dies ihr verraten, wie es nun weitergehen würde. Sie war so blass, dass die dunklen Schatten unter ihren Augen ihr ein geisterhaftes Aussehen gaben, indes der blaue Fleck wie losgelöst auf ihrer Haut klebte. Langsam drehte sie sich um, wandte dem Spiegel den Rücken und sah in ihr Zimmer, jenen Raum, den sie seit der Kindheit bewohnte und den sie an diesem Tag abstreifte wie ein Kleid, das einem nicht mehr passte.

Eine Stunde später betrat Sophia mit einem Koffer entschlossenen Schrittes das großzügige Haus, ging die Treppe hinauf und betrat das erste Obergeschoss. Vor der Wohnungstür angelangt drückte sie den Klingelknopf, woraufhin ein melodischer Gong ertönte. »Bitte, sei da«, bat sie stumm. Kurz darauf waren Schritte zu hören, und Dorothea öffnete die Tür. Sie sah Sophia einen Moment lang schweigend an, dann trat sie zurück und ließ sie eintreten.

TEIL 5

1944–1945

MÄRZ 1944

Emilia schlug die Augen auf. Stille und vollkommene Dunkelheit. Was sie geweckt hatte, wusste sie nicht, aber es hatte ein tiefes Unbehagen in ihr ausgelöst. Sie blinzelte, lauschte. Dieses große Haus beherbergte außer ihr, den Kindern und den Schwiegereltern nur noch die Köchin, die im ehemaligen Dienstmädchenzimmer im Erdgeschoss schlief. Da war es wieder. Ein Knarzen auf den Stufen. Emilia richtete sich auf, dachte an die Kinder. Schlich eines von ihnen durchs Haus?

Jetzt waren die Schritte deutlich zu hören, kamen langsam näher, schleppend, mühsam. Zu schwer für Kinderfüße. Sie kamen bis zu ihrer Tür, hielten dort inne, indes Emilia mit wild klopfendem Herzen wartete. Die Tür wurde leise und behutsam geöffnet, und eine dunkle Gestalt trat ein. Emilia stieß einen Schrei des Erschreckens aus, und die Gestalt hob die Hände, tastete an der Wand entlang, dann flackerte das Licht auf, und geblendet schloss Emilia die Augen, blinzelte, hörte die heisere Stimme.

»Beruhige dich, ich bin es nur.«

Sie sah die Gestalt an. »Raiko?«

Er sah furchtbar aus, abgerissen, verdreckt, Bartstoppeln, die Wangen rot und rissig von der Kälte. Langsam kam er näher, fiel neben dem Bett auf die Knie, barg das Gesicht in ihrer Bettdecke, atmete tief ein, als müsse er die Sauberkeit, den Duft nach Wäsche und ihrem Parfum in sich aufnehmen.

»Emilia«, murmelte er, sah auf, die Augen glasig. »Ich...«

Entschieden erhob sie sich. »Bist du desertiert?« Ihre Stimme klang härter als beabsichtigt. Er hatte in diesen Krieg ziehen wollen. Und nun kniff er, weil das Töten nicht so heroisch war wie gedacht, weil der ganze Krieg eine dreckige Angelegenheit war?

»Nein... ich...«, stammelte er. Dann kam er langsam auf die Beine. »Ich würde mich gerne waschen gehen.«

Sie sah ihn stumm an. »Du weißt ja, wo das Bad ist«, antwortete sie schließlich.

Er schien noch etwas sagen zu wollen, tat es dann jedoch nicht, sondern verließ den Raum. Erschöpft sank Emilia in die Kissen, indes das schlechte Gewissen an ihr zu nagen begann. Raiko sah grauenvoll aus, und sie hatte nicht einmal gefragt, was passiert war. Sie erhob sich, griff nach ihrem Morgenmantel, zog ihn im Gehen an und folgte Raiko ins Bad. Da saß er am Wannenrand. Jene Wanne, in der sie so oft den Keim aus sich gespült hatte, den er zu legen versuchte.

»Wie bist du überhaupt ins Haus gekommen?«

»Durch die Küchentür«, murmelte er. »Ich habe am Fenster geklopft und Rita geweckt.« Die Köchin.

Er hatte gerade seine Jacke abgelegt und mühte sich mit zitternden Fingern am Hemd ab. »Wie geht es den Kindern?«, fragte er.

»Gut.«

»Denken sie ab und zu an mich?«

Weil Emilia das zittrige Gefummel an den Knöpfen nicht mehr mit ansehen mochte, schob sie seine Hände beiseite und öffnete das Hemd. »Sie fragen oft nach dir.«

Er lächelte nicht, nickte nur kaum merklich, ließ zu, dass Emilia ihn auszog. Mager war er geworden, die Rippen traten hervor, Blutergüsse zeichneten sich auf der bleichen Haut ab. Warmes Wasser hatten sie nur, weil Eduard so obszön reich war und die richtigen Verbindungen hatte, so dass er immer etwas mehr Heizmaterial für seine Familie beziehen konnte als andere. Zwar hieß es trotzdem, sparsam zu wirtschaften, aber Emilia konnte Raiko unmöglich in kaltem Wasser baden lassen. Er setzte sich in die Wanne, zog die Beine an, wirkte wie ein großes Kind.

»Lebt Ludwig noch?«, fragte er unvermittelt.

»Ja, soweit ich weiß schon.«

»Und wie geht es Sophia?«

»Sie wohnt jetzt bei Dorothea.«

Nicht der kleinste Funke von Interesse oder Erstaunen glomm in seinen Augen auf. »Warum?«

Er kannte die Geschichte nicht. Natürlich nicht. Niemand belastete einen Mann an der Front mit dergleichen, und Emilias Briefe beschränkten sich ohnehin nur auf das Befinden der Kinder und oberflächlichen Fragen nach dem seinen. »Sie war im Gefängnis, weil man ihr vorwarf, eine Beziehung zu einem Sinto zu haben, der wiederum mit einem Kommunisten zusammenwohnte.«

»Und? Hatte sie?«

Emilia schwieg.

»Ist auch egal«, murmelte Raiko. Er griff nach der Seife, aber nachdem diese viermal seinen bebenden Fingern entglitten war, übernahm Emilia auch das und seifte seinen Körper ein, wusch ihm das Haar, rasierte ihn schließlich sogar, wobei sie ihn einige Male schnitt, da sie keine Übung darin hatte. Er zuckte nicht einmal zusammen.

Als er sich schließlich erhob, sie ihn abtrocknete und ihm Kleidung reichte, folgte er jeder ihrer Bewegungen mechanisch. Im Bett schließlich sackte er zusammen wie eine Marionette, der man die Fäden abgeschnitten hatte.

»Bist du desertiert?«, fragte sie ein weiteres Mal.

»Heimaturlaub von der Front. Zwei Tage darf ich bleiben. Ich habe drei Männern das Leben gerettet, als wir in einen Hinterhalt geraten sind.« Mehr erzählte er nicht, weder wo noch durch wen. Es spielte für ihn offenbar keine Rolle.

»Und jetzt?«

Er sah Emilia in die Augen. »Ich gehe nicht zurück, sondern verstecke mich, bis der Krieg vorbei ist. Danach fällt mir schon etwas ein.«

Sie war lange nicht so zuversichtlich, mochte aber nicht mit ihm diskutieren. Nicht mitten in der Nacht. Sie war so müde, dass sie sich kaum auf den Beinen halten konnte. Nachdem sie das Licht gelöscht hatte, legte sie sich ebenfalls ins Bett. Das Bettzeug raschelte, als Raiko sich bewegte, und einen Moment lang befürchtete sie, er wolle mit ihr schlafen. Das letzte Mal war vor fünf Jahren gewesen, und er hatte in dieser Hinsicht einen beinahe unstillbaren Appetit gehabt. Allerdings – und das wurde ihr erst jetzt bewusst – hatten ihre Berührungen beim Waschen nicht das geringste Anzeichen von Erregung hervorgerufen. Und auch jetzt rührte er sie nicht an. Beruhigt schloss Emilia die Augen, aber trotz ihrer Müdigkeit brauchte sie lange, ehe sie einschlafen konnte.

Mit dem Gefühl, gerade erst eingeschlafen zu sein, fuhr sie aus dem Schlaf hoch. Es dauerte einen Moment, ehe sie verstand, dass es Raiko war, der so schrie. Schrie, als reiße ihn jemand lebendig entzwei. Einen weiteren Moment brauchte es, damit sie verstand, dass er immer noch schlief. Sie griff nach dem Einschaltknopf der Lampe neben ihrem Bett, und kurz darauf tauchte ein Lichtschimmer das Zimmer in milchige Helligkeit. Raiko hatte die Augen nun geöffnet, schien aber nichts zu sehen, denn sein Atem ging in heftigen Stößen, indes er ins Leere starrte. Dann richtete er sich mit einem Ruck auf, tastete nach vorne, drehte sich abrupt um und sah Emilia an. Er schlug sich mit der Faust gegen die Stirn, schluchzte, schlug wieder und wieder, so dass Emilia sich gezwungen sah einzugreifen. Sie umfasste sein Handgelenk mit beiden Händen.

»Hör auf!«, fuhr sie ihn an. »Es reicht jetzt.«

»Die Hölle wird ihren Schlund aufreißen und uns alle verschlingen.«

»Lass das pathetische Getue. Du hättest dir doch denken können, dass der Krieg eine schmutzige Angelegenheit wird.«

»Der Krieg.« Er sah sie an, als sei sie schwer von Begriff. »Der Krieg?« Dann brach er erneut in Schluchzen aus. Und begann zu erzählen. Von Menschen, die Gräben gruben und sich davor aufstellten, indes die Soldaten mit Gewehren in Stellung gingen. Von Bauersfamilien, die aus dem Schlaf gerissen wurden und ins Freie stolperten, an die Wand gestellt wurden. Von Güterwaggons, vollgestopft mit Menschen. Von schwarzen Qualmwolken. Emilia lauschte mit zunehmendem Entsetzen.

Sophia band sich den Schal enger um den Hals, als könnte sie dadurch aus dem Kleidungsstück mehr Wärme schöpfen. Der beständige Hunger sorgte dafür, dass sie die Kälte mit schmerzhafter Intensität wahrnahm. Alles war knapp geworden, Nahrung, Heizmaterial. Auch an Menschen herrschte dank des Krieges Knappheit, weshalb man sich zunehmend mit Zwangsarbeitern behalf, um die Kapazitäten der Werke in vollem Umfang nutzen zu können, vor allem die der kriegswichtigen Industrie.

Mittlerweile hatte auch Sophia eine Arbeit angenommen und kopierte geschäftliche Schriftstücke in einem Keramikwerk. Ihre Ersparnisse hatten lange gereicht, waren aber seit einem halben Jahr aufgebraucht. Und von dem Geld ihres Vaters zu leben kam nicht mehr in Frage.

Sie traf Vincent am frühen Morgen noch vor Arbeitsantritt zu einem Spaziergang. Die einzige Gemeinsamkeit, zu der sie sich einzufinden trauten. Zu Ihm ging sie seit jenem verhängnisvollen Tag nicht mehr, zu groß war die Angst. Seit sie einmal zufällig Ratinger über den Weg gelaufen war, hatte sie eine Zeit lang befürchtet, er würde sie beschatten.

»Warum sollte er das tun?«, hatte Vincent gefragt. »Du oder ich sind doch viel zu unwichtig.«

»Er hat sich seinerzeit so festgebissen.«

»Vielleicht um seiner Karriere willen. Vielleicht hat er einen grundsätzlichen Hass auf Sinti. Vielleicht ist eine Verwandte von ihm mit einem durchgebrannt. Vielleicht hat er eine Sintiza geliebt, wurde nicht wiedergeliebt und hasst uns seither alle. Die Gründe sind vielfältig. Aber warum auch immer, er wird anderes zu tun haben, als dich zu beschatten.«

Sophia hatte nur genickt, sich aber eine Zeit lang doch immer wieder umgesehen. Jetzt stand sie am Mainkai und wartete, indes sie auf den Fluss blickte. Mit Vincent allein zu sein, fehlte ihr. Einmal hatten sie es über Weihnachten gewagt, als Dorothea bei ihren Eltern gewesen war. Da war Vincent bei ihr gewesen, wobei sie sorgsam darauf geachtet hatten, dass niemand ihn sah, wie er das Haus betrat. Zwei Nächte hatten sie miteinander genossen, und die waren so schön, dass es kaum zu ertragen gewesen war. Das erste Mal seit über zwei Jahren, in denen sie sich nicht einmal zu küssen gewagt hatten.

In der Öffentlichkeit vermieden sie Berührungen, gingen nebeneinander her, unterhielten sich, wagten im Sommer sogar hin und wieder einen Ausflug ins Grüne. Seit Rudi fort war, war es schwierig, Nachrichten von außerhalb zu bekommen. Von Gerrit erfuhren sie dann und wann etwas, tröstliche Nachrichten, dass die Alliierten immer weiter vorrückten und die Deutschen zunehmend an Boden verloren. Sophia fragte sich, welche Konsequenzen es für Deutschland haben würde, wenn es den Krieg verlor. Wäre dann dieser fortwährende Albtraum vorbei? Würden sie eine neue Regierung bekommen? Oder würde alles so weitergehen wie bisher, nur ohne Großmachtphantasien?

Für Vincent war es schwer, seine gesamte Familie war mittlerweile interniert worden, viele einfach verschwunden. Seine Mutter war im Sommer 1943 gestorben. Ganz plötzlich und ohne jede Vorwarnung. Sie war morgens einfach nicht mehr aufgewacht. Vincent war am Boden zerstört gewesen, das erste Mal, dass Sophia ihn hatte weinen sehen. Sie wollte bei ihm sein, ihn zur Beerdigung begleiten, wusste aber auch, dass sie damit seine Familie gefährdete. Womöglich würde man den Vorwurf der Blutschande erneut vorbringen und seiner Familie unterstellen, dass sie dies gedeckt hätte. Ernst Roloff war dort gewesen, hatte Vincent erzählt, hatte am Rand gestanden und war unmittelbar nach der Beerdigung wieder gegangen.

»Warum hast du ihm von ihrem Tod erzählt?«, fragte Sophia.

»Weil meine Mutter verdient hat, dass er ihr wenigstens die letzte Ehre erweist.«

Sophias Blick folgte dem Verlauf des Flusses, verlor sich in der Ferne. Ihr war mittlerweile so kalt, dass sie die Arme um den Oberkörper geschlungen hatte und das Kinn im Schal vergrub. Früher hatte sie nie so sehr gefroren, vor allem im März nicht mehr, wenn der Winter die Stadt langsam aus seinem frostigen Griff entließ.

»Wartest du schon lange?« Vincent war unbemerkt neben sie getreten.

»Ich war früh dran.«

Sie spazierten am Main entlang. Vincent erzählte von seinem Cousin Jacob, den er vor einigen Tagen kurz hatte sprechen können, als dieser von der Arbeit kam. Früher hatte sich Sophia hin und wieder gefragt, warum die Menschen nicht einfach fortliefen, wenn sie für Arbeit und Schule das Lager verlassen durften. Aber Tatsache war, dass seinerzeit niemand hatte ahnen können, wie schlimm es wirklich werden würde, ebenso wie der Umstand, dass die Menschen einfach nicht wussten, wohin. Es war ja nicht so, als wären die Zustände in anderen Städten besser. Zudem waren die Personalpapiere beim Lagerleiter deponiert, so dass man sich beim Verlassen der Lager nicht einmal ausweisen konnte. Das war schon im alltäglichen Leben ein Problem, wenn die Polizei Sinti außerhalb des Lagers nach ihren Papieren fragte. Ebenso wie Juden mussten sie alle Wege zu Fuß zurücklegen, denn das Mitfahren in der Straßenbahn war ihnen nur auf der Plattform erlaubt, nicht im Fahrgastraum.

Während man Juden mittlerweile öffentlich durch einen gelben Stern stigmatisierte und sie langsam immer weniger wurden, verschwanden Sinti nahezu sang- und klanglos aus dem öffentlichen Bewusstsein. Jeder Bezug zu ihnen war mittlerweile unpopulär. Selbst der in Bahnhofsnähe liegende »Zigeuner-Keller«, ein Tanzlokal, in dem auch Sophia und Vincent früher bereits gewesen waren, nannte sich mittlerweile »Puszta-Keller«.

»Die Menschen verschwinden einfach«, sagte Vincent.

»Keiner weiß, wohin. Man sagt ihnen, dass man sie nach Polen bringt, wo sie ein Stück Land bekommen und angesiedelt würden. Aber verschenkt denn irgendjemand Land? Ausgerechnet an uns?«

»Glauben die Menschen ihnen?«

»Sie möchten es glauben. Was sollte denn die Alternative sein? Sie sagen ihnen, wenn sie nicht gehen, werden die Frauen sterilisiert.« Vincent verstummte, blickte auf den Main, den Mund zu einem schmalen Strich zusammengepresst.

»Was denkst du, wohin sie in Wahrheit gebracht werden?«, fragte Sophia.

Er zögerte, dann formte sein Mund fast tonlos »Auschwitz«. Der Ort, von dem niemand zurückkehrte.

Vincent hatte ihr erzählt, dass Mütter vor ihrer Deportation gefleht hatten, ihre Kinder bei Verwandten in dem neuen Lager in der Kruppstraße lassen zu dürfen, was in einigen Fällen sogar bewilligt wurde. Nach seinem Dafürhalten sagte das einiges über die angebliche Ansiedelung in Polen aus.

»Selbst der Leiter des Lagers in der Kruppstraße rechnet damit, dass die Kinder das alles nicht überleben könnten.«

»Wie geht es Valentin?«

»Seit er mit seiner Familie interniert wurde, haben wir nichts mehr gehört. Mittlerweile ist aus diesem Zweig der Familie außer Jacob niemand mehr hier, und den sehe ich kaum, seit er in der Kruppstraße ist.«

Sie wusste, dass er ein schlechtes Gewissen hatte, weiterhin frei zu sein, während seine ganze Familie interniert oder einfach verschwunden war. Als liefe sein Leben unbehelligt weiter. Gleichzeitig hing eine lähmende Angst über ihm, dass man auch ihn ins Lager steckte. Sophia würde das nicht zulassen, hatte das bereits mit Emilia besprochen. Wenn man ihn internierte, würden sie ihn verstecken. Im Kinderheim war ein Teil des Kellers als Wohnraum eingerichtet worden. Angeregt worden war das von einer Freundin Helgas, deren Ehemann ein jüdischer Kaufmann war. Als die Anordnung erging, dass er in eines der Lager deportiert werden sollte, hatte Helga ihn im Haus aufgenommen und hielt ihn seither versteckt.

Die Kinder wussten von nichts, und es war schwer, es ihnen zu verheimlichen. Annelie war gänzlich dagegen, fand, dass sie ohnehin zu große Risiken eingingen. Das Schlimme war, dass es keine Möglichkeit gab, an einen anderen Ort zu gehen. Abgesehen davon, dass Vincent gar kein Einreisevisum bekam, machte er sich wegen des 1939 verfügten Festschreibungserlasses bereits strafbar, wenn er nur die Stadt verließ, und konnte dafür ins Lager interniert werden.

»Du fehlst mir«, sagte Sophia. »Diese kurzen, gestohlenen Momente – ich weiß nicht, wie lange ich diese Distanz zu dir noch aushalte.«

»Du fehlst mir auch.« Sie erlaubten sich einen flüchtigen Moment lang, ihre Finger zueinander finden zu lassen, eine kurze Berührung, wie das Flattern von Schmetterlingsflügeln.

»Ich gehe morgen Abend ins Kinderheim. Vielleicht hat Gerrit ja Neuigkeiten.«

»Dann sehen wir uns dort.« Er sah müde aus.

»Morgen haben wir gewiss etwas mehr Muße miteinander.« Obwohl sie stetig auf der Hut sein mussten, auch von den Kindern nicht miteinander gesehen zu werden, so waren doch in Helgas Haus Momente der Abgeschiedenheit möglich, die manches Mal sogar Küsse erlaubten.

Zwei Polizisten kamen ihnen entgegen, und während Sophia anfangs stets zusammengezuckt war und sich instinktiv wegducken wollte, um nicht bemerkt zu werden, so ging sie ihnen jetzt selbstbewusst entgegen, nickte ihnen gar grüßend zu. Wer unauffällig bleiben will, sagte Vincent, sollte nicht versuchen, unauffällig zu sein.

Den Rest der Nacht hatte Emilia nicht geschlafen, geplagt und verfolgt von den Bildern, die Raiko heraufbeschworen hatte und die sie nun nicht mehr losließen. Jetzt saßen sie am Frühstückstisch der Familie. Martha hatte den Vater stürmisch umarmt, indes die Zwillinge ihn scheu gemustert hatten. Lydia war geradezu außer sich geraten, während Günther ihm auf die Schulter geklopft hatte, linkisch und unbeholfen. Das war wohl seine Art, ihm zu zeigen, dass er glücklich über sein Auftauchen war. Die Freude hielt während des Frühstücks an, dem Raiko schweigend beiwohnte. Niemand dachte sich etwas dabei. Er hatte im Krieg gewiss Schlimmes erlebt, da war es normal, still zu sein. Emilia schaffte es nur, eine Tasse des widerlichen Zichorienkaffees zu trinken. Der Appetit war ihr gründlich vergangen.

Nach dem Essen ließ Raiko die Bombe platzen. Sie saßen im Salon, und das Wort »Desertion« detonierte in der Luft, ließ Lydia und Günther atemlos zurück.

»Aber droht da nicht die Todesstrafe?«, fragte Lydia entsetzt.

»Du musst zurück, etwas anderes ist ausgeschlossen«, insistierte Günther.

Raiko schüttelte den Kopf und begann, erneut zu erzählen. Emilia war gewappnet und beschränkte sich darauf, ihre Schwiegereltern zu beobachten, auszuloten, wie die Worte auf sie wirkten. Dann sah sie Raiko an, wie er dort saß, gekrümmt, als sei sein Inneres in Teile zerbrochen, die sich fortwährend schmerzhaft aneinander rieben. Und in diesem Augenblick keimte eine Hoffnung in ihr auf, eine Hoffnung darauf, dass es ein Leben nach dem Krieg mit ihm geben könnte.

Mochte die Vorstellung, Gerrit zu küssen, gar mit ihm zu schlafen, durchaus ihren Reiz haben, aber das war es nicht, was sie wollte. Sie wollte keine kurze, aufregende Affäre, sie wollte, dass das, was sie hatte, funktionierte. Ein Mann, dem die Augen geöffnet worden waren, der seinen Kindern davon erzählen konnte, der an ihrer Seite dafür sorgte, dass die Dinge künftig nie wieder so aus dem Ruder liefen. Ein Mann, der dieselben Ziele verfolgte wie sie, nicht durch die Vernunft erworben, sondern eingeimpft durch die direkte Konfrontation der Konsequenzen dessen, was er mit zu verantworten hatte.

Sie würde ihn verstecken, würde dafür sorgen, dass er nicht zurückmusste. Der Krieg war ohnehin verloren, das alles war nur noch das Verheizen von Menschenleben. Wozu ihn also zurückgehen lassen? Emilia ließ sich neben ihm auf dem Sofa nieder, was er mit sichtlichem Erstaunen zur Kenntnis nahm. Es würde nie die große Liebe werden. Aber es konnte eine Beziehung sein, in der man sich Respekt entgegenbrachte, der vielleicht sogar einmal zu einer Freundschaft führte.

»Du redest wirr«, fuhr Günther ihn nun an, während Lydia nur mit aufgerissenen Augen dastand. »Da wurde der Feind erschossen, Menschen aus den Häusern getrieben, nachdem sie Kollaborateure versteckt hatten, Menschen in Waggons in Lager gefahren, wo sie arbeiten sollen. Warum sollte man sie dort einfach töten? Wozu? Wo wir hier doch jede Kraft brauchen.«

»Ich habe es gesehen.«

»Was hast du gesehen? Hast du gesehen, wie man sie getötet hat? Mit eigenen Augen?«

»Nein, aber...«

»Na also!«

»Es sind nur Männer, Frauen und Halbwüchsige unter den Arbeitern. Wo sind die Kinder? Die alten Menschen?«

»Na, die werden schon irgendwo untergebracht sein.«

»Ich sagte doch...«

»Schweig endlich! Ich will davon nichts hören. So viele Verluste, so ein langer Krieg, und jetzt kommst du mit so etwas? Nach all dem sollen wir einfach nur ein Haufen Barbaren sein? Wo ist deine Ehre? Wo dein Stolz? Du gehst zurück zu deiner Truppe und stehst deinen Mann.«

Es war das erste Mal, dass Emilia Raiko widerspenstig erlebte. »Nein.«

Günther lief puterrot an. »Ich werde die Polizei rufen, und dann wird man sehen, was die mit jemandem wie dir tun. Ich decke keinen Deserteur! Welche Schande soll uns noch zugemutet werden? Ludwig, Sophia und jetzt du?«

Raiko schwieg.

»Du würdest ihn doch wohl nicht ausliefern.« Emilia wollte das nicht glauben. »Das wäre sein Tod.«

»Es ist unserer, wenn er bleibt. Einen Deserteur decken, nach all dem, was bisher passiert ist. Man wird endgültig glauben, dass wir von all den Umtrieben unserer Kinder gewusst haben. Außerdem braucht das Land jeden Mann, wir müssen diesen Krieg gewinnen!«

Lydia schwieg, und Emilia wollte auf sie losgehen. Stets schwieg sie, nahm alles hin. Das hier war ihr Sohn, wie konnte man da so gleichgültig sein?

»Günther«, sagte Lydia nun, als hätte sie Emilias Gedanken gelesen. »Ich denke nicht...«

»Nein, du denkst nicht, das merke ich wohl. Ebenso, wie hier außer mir überhaupt keiner zu denken scheint!« Er sah Raiko an. »Du gehst freiwillig zurück, oder ich greife jetzt zum Telefon. So oder so, diese Farce wird augenblicklich beendet.«

Raikos Gesicht war bar jeder Regung. Mit versteinerter Miene nickte er. »Ich gehe direkt.«

»Nein«, lenkte Günther nun ein. »Du kannst die zwei Tage bleiben und Kraft schöpfen.«

Emilia wünschte sich, sie hätte die Uniform in den Ofen gestopft. Sie zögerte, umfasste dann Raikos eiskalte Finger. »Komm«, sagte sie. »Leg dich vorher noch ein wenig hin.«

»Ja, tu das, mein Junge.« Günther klang so erleichtert, jetzt, da sein Wille Gehör gefunden hatte, dass Emilia versucht war, ihn zu ohrfeigen.

Raiko folgte ihr schweigend, legte sich bekleidet aufs

Bett, die Hände rechts und links neben dem Körper. Er schwieg, starrte an die Decke und schloss schließlich die Augen. Emilia ließ sich auf dem Sessel in der Zimmerecke nieder, knabberte an einem Fingernagel, was sie seit ihrer Kindheit nicht mehr getan hatte, und grübelte, versuchte, einen Ausweg zu finden. Die Tür wurde aufgeschoben, und Charlotte, eine ihrer Zwillinge, betrat den Raum. Sie kam zu ihr gelaufen, kletterte auf ihren Schoß, sah scheu zum Bett.

»Mami, ist Papa tot?«

»Sophia«, sagte Dorothea, als sie am frühen Abend zu ihr ins Zimmer trat. »Bist du so lieb und holst Rosa von ihrer Freundin ab? Ich habe furchtbare Kopfschmerzen.«

Seit Sophia bei ihr wohnte, half sie ihr im Haushalt und bei den Kindern. Das war das Mindeste. Das Zusammenleben gestaltete sich erstaunlich gut. Die Köchin, die gleichzeitig Haushälterin gewesen war, hatte nach Ludwigs Verhaftung eilig gekündigt und war nicht ersetzt worden. Sonstiges Personal hatte sie nicht, in dieser Hinsicht wirtschaftete Dorothea sparsam und vertrat mittlerweile die Ansicht, dass Dinge, die sie selbst konnte, nicht von anderen übernommen werden mussten.

»Bei wem ist sie?«, fragte Sophia.

»Bei Hannelore Lehmann.«

Das war nur ein paar Straßen weiter. Sophia schlug ihr Buch zu. »Ist gut.« Sie war froh um die Ablenkung. Sie hatte sich nicht auf das Lesen konzentrieren können, wenngleich sie nach wie vor viel las, um ihren Stil zu schulen. Derzeit kreisten ihre Gedanken jedoch ausschließlich um Raiko, so dass kein Platz für etwas anderes darin zu sein schien. Emilia war morgens bei ihr gewesen und hatte ihr alles erzählt.

»Tante Sophia, darf ich mit?« Philipp stand im Eingangsbereich, einen Stiefel angezogen, den anderen in der Hand, indes er sie treuherzig ansah. Er wusste, dass er sie stets um den Finger wickeln konnte, was gewiss auch daran lag, dass er aussah wie eine kleine Version von Ludwig.

Obwohl sie lieber allein gegangen wäre, brachte sie es nicht über sich, nein zu sagen. »Ist gut, aber nicht herumtrödeln, ja?«

»Ach, du bist ein Schatz«, sagte Dorothea. »Dann kann ich mich hinlegen.«

»Ja, mach nur, wir vertreiben uns die Zeit schon, nicht wahr? Sollen wir später noch etwas spielen?«

»Oh ja!«, jubelte Philipp.

Sophia hielt sich nicht für eine mütterliche Person, und sie fand es durchaus schön, Tante zu sein und die Kinder abgeben zu können, wenn sie quengelig wurden. Aber in letzter Zeit keimte öfter der Gedanke in ihr auf, wie es wohl wäre, Mutter zu sein. Ein Kind von Vincent zu bekommen. Damals war sie heilfroh gewesen, eine Fehlgeburt gehabt zu haben, aber mittlerweile stellte sie sich immer öfter vor, wie ein Kind von ihnen aussähe, ob es nach ihr käme oder nach Vincent. Hinzu gesellte sich ein immer heftigerer Groll auf eine Gesellschaft, die ihr dies verwehrte. Eine Gesellschaft, die die Mutterschaft hochhielt, aber ihr vorenthielt, eine sein zu dürfen.

»Komm, Spatz.« Sie nahm Philipps Hand und verließ mit ihm die Wohnung.

Auf der Treppe zählte er die Stufen, und sie musste zu jeder Zahl ein Reimwort sagen. Das Spiel hatte sie eingeführt, als er einmal geweint hatte, und seither musste sie es in ermüdender Regelmäßigkeit spielen.

»Eins.«

»Meins.«

»Zwei.«

»Drei.«

»Tante Sophia, *ich* muss drei sagen.«

Auch das gehörte zum Spiel. Als sie endlich auf der Straße standen, lief Philipp im Hopserlauf neben ihr her, was sie dazu antrieb, etwas schneller zu gehen.

»Tante Sophia, wir singen jetzt ABC.«

Seufzend kam Sophia der Bitte nach.

Das Haus der Lehmanns war nicht so groß wie die Villa Conrad, aber doch sehr repräsentativ. Rosa freute sich darüber, dass ihre Tante sie abholte. Sie war entzückend mit ihren goldblonden Locken und den feinen Gesichtszügen. Ludwig wäre hingerissen davon, was für eine reizende Erscheinung seine Tochter war. Dass sie nur wenige Freundinnen hatte, weil alle wussten, welchen Vergehens sich ihr Vater schuldig gemacht hatte, würde ihn wiederum bekümmern. Die Lehmanns waren keine Anhänger der NSDAP, das kam hin und wieder in Andeutungen zur Sprache, wenngleich sie sich hüteten, das bekannt werden zu lassen.

Sophia ging mit den Kindern noch ein wenig spazieren, lief hinunter zum Main und machte einen langen Umweg, in der Hoffnung, dass sie nach einer Stunde Fußmarsch nun die nötige Bettschwere hatten. Die Sonne ging unter, und der Fluss schimmerte in gleißendem Rot. In der Ferne wirkte es, als versinke die Sonne im Main, indes die Gebirgskette des Taunus den Horizont mit einer Silhouette bläulicher Zacken abschloss. Sophia blieb stehen, genoss den Moment der Ruhe, in der man sich einreden konnte, alles sei wie früher.

Man konnte vergessen, dass wenige Monate zuvor die bisher schwersten Luftangriffe auf die Stadt erfolgt waren, vergessen, dass im letzten Oktober bei Angriffen auf die Henschel- und Fieseler-Flugwerke im nahe gelegenen Kassel nach dem Niedergehen von Brandbomben ein Feuersturm ausgebrochen war, bei dem Tausende ums Leben kamen. Stand man mit dem Gesicht zum Wasser, konnte man sogar vergessen, wie sie seit Oktober stets mit Dorothea und den Kindern in den Luftschutzkeller floh, während auf die Stadt Stabbrandbomben, Flüssigkeitsbrandbomben und Luftminen niedergingen. Eine Zone der Vernichtung erstreckte sich vom Riederwald über den Ostbahnhof, die Hanauer Landstraße bis zum östlichen Sachsenhausen. Das Innere des Römers war verwüstet, Liebfrauenberg und Töngesgasse schwer getroffen. Stark beschädigt waren auch die Großmarkthalle, das Krankenhaus an der Gagernstraße. Schlimm sah es um den Zoo herum aus.

Bis in den Februar hinein war die Stadt immer wieder bombardiert worden. Im Januar hatte es fast tausend Tote gegeben, dieses Mal war das gesamte Stadtgebiet bombardiert worden. Besonders viel Angst machten ihr jene Sprengbomben, die erst explodierten, nachdem sie die Häuser bis ins Erdgeschoss durchschlagen hatten. Diese bargen stetig die Gefahr, im Luftschutzkeller verschüttet zu werden und elend zu ersticken – eine Vorstellung, die Sophia mehr Angst machte als die Bomben an sich. Angesichts dessen war es verständlich, dass viele Frankfurter sich nicht mehr auf den Schutz ihrer Keller verlassen wollten, sondern die Bunker aufsuchten. Die ganze Stadt schien in Auflösung zu sein, die Menschen wirkten apathisch, die Soldaten in den Straßen erschöpft und abgekämpft.

Sophia wunderte sich, dass Dorothea den Kindern überhaupt erlaubte, Freunde zu besuchen, und sie nicht fortwährend daheim behielt. Aber vermutlich wollte sie einigermaßen normale Verhältnisse für die Kinder aufrechterhalten. Bisher hatten die meisten Angriffe am späten Abend oder bei Nacht stattgefunden. Doch seit es die Tagesangriffe der US-Armee gab, wurde auch die sich stets um Gelassenheit bemühte Dorothea nervös.

»Ist das Wasser blutig?«, fragte Philipp unvermittelt.

»Wie dumm du bist«, antwortete Rosa. »Das ist von der Sonne.«

»Die Sonne ist gelb.«

»Wenn sie untergeht, ist sie rot.«

Der Himmel blutet den Tag aus, dachte Sophia, und das Blut fließt ins Wasser. Sie schüttelte das morbide Bild ab und nahm Philipps Hand. »Kommt, es wird Zeit.«

Sophia hoffte so sehr auf eine Atempause. Daheim brachte sie die Kinder ins Bett, las ihnen Geschichten vor und blieb bei ihnen, bis sie eingeschlafen waren. Seit den Luftangriffen wollten sie im selben Zimmer schlafen, und es war ein rührender Anblick, wie sie gemeinsam im Bett lagen, Philipps rundliche Hand in Rosas, als könnten sie einander Schutz bieten, wenn es wieder losging.

Dass Sophia eingeschlafen war, merkte sie erst, als ein durchdringender Laut an ihr Ohr drang und jemand sie an der Schulter rüttelte. Ihr Nacken schmerzte von der schiefen Haltung, in der sie auf dem Stuhl neben Rosas Bett sitzend eingeschlafen war. Die Kinder richteten sich bereits schlaftrunken auf, aber Dorothea gab ihnen keine Zeit, richtig wach zu werden.

»Rasch!«

Sophia reagierte sofort, nahm Philipp auf den Arm, dessen Körper noch warm und schwer war vom Schlaf. Rosa kroch aus dem Bett, nahm die Hand ihrer Mutter, und eilig verließen sie die Wohnung, indes der Alarm schrillte. Luftangriffe. Schon wieder. Rosa hatte angefangen zu weinen, während sich Philipp an Sophia klammerte, die Arme um ihren Hals schlang und ihr fast die Luft abdrückte. Er zitterte am ganzen Körper. Die übrigen Hausbewohner liefen ebenfalls in den Keller, eine Frau versuchte, sich an den anderen vorbeizudrängen, stürzte dabei fast mit ihrem Kind im Arm die Treppe hinunter.

Im Luftschutzkeller war es kalt, und kurz keimte in Sophia der Gedanke auf, dass sie hätten Mäntel für die Kinder mitnehmen müssen. Sie kauerte sich mit Dorothea an der Wand nieder, die Kinder schutzsuchend an sie geschmiegt. Im nächsten Moment zerbarst die Welt in einem Knall.

* * *

Ludwigs Wohnung befand sich an der Oberlindau, direkt am Park der ehemaligen Rothschild-Villa. Mehrmals hatte Sophia geglaubt, die Bomben würden in genau diesem Moment unmittelbar neben dem Haus einschlagen, hatte kaum noch einen Panikanfall unterdrücken können bei der Vorstellung, lebendig begraben zu werden. Die Kinder hatten geweint und fortwährend gezittert.

Bei Tage besehen zeigte sich das Ausmaß der Verwüstung. Eine Stunde lang war bombardiert worden. Es hieß, die schlechten Sichtverhältnisse hätten den deutschen Nachtjägern die Suche erschwert, so dass sie den Bomberstrom erst kurz vor dem Ziel hatten attackieren können. Dieses Mal hatte es in besonderem Maße die östliche Altstadt getroffen. Eine Schneise der Zerstörung zog sich von der Alten Brücke bis zur Konstablerwache. Straßen waren durch Sprengbomben umgepflügt worden, Schuttberge türmten sich auf, Karmeliterkloster und Paulskirche waren komplett ausgebrannt. Da es schwierig gewesen war, Wasser zum Römer zu leiten, hatten sich die Flammen ungehindert durch das Gebälk fressen können.

Sophia war durch die Straßen gegangen, die ihr fremd geworden waren. Jede Vertrautheit war weggesprengt worden, da war nichts mehr, woran der Blick sich festhalten konnte. Es war schwer gewesen, an jenem Morgen nach dem Angriff überhaupt etwas zu essen zu besorgen, aber sie hatte Dorothea gesagt, sie solle bei den Kindern bleiben, da sie sich kümmern würde. Immerhin hatte sie ein Brot erstanden und etwas Milch. Inzwischen kam die Stadt langsam wieder zu Atem, wenngleich sie immer noch in gelähmter Fassungslosigkeit zu verharren schien.

Obwohl Sophia mit ihren Eltern kaum mehr zu tun hatte, war sie doch hingegangen und hatte sich erkundigt, wie es ihnen ging. Sie dachte an Raikos Erzählung, an Vincents Familie, an die Menschen, die weniger wurden. Konnte das wahr sein? Die Gerüchte über Auschwitz-Birkenau kamen ihr in den Sinn. *Der Ort, von dem keiner zurückkehrt.* Und ihr Vater ignorierte dies, was Sophia in gewisser Weise sogar nachvollziehen konnte – wenngleich sie nur wenig Verständnis dafür hatte. Ihr Vater wollte als kultiviert gelten, wollte in einer ebensolchen Gesellschaft leben. Wenn all das stimmte und es nach dem Ende des Krieges ans Licht kam – Sophia konnte sich nur zu gut vorstellen, wie Deutschland vor der Welt dastand. Und mit ihm die Bewohner, die diese Entwicklung gefördert oder einfach nur geduldet hatten. Oder die gar nicht erst hinschauten und so taten, als sei alles wie immer.

Selbst Vincent erzählte sie nichts davon, denn dieser lebte ohnehin in beständiger Angst, geholt zu werden. Die Vorstellung, dass seine Familie all das erlebte, was Raiko erzählt hatte, wollte sie nicht zulassen. Und Vincent durfte sie damit nicht belasten. Es brachte ja nichts, ändern konnte er nichts. Dafür erdrückte sie das Wissen darum fast, und sie ertrug es nur schwer.

Aber wundern musste es einen nicht. Hatte man nicht sogar vor ihrer Nase im Grüneburgpark ein Durchgangslager angelegt, in das man Kriegsgefangene sperrte? Hatten nicht die russischen Zwangsarbeiter selbst es bauen müssen? Und war es nicht eigens zu dem Zweck angelegt worden, menschliche Schutzschilde zu haben, die man inmitten des Westends postierte, weil man befürchtete, dass dieser Teil der Stadt besonders gefährdet war? Das Lager hatte sich vorher in Oberursel befunden und war – laut Gerrit – gegen den ausdrücklichen Protest der Briten hierher verlegt worden.

»Das verstößt gegen die Genfer Konventionen«, hatte Gerrit gesagt.

Mehrere Dutzend Betriebe waren mittlerweile getroffen worden, was Sophia insofern Sorgen bereitete, als dass es bei Tagesangriffen nur schwer war, sich rechtzeitig in Sicherheit zu bringen, und Industriebetriebe ein bevorzugtes Ziel waren. Ihre Mutter hatte davon gesprochen, in den Taunus zu fahren, die Bewohner hatten nach den letzten Angriffen bereits zu Tausenden die Stadt verlassen, ganze Schulklassen waren verlegt worden. Emilia jedoch schien nicht gewillt zu sein, Frankfurt zu verlassen, es passte nicht zu ihrem widerspenstigen Wesen, einfach zu gehen, dort auszuharren, wo sie nichts bewirken konnte. Sophia wiederum wäre nur zu gerne mit Vincent fortgegangen, konnte dies jedoch nicht.

»Wohin sollten wir auch gehen«, sagte Vincent, als sie sich an diesem Abend trafen. Vier Tage waren die Angriffe her, und Sophia hatte immer noch das Gefühl, beständig auf der Hut sein zu müssen.

»Im Taunus ist es weniger gefährlich«, sagte sie. »Und lieber würde ich dort mit dir in einem Schuppen leben als hier beständig in Angst.«

Vincent wirkte so erschöpft, dass sie ihn am liebsten an sich gezogen und niemals wieder losgelassen hätte. Hier in der Öffentlichkeit jedoch unmöglich, wenngleich die Dunkelheit ein wenig Schutz bot. Es war spät, Vincent hatte lange arbeiten müssen. Um Viertel nach acht hatte Sophia noch mit Dorothea das Abendprogramm im Rundfunk gehört. Ihre Schwägerin hatte Sophia geraten, daheim zu bleiben.

»Es ist nicht sicher.«

»Heute Abend passiert nichts«, hatte Sophia geantwortet. »Schlimmer als das letzte Mal kann es wohl kaum noch werden. Es heißt, sie nehmen sich jetzt Kassel vor.«

Soldaten patrouillierten, ansonsten waren nur wenige Menschen unterwegs, und über der Stadt lag eine geisterhafte Stille. Vermutlich war es in der Tat verrückt, überhaupt das Haus zu verlassen. Aber Vincent nicht zu sehen, nicht zu wissen, ob es ihm gut ging, machte Sophia wiederum verrückt, und keinesfalls hatte sie die Verabredung an diesem Abend ausfallen lassen wollen.

Er berührte ihren Arm, und langsam gingen sie am Main entlang. »Wir sollten hier nicht zu lange stehen, die Leute schauen ohnehin schon komisch, da liegen die Nerven blank.«

»Wen wundert es?«

Vincent schlug den Weg durch die Altstadt ein, deren Trümmer Schutz vor Blicken boten und in denen gleichzeitig eine fremdartige Angst lauerte. Im Dunkeln bot sich nichts Vertrautes mehr hier in der Altstadt, durch die Sophia immer so gerne spaziert war. Schutt türmte sich auf, so dass Wege durch Trümmer entstanden waren, wo vorher Häuser gestanden hatten, und Straßen wiederum nicht passierbar waren. Sophia dachte an Philipps Worte. Der blutige Fluss. Wahrhaftig, dachte sie.

»Ich begleite dich bis nach Hause. Du solltest nicht

draußen sein, ich bin überhaupt nur gekommen, um dich umgehend wieder heimzubringen.«

Sophia wollte widersprechen, wusste aber, dass Vincent recht hatte. Es war töricht, hier draußen herumzulaufen, niemand wusste, wann der nächste Schlag kam, wenngleich sie hoffte, dass dieser nicht gar so schlimm sein würde wie der letzte. Irgendwann musste ihnen doch eine Atempause gewährt werden.

»Das nächste Mal können wir uns bei Helga treffen«, schlug sie vor.

»Warten wir mal ab, wie es in den nächsten Tagen aussieht.«

Sophia setzte zu einer Antwort an, als sie es hörte. Der Alarm, den die Luftwarnzentrale auslöste. Im selben Moment bemerkte sie die Bomber, die bereits über dem Stadtzentrum waren. Sophia umfasste Vincents Arm, als eine ohrenbetäubende Explosion zu hören war. Hektisch sah sie sich um. Kassel, dachte sie, sie sollten doch in Kassel sein.

Vincent griff nach ihrem Handgelenk, lief los, indes sie hinter ihm herstolperte. Die Flotte war direkt über der Stadt, warf in Wellen ihre Last ab. Sprengbomben, Brandbomben – um sie herum tobte das Inferno. Sie würden sterben, dessen war sich Sophia mit einem Mal vollkommen gewiss. Sie war kaum mehr imstande, einen klaren Gedanken zu fassen, rannte wie blind hinter Vincent her, fiel hin, wurde von ihm grob wieder auf die Füße gezogen, indes er immer weiterlief.

»Hier!«, schrie ein Mann und winkte ihnen zu. Er stand in einem Hauseingang, wedelte hektisch mit dem

Arm. Flammen zuckten aus den Häusern. Drei Polizisten kamen inmitten von Staub und Qualmwolken auf sie zu, und instinktiv wich Sophia zurück, aber Vincent rannte weiter, folgte ihr mit den Polizisten ins Haus.

Sie liefen hinunter in den Gewölbekeller, der – wie nahezu alle Keller der Altstadt – so massiv gebaut war, dass er den Sprengbomben standhielt. Sie befanden sich nun unter der Alten Mainzer Gasse, deren Keller verbunden waren mit denen des benachbarten Römers. Sophia wusste nicht, wie viele Menschen sich hier eingefunden hatten, es war stockduster. Zitternd schmiegte sie sich an Vincent, hielt sich an ihm fest, als könnte er ihr entrissen werden. Der Lärm war ohrenbetäubend, und Sophia spürte, wie die Erde zitterte beim Einschlag der Bomben. Rauch quoll in den Keller, reizte zum Husten. Immer wieder musste Sophia aufkeimende Panik zurückdrängen. Die Vorstellung, wie sie hier inmitten von Menschen verschüttet wurde und die Flammen sich durch den Schutt fraßen, ließ ihren Atem so schnell gehen, dass es ihr vor den Augen flimmerte.

In ihren Ohren setzte ein Pfeifen ein, und irgendwann hörte sie das Einschlagen der Bomben nur noch gedämpft. Der Qualm wurde dicker, was darauf schließen ließ, dass die Häuser über ihnen brannten. Und auf einmal kam Bewegung in die Menschen. Ob jemand vorne war und ihnen sagte, wo sie hinmussten, oder ob es ein instinktives Wegstreben vom Feuer war, hätte Sophia nicht zu sagen vermocht.

Vincent hielt ihre Hand fest, während sie mit ihrer anderen Hand seinen Arm umklammerte. Sie schoben sich vorwärts durch die dunklen Gewölbe, drängten, schubsten, und mehrmals glaubte Sophia, keine Luft mehr zu bekommen. Und dann endlich ging es hinaus aus den Kellern. Sie waren am Gerechtigkeitsbrunnen angelangt, als sie ins Freie taumelten. Alles um sie herum stand in Flammen, die Hitze war kaum zu ertragen. Dachsparren leuchteten wie Gerippe, himmelhoch schienen die Flammen zu schlagen, fraßen sich bis zum Main in einem tiefen, rauschenden Ton, den das Knallen von Explosionen durchbrach. Um sie herum prasselte, knackte, knallte und sirrte es. Die Welt verschwand in waberndem Qualm. Frankfurt starb in dieser Nacht, starb heulend und tosend.

JULI 1944

Bei ihrer Begegnung war Ludwigs erster Gedanke gewesen, dieser schmächtige Kerl werde keine Woche durchhalten. Der zweite war, dass er ihm, verdammt noch mal, bekannt vorkam.

»Rudi.«

»Sagt mir nichts.«

»Ich bin aus Frankfurt.«

»Ich auch.« Ludwig hatte ihn taxiert, versucht, ihn einzuordnen. Nein, aus dem Studium kannten sie sich nicht, hatte Rudi lachend geantwortet.

»Ich hab nicht mal die Schule beendet.«

»Warum bist du hier?«

»Kommunist. Wir wurden verraten. Leider hat es nicht nur mich getroffen, sondern auch meinen Mitbewohner, einen Sinto, dessen deutsche Geliebte gerade bei uns war. Die Polizei hat uns alle drei mitgenommen.«

Und da hatte es Ludwig gedämmert. Vincents Mitbewohner. Dieser spillerige Kerl, für den Ludwig seinerzeit nur einen flüchtigen Blick gehabt hatte, in jener grauenvollen Novembernacht. »Sophia?« Er starrte den Kerl ungläubig an.

»Du kennst sie?«

»Sie ist meine Schwester.«

»Oh.« Mehr nicht. Weder an dem Tag noch in den folgenden. Er wusste einfach nichts. Seit seiner Inhaftierung hatte Rudi nichts mehr von Vincent und Sophia gehört.

Als deutsche Frau würde Sophia straffrei bleiben, hatte Ludwig gedacht, vorausgesetzt, sie beging keinen Meineid, um Vincent zu schützen. Und dafür würde Ludwig nicht seine Hand ins Feuer legen. Briefverkehr erlaubte man ihm nur mit seiner Ehefrau, und von ihr waren beiläufige Fragen nach dem familiären Befinden – »wie geht es denn Sophia?« – lapidar mit »gut« beantwortet worden. Vielleicht ging es ihr wirklich gut. Vielleicht wollte Dorothea ihn aber auch einfach nicht damit belasten. Er saß als politischer Verbrecher ein. Da wollte man gewiss nicht riskieren, dass ein SA-Mann in einem Brief las, dass man seine Schwester der Rassenschande bezichtigte.

Rudi hielt durch. Nicht nur eine Woche, sondern mittlerweile schon über zwei Jahre. Er war wie eine Drahtpuppe, an der kein Füllmaterial war, die man aber selbst nach vielem Biegen und Stauchen nicht brach, die widerstandsfähig war, wo andere löchrig und fransig wurden.

Mittlerweile hatte man sie vom Moordienst in die Rüstungsindustrie verlegt, und Ludwig arbeitete mit Rudi im Werk in Papenburg. Das war ebenfalls harte Arbeit, aber Ludwig fand sie erträglicher als den Dienst im Moor.

Es gab Gerüchte, dass die Deutschen vor der Niederlage standen und die Alliierten immer weiter vorrückten, aber er wusste nicht, inwieweit das der Wahrheit entsprach.

Ludwig fuhr sich mit der Hand über das kurzgeschorene Haar, sah die Lkw auf das Lagergelände fahren. Morgens brachte man sie damit zu ihren Arbeitsstätten und abends wieder zurück. Er dachte daran, wie sehr ihm das Leben mit Dorothea über gewesen war, wie es ihn gelangweilt hatte, wie er mit dieser Ehe gehadert hatte. Was würde er nun dafür geben, in diese Langeweile zurückkehren zu dürfen. Ein weiches Bett, ein gedeckter Frühstückstisch, Dorotheas Körper, den er die ganze Nacht genießen durfte. Himmel, wie ihm das fehlte. Aber natürlich würde man ihn nicht heimschicken, selbst wenn man ihn entließe. Falls dieser unselige Krieg dann immer noch tobte, würde er geradewegs als Kanonenfutter an die Front geschickt werden, damit da vollendet wurde, was die Lagerhaft nicht vollbracht hatte.

»Du.« Jemand stieß ihn an. »Dort hinüber.« Der SA-Mann zeigte nach rechts, und Ludwig gehorchte. Weitere Männer folgten, darunter auch Rudi.

»Na«, sagte er leise, »was haben sie sich jetzt ausgedacht?«

»Ruhe!«, brüllte der SA-Mann in die Gruppe. »Hier wird nicht getuschelt.«

Als die Gruppe ausreichend groß war, um einen Lkw vollständig zu füllen, verlud man sie und schlug die Klappe zum Laderaum zu. Sie waren aneinandergefesselt, was aber gelegentliche Fluchtversuche nicht verhinderte. In der Regel blieben die jedoch erfolglos. Sie arbeiteten in der Industrie zusammen mit den Kriegsgefangenen, vielfach aus den Ostgebieten. Denen ging es noch schlechter als den politischen Häftlingen in den Lagern. Die Verpflegung war miserabel, sie wurden für Bauarbeiten in den Trümmern eingesetzt, für den Bau von Bunkern und die Arbeit in den Werften.

Letztere, so bemerkte Ludwig, steuerte der Lkw nun an. Nachdem der Wagen angehalten hatte, wurde die Luke geöffnet, und sie stiegen aus. Man löste ihre Fesseln und führte sie zur Werft am Hafen von Leer, wo man sie anwies, Holzladungen zu löschen. Nahezu fünf Jahre war er jetzt hier. Ludwig wusste, dass es unter ihnen Soldaten gab, die man zur Strafe ins Lager gesteckt hatte und die sich an die Front zurücksehnten. Offenbar war es selbst dort besser als hier. Aber er hörte auch anderes, Gerüchte, die man nicht glauben wollte. Menschen, die verschwanden, die in dunklem Qualm aufgelöst über die nah gelegenen Dörfer waberten.

»Es stimmt«, hatte Rudi bestätigt. »Davon habe ich auch gehört. Und noch Schlimmeres.«

Ludwig sah zu dem Frachter, dessen Ladung gelöscht werden musste. Jetzt, da er die träge daliegenden Schiffe sah, an deren Wänden sich sanft gluckernd das Wasser in kleinen Wellen brach, fühlte er sich mit einer verzehrenden Sehnsucht an daheim erinnert. Dieses Geräusch von Wasser, das ans Ufer schwappte, verband er so intensiv mit seiner Kinder- und Jugendzeit, dass es ihn einen Augenblick wie gelähmt innehalten ließ. Im nächsten Moment brach das Bild auf, in den Risskanten zuckten Flammen auf, leckten an den Erinnerungen, fraßen sie an den Rändern auf, so dass sie trüb wurden und zerfielen. Er hatte es gehört, denn die Nachricht hatte trotz aller Versuche, sie zu unterbinden, ihren Weg ins Lager gefunden. *Frankfurt ist tot.*

Am ersten April hatte man versucht, inmitten der Zerstörung wieder einen Alltag herzustellen, wenngleich dieser an den Kanten stets wieder abbrach und einen haltlos in den Tag fallen ließ. Und das Schlimmste war, dass die Versorgungslage prekär war. Kurz nach dem Inferno hatte man versucht, die Ordnung einigermaßen aufrechtzuerhalten. Gulaschkanonen waren zur Versorgung der nun heimatlosen Bevölkerung aufgestellt worden, Kinder der Hitlerjugend – darunter auch Martha und Claras Jungen – räumten Trümmer weg. Zwei Tage nach dem nächtlichen Angriff hatten die Sirenen morgens um neun einen erneuten Luftschlag angekündigt. Dieses Mal US-Bomber, die einen ihrer gefürchteten Tagesangriffe flogen. Wieder traf es die Innenstadt, wo die Särge der Opfer vom letzten Angriff standen, sowie den Hauptbahnhof, wo Bergungsmannschaften und Ausgebombte, die evakuiert werden sollten, getötet wurden.

Geradezu zynisch mutete für Emilia die Erklärung des Gauleiters Sprenger an. »Wir stehen Mann bei Mann und Frau bei Frau auf unserem Verteidigungsabschnitt in der großen Heimatfront und schwören voller Hass und Ingrimm gegen den bestialischen Feind uns und unserem Volke: Frontstadt Frankfurt wird gehalten!« Das war es, was man inzwischen auf den Propagandaplakaten sah – eine Luftschutzhelferin, einen Arbeiter mit einem Hammer in der einen Hand und der Hakenkreuzfahne in der anderen und einen Hitlerjungen mit Spitzhacke, allesamt entschlossen dreinschauend, umlodert von stilisierten Flammen. *Frontstadt Frankfurt wird gehalten.*

Das Stromnetz wurde am ersten April wieder in Betrieb genommen, Kinos und Theater nahmen ihr Programm auf. Es war grotesk. Auch die Straßenbahnen fuhren wieder. Man versuchte, das Leben normal weiterzuführen, doch Emilia konnte sich nicht vorstellen, dass das angesichts einer derart verunsicherten und nervösen Bevölkerung gelang. Die Schneise der Zerstörung war geschlagen, der Dom ragte aus einer Trümmerlandschaft auf. Welche Normalität wollte man vorgaukeln, wenn man sich ins Restaurant im Palmengarten setzte oder ins Café Rumpelmayer in der Gallusanlage?

Die gesamte westliche Altstadt hatte in Flammen gestanden. Im Nachhinein erfuhr Emilia, dass Sophia mit mehreren hundert Menschen in den Schutzräumen unter dem Römer und der Alten Mainzer Gasse ausgeharrt hatte und dass diese Keller nur geräumt worden waren, weil ein Feuerwehroffizier gegen den Willen der Luftschutzwarte dies angeordnet hatte. Sonst wären sie wohl allesamt erstickt. Die Keller waren vielfach die einzige Möglichkeit gewesen, dem Feuersturm zu entkommen, da die Straßen durch das Feuer unpassierbar gewesen waren.

Auch im West-, Nord- und Ostend waren Bomben niedergegangen, allerdings hatte es dort diese verheerende Feuersbrunst nicht gegeben, weil die Häuser nicht mit so viel Holz gebaut worden waren. Es war, als hätte man mit Absicht genau dieses Viertel ausgesucht, wohl wissend, dass dieser alte Hausbestand brennen würde wie Zunder. Was der erste nächtliche Angriff von der Altstadt noch hatte stehen lassen, war beim zweiten komplett zerstört worden. Auch das Kriegsgefangenlager im Westend war bei dem März-Angriff vernichtet worden, die überlebenden Gefangenen wurden nach Heddernheim gebracht.

Clara war vor einigen Tagen mit den Kindern in Eduards Familiensitz im Taunus gezogen, während Günther und Lydia in Frankfurt blieben. Emilia spielte mittlerweile ernsthaft mit dem Gedanken, der Kinder wegen ebenfalls in den Taunus zu ziehen. Vor allem Martha setzten die Bombardements schwer zu.

Es schmerzte, durch die zerstörten Straßen zu gehen, die Schuttberge zu sehen, die aufgeschüttet lagen in der Alten Mainzer Gasse, dem Großen Hirschgraben, der Neuen Kräme. Der Römerberg mit seinen Giebeldächern war nur noch ein Trümmerfeld. Und es wurde immer schwieriger, Essen aufzutreiben. Rauchen stillte den Hunger, hatte Emilia festgestellt, und so gab sie den Kindern meist einen größeren Anteil an Essen und rauchte, wenn sie selbst nicht satt wurde. Was ihr fehlte, war Kaffee, ein Luxus, der seit Kriegsausbruch nicht mehr importiert wurde. Vermutlich eine reichlich frivole Sorge angesichts der derzeitigen Situation, aber der Gedanke an die stärkende Wirkung einer Tasse heißen schwarzen Kaffees ließ in ihr ein unbändiges Verlangen danach aufsteigen. Hin und wieder wurden kleine Mengen Kaffee zugeteilt, zu Weihnachten oder nach Bombenangriffen. Zitterkaffee nannten die Leute das, Rationen, damit man aushielt und weitermachte.

»Man kann die Leute nicht mehr zum Durchhalten bewegen, wenn sie die Nachrichten mitbekommen«, sagte Helga, während sie mit Emilia eine Tasse von diesem abscheulichen Zichorienkaffee trank. »Das Scheitern der Truppen an der Sowjetfront und die verlustreiche Invasion in der Normandie – jeder kann doch sehen, dass es schlecht steht für uns. Die Alliierten sind auf dem Vormarsch. Wieder ein verlorener Krieg. Die meisten erinnern sich noch an den letzten.«

»Wäre es dir lieber, wir würden gewinnen?«

Helga schwieg. Dann schüttelte sie den Kopf. »Mir wäre es lieber, Deutschland hätte kapituliert, als abzusehen war, dass dieser Krieg nicht zu gewinnen ist. Das hätte uns viel erspart.«

»Es heißt, die Alliierten kommen nur langsam voran.«

»Sie haben die Luftüberlegenheit und profitieren vom zerstörten Schienenstreckennetz in Deutschland. Die deutschen Truppen können aufgrund der großflächigen Zerstörungen nicht so schnell zusätzliche Einheiten in die Kampfgebiete bringen.«

Emilia nahm einen Schluck aus ihrer Tasse. Zichorienkaffee konnte man nur trinken, wenn er heiß war, lauwarm war er absolut ungenießbar. Die Lebensgeister weckte er trotzdem nicht.

»Ich war heute unterwegs, um Essen für die Kinder zu besorgen«, sagte Helga. »Entsetzliche Zustände sind das. Es wird geraubt, geplündert, die Menschen sind wie Leichenfledderer, die einem Toten noch die letzte Habe entreißen.«

»Jeder versucht, auf irgendeine Weise zu überleben.«

Wer die Stadt nicht verlassen konnte, richtete sich irgendwie ein. Zerborstene Fenster wurden mit Pappe vernagelt, Kellereingänge mit Wellblech zugestellt. Was brauchbar war, wurde aus den Trümmern gegraben, irgendeine Verwendung fand sich immer.

»Raiko war hier«, sagte Emilia nach langem Zögern.

Helga sah sie erstaunt an. »Beurlaubt?«

»Ja, zunächst schon. Aber er wollte desertieren.«

»Ach was? War er nicht so ein begeisterter Mitläufer?«

Emilia schüttelte kaum merklich den Kopf, überlegte, wie sie es formulieren sollte, dass Raikos glatte Fassade wie Porzellan zersprungen war. Dieser Raiko würde ihr nicht gewaltsam Kinder einpflanzen, würde nicht mehr hinter einem Blender herlaufen. Sie holte tief Luft und begann zu erzählen.

* * *

Hatte er früher das Alleinsein geschätzt und dies nur hin und wieder für die kurzzeitige Gesellschaft von Frauen in seinem Bett aufgegeben, so kam Vincent mittlerweile nicht mehr gut damit zurecht. Er hatte sich an Rudis Anwesenheit gewöhnt, so dass ihm die Wohnung geisterhaft erschien, wenn er nachts im Bett lag und wusste, er war ganz allein. Und natürlich fehlte Sophia, ihre Nähe, sie halten und lieben zu dürfen – ein Risiko, das er nicht mehr eingehen konnte. Dass sie seinetwegen inhaftiert worden war, war schlimm genug gewesen, dass sie jedoch, um ihn zu schützen, selbst eine Schutzhaft in Kauf genommen hätte, war ihm unerträglich.

Zudem schwebte die Angst vor einer Internierung beständig über ihm. Das Lager war aus der Dieselstraße in die Kruppstraße verlegt worden, und diese Umgebung empfand Vincent als noch schlimmer, geradezu unheimlich. Kein Haus in der Nähe, nur Hallen und Fabrikanlagen. Warum man diesen Ort gewählt hatte, war klar – die Menschen sollten aus der Wahrnehmung der Frankfurter ausgeschlossen werden. Man vergaß die Existenz der Sinti einfach, sie waren nicht mehr da, sang- und klanglos verschwunden. Die Internierten blieben isoliert, waren nur als Zwangsarbeiter in den Fabriken sichtbar, wo sie Arbeiter unter vielen waren.

Vincent fragte sich, ob er die bisherige Schonung seinem Vater Ernst Roloff verdankte. Er wurde zur Arbeit herangezogen wie alle anderen, aber man ließ ihn unbehelligt. Die Erleichterung darüber war stets begleitet von einem schlechten Gewissen seiner Familie gegenüber. Mittlerweile durften Sinti nicht einmal mehr untereinander heiraten, man wollte ausschließen, dass sie sich fortpflanzten. Vincent hatte noch andere Geschichten gehört, darüber, wie man mit halbwüchsigen Mädchen verfuhr, um zu verhindern, dass sie Kinder bekamen. Sintizas wurden in Kliniken gebracht, wo sie sich einem Eingriff zu unterziehen hatten, der sie unfruchtbar machte. Hernach schrieb man sie für zwei Wochen arbeitsunfähig, bis die Wunde verheilt war. Das war so unvorstellbar, dass Vincent es lange Zeit nicht hatte glauben wollen. Irgendeine ethische Grenze musste es doch geben.

Als hätte nicht gereicht, wie man bisher gegen sie vorgegangen war. So verwehrte man ihnen den Besuch beim

Arzt, die Gauärzteführung verbot es, Sinti medizinisch zu behandeln oder ihnen auch nur Rezepte auszustellen. Es gab den einen oder anderen, der es illegal tat. Auch die Zuteilungen an Essensmarken fielen für sie deutlich schlechter aus, was gerade den in Fabriken hart arbeitenden Menschen zusetzte.

Von Vincents Familie war nur noch Jacob mit Frau und Kindern in dem neuen Lager in der Kruppstraße. Dadurch, dass Vincent mit einigen Sinti arbeitete, erfuhr er das eine oder andere. Allerdings gab es darüber hinaus keine Möglichkeiten, in Kontakt zu treten, da er selbst lange arbeiten musste und weder davor noch danach Zeit war, Jacob abzufangen. In die Kirche durften die Lagerinsassen auch nicht gehen, seelsorgerisch betreut wurden sie durch die katholische Pfarrei Heilig-Geist im Riederwald.

»Immerhin ermöglichen sie unseren Kindern jetzt Schulstunden«, hatte ein Sinto erzählt.

Der Gemeindepfarrer hatte das Lager aufgesucht, um Kinder auf die Erstkommunion vorzubereiten, und dabei ausgehandelt, mehrmals die Woche den Kindern im Lager Kommunions- und Firmstunden zu erteilen sowie ein wenig allgemeinbildenden Unterricht, da die Kinder aus den Schulen ausgeschlossen worden waren.

Vincent ging weiterhin sonntags in die Kirche, im Gedenken an seine Mutter. Sophia traf er meist danach im Kinderheim, da der Sonntag die einzige Konstante in ihrem Leben war, über die sie frei verfügen durften. Auf Vincent warteten keine Lagerapelle und unsinnigen Arbeiten wie das Beladen eines Lkw mit Wackersteinen, die dann ein paar hundert Meter weiter wieder abgeladen werden mussten. Und schon plagte ihn wieder das schlechte Gewissen, während er an diesem wunderschönen Sommertag durch das Gerippe einer toten Stadt lief, in der die Menschen wuselten wie Maden, die die Reste davon abklaubten. Vincent versuchte erfolglos, das morbide Bild abzuschütteln.

Gerrit öffnete ihm die Tür, eine Zigarette im Mundwinkel. »Möchtest du auch eine?«

»Nein, danke.«

»Für was schonst du deine Stimme?«

»Für die Hoffnung darauf, sie eines Tages wieder auf einer Bühne zum Tragen zu bringen.«

»Na ja, aber bis dahin kann einem eine Zigarette den Hunger schon ganz hübsch vertreiben.«

Sie gingen in den privaten Salon, aus dem Garten waren die Stimmen der Kinder zu hören. Soweit es ging, wollte man zumindest den Kleinsten Normalität vorgaukeln, bei den älteren gelang das längst nicht mehr. Vincent hatte einen Beutel Zichorienkaffee mitgebracht und etwas Milch für die Kinder.

»War schwer zu kriegen«, sagte er. »Als ich am Milchwagen angelangt bin, war schon fast alles weg.«

»Vielen Dank!«

Die Milch vom Vortag bis jetzt zu kühlen war dank der stets kühlen Kammer hinter seiner Küche möglich gewesen. Seine Mutter hatte früher Milch eindicken lassen. Die Milch wurde sauer, nahm eine dickflüssige Konsistenz an und wurde auf diese Weise haltbar. Die obere Schicht war für Suppe abgeschöpft und hin und wieder frische Milch unter die gestockte gerührt worden. Mittlerweile war Milch ein so knappes Gut, dass man gar nicht in die Verlegenheit kam, sie haltbar machen zu wollen.

»Wir denken darüber nach, die Stadt zu verlassen«, sagte Helga und platzierte ein Tablett mit drei Tassen Zichorienkaffee auf dem Tisch. »Meine Tante hat ein Häuschen in Oberursel, ich hoffe, dass wir dort hindürfen. Es wird zwar eng, aber für eine Weile würde das gewiss funktionieren.«

»Welche Einwände sollte sie haben?«, fragte Vincent.

»Sie ist mit meinem Leben nicht einverstanden. Mit all dem hier.« Helga machte eine Handbewegung, die alles einschließen konnte. »Ich hätte einen netten Mann heiraten und nette Kinder bekommen sollen. Als würde das die Welt auch nur einen Deut besser machen, wenn meine Kinder hier auf der Straße lebten und ich neue in die Welt setzte.«

»Kommt Emilia heute?«, fragte Gerrit wie beiläufig.

»Angekündigt hat sie sich«, antwortete Helga und warf ihm einen schrägen Blick zu. »Und du tätest gut daran, nicht zu vergessen, dass sie verheiratet ist.«

»Tue ich nicht.«

Vincent sah aus dem Fenster in den Garten. Zwei Kinder spielten Fangen, schlugen lachend Haken. Sie erinnerten ihn an Jacobs Mädchen, nicht äußerlich, aber in ihrer Ausgelassenheit.

Die Türglocke wurde angeschlagen, und Helga wollte aufstehen, als Annelie aus dem Flur rief: »Ich gehe schon.«

Sophia, dachte Vincent, und eine sehnsuchtsvolle Vorfreude machte ihm die Brust eng. Im nächsten Moment waren Männerstimmen zu hören, schwere Schritte im

Korridor, ehe Annelie mit kreidebleichem Gesicht eintrat und mit den Lippen stumm »Gestapo« formte.

Sophia hörte den Schuss, noch ehe sie so recht wusste, was geschah. Passanten schrien auf, einen Mann riss es mitten auf der Straße von den Füßen, und ein Uniformierter folgte, die Pistole im Anschlag. Die Uniform erkannte sie, begriff aber nicht, was hier vor sich ging. Aber sie war nahe genug, um zu erkennen, dass Gerrit tot auf der Straße lag. Dann fiel weiter entfernt erneut ein Schuss. Und noch einer. Sie lief, rannte auf das Kinderheim zu, konnte nun den Eingangsbereich sehen, aus dem Menschen quollen. Uniformierte, Kinder, Helga und Annelie in seltsam starrer Haltung, die Hände auf dem Rücken.

Schaulustige hatten sich eingefunden, und wie betäubt ging Sophia weiter, suchte mit den Augen die Szenerie ab. Ein weiterer Schuss. War Vincent bereits hier gewesen, als die Gestapo gekommen war? Hatten sie den Mann im Keller entdeckt? War dieser geflohen und wurde nun mit der Schusswaffe verfolgt? Annelie und Helga wurden in einen Wagen gesetzt, die Kinder blieben wie erstarrt im Vorgarten stehen, während zwei Männer Kisten mit Blättern aus dem Haus trugen. Sophia wurde ganz kalt. Worte ballten sich in ihrer Kehle, drängten auf ihre Zunge. *Ich habe das verfasst. Ich bin die Schuldige.*

Aber was wäre gewonnen? Es war eine Wahrheit, die niemandem mehr nützte. Einen Teil der Pamphlete hatte Gerrit selbst verfasst, einen Teil sie. Es gab kein Entkommen, für niemanden. Sie senkte den Blick, umfasste den Oberkörper mit den Armen, tat einen zittrigen Atemzug.

Als sie sich umdrehen und gehen wollte, bemerkte sie Emilia, die gerade die Straße überquerte, innehielt, als sie die Leiche auf dem Boden bemerkte. Sie wurde bleich, schwankte, und Sophia eilte zu ihr, umfasste ihren Arm, zog sie mit sich fort.

»Was...«

Sophia schüttelte den Kopf, ging weiter. Niemand nahm Notiz von ihnen, die Blicke aller waren auf die Szenerie am Haus und auf den Toten gerichtet.

»Was ist passiert?«, fragte Emilia nun und befreite ihren Arm.

»Ich weiß es nicht. Annelie und Helga wurden abgeführt, irgendwer wird gerade mit der Schusswaffe verfolgt, und Gerrit...« Sophia verstummte.

In Emilias Gesicht zuckte es. »Hat jemand sie verraten?«

»Das weiß ich nicht. Vielleicht einer der Nachbarn, die beäugen sie ja schon länger kritisch. Vielleicht auch ungewollt eines der Kinder.«

»Haben sie Friedrich Stern gefunden?«

»Das weiß ich auch nicht. Vielleicht war er der Geflüchtete. Oder Vincent.« Sophia wurde übel.

Emilia sah die Straße hinab, schien gar mit dem Gedanken zu spielen, zum Haus zu gehen. »Und was nun?«

»Wir helfen niemandem, wenn wir uns nun ebenfalls in die Hände der Gestapo begeben.«

»Du warst schon in Haft, am besten hältst du dich in der Tat zurück. Ich werde hingehen und sehen, was los ist.«

»Und wie willst du das tun?«

»Fragen.«

»Die werden dich auch mitnehmen.«

»Ich bin Emilia Conrad, mein Mann kämpft an der Front, meine Tochter ist eine glühende Anhängerin von Hitler. Für etwas wird das ja wohl gut sein. Geh nach Hause, ich erzähle dir später alles.« Damit ließ Emilia sie stehen und ging zurück zu Helgas Haus.

Einen Moment lang blieb Sophia stehen, sah ihr nach, dann machte sie sich langsam auf den Rückweg. Immer wieder sah sie sich um, suchte Vincent, hoffte, er hätte sich zu ihrer Verabredung verspätet. Im nächsten Moment schämte sie sich, denn die Ehefrau von Friedrich Stern wünschte sich gewiss dasselbe. Dass Gerrit tot war, sickerte erst allmählich in ihr Bewusstsein. War die Lage so aussichtslos gewesen, dass er lieber den Tod in Kauf nahm als eine Internierung? Sie dachte an Ludwig, an Rudi, von dem man nicht wusste, ob er tot war oder irgendwo inhaftiert. Dachte an Helga und Annelie.

Daheim angekommen betrat Sophia das kühle Treppenhaus, stieg langsam hoch in den ersten Stock und schloss die Tür auf. Dorothea war vor zwei Wochen ebenfalls in den Taunus gefahren. Sie ertrug die ständige Angst vor neuen Bombardierungen nicht mehr, die Tatsache, dass der Flugalarm auch tagsüber losging, wenn die US-Armee im Anflug war. Das wollte sie weder sich noch den Kindern länger antun, und so war sie mit den Kindern nach langem Ringen in das Haus ihrer Schwiegereltern in den Taunus gezogen. Vermutlich machte ihr der Umstand, dort nur mit der Haushälterin zu wohnen, die Entscheidung leichter. Hätte Günther Conrad sich dazu durchgerungen, ebenfalls in den Taunus zu ziehen, hätte Dorothea sich womöglich anders entschieden.

Allein in einer leeren Wohnung zu leben fühlte sich seltsam an. In Sophias Lebensplanung war dies nie vorgekommen. Wann immer sie sich vorgestellt hatte, endlich das Haus ihrer Eltern zu verlassen, hatte sie das entweder an Ludwigs Seite getan oder an Vincents. Ganz allein zu sein war ein Zustand, an den sich Sophia erst gewöhnen musste. Obwohl sie und ihre Eltern einander schon lange nichts mehr zu sagen gehabt hatten, war doch immer jemand dagewesen, dieses Gefühl des Alleinseins hatte sich höchstens insofern eingestellt, dass ihr Rosa fehlte und später Ludwig, aber da war dann immer noch Vincent gewesen. Später hatte sie sich mit Dorothea zu etwas arrangiert, das einer Freundschaft nahekam.

»Weißt du«, hatte Dorothea ihr eines Abends gesagt, »ich wollte Ludwig unbedingt heiraten. So unbedingt, dass ich alles dafür getan habe, mit ihm erwischt zu werden. Er war mein romantischer Held. Seine kommunistischen Umtriebe fand ich so erregend rebellisch. Und dann waren wir verheiratet und hatten uns auf einmal so wenig zu erzählen. Ich wollte ein gesellschaftliches Leben, er wiederum hat immerzu damit gehadert. Ich war schockiert, weil er wollte, dass ich Philipp abtreibe. Dann dieser Auftritt. Ich dachte, ich sterbe vor Scham. Im ersten Moment wollte ich ihn verlassen. Später haben sie mich abgeholt und befragt, und ich dachte mir, nein, das stehe ich jetzt durch. Ich habe mir nie etwas zuschulden kommen lassen, und nun stand ausgerechnet *ich* da wie eine Verbrecherin. Das konnte nicht richtig sein, und ich habe begonnen, das gesamte System in Frage zu stellen. Weißt du, eines Tages werden die Kinder erhobenen Hauptes sagen, dass ihr Vater in einem aufsehenerregenden Auftritt für das Richtige eingestanden hat. Dann will ich wenigstens sagen können, ihn dafür nicht verlassen zu haben.«

Sie fehlte ihr, stellte Sophia fest. Rosa fehlte ihr. Ludwig fehlte ihr. Und nun Vincent. Sophia ging in der Wohnung umher, fand keine Ruhe. Wie sollte sie hier einfach sitzen und warten, wenn sie doch wusste, dass etwas Schreckliches passiert war. Und wenn sie Emilia nun auch verhafteten? Sie setzte sich in den Salon und sah hinaus, obwohl sie wusste, dass Emilia nicht von der Seite kommen würde. Die Fenster gingen nach Osten, Süden und Westen, die Haustür lag auf der Nordseite des Hauses. Aber sie konnte sonst nichts tun, konnte sich nicht auf ein Buch konzentrieren.

Als der Türgong anschlug, fuhr sie zusammen und stolperte in ihrer Eile über einen Ziertisch, wobei sie sich schmerzhaft das Schienbein anschlug. Es klingelte erneut, dieses Mal lang anhaltend. Wenn das Emilia war, musste es dringend sein. Hastig humpelte Sophia zur Tür.

Zwei uniformierte Männer standen vor ihr.

Emilia hatte gesehen, wie die Kinder abgeholt wurden, auf andere Waisenhäuser aufgeteilt, vielleicht sogar in Pflegefamilien. Die Kinder hatten geweint, die älteren Mädchen verstört gewirkt. Doch Emilia konnte nichts tun, um ihnen zu helfen. Natürlich hatte die Gestapo Friedrich Stern entdeckt. Seine Ehefrau lebte nach wie vor in Frankfurt und hatte gewiss bereits Besuch erhalten. Gerrit war tot. Das zu begreifen fiel Emilia immer noch schwer. Und Vincent? Der war vermutlich auf der Flucht angeschossen worden, das zumindest behauptete der Mann von der Gestapo. Aber seiner habhaft geworden waren sie nicht. Vermutlich waren sie bei Sophia gewesen, denn sie wussten ja, wer er war, hatten ihm seine Personalpapiere abgenommen. Und ohne würde er wohl nicht weit kommen.

Emilia überlegte den ganzen Tag über, wo Vincent sein könnte. In seiner Wohnung wohl kaum, da suchte man gewiss als Erstes. Und dann kam Emilia eine Idee. Der einzige Ort, wo man ihn vermutlich zumindest an diesem Tag nicht mehr suchen würde, wäre Helgas Haus. So dumm, dorthin zurückzukehren, wäre er ja gewiss nicht. Emilia wartete bis zum Abend und verließ das Haus dann ein weiteres Mal. Die Kinder lagen im Bett, und Emilia hoffte, dass es nicht ausgerechnet in dieser Nacht weitere Luftangriffe gab. Zwei Monate Pause hatte man ihnen gewährt, dann war es zu Luftangriffen gekommen auf vereinzelte Ziele wie den Güterbahnhof Ost sowie zu einigen Tieffliegerangriffen. Emilia war erschöpft. Jetzt, da mit dem Kinderheim sozusagen ihre letzte Bastion des Widerstands gefallen war, gestand sie sich ein, dass sie geschlagen war. Dass sie nicht mehr weiterkämpfen mochte. Sie würde Vincent helfen und dann die Stadt mit den Kindern verlassen, das war alles, was sie noch tun konnte.

Sie eilte durch die fast menschenleeren Straßen. Wer um diese Zeit unterwegs war, ging zur Arbeit oder beendete diese. Emilia wusste, dass auch das Stahlwerk sowie die Jungbluth-Werke Zwangsarbeiter aus dem Osten beschäftigten, extra angefordert von Eduard und Günther, damit das Arbeitspensum weiterhin hoch blieb. Da das Werk als kriegswichtige Industrie galt, war der Wunsch bewilligt worden, und man hatte mehrere Lkw-Ladungen Kriegsgefangener hier abgeliefert. Menschen, die sich zu Tode schufteten, deren Tod billigend in Kauf genommen wurde. In dieser Hinsicht bildete das Familienunternehmen also keine Ausnahme, aber das hatte Emilia auch nicht erwartet.

Da Emilia geistesgegenwärtig einen Schlüssel aus dem Kinderheim mitgenommen hatte, konnte sie ohne viel Aufhebens eintreten. Verlassene Häuser strahlen eine seltsame Stimmung aus, Emilia empfand sie als geradezu unheimlich, als hätte nur die Anwesenheit anderer Menschen die Geister gebannt. Sie ging langsam durch das Haus, sah in alle Räume, in denen das Unterste zuoberst gekehrt worden war, wohl auf der Suche nach weiteren belastenden Beweisen. Emilia ließ sich im Salon auf einem Sessel nieder, vor dem der niedrige Tisch noch mit drei Tassen gedeckt war. Eine davon gehörte gewiss Gerrit, der meist auf dem Sofa gesessen hatte. Emilia berührte die Tasse und begann zu weinen.

Langsam senkte sich die Dunkelheit herab, die Schatten im Raum wurden länger, berührten sich, verschmolzen miteinander. Möbel wurden zu Silhouetten und lösten sich langsam auf. Vermutlich war es völliger Unsinn, hier zu sitzen und zu warten. Vielleicht hatte sie sogar die Gestapo hierhergeführt, und die saßen nun draußen und lauerten. Was tat sie hier überhaupt? Und wofür? Hatte sie irgendetwas bewirkt? Waren durch sie weniger Menschen gestorben?

Emilia rieb sich die Schläfen, stützte das Gesicht in die Hände. Hatten die gedruckten Flugblätter etwas verändert? Sie schüttelte den Kopf. So durfte sie nicht denken. Vielleicht hatten sie Menschen erreicht, die bereits zweifelten. Vielleicht hatten sie Menschen, die gegen das Regime waren, gezeigt, dass sie nicht allein waren. Vielleicht hatte das Menschen ermutigt, Leben zu retten. So vieles konnte geschehen sein, wovon sie nichts wussten. Trotzdem blieb die Niedergeschlagenheit, das Gefühl, auf verlorenem Posten zu kämpfen und nichts zu bewirken.

Mittlerweile war es stockfinster, und natürlich konnte sie unmöglich Licht machen. Wenn allerdings jemand sie hatte hineingehen sehen, würde der es nicht verdächtig finden, wenn sie im Dunkeln saß? Oder hatte es keiner bemerkt, und das Licht lockte sie an? Emilia wusste es nicht, fühlte sich zu müde, um die Konsequenzen abzuwägen. Sie blieb im Dunkeln sitzen, verlor das Gefühl für die Zeit.

Ein leises Scharren ließ sie aufmerken. Sie hob den Kopf, lauschte. Da war es wieder. Sie stand auf, wartete. Es konnte natürlich auch jemand sein, der die Gunst der Stunde nutzte, um einzubrechen, wohl wissend, dass niemand hier war. Langsam verließ Emilia den Salon, trat hinaus in die Eingangshalle und von dort in den großen Salon, der als Aufenthaltsraum für die Kinder gedient hatte und von wo aus es in den Garten ging. Bläuliches Licht fiel von draußen in den Raum, beleuchtete eine Gestalt, die am Boden vor einem geöffneten Fenster kauerte.

»Vincent?«, flüsterte Emilia in die Stille.

SEPTEMBER 1944

Günther bekam die Nachricht um genau drei Minuten nach halb elf in sein Bureau zugestellt. Er wusste das so genau, da er auf die Uhr gesehen hatte, er hatte wissen wollen, wer störte. Weil es dieser Moment war, von dem an alles unwichtig wurde. *Mein Sohn. Mein Kind.* War man noch Vater, wenn man das eigene Kind in den Tod schickte? *Lydia, unser Kind ist tot.* Seine Hände begannen zu zittern, und er musste aufstehen, konnte nicht sitzen.

Was waren seine letzten Worte an ihn gewesen? »Sieh zu, dass du uns nicht noch mehr Schande bereitest.« Ja, so etwas in der Art. Verabschiedete man so sein Kind?

Das war es, was sein Denken beherrscht hatte. Die Schande. Der Eindruck, den sie auf andere machten. Dafür opferte man alles, selbst seine Kinder. Aber er hatte sie ja gar nicht opfern wollen, hatte geglaubt, sie würden durch eine strenge Schule gehen, zu verantwortungsvollen Männern geformt zurückkehren. Reif, das Ruder zu übernehmen, wenn er es nicht mehr führen wollte oder konnte.

Wieder nahm Günther das Schreiben zur Hand. Kurz und formell war es gehalten. Verräter an seinem Vaterland und dem Führer. Ein Menschenleben von so vielen, die die letzten Jahre gefordert hatten. Einen Moment lang verschwamm Günther der Blick, er blinzelte und bemerkte, dass die Schrift unter einem Tropfen verschwamm. Ein Menschenleben unter vielen. Für Günther wie für wohl jeden anderen Vater war dieses eine Leben das einzige, das zählte. Jeder hoffte doch, dass es die anderen traf, nie einen selbst. Dann empfand man zwar Mitgefühl, aber auch diese unfassbare Erleichterung darüber, dass der Kelch an einem vorübergegangen war.

Hätte er es ändern können? Ja, dachte Günther, hundertmal ja. Wenn er es denn gewollt hätte. Dann hätte sein Sohn sich vielleicht nicht zu diesem närrischen Vorhaben hinreißen lassen. Wäre kein Verräter geworden, für den der Tod die letzte Konsequenz war. Wenn Günther einmal *zugehört* und die Zeichen erkannt hätte. Nun saß er da, Narr, der er war, starrte vor sich hin, sah sich in dem Raum um, diesem nutzlos gewordenen Raum, den er niemandem mehr hinterlassen konnte. Jetzt war alles umsonst gewesen, das ganze Leben.

Einmal war Sophia Ernst Roloff auf der Straße begegnet, der sie gefragt hatte, ob sie etwas von Vincent wisse.

Sophia hatte nur den Kopf geschüttelt.

»Ich verrate ihn nicht«, beteuerte er. »Die Gestapo war bei mir, und seither mache ich mir Sorgen.«

»Es tut mir leid, ich weiß wirklich nichts.« Sie wusste nicht, ob er ihr glaubte, aber das war ihr auch gleich. Vermutlich hätte sie es ihm in der Tat nicht erzählt, selbst wenn sie etwas gewusst hätte. Sie traute niemandem.

Vor zwei Tagen war es zu einem weiteren Großangriff auf Frankfurt gekommen, dieses Mal auf die nordwestlichen Stadtteile. Sprengbomben und Brandbomben wurden abgeworfen, und vielfach konnten die Brände nicht schnell genug gelöscht werden, weil ein großer Teil der Frankfurter Feuerwehr nach Darmstadt geschickt worden war, wo es einen Tag zuvor einen Luftangriff gegeben hatte. Der Luftschutzbunker in der Bockenheimer Mühlgasse war von einer Luftmine in der Größe einer Litfaßsäule durchschlagen worden. Das war der Moment gewesen, an dem Sophia beschlossen hatte, Frankfurt zu verlassen. Sie konnte einfach nicht mehr. Es war vorbei. Ihre Mutter hatte ihr mehrfach gesagt, sie solle in das Haus im Taunus ziehen zu Emilia und Dorothea, aber Sophia hatte das stets abgelehnt in der Hoffnung, von Vincent zu hören. Auch hatte sie nicht im Haus ihrer Eltern leben wollen. Aber nun gab sie auf.

Etwas gab es noch zu tun. Sie wusste nicht, ob Vincents Wohnung geräumt war, aber das würde sie dann ja sehen. Sieben Wochen war es her, und Vincent hatte immer pünktlich gezahlt. Sophia war sich mittlerweile gewiss, dass man sie nicht beobachtete, denn sie wusste ja in der Tat nichts, und selbst wenn man sie in seiner Wohnung erwischte – was bewies das schon? Er war ja nicht da, und schlimmstenfalls würde man sie als Einbrecherin belangen. Das Risiko ging sie ein.

Nach wie vor wurde geplündert, in den Trümmern nach Brauchbarem gesucht. Sophia wusste, wie glücklich sie sich schätzen musste, ihr Heim nicht verloren zu haben und die Stadt verlassen zu können. Die einzige Konsequenz, die sie traf, war die, für Essen anstehen zu müssen, manchmal stundenlang für ein Brot. Aber sie war allein, hatte keine Kinder zu ernähren. Mit Brot, Milch und Wasser ließ sich eine Suppe machen, so dass es länger reichte. Ihr war es gleich, wie es schmeckte, Hauptsache, es machte satt.

Schwach war sie dennoch auf den Beinen, und in ihrem Magen nistete ein dumpfer Schmerz. Sie brauchte länger als sonst für den Weg, vielleicht kam ihr das jedoch auch nur so vor, da es keine Vorfreude mehr gab, die sie vorantrieb. Als sie schließlich am Haus angelangt war, stand sie eine Weile unschlüssig davor. Es hatte einen Treffer abbekommen, die rechte Seite war in einen Schuttberg zerfallen. Langsam trat Sophia ein und ging die Treppe hoch. Vincents Wohnung lag auf der linken Seite. Sie rechnete damit, dass sie aufgebrochen und geplündert worden war, aber als sie gegen die Tür drückte, war diese noch fest im Schloss. Nun gut, es wusste wohl niemand, dass die Wohnung leer stand.

Sophia ging zu Jochems Wohnung, drückte den Klingelknopf, ohne dass ein Laut ertönte. Vermutlich kein Strom mehr. Also hob sie die Hand und klopfte an. Als keine Reaktion kam, versuchte sie es noch einmal, dieses Mal lauter. Endlich waren Schritte zu hören, und der alte Mann öffnete die Tür, sah sie aus großen Augen an.

»Na, so etwas.«

»Können Sie mir Vincents Tür öffnen? Oder mir etwas geben, mit dem ich sie öffnen kann?«

Der Mann schlurfte in seine Wohnung und kam kurz darauf mit einem Küchenmesser zurück. »Warten Sie, ich mache das lieber, ehe Sie sich noch verletzen.«

Die Gefahr bestand nach Sophias Dafürhalten eher bei ihm, aber sie widersprach nicht.

»Wo ist denn Ihr junger Mann?«

»Das weiß ich nicht.«

Die Tür sprang mit einem Knacken auf, und Sophia trat ein. Alles war, wie er es verlassen hatte, schmerzhaft vertraut. Sie ging in das Schlafzimmer, das sie am Tage ihrer Verhaftung das letzte Mal betreten hatte, strich über das Bett, ging zum Schreibtisch und zog eine Schublade auf. Hier verwahrte Vincent Unterlagen. Auch das Formular von der rassekundlichen Erfassung lag hier. Sophia warf es beiseite.

Er hatte ihr von den Fotos erzählt, wie viel sie ihm bedeuteten. Es war alles, was von seiner Mutter blieb. Nachdem Sophia im Schreibtisch nicht fündig wurde, sah sie im Nachtschränkchen nach. Ein Programmheft lag darin, wo Vincent als Schauspieler angekündigt wurde. Sophia steckte es in ihr Täschchen. Und hier waren auch die Fotos. Eine junge Frau, die mit verliebtem Blick in die Kamera lächelte. Sehr hübsch mit einem langen, schwarzen geflochtenen Zopf, der ihr über die rechte Schulter hing. Sie trug einen langen Rock mit einer Bluse darüber und saß unter einem Baum im Gras. Ein weiteres Bild zeigte dieselbe Frau etwas später. Es war eine Aufnahme wie aus einem Fotostudio. Vincent hatte mal erwähnt, dass ein Freund der Familie Fotograf war. Bilder mit Leuten, die sie nicht kannte, folgten. Und noch eines von der Frau – mit einem kleinen Jungen auf dem Arm, der eine Windmühle in den rundlichen Fingern hielt. Acht Bilder insgesamt. Sophia steckte sie ebenfalls ein, dann erhob sie sich.

»Das Schloss ist hinüber«, sagte Jochem, der die Tür eingehend begutachtete. »Die krieg ich nicht mehr zu.«

»Dann ist das jetzt eben so.«

»Was soll ich Ihrem jungen Mann sagen, wenn er zurückkommt?«, fragte Jochem.

Sophia warf der Tür zu Vincents Wohnung einen Blick zu. Ein letztes Mal, das ahnte sie. »Er kommt nicht zurück.«

* * *

Emilia sah zu, wie die Mädchen im Kinderzimmer mit der Eisenbahn spielten, die eigentlich Philipp gehörte. Aber gegenüber Rosa und den Zwillingen stand der Kleine auf verlorenem Posten und durfte sich allenfalls als Bahnwärter verdingen, vorausgesetzt, er fasste nichts an. Weder Emilia noch Dorothea mischten sich ein. Die Kinder sollten das unter sich ausmachen.

Martha saß mit einem Buch auf einem Sessel, die Beine angezogen, den Kopf leicht geneigt. Sie war im Sommer vierzehn geworden, streifte langsam die schützende Hülle der Kindheit ab. Seit sie im Taunus waren, war sie nicht mehr so nervös, schreckte nicht mehr bei jedem Geräusch zusammen. Die Luftangriffe hatten ihr schlimm zugesetzt, und Emilia hoffte, dass sich irgendwann wieder die frühere Unbeschwertheit einstellte.

Seit einigen Tagen war auch Sophia hier, meist still und in sich gekehrt, was Emilia angesichts der Umstände verstehen konnte. Es würden auch wieder andere Tage kommen, dachte sie, über kurz oder lang. Ewig würde es nicht so weitergehen, und wenn es erst so weit war, konnten sie Atem schöpfen und von vorne beginnen.

Vor den Bombardierungen hatte es zu Weihnachten immer Sonderzuteilungen an Zucker, Schokolade, Bohnenkaffee und Obst gegeben. Auch damit war es nun vorbei, seit Mitte des letzten Jahres waren Nahrungsmittel überall knapp. Fleisch- und Fettrationen hatte man um die Hälfte verringert. Dorothea teilte ihren Anteil unter den Kindern auf, während sie Emilias und Sophias Anteil zusammenlegten und durch drei teilten. Immerhin gab es Ersatzzuteilungen in Form von Rüben oder Getreide.

Als der Türgong anschlug, erhob sich Emilia. In diesem Haus gab es kein Personal mehr, da das gesellschaftliche Leben in den letzten Kriegsjahren zum Erliegen gekommen war und das Haus im Taunus kaum noch genutzt wurde. Wenn es nötig war, wurden Leute für einige Tage eingestellt, das reichte vollkommen. Emilia, Dorothea und Sophia versorgten sich selbst, und Martha würde von klein auf lernen, dass man kein Personal brauchte.

Zu Emilia großem Erstaunen standen Günther und Lydia vor der Tür. Wollten die nicht, wenn überhaupt, erst zu Weihnachten kommen? Emilia ließ sie ein, beunruhigt von Lydias verstörtem Gesichtsausdruck, den verquollenen Augen. Hatte das Haus einen Treffer abbekommen?

Waren sie deshalb praktisch ohne jegliches Gepäck – abgesehen von einem kleinen Köfferchen – hierhergereist?

Günther sah sich um, als sähe er das Haus zum ersten Mal. Er war blass, hohlwangig, und die dunklen Ringe um die Augen ließen sein Gesicht eingefallen wirken. Er holte mehrmals tief Luft, öffnete und schloss den Mund, sah sie an, als erwarte er eine Antwort auf seine ungesagten Worte.

»Soll ich im Salon einheizen?«, fragte Emilia. »Wenn ihr bleibt, müsstet ihr frische Kohlen besorgen, wir sind nicht mehr so gut ausgestattet.«

Günther schüttelte den Kopf, indes Lydia die Lippen zusammenpresste und ihre Augen feucht wurden.

»Könntet ihr mir bitte erklären, was vorgefallen ist?«

»Komm«, sagte Günther und deutete auf den Salon.

Lydia wandte sich abrupt ab, lief die Treppe hinauf.

»Es nimmt sie mit, daher...« Er holte tief Luft, stieß sie langsam wieder aus. Dann ging er in den Salon, und Emilia folgte ihm, während das Herz ihr in ahnungsvoller Vorahnung hart gegen die Rippen schlug.

»Also?« Sie verschränkte die Arme vor der Brust, sah ihren Schwiegervater an.

»Raiko. Er hat...« Günther schien den Faden zu verlieren, setzte erneut an. »Es gab einen Transport. Menschen, die nach Bergen-Belsen gebracht werden sollten. Raiko hat sich von seiner Truppe entfernt, hat zwei Wachposten niedergeschlagen und einen der Waggons geöffnet, wollte den Menschen zur Flucht verhelfen. Die sind aber nicht ausgestiegen.«

Natürlich nicht, dachte Emilia, sie werden Angst gehabt, eine Falle gewittert haben.

»Er wurde überwältigt, und man hat ihn noch vor Ort hingerichtet.« Jetzt schluchzte Günther auf.

Emilia weinte nicht. Sie stellte sich vor, wie Raiko sich zu dieser Verzweiflungstat hatte hinreißen lassen, vielleicht in dem Gedanken, etwas wiedergutzumachen. Wie er sich hinknien musste und erschossen wurde. Ihre Brust hob und senkte sich in langen Atemzügen. Das war es jetzt also. Sie schloss die Augen, blieb beherrscht, obwohl in ihr der Aufruhr tobte. »Du bist schuld«, wollte sie ihrem Schwiegervater zurufen. »Du hast ihn zurückgeschickt.«

Sie dachte an Raiko, der im Bett gelegen, noch ein letztes Mal Kraft geschöpft hatte. *Mami, ist Papa tot?* Ja, antwortete Emilia stumm. Jetzt ist er es.

APRIL 1945

Sophia hatte immer wieder in sich hineingehorcht und festgestellt, dass da nichts war außer einer dumpfen Traurigkeit. Trotz aller Distanz war er ihr Bruder gewesen, und natürlich war ihr sein Tod nicht gleichgültig. Aber er nahm sie nicht mit, wie das bei Ludwig der Fall wäre. Wenn dieser nicht irgendwann zurückkäme, würde Sophia das nicht ertragen können.

Sie war vor wenigen Tagen nach Frankfurt zurückgekehrt. Im März hatte es den letzten schlimmen Angriff gegeben, als ein Bombenteppich auf die Mainzer Landstraße und Heddernheim niederging. Die Bevölkerung Frankfurts war erschöpft und kriegsmüde, und Sophia war gewiss nicht die Einzige, die die Besetzung der Stadt durch die US-Armee und das damit verbundene Ende der Kriegshandlungen mit tiefer Erleichterung erfüllte.

Als sie durch die teils schwer passierbaren Straßen ging, fragte sie sich, ob aus diesem Trümmerhaufen jemals wieder eine Stadt werden konnte. Die mittelalterliche Alt- und Neustadt mit all ihren Fachwerkhäusern war komplett zerstört, ebenso fast alle Gebäude innerhalb des Anlagenrings sowie große Bereiche der umliegenden Stadtteile. Immerhin kümmerten sich nun die Amerikaner um eine funktionierende Verwaltung, so dass auch wieder Straßenbahnen fuhren. Sogar Kino und Theater gab es. Geflüchtete und Ausgebombte wurden in Gemeinschaftsküchen versorgt.

»Ich hoffe so sehr, dass wir bald von Ludwig hören«, sagte Dorothea, als sie abends gemeinsam bei einem kargen Mahl in ihrer Wohnung saßen. Das Radio lief, das tat es eigentlich fortwährend. Auschwitz war im Januar befreit worden, und nun drang all das an die Öffentlichkeit, was viele geahnt, aber niemand laut auszusprechen gewagt hatte. Sophia hatte gelauscht, indes ihr Tränen über die Wangen gelaufen waren. Immer mehr kam ans Licht, Bilder, Berichte. Als sie den Radiobericht der politischen Gefangenen Anita Lasker aus Auschwitz gehört hatten, hatten sie nur dagesessen, sprachlos und wie gelähmt vor Entsetzen, unfähig zu erfassen, was dort geschehen war.

Raiko hatte es Emilia gegenüber angedeutet, als er von Kaminen gesprochen hatte, von Selektionen. Rechts, links. Kinder und Alte nach links, wo die Kamine waren.

In der Nacht brannte das Feuer bis zum Himmel. Kinder hat man lebendig hineingeworfen.

Sophia hatte sich die Hand vor den Mund gepresst, während Dorothea mit weit aufgerissenen Augen gelauscht hatte.

Die Schreie hörten wir bis in unsere Baracke. Dazu wurde immer Musik gemacht.

In diesem Moment war Sophia aufgesprungen, ins Bad gelaufen und hatte sich übergeben.

»Das kann doch gar nicht sein«, hatte sich Clara Tage später ereifert. »Das ist doch absurd, wir sind doch keine Massenmörder. Das waren gute Männer, die haben Befehle ausgeführt, aber die sind doch keine Kindermörder. Diese ganzen Geschichten, das wollen die uns doch anhängen.«

Eduard hatte geschwiegen, hatte nur einen beredten Blick mit Emilia getauscht. Fragend, woraufhin sie kaum merklich genickt hatte. Und augenblicklich hatte Sophia angefangen, Emilia zu misstrauen. War womöglich alles nur Scharade gewesen, und sie hatte für die Nazis spioniert? War sie gar schuld daran, dass man Helgas Haus durchsucht hatte? War sie deshalb so gelassen geblieben und hatte Sophia fortgeschickt?

»Ich habe einen Antrag gestellt, um nach Ludwigs Verbleib zu forschen«, sagte Dorothea. Seit letztem Sommer hatten sie nichts mehr von ihm gehört. »Jetzt, da der Krieg so gut wie vorbei ist, habe ich Hoffnung, dass ich endlich mehr erfahre.«

Sophia hatte am Morgen das mittlerweile geöffnete Lager in der Kruppstraße aufgesucht und zum ersten Mal sehen können, was für grauenhafte Zustände dort herrschten. Jacob und seine Familie zu finden, war recht schnell gegangen, und sie hatte ihre Hilfe angeboten. Wo Vincent war, konnte sie nicht sagen, aber sie sei bereit zu helfen, wenn dies benötigt wurde. Jetzt saß sie da und fragte sich, was sie denn überhaupt tun konnte. Decken bringen, vielleicht etwas zu essen. Aber Wohnraum war knapp, da hatte sie nur wenig Hoffnung. Und das Schlimmste war für Jacob ohnehin der ungewisse Verbleib seiner Angehörigen.

»Was tun wir jetzt als Nächstes?«, fragte Dorothea. »Wir können doch nicht einfach nur abwarten?«

»Ich möchte wieder anfangen zu schreiben, vielleicht für eine Zeitung.«

Dorothea nickte. »Und ich möchte in einem Krankenhaus arbeiten.«

»Als Krankenschwester?«

»Ja, wenn ich dazu tauge.«

»Und die Kinder?«

»Nimmt meine Mutter in der Zeit. Das kriege ich schon hin. Ich kann hier nicht weiter herumsitzen und mich von meinen Eltern finanzieren lassen. Etwas muss geschehen, die Zeiten ändern sich. Der Krieg ist vorbei, und ich werde nicht daneben sitzen und zusehen, wie andere um mich herum die Stadt aufbauen.«

Sophia musste bei diesem Bild lächeln. Als es an der Tür klopfte, sah sie Dorothea an, krauste die Stirn. »Erwartest du jemanden?«

»Nein.« Dorothea erhob sich. »Vielleicht sind es meine Eltern.« Sie verließ den Raum, und ihre Schritte klackerten auf den Holzdielen, als sie den Eingangsbereich durchquerte. Stimmen waren zu hören, ohne dass Sophia verstehen konnte, wer da sprach. Obwohl sie wusste, dass es nicht die Gestapo sein konnte, pochte ihr das Herz doch bis zum Hals, und sie hatte Mühe zu schlucken. Kurz darauf kam Dorothea zurück.

»Du hast Besuch.«

Sophia stellte ihr Glas ab und stand auf, verließ den Raum und blieb abrupt stehen. Ihr Mund formte lautlos seinen Namen. Wollte fragen, wo er gewesen war. Wollte so vieles fragen und konnte dann nichts anderes tun, als zu ihm zu laufen, ihm die Arme um den Hals zu schlingen, ihn an sich zu ziehen und zu küssen. Weil in diesem Moment nichts anderes zählte, als dass er da war.

Später, viel später hielt Sophia Vincent im Arm, indes sein Kopf an ihrer Schulter lag und sein Atem ihre Brust streichelte. Die Liebe war wie ausgehungert gewesen, ein Hunger nach Leben, der kaum gestillt wieder erwachte. Viel zu schnell war es vorbei gewesen, und doch waren sie beim zweiten Mal genauso ungeduldig, atemlos, gierig, um jetzt träge und gesättigt dazuliegen.

»Was denkt deine Schwägerin nun von uns?«, fragte Vincent.

»Wir werden es morgen erfahren.« Sophia strich ihm durchs Haar. »Mich interessiert viel mehr, wo du die ganze Zeit gewesen bist. Ich hatte so furchtbare Angst um dich.«

»Das tut mir leid.« Er hob den Kopf, küsste sie. »Ich bin zum Kinderheim zurückgekehrt, in derselben Nacht, weil ich dachte, dort sucht mich niemand. Emilia hatte denselben Gedanken und hat dort auf mich gewartet.«

»Emilia?« Kein Wort hatte diese verlauten lassen. Nicht eines!

»Ich hatte einen Streifschuss am Arm, den hat sie noch im Haus versorgt, dann bin ich die Nacht über dort geblieben, während sie sich um ein Versteck gekümmert hat.

In der nächsten Nacht hat sie mich in das Haus deines Schwagers gebracht.«

»Eduard?«

»Ja, so heißt er wohl. Mir hat er sich nur mit Jungbluth vorgestellt.«

»Eduard hat dich versteckt?« Sophia richtete sich auf, konnte das nicht glauben.

»Er hatte wohl eine Absprache mit Emilia. Und es war eine kluge Wahl, er wäre niemals verdächtigt worden, jemanden wie mich zu verstecken. Seine Ehefrau war ja nicht da.«

»Ich weiß, sie war mit den Kindern im Taunus.« Eduard. *Sollte es jemals passieren, dass all das hier krachend scheitert, wirst du dich daran erinnern.* Eduard hielt sich mehr als eine Hintertür auf. »Emilia wusste genau, wie viel Angst ich hatte!« Jetzt ergab alles einen Sinn, der Blick zwischen ihr und Eduard, ihre Gelassenheit, was Vincent anging.

»Das musste sie, es war Jungbluths Bedingung. Er hatte zu viel Angst, dass es herauskommt. Außerdem solltest du im schlimmsten Fall glaubhaft versichern können, keine Ahnung zu haben.«

Sophia schwieg, war hin- und hergerissen zwischen Groll und tiefer Dankbarkeit. Letztere überwog. War es nicht gleich? Emilia hatte nach bestem Gewissen gehandelt, und sie selbst hätte es nicht anders gemacht. Vincent war in Sicherheit, was zählte da die Vergangenheit? Sie beugte sich über ihn, küsste ihn, spürte, wie sein Verlangen erneut erwachte. Dieses Mal liebten sie sich langsam und geduldig, als müssten sie sich von neuem kennenlernen. Es war so schön, dass Sophia die Tränen kamen, sie die Arme fest um ihn schlang und ihr Atem in leisen Schluchzern ging.

»Verlass mich nie wieder, ja?«, bat sie, als sie wieder imstande war, einen klaren Gedanken zu fassen.

»Gewiss nicht.«

»Ich möchte ein Kind«, sagte sie unvermittelt.

Vincent schwieg.

Die Zwillinge gingen mit Raikos Tod erstaunlich gefasst um, gefasster als Emilia, die, nachdem es ihr Tage später ins Bewusstsein gedrungen war, unaufhörlich geweint hatte. Sie begriff es selbst nicht. Sie hatte Raiko nicht geliebt, gewiss nicht. Es hatte Hoffnungen auf die Zukunft gegeben, eine Zukunft, die sie gerne gehabt hätte. Aber lag darin dieser intensive Gefühlsausbruch begründet? Vielleicht. Vielleicht aber auch in der Tragik, dass Raiko gewusst haben musste, wie irrsinnig der Plan gewesen war, dass er sein Leben bewusst aufs Spiel gesetzt hatte, um für eine gute Sache zu sterben. Oder hatte er geglaubt, dass sie die Soldaten überwinden könnten? Und einfach flohen, gleich, wohin, nur fort. Sie wusste es nicht, und Raiko würde es ihr nicht mehr erklären können.

Sie lebte wieder in der Villa Conrad, in die in ihrer Abwesenheit eingebrochen worden war. Gerade zum Kriegsende hin nahmen die Plünderungen zu, jeder nutzte die Gelegenheit, sich noch Vorräte zu beschaffen. Günther hatte das schulterzuckend hingenommen und einen Mann von der Straße geholt, den er mit einem Brot bezahlte, damit er das zerbrochene Fenster vernagelte. Lydia sprach überhaupt nicht mehr, hatte die ganze Zeit im Taunus nicht gesprochen.

Wer dafür umso mehr sprach, war Clara, die seit ihrer Rückkehr ständig zu Besuch war. Sie regte sich über die Amerikaner auf, die die Stadt eingenommen hatten, nachdem sie sie zusammen mit den Engländern in Schutt und Asche gelegt hatten. Regte sich über die Lebensmittelknappheit auf, darüber, dass ihre Kinder darbten. Und vor allem regte sie sich über diese fürchterliche Feindpropaganda auf. Über die Lügengeschichten, die kursierten über Folter, Vergasungen und Menschenversuche.

»Halt einfach den Mund, ja?«, fuhr Emilia sie eines Nachmittags an. »Ich mag es nicht mehr hören.«

»Raiko ist für dieses Land gestorben«, fauchte Clara. »Wenn all das stimmt, wofür dann all die Kriegsopfer?«

Emilia zuckte mit den Schultern. »Für nichts und wieder nichts, möchte ich annehmen.«

»Du bist abscheulich.« Immerhin schwieg Clara hernach, auch, weil ihre Eltern ihr nicht beisprangen. Eines musste sie dennoch loswerden. »Der Nationalsozialismus war eine gute Sache, er hätte vielleicht nur in Teilen anders umgesetzt werden müssen.«

Danach war sie endlich gegangen, und Emilia hatte Eduard aufgesucht, nachdem dieser sie angerufen hatte.

»Dein Zigeuner hat mein Haus vorhin verlassen.«

»Vincent. Er heißt Vincent. Er ist ein Sinto und nicht *mein Zigeuner*.«

»Wird Sophia ihn heiraten?«

»Vermutlich.«

»Eine Ehe von meinen Gnaden, vergiss das nicht.«

»Das werde ich nicht.« Emilia mochte ihn nicht, verabscheute ihn regelrecht für alles, wofür er stand. Aber sie hatte ihr Wort gegeben, und das würde sie halten. Er würde vermutlich vor Gericht gestellt, hatte Menschen in seinen Werken zur Arbeit gezwungen, die Sache der NSDAP unterstützt. Aber letzten Endes hatte er doch das Richtige getan, nicht aus Überzeugung, wie Raiko, sondern weil es ihm nützte. Ebenso, wie er sich nicht aus Überzeugung der NSDAP angedient hatte, sondern ebenfalls aus Erwägungen des Nutzens heraus. Emilia hatte dafür im Grunde nur Verachtung übrig. Dennoch würde sie ihr Wort halten. Überdies war anzunehmen, dass Eduard sich nicht auf sie allein verließ, sondern auch Ernst Roloff hatte wissen lassen, dass sein Sohn noch lebte.

Nach dem Besuch bei Eduard ging sie einem Impuls folgend zu Helgas Haus. Sie konnte es kaum fassen, als sie auf das Betätigen des altmodischen Türklopfers hin Schritte hörte. Die Tür wurde geöffnet, und im nächsten Moment stand Emilia Helga gegenüber. Einer dünneren, hohlwangigen Helga, deren Blässe fast durchscheinend wirkte und deren Gesicht feine Linien zeigte. Nur ihr hellbraunes Haar war noch dasselbe, durchzogen von einzelnen grauen Fäden.

»Du bist wieder da«, sagte Emilia überflüssigerweise.

»Sie haben das Lager geräumt und uns freigelassen«, antwortete Helga. Sie ließ Emilia eintreten und ging voran in den Salon, in dem kaum noch etwas stand.

»Plünderer«, sagte Helga. »Nun ja, wer kann es ihnen verdenken, nicht wahr? Sie haben die Verandatür zertrümmert und alles rausgetragen, was sich tragen ließ.«

Sie nahm auf einem der beiden Sessel Platz, und Staub stob auf. Emilia tat es ihr gleich. »Wo ist Annelie?«

»Als man uns aus dem Lager entlassen hat, ist sie zu ihrer Familie zurückgegangen. Sie gibt mir die Schuld, weil ich Gerrit erlaubt habe, die Pamphlete zu drucken und bei uns zu lagern. Und weil ich den Keller als Versteck genutzt habe. Sie sagt, ich sei schuld, weil sie ins Lager musste und weil wir die Kinder verloren haben. Sie hat uns gewarnt, wieder und wieder.«

»Du hast getan, was du für richtig gehalten hast.«

Helga nickte nur. »Aber in gewisser Weise hat sie recht. Was haben wir denn erreicht?«

»Vielleicht haben wir Menschen zum Umdenken bewegt. Vielleicht hat Friedrich Stern überlebt, weil er so lange versteckt war und demzufolge nicht mehr lange ins KZ musste.«

»Ich weiß nicht, ob er überlebt hat.«

»Wir werden es erfahren, nicht wahr?«

Helga zuckte nur mit den Schultern.

»Gibt es eine Möglichkeit, die Kinder zurückzubekommen?«

»Nein, ich denke nicht. Wer weiß, wohin sie verteilt wurden, und mir fehlt sowohl die rechtliche Handhabe als auch die Kraft dazu.«

Emilia nickte. »Was wirst du nun tun?«

Helga ließ den Blick durch den Raum schweifen. »Das wird sich zeigen, nicht wahr?«

* * *

Seit sechs Tagen herrschte fortwährend Angst, eine Angst, die das bisher Dagewesene überstieg. Der Mann hatte harmlos ausgesehen, auf geradezu sympathische Art jungenhaft. Dieser Knabe konnte doch nicht wahrhaftig Hauptmann sein, war Ludwigs erster Gedanke gewesen, als der Mann mit seiner Entourage eingetroffen war.

»Mit dem stimmt was nicht«, hatte Rudi gesagt.

Das beschrieb es nicht einmal annähernd. Der Hauptmann trat großspurig auf, erklärte, er habe vom Führer persönlich das Kommando übertragen bekommen. Daraufhin ließ er vierzig Männer aus dem Arrest antreten, fünf von ihnen mussten sich niederknien und wurden auf sein Geheiß hin per Genickschuss erschossen. Sein nächster Befehl war, vor dem Lagerzaun eine Grube auszuheben.

Ludwig und Rudi hatten es vom Fenster der Baracke aus beobachtet. Die Männer wurden an die Grube geführt, hernach ging die Flak-Kanone, gefolgt von Maschinenpistolen und Karabinern.

»Grundgütiger«, stöhnte jemand.

»Will der uns alle erschießen?«

»Offenbar die aus dem Arrest.«

Das waren die, die einen Fluchtversuch gewagt hatten. Einen, dem Ludwig sich beinahe angeschlossen hätte, hätte Rudi ihm das nicht ausgeredet.

Erde wurde über die Männer geschaufelt, dann mussten die nächsten antreten, mussten sich aufstellen, »Heil mein Führer« rufen und wurden erschossen. Am Ende waren es gut hundertfünfzig, die tot waren. Dann kamen die Brandbomben der britischen Luftwaffe, die das Lager komplett in Flammen aufgehen ließen.

Während um sie herum Menschen ihr Leben verloren, in den Baracken schreiend verbrannten, liefen die anderen um ihr Leben. Im Nachhinein wusste Ludwig nicht, wie er in seiner Erschöpfung und mit dem beständig schmerzenden Rücken diese Kraft hatte aufbringen können, aber er schaffte es, lief und lief, bis er zusammenbrach.

Als er die Augen wieder aufschlug, saß Rudi neben ihm. »Du weißt, dass du weitermusst, ja?«

Mühsam und mit schmerzendem Rücken rappelte Ludwig sich auf, ging Schritt um Schritt weiter, stets in Angst, der SA oder SS in die Hände zu fallen oder, schlimmer noch, diesem durchgedrehten Hauptmann. Um nicht als Gefangene aufzufallen, stahlen sie bei Nacht Kleidung aus einem Garten.

»Ist ja nicht so, als hätten wir die Wahl«, erklärte Rudi, der weitaus weniger Skrupel hatte als Ludwig.

In der zu weiten und in Ludwigs Fall zu kurzen Kleidung konnte man sie höchstens für Landstreicher halten, nicht mehr für Lagerinsassen.

»Seid ihr etwa Fahnenflüchtige, oder was?«, wies ein Bauer sie scharf ab, den sie um Essen baten. Zur Strafe stieg Rudi nachts in die Speisekammer ein und stahl ein Brot und eine Salami.

»Was ist das Erste, was du machst, wenn du wieder daheim bist?«, fragte er, während sie essend über die nächtliche Straße marschierten.

»Mit meiner Frau schlafen.«

»Na, die wird sich bedanken, wenn du nicht vorher wenigstens ein Bad nimmst.«

Ludwig wusste nicht, warum sie den Wagen nicht vorher gehört hatten. Ein Moment der Unachtsamkeit, weil sie beide in dem Gedanken an eine Heimkehr gefangen waren. Aber da war es, das Geräusch eines Motors. Wer fuhr denn heute noch Auto, außer der Wehrmacht?

»Lauf!« Rudi gab ihm keine Zeit zu reagieren, sondern griff nach seinem Arm und riss ihn mit sich.

»Ich sehe mich nach einer Wohnung für euch um«, versprach Vincent, der das Lager an diesem Tag zum ersten Mal betrat und entsetzt war angesichts dessen, was sich ihm bot. Dieser Möbelwagen, die hygienischen Zustände – es war grauenvoll.

»Denkst du, es gibt eine Möglichkeit?« Jacob saß mit ihm auf zwei klapprigen Stühlen vor dem Wagen. Es hatte geregnet, und der Boden war matschig, aber draußen zu sitzen war weniger beklemmend, und Jacob wollte innerhalb dieses Wagens nicht mehr Zeit verbringen als unbedingt notwendig. Nach und nach wurde das Lager geräumt, aber die Wohnsituation war schwierig.

»Wir suchen so lange, bis wir etwas finden.«

»Du und dein Fräulein?«

Vincent nickte zögernd.

»Sie war hier, hat ihre Hilfe angeboten. Hat sie dir das erzählt?«

»Ja.«

»Hat nach dir gesucht, mich gefragt, ob ich etwas weiß, und angeboten zu helfen, wenn wir Hilfe benötigen. Warum wusste sie nicht, wo du warst?«

Vincent erzählte es ihm, erzählte von dem Kinderheim,

von dem Eintreffen der Gestapo und seinem Versteck im Haus von Eduard Jungbluth.

»Dieser Kerl, der Güterwaggons herstellt, in denen sie unsereins fortgekarrt haben?«

Wieder dieses schlechte Gewissen, dieses erdrückende, den Atem nehmende schlechte Gewissen.

»Ich hätt's auch gemacht«, gestand Jacob. »Aber uns rettet nichts mehr.«

»Es ist vorbei, und wir werden sehen, wer ...«

»Nein, du verstehst nicht. Für dich ist es vorbei, du heiratest dein Fräulein. Aber für uns ist es nicht vorbei. Wir leben und arbeiten für unsere Kinder, verstehst du?« Jacob sah zum Wagen, sah in das finstere Innere. »Sie wollten sie wegbringen, haben gesagt, entweder ihr unterschreibt diese Papiere, oder die Kinder gehen nach Auschwitz. Na, und da habe ich unterschrieben. War ja noch keines von den Mädchen volljährig.« Er rieb sich das Gesicht, die Augen. »Sie wissen es nicht. Kamen aus dem Krankenhaus zurück, sagten, ihnen täte der Bauch weh. Wir haben ihnen gesagt, es sei eine Blinddarmoperation. Ich habe es nicht übers Herz gebracht, verstehst du?«

Vincent verstand. Und war unfähig zu sprechen, während Jacob Tränen über die Wangen liefen. »Und Adam?« Sein einziger Sohn.

Jacob brauchte einen Moment, um weitersprechen zu können. »Er hätte eigentlich mit einem der Transporte weggebracht werden sollen. Dass er überhaupt noch hier ist, liegt nur an einem Missverständnis. Wir haben natürlich stillgehalten, wollten keine schlafenden Hunde wecken.«

Vincent wusste nicht, was er sagen sollte, dachte an Sophias Worte. *Ich möchte ein Kind.* So einfach, so selbstverständlich, ihr diesen Wunsch zu erfüllen. Ein Wunsch, der für Marie, Eva und Elisabeth, diese hübschen und entzückenden Mädchen, die als Kinder so wild gewesen waren, für immer unerfüllt bleiben würde. Er rieb sich mit beiden Händen über die Augen. »Wann wirst du es ihnen sagen?«

»Am liebsten nie. Sie werden denken, sie könnten keine Kinder kriegen, würden vielleicht auch annehmen, es läge an ihrem Mann, nicht an ihnen.«

»Du musst es ihnen sagen.«

»Dass ich und Lenya unsere Einwilligung gegeben haben, ihnen die Möglichkeit auf Kinder zu nehmen?«

»Ihr hattet keine Wahl.«

Jacob weinte, und Vincent lehnte sich vor, legte ihm die Hand auf die Schulter. »Es tut mir so leid. Ich wünschte, ich hätte etwas tun können.«

»Das konntest du nicht. Du standst außen vor, wie immer.« Er sagte das ohne jede Bitterkeit und ohne den tadelnden Unterton, den er früher so oft angeschlagen hatte.

Vincent ging niedergedrückt und mit einem diffusen Gefühl von Schuld. Da Ludwigs Ehefrau keine Einwände hatte, waren sie stillschweigend übereingekommen, dass er weiterhin dort wohnte. Einmal war er in seine alte Wohnung gegangen, aber dort wohnte mittlerweile jemand, und von seiner Habe sei nichts mehr da, wurde ihm beschieden. Sophia hatte seine Fotos gerettet, das war mehr, als er zu hoffen gewagt hatte.

Als er heimkam, war Sophia ebenfalls gerade angekommen und löste das Tuch, das sie über ihre Haare gebunden hatte. Seit einigen Tagen arbeitete sie vormittags in einer Suppenküche und schenkte Essen an Bedürftige aus. Er umarmte sie, drückte die Lippen auf ihren Hals, wollte in diesem Moment nichts mehr als ihre Nähe, um all das Elend, das über seine Familie hereingebrochen war, aushalten zu können. Sophia verriegelte die Tür und ließ zu, dass Vincent sie hochhob und zum Bett trug.

Er zog sie an die Brust, hielt sie eng umschlungen und streichelte ihr den Rücken. Dann begann er zu erzählen, wobei ihm mehrmals die Stimme stockte. Er bemerkte erst, dass er weinte, als er spürte, wie sich eine Träne aus einem seiner Augenwinkel löste. Sophia fing sie mit der Fingerspitze auf.

»Du fühlst dich schuldig«, stellte sie fest, obwohl er nichts dergleichen gesagt hatte.

»Ja.«

»Du bist nicht schuld, an gar nichts. Wenn, dann müssen die Leute sich schuldig fühlen, die all das mitgemacht haben.«

»Ich habe mich von einem dieser Menschen verstecken lassen.«

»Das war er dir schuldig! Ohne Menschen wie ihn wäre es überhaupt nicht so weit gekommen. Du trägst an gar nichts die Schuld, du hast einfach nur überlebt. Wem wäre geholfen gewesen, wenn sie dich nach Auschwitz geschickt hätten? Dich hätte es womöglich noch schlimmer getroffen als Gerrit, und der hatte offenbar schon ausreichend Angst, um zu fliehen.« Sie sah ihn eindringlich an.

»Du musst Kinder kriegen, Adam muss Kinder kriegen, ihr alle, die ihr überlebt habt. Sonst haben sie gewonnen.«

Vincent antwortete nicht, während er ihr Gesicht betrachtete, es mit den Fingerspitzen nachzeichnete, den Kopf senkte, ihren Mund küsste, ihre Augenlider. *Ich liebe dich.* Er atmete die Worte in ihre Kehle, legte sie in jede Berührung.

MAI 1945

»Bedingungslose Kapitulation.« Helga hängte Wäsche über eine Leine, die im Garten zwischen zwei Bäume gespannt war. »Nach all dem Leid, all den Opfern. Ich wünschte wahrhaftig, Hitler hätte sich früher eine Kugel in den Kopf gejagt.«

Emilia reichte ihr die Wäsche an. Sie war bereits seit dem frühen Vormittag mit ihren Töchtern hier. Es gab noch keinen geregelten Unterricht, und auf diese Weise waren die Kinder wenigstens beschäftigt. Martha hatte eine Leidenschaft fürs Gärtnern entwickelt, und da Lebensmittel knapp waren, hatte Helga ihren Gemüsegarten wieder zu bepflanzen begonnen. Früher hatte Annelie mit den Kindern gegärtnert, weil Helga kein rechtes Talent dafür hatte. Martha stellte sich jedoch geschickt an und unterwies nun auch die Kleinen.

Seit zwei Wochen wohnten drei Familien bei Helga. »Ich muss etwas tun«, erklärte Helga. »Und auf diese

Weise nützt mein leeres Haus wenigstens jemandem.« Sie nahm wenig Miete, wollte aber nicht gänzlich darauf verzichten, obwohl sie auf das Geld nicht angewiesen war. »Was man nicht bezahlt, ist nichts wert«, war ihr Argument. Vincents Cousin erledigte alle anfallenden Reparaturen im Haus, reparierte die Möbel, setzte die Fenster instand und wohnte als Gegenleistung mietfrei mit seiner Familie in zweien der Zimmer. Die Küche durften alle im Haus nutzen, das Speise- und Wohnzimmer, das früher der Aufenthaltsraum der Kinder gewesen war, ebenfalls. Nur den kleinen Salon behielt Helga für sich.

»Ich habe angeboten, auch Kriegswaisen zu nehmen. Zwei meiner früheren Kinder sind übrigens auch hier, sie haben sich nur noch nicht eingerichtet. Peter war im Krieg und hat bei seiner Rückkehr festgestellt, dass seine Frau und sein Kind irgendwo in den Trümmern verschüttet sind. Anne kommt mit zwei Kindern, ihr Mann ist gefallen.«

Emilia kannte sie beide.

»Am liebsten würde ich hieraus wieder ein Kinderheim oder ein Waisenhaus machen. Aber jetzt brauchen zunächst andere Menschen Hilfe, es sind so viele zurückgekehrt, die nichts haben. Und dann die ganzen Flüchtlinge aus den Ostprovinzen. Es ist so furchtbar, was sie alles erlebt haben.« Helga hängte das letzte Kleidungsstück auf. »Und was ist mit dir? Bleibst du auch nach dem Tod deines Mannes in der Villa Conrad?«

»Wohin sollte ich auch sonst gehen? Zurück nach Koblenz zu meinen Eltern? Die haben sich doch immer schon ausschließlich für meinen jüngeren Bruder interessiert. Wäre das anders, hätte ich vielleicht nicht so schnell und überstürzt geheiratet. Raiko hat in seinem Testament die Kinder zu seinen Haupterben gemacht, wenn also sein Vater die Villa nicht doch Ludwig vermacht, wird sie irgendwann an Martha und die Zwillinge gehen. Außerdem hatte er noch eine Erbschaft von einer Tante, die damals an alle vier Kinder ging, daraus fließt den Kindern monatlich eine kleine Rente zu.« Emilia sah zu den Kindern, von denen vor allem Martha der Tod des Vaters schwer getroffen hatte. Sie wachte nachts auf, schrie und weinte. Das hatte mit den Bombardierungen begonnen und sich nach Raikos Tod verschlimmert.

»Es stehen so viele Menschen auf der Straße oder hausen in Kellerlöchern, ich denke, es sollten noch viel mehr Menschen ihre Häuser für ehemalige Nachbarn und heimatlose Familie öffnen.«

»Na, was meine Schwiegereltern angeht, kann man darauf vermutlich lange warten.«

»Die gesamte IG-Farben-Siedlung wurde beschlagnahmt und mit einem Zaun als Sperrgebiet markiert. Die Leute mussten ihre Habe eilig zusammenpacken und ihre Wohnungen verlassen. Das nun auch noch.«

»Ich habe es mitbekommen.« Die May-Siedlung war ebenfalls beschlagnahmt, dort wurden ehemalige Zwangsarbeiter untergebracht. Auf den Straßen fuhren Militärfahrzeuge, in denen amerikanische GIs saßen. Bisher hatte Emilia sie als freundlich wahrgenommen, hin und wieder hatte sie für Martha und die Zwillinge Süßigkeiten bekommen.

»Schokolade?« Helga lachte, als Emilia ihr davon erzählte. »Ja, die bekommen wir hier auch ab und zu, da sind die Kinder immer ganz glücklich. Eine der Mütter hat sie allerdings fortgeworfen, sie glaubt diesen Unsinn, dass die Schokolade vergiftet wurde. Das gab ein Geschrei, weil ihr Sohn als einziges Kind keine essen durfte.«

Emilia konnte es sich gut vorstellen.

»Seine Mutter hat ihm wortwörtlich gesagt, er würde dann ›aussehen wie einer der Neger in Uniform‹, wenn er die Schokolade isst. Daraufhin sagte der Junge, das würde er sehr gerne, woraufhin es eine Ohrfeige gab und noch mehr Gebrüll. Ganz ehrlich, so laut wie mit den Erwachsenen war es in der ganzen Zeit nicht, als hier nur Kinder waren. Vor allem habe ich mir weniger Unsinn anhören müssen.«

»Die Leute werden sich an die neuen Umstände gewöhnen.«

»Ja, über kurz oder lang. Ihnen bleibt ja nichts anderes übrig.« Sie gingen gemeinsam ins Haus. Nach dem Krieg schien die Lebensmittelknappheit noch schlimmer geworden zu sein als zu Kriegszeiten. Vor den Bäckereien und Metzgern bildeten sich lange Schlangen, man konnte froh sein, überhaupt etwas zu bekommen, es mangelte an allem.

»Ich habe selbst Zichorienkaffee gemacht, aus Bucheckern und getrockneten Kastanien, die ich mit einem Rest Kaffeebohnen zermahlen habe. Schmeckt so, wie es klingt, aber heiß kann man es aushalten.«

»Eine Kaffeestunde klingt so wunderbar gewöhnlich.«

Helga lachte. »Ja, nicht wahr?« Sie ging an den Herd, fachte das Feuer wieder an und setzte Wasser auf. »Irgendwann wird das auch wieder besser, und im Grunde ist es vielleicht nicht schlecht, dass es so ist, wie es ist. Es wird den Menschen noch über Generationen hinweg eine Lehre sein.«

Emilia hielt die Menschen für nicht gar so lernfähig, aber sie nickte. »Daraus kann man glatt einen Trinkspruch machen. *Nie wieder Krieg.*«

Es war kurz nach sechs Uhr am Abend, Sperrstunde. Wer auch immer dort an der Tür stand und klopfte, verstieß gerade gegen das neu erlassene Gesetz, laut dem niemand mehr nach achtzehn Uhr auf der Straße sein durfte.

»Bleib nur sitzen, ich gehe schon«, rief Sophia Dorothea zu und eilte zur Tür. Sie schloss auf, öffnete und blieb einen Moment lang wie erstarrt stehen, dann stieß sie einen Jubelschrei aus und fiel Ludwig so heftig um den Hals, dass sie ihn fast hintenüber warf. »Das gibt es nicht!« Sie löste sich von ihm, sah ihn an, als müsste sie sich überzeugen, dass diese viel zu dünne Gestalt, bei der man Angst haben musste, die Knochen zu brechen, wenn man sie zu fest umarmte, ihr Bruder war. Erst jetzt bemerkte sie den Mann, der halb versteckt hinter ihm stand. »Rudi!«

Sie zog Ludwig in die Wohnung, und nun kam auch Dorothea aus der Küche, sah Ludwig nur stumm an. Langsam ging sie zu ihm, hob die Hand an seine Wange, strich über das kurzgeschorene Haar, umfasste das Gesicht mit beiden Händen und drückte ihm schließlich ganz sacht einen Kuss auf den Mund.

»Komm, Rudi«, sagte Sophia und nahm ihn am Arm.

»Lassen wir die beiden allein. Dass du noch lebst... Wir haben es kaum zu hoffen gewagt.«

»Ich war mit deinem Bruder im Lager.«

»Vincent wird Augen machen.«

»Er ist hier?«

Sophia lachte, ein Laut reinen Übermuts, der sich fremd anfühlte und den Impuls folgen ließ, ihn sofort mit der Hand zu ersticken. Offenbar musste sie auch das Lachen wieder lernen. »Ja, er ist hier.«

Sie stieß die Tür zum Salon auf, wo Vincent dazu abkommandiert war, die Kinder zu betreuen, während die Frauen aus dem bisschen, was ihnen zur Verfügung stand, ein Essen bereiteten. Jetzt saß er auf dem Boden und legt mit den Kindern ein Puzzle, was ihm bereits sichtbaren Überdruss bereitete.

»Sehr häuslich, Vincent«, spöttelte Rudi, und jener fuhr auf, starrte ihn an, als habe er eine Erscheinung. Dann sprang er auf, lief zu ihnen und riss Rudi in einer Umarmung fast von den Füßen.

»Wo kommst du auf einmal her?«

»Aschendorfermoor«, japste Rudi. »Und wenn du noch fester drückst, bringst du zu Ende, was die Nazis nicht geschafft haben.«

Vincent ließ ihn lachend los. »Dass ich dich wiedersehe!«

»Ich war mit Ludwig im selben Lager, und als das beschossen wurde, ist uns die Flucht gelungen.«

Im Gegensatz zu Ludwig hatte Rudi sich kaum verändert, abgesehen von dem stoppeligen Haar, das sein Gesicht noch hagerer wirken ließ. Er sah sich um. »Mann, so was Vornehmes habe ich noch nie von innen gesehen.«

Sophia berührte Rudis Arm. »Komm, du willst dich gewiss ausruhen. Ich frage Dorothea, wo wir dich unterbringen.«

Dorothea war jedoch mit Ludwig in ihrem gemeinsamen Zimmer und hatte die Tür verschlossen. Sophia führte Rudi daher kurzerhand in das ehemalige Dienstmädchenzimmer neben der Küche, in dem ein Bett, ein Schrank und ein Stuhl vor einem winzigen Tisch standen. »Ich denke, das tut es fürs Erste, oder? Das Gästezimmer bewohne ich mit Vincent, ansonsten könnte man noch die Kinder zusammen in ein Zimmer bringen, dann könntest du das andere...«

»Machst du Witze?« Rudi sah sich um. »So etwas Feines, das traue ich mich ja kaum anzufassen.«

»Sophia?« Dorotheas Stimme.

Sophia trat zu ihr in den Korridor. »Ich habe Rudi im Mädchenzimmer untergebracht.«

»Ist das ein Freund von euch?«

Natürlich, sie kannte ihn ja nicht. »Vincents früherer Mitbewohner. Er war wohl bei Ludwig im Lager.«

»Er ist uns willkommen. Wir müssen zusehen, dass wir das Essen strecken, ich schaue, was sich machen lässt.«

Sophia ging zu Ludwig ins Zimmer. Er lag auf dem Bett, hatte die Augen geschlossen, öffnete sie jedoch, als sie sich näherte. »Wie geht es dir?«, fragte sie.

»Mörderische Rückenschmerzen.«

Sie setzte sich zu ihm auf den Bettrand. »Ich bin so glücklich, dass du wieder hier bist.«

»Ja, ich auch.« Ein müdes Lächeln umschattete seinen Mund.

»Wir essen gleich etwas, und dann kannst du schlafen, solange du willst.«

»Das klingt traumhaft.«

»Möchtest du im Bett essen?«

»Nein, ich möchte meine Kinder sehen.«

»Ich kann sie zu dir bringen.«

»Einen Moment noch, dann stehe ich auf.« Er nahm ihre Hand, drückte sie leicht. »Vincent ist hier, hat Dorothea gesagt.«

Sophia ging in vorsichtige Distanz. »Ja, er wohnt mit mir hier.«

»Wie ein Ehepaar?«

Sie nickte, und er schwieg einen Moment. »Ich muss wohl mal ein paar Takte mit ihm reden, so von Mann zu Mann.«

»Wir werden heiraten.«

»Das möchte ich ihm auch unbedingt geraten haben.« Er lächelte kaum merklich. Schließlich richtete er sich stöhnend auf. »Ich glaube, ich kann mich nie wieder ohne Schmerzen bewegen. Aber ich will mich unbedingt waschen, ich fühle mich, als hätte man mich aus einer Kloake gezogen.«

»Ich hatte mich gerade schon fast an den Geruch gewöhnt.«

Er lachte krächzend, als habe er vergessen, wie das ging.

Eine Stunde später saßen sie am Tisch, Rudi in viel zu weiter Kleidung von Ludwig, Ludwig leicht gekrümmt, wobei ihm jede Bewegung Schmerzen zu bereiten schien. Die Kinder hatten sich scheu ans andere Ende des Tisches verzogen. Rosa wagte behutsam eine Annäherung, als sie schüchtern »Papa« piepste, was Ludwig mit »Ja, mein Liebes« beantwortete, woraufhin sie ihm erzählte, dass sie bereits in die Schule ging.

»Da kannst du ja bald anfangen, mit mir in der Kanzlei zu arbeiten.«

Rosa lachte kieksend. Philipp, der Fremden gegenüber immer sehr schüchtern war, sah Ludwig zwischendurch argwöhnisch an und gab keine Antwort, wenn der ihn ansprach, sondern drückte sein Gesicht gegen Sophias Arm.

»Ich würde gerne mehr anbieten«, sagte Dorothea, der nicht entging, wie Rudi jeden Krümel Brot sorgsam vom Teller aufsuchte. »Aber es mangelt wirklich an allem, und die Zuteilungen reichen vorne und hinten nicht.«

»Wir werden das schon hinbekommen«, sagte Sophia.

Ludwig und Vincent nickten. Aber Rudi war nun einmal, wer er war, und er war immer gegen das System. »Sollte mich nicht wundern, wenn es nicht schon längst einen Schwarzmarkt gäbe. Lasst mich nur machen.«

* * *

Valentin hatte eine längere Suche in der Stadt hinter sich, ehe er erfuhr, dass Jacob mit seiner Familie noch lebte. Er tauchte in Helgas Haus auf, als Vincent sich gerade dort aufhielt, und sie alle starrten ihn an wie eine Erscheinung. Kaum etwas erinnerte an den hübschen Burschen, der er mal gewesen war, dieser übermütige junge Mann, dem die Mädchen verfielen. Er war kaum mehr als Haut und Knochen. Das geschorene Haar wuchs in Stoppeln nach, das Gesicht war so schmal, dass die Knochen kantig daraus hervorstanden, tiefe Schatten standen unter den Augen und in den Wangen. Aber er war da, und er lebte, das war alles, was zählte.

»Sie sagten, sie bringen uns nach Polen«, erzählte er, als Helga ihn resolut in einen Sessel gedrückt und ihm eine Tasse von ihrem sorgsam gehüteten Tee in die Hand gedrückt hatte. »Im Zug war es eng, sie haben uns zusammengepfercht wie Vieh. Weinende Kinder, Frauen mit Säuglingen, alte Menschen – es gibt kaum Worte, das zu beschreiben. Unterwegs hieß es auf einmal, sie bringen uns nach Auschwitz. Ich dachte, das könne nicht sein, hatte ja die Geschichten gehört. Aber es stimmte, sie haben uns allesamt interniert. Sie nannten den Bereich, in dem ich war, das Zigeunerlager. Als die Alliierten näher rückten, haben sie das Lager aufgelöst, die Menschen auf einen sogenannten Arbeitstransport geschickt. Meine Schwester wollte bei meiner Mutter bleiben, sie wusste nicht, dass alle, die dort blieben, vergast wurden. Und so brachten sie fast alle aus unserer Familie um, auch die Kinder.«

Jacob fing an zu weinen und hörte während der gesamten Schilderung nicht mehr auf. Valentin war kurz vor dem Einmarsch der Alliierten von Auschwitz nach Ravensbrück deportiert worden, zwei ihrer Cousinen nach Bergen-Belsen. »Ob sie noch leben, weiß ich nicht.«

»Kann man das irgendwie herausbekommen?«, fragte Vincent.

Valentin zuckte nur mit den Schultern. Er war müde und resigniert. »Kann ich fürs Erste hierbleiben?«

»Nicht nur fürs Erste«, antwortete Jacob. »Du bleibst. Keiner von uns verlässt die Familie.«

Damit war alles gesagt.

Vincent sah Jacobs Töchter an, die den Schilderungen gelauscht hatten, Fassungslosigkeit und Mitgefühl auf den jungen Gesichtern, indes sie selbst nicht ahnten, was ihnen angetan worden war. Als Helga erschien und erklärte, dass Valentin das kleine Zimmer im Erdgeschoss beziehen könne, erhob sich Vincent und ging hinaus in den Garten, wollte einen Moment für sich sein. Jacob folgte ihm jedoch kurz darauf.

»Hältst du es nicht mehr aus?«

Vincent glaubte, einen Tadel herauszuhören, aber noch ehe er zu einer Antwort ansetzen konnte, hob Jacob die Hände. »Ist schon gut, ich ertrage es ja selbst nicht. Tag für Tag weiß ich nicht, wie ich es aushalten soll. Aber irgendwie geht es weiter.«

Schweigend sah Vincent in den Garten, sah zum Gemüsebeet, das gerade von einer jungen Frau bearbeitet wurde.

»Wirst du sie heiraten?«

Irritiert sah Vincent zu der jungen Frau, dann zu Jacob. »Wie bitte?«

»Dein Fräulein. Das deinetwegen fast im Lager gelandet wäre.«

»Ja, ich werde Sophia heiraten.«

»Das ist das einzig Anständige, was du tun kannst. Wir geben nicht klein bei, wir erobern uns ein Leben zurück, weil man uns, verdammt noch mal, nicht einfach töten und unfruchtbar machen darf.«

Es tat gut, Jacobs so müde gewordene Stimme wieder kämpferisch zu hören.

»Nein«, bestätigte Vincent. »Wir geben nicht klein bei.«

Er blieb bis zum späten Nachmittag, um noch vor der Sperrstunde wieder daheim zu sein. Später erzählte er Sophia alles, als sie allein waren in der Abgeschiedenheit ihres Zimmers. »Jetzt gibt es nur noch Jacob mit Frau und Kindern, Valentin und mich. Von unserer ganzen, großen Familie.« Er rieb sich die Augen. »Ich war so verzweifelt, als meine Mutter gestorben ist, aber ich bin froh, dass ihr das alles erspart geblieben ist. Nicht auszudenken, sie hätten sie auch dorthin gebracht. Was für ein entsetzlicher Tod.«

Immer mehr Dinge kamen ans Licht, so furchtbare Dinge, dass man sie kaum begreifen mochte. Sophia hatte erzählt, Clara weigere sich nach wie vor, das alles zu glauben.

Sie legte ihm die Arme um den Hals. »Wir fangen von vorne an«, sagte sie. »Lassen etwas Neues aus all dem Elend erwachsen, während meine Schwester weiterhin die Trümmer dieser kaputten Existenz beweinen kann.«

Es war dunkel, als Sophia zu Ludwig auf den Balkon trat. Er saß in einem der Korbsessel und rauchte.

»Hat Rudi besorgt«, sagte er und bot ihr auch eine an. »Der Kerl ist echt unglaublich.«

Sie ließ sich Feuer geben und setzte sich in den zweiten Sessel. »Dorothea hat erzählt, du warst heute bei Mutter und Vater.«

»Ja. Sie können ja ruhig wissen, dass ich wieder da bin. Mutter ist fast durchgedreht vor Freude, und Vater schwafelte irgendein rührseliges Zeug vom heimgekehrten Sohn. Raiko hat er zurück an die Front geschickt.«

Sie hatte ihm alles erzählt, von Raikos kurzer Heimkehr, von seinem Tod. Ludwig hatte kaum eine Reaktion gezeigt, aber dennoch hatte Sophia gemerkt, dass ihn der Tod ihres Bruders mitnahm.

»Sie erwarten allen Ernstes, dass ich wieder in die Villa Conrad ziehe. So als Sohn des Hauses.« Er lachte spöttisch. »Wissen sie eigentlich, dass dein Liebster hier mit dir wohnt?«

Sophia zuckte mit den Schultern. »Von mir nicht.«

»Wo ist er überhaupt?«

»Er schläft.«

»Hast du ihn so gefordert?«

Sie war eine Frau von über dreißig, und doch stieg ihr das Blut ins Gesicht. Wieder lachte Ludwig leise.

»Er hat übrigens mit mir über eure Hochzeitspläne gesprochen.«

»Ja, wir wollen sobald wie möglich heiraten. Ich möchte, dass Rosa dabei ist als meine Brautjungfer. Du wirst mein Trauzeuge.«

»Und wer führt dich zum Altar?«

»Da gehe ich selbst hin. Mutter und Vater werde ich informieren, sie können kommen, wenn sie wollen. Aber nachdem sie mich einfach im Gefängnis haben sitzen lassen, lege ich keinen großen Wert darauf. Helga lade ich ein, Emilia sowieso. Und Vincents Familie wird natürlich kommen.« Für Sophia hatte es immer noch etwas Unwirkliches, dass sie mit Vincent auf die Straße gehen und öffentlich zeigen konnte, dass sie ein Paar waren. So viele Jahre waren ihnen gestohlen worden, Jahre, in denen sie ihre Liebe im Verborgenen leben mussten. Sie wollte sie offen zeigen, wollte sie öffentlich besiegeln. Wollte Kinder von ihm, eine Familie.

»Wird Rosa zurückkommen? Was denkst du?«, fragte Ludwig.

»Ich glaube nicht. Sie hat jetzt ein Leben dort, und als wir uns endlich wieder schreiben durften, hat sie mir erzählt, dass sie in einer Klinik eingestellt wurde und ihren Facharzt für Frauenheilkunde macht. Außerdem erwähnt sie einen Kollegen verdächtig oft, ich vermute, da steckt mehr dahinter.«

»Rosa verliebt? Da bin ich ja begierig, Näheres zu erfahren.«

»Sie wird es uns gewiss in allen Details erzählen, wenn sie kommt.«

»Sie soll ihn gleich mitbringen, den Kerl muss ich mir genauer anschauen und sehen, ob er für sie taugt.«

Sophia tat einen tiefen Zug von ihrer Zigarette. »Die Villa Roth steht nicht mehr.«

»Ich weiß, ich habe es gesehen.«

»Wirst du wieder für deine frühere Kanzlei arbeiten?«

»Ich habe Theodor Galinsky aufgesucht, er war ganz außer sich vor Freude, mich zu sehen. Also ja, ich denke, sie werden mich wieder einstellen. Er war selbst im Widerstand, die ganze Zeit über. Aber er hat es geschickter angestellt als ich.«

»Du warst so mutig. Ich hätte das nicht gekonnt. Im Gefängnis hatte ich so furchtbare Angst.«

Ludwig griff nach ihrer Hand, drückte sie. »Du warst nicht weniger mutig.«

»Jetzt wohnen wir doch zusammen«, sagte Sophia nach

einer längeren Schweigepause. »So, wie wir uns das früher ausgemalt haben, wenn wir endlich ausziehen.«

»Stimmt. Und angesichts der Wohnungssituation wird das wohl auch fürs Erste so bleiben. Ich habe Rudi angeboten, dass er ebenfalls bleiben kann, bis er etwas anderes hat.«

Sophia drückte die Zigarette im Aschenbecher aus und sah über den verkohlten Leichnam dieser einstmals so prachtvollen Stadt, gnädig verhüllt vom Dunkel der Nacht.

»Schreibst du eigentlich noch?«, fragte Ludwig.

»Ich habe die ganze Zeit über geschrieben und als Flugblätter verteilen lassen.«

»Ach was?«

Sophia gönnte sich den Luxus einer weiteren Zigarette. Ihre Gedanken wanderten zurück zu einem herrlichen Sommernachmittag, als die Welt noch eine andere gewesen war. *Aber ohne dich wird man vielleicht in vielen Jahren nicht mehr wissen, wer Vincent ist, oder dass es ein kleines Theater gab, in dem er aufgetreten ist. Man wird sich nicht mehr an mich erinnern oder an Ludwig. Du bist praktisch das Gedächtnis der Zeit.* Aber da hatte es nicht begonnen, da waren sie schon mittendrin gewesen, ohne es zu ahnen. Begonnen hatte es früher, vielleicht in jenem Winter, in dem das Leben noch voller Verheißungen erschienen war. Sophia stand auf, ging in den leeren Salon zurück, nahm ihren neuen Schreibblock aus dem Sekretär und schlug eine freie Seite auf. Einen Moment lang zögerte sie, dann glitt ihre Hand mit dem Stift über das Papier.

Ich erwischte meine Schwester hinter den Ställen in inniger Umarmung mit dem schnöseligen Nachbarn.

Autorin

Nora Elias ist das Pseudonym einer im Rheinland lebenden Autorin historischer Romane. Zum Schreiben kam sie bereits als Studentin und widmet sich nun vermehrt der Geschichte ihrer Wahlheimat. Sie liebt Reisen und lange Wanderungen. Ihr Roman »Antonias Tochter« wurde mit dem begehrten DELIA-Literaturpreis 2018 ausgezeichnet. Weitere Titel der Autorin sind bei Goldmann in Vorbereitung.

Nora Elias im Goldmann Verlag:

Antonias Tochter. Roman
Die Frauen der Familie Marquardt. Roman
Königsberg. Glanzvolle Zeiten. Roman
Königsberg. Bewegte Jahre. Roman
Villa Conrad. Roman

(Alle auch als E-Book erhältlich)

Unsere Leseempfehlung

448 Seiten
Auch als Hörbuch.erhältlich

416 Seiten
Auch als Hörbuch erhältlich

Königsberg und Masuren Ende des 19. und Anfang des 20. Jahrhunderts: Drei Familien verwickeln sich in Intrigen, Liebesaffären und verhängnisvollen Entscheidungen. Eine Welt im Wandel bestimmt ihr Schicksal.

www.goldmann-verlag.de
www.facebook.com/goldmannverlag

GOLDMANN
Lesen erleben

Unsere Leseempfehlung

480 Seiten
Auch als E-Book
erhältlich

Köln 1908: Caspar Marquardt herrscht in seinem Kaufhaus wie ein König über die Welt des Luxuskonsums. Da er keine Söhne hat, soll ein entfernter Verwandter sein Erbe werden – eine Provokation für seine älteste Tochter Louisa, die das Geschäft gerne selbst führen möchte. Doch nicht nur ihr Schicksal ist mit dem Kaufhaus verbunden. Während sich die kapriziöse Sophie in einen Konkurrenten ihres Vaters verliebt, sucht die unehelich geborene Mathilda ihren Platz in der Gesellschaft. Folgenschwere Konflikte machen die Schwestern gleichermaßen zu Verbündeten und Rivalinnen ...

www.goldmann-verlag.de
www.facebook.com/goldmannverlag

Lesen erleben

Um die ganze Welt des
GOLDMANN Verlages
kennenzulernen, besuchen Sie uns doch
im Internet unter:

www.goldmann-verlag.de

Dort können Sie
nach weiteren interessanten Büchern *stöbern*,
Näheres über unsere *Autoren* erfahren,
in *Leseproben* blättern, alle *Termine* zu Lesungen und
Events finden und den *Newsletter* mit interessanten
Neuigkeiten, Gewinnspielen etc. abonnieren.

Ein *Gesamtverzeichnis* aller Goldmann Bücher finden
Sie dort ebenfalls.

Sehen Sie sich auch unsere *Videos* auf YouTube an und
werden Sie ein *Facebook*-Fan des Goldmann Verlags!

www.goldmann-verlag.de
www.facebook.com/goldmannverlag